D1869181

MIRA®

Alle Rechte, einschließlich das des vollständigen oder auszugsweisen Nachdrucks in jeglicher Form, sind vorbehalten.

Der Preis dieses Bandes versteht sich einschließlich der gesetzlichen Mehrwertsteuer.

Umwelthinweis:
Dieses Buch wurde auf chlor- und säurefreiem Papier gedruckt.

Carly Phillips

Küssen, fertig, los!

SILHOUETTE ™
Band 95047
1. Auflage: Februar 2014

SILHOUETTE ™ BOOKS
erscheinen in der Harlequin Enterprises GmbH,
Valentinskamp 24, 20354 Hamburg
Geschäftsführer: Thomas Beckmann

Copyright © 2014 by MIRA Taschenbuch
in der Harlequin Enterprises GmbH

Titel der nordamerikanischen Originalausgaben:
Erotic Invitation
Copyright © 2001 by Karen Drogin
erschienen bei: Harlequin Books, Toronto

Going All The Way
Copyright © 2003 by Karen Drogin
erschienen bei: Harlequin Books, Toronto

Body Heat
Copyright © 2001 by Karen Drogin
erschienen bei: Harlequin Books, Toronto

Simply Sexy
Copyright © 2002 by Karen Drogin
erschienen bei: Harlequin Books, Toronto

Published by arrangement with
HARLEQUIN ENTERPRISES II B.V./S.àr.l.

Konzeption / Reihengestaltung: fredebold&partner GmbH, Köln
Umschlaggestaltung: pecher und soiron, Köln
Redaktion: Maya Gause
Satz: GGP Media GmbH, Pößneck
Druck und Bindearbeiten: CPI – Ebner & Spiegel, Ulm
Printed in Germany
Dieses Buch wurde auf FSC®-zertifiziertem Papier gedruckt.
ISBN 978-3-86278-867-5

www.mira-taschenbuch.de

Werden Sie Fan von MIRA Taschenbuch auf Facebook!

Carly Phillips

Ein erotisches Rendezvous

Roman

Aus dem Amerikanischen von
Berna Kühne-Spicer

MIRA®

1. KAPITEL

„Sie werden verlangt."

Mallory Sinclair sah von dem komplizierten Mietvertrag auf, den sie gerade studierte. Ihre Sekretärin Paula stand in der Tür.

„Tut mir leid, ich habe das Klopfen gar nicht gehört", entschuldigte Mallory sich.

„Weil ich gar nicht geklopft habe. Wenn der Terminator ruft, gibt es nämlich keine Zeit zu verlieren. Besonders, wenn man sich noch schnell zurechtmachen will, bevor man die Höhle des Löwen betritt."

Paula war jung und schön und stets auf Draht. Sie blickte Mallory mit hochgezogenen Augenbrauen an, um sie darauf hinzuweisen, dass sie sich für diesen unerwarteten Besuch beim bestaussehenden Teilhaber der Kanzlei tatsächlich lieber ein wenig zurechtmachen sollte.

Mallory langte jedoch nach einem Schreibblock, anstatt nach ihrer Handtasche. Seit acht Jahren schon arbeitete sie für die Kanzlei Waldorf, Haynes, Greene, Meyers & Latham. Und obwohl sie es gewohnt war, ihre Gefühle zu verbergen, bekam sie jetzt doch wacklige Knie.

Sie hatte dafür gekämpft, bestimmte Fälle übertragen zu bekommen, hatte sich für Dinge, von denen sie überzeugt war, mit ihren Vorgesetzten angelegt, war weiter im Beruf geblieben, als die anderen Anwältinnen bereits gekündigt hatten, entlassen worden waren oder Kinder bekommen hatten. Mallory war mittlerweile die einzige Anwältin in dieser von Männern dominierten Firma. Noch ein Jahr, und sie konnte auch Teilhaberin werden. Um so weit zu kommen, durfte man die Konfrontation nicht scheuen, und Mallory war die Letzte, die einen Streit zu umgehen versuchte. Sie hatte nie Angst gehabt, mit dem jeweiligen Vertreter der Gegenpartei oder auch mit einem Kollegen zusammenzuarbeiten oder sich mit ihnen auseinanderzusetzen.

Heute jedoch war das anders.

Sie leitete die Immobilienabteilung der Kanzlei, und es war bisher noch nie vorgekommen, dass der Top-Scheidungsanwalt Jack Latham sie zu sich gerufen hatte. Er war ein Mann mit enorm viel Sexappeal und galt als geradezu tödlich in seinem Job. Er war der Terminator – der Eheterminator. Wenn er Mallory jetzt sehen wollte, musste er einen bestimmten Grund dafür haben.

„Ich könnte ihm ausrichten, Sie seien beschäftigt", schlug Paula vor. „Dann würde ich mir einfach diktieren lassen, was er Ihnen zu sagen hat."

Mallory entging der hilfsbereite Tonfall ihrer Sekretärin nicht. Paula flirtete gern und starb vermutlich fast vor Neid, weil Mallory zu Jack

Latham gehen durfte. Er war der Star der Kanzlei. Die Frauen vergötterten ihn, die Männer respektierten ihn.

Wenn die Gerüchte stimmten, dann glaubte er weder an die Ehe als Institution noch an jegliche andere Form einer festen Beziehung. Doch seine Ansichten schreckten die weiblichen Kanzleiangestellten nicht. Jede einzelne von ihnen war insgeheim der festen Überzeugung, dass genau sie diejenige war, der es gelingen würde, seine Meinung zu ändern.

Mallory lächelte schwach. „Vielen Dank für das Angebot. Aber ich denke, ich werde klarkommen."

„Schade. Etwas Abwechslung könnte ich gerade ziemlich gut gebrauchen. Die Besprechung mit mir würde er bestimmt so schnell nicht wieder vergessen!" Paula zog ihren ohnehin schon gewagt kurzen Rock noch ein Stückchen höher.

Mallory unterdrückte ein Lachen. Jack hatte Glück, dass in dieser Kanzlei Affären zwischen den Mitarbeitern verboten waren, seit eine Angestellte vor drei Jahren einen der älteren Anwälte wegen sexueller Belästigung verklagt hatte. Die Angelegenheit war damals ohne großes Aufsehen beigelegt worden, und der Anwalt, der zu den Mitbegründern der Kanzlei gehört hatte, war in Pension gegangen. Doch seitdem herrschte strenges Affärenverbot. Frauen wie Paula konnten sich auf den Kopf stellen, ohne dass sie einen der männlichen Anwälte an die Angel bekamen, und andersherum genauso.

Doch der Fantasie konnte man mit Verboten keinen Einhalt gebieten, und daher gab es im ganzen Büro, von der Sekretärin über die ReNo-Gehilfin *bis hin zur einzigen Anwältin* keine Frau, für die Jack Latham nicht Traum ihrer schlaflosen Nächte gewesen wäre.

Der Unterschied zwischen Mallory und den anderen Frauen bestand lediglich darin, dass Mallory ihr Interesse für sich behielt. Sie konnte es sich nicht leisten, dass ihr Ruf auch nur im Geringsten geschädigt wurde.

Sie sah zu Paula, die mit enttäuschtem Gesicht dasaß und eine Strähne wasserstoffblonder Haare um ihren Finger wickelte, und grinste. „Wenn dieser Mann eine Ahnung hätte, wovor ich ihn bewahre – er würde mir auf Knien dafür danken."

„Ich jedenfalls hätte nichts dagegen, wenn er vor mir den Kniefall machen würde", entgegnete Paula und seufzte übertrieben. Dann sah sie auf ihre Armbanduhr. „Sie sollten sich jetzt lieber auf den Weg machen. Er sagte was von schnellstens."

„Danke." Den Schreibblock unter ihrem Arm, verließ Mallory ihr Büro und ging den Gang hinunter.

Sie ballte ihre Hände zu Fäusten und stellte dabei fest, dass sie schwitzte. Meine Güte, sie kam sich vor wie ein Teenager, der zum ersten Mal verknallt war! Das war ganz und gar unzulässig. Immerhin hatte sie Himmel und Hölle in Bewegung gesetzt, um sich in dem eingeschworenen Team der Kanzlei zu etablieren und in absehbarer Zeit in ihren illustren Kreis aufgenommen zu werden.

Unter anderem hatte sie nach außen hin ihre Weiblichkeit unterdrückt. Sie versteckte die Reizwäsche, die sie so gern trug, unter streng konservativen Kostümen, verbarg die sorgfältig pedikürten Füße mit den grellfarbigen Zehennägeln in schmucklosen Pumps und achtete darauf, nie mit lackierten Fingernägeln in der Kanzlei zu erscheinen. Selbst ihr Sinn für Humor und ihre Warmherzigkeit waren hier unerwünscht. Mallory trug eine Maske aus kühler Sachlichkeit und erkannte sich meist selbst kaum wieder, wenn sie in den Spiegel sah.

Dafür würde sie nächstes Jahr endlich die ersehnten Früchte dieser Selbstverleugnung ernten können: Sie würde die erste Teilhaberin dieser Kanzlei sein, und ihr Vater würde ihr endlich die Anerkennung gewähren, die sie sich so von ihm wünschte. Er hatte sich damals einen Sohn gewünscht und stattdessen Mallory bekommen. Nun endlich würde er einsehen, dass auch sie etwas wert war.

Sie holte tief Luft. „Bald habe ich es geschafft“, sagte sie absichtlich laut, um sich daran zu erinnern, wie hart sie für all das gearbeitet hatte und wie unglaublich weit sie schon gekommen war.

Auf gar keinen Fall würde sie alles kaputtmachen, was sie acht Jahre lang aufgebaut hatte, nur weil Jack Latham, ihr heimlicher Schwarm, sie zu sich rufen ließ! Oh ja, sie würde schon klarkommen mit Jack Latham.

Einen Moment noch zögerte sie vor der Tür zu seinem Büro, um sich die feuchten Handflächen am Rock abzuwischen und die Haare glatt nach hinten zu streichen. Dann klopfte sie dreimal, kräftig und schnell hintereinander.

„Kommen Sie nur herein.“ Die tiefe Stimme klang wie fernes Donnergrollen durch die geschlossene Tür.

Mallory empfand eine seltsame Mischung aus Wärme und freudiger Erwartung. Sie griff nach dem Türknauf und trat ein, allerdings nicht ohne vorher noch einmal einen prüfenden Blick auf ihren Busen geworfen zu haben, ob auch ja alle Perlmuttknöpfe an ihrer Bluse geschlossen waren und nirgendwo ein freches Stück Spitze hervorschaute. Dann trat sie ein und schloss die Tür hinter sich.

Die Hände auf dem Rücken ineinandergelegt, stand Jack Latham am Fenster und sah hinaus, wo im Hintergrund der imposante Wolkenkratzer des Empire State Buildings in den Himmel ragte.

Seine breiten Schultern steckten in einem marineblauen Nadelstreifenjackett. Es war ein europäischer Designeranzug, den er trug, und der Schnitt betonte die kraftstrotzende Statur seines Trägers. So bot der Mann am Fenster ein nicht weniger beeindruckendes Bild als das mächtige Gebäude hinter den hohen Glasscheiben. Die Sicht war zwar nicht besonders klar, doch an einem Sommertag in New York einen solchen Blick aus den zwei riesigen Fenstern eines Eckbüros zu haben, war ein nicht zu verachtendes Privileg, fand Mallory.

Er drehte sich nicht um, als die Tür ins Schloss klickte. Aber Mallory wunderte sich nicht. Sie kannte das Spiel ebenso gut wie er. Er wusste, wer da bei seinem Schreibtisch stand und auf seine Aufmerksamkeit wartete. Immerhin hatte er sie ja rufen lassen. Aber wenn er sich ihr sofort zugewandt hätte, wäre die hierarchische Beziehung zwischen ihnen womöglich auf eine Ebene der Gleichwertigkeit gerutscht, und das würde er bei angestellten Anwälten niemals tun. Schon gar nicht, wenn sie weiblichen Geschlechts waren. Jedes Mal, wenn sie zum ersten Mal mit einem der Teilhaber zu tun hatte, war es dasselbe.

Sie hatte gelernt, sich eine solche Behandlung nicht zu Herzen zu nehmen. Genauso hatte sie aber auch gelernt, es sich nicht schweigend gefallen zu lassen.

Sie räusperte sich. „Entschuldigen Sie, Mr Latham. Sie hatten nach mir rufen lassen?“

Schweigen.

Merkwürdig, dachte Mallory. Aber sie kannte ihn ja kaum. Obwohl er schon länger in der Kanzlei war als sie, hatten sie bisher so gut wie nie miteinander zu tun gehabt, denn bei fünfundsiebzig Anwälten, die in diesem Haus über drei Etagen verteilt arbeiteten, blieb die Wahrscheinlichkeit, dass man einander unter vier Augen begegnete, ziemlich gering.

Noch ein Versuch, dann würde sie wieder gehen. Gnadenlos. Er konnte ihr ja hinterherkommen, wenn er mit diesem albernen Machtspiel nicht sofort aufhörte.

„Mr Latham?“

Da war sie wieder, diese Stimme, die seine Gedanken unterbrach. Es war eine viel sanftere Stimme, als Jack erwartet hatte, und sie stand in krassem Widerspruch zu dem Ruf, den Mallory Sinclair hier im Hause hatte. Der Klang war einerseits so klar, dass durchaus der Verstand eines Mannes angesprochen wurde, anderseits aber auch ein wenig rau, sodass auch seine Sinne reagierten und er an heiße Nächte in kühlen Laken denken musste.

Jack schüttelte den Kopf und schüttelte diese Gedanken ab. Nach allem, was er von Mallory Sinclair bisher gehört und gesehen hatte, war sie nicht gerade eine Quelle der Inspiration für schlüpfrige Fantasien. Als er sich nun umdrehte zu der einzigen Anwältin des Hauses, brachte ihr Anblick ihn auch prompt wieder zur Besinnung.

Die Frau, der er hier gegenüberstand, war so knallhart, wie ihre Stimme weich klang. Ihre Haare waren streng nach hinten gebunden, der Rock bedeckte züchtig die Knie, und die Kostümjacke war von äußerst konservativem Schnitt. Nicht ein Zentimeter an ihr entsprach seinem Bild von einer Traumfrau.

Allerdings würde sie die Frau sein, mit der er in einer Ferienanlage zusammengepfercht sein würde. In einer Ferienanlage vor der Küste von Long Island, die dem wichtigsten Mandanten der Kanzlei gehörte. Und niemand konnte vorhersagen, wie lange diese Verbannung dauern würde.

Jack räusperte sich und begegnete Mallory Sinclairs Blick. Er sah, wie hinter der schwarzrandigen Brille die Augen schmal wurden, und er hätte jetzt nicht einmal mehr sagen können, ob diese Augen blau oder grau waren. Offenbar war sie verärgert. Es war nicht seine Absicht gewesen, gleich Minuspunkte bei ihr zu sammeln, weil sie denken musste, er wolle sie ignorieren.

Während er auf sie gewartet hatte, hatte sein Vater ihn angerufen. Wie es schien, hatte seine Mutter wieder einmal eine Affäre mit einem anderen Mann, diesmal jedoch noch viel öffentlicher als sonst. Und diesmal hatte sein für gewöhnlich nachsichtiger Vater die Nase voll gehabt und war gegangen. Es grauste Jack bei dem Gedanken, dass sein Vater jetzt einen jener hässlichen Scheidungsprozesse durchmachen würde, auf die sein Sohn sich als Anwalt spezialisiert hatte.

Allerdings war es höchste Zeit, dass endlich etwas passierte. Die Ehe hätte eigentlich längst in die Brüche gehen müssen, genau wie viele andere auch. Und wenn sein Vater nicht so unendlich geduldig und nachsichtig gewesen wäre, dann wäre Jacks Mutter schon lange wieder solo. Aber sosehr sein Vater ihm auch leidtat – es blieb Jack nichts weiter übrig, als die Familienangelegenheiten auf später zu verschieben.

Denn im Moment hatte er Probleme, die er sofort zu lösen hatte. Er trat vom Fenster zurück. „Ich war gerade in Gedanken", erklärte er und sah, wie ihre Hände die Schreibtischkante umklammerten.

„Offensichtlich", entgegnete sie. „Ich kann gern wiederkommen, wenn es Ihnen besser passt. Auf meinem Schreibtisch türmt sich die Arbeit."

Arbeit, von der er sie anscheinend abhielt, und darüber war sie nicht eben erfreut. Vermutlich würde sie gleich noch viel weniger begeistert sein, wenn sie erfuhr, weshalb er sie so kurzfristig zu sich gerufen hatte.

„Nein, das ist schon in Ordnung", sagte er. „Setzen Sie sich."

Er deutete auf den Ohrensessel, der in einer Ecke stand. Sein Vater hatte ihm den geschenkt, als er zum Teilhaber der Kanzlei aufgestiegen war, während seine Mutter es einst nicht einmal geschafft hatte, zur Abschlussveranstaltung seines Jurastudiums zu kommen. Noch viel weniger interessierte sie sich später für die Karriere ihres Sohnes.

Mallory ließ sich in dem Sessel nieder und schlug ein Bein über das andere. Sein Blick fiel auf den Falten werfenden Stoff, der bei weitem zu viel Haut bedeckte, selbst für diesen ernsthaften Beruf.

„Ich höre", sagte sie ruhig.

Ihre Stimme erregte wieder seine Aufmerksamkeit. Bemerkenswert, dachte er. Wenn er sich nicht gerade auf ihre ungeschminkten Gesichtszüge oder ihr sachliches Maßkostüm konzentrierte, dann brachte diese rauchige Stimme seine Nervenenden zum Vibrieren, und sein Gehirn sendete vollkommen falsche Signale zu anderen Regionen seines Körpers, die sich daraufhin erhoben, obwohl sie das während der Arbeitszeit gefälligst zu unterlassen hatten! Er setzte sich unruhig zurecht.

„Was kann ich für Sie tun?", fragte Mallory.

„Ich werde versuchen, mich kurz zu fassen. Wenn ich recht verstanden habe, sind Sie gegenwärtig mit einer Immobilienangelegenheit befasst. Ich habe bereits dafür gesorgt, dass die Sachen, die Ihnen übertragen wurden, in der Kanzlei verteilt werden, damit Sie etwas mehr Freiraum haben. Für mich."

Seine Worte bewirkten, dass Mallory einen plötzlichen Hustenanfall bekam. Besorgt stand Jack von seinem Bürostuhl auf und ging zu ihr hinüber. „Alles in Ordnung mit Ihnen?"

Sie setzte die Brille ab und trocknete sich die Augen mit einem Papiertaschentuch, das sie sich rasch von seinem Schreibtisch gegriffen hatte. „Ja, völlig. Absolut. Ich habe mich nur verschluckt. Tut mir leid."

Es war ihr offenbar peinlich. Sie räusperte sich und trocknete sich noch einmal die Augen ab, bevor sie Jack wieder anschaute.

Als er dem Blick dieser porzellanblauen Augen begegnete, hatte Jack das Gefühl, unerwartet einen Hieb in den Magen zu bekommen. Er hielt den Atem an und bekam beinahe selbst einen Hustenanfall. Heiliger Bimbam, man hätte ihn warnen sollen! Wer konnte denn ahnen, dass diese Frau derart schöne, ausdrucksvolle Augen hatte?

Bevor er weiterredete, setzte sie sich jedoch wieder ihre schwarzrandige Brille auf und rückte sie auf ihrer Nase zurecht. Sogleich verhinderten wieder dicke Gläser, dass man ihr direkt in die Augen sehen konnte, und Jack fragte sich, ob er sich die Tiefe und Klarheit der Farbe ihrer Iris nicht nur eingebildet hatte.

„Was wollen Sie damit sagen?", fragte sie. „Sie haben meine Arbeit an andere verteilt? Hat Ihnen denn niemand gesagt, dass die Firma Mendelssohn Leasing darauf bestanden hat, ich persönlich solle mich um ihren neuesten Grunderwerb kümmern?"

Er kehrte hinter seinen Schreibtisch zurück und machte es sich wieder auf seinem gepolsterten Stuhl bequem. Ihm war ganz eigenartig zumute. Irgendwie aus der Bahn geworfen. Diese Mallory Sinclair hatte ihn auf einmal verunsichert. So etwas war ihm noch nie passiert, weder beruflich noch in Gegenwart einer Frau. Jeder Zentimeter Abstand war da höchst willkommen.

„Ich kann Ihnen versichern, dass ich in vollem Umfang darüber informiert wurde. Aber nach Abwägen aller Interessen und in Anbetracht der Größenordnungen haben wir uns zu Leathermans Gunsten entschieden."

„Unser wichtigster Mandant", bemerkte sie sachlich. „Einer, der allerdings auch Aufträge an andere Kanzleien vergibt und uns damit der Gefahr ausgesetzt hat, eine wichtige Einkommensgrundlage zu verlieren."

Oho, sie wusste auch über die höheren Kanzleiinterna Bescheid!

„Richtig", bestätigte er. „Diesmal jedoch geht es nicht um eine mögliche Fusion oder Übernahme, sondern um Mr Leathermans Scheidung."

Sie legte den Kopf schräg und betrachtete ihn aufmerksam durch ihre Brille. „Wenn Sie involviert sind, liegt eine solche Vermutung ziemlich nahe. Unklar ist mir nur, was ich damit zu tun habe. Sie könnten einen der Anwälte nehmen, die sich auf Privat- und Familienrecht spezialisiert haben. Mich brauchen Sie dabei nicht."

Jack lehnte sich vor und stützte die Ellenbogen auf die Schreibtischplatte. „Da irren Sie sich. Selbst, wenn es uns beiden anders lieber wäre – ich brauche genau Sie."

Seine Wahl war allerdings nicht sofort auf Mallory Sinclair gefallen. Er war schlicht überstimmt worden. Seine Partner waren der Überzeugung, dass die Anwesenheit einer Frau bei den Gesprächen mit dem Mandanten von Vorteil sein würde. Sie spekulierten darauf, dass es dann leichter wäre, ihn zu mehr Härte gegenüber seiner Gattin zu bewegen. Dem hatte Jack nichts entgegenzusetzen gehabt. Die Kanzlei konnte es sich nicht leisten, den Mandanten Leatherman endgültig zu verlieren. Da war es von immenser Bedeutung, die Scheidung zu seinem größtmöglichen Vorteil zu gestalten.

Mallory schwieg einen Moment und wartete. Dann fragte sie ein wenig ärgerlich: „Warum erklären Sie mir nicht einfach, warum Sie mich brauchen?“ Und nach einer winzigen Pause setzte sie hinzu: „Bitte.“

Jack nahm einen Bleistift und rollte ihn zwischen seinen Handflächen hin und her. „Ganz einfach. Leatherman will den Scheidungsprozess gewinnen. Er will ein Team von Anwälten, die klar auf seiner Seite stehen und in seiner Frau nichts als einen habgierigen Drachen sehen, gegen den sie sich nicht scheuen, alle zur Verfügung stehenden Mittel anzuwenden. Und wir finden, dass wir seinen Ansprüchen am besten gerecht werden können, wenn wir ihm eine weibliche Anwältin in diesem Team präsentieren. Denn bei den Verhandlungen mit Mrs Leatherman wird es vorteilhaft sein, wenn die Gespräche von Frau zu Frau stattfinden. Sie als Frau werden einen Zugang zu ihr bekommen, der beispielsweise mir als Mann verwehrt bleiben würde.“

Er beobachtete, welche Gefühle bei seinen Erklärungen auf ihrem Gesicht sichtbar werden würden. Keine. Was immer sie bei seinen Worten dachte, sie ließ nichts davon nach außen dringen. Diese Frau hatte das perfekte Pokergesicht, fand Jack, und sie stieg in seiner Achtung.

Er begann zu ahnen, wie sie es geschafft hatte, sich neben den älteren und vor allem männlichen Anwälten in dieser Kanzlei behaupten zu können. Doch noch hatte sie sich das hundertprozentige Vertrauen der Teilhaber nicht erarbeitet. Jack bezweifelte auch, dass einer Frau das überhaupt jemals gelingen konnte. In dieser Kanzlei regierte die verschworene Bruderschaft jener Teilhaber, die schon bei der Gründung dabei gewesen waren, und sie machten absolut kein Geheimnis daraus.

Jack vertrat in vielen Belangen nicht dieselbe Meinung wie diese Männer, einschließlich der Angelegenheit, um die es momentan ging. Er vertraute Frauen nicht, was die Ehe betraf. Alle Erfahrungen, die er in der eigenen Familie und mit seinen diversen Mandanten gemacht hatte, sowie die Zahlen der Scheidungsstatistiken untermauerten diese Einstellung nur. Aber ganz abgesehen davon, in welchem Maße Frauen im privaten Bereich versagten – im Beruf war alles anders. Hier zählte nichts als Können. Die alten Jungs waren nicht so leicht zu überzeugen, aber diesmal konnte Mallory ihnen wirklich von Nutzen sein. Und sie schien das genau zu wissen.

Sie nickte langsam. „Ich gehöre also Ihnen. Einfach, weil ich die einzige Anwältin in der Kanzlei bin.“

Er konnte sich ein Grinsen nicht verkneifen. „Wenn Sie so wollen, ja.“

Sie war eine der Besten, soweit er bisher gehört und selbst gesehen hatte. Aber bevor sie mit Leatherman arbeiten konnten, mussten sie beide erst einmal ein informelles Treffen mit ihm über sich ergehen lassen. Um einander besser kennen zu lernen. Das hatte ihr eigenwilliger Mandant sich so gewünscht. Wenn Jack allerdings an Mallorys kühle Beherrschtheit und ihre ernsthaften Blicke dachte, dann freute er sich nicht besonders auf die eher unfreiwillige Zusammenarbeit.

Dennoch konnte er den Anblick der porzellanblauen Augen nicht vergessen. Sie faszinierten ihn. Und er fragte sich unwillkürlich, was noch alles ihm bisher über Mallory Sinclair verborgen geblieben war.

Sie stand auf. „Damit ist die Sache wohl klar."

„Ich bin sicher, wir werden es beide überleben", sagte er und lächelte ein wenig, um die Atmosphäre etwas zu entspannen. Er wartete, ob sie zurücklächeln würde, wurde aber enttäuscht.

„Ich muss noch ein paar Dinge ordnen, bevor ich mich mit der Leatherman-Sache befassen kann", sagte sie.

„Kein Problem. Unser Flug geht erst heute Abend, Punkt sieben Uhr. Glauben Sie, Sie können das Nötige noch ordnen, Ihre Sachen packen und, sagen wir, in …", er sah auf seine Armbanduhr, „… drei Stunden am Flughafen sein?"

Ihr ungeschminkter Mund öffnete sich und schloss sich gleich darauf wieder. „*Unser* Flug?", fragte sie. Es war mehr ein Krächzen.

Er nickte. „Mr Leatherman wohnt derzeit in seiner Ferienanlage in Hamptons. Er hat keine Lust, den Urlaub abzubrechen, also müssen wir dorthin. Schnappen Sie sich nur Sonnenbrille und Badeanzug, und schon sind wir unterwegs ans Meer."

Mallory rollte langsam ihre Seidenstrümpfe über die Beine und genoss das Gefühl auf ihrer Haut. Wie sehr sie den kleinen Luxus im Alltag vermisste! Seide, Satin und alles, was sich sanft und weich anfühlte. Deshalb verwöhnte sie sich wenigstens damit, unter dem konservativen Äußeren delikateste Wäschestücke zu tragen.

Sie hatte aus Versehen den taschenbuchgroßen Flakon mit ihrem Lieblingsparfüm umgekippt, das normalerweise nur für abends nach der Arbeit gedacht war. Nun erfüllte der angenehme Duft das Zimmer und besänftige Mallorys Sinne. Aber weder die konservative Anwältin noch die darunter verborgene Frau waren so dumm, an einem heißen Urlaubsort Strümpfe zu tragen.

Mit Jack Latham.

Sie erschauerte bei der unerwarteten Aussicht, sich stundenlang in seiner Gesellschaft aufzuhalten, und das auch noch außerhalb der Kanzlei! Ärgerlich griff sie nach ihrem Koffer und warf ihn auf das Bett.

„Wo fährst du denn hin?", platzte ihre Cousine Julia mit der Unbefangenheit einer Studienanfängerin in Mallorys Zimmer. Oder eines Mädchens, die Studienanfängerin gewesen wäre, wenn sie nicht beschlossen hätte, stattdessen einen weniger anstrengenden Weg durchs Leben zu nehmen.

Mallory kam sich uralt vor, wenn sie Julia auch nur ansah. Dabei war sie noch jung genug, um sich keine Sorgen zu machen. Es waren die äußeren Umstände, die sie gefangen hielten und ihr Zurückhaltung aufzwangen. Aber auf diese Umstände konnte sie leider nicht verzichten. Nicht, wenn sie Teilhaberin werden wollte.

„Hey, Mal! Ich habe dich gerade gefragt, wo du hinfährst."

Mallory drehte sich zu ihrer Cousine um.

Ihre Väter waren Brüder, und durch eine merkwürdige Kombination der Gene sahen Julia und Mallory sich erstaunlich ähnlich. Sie hatten sogar dieselben blauen Augen. Wenn Mallory ihre Cousine ansah, war es, als ob sie ihr jüngeres Spiegelbild betrachtete. Nicht nur jünger an Jahren, sondern auch in Hinblick auf die Gefühlswelt. Julia war eigentlich immer glücklich, obwohl auch sie von ihrem Vater Zurückweisung erfahren hatte. Anders als Mallory verspürte sie jedoch nicht das Bedürfnis, die Meinung ihrer Eltern zu ändern.

„Ich fahre ans Meer", sagte Mallory. „Aber bevor du neidisch wirst – es ist eine Dienstreise."

Hoffentlich erinnerte auch Jack sich an diese Tatsache. Sie hoffte nur, dass er geschäftsmäßig gekleidet erschien, selbst wenn dieser eigenwillige, rechthaberische Mandant eine Besprechung am Swimmingpool verlangte. Denn Mallory befürchtete, dass sie die Kontrolle über sich verlieren würde, wenn sie Jack mit freiem, sonnengebräuntem Oberkörper und in Badeshorts zu Gesicht bekam.

Und Mallory Sinclair als verantwortungsbewusste Anwältin verlor nicht die Kontrolle. Niemals. Sie *durfte* es nicht!

Julia setzte sich auf Mallorys Bett und legte die ausgestreckten Beine übereinander. „Kann ja sein, dass es eine Dienstreise ist. Aber immerhin ans Meer."

„Hat Jack gesagt, ja."

Die Erinnerung an seine hellgrauen Augen, die ihren Blick festgehalten hatten, fachte eine Art Feuer in ihr an. Es war körperliches Verlangen, das in hellen Flammen aufloderte. Wollust. Pfui. Nur ein sexuelles Bedürfnis, das man mit Leichtigkeit unter Kontrolle halten konnte. Auch, wenn sie sich selbst dafür etwas vormachen musste – sie hatte keine Wahl. Sie musste sich selbst überzeugen und entsprechend handeln. Der Mann war sehr attraktiv. Na und? Sie war schließlich schon lange erwachsen.

„Wer ist Jack?“

„Ein Vorgesetzter, der diesen Fall übernommen hat.“

Ihr Koffer enthielt bereits mehrere leichte Kostüme und Hosenanzüge. Mallory legte nur noch sorgsam ihre Unterwäsche zusammen und packte sie ebenfalls ein.

Julia zog die Beine zu sich auf das Bett hoch und fragte gespannt: „Wie sieht er denn aus?“

„Ist das wichtig?“, gab Mallory zurück.

Viel zu schnell, wie sie gleich darauf begriff, denn ihre Cousine betrachtete sie auf einmal aus schmalen Augen.

„Warum so patzig? Ärgerst du dich darüber, dass ein siebzigjähriger oller Knacker jeden deiner Schritte überwachen wird?“

Julias Blick kreuzte sich mit Mallorys und forderte sie auf, endlich zuzugeben, was sie dachte.

Manchmal war Julia aber auch einfach zu schnell von Begriff. Das war einer der Gründe, warum Mallory sie so gerne mochte und ihr gestattete, mietfrei bei ihr zu wohnen, bis sie „sich selbst gefunden“ hatte hier in New York.

„Eher ein extrem gut aussehender Mann in den Dreißigern. Und weder verlobt noch verheiratet“, murmelte Mallory vor sich hin.

Julia lachte. „Das habe ich genau gehört!“

„Ich wollte auch, dass du es hörst, sonst hätte ich gar nichts gesagt.“

„Ja, so kenne ich meine Cousine. Alles Berechnung, alles geplant, stimmt's?“

„Das ganze Gegenteil von dir mit deiner uneingeschränkten Spontaneität, meinst du wohl. Weißt du, es schadet nicht, wenn man ein wenig vorausplant. Sich Ziele setzen, seinen Lebensweg planen und so.“

„Genauso wenig, wie es dir schaden würde, dich mal mit dem Herzen auf etwas einzulassen, und nicht immer nur mit dem Kopf. Also, was ist das für eine Geschichte mit diesem Büro-Beau?“

Mallory schüttelte den Kopf. „Gar keine Geschichte. Erst recht, wo in der Kanzlei Affärenverbot gilt. Außerdem soll er ein Typ sein, der sich auf keine Beziehungen einlassen kann.“ Und mehr noch – er hatte nicht das geringste Interesse an ihr gezeigt.

Julia lehnte sich vor, sodass sie die Ellenbogen aufstützen und ihr Kinn in die Hände stützen konnte. „Ach ja? Und muss er sich für eine Affäre gleich auf eine Beziehung einlassen?“

„Wer sagt denn überhaupt, dass ich eine Affäre will?“

Oder gar eine richtige Beziehung? Sie hatte keine Zeit für ein Privatleben. Nicht, solange sie nicht Teilhaberin war und diese Position gefestigt hatte.

„Vielleicht solltest du eine wollen." Julia langte in den Koffer und ließ eines von Mallorys spitzenbesetzten Nachthemdchen an ihrem Finger baumeln. „Ich meine, das hier ist doch die reine Verschwendung, wenn es außer dir keiner zu sehen bekommt, findest du nicht?"

Mallory griff nach dem Nachthemd und begrub es wieder im Koffer, wo es hingehörte. „Hast du noch nie was davon gehört, dass man auch mal Dinge nur für sich selbst tut?"

Ein Bild drängte sich ihr auf. Jack und sie im Liebesspiel, im Hintergrund das Meer. Aber sie schüttelte den Kopf bei diesen völlig unangemessenen, unerwünschten und unmöglichen Gedanken. Denn ganz abgesehen von den Regeln, die in der Kanzlei galten, und den Zielen, die Mallory sich für ihr Leben gesetzt hatte, war sie sich auch im Klaren darüber, was realistisch war und was nicht.

Sie zog mit Schwung den Koffer vom Bett und hauchte Julia einen Abschiedskuss zu. „Ich ruf dich an."

Als sie auf ihrem Weg zur Tür am Spiegel vorbeikam, warf sie einen flüchtigen Blick hinein. Ihre schwarzrandige Brille beherrschte das ganze Gesicht, dick und abstoßend hässlich, genau, wie Mallory sie haben wollte.

Sie war auf dem Weg ans Meer, mit dem bestaussehenden Mann, den sie je in ihrem Leben gekannt hatte. Ein Mann, dessen Blick genügte, um sie erschauern zu lassen. Ein Mann, dessen Stimme ungeahnte Lüste in ihr wachrief.

Doch sie würde dafür sorgen, dass dieser attraktive Mann sie in Ruhe ließ. Die Anwältin Mallory Sinclair würde ihn nicht im Geringsten interessieren. Er würde weder bezaubert noch entzückt, noch betört sein.

„Vielleicht solltest du deine Haare offen tragen", riet ihre Cousine mit zuckersüßer Stimme. Sie stand in der offenen Tür des Zimmers und sah Mallory nach.

Nicht, wenn ich Teilhaberin werden will.

Mallory sah auf ihre Armbanduhr. Noch eine halbe Stunde. Sie hatte über die Kanzlei einen Fahrer bestellt, der sie vor dem Haus abholen würde. „Ich muss mich beeilen, sonst komme ich zu spät."

„Tu bloß nichts, was ich lassen würde."

„Keine Sorge", sagte Mallory leise zu sich selbst. „Ich werde nicht die geringste Chance dazu haben."

2. KAPITEL

Jack sah auf seine Uhr. In einer halben Stunde würde das Flugzeug landen, und das war keine Minute zu früh. Er wusste nicht, wie lange er es noch ertragen würde, ihr so nahe zu sein.

Mallory setzte sich anders hin, und ihr Knie streifte ganz leicht sein rechtes Bein. Prompt durchfuhr ihn ein Hitzestoß an der Stelle, wo sie ihn berührt hatte.

„Pardon", murmelte sie und seufzte.

Und so ging das schon den ganzen Flug über. Das überfüllte Flugzeug und die erzwungene Nähe zu Mallory führten zu widersprüchlichen und verwirrenden Reaktionen seines Körpers. Statt ihres üblichen hochgeschlossenen Kostüms trug sie ein leichtes Kleid, das um ein Geringes kürzer war als ihre Röcke sonst. Und zum ersten Mal bekam er ihre nackten Beine ein winziges Stück weit zu Gesicht. Sie trug keine Strümpfe, und er wurde mit dem Anblick sonnengebräunter, glatter Haut verwöhnt. Wieder und wieder musste er hinsehen.

Er nahm an, dieser andere Kleidungsstil war es, der ihn so neugierig machte. Und dieser Blumenduft, der seine Nase umschmeichelte, seit sie pünktlich im Flugzeug erschienen war. Jawohl, Neugier war es. Nicht etwa *Interesse*. Davon war er weit entfernt.

Aber diesen unerhört femininen Duft hatte er heute Nachmittag in der Kanzlei nicht an ihr wahrgenommen. Und über eine Frau, die sich zwar streng konservativ kleidete und verhielt, aber ihr männliches Gegenüber unwissentlich mit ihrer Stimme und ihrem Parfüm betörte, durfte man sich durchaus seine Gedanken machen. Eine Frau, die einen mit einer unbefangenen, rein zufälligen Berührung in Flammen versetzen konnte.

„Wie geht es weiter, wenn wir nachher angekommen sind?", erkundigte sie sich jetzt.

Dankbar für dieses Angebot eines ganz normalen Gesprächs, wandte er sich ihr zu. „Leatherman schickt ein Auto, das uns vom Flughafen abholt. Wir werden gegen neun Uhr in der Ferienanlage ankommen. Ich nehme an, wir packen nur noch unsere Koffer aus und schlafen dann eine Runde. Was danach passiert, liegt im Ermessen unseres Gastgebers."

„Mit etwas Glück können wir sein geplantes Vorgehen besprechen, uns auf eine Strategie einigen und in ein paar Tagen wieder zu Hause sein."

Der hoffnungsvolle Unterton in ihren Worten entging ihm nicht. „Haben Sie was gegen das Meer?"

„Nein, jedenfalls nicht, wenn es sich um Urlaub handelt. Aber jeder Tag, den wir nicht in der Kanzlei sind, bedeutet nur, dass sich bis zu unserer Rückkehr noch mehr Arbeit ansammelt.“ In ihrer Wange zuckte ein Muskel und zeigte, wie sehr sie sich insgeheim ärgerte.

Er lehnte sich zurück und wandte den Blick von ihrem Gesicht ab. „Deswegen habe ich Ihre Aufträge ja weiterverteilen lassen. Paul Leatherman ist ein Exzentriker. Er hasst es, unter Zeitdruck zu stehen. Und wenn er es ablehnt, seine Ferienanlage zu verlassen, um sich mit uns zu treffen, dann besteht wenig Hoffnung, dass er sich zu schnellen Entscheidungen drängen lassen wird.“

Sie murmelte etwas, was er nicht verstand. Er sah von der heruntergezogenen Sonnenblende des Fensters wieder zu Mallory und betrachtete sie zum ersten Mal eingehend von der Seite.

Wenn man sich die streng hochgesteckten Haare und die hässliche schwarze Brille wegdachte, dann blieb ein Profil mit hohen Wangenknochen, das selbst ganz ohne Make-up wie aus Alabaster gemeißelt wirkte. Für derart reine Haut würden manche Schauspielerinnen und Models über Leichen gehen. Dabei tat diese Frau hier nichts, um ihr Aussehen in irgendeiner Weise zu verbessern. Ganz im Gegenteil: Sie versuchte, es um jeden Preis zu verbergen, und Jack stellte sich im Stillen die Frage, warum sie das wohl tat.

Er schüttelte diesen Gedanken ab und sah woanders hin. Dieser Flug dauerte definitiv viel zu lange, wenn Jack schon anfing, über Mallory Sinclairs Styling-Gewohnheiten nachzudenken und sich zu fragen, was bei ihr unter der Oberfläche vor sich ging.

„Worum geht es bei diesem Fall eigentlich?“, erkundigte sich Mallory und beugte sich nach vorn, um Schreibblock und Stift aus ihrer Aktentasche zu nehmen. „Nur so in Grundzügen.“ Sie setzte sich aufrecht hin und wartete.

Diese Frau war kurz angebunden und arbeitete effizient. Genau, was er bei beruflicher Zusammenarbeit erwartete. Hinsichtlich der Frauen, mit denen er privat verkehrte, legte er Wert auf andere Eigenschaften. Sanftmütig sollten sie sein, anschmiegsam, warmherzig und großzügig. Da er mindestens eine Woche in Leathermans Ferienanlage am Meer verbringen würde, brauchte er sich keine Sorgen zu machen. Er würde dort reichlich Kontakt zum anderen Geschlecht haben.

Dummerweise hatte sich aber in letzter Zeit eine Änderung seiner Präferenzen ergeben. Frauen, die er nicht kannte, fand er nicht mehr halb so interessant wie früher. Und es gab nichts, was er dagegen unternehmen konnte. Dabei begann diese neue Einstellung bereits, sein Leben erheblich zu komplizieren.

Kurze, unverbindliche Affären – das passte am besten zu seiner Lebensweise und zu seinen Grundsätzen. Es ging nicht an, dass ausgerechnet er am Ende ebenfalls vor dem Scheidungsrichter landete. Schließlich hatte er Regeln aufgestellt, deren Gültigkeit zu beweisen waren! Wenn er sich auf keine feste Beziehung einließ, brauchte er auch nicht zu befürchten, dass man ihm Hörner aufsetze. Sein Vater war das denkbar traurigste Beispiel für einen solchen Fall. Doch je älter Jack wurde, desto klüger wurde er auch, und desto mehr lernte er zu unterscheiden. Zudem verspürte er eine zunehmende Rastlosigkeit, die er sich nicht erklären konnte.

„Mr Latham? Stimmt irgendetwas nicht?"

Erneut spürte er das angenehme Kribbeln, mit dem seine Lenden auf den Klang ihrer weichen, volltönenden Stimme reagierten. Jawohl, etwas stimmte ganz und gar nicht. Alles, was er für diese Kollegin empfand, war höchst unangebracht, und das gefiel ihm nicht.

„Was wollen Sie?", entfuhr es ihm unwirsch.

„Nur die Fakten zum Fall." Sie winkte leicht mit dem Schreibblock, um ihn daran zu erinnern, aus welchem Grunde sie hier zusammen im Flugzeug saßen. „Ich möchte gern genau Bescheid wissen, um den Mandanten beeindrucken zu können."

Er begegnete ihrem von dicken Brillengläsern gefilterten Blick. Dieser abtörnende Anblick brachte ihn vollends wieder zur Vernunft. „Wir sollten uns mit den Vornamen anreden", schlug er sachlich vor. „Ich heiße Jack."

Sie nickte und sah ihn weiterhin erwartungsvoll an.

Mit Mühe nur riss er den Blick von diesen blauen Augen, die nicht richtig zu erkennen waren. „Leatherman ist seit Jahren verheiratet", begann er. „Jetzt ist er achtundfünfzig und hat die Nase voll."

„Warum?" Sie wartete auf seine Antwort, bereit, jedes einzelne Wort mitzuschreiben.

„Unüberbrückbare Differenzen."

„Das ist der Rechtsbegriff. Und was steckt wirklich dahinter? Welche Argumente können wir denn vorbringen, um den Prozess für ihn zu gewinnen? Ich meine, wenn wir den Fall überhaupt bekommen."

Jack streckte die Beine aus, soweit es nur ging, achtete jedoch sorgfältig darauf, dass er nicht aus Versehen Mallory berührte. „Das ist genau das, weshalb wir hinfahren. Wir wollen herausfinden, wie man die Verfehlungen seiner Frau zu seinen Gunsten verwenden kann."

„Interessante Aussage."

„Wieso?"

Sie streckte ebenfalls die Beine aus und legte sie übereinander. Sein

Blick fiel auf ihre schlanken Fesseln. Er war eigentlich nicht der Typ, der auf Frauenbeine achtete, aber der Anblick, der sich ihm hier bot, ließ ihn zweifeln, ob er mit dieser Einstellung nicht mächtig was verpasste.

„Nun, Sie sagen das so, als sei schon klar, dass Mrs Leatherman Schuld hat am Zerbrechen der Ehe. Es gibt aber immerhin auch die Möglichkeit, dass unser Mandant nicht ganz unschuldig daran ist. Und wenn das der Fall ist, sollten wir wohl besser überlegen, wie man *seine* Verfehlungen halbwegs positiv darstellen kann."

Jack lehnte sich an die Rückenlehne und betrachtete Mallory. „Das meine ich ja. Wir müssen alles möglichst positiv für ihn aussehen lassen."

„Aber Sie sagten, es ginge um *ihre Verfehlungen ...*" Sie brach ab und schüttelte den Kopf, während sie die Mine ihres Kugelschreibers wieder wegdrückte. „Schon gut."

„Ich bin mir irgendwie nicht sicher, ob ich den Unterschied verstehe, den Sie da offenbar machen."

Sie seufzte tief auf. „Natürlich nicht", sagte sie dann und beschäftigte sich angelegentlich damit, Schreiblock und Stift wieder einzupacken und ihre Aktentasche zu schließen.

„Sehr geehrte Damen und Herren", drang eine Stimme aus den Lautsprechern. Es war der Kapitän der kleinen Maschine. „Wir beginnen mit dem Sinkflug und werden in wenigen Minuten landen. Bitte schnallen Sie sich wieder an ..."

Mallory überprüfte ihren Sicherheitsgurt und starrte dann aus dem Fenster. Sie war offensichtlich nicht daran interessiert, das Gespräch fortzusetzen. Aber Jack hatte ein komisches Gefühl. Fast so, als habe sie sich in den wenigen Minuten des Gesprächs ein Urteil über ihn gebildet, das nicht gerade günstig ausgefallen war.

Es war ihm unangenehm, sich ihre Achtung verscherzt zu haben. Dabei hatte er keine Ahnung, warum er so empfand. Wieder einmal hatte sie ihn aus der Fassung gebracht. Und diesmal wünschte er sich sehnlichst, er könne den negativen Eindruck, den er eben offenbar auf sie gemacht hatte, wiedergutmachen, damit sie nur etwas mehr Interesse für ihn zeigte.

Jack liebte Herausforderungen. Aber nur, wenn sie auch Sinn hatten. Dass er sich für Mallory Sinclair interessierte, hatte definitiv *keinen* Sinn.

Ein warmer Morgenwind wehte vom Meer herüber und brachte den Geruch von Salzwasser mit. Mallorys Haare begannen, sich in der feuchten Luft zu kräuseln, und der strenge Knoten, den sie vorhin mit so viel Mühe zu Stande gebracht hatte, begann sich in Wohlgefallen aufzulösen.

Sie sah auf ihre Armbanduhr. Es war bereits acht Uhr, und vom Herrn des Hauses war noch immer nichts zu sehen.

„Keine Sorge“, beschwichtigte Jack ihre stille Verärgerung. „Er sagte, wir sollen schon mal frühstücken. Er kommt, wenn wir fertig sind.“

Sie hob den Blick von ihrer Portion armer Ritter mit Zimt und Rosinen und tat etwas, was sie schon den ganzen Morgen tunlichst vermieden hatte: Sie blickte Jack ins Gesicht. Wenn sie gehofft hatte, er würde im Anzug am Frühstückstisch erscheinen, dann hatte sie sich geirrt. Er trug Shorts und ein kurzärmliges Oberhemd.

Hinreißend sah er aus. Die Arme waren mit gut trainierten Muskeln bepackt und ebenso braun gebrannt wie die leicht behaarte Brust, die aus dem geöffneten Hemd hervorschaute. Seine rabenschwarzen Haare hatte er glatt nach hinten gekämmt und die scharfen grauen Augen hinter einer Designer-Sonnenbrille versteckt. Ein Ausbund von männlicher Vollkommenheit saß da vor ihr, während sie wahrscheinlich ein unordentliches Bild konservativer Zurückhaltung abgab in ihrem faden, dunkelblauen Kleid und mit dem zerzausten Dutt am Hinterkopf.

Und wenn schon. Sie war ja nicht hier, um Jack mit ihrem Aussehen zu beeindrucken. Ihre Aufgabe bestand darin, ihn und den Mandanten mit ihrer brillanten Intelligenz in Erstaunen zu versetzen. Wenn es ihr nur endlich gelingen wollte, die unerhörte Attraktivität ihres Kollegen zu vergessen und sich auf ihr gemeinsames Ziel zu konzentrieren! Die vergangene Nacht hatte sie in ihrem Zimmer, gleich gegenüber dem seinen, wach gelegen und sich von einer Seite auf die andere gedreht. Ständig hatte sie an den Duft seines Aftershaves denken müssen und an den wundervollen Klang seiner tiefen Stimme.

„Ich freue mich, dass Sie es einrichten konnten, mich hier aufzusuchen“, dröhnte plötzlich eine Männerstimme los, die ihr unbekannt war, und störte sie damit in ihren ungehörigen Gedanken. „Wie finden Sie mein Wochenendhäuschen?“

„Ein wunderschönes Anwesen, aber ich schätze, das ist Ihnen ohnehin klar.“ Jack erhob sich mit diesen Worten, und Mallory tat es ihm nach. Er setzte lachend hinzu: „Wenn ich diesen Palast hier betrachte, fange ich an zu überlegen, ob ich nicht vielleicht doch den Beruf wechseln sollte.“

„Oh, Sie sind mir jederzeit ein gern gesehener Gast“, sagte der stämmige Mann gut gelaunt. „Helfen Sie mir, den Albatros loszuwerden,

den ich da geheiratet habe, und ich benenne eine ganze Suite nach Ihnen und Ihrer Kollegin hier."

Mallory musste sich sehr beherrschen, um nicht zusammenzuzucken bei der gefühllosen Art, mit der dieser Mann von seiner Frau sprach. Es war immerhin die Frau, die er einst geheiratet hatte, mochte er das inzwischen bedauern oder nicht. Irgendwann einmal, so vermutete Mallory, musste er sie also geliebt haben.

„Paul Leatherman, darf ich Ihnen Mallory Sinclair vorstellen? Eine unserer besten Anwältinnen. Mallory, Paul Leatherman."

Jack gestikulierte zwischen Mallory und Mr Leatherman, der noch weniger Sorgfalt auf seine Kleidung verwandt hatte als Jack: Mr Leatherman trug weite Badeshorts. Ihn als eigenwillig zu beschreiben, war noch milde ausgedrückt, fand Mallory.

Sie streckte ihm die Hand entgegen. „Schön, dass wir uns endlich kennen lernen, Mr Leatherman."

„Nennen Sie mich einfach Paul." Er schüttelte begeistert ihre Hand. „Man kann doch nicht so förmlich bleiben, wenn man am Strand sitzt und eine so großartige Aussicht genießt!"

Mallory sah kurz an ihm vorbei, wo sich im Hintergrund der strahlend blaue Himmel über das sonnenglitzernde Meer spannte. Er hatte recht. Sie war die ganze Zeit so damit beschäftigt gewesen, Jack bloß nicht aus Versehen anzusehen, dass sie die wunderschöne Umgebung gleich mit ignoriert hatte.

„Ja, Sie sind wirklich ein Glückspilz, Mr Leatherman."

Er schüttelte den Kopf.

„Paul, natürlich", verbesserte sie sich. „Jack hat völlig Recht. Hier ist es herrlich."

„Na, dann hoffe ich, dass Sie nach dem Gespräch etwas lockerer werden und den Aufenthalt hier ein wenig genießen. Ich habe es nämlich gern, wenn meine Anwälte mit mir auf derselben Wellenlänge liegen."

Paul zog sich einen Stuhl heran und setzte sich zu seinen beiden Gästen unter den großen Sonnenschirm. „Die Ehe", sagte er dann, „ist ein Geschäft der riskanteren Art."

Mallory nahm Schreibblock und Stift zur Hand, während Jack sich zurücklehnte und sagte: „Ihre besteht immerhin schon fünfundzwanzig Jahre. Es muss also etwas geben, was Sie und Ihre Frau verbindet."

Es gefiel Mallory, dass Jack Pauls Worte hinterfragte, auch wenn er dessen Meinung womöglich sogar teilte.

„Na, mein Geld", brummte Leatherman.

„Und Kinder", fügte Jack hinzu.

„Die sind längst aus dem Haus."

„Was ist Ihnen wichtiger?", fragte Mallory. „Dass Sie die Scheidung schnell hinter sich haben oder …"

Er ließ sie ihren Satz nicht beenden. „Wie schnell oder wie langsam es geht, ist mir völlig egal. Ich will nur nicht ausgenommen werden wie eine Weihnachtsgans. Ich habe mein Leben lang hart gearbeitet für alles, was ich jetzt besitze."

„Arbeitet Ihre Frau ebenfalls?", fragte Mallory.

„Ach wo! Es sei denn, Sie nennen es Arbeit, dass sie mein Geld ausgibt."

„Und was ist mit den Kindern, die ich für dich großgezogen habe, Paul? Seit wann zählt so etwas nicht mehr?" Eine fremde Frauenstimme stellte diese Frage.

Mallory sah auf.

Eine Dame mit braunen Augen, nicht mehr jung, aber noch immer schön, stand direkt hinter Paul Leatherman. „Und die Partys, die ich immer für dich vorbereitet habe, damit du repräsentieren konntest? Und deine wichtigen Gäste, um die ich mich für dich gekümmert habe? Und um deine diversen Wehwehchen? Überhaupt um dein Wohlergehen? Um deine Gesundheit?" Die Frau richtete ihren Blick auf Mallory, ganz offensichtlich in Hoffnung auf weiblichen Beistand.

Mallory entdeckte so großen Kummer und solche Traurigkeit in den tiefgründigen braunen Augen, dass sich ihr das Herz zusammenkrampfte. Zwar kannte sie nicht den gesamten Hintergrund, aber sie erkannte in Mrs Leatherman ihre Mutter wieder. Auch die hatte nämlich ihr Leben voll und ganz ihrem Ehemann geopfert. Hätte sie auch nur einen Moment lang mal an etwas anderes gedacht als daran, wie sie es ihrem Mann recht machen konnte, dann hätte Mallorys Mutter vielleicht sogar ihre Tochter bemerkt, die sie zwar zur Welt gebracht, um die sie sich ansonsten aber nicht weiter gekümmert hatte. Denn ihr Mann hatte beschlossen, dass dieses Kind nichts taugte.

Mit einem Seufzer schüttelte Mallory ihre persönlichen Erinnerungen ab. Das Mitgefühl für Mrs Leatherman wurde sie damit aber nicht los. Dabei konnte sie es sich absolut nicht leisten, die Frau ihres Mandanten zu bemitleiden. Nicht, wenn sie den Eindruck machen wollte, dass sie hundertprozentig die Interessen eben jenes Mandanten vertrat. Sie musste jetzt vollkommen professionell agieren.

Mit Mühe wandte Mallory den Blick ab von der Frau mit dem flehenden Gesichtsausdruck und betrachtete stattdessen ihren Mandanten.

Es war ihm nicht anzusehen, was er für seine Ex in spe empfand. Aber Mallory wusste, was sie sah: einen alternden Mann mit deutlichem

Bauchansatz und schütterem Haar, der mit einer eleganten, attraktiven Dame verheiratet war, die gern seine Frau bleiben wollte.

„Ich schlage vor, Sie beide kommunizieren ab sofort nur noch über Ihre jeweiligen Anwälte miteinander", sagte Jack in freundlichem, aber bestimmtem Ton.

Mallory sah unauffällig wieder zu Mrs Leatherman. Deren Gesicht war bei diesen Worten noch trauriger geworden.

„Ich wusste gar nicht, dass du dir schon einen gesucht hast", sagte die ältere Frau leise.

Paul Leatherman hüstelte kurz. „Noch habe ich mich für keinen entschieden."

„Sie sollten aber nicht länger warten, sich selbst rechtlichen Beistand zu suchen", sagte Mallory.

Paul nickte. „Die junge Dame hat recht, denn ich werde mir selbstverständlich die besten Anwälte nehmen, die ich finden kann."

Mallory verstand, was er damit andeuten wollte. Noch war er sich nicht sicher, ob die Kanzlei Waldorf, Haynes, Greene, Meyers & Latham die richtige für seine Zwecke war. Dennoch dachte sie im Moment hauptsächlich an Mrs Leatherman und deren Schmerz.

„Glaub nicht, dass du mir damit Angst machen kannst, Paul", entgegnete seine Frau. „Du bist doch der Letzte, der zu schätzen weiß, was er hat."

Es war nicht schwer zu erraten, wie sehr sie darum kämpfen musste, ihren Emotionen nicht freien Lauf zu lassen, aber es gelang ihr. Mit hoch erhobenem Kopf ging Mrs Leatherman ins Haus zurück.

„Ich war nicht darüber informiert, dass Sie noch miteinander leben", bemerkte Jack und brach damit das lähmende Schweigen, das über der sonnenüberfluteten Terrasse lag, nachdem Mrs Leatherman gegangen war.

Leatherman stieß verächtlich Luft durch die Nase. „Nicht miteinander. So weit auseinander, wie es nur geht auf dem Grundstück. Sie will nicht gehen. Behauptet, sie liebt mich. Aber in Wirklichkeit will sie nur nicht, dass ich als verlassener Ehemann vor Gericht gehen kann. Aus ihrer Sicht der Dinge gehört ihr ebenso gut, was mir gehört. Schätze, es wird auf die Neuinszenierung des Rosenkriegs hinauslaufen." Er stand abrupt auf und stieß den Stuhl, auf dem er gesessen hatte, rabiat beiseite. „Und ich will, verdammt noch mal, Anwälte, die mich da rauskriegen, ohne dass ich hinterher ein Loch in der Brieftasche habe!"

Mit diesen Worten drehte der Mann sich um und verließ Jack und Mallory, während er noch ein paar unverständliche Worte vor sich hin murmelte.

„Mist“, stöhnte Jack und fuhr sich mit den Fingern über den Kopf. „Ist der aber jähzornig. Ich will auf keinen Fall, dass wir hier abreisen müssen, ohne den Auftrag in der Tasche zu haben.“

Mallory nickte. „Selbst wenn wir den Fall kriegen – bei seinem Charakter werden wir es schwer haben, ihn zu überlegtem Handeln zu bringen. Am Ende steht dann sie als die Bedauernswerte da.“

Was sie ohne Zweifel auch tatsächlich ist, dachte Mallory. Aber sie hatte jahrelange Übung darin, ihre Gefühle hinter einer unbewegten Maske zu verbergen. Jack durfte nicht merken, welch ein Aufruhr in ihr herrschte. Er war Teilhaber. Seine Stimme würde zählen, wenn es darum ging, ob sie es ebenfalls werden sollte. Da durfte sie sich jetzt keine Schwäche leisten. Schon gar keine, die man ihr als feministische Tendenz auslegen konnte.

Sie ließ das Ende ihres Stifts gegen den Schreibblock trommeln. „Eine bedauernswerte Fassade versteckt immer interessante Details. Vielleicht hat Mrs Leatherman ja einen Geliebten.“

Jack hob erstaunt eine Augenbraue. Obwohl Mallory gerade wegen ihres Geschlechts für diesen Fall mit herangezogen worden war, hatte er vorausgesetzt, dass er während der Zusammenarbeit mit ihr immer gegen ein gewisses Maß an weiblicher Solidarität würde kämpfen müssen. Stattdessen schien sie aber tatsächlich nur darüber nachzudenken, was für den Mandanten von Vorteil sein würde. Eigentlich hätte er jetzt beeindruckt sein sollen. Aber ihre Coolness bekümmerte ihn eher. Dabei hatte er doch gewusst, wie ehrgeizig sie war.

„Und was wäre, wenn es Mr Leatherman wäre, der untreu ist?“, testete er sie. Mal sehen, wie sie auf dieses theoretische Dilemma reagieren würde.

Mallory zuckte mit den Schultern. „Letzten Endes ist es doch alles nur eine Frage der Macht. Wer die meiste Macht hat, also in diesem Fall Geld und Willensstärke, der gewinnt. Und es sieht mir nicht danach aus, als wenn Mrs Leatherman besonders viel Widerstand leisten wird.“

Sie hielt einen Moment inne, um nachzudenken. Selbst durch die dicken Brillengläser hindurch konnte Jack erkennen, dass Mallory für einen Moment bedrückt war, und er fasste wieder Hoffnung. Hoffnung, sie würde endlich ein bisschen weibliche Emotionalität erkennen lassen.

Doch der Gesichtsausdruck verschwand genauso schnell, wie er gekommen war. Mallory blickte Jack direkt in die Augen, und er sah darin nichts mehr außer kühler Entschlossenheit.

„Wir müssen ausnutzen, dass sie die Scheidung offenbar noch gar nicht will“, sagte sie. „Dann können wir Leatherman vielleicht überzeugen, dass wir die beste Strategie haben.“

„*Bis jetzt* will sie keine Scheidung. Wenn wir sie aber zu hart anfassen, sucht sie sich vielleicht einen Anwalt, der umso mehr auftrumpft.“

„Eben!“ Mallorys Stimme klang geradezu begeistert.

Jack verstand jetzt, warum sie so gut war als Anwältin. Sie kam gern zur Sache, liebte es, für ihre Mandanten die günstigsten Lösungen auszuklügeln. Das verstand er gut, denn er selbst empfand jedes Mal ähnlich, wenn er einen Fall bestmöglich zu Ende brachte oder plötzlich eine Idee hatte, wie er das erreichen konnte.

„Was schlagen Sie also vor?“, fragte er.

„Wir müssen immer einen Schritt voraus sein. Und das geht nur, wenn wir alles unter Kontrolle haben. Ich werde Rogers anrufen und ihn bitten, mal ein bisschen in Mrs Leathermans Vergangenheit zu wühlen, ob sich da was Brauchbares gegen sie finden lässt. In der Zwischenzeit können Sie sich ja schon mit Mr Leatherman, ich meine, mit Paul unterhalten. Ihnen gegenüber wird er viel offener sein, als wenn ich dabei bin. Männer unter sich und so, Sie wissen schon.“

Seine Mundwinkel verzogen sich zu einem Grinsen. Er konnte es nicht verhindern. Sie gab gern Anweisungen, wie es schien, und diese Neigung, die Führung zu übernehmen, gefiel ihm durchaus an ihr. „Und was ordnen Sie sonst noch an?“

Sie wurde plötzlich rot. Von Lilienweiß zu Rosenrot in kaum mehr als drei Sekunden. Das bedeutete, sie war tatsächlich aus Fleisch und Blut wie jeder andere Mensch auch. Für einen kurzen Moment überlegte Jack, wie er dieses Blut wohl weiter zum Pulsieren bringen konnte. Er konzentrierte sich jedoch sofort wieder und erinnerte sich daran, dass hier Mallory vor ihm saß, seine bierernste und wahrscheinlich mächtig verklemmte Kollegin.

Er musste unbedingt wieder was mit einer Frau anfangen, und zwar möglichst bald. Das waren sexuelle Entzugserscheinungen. Eine andere Erklärung gab es nicht für die seltsame Art, wie er auf diese staubtrockene Kollegin reagierte.

Sie schüttelte den Kopf. „Entschuldigen Sie. Ich weiß nicht, was ich mir dabei gedacht habe.“

„Nun, ich würde sagen, Sie waren ganz bei der Sache und dachten klar und logisch. Wir werden genau machen, was Sie vorgeschlagen haben. Rufen Sie den Privatdetektiv an. Wenn Leatherman merkt, dass wir Zeit und Geld investieren, ohne den Auftrag schon sicher zu haben, wird ihn das bestimmt beeindrucken. Und ich bin sicher, ich kriege ihn in den Griff, bis wir hier wieder abreisen.“

„Wirklich? Ich meine, das ist toll. Ich kümmere mich sofort darum."

Die Überraschung war ihr deutlich anzumerken. Kein Wunder, wenn man bedachte, welche Erfahrungen sie vermutlich mit den anderen Teilhabern der Kanzlei gemacht hatte. Aber er war nicht der Typ, der eine gute Idee vom Tisch wischte, nur weil er sie nicht selbst gehabt hatte. Ihre Ideen waren gut durchdacht, und ihre Gedankengänge entsprachen seinen eigenen. Sie beide würden ein gutes Team bilden.

Ein gutes *Arbeits*team, korrigierte er sich im Stillen. Laut sagte er nur: „Tun Sie das."

Ihre Blicke trafen sich, und Mallory nickte. Der Blickkontakt dauerte ein paar Sekunden zu lange, ohne dass Jack den Willen fand, dem ein Ende zu setzen. Mallory war es, die schließlich wegsah. Aber sie hatte ja auch Übung darin. Den ganzen Morgen schon hatte sie ihn auf diese intensive Art angesehen, um dann sofort den Blick abzuwenden, wenn Jack zu ihr hinschaute. Fast ein wenig schuldbewusst, wie ein Kind, das man dabei erwischt hatte, wie es etwas Verbotenes tat.

Eine Frau voller Widersprüche. Jack bezweifelte, ob er sie jemals würde verstehen können. Es war vielleicht auch besser so. Sie lenkte ihn viel zu sehr ab. Ihretwegen ertappte er sich immer wieder dabei, wie er sich und seine Gefühle in Frage stellte. Wieso interessierte es ihn, was Mallory dachte, solange sie ihren Job ordentlich machte? Warum hatte er das unwiderstehliche Bedürfnis, eine feminine Seite an ihr zu entdecken? Warum wollte er wissen, ob sie auch Gefühle hatte und Mitleid mit einer Frau empfand, die von Jack in einem Scheidungsprozess gnadenlos durch den Wolf gedreht werden würde?

Die Gefühle, die er im Zusammenhang mit Mallory Sinclair hatte, ergaben schlicht und einfach keinen Sinn. Jack bezweifelte zwar, dass Leatherman keine Schuld am Scheitern der Ehe hatte, aber Mallory hatte wirklich recht. Wenn man nur fleißig genug Nachforschungen anstellte, fand man bestimmt die eine oder andere „Leiche" in Mrs Leathermans Keller, und dann waren ihr die Hände gebunden. Und das wiederum würde Leatherman überzeugen, dass er es hier mit tüchtigen Anwälten zu tun hatte.

Aber Mallorys Unbarmherzigkeit angesichts der Notlage, in der sich Mrs Leatherman befand, ging ihm nicht aus dem Kopf. Und Jack wusste auch genau, warum. Die entschlossene Zielstrebigkeit, mit der Mallory nach Erfolg um jeden Preis strebte, erinnerte ihn an die Hartnäckigkeit seiner Mutter, mit der diese sich ohne Rücksicht auf die Gefühle seines Vaters einfach nahm, was sie außerhalb ihrer Ehe haben wollte. Eine merkwürdige Übereinstimmung, wie Jack fand. Doch womöglich war Mallory gar nicht wirklich so wie seine Mutter. Um das herauszufinden, würde er testen, wie weit Mallorys Kaltschnäuzigkeit tatsächlich ging.

Er lehnte sich ein wenig vor. „Mallory?“

Sie war dabei, ihre Sachen zusammenzuräumen, und blickte zu ihm auf. „Ja?“

„Wenn Sie zufällig Mrs Leatherman über den Weg laufen sollten und die Gelegenheit günstig ist ...“

Sie erhob sich. „Keine Sorge, Jack. Ich weiß, wie ich sie zu nehmen habe.“ Und nach einem tiefen Seufzer fuhr sie fort: „Eine zögernde, verletzliche Frau, die sich einer anderen Frau gewiss gern anvertrauen wird. Sie wissen schon.“

Jack schloss die Augen. Klar wusste er. Genau deswegen war sie ja für diesen Job ausgesucht worden. Aber die eiskalte Art, mit der sie das sagte, so als habe sie wirklich nicht das leiseste Mitgefühl mit dieser anderen Frau, vermittelte ihm ein Bild von Mallory, das er einfach nicht glauben wollte. In beruflicher Hinsicht war er schwer beeindruckt, aber persönlich wünschte er sich nichts sehnlicher, als dass sie sich doch noch als normaler Mensch erwies. Dass sie, wenn sie es schon nicht zeigen konnte, dennoch eine Art weibliche Verbundenheit mit Mrs Leatherman empfand.

Er war noch nicht fertig mit seinem Test. Sie konnte nicht so kalt und berechnend sein, wie sie tat! „So wie Sie das sagen, könnte man meinen, Sie seien bereit, ihr stets und überall Mitleid vorzuheucheln, selbst auf dem Damenklo.“

Sie schien über seine Worte nachzudenken. Und die Tatsache, dass sie nicht gleich antwortete, ließ ihn erneut hoffen. „Wenn es sich als nötig erweisen sollte, um diesen Mandanten von unserer Professionalität zu überzeugen, dann würde ich es tun.“

Soweit zum Thema Hoffnung, dachte er und war unsäglich enttäuscht. „Meine Güte, sind Sie gefühllos! Ich würde zu gern mal die Frau sehen, die hinter dieser eiskalten Fassade steckt. Wenigstens ein einziges Mal, solange wir hier sind.“

Sie erstarrte, und Jack fluchte. Er hatte das nicht laut sagen wollen. Und verletzen wollte er sie schon gar nicht. Es war nur, weil er nicht verstehen konnte, dass sie so widersprüchliche Gefühle in ihm auslöste. Eine Entschuldigung war das freilich nicht. Sie würde es kaum verstehen.

Mallory hielt ihren Schreibblock an sich gepresst. „Wenn ich recht verstehe, war das kein Kompliment.“

Oje, hatte er sich so deutlich ausgedrückt? „Sehen Sie“, begann Jack. „Ich meinte das nicht so. Es war nur eine dumme ...“

„… Taktlosigkeit. Ein Männerspruch. Nehme ich Ihnen nicht übel.“ Ihre Lippen bebten, während sie das sagte.

Er glaubte ihr nicht. Zwar war sie nicht in Tränen ausgebrochen, und diese Willensstärke nötigte ihm durchaus Respekt ab, aber offenbar war es ihm endlich gelungen, der starren Maske über ihrem Gesicht einen Riss zuzufügen. Er hatte sich bewiesen, dass man sie durchaus verletzen konnte.

Und doch kam er sich vor wie ein Mistkerl. Klar, er hatte sein Ziel erreicht. Ihre weibliche Seite kannte er zwar noch immer nicht, aber zumindest wusste er jetzt, dass es eine gab. Das befriedigte ihn allerdings nicht im Geringsten. Nicht nur, weil er sie zu diesem Zweck verletzt hatte. Er begriff soeben noch etwas anderes: Mallorys Gefühle waren ihm wichtig. Im Zusammenhang mit Frauen kam so etwas äußerst selten bei ihm vor.

Er hasste falsche Tränen. Er hasste es auch, wenn eine Frau auf sein Mitleid spekulierte, indem sie so tat, als habe er ihre Gefühle verletzt. Seine Mutter war eine Expertin auf diesem Gebiet. Und sein Vater fiel immer wieder von Neuem darauf herein. Jack hatte sich geschworen, dass es ihm niemals so ergehen sollte. Und deswegen hatte er es sich zum Prinzip gemacht, die Gefühle anderer Menschen konsequent zu ignorieren.

Er sah in Mallorys Gesicht. Es gelang ihr, ein künstliches Lächeln aufzusetzen. Eines, das ihn nicht beruhigte. Nicht mal eine Sekunde lang. Und das gab ihm noch viel mehr zu denken.

„Wir sehen uns dann später.“ Damit drehte sie sich um und ging.

Er sah ihr nach, sah das blaue Kleid, das viel zu tief über ihre Beine reichte, und den unansehnlichen Dutt an ihrem Hinterkopf.

„Mist, verdammter“, sagte Jack laut und deutlich.

Dann blickte er den Strand entlang, der sich mit Frauen zu füllen begann, eine attraktiver als die andere und alle äußerst spärlich bekleidet.

Wenn Mallory ihn auf so unterschiedliche Arten ansprach, dann musste es einen Grund dafür geben. Vielleicht war es an der Zeit, dass er mal wieder richtig guten Sex hatte.

3. KAPITEL

Soso, er wollte also die Frau sehen, die hinter dieser eiskalten Fassade steckte? Mallory riss wütend die Kommodenfächer in ihrem Zimmer auf und schob sie krachend wieder zu. Zwischendurch warf sie ein paar Sachen auf das Bett und hielt dabei murmelnd Selbstgespräche.

Gefühllos. Er hatte es gewagt, sie gefühllos zu nennen! Sie hob ihr allersündigstes Spitzennachthemd hoch und betrachtete es. Konnte sie tatsächlich gefühllos sein, „eiskalt", wo sie doch Seide und Satin mochte? Warmen Brandy und anschmiegsame Bettwäsche? Wo sie erotische Träume hatte, die sie nie wagen würde, jemandem zu erzählen? Nicht einmal dem Mann, der darin vorkam?

Sie schob den seidig schimmernden Haufen Wäsche beiseite und warf sich rücklings auf das Bett. Die eine Hand krallte sie in die Tagesdecke, mit der anderen wischte sie sich eine Träne aus dem Gesicht.

Herrgott noch mal, wie sehr dieser Typ sie beeindruckte! Sexuell, emotional, und überhaupt. Es war ihr wichtig, was er von ihr hielt, und unerträglich, dass er nur ihre Maske kannte. Mallory Sinclair, Rechtsanwältin. Eine Figur, die sie eigens dafür erschaffen hatte, um ihr lang ersehntes Ziel endlich zu erreichen.

Aber es war ein Ziel, das zurückstehen musste, wenn es darum ging, Jack Latham zu zeigen, dass er richtig vermutet hatte. Er spürte offenbar, dass da noch mehr war als die Mallory, die man in der Kanzlei zu sehen bekam. Die *er* zu sehen bekam. Genau wie sie spürte, dass es nicht nur Jack Latham, den Terminator, gab.

Doch leider gab es auch die alte Gewohnheit, dass Mann und Frau mit zweierlei Maß gemessen wurden. Jack hatte sie im Grunde dafür kritisiert, dass sie ihren Job so machte, wie es für einen Mann ganz selbstverständlich gewesen wäre.

Zwar fand Mallory bestimmte Ansichten ihres Vaters nicht wirklich gut, dennoch hatten ihre Eltern ihr ein paar Werte vermittelt, die ihr wichtig waren. Dazu gehörten Loyalität, Achtung und Durchhaltevermögen im persönlichen wie im beruflichen Leben.

Und nun fand sie sich in einer Situation wieder, in der sie sich für einen Mann einsetzen sollte, der seiner Frau wehtat. Profis, die von Mr Leatherman dafür bezahlt werden würden, ihn während des Scheidungsprozesses vor Gericht zu vertreten, durften sich aber nicht darum kümmern, wie er seine Frau behandelte. Und sie war ein Profi!

Das musste Jack doch eigentlich verstehen, denn er hatte ja dieselbe Einstellung zu seinem Beruf. Aber nur, weil sie eine Frau war, erwartete er, dass sie sich anders verhielt. Dass sie Gefühle zeigte. Dieses Messen mit zweierlei Maß tat umso mehr weh, als es von Jack kam. Gerade von ihm hätte sie mehr Verständnis erwartet. War er denn nicht der Terminator? Der ständig Ehemänner gegen ihre Ehefrauen vertrat, ohne Rücksicht auf Fairness oder die tatsächlichen Umstände? Und daran gab es nichts auszusetzen, denn es gehörte zum Berufsethos eines jeden Anwalts.

Doch obwohl er der beste Scheidungsanwalt in ihrer Kanzlei war, ging Mallory davon aus, dass Jack Latham nicht ausschließlich der berühmt-berüchtigte Eheterminator war. Sie war zwar erst einen Tag lang mit ihm zusammen gewesen, aber schon war sie überzeugt, dass auch er weit empfindsamer war, als er erkennen ließ. Oh, wenn es darauf ankam, würde er natürlich behaupten, dass er seinen männlichen Mandanten grundsätzlich jedes Wort glaubte. Er würde lauthals erklären, dass in den allermeisten Ehescheidungen die Frau die schuldige Partei war. Immer wieder hatte sie ihn das in der Kanzlei verkünden hören.

Allerdings war ihr auch schon der Büroklatsch zu Ohren gekommen, der zu wissen meinte, warum Jack Latham ein so gnadenloser Scheidungsanwalt geworden war. Wenn die Geschichte stimmte, dass seine Mutter seinen Vater völlig ungeniert und regelmäßig betrog, dann steckte viel selbst erlittener Schmerz hinter seinen ehefeindlichen Äußerungen.

Die getönten Gläser der Sonnenbrille hatten vorhin zwar seine Augen verbergen können, nicht aber seine Gefühle. Zum Beispiel hatten seine vollen Lippen kaum merklich gezuckt, und seine Hand hatte die Tischkante einen Moment lang fester umfasst, sodass die Knöchel weiß hervorgetreten waren. Mallory hatte es nur bemerkt, weil sie genau hingesehen hatte. Sie hatte nach einem Beweis dafür gesucht, dass im Grunde auch er ein normaler, mitfühlender Mensch war. Es war ihm also keineswegs gleichgültig, wie sehr Mrs Leatherman litt, auch wenn er ihr vorgeschlagen hatte, dass sie mit dem Mann, den sie liebte, künftig nur noch per Anwalt in Kontakt treten sollte.

Es war leichter gewesen, Jack Lathams Attraktivität zu ignorieren, als sich diese noch auf seinen Sexappeal beschränkt hatte. Jetzt, wo Mallory etwas mehr Zeit mit ihm verbracht hatte und begriff, dass er nicht nur umwerfend aussah, sondern auch einen liebenswerten Charakter besaß, konnte sie es nicht ertragen, dass er eine schlechte Meinung von ihr hatte.

Er wollte die Frau hinter der Maske sehen? Bitte schön. Sie war stolz genug, um ihn einen Blick hinter die Kulisse werfen zu lassen.

Das war natürlich nicht ganz ungefährlich. Jack Latham war ein angesehener Teilhaber. Ein Wort von ihm, geflüstert in das Ohr der richtigen Leute, und mit Mallorys Karriere war es aus und vorbei. Aber selbst wenn sie alles gegeneinander abwog, lohnte es sich immer noch.

„Meine Güte, sind Sie gefühllos! Ich würde zu gern mal die Frau sehen, die hinter dieser eiskalten Fassade steckt. Wenigstens ein einziges Mal, solange wir hier sind."

Sie befühlte mit den Fingerspitzen die reine Seide ihrer Wäsche. Wenn er einfühlsam genug gewesen war, um mitzubekommen, *dass* da eine Frau hinter der Fassade steckte, dann würde sie mutig genug sein, sie ihm auch zu zeigen.

Geheime Verschlusssache.

Mallory setzte sich auf, zog die Knie dicht an den Körper und dachte konzentriert darüber nach, wie sie die beste Wirkung erreichen würde. Als sie sich schließlich einen detaillierten Plan zurechtgelegt hatte, war sie unbeabsichtigt in Erregung geraten bei all den vielen verführerischen Möglichkeiten, die sie sich überlegt hatte.

Sie sah auf ihre Uhr. Ein bisschen Zeit hatte sie noch, bis sie Jack wiedersehen würde. Mehr Zeit als genug, um ein paar Vorbereitungen zu treffen.

Mallory streckte sich wieder auf dem Bett aus, kniff die Augen zusammen und stellte sich vor, wie Jack reagieren würde. Freudige Erwartung breitete sich in ihr aus, wurde stärker und verursachte ein klopfendes Pulsieren zwischen ihren Schenkeln. Eine Hand auf den weichen Stoff ihres Slips gelegt, drückte sie ein wenig auf die pulsierende Stelle. Es war eine wundervolle Mischung aus Schmerz und Verlangen. Sie ließ die Fingerspitzen über die Seide gleiten, befühlte den sanft abfallenden Hügel, der sich darunter verbarg.

Es wäre so einfach, nur schnell den ärgsten Hunger zu stillen, bevor sie wieder zur Tagesordnung überging. Aber wenn sie die körperliche Anspannung verringerte, würde sie sich nicht mehr so darauf freuen können, Jacks Reaktion zu beobachten.

Sie wollte, dass er Mallory Sinclair, die Frau, begehrte.

Bis an die Grenze des Erträglichen würde sie ihn reizen … und darüber hinaus. Das wollte sie gemeinsam mit ihm erleben, nicht allein im stillen Kämmerlein.

Also dann, dachte Mallory, Vorhang auf, das Spiel beginnt!

Man konnte sich glatt daran gewöhnen.

Jack sah über den Swimmingpool hinüber zum glitzernden Meer. Die Luft roch nach Tang, der Himmel war strahlend blau, und da drüben tummelten sich lauter Frauen in sexy Bikinis. Oh ja, er würde sich sehr schnell daran gewöhnen. Er lehnte sich in seinem Stuhl zurück und streckte die Beine weit von sich. Die Sonne schien auf seine Haut, warm und beruhigend.

„Entschuldigen Sie die Verspätung. Ich musste ein paar Erkundigungen einziehen, und das hat länger gedauert, als ich dachte."

Mallory glitt auf den Stuhl gegenüber. Sie trug noch immer diesen grässlichen blauen Sack von Kleid und wirkte so verklemmt wie eh und je. Immerhin schien sie ihm nicht mehr böse zu sein wegen der Bemerkung von heute Morgen. Das erleichterte ihn.

„Ist alles in Ordnung?", fragte er.

Sie nickte. „Wir sind so schnell abgereist, dass ich doch noch ein paar wichtige Dinge vergessen hatte."

„Also, ich habe Paul in der Sauna getroffen. Ungefähr eine Stunde lang haben wir uns gegenseitig unser Elend mit Not leidenden Frauen geklagt. Er braucht noch viel Zeit, bevor man eine Entscheidung von ihm erwarten kann, aber ich denke, er beginnt mir zu vertrauen. Außerdem habe ich ein paar Dinge erfahren, über die ich Sie gern unterrichten möchte."

„Klingt gut."

„Möchten Sie erst mal einen Drink?"

Sie zögerte.

„Stellen Sie sich einfach vor, es wäre mehr Urlaub als Dienstreise. Wir sind wirklich nur hier, weil Leatherman sehen will, was für eine Art Menschen wir außerhalb der Kanzlei sind. Ein Exzentriker, wie gesagt. Also los, bestellen Sie sich einen Drink."

Jack wollte wirklich, dass sie sich entspannte. Er würde es keine ganze Woche mit ihr aushalten, wenn sie ständig den Eindruck machte, als würde sie bei der geringsten Kleinigkeit erschrocken zusammenfahren.

Nach dem Fauxpas von heute Morgen würde er das Thema Kleidung vorerst lieber nicht mehr ansprechen. Aber er war sich nicht sicher, ob er noch lange zusehen konnte, wie sie bei dieser Hitze im Büro-Outfit herumlief.

Er winkte dem Kellner. „Die Dame hier hätte gern …" Er kniff die Augen ein wenig zusammen, während er zu erraten versuchte, was sie wohl gern trinken würde. „… eine Weißweinschorle?"

Sie schüttelte den Kopf. „Mineralwasser, bitte."

Jack zwinkerte schnell und bewahrte sich so davor, die Augen zu verdrehen. „Ich nehme noch mal so einen", sagte er und hielt sein Glas hoch, in dem ein Rest Wodka auf Eis schwappte.

Der Kellner nickte. „Kommt sofort."

„Oh, Moment noch“, sagte Mallory da.

Der Mann, der schon halb unterwegs gewesen war, wandte sich wieder zu ihnen um. „Doch noch anders überlegt, was?“

Jack hielt für einen Moment die Luft an.

„Mit Zitronenscheibe, bitte.“

Jack atmete aus. Er hätte es wissen müssen.

„Was wollten Sie mir also über Leatherman erzählen?“, erkundigte sich Mallory.

„Abgesehen davon, dass er über seine Ehe jammert, hat er auch was zu verbergen.“

„Wie kommen Sie darauf?“

„Er hat einen Telefonanruf bekommen. Der Typ, der die Nachricht brachte, erwähnte keinen Namen, aber Leatherman ist fast gestolpert, so eilig hatte er es auf einmal, aus der Sauna zu kommen.“

Jack lachte bei der Erinnerung und wartete, ob auch Mallory lachen würde. Aber sie behielt ihre ausdruckslose Miene bei. Er unterdrückte ein genervtes Stöhnen. Es war unwahrscheinlich, dass sie eine solche Szene nicht amüsant fand. Also musste sie doch noch sauer auf ihn sein. Doch er würde sich hüten, noch einmal eine so unüberlegte Bemerkung zu machen wie heute Morgen.

„Jedenfalls“, fuhr er fort, „als er zurückkam, fragte ich ihn, ob alles in Ordnung sei. Es hätte ja einen Badeunfall oder etwas Ähnliches in der Anlage gegeben haben können. Aber er hat sich darüber ausgeschwiegen. Wurde rot und hat eine Weile rumgestammelt, bis er endlich behauptete, sein Sohn habe aus Kalifornien angerufen.“

Mallory zuckte mit den Schultern. „Und warum glauben Sie, dass das nicht wahr ist?“, fragte sie.

„Mein Instinkt sagt es mir. Außerdem hätte er nicht so herumzudrucksen brauchen, wenn es die Wahrheit gewesen wäre.“

Sie nickte. „Stimmt. Was also, glauben Sie, hat er zu verbergen? Ich meine, es macht keinen Sinn, uns im Dunkeln tappen zu lassen. Wir sind doch auf seiner Seite.“

„Richtig. Und ich werde herausfinden, was da Sache ist, sobald ...“

„Hier kommen die Drinks!“ Der Kellner tauschte Jacks leeres Glas gegen ein volles aus, das allerdings nicht mehr besonders appetitlich aussah, aber Jack bedankte sich trotzdem und sah wieder zu Mallory.

„Ich hätte ihn ja einfach fragen können, worum es ging, aber ...“

„Entschuldigen Sie, Sir, aber das hier ist auch für Sie.“ Der Kellner übergab Jack ein gefaltetes Stück Papier.

„Hat jemand für mich angerufen?“, wunderte sich Jack.

„Nein, der Barmann fragte mich, ob ich den Namen des Adressaten kenne. Und da Sie ja vorhin erst für das Mittagessen unterschrieben haben …"

„Sagte er auch, wer die Nachricht für mich abgegeben hat?"

„Er meinte, er habe sie auf dem Tresen gefunden, als die Mittagszeit vorbei war."

„Komisch." Jack betrachtete den gefalteten Zettel. Ein femininer Hauch von Parfüm strich an seiner Nase vorbei. Er hielt den Zettel näher an sein Gesicht, und der Duft wurde stärker. Noch anziehender.

„Haben Sie noch einen Wunsch?", erkundigte sich der Kellner.

„Nein, danke", antwortete Mallory höflich, doch nicht ohne das übliche rauchige Timbre in ihrer Stimme.

Jack schüttelte nur den Kopf, dann öffnete er die versiegelte Nachricht.

Einladung zu einem erotischen Abend mit gemeinsamem Dinner, Tanz und sinnlichen Vergnügungen. Acht Uhr. Treffpunkt Strandhaus Nummer 10.

Er versuchte zu schlucken, aber sein Hals war wie zugeschnürt. Es gab noch ein paar weitere Anweisungen und verführerische Andeutungen über die Genüsse, die ihm in Aussicht gestellt wurden, wenn er …

Als er den Zettel umdrehte, fand er auf der Rückseite noch ein paar Worte.

Komm pünktlich. Und hungrig.

Seine Augen wurden plötzlich feucht, und er griff hastig nach dem Drink, der ihm eben noch so unappetitlich erschienen war. Aber anstatt ihn zu beruhigen, brannte der Alkohol nur wie verrückt in seiner Kehle, und Jack bekam einen Hustenanfall.

Mallory stand auf und winkte dem Kellner zu. „Würden Sie bitte ein Glas Wasser bringen?", hörte er sie rufen. Dann wandte sie sich ihm zu. „Alles in Ordnung?", fragte sie.

Er schluckte erneut, und das Atmen fiel ihm wieder leichter. „Jaja, schon gut. Hab mich nur verschluckt."

„Oh." Sie setzte sich wieder. „Sie haben mich erschreckt, wissen Sie das? Ich dachte schon, ich müsste Mund-zu-Mund-Beatmung machen."

Er starrte sie ungläubig an, denn er hätte schwören können, sich soeben verhört zu haben.

„Das ist eine bewährte Wiederbelebungstechnik", erläuterte sie schnell. „Von Mund zu Mund, weil ich schon dachte, Sie hätten aufgehört zu atmen oder so. Aber machen Sie sich nichts draus. Jetzt geht es Ihnen ja wieder gut."

„Ja, mir geht's gut."

Er betrachtete den Zettel, der in seinem Schoß lag. Es ging ihm so gut, wie es einem eben ging, wenn man eine Einladung zu einem erotischen Abend über der verräterischen Wölbung in der Hose liegen hatte und einen die verklemmte Kollegin mit großen Augen über den Tisch hinweg ansah.

Wer konnte ihm bloß so eine Nachricht geschickt haben? Er blickte sich um zu all den Frauen da am Strand, aber das half ihm auch nicht weiter. Jack brach der Schweiß aus. Die Terrasse war zwar von der prallen Sonne aufgeheizt, aber das war nicht der Grund, warum ihm auf einmal so heiß war.

„Eine Nachricht von Leatherman?", erkundigte sich Mallory.

Hoffentlich nicht, dachte Jack und fand die Vorstellung keineswegs belustigend. „Nein, es ist was Persönliches."

„Ach so. Also, was ist jetzt? Werden Sie ihn auf den Kopf zu fragen, was los ist?"

Er starrte über Mallorys Schulter und musterte jede Frau, die vorbei kam. Keine gab ihm auch nur andeutungsweise zu verstehen, dass sie diejenige sei, von der die Einladung stammte. *Eine* jedoch musste es gewesen sei, die ihn so herausgefordert hatte. Und es klang so aufregend, was da geschrieben stand. So verheißungsvoll. So faszinierend.

Nur ein Vollidiot würde sich das entgehen lassen und nicht Punkt acht vor Ort sein. Andererseits wäre er ein noch viel größerer Idiot, wenn er auch noch dazu beitrug, dass er Gegenstand der Träume einer ihm unbekannten Frau wurde.

„Jack? ... Jack! Ich fragte, ob Sie vorhaben, Paul Leatherman zur Rede zu stellen."

Mallory war offensichtlich verwirrt von seiner plötzlichen Unfähigkeit, sich zu konzentrieren. Sie starrte ihn durch diese hässlichen, dicken Brillengläser hindurch an.

Er hatte für einen Moment das absurde Bedürfnis, sich ihr anzuvertrauen. Und diese Erkenntnis zeigte ihm erneut, in welch merkwürdigem Zustand er sich seit Beginn dieser Dienstreise befand. Und dann noch diese Einladung!

Jack hob den Zettel noch einmal auf und hielt ihn sich vor die Nase. Es war ein betörender Duft. Er konnte sich nicht entscheiden, ob er ihn eher als blumig oder doch lieber orientalisch beschreiben würde. Jedenfalls war ihm, als habe er dieses Parfüm schon einmal gerochen. Wenn er sich nur erinnern könnte, wo!

„Vielleicht sollten wir dieses Gespräch später fortsetzen." Mallory stand auf. „Wie ich sehe, sind Sie in Gedanken momentan ganz woanders."

„Warten Sie", sagte Jack.

„Warum? Egal, was ich sage oder mache, es scheint nicht Ihr Interesse zu finden. Da ist es wohl besser, wenn Sie sich erst einmal um diese persönliche Angelegenheit kümmern. Wir können uns ja später noch einmal zusammensetzen."

Er stöhnte entnervt. „Setzen Sie sich wieder, Mallory. Sie haben mich gefragt, ob ich vorhabe, Leatherman zur Rede zu stellen. Die Antwort ist Nein. Es ist seine Taktik, verstehen Sie? Er baut Vertrauen eher langsam auf. Deshalb sind wir ja hier. Er will uns unter die Lupe nehmen, prüfen, ob er uns vertrauen kann. Unsere Kanzlei betreut sein Unternehmen in allen rechtlichen Fragen, aber diese Angelegenheit ist … eben persönlich. Wenn er meint, es ist an der Zeit, dann wird er uns einweihen."

„Und in der Zwischenzeit?" Mallory wippte unzufrieden mit dem Fuß.

„Warten wir. Genießen den Strand. Die Aussicht." *Komm pünktlich. Und hungrig.* „Das tolle Essen", fuhr Jack murmelnd fort.

„Bitte?"

Er schüttelte den Kopf. Sie hatte recht. Keine Chance, dass er sich im Moment auf geschäftliche Dinge konzentrieren konnte. Wer immer die Absenderin der erotischen Einladung sein mochte – vermutlich beobachtete sie ihn in diesem Moment. Musterte ihn. Beurteilte ihn. Er erschauerte bei dieser Vorstellung.

Mallory griff sich ihren Schreibblock. „Vielleicht brüten Sie was aus. Eine Grippe oder so. Sie scheinen Schüttelfrost zu haben."

Weit eher stand er in Flammen vor lauter freudiger Erwartung. „Sie haben völlig recht. Wir treffen uns besser später noch einmal."

Sie nickte. „Ja, ruhen Sie sich ein wenig aus. Was halten Sie von heute Abend acht Uhr?"

Er holte tief Luft und zwang sich ein Lächeln ab. „Ich dachte, ich hätte Ihnen bereits empfohlen, den Aufenthalt hier eher als Urlaub zu begreifen. Nehmen Sie sich heute Abend einfach frei. Wir sehen uns dann morgen früh."

„Wie Sie wollen." Mit diesen Worten drehte sie sich um und ging davon.

Er sah ihr hinterher und bewunderte ihren geschmeidigen Gang. An den Füßen trug sie schlichte Sandalen. Was für eine Verschwendung, dachte Jack. Wirklich schade drum.

Aber er konnte jetzt nicht weiter über Mallory nachdenken. Noch einmal wedelte er mit dem Zettel vor seiner Nase herum und genoss wieder den Duft, der für Sekunden in der Luft hing. Dieses Parfüm regte seine Sinne an. *Alle* seine Sinne, und das war zweifellos Absicht.

Wer immer ihm diese Einladung gesandt hatte, war darauf aus, sein Blut in Wallung zu bringen. Und das war dieser Person auch eindeutig gelungen. So gut, dass Jack vorerst nicht von diesem Tisch hier aufstehen konnte. Vermutlich sogar für eine ganze Weile nicht. Machte nichts, dann hatte er wenigstens Zeit, in aller Ruhe darüber nachzudenken, ob er zu dem Stelldichein erscheinen sollte oder nicht.

So ein Quatsch. Er wusste genau, dass er um jeden Preis da sein würde. Sie hatte sich viel Mühe gegeben, ihn so herauszufordern, da verdiente sie es auf jeden Fall, dass er zumindest reagierte. Persönlich. Und das Kribbeln auf der Haut und die peinliche Wölbung im Schritt seiner Shorts bewiesen ihm, dass er es auch wollte.

Die Abenddämmerung hüllte den Strand ein, und langsam brach die Nacht herein. Voll ungeduldiger Erwartung beobachtete Jack die Digitalanzeige des Weckers in seinem Hotelzimmer. Die Zeit kroch wie eine Schnecke auf acht Uhr zu. Es ließ sich nicht leugnen, die anonyme Absenderin der Nachricht wusste, wie man einen erotischen Abend in Szene setzte. Den ganzen Nachmittag über hatte Jacks Erregung nicht nachgelassen.

Eine sanfte Brise wehte vom Meer her durch die offene Terrassentür ins Zimmer. Jack kam es vor, als ob sein Körper im Rhythmus der ans Ufer klatschenden Wellen pulsierte. Dass sein Herz wie verrückt hämmerte, kam ihm jedenfalls nicht nur so vor. Er starb fast vor Begierde.

Dabei hatte er keine Ahnung, mit wem er sich überhaupt treffen würde!

War das normal? Erhöhte Anonymität automatisch die Intensität der Erwartung? Die Erregung? Geheimniskrämerei war jedenfalls ein hervorragendes Aphrodisiakum, so viel stand fest. Die Regel, die Jack sich selbst auferlegt hatte, sich nämlich auf keine One-Night-Stands einzulassen, war vergessen. Es ging ihm nur noch darum herauszufinden, wer diese Einladung geschickt hatte, und endlich all die Fantasien auszuleben, die ihm seither durch den Kopf spukten.

Möglich, dass er es später bereuen würde, dieser Einladung gefolgt zu sein. Aber im Moment gab es nichts, was ihn davon abhalten konnte, die Absenderin kennen zu lernen und den berauschenden Duft ihres Parfüms an ihr selbst wahrzunehmen. Er würde pünktlich zur Stelle sein.

Als er die Tür seines Hotelzimmers hinter sich abschloss und hinaus in die dunkle Nacht trat, wurde die kleine Flamme der Erregung, die den ganzen Nachmittag über in ihm gebrannt hatte, zu einer alles verzehrenden Feuersbrunst.

Der Strandabschnitt der Ferienanlage war mit insgesamt zehn Häusern bebaut, die getrennt voneinander lagen. In seinem Zimmer hatte Jack eine Karte der Anlage vorgefunden. Daher fiel es ihm jetzt nicht schwer, das Strandhaus Nummer 10 ausfindig zu machen, obwohl dieses hinter üppig wucherndem Grün gut versteckt lag. Weitaus schwerer erschien es ihm, einigermaßen gefasst zu bleiben: Der Schweiß stand ihm auf der Stirn, als er sich am Treffpunkt einfand.

Jack Latham, der selbst ernannte Playboy, der Herausforderungen ebenso sehr liebte wie die Frauen, die sie ihm stellten – dieser Mann war nervös und ungeduldig. Und sogar unsicher, wie er feststellte, als er jetzt begann, sich noch einmal den Inhalt der Einladung herzusagen, den er schon nach dem ersten Lesen auswendig gewusst hatte.

Den darin gemachten Anweisungen zufolge sollte er die Augen schließen und an die Tür der Hütte anklopfen. Das tat er also. Die Dunkelheit ließ alle Geräusche viel deutlicher als bei Tageslicht wirken, und Jack erschrak geradezu, wie laut sein Klopfen war. Ringsum veranstalteten die Grillen ein schier ohrenbetäubendes Konzert, während der leichte Wind in den Zweigen der Bäume rauschte.

Sekunden vergingen, bis Jack endlich hörte, wie die Tür geöffnet wurde. Sein Magen begann zu flattern. Nur mit Mühe widerstand er der Versuchung, die Augen aufzumachen. Aber die Anweisungen waren eindeutig gewesen. Wenn er später zum Zuge kommen wollte, dann musste er sich jetzt an die Regeln halten. Also behielt er die Augen fest geschlossen.

Ohne Vorwarnung ergriff eine weiche Hand ihn beim Handgelenk. Er hielt überrascht die Luft an und spürte, wie sein Mund trocken wurde. Der Griff war sanft und warm, aber doch fest und bestimmt. Kein Wort wurde gesprochen. Stattdessen fühlte Jack sich vorwärts gezogen, vermutlich ins Haus hinein.

Er ging Schritt für Schritt weiter, die Augen nach wie vor geschlossen. Sein Puls raste. Man führte ihn über eine ziemlich große freie Fläche. Dann bedeutete ihm ein leichter Druck an seinem Handgelenk, dass er stehen bleiben sollte. Er spürte die warme Nähe eines weiblichen Körpers. Er hätte nicht sagen können, wie es ihm möglich war, das zu spüren, aber irgendwie wusste Jack, dass *sie* vor ihm stand.

Und dann blähten sich auf einmal seine Nasenflügel. Da war er! Jener Duft, der seine Sinne sofort noch mehr in wilde Aufregung versetzte, es ihm noch schwerer machte, weiter an sich zu halten!

Sie legte ihm ihre Hände auf die Schultern und drückte ihn nach unten, bis er zwischen üppigen Kissen zu sitzen kam. Der Stoff fühlte sich samtig an.

„Ich will dich anschauen“, murmelte er.

Ihr Kopfschütteln ahnte er wieder nur, spürte dafür aber umso deutlicher den Druck ihrer zarten Finger auf seinen Augenlidern. *Noch nicht.* Die unausgesprochenen Worte standen zwischen ihnen. Die Zeit schien stillzustehen.

„Sie haben sich genau an die Anweisungen gehalten. Also bekommen Sie jetzt, was Sie sich gewünscht haben. Sie wollten die Frau sehen, die hinter der eiskalten Fassade steckt.“

Die Worte wurden geflüstert, ganz leise nur.

Aber die vertraute, rauchige Stimme versetzte ihm einen Schock. Und sie erregte ihn, wie sie ihn vom ersten Moment an immer erregt hatte.

Er riss die Augen auf und erwartete, die Anwältin Mallory Sinclair vor sich zu sehen. Stattdessen aber fand er sich einer wohl proportionierten Verführerin gegenüber, mit so atemberaubenden Kurven, wie er sie Mallory nicht einmal in seinen kühnsten Träumen zugetraut hätte. Eine wundervolle schwarze Mähne fiel ihr über die Schultern, und das raffinierte Make-up betonte ihre Gesichtszüge, von denen er lediglich angenommen hatte, man könne durchaus etwas aus ihnen machen.

Er hatte sich mächtig geirrt.

Die Perfektion ihrer Schönheit war nicht zu übertreffen. Wenn er nicht die ganze Zeit damit beschäftigt gewesen wäre, darüber nachzudenken, wie gut Mallory aussehen *könnte*, dann hätte er die wahre Mallory längst entdeckt gehabt. Mallory Sinclair, die verführerische Schönheit. Die Absenderin der Einladung.

Und sie hatte ihm einen erotischen Abend versprochen.

4. KAPITEL

Was ist denn los, Jack? Sie sagen ja gar nichts?“ Mallory lehnte sich vor und kam ihm so nahe, dass er kaum zu atmen wagte und ihm erst recht keine Antwort einfiel.

Ihre korallenrot lackierten Fingernägel zeichneten eine Spur von Jacks Kinn den Hals hinunter zu den Knöpfen seines Polo-Shirts. Er erschauerte von dieser unverschämten Attacke.

„Vielleicht ist ja auch der Kragen zu eng, und deswegen können Sie nicht gleichzeitig atmen und reden?“, mutmaßte sie murmelnd. Mit flinken Fingern öffnete sie den obersten Knopf.

Er hätte weit weniger Probleme gehabt, Luft zu holen, wenn er nicht ihren warmen Atem auf seiner Wange gespürt und die volle Wölbung ihrer glänzenden, ebenfalls korallenrot gefärbten Lippen vor Augen gehabt hätte. Und dieser berauschende Duft, der von ihr ausging! Er war darauf gefasst gewesen, verführt zu werden. Aber nicht darauf, hier seiner vermeintlich so verklemmten Kollegin zu begegnen, und insofern hatte Mallory ihn total überrumpelt.

Jack hasste Überraschungen. Vor Gericht stellte er nie eine Frage, wenn er nicht schon vorher genau wusste, wie die Antwort lauten würde. Ungezählte Anwälte hatten sich in die Nesseln gesetzt, weil sie sich auf bloße Annahmen verlassen hatten. Und noch mehr Männer waren ausgetrickst worden, weil sie *gedacht* hatten, sie würden die Frauen kennen, mit denen sie sich eingelassen hatten. Jack würde in keine dieser Fallen tappen, schon gar nicht im Zusammenhang mit Frauen.

Er stellte sich seine eigenen Regeln auf und hielt sich dann auch daran. Gegen eine dieser Regeln jedoch hatte er verstoßen, als er dieser geheimnisvollen Einladung gefolgt war. Damit war er selbst schuld, wenn er sich nun auf einmal in einer Situation wiederfand, die er nicht unter Kontrolle hatte.

„Vielleicht haben Sie mich zu sehr überrascht“, brachte er endlich hervor.

Ihre Blicke trafen sich, und Jack verstummte erneut, denn diese Augen waren einfach unglaublich blau und die schwarze Mähne sehr beeindruckend.

Sie nickte. „Jaja, die eiskalte Fassade, nicht wahr?“ Ihre Stimme klang unvermittelt hart. Der verletzte Unterton darin war nicht zu überhören. Doch Jack würde nie wieder auf die Idee kommen, das Wort eiskalt im Zusammenhang mit Mallory Sinclair zu verwenden. „Das war nicht nett von mir“, gab er zu.

Sie senkte den Kopf. War das als Zustimmung zu verstehen, oder dachte sie über ihn nach? Doch bevor er sich darüber klar werden oder seine unglückliche Wortwahl von heute Vormittag auch nur bedauern konnte, sprach sie weiter.

„Nein, das war nicht nett. Wenn man allerdings bedenkt, dass Sie die betreffende Frau kaum kannten, war es doch eine recht interessante Beschreibung."

Ihre Wortwahl ließ Jack ahnen, dass sie nicht nur vorhatte, ihn eines Besseren zu belehren, sondern dass sie darüber hinaus auch plante, den Status der Beziehung zwischen ihnen beiden zu ändern.

Was sie als Nächstes tat, bestätigte ihn in dieser Auffassung: Mallory machte es sich neben ihm in den weichen Polstern des Sofas bequem. So dicht kam sie ihm dabei, dass er wieder vergaß zu atmen. Er zwang sich dazu, seine Aufmerksamkeit von seiner aufregenden Gastgeberin weg auf die Einrichtung des Raumes zu richten.

Der Eindruck, den er mit geschlossenen Augen gehabt hatte, hatte ihn nicht getrogen. Das Sofa war mit einer Art braun-weiß meliertem Pannesamt bezogen, einem neutralen Farbmix, der zur restlichen Innendekoration passte.

Mallory zog ihre Füße hoch und schlug seitlich die Beine unter. Jacks Blick fiel auf den weichen Lagenrock aus gelbschimmernder Seide und transparentem Organza und wanderte dann weiter zu den Sandalen, die wie ein Hauch an Mallorys Füßen hafteten und die sorgfältig manikürten, korallenrot lackierten Zehennägel zur Schau stellten.

Sie hantierte wie aus Versehen mit dem Rock, bis er provokativ zwischen ihre Beine rutschte und nun mehr offenbarte als verbarg.

Mallory spielte mit ihm. Er wusste es, und sie wusste es auch, und doch gefiel ihm das alles viel zu sehr, als dass er ihr einen Vorwurf daraus hätte machen können. Von der biederen, verklemmten Kollegin, die neben ihm im Flugzeug gesessen hatte, war nichts mehr zu bemerken.

„Wenn ich recht verstehe, bin ich hier, damit Sie mir das Gegenteil beweisen können?" Während er sprach, ließ er seinen Blick wieder aufwärts wandern.

Der Rock umhüllte wohlgerundete Schenkel und endete in einer schmalen Taille. Jack verspürte das Bedürfnis, diesen Rock anzuheben und die Beine zu betrachten, die ihm schon heute Nachmittag aufgefallen waren.

Sie lehnte sich leicht vor. „Es ist immer wieder interessant, wenn Menschen zwei ganz verschiedene Gesichter haben, nicht wahr?"

Versuchung. Marter. Spielchen. Offensichtlich würde sie ihm keine direkte Antwort geben. Er sah ihr in die Augen und bemerkte verlegen, dass sie genau beobachtet hatte, wie er sie begaffte. Aber dafür würde er sich nicht entschuldigen. Erstens, weil es ihm nicht leidtat. Zweitens, weil ihre Wangen wieder so schön rosenrot gefärbt waren, ohne dass das künstliche Rouge es verbergen konnte. Das bedeutete, seine Anwesenheit blieb auf sie keineswegs ohne Wirkung.

Er würde sich hüten, das letzte bisschen Macht, das er in diesem abgekarteten Spiel noch besaß, auch noch aufzugeben. „Alles im Leben hat zwei Seiten", entgegnete er scheinbar gleichmütig. „Oder zwei Gesichter. Und selten sind beide Seiten gleich schön."

Das hatte er früh lernen müssen. Seine Mutter, die in der Öffentlichkeit anfangs noch die liebende, unterwürfige Ehefrau seines Vaters zu spielen pflegte, wurde daheim, wenn weder Presse noch Kameras Zeugen waren, zu einem kalten, lieblosen und hinterhältigen Weibsstück. Mit der Zeit allerdings hatte es sie immer weniger interessiert, ob jemand die Wahrheit erfuhr oder nicht, und ihre zwei verschiedenen Gesichter waren zu einem einzigen verschmolzen – dem einer unzufriedenen Frau. Seit Jack das mit angesehen hatte, wusste er Bescheid über die zwei Hälften des menschlichen Charakters.

Mallorys Augen wurden schmal, als habe sie sofort erkannt, dass er mit diesen Worte einen Teil seiner Seele offenbart hatte, und er verfluchte sich im Stillen. Wie konnte er nur vergessen, dass sich hinter der verführerischen Schönheit dieser Frau messerscharfe Intelligenz und die Instinkte eines Killerhais verbargen? Sie selbst hatte doch die Sprache darauf gebracht, wie verschieden die Seiten eines Menschen sein konnten. Auf diesem Gebiet kannte sich niemand besser aus als er! Warum also fiel es ihm so leicht zu vergessen, dass Mallory auch eine kalte, berechnende Seite hatte?

Welche Mallory war die echte? Welche das Trugbild?

„Dann wissen Sie also schon Bescheid über die Feinheiten der menschlichen Natur", sagte sie jetzt. „Sehr gut. Das macht mir meine Aufgabe erheblich leichter." Sie lächelte ein verheißungsvolles Lächeln, das entwaffnen sollte, und Jack überlegte, was sie wohl plante.

Abwarten, sagte er sich. Das hier war eine gefährliche Angelegenheit. Nicht nur, weil Mallory mit spielender Leichtigkeit an seinen privaten Befindlichkeiten rühren konnte, sondern auch, weil er seine hart erarbeitete Karriere riskierte, wenn er sich auf eine Affäre mit einer Kollegin einließ. Nichtsdestotrotz hatte die stundenlange Erwartung ein Verlangen in ihm aufgebaut, das er weder unterdrücken noch wirklich verstehen konnte.

Offenbar hatte er schon vorher gespürt, dass an seiner verklemmten Kollegin mehr dran war, als man auf den ersten Blick vermuten würde. Sonst hätte er ja nicht diese gelegentlichen Anfälle von sexueller Erregung gehabt, als er ihre rauchige Stimme gehört oder im Flugzeug diesen köstlichen Duft an ihr wahrgenommen hatte. Ja, genau, das war derselbe Duft gewesen wie jener an der Einladung, der ihm heute Nachmittag die Sinne vernebelt hatte! Er begriff es erst jetzt, weil er nicht bereit gewesen war, einen solchen Zusammenhang für möglich zu halten.

Aber jetzt war er dazu bereit. Mehr als das, wenn man das wild in seinen Adern pulsierende Blut als Hinweis werten konnte. Sie spielte ein Spiel mit ihm, na gut. Er würde dafür sorgen, dass es noch intensiver und noch aufregender wurde.

Er bezweifelte nicht, dass sie sich zunächst zieren würde. Immerhin stand für sie auch einiges auf dem Spiel. In der Kanzlei herrschte Affärenverbot. Außerdem wollte Mallory als Teilhaberin aufgenommen werden. Sie musste wissen, dass er diesen Traum bei der Abstimmung zunichtemachen konnte. Dann würden all ihre bisherigen Anstrengungen vergebens gewesen sein. Natürlich hatte er nicht vor, wegen dieser erotischen Einladung ihre Karriere zu zerstören. Er empfand für diese Anwältin viel zu viel Hochachtung und für sie als Frau viel zu viel Bewunderung, als dass er ihr eine solche Lektion erteilen würde.

Aber deswegen musste er noch lange nicht darauf verzichten, die Situation in vollen Zügen zu genießen. „Ich muss heute Vormittag nicht ganz bei Sinnen gewesen sein“, meinte er nun. „Das Wort eiskalt war unangebracht. Aber Fassade trifft genau den Punkt.“

Ein strahlendes Lächeln breitete sich auf ihrem porzellanzarten Gesicht aus. Und mit diesem strahlenden Lächeln sagte sie: „Sie sind ein kluger Mann, Jack. Genauer definiert bedeutet das Wort Fassade eine falsche, oberflächliche oder künstliche Außensicht.“

„Und genau das ist es, was ich gerade sehe?“

Er machte eine weit ausholende Bewegung, bevor er den Arm wieder auf die Sofalehne legte, nur wenige Zentimeter entfernt von der seidigen Haut, die unter dem zum Rock passenden Oberteil hervorschaute.

Was sie tagsüber trug, gab wenig Gelegenheit, ihre fraulichen Kurven zu zeigen. Dafür sah man jetzt umso mehr davon. Ihre erstaunlich vollen Brüste lugten cremeweiß aus dem tiefen V-Ausschnitt hervor.

„Sie möchten gern wissen, welche Mallory die echte ist?“ Ihr raues Lachen vibrierte in der Nachtluft. „Tja, das werden Sie schon selbst herausfinden müssen.“

Das ließ alle Möglichkeiten offen. Genau das wollte sie. Er sollte reinweg verrückt werden von all den Fantasien, die ihm jetzt durch den Kopf gehen würden.

„Wollen wir essen?“, fragte sie.

Diese Frage ließ ihn an delikateste Genüsse denken. An den Geschmack ihrer glänzenden Lippen zum Beispiel oder an den ihrer verborgenen weiblichen Säfte. Aber natürlich hatte sie nichts dergleichen gemeint.

Noch nicht, meldete sich eine lüsterne Stimme in seinem Kopf. Mallorys Nähe reizte ihn, und nur allzu gern hätte er auf die letzte körperliche Distanz zwischen ihnen beiden verzichtet, um endlich mit der Hand über ihren nackten Hals und die entblößten Schultern zu streichen. Dann würde er sie dicht genug zu sich heranziehen, um diese korallenrote Blüte von Mund zu küssen …

„Ich habe tatsächlich Hunger“, erwiderte er. Wenn sie ihn in diesem Moment ein Stück weiter unten betrachtet hätte, wäre ihr klar geworden, wie überaus groß sein Hunger war. Er wollte verlegen schlucken, aber seine Kehle war zu trocken. „Noch lieber hätte ich allerdings erst einmal etwas zu trinken“, setzte er hinzu.

Sie erhob sich mit fließenden Bewegungen vom Sofa und ging zur Minibar hinüber. „Wodka auf Eis, nicht wahr?“

Er hob eine Braue. „Das wissen Sie noch?“

Mallory nickte. „Oh ja. Ich passe auf.“

Besonders, wenn es dich betrifft, fügte sie in Gedanken hinzu.

Sie genoss es, wie er sie mit seinen grauen Augen ansah. Er konnte kaum abwarten, was weiter geschehen würde, das war offensichtlich. Seine schwarzen Haare wirkten sexy, obwohl oder vielleicht gerade weil sie mit größter Sorgfalt gekämmt worden waren.

Ihr Blick glitt ein Stück tiefer zum Kragen, den sie eben etwas geöffnet hatte. Wieder sah sie den weichen, dunklen Ansatz seiner Brustbehaarung.

Jack Latham war ein Bild von einem Mann. Und genau das war das Problem. Die Tatsache, dass sie wie besessen von ihm war, passte ganz und gar nicht zu dem, was er von ihr hielt. Er hatte die Frau in ihr herausgefordert, und sie war darauf eingegangen. Damit riskierte sie alles, was sie bisher erreicht hatte, und auch alles, was sie sich zum Ziel gesetzt hatte. Unglaublich, dass sie sich von seinem Vorwurf zu derartigem Leichtsinn hatte hinreißen lassen! Aber jetzt war es zu spät, es gab kein Zurück mehr. Jetzt musste sie ihren Plan bis zu Ende durchziehen. Jack sollte sie sehen, die *Frau* hinter der Fassade.

„Auch mir fällt einiges auf“, sagte er eben. „Mit Ihrer Gründlichkeit und Ihrem Fachwissen kann sich kein anderer Anwalt der Kanzlei messen.“

Ihr wurde warm ums Herz bei diesem Kompliment. Denn genau um diesen Ruf zu erreichen, hatte sie sich überhaupt in die eiskalte Mallory verwandelt.

„Danke“, sagte sie und kehrte mit einem Glas Wodka für ihn und einem Glas Wein für sich selbst zum Sofa zurück. Den Wein brauchte sie dringend, damit ihr Mut sie nicht plötzlich wieder verließ. Wenn sie Glück hatte, behielt sie sich selbst unter Kontrolle, während sie Jack weiter anmachte.

Sie gab ihm sein Glas. Für einen kurzen Moment berührte sie dabei seine Hand, nur zufällig, aber es war, als habe sie einen elektrischen Schlag erhalten, der sich als wohliger Schauer in ihrem ganzen Körper ausbreitete. Angesichts dieser Reaktion stand zu befürchten, dass sie die Kontrolle über sich selbst wohl doch nicht so lange behalten würde, wie sie hoffte.

Aber gut. Er war der Einladung gefolgt und schien auch nicht völlig entsetzt, dass Mallory die Absenderin dieser Einladung gewesen war. Am besten blieb sie einfach ruhig, vergaß die geschäftliche Beziehung, die eigentlich zwischen ihnen beiden bestand, und konzentrierte sich ganz und gar auf Jack.

Wenn dieser Abend vorbei war, würde er nicht mehr daran zweifeln, dass Mallory auch weibliche Qualitäten hatte und alle Frauentricks kannte. Wenn das klar war, konnte ja alles wieder wie vorher werden. Allerdings war das nicht sehr wahrscheinlich, nachdem Mallory ihren heimlichen Fantasien heute schon so nahe gekommen war.

Sie setzte sich neben ihn, und für eine Weile herrschte Schweigen.

Bevor Jack auf die Idee kommen konnte, das Gesprächsthema bestimmen zu wollen, sagte Mallory: „Erzählen Sie mir doch mal etwas vom Terminator.“

„Nun, das ist ein toller Film mit Arnold Schwarzenegger, bei dem wie immer das Original besser war als die Fortsetzung“, entgegnete er schnell.

Zu schnell, und sein Gesicht wirkte plötzlich wieder so verschlossen wie vorher, als sie sich über die zwei Seiten der menschlichen Natur unterhalten hatten.

Mallory nahm langsam einen Schluck Wein und wunderte sich im Stillen, warum Jack sich bei diesem Thema so panisch zurückzog. Der fruchtige Wein rann durch ihre Kehle, und ihr Mund war nicht mehr so trocken.

„Das stimmt“, antwortete sie. „Fortsetzungen reichen meist nicht an das Original heran. In Terminator II hatte Linda Hamilton viel zu viele Muskeln. Aber irgendwie fuhren die Männer trotzdem auf sie ab. Dabei dachte ich immer, Männer mögen Frauen eher, wenn sie sich weich zeigen.“

Er konnte seine Verwunderung über ihre Reaktion nicht verbergen.

Offenbar hatte er fest damit gerechnet, dass sie weiter in ihn dringen würde, um herauszufinden, was ihm den Spitznamen Terminator eingebracht hatte. Mallorys Cousine Julia wäre wahrscheinlich direkter an das Thema herangegangen, aber Mallory zog es vor, die Sache subtil anzugehen. Es würde auch so schon schwer genug werden.

Außerdem würde er auf diese Weise nicht merken, wie leicht er zu durchschauen war. Seine eher ausweichende Bemerkung über den Film hatte ihr mehr darüber verraten, wie er mit sich selbst als Eheterminator zufrieden war, als wenn er mit trockenen Fakten auf ihre Frage geantwortet hätte. Für die würde später immer noch genug Zeit sein.

Sie ließ die Zunge am Rand ihres Glases entlanggleiten, um sich ja keinen Tropfen Wein entgehen zu lassen, und sah, dass Jack diese Bewegung aufmerksam verfolgte.

Ihre Blicke kreuzten sich. Obwohl Jack sich fühlen musste, als sei er wieder einmal ertappt worden, sah er nicht weg. Er machte keinen Hehl aus seinem Verlangen und war damit so offen, wie sie es gewesen war, als sie ihn hierher gebeten hatte. Das gefiel ihr.

„Wie ist das mit Ihnen, Jack? Wie mögen Sie Frauen lieber? Weich und feminin oder lieber hart wie Stahl?“

Sein Mund verzog sich langsam zu einem anzüglichen Grinsen. „Ich mag es, wenn von beidem was dabei ist. Stark und tüchtig nach außen hin, und dabei eigentlich weich und anschmiegsam, warm und nachgiebig.“ Er lehnte sich ein Stück zu ihr, nahm ihr sanft das Glas aus den Händen und stellte es auf den kleinen Tisch neben dem Sofa. „Ein bisschen so wie Sie, wenn ich es recht bedenke“, murmelte er dann und strich ihr eine Haarsträhne hinter das Ohr zurück.

Seine Berührung war warm und sexy, genau wie der Klang seiner Stimme, und Mallorys Körper reagierte sofort. Ihre Brustspitzen wurden hart unter dem seidenen Oberteil und dem Hauch von BH, den sie darunter trug. Noch eine einzige derart zärtliche Berührung, und sie würde das letzte bisschen Kontrolle, das sie über sich zu haben vorgab, auch noch verlieren.

Er stellte sein Glas neben ihres. „Es sei denn, das ist alles nur gespielt.“

Aaah! Er versuchte auszutesten, wo ihre Grenzen lagen und ob sie sich vielleicht wieder in die spröde, eiskalte Mallory zurückverwandeln würde, wenn er sie nur auf die richtige Weise ansprach. Er wollte sehen, wer zuerst klein beigab. Armer Jack. Er hatte ja keine Ahnung, dass sie darauf eingestellt war, das Spiel bis zu Ende zu spielen. Über die Konsequenzen würde sie später nachdenken.

„Vielleicht ist es gespielt“, antwortete sie. „Vielleicht auch nicht. Sie sind sich immer noch nicht sicher, richtig?“

„Noch nicht ganz.“ Er kam so dicht an sie heran, dass seine Lippen nur noch wenige Zentimeter von ihren entfernt waren. „Aber die Nacht ist ja noch jung“, knurrte er im allertiefsten Bass. „Und ich habe vor, es heute noch herauszufinden.“

Sein Mund kam noch näher. Mallory nahm die Wärme seiner Lippen wahr. Jacks Atem roch leicht nach Wodka und schien ihr Versprechungen zu machen, die sie in diesem Moment noch nicht machen und schon gar nicht halten wollte. Noch nicht.

„Nicht so hastig“, sagte sie, legte ihm die Hände auf die Schultern und schob ihn spielerisch von sich fort, bevor er ihren Mund in Besitz nehmen konnte. Dabei sehnte sie sich nach nichts mehr als nach seinem Kuss. Doch wenn sie sich heute Nacht küssen sollten, dann nur auf ihre Initiative hin. Ansonsten hätte sie keine Chance zu beweisen, was sie beweisen wollte, und um nichts anderes ging es ihr heute Nacht. Möglich, dass sie auch ihren Spaß dabei haben würde, aber das war nicht ihr Ziel.

Keinesfalls durfte sie es riskieren, sich ernsthaft mit Jack Latham einzulassen. Alles, was über einen verspielten Abend hinausging, war gleichbedeutend mit einer Affäre. Und eine Affäre konnte sie sich nicht leisten, weder privat noch beruflich. Sie hatte zu viele Jahre damit verbracht, auf eine Teilhaberschaft hinzuarbeiten. Es waren zwar einsame und unerfüllte Jahre gewesen, aber wenn diese Aufopferung sich am Ende auszahlen sollte, dann durfte sie nicht ihren Gefühlen und Begierden erliegen, die sie für diesen Mann hegte. Nicht jetzt. Sie konnte nur hoffen, dass Jack ihre erotischen Spielchen heute nicht falsch verstand. Ansonsten war sowieso schon alles verloren.

Mit Mühe zwang sie sich, an ihre Prioritäten zu denken – was nicht einfach war, da sie sich nichts sehnlicher wünschte, als Jack zu küssen –, und erhob sich vom Sofa. „Sagten Sie nicht, Sie hätten Hunger?“ Sie ging zu dem Tisch hinüber, wo der Zimmerservice ein vollständiges Menü inklusive Vorspeisen bereitgestellt hatte.

„Und wie!“

Sie hörte, wie er in sich hineinlachte. Nun, wenn sie erst einmal mit ihm fertig wäre, würde er das alles nur noch halb so amüsant finden.

„Ich dachte, Sie wohnen auch im Hotel?“, fragte er jetzt, und sie war ihm dankbar, dass er das Thema wechselte.

„Ach, auf so etwas haben Sie geachtet?“

„Wenn bisher nicht, dann auf jeden Fall ab heute. Das heute Nachmittag war wirklich nicht so gemeint, wie ich es gesagt habe.“

Sie drehte sich zu ihm um und sah, wie er den Kopf schüttelte, als könne er es immer noch nicht fassen.

„Und ob es so gemeint war!“, widersprach sie ihm. „Deshalb sind wir ja jetzt hier.“ Unschlüssig machte sie sich an einem Tablett mit verschiedenen Käsehappen zu schaffen, die mit Weintrauben garniert waren. Letztere hatte sie noch schnell ein wenig umarrangiert, bevor Jack eingetroffen war. Sollte sie wirklich tun, was ihr Plan vorsah? Hatte sie so viel Mut?

Eiskalte Fassade. Eiskalte Fassade. Die Worte gingen ihr nicht aus dem Kopf und provozierten ihre weiblichen Instinkte. Er hatte doch keine Ahnung, mit wem er es hier zu tun hatte! Aber sie würde es ihm schon beibringen. Für den Rest seines Lebens sollte er sich daran erinnern!

„Nun, zufällig hat meine Sekretärin die Reservierungen vorgenommen“, erklärte er. „Daher weiß ich, dass wir zumindest in derselben Etage untergebracht sind. Die Zimmer liegen sogar einander gegenüber.“

„Diese Häuser am Strand kann man für besondere Anlässe mieten.“ Sie stellte das Tablett mit den Käsehappen auf den niedrigen Tisch vor dem Sofa und nahm sich eine Weintraube.

„Ach, und das hier ist ein besonderer Anlass?“, fragte er und lächelte schief.

„Wenn Sie diesen Abend so einordnen würden, wäre mir das sehr recht.“ Mallory schob sich die Weintraube zwischen die vollen Lippen und ließ die Frucht dann unter leichtem Druck zerplatzen. Der Saft befeuchtete ihren Mund und lief ein Stück in Richtung Kinn, während sie die Traube kaute und dann hinunterschluckte.

„Ich stelle fest, Sie beantworten Fragen nicht immer direkt“, sagte Jack, der ihr fasziniert zusah.

Sie näherte sich ihm. „Nun, ich bin Anwältin. Da bin ich auf Ausweichmanöver trainiert.“

„Von Ausweichen merke ich aber nicht viel“, murmelte er.

Ihr Gewicht auf ihre Handflächen verlagernd, lehnte sie sich ganz zu ihm hinüber und fragte ihn mit kehlig vibrierender Stimme: „Mögen Sie Weintrauben?“

Er warf einen kurzen Blick auf das Tablett, bevor er Mallory wieder in die Augen sah. „Ich könnte mich überreden lassen.“

„Ich hatte gehofft, Sie würden etwas in der Art sagen.“

Jetzt oder nie, dachte Mallory und legte ihre Lippen auf seine.

Jacks Augen weiteten sich vor Erstaunen. Schnell schloss Mallory ihre Lider, um sich nicht in seinem Blick zu verlieren, und ließ ihren

Mund sacht auf seinem hin und her gleiten. Der Saft der Weintraube machte die Lippen glatt und geschmeidig, und diese Empfindung erregte ohne Zweifel nicht nur Mallory. Jacks Lippen schmeckten nach Wodka und nach Mann. Ein tiefes Stöhnen entrang sich seiner Kehle. Das Wissen, dass ihre Leidenschaft erwidert wurde, verursachte Mallory ein warmes Gefühl im Bauch. Aber es reichte ihr noch nicht.

„Du wolltest doch Weintrauben kosten“, murmelte sie im Kuss. „Mach den Mund auf und koste die Frucht, Jack.“

Sie wusste, dass er sich normalerweise von niemandem etwas vorschreiben ließ, dennoch brauchte sie ihn kein zweites Mal aufzufordern. Seine Lippen öffneten sich auf ihr Kommando, und sie drang mit ihrer Zunge in die heiße, feuchte Höhle seines Mundes ein.

Irgendwo hatte sie mal gelesen, dass man die Speicheldrüsen unter der Zunge leicht stimulieren konnte und diese dann ein süßes Sekret von sich gaben, das unwiderstehlich erregend wirkte. Diese Theorie gedachte sie jetzt zu testen. Ihre Zunge schob sich unter seine, schnellte vor und zurück in raschem Wechsel, bis sie sich endlich in einen wilden Tanz mit ihm einließ.

Diesmal war sein Stöhnen heiserer, und Mallory spürte, dass er am ganzen Körper erschauerte. Seine Hände umfingen ihre Wangen, bogen ihren Kopf ein Stück zurück und hielten ihn dort fest.

Mallorys Herz hämmerte wie wild und fand dabei ein Echo in dem beständigen Pulsieren zwischen ihren Schenkeln.

In all den vergangenen Jahren war sie nie in eine Situation gekommen, in der sie vor lauter Lust außer sich geraten wäre. Sie kannte Sinnlichkeit, ja, aber sie war noch keinem Mann begegnet, der die verborgenen Seiten ihrer Persönlichkeit zum Vorschein gebracht hätte. Jack Latham war aber so ein Mann, und ihre Sehnsucht, sich ihm ganz hinzugeben, ließ sich nicht leugnen.

Er ergriff sie jetzt bei der Taille und zog sie an sich. Mallory reagierte, indem sie sich nach hinten bog und dabei absichtlich ihre schmerzhaft harten Brustspitzen über seine Brust streichen ließ. Wenigstens so viel Erleichterung wollte sie sich gönnen.

Sie hatte dieses Szenario vorbereitet, dabei aber nur daran gedacht, wie Jack es wohl aufnehmen würde, wenn er mit jener femininen Mallory konfrontiert wurde, deren Existenz er angezweifelt hatte. Ihre eigene Reaktion hatte sie dabei völlig außer Acht gelassen. Selbst wenn sie damit gerechnet hätte, wäre sie nicht auf die Idee gekommen, dass allein ein Kuss schon solche Wonne bereiten oder eine so verzehrende Begierde auslösen konnte.

Und alles nur, weil sie ihre Sinnlichkeit viel zu lange schon ignoriert hatte. Das hatte sie davon, wenn sie hier ihre Fantasien wahr machte, die sich alle nur um diesen einen Mann drehten!

Ohne Vorwarnung wurde seine Zunge fordernder, nachdrücklicher. Er übernahm die Kontrolle mit denselben Bewegungen, die sie eben noch an ihm ausgetestet hatte. Unnachgiebig bearbeitete er die bewusste Stelle unter ihrer Zunge, als wolle er jeden Tropfen Speichel aus ihr herauspressen. Bildete sie es sich nur ein, oder verstärkte sich das Aroma des Weintraubensaftes, wenn man es teilte?

Sie legte den Kopf in den Nacken, und Jack stieß mit seiner Zunge tief in ihren Mund hinein, als seien sie längst beim eigentlichen Akt angelangt.

Eine schüchterne Stimme meldete sich in Mallory und versuchte sie daran zu erinnern, dass sie doch eigentlich vorgehabt hatte, diesem Kerl eine Lektion zu erteilen, und dass sie sich besser zusammenriss, bevor es endgültig zu spät dazu war.

Seine Lippen fühlten sich fest und irgendwie genau richtig an. Er berührte sie auf so fordernde Art, dass sie sich nichts entgehen lassen wollte. Jede Empfindung, jeder neue Geschmack, jede Nuance schien ihr unverzichtbar. Als er die Intensität seines Kusses schließlich verringerte und nur noch leicht an ihrer Oberlippe knabberte, stand Mallory von Kopf bis Fuß in Flammen. Jeder Gedanke, all ihr Verlangen, alles drehte sich nur noch um Jack.

Sie versuchte, seine Handgelenke zu umfassen; sie griff danach, um sich an irgendetwas festhalten zu können. Es war Zeit, dass sie wieder auf die Erde zurückkehrte.

Wer den Kuss letztlich beendete, war nicht genau auszumachen, aber als ihre Lippen sich voneinander trennten, hatte Jack erreicht, dass Mallory den Kontakt zu seiner warmen Haut zu brauchen schien wie die Luft zum Atmen. Sie fühlte sich nicht mehr vollständig, wenn sie ihn nicht berührte.

Kein gutes Zeichen, urteilte Mallory und wunderte sich gleichzeitig, dass sie überhaupt noch etwas denken konnte.

„Köstlich.“ Jacks tiefe, kehlige Stimme klang mehr wie ein Knurren.

„Das heißt, Sie mögen den Saft von Weintrauben?“ Sie lächelte mit ihren nunmehr hochempfindlichen Lippen.

Er nickte.

Da hob sie die Kette vom Tablett, die sie vorhin aus den Weintrauben gebastelt hatte, und legte sie sich herausfordernd um den Hals.

Jack machte große Augen, begriff aber sofort. „Doch, ich glaube schon. Aber um sicher zu sein, sollte ich noch ein wenig weiter kosten.“

Er senkte den Kopf und knabberte an der Weintraubenhalskette.

Mallory schloss die Augen, weil sie dachte, sie müsse jetzt auf der Stelle vergehen und geradewegs in den Himmel kommen, doch dann fiel ihr ein, dass sie das wohl nicht verdient hatte. Denn im Moment war sie alles andere als ein braves Mädchen.

Sein Kopf neigte sich über ihre Brust, und seine Haare streichelten ihre Kehle. Sein unverwechselbarer männlicher Geruch stieg ihr in die Nase und versetzte ihre Sinne noch zusätzlich in Aufruhr. Und seine Lippen, die zuvor von ihren gelernt und sie danach mit größter Kunstfertigkeit geküsst hatten, beschäftigten sich jetzt nicht nur mit den Weintrauben an der Kette, sondern auch mit Mallorys Haut. Warm und feucht leckte seine Zunge immer wieder darüber, ab und zu von zärtlich zubeißenden Zähnen unterbrochen, die natürlich nur ganz aus Versehen die leckere Kette verpasst hatten und dabei leider, leider auf ihrer Haut gelandet waren …

Sie erschauerte und stöhnte auf. Erneut legte sie den Kopf in den Nacken, damit Jack mehr Platz zum Spielen hatte – zum Spielen an der Früchtekette oder in dem sehnsüchtig wartenden Tal zwischen ihren Brüsten. Sein Atem strich manchmal schon darüber hinweg, aber er weigerte sich, auch eine Berührung folgen zu lassen.

Als er nach tröstlichen Augenblicken endlich den Kopf wieder hob, lächelte er voller Mutwillen.

„Na, wie schmecken sie?“, fragte Mallory mit überraschend kräftiger Stimme. Aber sie war froh darüber, denn so hatte es wenigstens den Anschein, als habe sie noch Kontrolle über das, was hier geschah. Dabei konnte davon längst nicht mehr die Rede sein.

Sein dunkler, eindringlicher Blick hielt den ihren unausweichlich fest. „Süß und saftig.“

In ihrem Mund sammelte sich wieder Flüssigkeit.

„Feucht, kein bisschen trocken“, fuhr Jack fort.

In ihrem Unterleib brannte es sehnsüchtig.

„Und erstaunlich heiß, wenn man drankommt.“

Zwischen ihren Beinen kribbelte es verlangend, dennoch schaffte Mallory es irgendwie, klar zu denken und zu sprechen. „Heiß, ja?“, fragte sie.

„Glühend heiß.“

Wie die Glut in seinen Augen, dachte Mallory. „Also das Gegenteil von eiskalt?“, fragte sie weiter.

Seine Lippen verzogen sich zu einem breiten Grinsen. „Definitiv das Gegenteil.“

Mit weit mehr Bedauern, als sie ihn erkennen ließ, beugte sie sich vor und berührte noch ein letztes Mal seine Lippen. Ein letzter Kuss, damit sie seinen Geschmack noch ein wenig länger in Erinnerung behalten konnte.

Dann erhob sie sich und kam auf ihre etwas wackligen Beine.

Er lehnte sich zurück und betrachtete sie wachsam, obwohl er dank seiner analytischen Denkgewohnheiten natürlich sofort begriff, was sie jetzt dachte. „Sie haben bewiesen, was Sie beweisen wollten?"

„Davon gehe ich zumindest aus", erwiderte sie. Doch in gewisser Hinsicht hatte auch sie heute Abend dazugelernt.

Mallory neigte leicht den Kopf. Dank Jacks Bemühungen von eben empfand sie das leichte Streicheln ihrer Haare auf ihren Schultern als erotische Liebkosung.

Nein, sie wollte nicht, dass dieser Abend schon zu Ende war. Aber sie hatte ihr Ziel erreicht. Und wer ein guter Stratege war, der hörte im richtigen Moment auf. Also bevor man wieder verlor, was man erreicht hatte.

„Tja, das wäre es dann wohl für heute", zwang sie sich zu sagen.

In seinen Augen schien es für einen Moment zu flackern, und ihr gefiel die Vorstellung, es könne womöglich Bestürzung gewesen sein.

„Scheint so", erwiderte er aber nur und stand vom Sofa auf.

Langsam ging er auf die Tür zu und wiegte sich dabei träge in den Hüften. Dann drehte er sich jedoch wieder um und kam noch einmal zu ihr zurück. „Ganz schön harte Nuss mit Ihnen als Gegenpartei, Mallory Sinclair."

Seine Lippen berührten noch einmal ihren Mund, kurz, viel zu kurz nur, und dann ging er.

Mallory blieb allein zurück, erregt und seltsam rastlos.

Sie hob die Weintraubenkette an und fragte sich, wer da eben eigentlich die Rolle des Lehrers und wer die des Lernenden übernommen hatte. Und wer am meisten gelernt hatte. Denn obschon sie der Meinung war, dass Jack seine wohlverdiente Lektion erhalten hatte, hatte auch sie etwas begriffen: Sollte sie ihn je noch einmal auf diese Art unterrichten, würde sie sich kein zweites Mal beherrschen können.

5. KAPITEL

Jack drehte sich auf die Seite und hatte auf einmal die Morgensonne im Gesicht, die grell durch die Fenster in sein Zimmer schien. Er hatte gestern Abend, als er zurückgekommen war, vergessen, die Vorhänge zuzuziehen. Als er sie jetzt mürrisch ansah, hatte er das Gefühl, sie machten sich über ihn lustig, denn sie erinnerten ihn daran, warum er bei seiner Rückkehr so durcheinander gewesen war.

Er war noch immer verwirrt, und zwar noch immer aus demselben Grund wie gestern Abend.

Mallory.

Sie hatten nicht mehr gemeinsam zu Abend gegessen. Die Szene mit der Weintraubenkette war beiden sättigend genug vorgekommen. Natürlich war Jacks eigentlicher Hunger damit nicht gestillt worden, aber er hatte nicht zudringlich werden wollen. Stattdessen hatte er Mallory den gemeinsamen Abend für beendet erklären lassen und dann gemacht, dass er wegkam, solange er sich noch Reste klaren Denkvermögens bewahrt hatte. Und bevor er mit seiner Kollegin zu weit gegangen wäre.

Seiner Kollegin. Er bezweifelte, ob es ihm je wieder gelingen würde, Mallory lediglich als eine Mitarbeiterin zu betrachten. Die Farbe Korallenrot erschien vor seinem inneren Auge. Lippen, Finger- und Zehennägel. Und sofort erinnerte er sich wieder, wie diese Fingernägel sich in seine Haut am Handgelenk gedrückt hatten, während ihre Besitzerin ihn halb besinnungslos küsste.

Er setzte sich im Bett auf und schob mit Schwung die Beine über die Kante, hielt jedoch sofort wieder inne, weil das leichte Klopfen in seinem Kopf auf einmal zu schrecklichem Getöse anschwoll. Das lag am Wodka, den trank er nicht sehr oft. Und Schock war es wohl auch.

Dass Mallory geistig mit ihm auf einer Ebene lag, hatte er gewusst und ihre Fähigkeiten als Anwältin geschätzt. Aber er hatte nicht geahnt, dass sie auch eine Frau war, die ihn in erotischer Hinsicht in ihren Bann zu schlagen vermochte.

Genau das aber hatte sie ihm beweisen wollen. Eine Lektion hatte sie ihm erteilt. Damit er sich merkte, dass man keine voreiligen Schlüsse ziehen sollte, und um ihn für die Beleidigung zu bestrafen, die er so unbedacht geäußert hatte. Jack war schon immer ein gelehriger Schüler gewesen, doch letzte Nacht hatte er besonders schnell begriffen.

So, nun kannte er also auch die andere Mallory. Aber konnte er jetzt, nachdem er wusste, dass es noch eine andere Mallory gab, wieder einfach so zur Tagesordnung und zu friedlicher Zusammenarbeit mit ihr übergehen?

Er schüttelte den Kopf. Bisher hatte sie sich immer mit einer unsichtbaren Mauer umgeben. Die würde jetzt nicht mehr da sein. Es würde ihr nicht mehr gelingen, Jack auf Abstand zu halten, indem sie sich weiterhin als papiertrockenes Bürofaktotum verkleidete. Er würde nicht ignorieren können, was er jetzt wusste. Sie war eine wunderschöne Frau, deren unerhörte Sinnlichkeit er nur zu gern weiter erkunden würde.

Wenn er doch nur der Mann sein dürfte, dem es vergönnt war, die verborgenen Schätze zu heben, die es bei Mallory noch zu entdecken gab! Was scherte ihn da die berufliche Beziehung zwischen ihnen?

Er sah zum Telefon. Das rote Lämpchen blinkte und zeigte damit an, dass eine Nachricht für ihn hinterlassen worden war. Er fragte sich, ob er tatsächlich das Klingeln des Telefons nicht gehört hatte oder ob er gestern Abend das blinkende Lämpchen ebenso wenig bemerkt hatte, wie er daran gedacht hatte, die verdammten Vorhänge zuzuziehen.

Nachdem er die Nummer der Mailbox gewählt hatte – eine der Annehmlichkeiten, die Leathermans Hotel seinen Gästen bot –, hörte er die Nachrichten ab. Leatherman sagte alle für heute geplanten Zusammenkünfte ab, da er unerwartet verreisen müsse.

Das gefiel Jack genauso wenig wie die merkwürdig überraschenden persönlichen Telefonanrufe, die sein Gastgeber öfter zu erhalten schien. All das erregte nicht nur Jacks Missfallen, sondern auch sein Misstrauen. Er pflegte nämlich keine Fälle zu übernehmen, bei denen er nicht davon ausgehen konnte, dass er sie auch gewinnen würde. Natürlich gewann er dennoch nicht jeden Fall, aber er musste ein gutes Gefühl haben bei der Sache, die er vor Gericht vertreten sollte. Also musste er schleunigst herausfinden, was Leatherman vor ihm zu verbergen hatte, bevor er diesen Fall übernahm.

Und er musste sofort Mallory Bescheid sagen, dass sich die Pläne für den heutigen Tag geändert hatten.

Schnell eine Dusche, um wieder einen klaren Kopf zu bekommen, und dann würde ihm nichts weiter übrigbleiben, als seiner schönen und keineswegs verklemmten Kollegin wieder gegenüberzutreten. Sein einziger Trost bestand darin, dass auch sie ihm wieder ins Gesicht blicken musste.

„Na los, geh schon ran!“ Mallory trommelte nervös mit dem Bleistift auf die Holzoberfläche des Nachttisches in ihrem Hotelzimmer und lauschte auf das immer wieder ertönende Klingelzeichen im Hörer.

Wo steckte Julia nur? Warum ging sie nicht ans Telefon? Musste diese Nachteule sich ausgerechnet dann bis zum Morgengrauen irgendwo herumtreiben, wenn Mallory ihren Rat brauchte?

Zwar fand Mallory Gefallen an femininen Accessoires wie Kosmetika und Reizwäsche, aber ihre Erfahrungen mit dem anderen Geschlecht waren doch recht begrenzt geblieben. Immerhin hatte sie ihre Zeit bisher fast ausschließlich ihrer Karriere gewidmet. Da blieb nur wenig Freiraum für Beziehungen oder das Erlernen der Kunst, wie man Männer kriegte und bei der Stange hielt. Natürlich war sie überhaupt nicht darauf aus, Jack weiterhin für sich zu interessieren, wie sie sich selbst sofort versicherte. Sie hatte ja bewiesen, was zu beweisen gewesen war, und gleichzeitig noch ein paar ihrer Fantasien verwirklicht. Die Sache war erledigt.

Trotzdem musste sie unbedingt mit ihrer Cousine reden. Seit frühester Kindheit war Julia ihre beste Freundin. Sie war die einzige Person, die Mallory helfen konnte, den gestrigen Abend richtig einzuordnen. Wenn sie sich erst einmal von ihrem Schock erholt hatte …

Mallorys Verhalten Jack gegenüber war noch sehr viel ungewöhnlicher für ihren Charakter, als er vermuten konnte. Sie hatte sich selbst in Erstaunen versetzt. Was er jetzt von ihr dachte, konnte sie nur ahnen.

Am anderen Ende der Leitung ging niemand ans Telefon. Da würde sie wohl weiterhin ganz auf sich gestellt bleiben. Immerhin war sie daran gewöhnt, denn in beruflichen Fragen ging es ihr seit Jahren so. Warum also sollte sie ausgerechnet jetzt ihrem eigenen Urteil nicht vertrauen können?

Mallory legte den Hörer auf und setzte sich gerade hin.

Jack hatte ihr gestern Abend förmlich aus der Hand gefressen. Na gut, eher vom Hals, wohin die Weintraubenkette ihn gelockt hatte. Bei der Erinnerung an dieses sinnliche Erlebnis erschauerte sie nachträglich noch einmal. Wie seine Zunge sich auf ihrer Haut angefühlt hatte. Die warmen, feuchten Lippen, die sie nur Zentimeter vom Busen und den vor Erregung schmerzhaft harten Brustspitzen entfernt liebkost hatten.

Sie schloss die Augen und gestattete der Erinnerung, sie mit Wollust zu überspülen, bevor sie sich wieder der trockenen Realität des heutigen Tages zuwenden musste. Wenn sie selbst noch in der stürmischsten Leidenschaft in der Lage gewesen war, mit Jack umzugehen, dann würde sie es erst recht heute Morgen am Frühstückstisch schaffen.

Da sie ihr Ziel erreicht hatte, konnte jetzt alles so weitergehen wie bisher. Diesen Satz murmelte sie wie ein Mantra vor sich hin, während sie duschte und sich auf den Tag vorbereitete.

Auf dem Weg zum Restaurant, wo sie sich mit Jack und Mr Leatherman treffen würde, wiederholte sie die Worte im Stillen wieder und wieder. Wenigstens würde sie nicht mit Jack allein sein müssen. In der Gesellschaft eines eigenwilligen, älteren Herrn würde alles gleich viel einfacher sein.

Man führte Mallory zu einem leeren Tisch, und sie suchte sich einen Stuhl aus, von dem aus sie das gesamte Restaurant überblicken konnte. Diesmal gab es keine atemberaubende Aussicht auf das Meer, keine frische Luft und auch keinen Wind, der Mallorys strenge Frisur zerzauste, keinen Geruch nach Tang, Salzwasser und Sonnencreme. Also dürfte es kein Problem sein, sich auf die beruflichen Fragen zu konzentrieren.

Aber dann sah sie Jack, wie er ins Restaurant kam.

Sie war der festen Überzeugung gewesen, auf alles vorbereitet zu sein. Gestern war es ihr schon schwer genug gefallen, ihm in seinem jungenhaften Aufzug zu widerstehen. In dem lässigen Outfit am Abend hatte er sexy ausgesehen. Doch auch das war kein wirkliches Problem gewesen.

Was er heute Morgen trug, glich jedoch einem gezielten Anschlag auf Mallorys Selbstbeherrschung. Royalblaue, weite Badeshorts und ein eng anliegendes, weißes Boxershirt wirkten nur wie schmückendes Beiwerk zu sehr, sehr viel bronzefarbener Haut.

Atemlos und unfähig zu sprechen, sah Mallory ihm entgegen. War sie nicht eben noch der Meinung gewesen, alles unter Kontrolle zu haben?

„Morgen, Jack“, sagte sie und setzte ein strahlendes Lächeln auf.

„Mallory!“

Das klang nicht sehr begeistert, und sie wusste auch, warum. Selbst wenn sie es nicht gewusst hätte – sein Blick sprach Bände. Er musterte sie geradezu entsetzt. Natürlich war er erstaunt und gleichzeitig enttäuscht von ihrem wieder ganz normalen Aussehen heute. Genau das war ihre Absicht gewesen. Es galt, zur Tagesordnung zurückzukehren. Alles musste wieder werden wie vorher.

Leider hielt sich ihr Herz nicht an diesen Vorsatz. Es klopfte so laut und schnell, dass sie Angst bekam, Jack könnte es hören. Auch mit bewusst langsamen, tiefen Atemzügen ließ es sich nicht beruhigen, und erst recht nicht mit Hilfe sorgfältig ausgewählter, hausbackener Kleidung. Offenbar reichte es nicht, zum normalen äußeren Erscheinungsbild zurückzukehren.

Nicht nach gestern Abend.

Mallory seufzte. Dennoch hielt sie seinem starren Blick stand und weigerte sich, zuerst wegzusehen. Sie ging als Siegerin aus diesem kleinen Machtkampf hervor. Jack sah endlich mit mürrischem Knurren woanders hin.

Er setzte sich. Doch er wählte nicht den Platz ihr gegenüber, wie sie gehofft hatte, sondern den dicht neben ihr.

Viel zu dicht.

Sofort spürte sie die Wärme, die sein Körper ausstrahlte, und wie sie schwach zu werden begann. Jetzt hilft nur noch verbaler Stacheldraht, sagte sie sich verzweifelt. „Ich dachte schon, ich müsste die Nationalgarde anrufen, um nach Ihnen zu suchen", versuchte sie einen Scherz. „Schlecht geschlafen letzte Nacht?"

Jack zwinkerte kurz und musste sich sehr zusammennehmen, um nicht hinzulangen und ihr diese grässlichen Haarnadeln aus dem brutal zusammengezwirbelten Dutt zu ziehen oder ihr wenigstens die obersten beiden Knöpfe der hochgeschlossenen Kostümjacke zu öffnen, damit er wieder die zarte Haut sehen konnte, die ihn gestern Abend so betört hatte.

Er hätte nicht sagen können, ob er mehr verärgert oder mehr frustriert war. Aber er würde sich nichts von beidem anmerken lassen.

Sorgfältig nahm er seine Serviette auseinander und legte sie sich über den Schoß. „Nein, ganz und gar nicht. Ich habe geschlafen wie ein Baby. Und Sie?"

„Ich hatte auch kein Problem."

Eine Kellnerin kam vorbei und reichte ihnen Speisekarten. „Möchten Sie vielleicht schon einen Kaffee, während Sie auf die dritte Person warten?"

„Ja, gern", antwortete Jack. „Aber das mit der dritten Person können Sie streichen. Wir werden nur zu zweit frühstücken."

Mallory schnappte erschreckt nach Luft, und Jack empfand eine etwas perverse Befriedigung, weil es ihm gelungen war, sie aus ihrer Reserve zu locken.

„Nun, dann suchen Sie sich nur in Ruhe etwas aus", sagte die Kellnerin und ließ sie allein.

„Was ist mit Mr Leatherman?", fragte Mallory.

„Er musste plötzlich abreisen."

„Was, jetzt am Wochenende?", fragte sie ungläubig. „Wo wir extra hier sind, um mit ihm darüber zu verhandeln, ob wir ihn bei seiner Scheidung vertreten werden oder nicht?"

Sie fand das also auch sehr merkwürdig.

Jack nickte. „Ja, seltsam. Wir werden wohl rauskriegen müssen, was mit ihm los ist."

„Glauben Sie, dass er eine Affäre hat?"

„Gut möglich."

„Im Ernst?", fragte sie und runzelte dabei die Stirn.

Sie gefiel ihm besser, wenn sie lächelte. „Nun, man darf keine Möglichkeit außer Acht lassen."

Mallory legte den Kopf ein wenig schräg, und prompt stellte Jack sich vor, wie ihre schwarzen Haare ihr wild über die Schultern fielen. Bei dem, was er gestern Abend alles zu sehen bekommen hatte, ließen seine Hormone sich von einem unattraktiv gezwirbelten Dutt nicht mehr abschrecken.

„Nachdem Sie mir erzählt hatten, wie eilig er gestern die Sauna verlassen hat", sagte sie, „habe ich nachgedacht. Was würde er wohl seinem eigenen Scheidungsanwalt verheimlichen? Da kommt eigentlich nur eine Geliebte in Frage. Etwas anderes könnte seine Position im Scheidungsverfahren kaum wirklich gefährden."

„Stimmt. Ich muss mit ihm reden, sobald er zurück ist. Wenn wir ihn vertreten sollen, möchte ich gern sichergehen, dass keine unliebsamen Überraschungen auf uns warten. Je mehr wir wissen, desto besser können wir uns auf alle Eventualitäten vorbereiten."

„Und ich werde weiter versuchen, so viel wie möglich über Mrs Leatherman herauszufinden. Vielleicht können Sie sich inzwischen mal hier in der Anlage umsehen. Es muss doch ein paar Dinge geben, die nur darauf warten, von einem unerschrockenen Krieger wie Ihnen entdeckt zu werden."

Er murmelte etwas von verrückten Weibern, schnappte sich die Speisekarte und las die Frühstücksangebote.

Mallory tat dasselbe, und während er sie heimlich dabei beobachtete, grübelte er darüber nach, ob sie wohl innerlich tatsächlich so ruhig war, wie sie tat. Sein Ego hatte es dringend nötig, dass es ihr wenigstens schwerer als sonst fiel, wieder einen auf cool zu machen.

Gestern Abend war er überzeugt gewesen, *diese* Mallory sei lediglich Fassade, eine Maske, mit der die echte Mallory, eine heißblütige, leidenschaftliche Frau, sich tarnte.

„Haben Sie schon gewählt?", unterbrach die Kellnerin seine Gedanken.

„Mallory?", fragt er.

„Sie zuerst", entgegnete sie. „Ich weiß noch nicht, was ich möchte."

„Gut, ich nehme auf jeden Fall dieses Frühstück für Hungrige", sagte Jack und gab der Kellnerin die Speisekarte zurück. „Immerhin ist mein Abendbrot gestern ausgefallen. Mein Magen knurrt wie ein wütender Löwe."

Das sagte er zwar zur Kellnerin, sah aber dabei die ganze Zeit Mallory an. Es lohnte sich. Kaum erwähnte er den gestrigen Abend, röteten sich ihre Wangen und verrieten damit, dass Mallory innerlich keineswegs so gelassen war, wie sie tat.

„Warum gibt es eigentlich nicht wie sonst üblich ein getrenntes Angebot für hungrige Frauen und hungrige Männer?", fragte Mallory die Kellnerin in dem offensichtlichen Versuch, das Thema zu wechseln.

Die Kellnerin lachte. „Das hat Mrs Leatherman so angeordnet. Sie meinte, Frauen können genauso hungrig werden wie Männer, also gibt es keinen Grund, zwei verschiedene Angebote in die Speisekarte zu schreiben."

Mallory lächelte, und selbst durch die dicken Brillengläser hindurch war zu erkennen, dass ihre blauen Augen belustigt funkelten. „Na, das ist doch mal eine Frau, die mit mir einer Meinung ist", meinte sie und reichte der Kellnerin die Speisekarte. „Dann nehme ich also dasselbe wie der Herr."

„Kommt sofort!"

Kaum war die Kellnerin außer Sicht, lehnte Mallory sich zu Jack hinüber. „Ist Ihnen klar, was das bedeutet?", fragte sie.

„Mrs Leatherman tendiert zu feministischen Ansichten oder so ähnlich?"

„Mrs Leatherman hat ziemlich viel zu sagen, was die Hotelführung anbelangt. Gut, das eben war nur die Frühstückskarte, aber ich habe das Gefühl, da steckt noch mehr dahinter. Vielleicht ist sie nicht nur so gelassen wegen der Scheidung, weil sie selbst gar keine Trennung will, sondern weil sie weiß, dass sie bei einer Vermögensaufteilung gar nicht mal so schlecht dastehen würde."

Jack antwortete nicht gleich. Mallory lehnte sich in ihrem Stuhl zurück und verschränkte die Arme vor der Brust. „Vielleicht", fügte sie hinzu, „ist Mrs Leatherman viel schlauer, als man ihr zutrauen würde."

Mallorys Auffassungsgabe und ihre Scharfsinnigkeit beeindruckten ihn. „Das ist jedenfalls eine Spur, die zu verfolgen sich bestimmt lohnen wird", sagte er und trank einen Schluck von seinem schwarzen Kaffee.

Das Koffein hatte er bitter nötig. In seinem Kopf ging immer noch alles drunter und drüber, und das Frühstück mit dieser Frau, die ihm auf einmal viel mehr bedeutete als gestern, würde sich noch lange genug hinziehen.

Gestern Abend hatte sie ihm eine Lektion erteilt. Er beschloss, dass heute Abend er der Lehrer sein würde. Er war jemand, der erst richtig in Fahrt kam, wenn er sich vor eine Herausforderung gestellt sah und jemand ihn zu plötzlichen Eingebungen inspirierte. Mallory tat beides mit Bravour.

Er war noch lange nicht fertig damit, ihr verborgenes Ich zu erkunden.

„Wie sieht es aus", fragte er sie. „Gehen Sie nach dem Frühstück mit mir am Strand spazieren?"

Sie senkte den Blick. „Dafür bin ich nicht richtig angezogen."

Das war eine Ausrede. „Sie brauchen doch nur hoch in Ihr Zimmer zu gehen und sich umzuziehen."

„Ich habe aber nichts für den Strand dabei."

Wieder sah sie ihn nicht an, und er wusste, sie versuchte auszuweichen. Am liebsten hätte er zufrieden gelächelt, aber er hielt sich zurück. Sie schien es zu mögen, wenn sie das Sagen hatte, ergriff jedoch sofort die Flucht, wenn sie sich unterordnen sollte.

„Das Hotel hat einen Laden, wo man so etwas kaufen kann."

„Die haben bestimmt nichts in meiner Größe."

Jetzt musste er aber doch grinsen. „Okay, Mallory. Sie haben mich gestern Abend zum Handeln gezwungen, und ich habe gelernt, dass Sie es nicht mögen, wenn man Sie beleidigt, und dass Herausforderungen Sie nicht schrecken können. Und jetzt fürchten Sie sich vor einem harmlosen Strandspaziergang? Haben Sie etwa Angst, mit mir allein zu sein?"

Er konnte sehen, wie sie zusammenzuckte. Gut. Er hatte den Finger also genau auf die Wunde gelegt.

„Lächerlich", murmelte sie nur, denn in diesem Moment kam die Kellnerin mit den beiden Frühstücksgerichten und servierte mit flinken Bewegungen.

„Kann ich Ihnen noch etwas anderes bringen?", fragte sie dann.

„Nein, danke", sagte Mallory sofort.

Jack schüttelte nur den Kopf.

„Na, dann wünsche ich guten Appetit!" Die Kellnerin ging zum nächsten Tisch, und Jack griff nach seiner Gabel.

„Lassen Sie uns anfangen, Mallory. Und richten Sie sich darauf ein, dass wir uns in einer Stunde am Strand treffen."

Sie öffnete den Mund, schloss ihn aber wieder, ohne etwas zu sagen. Offenbar hatte sie begriffen, dass es kein Entkommen gab.

Jack machte sich über die Rühreier her. Er musste sich unbedingt stärken, denn er hatte gestern Abend noch etwas anderes gelernt: Bei Mallory musste man sich auf *alles* gefasst machen.

Mallorys Rühreiportion wurde kalt, während Jacks mit unglaublicher Geschwindigkeit verschwand. Wie konnte sie auch essen, wenn man sie so in die Ecke getrieben hatte? Dabei war es eine Ecke, in der sie sich nur allzu wohl fühlte. Aber selbst, wenn sie sehr gern diesen

Spaziergang mit Jack machen wollte, konnte sie es sich doch nicht erlauben, ein solches Risiko einzugehen.

Sie stand sprichwörtlich zwischen Baum und Borke. Wenn sie sich ihre Badesachen anzog – und das war ein Bikini, den sie ganz hinten in der untersten Schublade der Kommode in ihrem Hotelzimmer verstaut hatte –, dann würde sie Jack nicht nur nachgeben, sondern damit auch ein Stück weit die Kontrolle über die Situation abgeben. Andererseits hatte er recht, wenn er vermutete, dass sie Herausforderungen nicht ignorieren konnte, selbst wenn sie wollte. Sie leugnete auch nicht, dass sie sehr gern ein wenig Zeit mit ihm allein verbringen wollte.

Mallory legte ihre Serviette auf den Tisch. „Ich wäre dann so weit. Wie ist es mit Ihnen?“, fragte sie.

Er hob die Augenbrauen, überrascht, weil sie jetzt plötzlich bereit schien mitzukommen, obwohl sie sich erst so energisch gesträubt hatte. „Was denn, wollen Sie sich gar nicht umziehen?“

Sie stand auf, öffnete ihre Kostümjacke und zog sie aus. Darunter trug sie ein hochgeschlossenes, miederartiges Oberteil.

„So wird es schon gehen“, meinte sie.

Er schüttelte den Kopf. „Sie sind ganz schön stur, was?“

„Das gehört zu meinem Charme.“ Damit drehte sie sich um und hielt auf den Hinterausgang des Restaurants zu, von wo aus es zum Strand ging. Das Begleichen der Rechnung überließ sie Jack, aber es handelte sich ja ohnehin um Spesen.

Als sie die Tür geöffnet hatte, atmete sie sogleich reine Luft, die nach Salzwasser roch. Im grellen Sonnenlicht blinzelnd, sah sie sich um. Das tiefe Blau des Ozeans erstreckte sich bis zum Horizont, wo es kaum merklich in das des Himmels überging. Kaum ein Wölkchen war zu sehen.

Mallory genoss den überwältigend schönen Anblick. Viel zu lange schon lebte sie in der lärmenden, überfüllten Großstadt. Und genauso lange schon hatte sie sich keinen entspannenden Urlaub in einem tropischen Strandparadies gegönnt. Der Geruch nach Salz und Tang, die sanfte Brise und die herrliche Aussicht waren wie Balsam für ihre vernachlässigten Sinne.

Jack holte sie erst ein, als sie schon am Strand war, und seine Anwesenheit machte das Paradies endgültig perfekt. Das würde sie ihm natürlich keinesfalls sagen. Sie bückte sich, um sich die flachen Pumps auszuziehen, und legte sie sich zusammen mit ihrer Kostümjacke über die Schulter. Es war ein wunderbares Gefühl, mit nackten Füßen über den kühlen, weichen Sand zu gehen.

Schweigend näherten sie sich beide dem Wasser. Die Wellen rollten leise klatschend an das flache Ufer. Mallory ließ Jacke und Pumps in einem der freien Strandkörbe zurück, um dann in aller Seelenruhe neben Jack den endlosen Strand entlangzuwandern.

„Wann will Mr Leatherman denn zurück sein?“, fragte sie schließlich.

„Irgendwann heute Abend, schätze ich.“

„Ich frage mich, was dahintersteckt. Mit Sicherheit fehlen uns ein paar ganz wesentliche Informationen.“

Über ihnen ertönte schrilles Kreischen. Weiße Möwen segelten über das Wasser. Mallory sah ihnen nachdenklich hinterher und blickte dann zu Jack. Aufmerksam betrachtete sie ihn und störte sich nicht daran, dass er es vielleicht bemerken könnte.

Er hatte die Hände in die Gesäßtaschen seiner Badeshorts geschoben. Sie sah die kraftvollen Muskeln seiner Beine, während er einen Fuß vor den anderen setzte. Gut, dass es noch recht früh am Morgen war und der Strand daher eher spärlich besucht. Zu ihrer eigenen Überraschung mochte sie weder diesen Mann noch diesen Moment mit irgendjemandem teilen.

„Scheidungen sind nie leicht oder gehen ehrlich vonstatten“, sagte er. „Weder zwischen den Ehepartnern noch zwischen Anwalt und Mandant. Es ist immer wieder dasselbe mit den Beziehungen. Ich muss das wissen, immerhin habe ich es schon als Kind so erlebt.“

„Wie traurig.“ Ihre eigenen Eltern waren vielleicht nicht die allerbesten gewesen, aber immerhin liebten sie einander und gingen ehrlich miteinander um.

Mallory hatte sich selbst nie gestattet, ihre Gedanken in Richtung Ehe und Familie abschweifen zu lassen. Wie konnte sie auch, wo sie doch nur für ihr berufliches Fortkommen lebte und daher gar keine Zeit für solche Dinge hatte? Allerdings hielt es sie nicht davon ab, zumindest an die Ehe als Institution zu glauben und daran, dass eine ehrliche Beziehung zwischen Mann und Frau möglich war.

„Das ist nicht traurig, sondern Tatsache“, entgegnete Jack.

Sie schüttelte den Kopf. „Ich meinte doch nur Ihre Einstellung. Es ist traurig, dass Sie die Dinge so sehen. Und es tut mir leid, dass Sie so etwas Einschneidendes schon als Kind erlebt haben. Aber nicht alle Ehen verlaufen problematisch oder beruhen nur auf Lügen. Sonst würden die Scheidungsstatistiken noch viel niederschmetternder aussehen.“

„Das sollten sie vielleicht besser auch. Ist Ihnen denn nicht klar, dass viele derjenigen, die sich nicht scheiden lassen, dies einfach nur aus Bequemlichkeit nicht tun?“

„Und ist *Ihnen* denn nicht klar, dass viele Paare zusammenbleiben, weil sie sich tatsächlich lieben und respektieren und weil sie nicht verlieren möchten, was sie sich gemeinsam aufgebaut haben?“ Sie sah zu ihm hinüber, während sie das sagte, und ertappte sich dabei, dass sie auf einmal nichts mehr wünschte, als dass er diese Dinge genauso sähe wie sie.

Natürlich nur um seinetwillen. Denn er wäre bestimmt glücklicher, wenn er es für möglich halten könnte, dass es aufrichtige Beziehungen gab.

Er schüttelte wortlos den Kopf. Der Wind zerzauste ihm seine dunklen Haare und blies ihm lauter Strähnen ins Gesicht. Sein scheinbar entspanntes Aussehen stand in merkwürdigem Gegensatz zu dem entschlossenen, beinahe grimmigen Ausdruck seiner Augen.

Wahrscheinlich hätte seine Einstellung sie stören sollen. Stattdessen aber fühlte sie sich nur noch mehr zu ihm hingezogen. Sie verspürte ein undeutliches Flattern im Bauch. Doch da war mehr als reine Lust. Auch ihr Herz schmolz dahin, wenn sie ihn nur ansah.

Als Kind musste er sehr gelitten haben. Ihr war es nicht anders ergangen. Offenbar hatte er sich mit mächtigen Mauern umgeben, um sich vor weiteren Verletzungen solcher Art zu schützen.

Mallory blickte unwillkürlich auf ihren züchtigen Leinenrock und das strenge Miederoberteil. Sie machte es nicht anders als er. Im Grunde hatten sie beide sehr viel mehr gemeinsam, als sie angenommen hatte. Dass er eine starke Anziehungskraft auf sie ausübte, wusste sie schon lange. Und ihr Flirt am letzten Abend hatte sie in keiner Weise befriedigt. Im Gegenteil, zusammen mit diesem Morgenspaziergang am Strand weckte er ganz neue Gelüste in ihr.

Sie wollte mehr.

Mehr von Jack Latham.

„Sie wären wirklich die Letzte gewesen, in der ich eine Optimistin oder Träumerin vermutet hätte“, sagte er schließlich.

Sie lächelte. „Ich selbst würde mich auch nicht so einschätzen. Realistin trifft es wohl am ehesten.“

Wenn sie allerdings ehrlich war, musste sie zugeben, dass man mit einer Illusion, wie Mallory sie seit Jahren hegte und pflegte, ganz klar zur Fraktion der unverbesserlichen Romantiker gehörte.

„Die Frau, die ich gestern Abend kennen gelernt habe, schien mir jedenfalls keine knallharte Realistin zu sein“, entgegnete Jack mit leicht verärgertem Unterton.

Kaum wurde sie an die sinnlichen Erfahrungen des gestrigen Abends erinnert, spürte sie, wie ihr ganzer Körper weich und warm wurde. Sie fragte sich, was wohl geschehen würde, wenn sie der Träumerin Mallory freien Lauf lassen würde – jenem Teil von ihr, zu dem Jack sich offenbar hingezogen fühlte, zumindest was den inoffiziellen Teil ihrer Reise anbelangte. Würde sie noch in der Lage sein, sich selbst wieder unter Kontrolle zu bekommen, wenn diese Reise vorbei war?

Sie schüttelte schnell den Kopf und hielt ihr Gesicht in den Wind, damit er ihr die Haarsträhnen wegpustete. Selbst wenn sie sich mehr wünschte, konnte sie es sich doch nicht gestatten. Sie würde damit ihren Job riskieren und ihr Herz ebenfalls. Sie seufzte tief auf. Es war wirklich zu schade.

Besser, sie hörte jetzt auf, bevor es noch mehr Enthüllungen und Eingeständnisse gab, die sie später womöglich bereuen würde. Sicherheit war wichtiger als alles andere.

„Die Frau von gestern Abend mag keine Realistin gewesen sein", lenkte sie ein. „Die Anwältin, die Ihnen im Fall Leatherman helfen wird, ist aber definitiv eine."

„Also zurück zur Tagesordnung", stellte er fest, und er klang genauso enttäuscht, wie er aussah.

Sie nickte und wusste, dass ihr gar nichts anderes übrig blieb. „Werden Sie Leatherman zur Rede stellen?", fragte sie noch einmal.

„Ich wollte eigentlich etwas subtiler vorgehen. Erst einmal versuchen wir, so viele Hintergrundinformationen wie nur möglich zu bekommen, bevor ich Paul direkt anspreche. Vielleicht sehen wir ja nur Gespenster, und er trifft sich tatsächlich aus geschäftlichen Gründen mit seinem Sohn. Dann beschuldigen wir ihn womöglich zu Unrecht und verscherzen uns damit jede Chance, seine Scheidung zu übernehmen."

„Was wir beide nicht wollen."

„Sie wollen es nicht, weil Sie diesen Auftrag als Sprungbrett zu Ihrer Teilhaberschaft betrachten, stimmt's?", fragte er direkt.

„Ich will es nicht, weil ich im Interesse unserer Kanzlei dazu verpflichtet bin. Und ja, auch, weil ich Teilhaberin werden will." Und auf keinen Fall wollte sie, dass ihre freche Aktion von gestern Abend alles zerstörte, was sie sich bisher aufgebaut hatte.

Jack blieb abrupt stehen. Sie merkte es erst, als er ihren Namen rief. Sie drehte sich um und ging zu ihm zurück.

„Was ist denn?", fragte sie.

„Ich möchte nicht, dass Sie denken, ich würde vielleicht irgendetwas tun oder sagen, was Ihre Chancen auf die Teilhaberschaft zunichtemachen würde."

„Ehrlich gesagt muss ein Teil von mir einfach darauf vertraut haben, dass Sie nichts über gestern Abend weitererzählen würden. Sonst hätte ich komplett verrückt sein müssen, ein solches Risiko einzugehen."

Er hob die Hand und streichelte ihre Wange. Seine Handfläche fühlte sich warm und ein wenig rau an. „Und Sie sind nicht verrückt."

Ein kühler Wind wehte, und Mallory erschauerte, allerdings mehr von seiner Berührung als vom Wind. „Sie aber auch nicht", erwiderte sie.

„Stimmt. Und da ich nicht gleich wieder gegangen bin, als ich feststellte, dass Sie es gewesen waren, die mich eingeladen hatte, müssen wir wohl gegenseitig darauf vertrauen, dass niemand erfahren wird, wie wenig wir uns hier an das kanzleiinterne Affärenverbot halten."

Gegenwart. Er sprach in der Gegenwartsform, nicht in der Vergangenheit. Hieß das, er wollte weitere Treffen? Oder interpretierte sie nur ihre eigenen Hoffnungen in seine Worte hinein?

Mallory legte den Kopf ein wenig zur Seite und drückte dabei ihre Wange etwas tiefer in seine Handfläche. „Wollen Sie damit andeuten, Jack Latham ist bereit, einer Frau zu vertrauen?"

Er grinste auf einmal. „Vertrauen ist viel leichter, wenn es auf Gegenseitigkeit beruht und beide Seiten etwas zu verlieren haben."

„Dann ist es aber mehr ein Schachzug als echtes Vertrauen."

Jetzt lachte er schallend los. „Sie sind großartig, wissen Sie das?" Seine grauen Augen verdunkelten sich etwas, und sie las erneut Verlangen in ihnen.

„Sie auch", meinte sie knapp.

Und sie begehrte ihn nicht weniger als er sie. Die Intensität dieses Bedürfnisses erschreckte sie geradezu.

Ein weiteres Mal ihre Fantasien auszuleben, erst recht bei hellem Tageslicht, würde es aber noch viel schwerer machen, diese wieder zu vergessen, wenn die Reise erst einmal vorbei war. Doch das machte der Träumerin Mallory nichts weiter aus.

Die Realistin Mallory wusste allerdings genau, dass man eine solche Grenze besser nicht ohne Sicherheitsvorkehrungen überquerte. Und es gehörte zu den Sicherheitsvorkehrungen, auf Abstand zu gehen und die Kontrolle zu behalten.

6. KAPITEL

Die Wellen rollten noch immer an den Strand, und Mallory sah mit großen Augen zu ihm auf. Ja, doch, Jack fand sie wunderbar. Aber hatte sie überhaupt eine Ahnung, wie sehr er sie darüber hinaus auch begehrte? Er bräuchte sich jetzt nur ein Stück vorzubeugen, um sie zu küssen. Dann würde er ihre leicht salzigen Lippen schmecken, und ihr weicher Körper würde sich an den seinen, festeren schmiegen, und doch würde es ihm nicht reichen.

Ihrem etwas zaghaften Blick nach zu urteilen, würde sie wohl auch gar nicht mitmachen. Er mochte ihren Mut und ihre Intelligenz und auch ihren draufgängerischen Optimismus, was die Zukunft anbetraf. Zwar hatte sie sich gestern Abend erstaunlich weit vorgewagt, aber jetzt wirkte sie eher unsicher. Diese Unsicherheit würde er respektieren.

Es war ein Irrtum gewesen, anzunehmen, die Mallory von gestern Abend sei die echtere gewesen. In Wirklichkeit war sie eine faszinierende Mischung beider Personen, und es gelang ihr damit, ihn weit über die bloße erotische Anziehung hinaus zu beeindrucken. Das war ihm sehr wohl bewusst. Und als logische Folge schrillten sämtliche Alarmglocken in seinem Zynikerhirn.

Sein Umgang mit dem anderen Geschlecht hatte unkompliziert und amüsant zu sein, sonst nichts. Es musste jederzeit möglich sein, sich einfach umzudrehen und zu gehen. Bindungen jeder Art, besonders, wenn das Gefühl beteiligt war, waren nichts für ihn. Das Verlangen, das er für Mallory empfand, drohte jedoch mittlerweile in eine ganz andere Qualität umzuschlagen.

Er begehrte sie.

Er fühlte sich in ihrer Gesellschaft wohl. Sehr sogar.

Aber mehr als alles sehnte er sich nach einer Einladung der ganz anderen Art. Ihr Blick sagte ihm jedoch, dass er auf diese Einladung vergeblich warten würde.

Nichtsdestotrotz war die Aktion eine Herausforderung gewesen. Sie hatte bewiesen, dass sie auch eine sehr feminine Seite besaß und dass Jack sich ihren Reizen nicht entziehen konnte, wenn sie es darauf anlegte. Jetzt war er an der Reihe. Er würde ihr beweisen, dass diese Schwäche auf Gegenseitigkeit beruhte. Sie war genauso wenig immun gegen ihn wie er gegen sie.

Es war alles nur ein Spiel. Es ging lediglich darum, den Spielstand auszugleichen, und dann wäre der Fall für beide erledigt, ohne dass jemandem wehgetan worden war.

Wenn er sie jetzt küsste, würde er sich eine Chance vergeben, denn jetzt war sie durchaus darauf vorbereitet. Er wollte aber nicht auf den Vorteil des Überraschungseffektes verzichten. Also würde er jetzt erst mal den Rückzug antreten.

„Machen wir uns auf den Rückweg?"

Sie machte ein verwirrtes Gesicht wegen dieser plötzlichen Kehrtwendung. Aber das störte ihn nicht. Sollte sie sich ruhig wundern. Oft genug schon war es ihm mit ihr genauso ergangen.

Kopfschüttelnd antwortete sie: „Sie können ja zurückgehen. Ich bleibe noch eine Weile hier draußen. Wenigstens, bis es wieder zu heiß wird."

Soso. Man zog sich also beiderseits auf neutralen Boden zurück. Sie brauchte ihm nicht zu erklären, was in ihr vorging. Er hatte Kombinationsgabe genug, um es auch so zu verstehen. Ihre gespaltene Persönlichkeit war bei hellem Tageslicht am offensichtlichsten. Das konnte für beide unliebsame Folgen nach sich ziehen.

Wenn sie sich hier im Licht der Morgensonne küssen würden, hieße das, einen Schritt weiter zu gehen als ursprünglich geplant. Gestern Abend hatte sie mit ihren Küssen etwas beweisen wollen. Heute würde ein Kuss bedeuten, dass da noch mehr zwischen ihnen war.

Zugegeben, er war enttäuscht. Aber dies waren Spielregeln, die er akzeptieren musste. Sonst kam Mallory, die Verführerin, für ihn nie wieder zum Vorschein.

„Passen Sie auf, dass Sie sich keinen Sonnenbrand holen", sagte er leichthin.

Für einen flüchtigen Augenblick wirkte sie bestürzt.

Na, das ist doch schon mal etwas, dachte er bei sich, während er sich umdrehte und zum Hotel zurückging.

Er verspürte das dringende Bedürfnis, es sich doch noch anders zu überlegen, aber er wusste, es war für sie beide besser, wenn sie sich fürs Erste trennten. Gemeinsam ins Hotel zu gehen und sich dort von ihr zu verabschieden, anstatt sie mit in sein Zimmer und in sein Bett zu nehmen, wäre ihm noch viel schwerer gefallen.

Das wusste sein Verstand. Sein Körper dagegen war ganz anderer Meinung und peinigte ihn mit wütendem Verlangen.

Er ließ Mallory einfach am Strand stehen. Ihr Bild mit dem vom Wind zerzausten Dutt und den großen blauen Augen verfolgte ihn in Gedanken und schien durchaus geeignet, sich in sein Herz einzuschleichen, wenn er nicht aufpasste.

Aber Jack war immer vorsichtig, wenn es um Frauen ging. Mallory war absolut keine Ausnahme. Er würde ihr nicht gestatten, mehr zu werden als eine seiner unbedeutenden Affären. Eine nette, kleine Erinnerung, das würde am Ende übrig bleiben. Der einzige Unterschied war, dass er diesmal niemandem davon erzählen konnte.

Er ging schneller. Bildete er es sich nur ein, oder konnte er tatsächlich den bohrenden Blick fühlen, mit dem sie ihm nachsah? Ärgerlich schüttelte er den Kopf und betrat das Hotel, wie er es verlassen hatte – durch die Hintertür des Restaurants. Denn das war der schnellste Weg, Mallorys Blickfeld zu verlassen und sich selbst vor dummen Gedanken zu retten.

Er durchquerte das Restaurant und ließ die Rezeption hinter sich. Auf dem Weg zu den Fahrstühlen kam er am Fitnessstudio vorbei.

Diese Einrichtung hatte ihn sehr beeindruckt, als Leatherman ihn durch das Haus geführt hatte, bevor sie gemeinsam in die Sauna gegangen waren. Es war nicht einfach nur ein Raum mit verschiedenen Geräten, sondern bot den umfassenden Service eines eigenständigen Fitnessstudios, von gut ausgebildeten Trainern bis hin zur umfangreichen Ausrüstung mit kardiologischer Überwachungstechnik und der fachlichen Betreuung durch einen Arzt.

Jack sah durch die hohen Fenster in die nahezu leere Halle. Wenn man sich von Stress und innerer Anspannung erholen wollte, gab es nichts Besseres, als sich körperlich mal wieder so richtig abzurackern. Es war auch der geeignete Ort, um ganz unauffällig ein paar Hotelangestellte auszuhorchen. Das würde ihn von seinen Gedanken an Mallory ablenken, sodass er sich wieder auf die Arbeit konzentrieren konnte.

Er trug sich in das Trainingsbuch ein und nahm sich eines der weißen Handtücher, die auf einem Stapel hinter der Rezeption lagen.

„Kann ich Ihnen helfen?“, fragte eine dunkelhaarige Frau, die gerade vorüberkam. Sie hatte Muskeln, um die sie jeder Mann beneiden musste.

Jack hängte sich das Handtuch um den Hals. „Ich wollte nur mal ein bisschen auf das Laufband.“

Sie nickte. „Kein Problem. Ich zeige Ihnen schnell die verschiedenen Geräte, und dann können Sie auch schon anfangen. Ich bin Eva und leite dieses Fitnessstudio.“ Sie streckte ihm die Hand hin.

Er ergriff sie und musste sich den eisernen Druck ihrer Finger gefallen lassen. „Jack Latham.“

Sie sah ihn mit großen, erstaunten Augen an. „Ach, Sie sind das! Paul … Ich meine natürlich, Mr Leatherman erwähnte, dass Sie einer seiner Sondergäste seien.“

Die vertrauliche Art, in der sie von Paul Leatherman sprach, war Jack keineswegs entgangen. Aber er ignorierte es. Stattdessen lachte er und meinte: „Sagen Sie ruhig Paul. Ich will nur nicht als Sondergast behandelt werden."

Sie schüttelte gespielt vorwurfsvoll den Kopf. Der Pferdeschwanz an ihrem Hinterkopf pendelte hin und her dabei. „Sie wollen wohl, dass ich meinen Job verliere, was?", fragte sie fröhlich.

„Ich kann mir kaum vorstellen, dass Paul Sie entlassen würde."

„Ich auch nicht", erwiderte sie und sah ihm gerade in die Augen.

Er irrte sich nicht, da lag ein gewisses, bedeutungsvolles Funkeln in diesem Blick. Sie war eine attraktive junge Frau mit genau den richtigen Kurven an genau den richtigen Stellen. Ihrer Haltung und ihrem Selbstbewusstsein nach zu urteilen, war sie sich dessen sehr wohl bewusst.

Für einen Moment herrschte Schweigen. Jack nutzte die kleine Pause und überlegte, in welchem Verhältnis sie zu seinem potentiellen Mandanten stehen mochte. Doch dann ermahnte er sich, es nicht zu übertreiben mit seinem Misstrauen.

„Machen Sie immer alles, was der Chef sagt?", fragte er.

Jetzt wandte sie den Blick doch ab. „Er bezahlt mich", antwortete sie nur.

Aha, da hatte er wohl doch auf den richtigen Busch geklopft. „Da kann er sich ja nur wünschen, dass alle seine Angestellten so brav sind wie Sie", testete er weiter.

„Bei ihm kann man gar nicht anders. Aber da Sie sein Sondergast sind, wissen Sie das bestimmt selbst gut genug. Also, können wir jetzt?" Sie deutete auf das Laufband.

Jack bezweifelte, dass Paul sich eine Affäre mit einer Angestellten erlauben würde, die im gleichen Haus arbeitete, in dem auch seine Ehefrau lebte. Leatherman mochte ziemlich arrogant sein, unvorsichtig aber war er nicht. Nicht, wenn er dadurch alles verlieren konnte, was er besaß. Die Tatsache, dass er dauernd plötzlich verschwand, sagte doch alles. Wenn er eine Geliebte hatte, dann nicht hier auf diesem Anwesen.

Dennoch schien Paul nichts dagegen zu unternehmen, dass diese Angestellte hier so offensichtlich an ihm interessiert war. Vermutlich flirtete er mit ihr, und nicht nur mit ihr, was Mrs Leatherman wohl kaum recht sein konnte. Wenn er also dabei schon keine Vorsicht walten ließ, konnte man daraus durchaus auf eine Bereitschaft schließen, auch größere Risiken einzugehen, wenn es darauf ankam.

Jack lächelte der hübschen Sportmanagerin zu. „Die Einrichtung hier ist ja wirklich beeindruckend."

„Oh ja, da haben Sie recht. Ich bin froh, hier arbeiten zu dürfen.

Aber wie Sie sicherlich schon vermuten, gibt es einen Grund, warum dieses Fitnessstudio überhaupt existiert."

Jack hatte keinen Schimmer, aber er war entschlossen, das zu ändern. „Das können Sie laut sagen. Aber ich wusste gar nicht, dass Paul auch trainiert."

Eva nickte. „Ja, er geht auf das Laufband, genau wie Sie."

„Na, da kann ich ja richtig was von ihm lernen."

Sie betrachtete ihn wohlwollend von oben bis unten. „Also, mir scheint, Sie kommen auch so ganz gut klar", meinte sie dann.

Jack hängte das Handtuch über einen Stuhl, betrat das Trainingsgerät, drückte auf ein paar Tasten und fing an, leicht zu laufen.

Sie beobachtete ihn, die Hände in die Seiten gestützt. „Sie scheinen sich ja gut damit auszukennen. Paul hat da durchaus seine Probleme. Sie hätten mal dabei sein sollen, als er seine allererste Trainingsstunde hatte!"

Jack lachte. Klar, er würde sich gern jede Geschichte anhören, die seinen zukünftigen Mandanten und diese ausgesprochen attraktive junge Frau betrafen.

„Vorerst gehe ich hier nicht weg, also erzählen Sie ruhig", ermunterte er sie.

Mallory kam vom Strand zurück. Ihre Fußsohlen waren voller Sand. Sie spülte sie an einer Minidusche ab, bevor sie ihre nüchternen Pumps wieder anzog und die Kostümjacke an sich nahm. Sie seufzte und fragte sich, wie die Falle der Konventionen hatte zuschnappen können, ohne dass sie es bemerkte.

Es war diese Reise, dachte sie. Sie spürte jedes verbliebene Sandkörnchen in ihren Schuhen, als sie weiterging. Und es war Jack. Wenn Jack in der Nähe war, wollte sie einfach nur eine Frau sein, sexy und begehrenswert, damit sie wieder dieses Verlangen in seinen Augen sehen konnte. Ein Verlangen, von dem sie wusste, dass sie allein es ausgelöst hatte.

Stattdessen trug sie Kleidungsstücke, die ihr in der Geschäftswelt den Status als Gleichberechtigte sichern sollten. Noch nie hatte sie sich weniger als Frau und weniger begehrenswert gefühlt als in diesem Moment. Sie kam sich vor, als sei sie auf einmal gefangen im Niemandsland zwischen den beiden Mallorys und wusste auf einmal selbst nicht mehr, welche von beiden echt war und welche vorgetäuscht.

Sie hängte sich die Kostümjacke über den Arm, aber durch die salzige Luft und die immer größer werdende Hitze des Tages blieb das Material an ihrer Haut haften. Zwei Schritte weiter beschloss sie endlich, dass sie das Scheuern des Sandes in den Pumps nicht länger ertragen konnte. Sie zog sie wieder aus und hoffte nur, sie würde das Foyer durchqueren und sich in einen der Fahrstühle retten können, ohne dass ihre nackten Füße auffielen.

Aber sie schaffte es nicht einmal an der Rezeption vorbei.

„Guten Morgen, Miss Sinclair."

Überrascht drehte Mallory sich um und sah Mrs Leatherman auf sich zukommen.

„Wie ich sehe, waren Sie an diesem herrlichen Tag schon am Strand", freute die ältere Dame sich.

Mallory fuhr sich unsicher mit der Hand über die windzerzausten Haare. „Was hat mich verraten?", fragte sie. „Meine ruinierte Frisur oder der Geruch nach Salzwasser?"

Mrs Leatherman lachte. „Eher die Sandspur, die Sie überall hinterlassen."

Mallory sah auf den Boden und entdeckte tatsächlich Fußabdrücke aus Sand, wo sie eben entlanggelaufen war. Sie seufzte und spürte dabei, wie ihre Wangen heiß wurden vor Verlegenheit. „Ich war wohl nicht ganz passend angezogen für einen Strandspaziergang", gab sie zu.

„Kein Problem. Die Kinder rennen sowieso den ganzen Tag barfuß raus und rein. Dies ist eine Ferienanlage, kein Palast. Ich hoffe, es gefällt Ihnen hier?" Die ältere Dame sah Mallory die ganze Zeit über ins Gesicht und gab ihr damit das Gefühl, sie sei tatsächlich daran interessiert, dass es Mallory gut ging und sie glücklich war.

Zwar war Mrs Leatherman recht elegant angezogen, aber sie hatte einen ganz besonderen, ein wenig mütterlichen Charme, der sie Mallory sehr sympathisch machte. Ihre eigene Mutter war nie so freundlich oder besorgt gewesen. Wenn Mallory als Kind Dreck ins Haus getragen hatte, hatte sie sofort einen Besen in die Hand gedrückt bekommen und das verärgerte Gesicht ihrer Mutter sehen müssen. Und hatte sie erst einmal ihre Mutter verstimmt, bekam sie es auch bald mit ihrem Vater zu tun.

Sie betrachtete Mrs Leatherman. Diese Frau hatte jeden Grund, Mallory nicht wohlgesinnt zu sein und sie ablehnend zu behandeln. Doch kein hartes Wort kam über ihre sorgfältig geschminkten Lippen.

Mallory mochte es nicht, wie diese Frau sie an unangenehme Kindheitserlebnisse erinnerte. Noch weniger mochte sie die Sehnsucht nach Anerkennung, die sie auf einmal wieder in sich aufsteigen fühlte und von der sie doch geglaubt hatte, sie längst überwunden zu haben.

Aber wie sollte sie den Wunsch, geliebt und anerkannt zu werden, jemals überwinden, wenn doch alles, was sie je in ihrem Leben unternommen hatte, nur darauf ausgerichtet war, die Achtung und Anerkennung ihrer Eltern zu gewinnen? Denn dass ihre Eltern sie jemals lieben würden, war nur theoretisch möglich. Dieses Gefühl hatten sie ausschließlich füreinander reserviert.

„Alles in Ordnung mit Ihnen?“, fragte Mrs Leatherman.

Mallory zwang sich zu einem Lächeln, als sie dem mitfühlenden Blick der anderen begegnete. „Doch, doch, alles ist perfekt. Nicht nur, weil es hier wunderschön ist, sondern weil man die Chance hat, der wirklichen Welt für eine Weile zu entfliehen.“

„Wie schön für Sie“, antwortete Mrs Leatherman. „Leider Gottes ist es *meine* wirkliche Welt.“ Ihre Lippen bebten, während sie das sagte. Es gelang ihr nicht sofort, ihren Kummer zu verbergen.

„Mrs Leatherman …“

„Alicia.“

„Alicia …“ Mallory zögerte. „Aber das geht doch nicht.“

Eigentlich sprach nichts gegen diese vertrauliche Anrede, trotzdem fühlte Mallory sich unwohl.

„Unsinn.“ Alicia machte eine energische Bewegung mit der linken Hand, und ein großer, einzelner Diamant blitzte daran auf. Offenbar hatte sie ihren Ehering noch nicht abgelegt. War es, weil sie immer noch hoffte, ihre Ehe retten zu können? Oder weil sie den kostbaren Stein unbedingt behalten wollte? Die letztere Möglichkeit verwarf Mallory sofort wieder. Sie besaß ziemlich gute Menschenkenntnis, und diese Frau mit ihren warmen braunen Augen strahlte Aufrichtigkeit und Güte aus.

Eine allgemeine Herzenswärme, die in Mallory erneut verstörende Erinnerungen aufwühlte und sie unsicher machte. Weder das eine noch das andere konnte sie bei ihrer Arbeit gebrauchen. Und diese Arbeit bestand zurzeit darin, Mr Leatherman davon zu überzeugen, dass Jack und sie die richtigen Scheidungsanwälte für ihn waren.

„Wenn man will, geht alles“, sagte Mrs Leatherman jetzt. „Gibt es irgendetwas, was ich tun kann, damit Sie sich hier noch wohler fühlen?“

„Sie meinen, abgesehen davon, dass Sie mir die Sache mit der Scheidung nicht übel nehmen?“

Mrs Leatherman zuckte mit keiner Wimper, obwohl Mallory selbst ein wenig zusammenfuhr wegen der unverblümten Worte, die ihr gerade entfahren waren.

Mochte sie Jack gegenüber auch behauptet haben, sie würde alles tun, damit die Kanzlei diesen Fall übertragen bekam – vielleicht hatte sie sogar versucht, es selbst zu glauben – deshalb musste es ihr noch lange nicht gefallen. Und je mehr sie die Frau ihres zukünftigen Mandanten kennen lernte, desto schlechter fühlte sie sich auf der Seite, die sie zu vertreten hatte.

Mrs Leatherman richtete sich noch etwas gerader auf und straffte ihre Schultern. „Wissen Sie, ich respektiere es, dass Sie nicht um den heißen Brei herumreden. Sie erinnern mich damit ein wenig an meine Tochter."

Mallory war dennoch entsetzt über ihr Verhalten. „Es tut mir leid, wirklich", sagte sie.

Mrs Leatherman schüttelte nur den Kopf. „Sie machen Ihren Job. Dagegen gibt es doch nichts zu sagen."

„Warum tun Sie das?", konnte Mallory sich jetzt nicht mehr länger zurückhalten. „Warum sind Sie so nett zu mir?"

„Würden Sie mir glauben, wenn ich sagte, mir liegt einfach nur daran, dass sich alle Gäste in unserem Hotel wohl fühlen?"

Mallory nickte zögernd. Sie glaubte alles, was Mrs Leatherman sagte. „Ja, würde ich. Ihre Tochter kann sich glücklich schätzen, eine solche Mutter zu haben."

Oh nein, schon wieder hatte sie etwas gesagt, was sie besser für sich behalten hätte!

„Schade, dass mein Mann das nicht auch so sieht", erwiderte Mrs Leatherman nur.

Doch es reichte, um Mallory endgültig für sie einzunehmen. Und genau so etwas durfte sie sich nicht erlauben. Nicht, wenn sie mit der erfolgreichen Heimkehr von dieser Dienstreise ihr Traumziel, die Teilhaberschaft, erreichen wollte.

Seit sie in Jacks Büro gerufen worden war und erfahren hatte, dass sie in diese Angelegenheit involviert sein würde, hatte sie gewusst, es würde nicht einfach werden. Nie jedoch hätte sie vermutet, dass sie in einen solchen Gewissenskonflikt geraten würde.

Ehe sie noch ein Wort über die Lippen bringen konnte, ergriff die ältere Frau sie beim Arm, führte sie durch das Foyer und um eine Ecke, um vor einer großen Glasfensterfront stehen zu bleiben. Von dort blickte man in das Fitnessstudio. Es war größer und moderner eingerichtet als das, in dem Mallory in New York trainierte.

„Toll", murmelte sie. Sie ging dichter ans Fenster und sah hinein. Die Halle war leer, bis auf einen Mann, der in der Ecke auf einem Laufband joggte.

Das war doch Jack! Und eine sexy Brünette hing halb über ihm, während er gleichmäßig lief. Warum machte es der da nichts aus, wie verschwitzt er war? Mallory wurde sich bewusst, dass es Eifersucht war, was sie empfand, und sie ärgerte sich noch mehr.

„Ist das nicht Ihr Kollege?“, fragte nun auch Mrs Leatherman.

Mallory nickte nur.

„Die Dame bei ihm ist die Managerin des Fitnessstudios“, antwortete Mrs Leatherman auf Mallorys unausgesprochene Frage.

„Sie sieht ein bisschen zu perfekt aus für meinen Geschmack“, meinte Mallory halb für sich.

Die Frau neben ihr lachte laut auf. „Ich sag ja, diese Unverblümtheit passt gut zu Ihnen.“

Mallory verdrehte die Augen. „Ach was, sehen wir doch den Tatsachen ins Gesicht: Wie viele von uns Frauen sehen so gut aus?“

„Bei weitem nicht genug, und wenn ein Mann älter wird, dann legt er immer mehr Wert auf Jugend und feste Muskeln.“

Mallory sah die Frau neben sich an und entdeckte den verletzten Ausdruck in deren Augen. „Sie meinen Ihren Mann?“

Von einer Sekunde auf die andere verbarg Mrs Leatherman wieder ihre Gefühle. „Ich war der Meinung, wir reden von *ihm*.“ Ein gut manikürter Fingernagel deutete auf Jack.

Mallory sah genauer hin und dachte dabei an das, was Mrs Leatherman soeben gesagt hatte. Ja, es stimmte, die muskulöse Frau lauschte begeistert jedem Wort, das Jack sagte. Und ja, sie betrachtete seine durchtrainierten Waden und Oberschenkel, und sie schien sie nicht weniger zu bewundern als Mallory. Aber der Schlüssel zu dieser Szene lag woanders.

Jack wirkte nämlich eher zurückhaltend. Natürlich konnte ein Mann beim Lauftraining nicht besonders gut flirten, aber Jack lief mit gemächlicher Geschwindigkeit. Wenn er gewollt hätte, wäre es ihm sehr wohl möglich gewesen, sein Interesse deutlich zu zeigen. Selbst aus dieser Entfernung konnte Mallory erkennen, dass Jack zuhörte, was die Frau ihm gerade erzählte. Wie sie aussah und was sie anhatte, schien ihm dagegen nicht besonders wichtig zu sein. Genau genommen, redete die Brünette fast ununterbrochen, seit Mallory zuschaute.

Auch wenn Mallory kaum annahm, dass Jack die Aufmerksamkeit der Brünetten unangenehm war, hoffte sie doch, dass er zumindest ein paar halbwegs brauchbare Informationen aus ihr herausholte.

Mallory atmete tief aus. „Wie wäre es, wenn Sie mir mal die Sauna und die Schwimmhalle zeigen würden?“, schlug sie vor. „Offenbar haben wir beide keine Lust, uns das da noch länger mit anzusehen.“

„Gute Idee. Erwähnte ich schon, dass wir auch eine ausgebildete Masseuse im Haus haben?“

Es wurde eine ausgedehnte Hausbegehung, doch Mallorys Gedanken wanderten immer wieder zu Jack, der noch rechtzeitig aufgesehen hatte, um Mallory am Fenster zu bemerken. Er hatte nur kurz gewinkt und sich dann wieder oberflächlicheren Dingen zugewandt.

Jack schloss die Tür zu seinem Zimmer auf und ging hinein. Er schwitzte noch von seinem Trainingsstündchen auf dem Laufband. Da war die kühle Luft aus der Klimaanlage wie ein eisiger Schlag ins Gesicht. Schnell stellte er das Thermostat auf eine höhere Temperatur und warf sich dann erschöpft auf das Bett.

Die Enthüllungen von eben hatten ihm weit mehr zu schaffen gemacht als das Training selbst. Offenbar steckte Leatherman seit einem leichten Herzinfarkt, den er vor allen Geschäftspartnern einschließlich seiner Anwälte geheim gehalten hatte, tief in einer Midlife-Crisis. Wenn man Eva glauben konnte, dann waren die Gesundheitsprobleme ihres Chefs der Grund für die mondäne medizinische Ausstattung des Fitnessstudios und für seine sportlichen Anstrengungen, auch wenn diese bisher noch nicht allzu deutliche Erfolge zeigten. Aber der Mann fing an, sich über sein Aussehen Gedanken zu machen, und er flirtete wie ein Weltmeister mit der Trainerin.

Jack nahm an, dass Leatherman sich auch außerhalb seiner Ehe einige Späßchen erlaubte, um sich selbst zu beweisen, dass seine Manneskraft noch keinen Schaden genommen hatte. Wenn das allerdings der Fall war, dann mussten seine Anwälte über diese Umstände informiert werden. Ansonsten würde die Bombe irgendwann explodieren, und dann würde es zu spät sein. Mit einer Affäre hatte Jack bei diesem Fall nicht gerechnet.

Sowohl was Leatherman als auch ihn selbst anbetraf.

Er verschränkte die Hände im Nacken und starrte an die Decke. Im Grunde war eine Affäre ja nichts Schlimmes. Wenn man Single war. Jack war Single. Single und völlig betört von jener Frau, der er als letzter zugetraut hätte, ihn in einen solchen Zustand versetzen zu können.

Tag und Nacht ließ ihn der Gedanke an sie nicht mehr los. Selbst als Eva ihn unverblümt angemacht hatte, war er nicht interessiert gewesen. Weil eine andere Frau ihn in ihren Fängen hielt.

Leider schien es so, als habe Mallory nicht vor, ihrer beider … wie sollte er das bezeichnen, was gestern Abend geschehen war? Liaison? Also gut, es schien nicht, als wolle sie ihrer beider Liaison auch bei Tage fortsetzen. Und da sie keine weitere Einladung geschickt hatte, plante sie wohl auch nicht, den gestrigen Abend zu wiederholen.

Eine einmalige Lektion. Ein One-Night-Stand.

Diese Entscheidung war nachvollziehbar. Sowohl vom Intellekt her als auch beruflich. Aber weder seine Gefühle noch seine Libido wollten sich damit abspeisen lassen. Ersteres verstand er nicht recht, Letzteres nur zu gut. Im Endeffekt jedoch war er maßlos frustriert und enttäuscht.

Auf gar keinen Fall konnten die Dinge zwischen Mallory und ihm so unausgeglichen und unfertig bleiben, wie sie es momentan waren.

7. KAPITEL

Mallory umklammerte den Telefonhörer und wartete, bis der Anrufbeantworter in ihrer Wohnung sich einschaltete. Kaum erklang der Piepton, schimpfte sie wütend ins Telefon: „Julia, du nimmst jetzt auf der Stelle den Hörer ab, oder ich schwöre, ich werde alle Godiva-Pralinen aufessen, die ich irgendwo in der Wohnung finde, und dann werde ich dafür sorgen, dass du im Laden, wo es die gibt, nicht mehr bedient wirst …"

Es war zu hören, wie jemand mit dem Telefon hantierte, und Mallory verstummte. Eine Sekunde später vernahm sie die Stimme ihrer Cousine. „Ich habe ein bisschen geschlafen, da brauchst du doch nicht gleich so feindselig zu werden, Mallory Jane."

„Nenn mich nicht so."

Nur ihre Mutter nannte sie bei ihrem ersten und zweiten Vornamen. In Mallorys Ohren hatte diese Kombination einen kalten, abweisenden Klang, den sie hasste. Doch Julia konnte das nicht wissen. Sie mochte glauben, ihre ältere Cousine zu kennen, doch Mallory hatte nie allzu viel von sich preisgegeben. Es schien beinahe, als glaube sie, nur eine Teilhaberschaft an der Kanzlei könne die Schmerzen der Vergangenheit auslöschen.

Der rationale Teil von ihr wusste, dass nichts und niemand das je vollbringen konnte. Nur die Träumerin in ihr, von der Jack heute Morgen gesprochen hatte, wollte nicht aufhören zu hoffen, dass es dennoch möglich war. Vielleicht kannte Jack sie besser, als sie ahnte.

„Mallory? Tut mir wirklich leid, dass ich dich so genannt habe. Es war ja nur, weil du gedroht hast, mich auf Pralinenentzug zu setzen, und da bin ich halt durchgedreht …"

„Und ich habe überreagiert. Wo warst du denn?"

„Mal hier, mal da." Mallory hörte, wie ihre Cousine sich auf den Sitzsack fallen ließ, der neben dem Telefontischchen stand. „Was ist denn das für eine Geschichte mit dir und diesem Jack?"

„Wenn ich es dir erzähle, wirst du mich dann auch in dein Liebesleben einweihen, wenn ich wieder zu Hause bin? Ich weiß nämlich jedes Mal sofort, wenn du was vor mir zu verbergen versuchst."

Es war Fakt, dass Julia sich in letzter Zeit nur äußerst vage über ihr Privatleben geäußert hatte.

„Klar, ich sag dir alles, was du willst …"

Mallory seufzte. „Warum klingt das nur so wenig überzeugend in meinen Ohren?"

„Ist die Verbindung vielleicht schlecht? Oder bildest du es dir nur ein? Such dir was aus. Und jetzt rück rüber mit den Infos."

„Wenn ich wieder zu Hause bin, Julia Rose."

Ihre Cousine hatte nichts dagegen, ihren zweiten Vornamen zu hören. Doch es herrschte Schweigen auf der anderen Seite der Leitung. Julia war offenbar klar, dass jetzt die große Enthüllung folgen würde.

Mallory räusperte sich. „Glaubst du, es ist nur so toll mit ihm, weil es verboten ist?" Sie fühlte sich nicht nur oberflächlich zu Jack hingezogen. Aber solange sie ihre Gefühle und die jeweilige Situation unter Kontrolle hatte, konnte eigentlich nichts passieren. Es gab also keinen Grund, Julia das wahre Ausmaß ihrer Gefühle mitzuteilen.

Julia atmete tief aus. „Du weißt doch, dass es keine Erklärung dafür gibt, wenn die Chemie zwischen zwei Menschen stimmt. Warum willst du also unbedingt eine finden?"

„Weil wir nicht zusammenpassen *können*."

„Ach, es gibt schon ein *Wir*?" Die Stimme ihrer Cousine überschlug sich fast vor Aufregung.

Allein der Gedanke an ein Wir, das sich auf Jack und Mallory bezog, löste bei Mallory Alarmstufe Rot aus. Sie zog ihre Knie zu sich heran und legte die Arme darum, den Telefonhörer zwischen Schulter und Ohr geklemmt. „Nein, kein Wir. Aber gestern Abend gab es eins."

„Oh, oh, das klingt aber gar nicht nach dir. Erzähl mir mehr."

„Das ist das Problem. Es passt nicht zu mir, und jetzt kann ich ihn nicht mehr vergessen. Vielleicht, weil ich … wir haben nicht wirklich … na, du weißt schon. Aber …"

Ein lautes Klopfen an der Tür unterbrach sie.

„Ich muss weg, Julia", sagte sie schnell. „Danke fürs Zuhören. Ich ruf dich wieder an, ja?" Und in Richtung Tür rief sie: „Komme schon!"

„He, du kannst mich doch jetzt nicht einfach so abhängen", jammerte Julia.

Mallory legte sacht den Hörer auf. „Und wie ich das kann", sagte sie leise lachend.

Sie ging zur Tür und öffnete sie, ohne jedoch die Vorhängekette zu entfernen. Es war niemand zu sehen. Mallory blickte zu Boden und holte die Einkaufstüte herein, die dort stand. Auf dem Hochglanzpapier stand der Schriftzug der Boutique, die sie vorhin im Hotelfoyer gesehen hatte.

Jack. Ihr Instinkt sagte ihr, dass er ihr das vor die Tür gestellt hatte, und ihr Herz begann heftig zu pochen. Bestimmt war das keine versehentliche Zustellung. Mallory sah neugierig nach, was die Tüte enthielt, und zog einen trägerlosen Badeanzug heraus. Auf dem Schild stand allerdings die Bezeichnung Maillot.

„Französisch", sagte Mallory laut vor sich hin.

Sie befühlte den schwarzen, an den Rändern mit geblümtem Stoff schmal eingefassten Badeanzug aus hauchdünnem Material. Er wirkte eher schlicht, doch durch die fehlenden Träger und den hohen Beinausschnitt war es dennoch ein höchst raffiniertes Kleidungsstück.

Dann fand sie die Nachricht. Sie steckte in einem verschlossenen Briefumschlag, den Mallory ohne Zögern öffnete. Es war ein weißes Blatt Papier, auf dem in energischer Männerhandschrift geschrieben stand: *Ziehen Sie das an, und kommen Sie zum Strand, sobald es dunkel ist. Wenn Sie sich trauen.*

Er sagte nicht genauer, wo am Strand. Aber Mallory wusste auch so, dass er nur die Stelle meinen konnte, wo sie heute Morgen gemeinsam spazieren gegangen waren. Sie erschauerte, und das hatte nichts mit der kühlen Luft aus der Klimaanlage zu tun. In ihren Brustspitzen pulsierte es, und ihre Knie wurden weich. Himmel, dieser Kerl wusste, wie man es anfangen musste.

Statt einer Einladung schickte er eine Herausforderung. Zwar nur ganz subtil, doch ohne den Nachsatz *Wenn Sie sich trauen* hätte Mallory das Gefühl gehabt, sie könne genauso gut wegbleiben. Sicher, sie hätte schon das Bedürfnis verspürt, sich in diesem tollen Badeanzug zu zeigen, aber ihr gesunder Menschenverstand hätte vermutlich gesiegt, und sie wäre im Hotel geblieben. So jedoch war von gesundem Menschenverstand keine Spur mehr zu finden. Einzig und allein wegen dieses scheinbar unwesentlichen Nachsatzes.

Und das wusste er ganz genau.

Er schien sich einige Gedanken gemacht zu haben für heute Abend. An dem genauen Wortlaut der Nachricht musste er lange gefeilt haben, damit Mallory nicht nur neugierig wurde, sondern sich auch ein wenig herausgefordert fühlte. Sicherlich wollte er ihr jetzt beweisen, dass sie seinen Reizen genauso wenig zu widerstehen vermochte wie er gestern Abend den ihren. Aber er hatte genau überlegt, wie man Mallory Sinclair dazu bringen konnte, etwas zu tun, was sie eigentlich nicht wollte.

Hatte sich jemals zuvor jemand so ausführlich mit ihrer Person beschäftigt? Weder ihre Eltern, die sich zwar gegenseitig in- und auswendig kannten, aber über ihre Tochter so gut wie nichts wussten, noch einer der Männer, mit denen Mallory gelegentlich ausgegangen war. Die hatten entweder nur mit ihr schlafen wollen oder sie als eine Art Eintrittskarte zu der bedeutenden Kanzlei betrachtet, in der sie arbeitete.

Hier ging es nur um ein kurzes Intermezzo. Und da zählte es weniger, warum Jack etwas tat, sondern *dass* er es tat.

Mallory ging hinüber zu den Spiegeltüren des Kleiderschranks und legte den Frottee-Morgenmantel ab, der zur Ausstattung des Zimmers gehörte. Darunter trug sie nur einen Spitzen-Slip und einen dünnen BH. Sie hielt sich den raffinierten Badeanzug vor den Körper. Das Schwarz passte gut zu ihren Haaren und verlieh ihrer blassen Haut einen Schimmer wie von kostbarem Alabaster.

Oder war das nur Einbildung, weil sie so aufgeregt war? War da nicht ein begeistertes Leuchten in ihren Augen? Lag nicht mutwillige Entschlossenheit auf ihrem Gesicht angesichts der erotischen Herausforderung?

Soso, er wollte also ein Rückspiel. Schickte *ihr* jetzt eine Einladung. Glaubte er, er könne sich rächen, indem er dafür sorgte, dass diesmal Mallory unterlag?

Sie legte Slip und BH ab und zog den verführerischen Badeanzug an.

Wenn er sich da mal nicht irrte … Oh ja, sie nahm seine Herausforderung an. Aber am Ende würde Mallory es sein, die einmal mehr als Siegerin dastand!

Der Horizont begann, sich tieforange zu färben, und Jack sah voller Erwartung zu, wie die Sonne langsam unterging. Dann, als die Dunkelheit hereinbrach, drehte er sich um zu den Holzstufen, die vom Hotel zum Strand hinunterführten, und erstarrte, als er die unbeschreiblich schöne Frau sah, die auf ihn zukam.

Er hatte diesen Teil des Strandes ausgewählt, weil er wusste, sie würde natürlich zuerst hierher kommen, wo sie beide heute Morgen spazieren gegangen waren. Außerdem war er gestern Abend schon hier gewesen und wusste daher, dass man um diese Tageszeit hier kaum noch jemanden traf. Dann hatte er den Badeanzug für sie ausgesucht, ohne im Entferntesten eine Vorstellung davon gehabt zu haben, wie dieser an Mallory aussehen würde. Er hatte nur daran gedacht, dass der Badeanzug dezent genug sein musste, damit Mallory sich darin wohl fühlte, und sexy genug, um ihn selbst zu erregen.

Das war ihm mehr als gelungen.

Sie kam mit ihren langen Beinen auf ihn zu, und man sah ihren Bewegungen und ihrem Gesicht an, dass sie sehr wohl wusste, welche Wirkung sie auf Jack hatte. Sie schritt mit wiegendem Hüftschwung und wissendem Lächeln die Stufen hinunter. Es mochte seine Einladung gewesen sein, aber sie schien offensichtlich entschlossen, erneut die Führung zu übernehmen. Na, sie würde sich wundern!

„Schön, dass Sie gekommen sind", begrüßte er sie und stand von der großen Decke auf, auf der er gesessen hatte.

„Hatten Sie Zweifel?", erkundigte sie sich frech und lächelte noch mehr.

„Keine Sekunde."

Er hatte die Einladung so formuliert, dass er sicher sein konnte, sie würde sie annehmen. Nun aber begriff er, wie wichtig es ihm auch war, dass sie aus freiem Willen hier war und nicht, weil sie sich genötigt fühlte.

Sie schüttelte enttäuscht den Kopf. Ihre wundervolle schwarze Mähne, die sie tagsüber in einen so unansehnlichen Knoten zwang, fiel ihr dabei wild und frei über die nackten Schultern. „Was denn, bin ich tatsächlich so berechenbar?", fragte sie.

Er streckte die Hand aus und wickelte sich eine ihrer schwarzen Strähnen um den Finger. „Dieses Wort wäre mir im Zusammenhang mit Ihnen nicht eingefallen", sagte er. „Diverse andere schon eher."

Ihre Blicke trafen sich, und er sah ihr für einen Moment tief in die Augen. Dann ließ er die Haarsträhne los und wandte sich ab in dem Versuch, jener unerwünschten Gefühle Herr zu werden, die über sexuelles Interesse hinausgingen.

Als er wieder zu Mallory sah, war sie gerade dabei, sich die überraschend grazilen Sandalen auszuziehen, und er erhaschte einen Blick in den Ausschnitt des ach so schlichten Badeanzugs, den er da ausgesucht hatte.

Sie hob den Kopf und bemerkte seinen Blick. „He, passen Sie bloß auf, dass Ihnen nicht die Augen aus dem Kopf fallen! Ich bin nur hier, weil ich zur Entspannung noch ein bisschen baden gehen will." Sie richtete sich wieder auf und warf die Sandalen neben der Decke in den Sand.

„Ach, schade. Und ich dachte schon, Sie würden es mal mit Nacktbaden probieren." Er versenkte seine Hände in den Gesäßtaschen seiner Badeshorts, damit er nicht aus Versehen nach Mallory grapschte, ihr den Badeanzug vom Leib riss und seine Lieblingsfantasie mit ihr wahrmachte: Nur sie und er sowie das Meer und weit und breit keine Kleidungsstücke.

Sie lachte. „Sehr witzig."

Das fand er nicht. Und seine Lenden waren derselben Meinung. Es wurde unangenehm eng in den Boxershorts.

Sie bewegte ihre Zehen. Jack sah zu, wie sie die korallenrot lackierten Zehennägel in den kühlen Sand grub, und unterdrückte ein Ächzen. Das machte sie garantiert mit Absicht!

„Haben Sie es denn schon mal probiert?", fragte sie ihn.

„Was denn probiert?"

„Nacktbaden."

Es konnte nicht wahr sein, über welches Thema sie sich hier mit ihm unterhielt, während sie nur ein paar Zentimeter von ihm entfernt stand, in diesem hauchdünnen Etwas von Badeanzug, das die vollen Brüste kaum bändigen konnte! Was würde er da alles zu sehen bekommen, wenn sie erst …

„Ich verrate Ihnen was", sagte sie. „Um das Eis zu brechen und so. Ich habe schon mal nackt gebadet." Die Hände hinter dem Rücken ineinander verschlungen und auf den Fersen vor- und zurückwippend wie ein vergnügtes, kleines Mädchen, grinste sie ihm frech ins Gesicht.

Er schwieg verblüfft. Verdammt noch mal, sie schaffte es aber auch immer wieder, ihn aus der Fassung zu bringen! Vermutlich sah er immer noch die langweilige, spröde Mallory in ihr. Denn mit diesem Geständnis eben hatte sie ihn tatsächlich überrumpelt.

Schnell schloss er die Augen, als könne er sich so vor dem Bild einer splitterfasernackten Mallory retten, das sich unwillkürlich in seine Gedanken drängte und das sie bewusst provoziert hatte. „Lassen Sie mich raten. Im Nichtschwimmerbassin beim Wandertag mit der Kindergartengruppe?"

Ihr Lachen drang in die ruhige Nachtluft und das Geräusch der Wellen hinter ihr.

„Wohl kaum", erwiderte Mallory, als ihr Lachanfall vergangen war. „Highschool. Abschlussfeier. Es war mein letzter Versuch."

Sie erinnerte sich noch sehr gut an das erste und bisher letzte Mal, dass sie nackt baden gegangen war. Auch damals war sie herausgefordert worden. Es war ein letztes Aufbäumen gewesen, eine Verzweiflungstat der Spontaneität, bevor sie sich endgültig in ihr gewöhnliches, genau geplantes Leben gefügt hatte.

„Und hat es Ihnen gefallen?", fragte er und verzog seinen sinnlichen Mund zu einem entwaffnenden Lächeln.

„Nicht halb so sehr, wie ich gehofft hatte." Das Wasser am Strand von New Jersey war in jener Mainacht sehr viel kälter gewesen als hier im Süden, wo es vermutlich ein weitaus angenehmeres Erlebnis wäre. „Sagen wir, es war eine interessante Erfahrung."

Er wiegte den Kopf, halb amüsiert, halb beeindruckt. „Wenn ich Sie nicht letzte Nacht in Aktion erlebt hätte, könnte ich mir gar nicht vorstellen, dass das alles in Ihnen steckt."

„Es gibt eine Menge, das Sie über mich nicht wissen." Und es war erstaunlich, wie viel sie ihm schon enthüllt hatte.

Selbst Julia ahnte nicht, wie weit Mallory gestern Abend wirklich von ihrem Image des braven Mädchens abgewichen war. Andererseits war Jack ein Mann, der sich erstaunlich schnell öffnete, und Mallory genoss die Intimität zwischen ihnen beiden, die dadurch entstanden war, dass sie Jack während der Nacht in ihre Geheimnisse einweihte.

Er betrachtete sie ernsthaft. „Nur gut, dass ich so ein eifriger Schüler bin. Ich möchte gern alles über Sie erfahren. Kommen Sie, laufen wir ein Stück“, sagte er und bot ihr seine Hand.

Sie nahm sie und spürte die angenehme Berührung seiner warmen Finger, die sofort fest zugriffen und sie in die rauschende Brandung lotsten. Kühles Wasser umspülte ihre nackten Füße in erotischem Kontrast zu dem hitzigen Aufruhr, der in Mallory herrschte.

„Sie haben meine Frage noch nicht beantwortet“, beharrte sie dennoch. „Nacktbaden. Ich hab es schon mal getan. Was ist mit Ihnen?“

„Werden Sie mich morgen früh noch respektieren können, wenn ich Nein sage?“ Er senkte den Kopf bei diesem indirekten Geständnis, und Mallory blieb fast das Herz stehen vor Überraschung. Es gab Dinge, die Jack Latham peinlich waren? Damit hatte er ihr ebenfalls ein Geheimnis verraten. „Ich respektiere die Wahrheit“, antwortete sie. „Warum also sollte ich Sie dann nicht mehr respektieren?“ Aufrichtigkeit war in diesem Moment angesagter als Neckerei, das spürte sie genau. Sonst verschloss er sich wieder vor ihr, und sie würde gar nichts mehr über ihn erfahren. „Aber warum haben Sie es noch nie probiert?“, fragte sie weiter.

Er zuckte mit den Schultern. „Es gab irgendwie nie die Gelegenheit dazu. Wir sind in der Stadt aufgewachsen. Wir haben uns Dutzende Male mit Hydrantenwasser abgekühlt, aber natürlich nie nackt.“

„Sie haben die Stadt nie verlassen? Nicht mal in den Ferien oder so?“

„Meine Familie ist nie gemeinsam verreist.“

Ihr Herz krampfte sich zusammen, als sie das hörte. Jack hatte es zwar nicht ausdrücklich gesagt, aber seine Erinnerungen an die Kindheit schienen ähnlich unerfreulich zu sein wie ihre.

„Meine auch nicht“, sagte sie sanft.

Sie sah das flüchtige Aufflackern in seinen Augen, als habe er eben eine verwandte Seele entdeckt.

„Aber das heißt ja nicht, dass man das mit dem Baden nicht nachholen könnte“, sagte sie schnell.

Jack blieb stehen und zog sie auf einmal an sich. „Wie wäre es mit jetzt gleich?“

Er spielte heute Abend den ungezogenen Jungen, und das gefiel ihr. „Wie wäre es, noch ein bisschen zu warten?“, fragte sie zurück. „Ich würde lieber noch ein Stück am Ufer entlanglaufen, bevor ich weiter reingehe. Erst mal das Wasser testen, verstehen Sie?“

Er sah sie unverwandt an. „Wieso habe ich das Gefühl, dass Sie nicht das Wasser, sondern mich testen wollen?“

„Weil wir uns offenbar zu ähnlich sind. Herausforderungen können wir beide nicht ignorieren."

Seine Hände legten sich auf ihre Hüften, und er zog sie dicht an seinen muskulösen Körper heran. Er hielt sie fest, damit sie die harte Wölbung in seinen Badeshorts spüren konnte, die unverrückbar gegen ihren Unterleib gepresst wurde.

Mallory wehrte sich innerlich gegen ihr eigenes, nun heftig brennendes Verlangen. Es war ein erbitterter Kampf mit sich selbst.

„Sind Sie nur wegen der Herausforderung hier?", fragte Jack leise.

Eine schnippische Antwort lag ihr auf der Zunge, aber sie verkniff sie sich wohlweislich. Die Herausforderung war ihr eine willkommene Ausrede gewesen, die Einladung anzunehmen. Aber es gab sehr viel mehr Gründe, warum Mallory jetzt hier mit ihm in der sanften Brandung stand.

Sie sah zu ihm auf. „Ich bin hier, weil Sie mich eingeladen haben."

„Das habe ich getan, in der Tat."

Er versuchte, es neckisch zu sagen, aber Mallory hörte, dass auch andere Gefühle mit im Spiel waren. Eine gewisse Sehnsucht, die sie nicht benennen konnte, die sie aber von sich selbst kannte. Eine Sehnsucht, die sie vor allem im hellen Tageslicht verdrängte. Jetzt aber war es dunkler Abend, und sie hatte das Gefühl, als dürfe sie sich nun getrost ihren geheimen Wünschen hingeben – und denen Jacks.

Er lächelte. Sie sah tiefe Grübchen neben seinen Mundwinkeln. Die waren ihr noch nie aufgefallen.

Irgendetwas überkam sie auf einmal. Sie lehnte sich vor, küsste erst das eine, dann das andere Grübchen und ließ zwischendurch ihre Zunge jedes dieser kleinen, faszinierenden, mit kurzen Bartstoppeln bewachsenen Täler erkunden.

Jack reagierte mit einem zutiefst männlichen Stöhnen, das in Mallorys Innerem widerhallte und ihre Erregung urplötzlich ins Unerträgliche steigerte.

„Hast du auch nur die geringste Ahnung, wie heiß du mich machst?" Sein Griff um ihre Taille wurde fester, und mit einer instinktiven, ruckartigen Bewegung schob er seine Hüfte nach vorn.

Hart fühlte er sich an, und männlich und so … ach, so unglaublich gut. Sie schnappte nach Luft. „Ich kann es fühlen", sagte sie leicht keuchend.

Seine Hände wanderten von ihrer Taille aus weiter, bis seine Handflächen fest auf ihrem Hinterteil lagen. Sie presste sich unwillkürlich an ihn, sie wollte ihm noch näher sein, viel näher.

„Entspann dich", flüsterte er neben ihrem Ohr. Sein warmer Atem strich über ihren Hals und sorgte dafür, dass ihre vom Badeanzug mehr betonten als verhüllten Brustspitzen sich vor Erregung zusammenzogen, während das Blut darin wie verrückt zu pulsieren begann.

Er hielt sie fest, und seine Hände liebkosten zärtlich ihren Po, bis sich ihre Muskeln, eben noch aufs äußerste angespannt, endlich seinem Willen fügten. Mallory schmiegte sich an ihn, sodass die Wölbung zwischen seinen Schenkeln genau auf der Vertiefung zwischen ihren Schenkeln zu ruhen kam.

„Schon viel besser", lobte er und rieb seine Hüften sanft an ihren. Mit jeder dieser zärtlich drängenden Bewegungen löste er in ihr eine neue Woge der Begierde aus, und mit jeder dieser Wogen verstärkte sich ihre lächerliche Hoffnung, er sei nicht nur wegen der Herausforderung hierher zum Strand gekommen, genau wie sie.

Es musste wohl das mystische Licht des Mondes dort oben sein, der ihr solche albernen Gedanken eingab. Sie waren beide Rechtsanwälte in derselben Kanzlei und waren einander sehr ähnlich, weil sie Konkurrenz so dringend brauchten wie die Luft zum Atmen. Die Chemie mochte stimmen, aber dennoch hatten sie nicht die geringste Chance auf eine gemeinsame Zukunft.

Sie waren Komplizen in diesem Spiel der Verführung, das verringerte das Risiko und legte die Spielregeln fest. Das hoffte sie zumindest. Es bestand kein Zweifel daran, dass es mit der heutigen Einladung für sie beide kein Zurück mehr geben würde. Mallory konnte nur auf Jacks Integrität bauen, denn ihre weitere berufliche Laufbahn lag nun ganz allein in seinen Händen.

Außerdem konnte man ein Spiel nicht abbrechen, wenn es so heiß dabei herging wie in diesem Augenblick, oder? Und es war mehr als heiß. Mit Absicht imitierte sie seine Bewegungen, legte ihre Hände auf sein Hinterteil und zog ihn noch dichter an sich. Er stöhnte tief auf, und sie spürte ein lustvolles Ziehen zwischen ihren Schenkeln. Jack presste seinen muskulösen Oberkörper gegen ihre schmerzenden Brüste. Warum nur konnten sie den Rest der Welt nicht einfach vergessen und dem Verlangen nachgeben, das sie beide zu verbrennen drohte?

Was für ein verdammt heißes Spielchen, dachte Jack. Da standen sie beide hier in den Wellen, vom Mondlicht beschienen und taten so, als hätten sie Sex miteinander, ohne zum Äußersten zu gehen. Er hatte keine Ahnung, wie lange er sich noch würde beherrschen können.

Er hatte sie nur ein ganz kleines bisschen reizen wollen, um sie noch ein Stück weiter zu treiben, als sie es gestern Abend mit ihm getan hatte. Und was war passiert? Sie hatte den Spieß wieder einmal umgedreht und trieb ihn gekonnt in den hellen Wahnsinn. Wenn das hier nicht gleich aufhörte, würde sein Körper die unerträgliche Spannung in der Lendengegend in eigener Regie lösen!

Wenigstens wäre er dabei nicht ganz allein. Aber es war nicht das, was er sich ursprünglich für heute Abend vorgenommen hatte. Er wollte weder Mallory noch sich selbst in eine peinliche Situation bringen. Sein Ziel war es, ihr zu zeigen, wie sehr er sie begehrte, damit sie sich noch lange an diesen Abend erinnern würde.

Ohne ein Wort zu sagen, hob er sie hoch und begann, tiefer ins Wasser zu gehen.

„Was machst du da?“, fragte sie und klammerte sich angstvoll an ihn.

„Ich kühle uns ab.“

Als das Wasser ihm bis an die Knie reichte, blieb er stehen. Schon kam die nächste Welle und rauschte über sie hinweg.

Jack hatte sich mehr davon versprochen. Sein Körper reagierte kein bisschen geschockt auf das kalte Wasser. Mit Mallory auf den Armen und all der Hitze, die zwischen ihnen dampfte, wurde er einfach nur nass. Abgekühlt fühlte er sich nicht.

Mallory lachte, als er sie zurück an den Strand trug. Er stellte sie neben der Decke auf ihre Füße und reichte ihr ein Handtuch, damit sie sich abtrocknen konnte.

„Und? Hat es geholfen?“, fragte sie spitzbübisch, während sie sich mit dem weißen Frotteehandtuch die Arme und Haare abtrocknete.

Sein Körper pochte und pulsierte immer noch in unbefriedigtem Verlangen, und der Anblick, den Mallory in ihrem straffen, nassen Badeanzug bot, war nicht gerade geeignet, seine Leidenschaft zu besänftigen.

Er setzte sich auf die Decke. „Kein bisschen“, antwortete er.

„Hab ich mir gedacht.“ Ohne Vorwarnung trat sie zu ihm, stieg mit einem Bein über seine Taille und ließ sich dann auf seinem Schoß nieder.

„Willst du mich umbringen?“, ächzte er.

„Ich versuche nur, dein Problem auf andere Art zu lösen.“

Sie rutschte auf ihm hin und her, bis die weiche, warme Stelle zwischen ihren Beinen genau auf seiner steinharten Erregung platziert war. Der nasse, dünne Stoff ihrer Badesachen war kaum zu spüren.

„Ich habe gehört, die Franzosen nennen das den ‚kleinen Tod‘.“ Ihre Augen funkelten unternehmungslustig.

Jack warf den Kopf in den Nacken, rang nach Fassung und beschwerte sich bei den Sternen am Himmel: „Warum nur musste ich mir diesmal eine intellektuelle Besserwisserin aussuchen?“

„Auch das gehört zu meinem Charme“, belehrte sie ihn gut gelaunt und schmiegte sich an ihn.

Er hätte noch einige andere ihrer Charakterzüge nennen können, aber irgendwie gelang es ihm momentan nicht, an etwas anderes zu denken als an ihren Körper.

„Und nur der Ordnung halber", fügte Mallory hinzu, „möchte ich darauf hinweisen, dass ich es war, die dich ausgesucht hat, nicht anders herum."

„Ich wusste gar nicht, dass wir Buch führen", murmelte er und begann, ihren schlanken Hals zu küssen.

Sie atmete genussvoll aus und bog sich leicht nach hinten. „Lügner", flüsterte sie. „Natürlich führst du insgeheim Buch, sonst wären wir jetzt gar nicht hier."

Er liebkoste ihren Hals und ihr Dekolleté mit Lippen und Zunge und schmeckte Salzwasser auf weicher Haut. Mit einer geschickten Bewegung gelang es ihm, sie neben sich auf die Decke zu manövrieren. Sie lag lang ausgestreckt da, und er schob sich auf sie, endlich Herr der Situation, wie er es heute eigentlich von Anfang an hatte sein wollen.

Diese Illusion hatte er allerdings nur für ein paar flüchtige Sekunden. Dann nämlich spreizte Mallory ihre Beine und umschlang seine Erregung wie ein weicher, hitzig-feuchter Kokon.

Jack wusste, damit war er endgültig geliefert. Fast völlig ohne sein Zutun bewegten sich seine Hüften auf Mallory, und sie gab ein hemmungsloses Stöhnen von sich.

Plötzlich waren Stimmen und Gelächter zu hören.

„Wir sind nicht mehr allein", sagte er hastig.

Ihre langen Wimpern zitterten, während sie ihn ansah. „Ist wohl auch besser so", meinte sie.

Sie hatte ja so recht, aber die Wahrheit gefiel ihm trotzdem nicht, schon gar nicht, wenn Mallory sie aussprach. Normalerweise war er es, der sich von der jeweiligen Frau zurückzog. Er stellte fest, dass es ihm keinen Spaß machte, eine solche Situation auf der anderen Seite zu erleben.

Selbst hier am nächtlichen Strand, nur vom Mondlicht und von den Lichtern der Ferienanlage im Hintergrund beleuchtet, konnte er erkennen, wo seine Bartstoppeln ihre Haut gerötet hatten.

Er rollte von ihr herunter, während sie sich Stirn und Augen mit einer Hand bedeckte und sich genau wie Jack bemühte, ihren heftigen Atem wieder unter Kontrolle zu bekommen.

Noch lange, nachdem das Gelächter sich wieder entfernt hatte, lagen sie beide still nebeneinander. Es war ein überraschend angenehmes Schweigen für zwei Menschen, die noch immer mit ihrer Erregung zu kämpfen hatten und die man beinahe in einer höchst kompromittierenden Stellung angetroffen hätte.

Jack griff nach Mallorys Hand. Sie erwiderte den Druck seiner Finger. Während nur wenige Meter von ihnen entfernt das nächtliche Meer rauschte, begriff er, dass er sein Ziel erreicht hatte. Er hatte ihr bewiesen, dass sie ihm ebenso verfallen war wie er ihr. Wenn man sie ungestört miteinander allein ließ, weit weg vom Alltag mit seinen Regeln und Einschränkungen, dann konnten sie beide nicht die Hände voneinander lassen.

Sie hatten sogar angefangen, sich etwas über ihre Vergangenheit zu erzählen. So etwas kannte er bisher noch nicht. Aber es gefiel ihm außerordentlich gut.

Leider stand es jetzt 1 : 1. Er hatte keinen Grund mehr, Mallory noch ein weiteres Mal herauszufordern, und die Enttäuschung darüber war größer und nachhaltiger, als er je gedacht hätte.

8. KAPITEL

Jack stand immer noch wie unter Strom, nachdem er sich von Mallory verabschiedet hatte. Anstatt die Erregung zu verringern, hatte die kalte Dusche nur seine Laune verschlechtert. In diesem Zustand war Schlafen ein Ding der Unmöglichkeit. Immerzu musste er daran denken, dass Mallory vermutlich im Zimmer gegenüber wach lag und genauso wenig Ruhe fand wie er selbst.

Zwar waren sie sich einig gewesen, dass es besser wäre, sich zu trennen, bevor sie zu weit gingen. Aber zufrieden war er damit nicht.

Nervös und frustriert fasste er schließlich den Entschluss, aus der Not seiner Rastlosigkeit eine Tugend zu machen und sich mit Arbeit abzulenken. Zum Beispiel könnte er noch ein wenig in der Bar herumlungern und sich mit dem Barmann unterhalten. Das ergab vielleicht noch weitere nützliche Informationen über Paul Leatherman, diesen alles andere als einfachen Mandanten.

Er stand wieder auf, zog sich Jeans und ein altes Sweatshirt mit dem Logo der Universität von Michigan an und nahm dann den nächsten Fahrstuhl nach unten.

Als er mehr zufällig auf seine Uhr sah, staunte er, wie spät es schon war. Da es sich hier um eine Ferienanlage handelte, wäre bestimmt bis spät in die Nacht noch was los in der Bar. Aber schon seit mindestens einer halben Stunde wurden keine Bestellungen mehr angenommen.

In der Bar angekommen, stellte er fest, dass offenbar noch jemand anders nicht hatte schlafen können und auf dieselbe Idee gekommen war wie er.

Mallory war schon mit dem Barmann beschäftigt. Allerdings hatte sie sich in einer Weise an ihn herangemacht, wie es Jack niemals möglich gewesen wäre.

Vermutlich hatte sie am Poolbillardtisch die hilflose Frau gespielt und sich den mürrischen Kerl auf diese Weise gewogen machen können. Und zwar in einer Weise, die Jack überhaupt nicht gefiel. Mit geballten Fäusten beobachtete er, wie sie sich in eng anliegenden Jeans mit dem Queue über den Billardtisch lehnte, während der Barmann, ein blonder Surfertyp, sich dicht hinter sie stellte und ihre Haltung korrigierte. Sie warf die Haare zurück und lachte über etwas, was der Blonde ihr ins Ohr geflüstert hatte.

Jack durchfuhr ein schmerzhafter Stich der Eifersucht. Das war ein völlig fremdes Gefühl für ihn, zumindest im Zusammenhang mit Frauen. Und im Zusammenhang mit Mallory war es nicht nur fremd, sondern der reinste Schock. Er war auch früher schon mit attraktiven

Frauen ausgegangen, mit denen er sogar richtigen Sex gehabt hatte. Doch immer hatte er es geschafft, eine Distanz aufrechtzuerhalten, die es ihm leicht gemacht hatte, die Beziehung ohne Zögern oder Bedauern jederzeit zu beenden.

Was war anders bei dieser Frau? Sie war seine Kollegin, konnte mit ein bisschen Geflüster seine Karriere zum Absturz bringen, wenn sie nur wollte. Vielleicht war es dieses Gefühl, etwas Verbotenes zu tun, das sie so reizvoll für ihn machte. Immerhin konnten sie sich nur heimlich treffen. Lag es an der Aufregung, die mit dieser Heimlichtuerei verbunden war? Oder doch wieder nur an der Herausforderung? Sein noch immer unbefriedigter Körper erinnerte ihn daran, dass er in dieser Beziehung von Anfang an nicht genügend Distanz gewahrt hatte und sie deshalb so sehr Besitz von ihm ergriffen hatte.

Er konnte sie nicht einfach hinter sich lassen wie die anderen Frauen bisher. Noch nicht zumindest.

Ungeniert trat er in den Lichtkegel, der den Billardtisch umgab. „Was dagegen, wenn ich mitspiele?“, fragte er.

Mallory stöhnte auf, als sie seine Stimme erkannte.

Der Barmann wandte sich dem Störenfried zu. „Die Bar ist geschlossen“, sagte er knapp.

Jack beugte sich über den Billardtisch, stützte sich lässig auf seinen Ellenbogen und blickte zu Mallory. „Die Dame sieht mir aber sehr nach einem Gast aus.“

Mallory sah ihn feindselig an.

„Sie ist ein Gast des Hauses“, informierte ihn der Barmann. „Kommen Sie morgen Abend wieder vorbei, dann gebe ich Ihnen einen aus.“

Der Blonde wandte seine Aufmerksamkeit wieder Mallory zu. Eigentlich mehr ihrer Taille. Er legte ihr nämlich die Hände auf die nackte Haut, wo ihr Oberteil hochgerutscht war.

Eine Wut, die Jack schon seit Ewigkeiten nicht mehr in sich verspürt hatte, drang auf einmal mit explosiver Gewalt an die Oberfläche. Sie kam von der Erinnerung an eine ähnliche Szene. Da war er mit fünfzehn von der Schule nach Hause gekommen und hatte seine Mutter im elterlichen Schlafzimmer mit einem fremden Mann erwischt, wie er seine Hände um ihre Taille gelegt hatte, um ihr beim Schließen ihrer Hose zu helfen.

Aber anders als seine Mutter kicherte Mallory nicht und lehnte sich nicht dichter an den Mann. Sie zuckte zusammen und wäre vom Billardtisch weggegangen, wenn die starken Arme des Blonden sie nicht festgehalten hätten. Was immer sie eben noch alles gestattet haben mochte – jetzt hatte sie offenbar genug davon.

„Sieht mir nicht so aus, als wenn die Dame Lust darauf hat, diese Art Gast zu sein", quetschte Jack drohend durch die Zähne.

Mallorys blaue Augen funkelten ihn ärgerlich an. „Die Dame kann sehr gut für sich selbst sprechen!" Dann drehte sie sich zu dem Barmann um und klapperte auf eine Art mit den Wimpern, wie Jack es ihr niemals zugetraut hätte. „Sieht so aus, als wenn mein Freund hier nicht mitkriegt, wann eine Frau so tut, als wäre sie schwer rumzukriegen, Jimmy", sagte sie lässig und nahm wie nebenbei seine Hand von ihrer nackten Taille.

„Du kennst den Kerl da?" Der Blonde zeigte geradezu angewidert mit dem Finger auf Jack.

Jack wusste, dass er mittlerweile jede Chance verspielt hatte, diesem Typen irgendeine Information über Leatherman zu entlocken.

„Wir arbeiten zusammen", antwortete Mallory und stöhnte, als wäre Jack schon immer eine entsetzliche Nervensäge gewesen. Dann trat sie einen Schritt von Jimmy weg, stolperte aber dabei über seine Füße und wäre beinahe hingefallen.

Jack griff nach ihr, der Barmann ebenfalls. Aber es gelang ihr, sich am Billardtisch festzuhalten und alleine aufzurichten.

„Uuups." Sie lachte auf eine Art, die überhaupt nicht zu ihr passte. „Also wirklich, diese dummen Long Island Ice Teas!" Erneut klapperte sie mit den Wimpern und sah dann zu Jack herüber. „Wusstest du schon, dass es einen Cocktail gibt, der nach dieser Gegend hier benannt ist? Na, ungefähr jedenfalls. Long Island Ice Tea. Jimmy macht ihn auf ganz besondere Art." Sie sah wieder den Barmann an und lächelte süß. „Meinst du, du könntest mir das Rezept geben?"

„Ich denke, du hattest genug davon", schnaubte Jack. Er war sich ziemlich sicher, dass Mallory gar nicht betrunken war, sondern nur versuchte, den Barmann weiter um den Finger zu wickeln. Jack trat auf sie zu und griff nach ihrem Ellenbogen, bevor sein Rivale zuerst wieder bei ihr war.

„Finden Sie nicht, dass eine Dame selbst entscheiden kann, wann sie genug hat und wann nicht?", fragte der Blonde.

Mallory beschenkte ihn mit ihrem bezauberndsten Lächeln. „Oh, ein Mann, der die Meinung einer Frau zu schätzen weiß! Das mag ich."

„Hast du vergessen, dass wir morgen früh einen Geschäftstermin haben?", fragte Jack vorwurfsvoll. „Mit Mr Leatherman?" Er brachte den Namen von Jimmys Chef mit voller Absicht ins Spiel und erzielte damit auch sofort die erhoffte Wirkung.

Jimmy fuhr zusammen. „Was? Du arbeitest für Leatherman?"

Mallory verdrehte die Augen. Wieso musste Jack sie auch bei der Arbeit stören? „Nicht wirklich", antwortete sie. „Er überlegt, ob er meine Firma für sich arbeiten lassen soll oder nicht. Ich dachte, das hätte ich erwähnt."

„Bevor oder nachdem du mich nach Informationen ausgehorcht hast?"

Mallory zuckte achtlos mit den Schultern und lächelte ihn an. „Es liegt mir im Blut, die Leute zu beobachten. Das wirst du mir doch nicht ernsthaft vorhalten wollen, oder? Sag mal, was hältst du davon, wenn wir uns noch mal treffen, wenn der da nicht dabei ist?" Bei den letzten Worten versetzte sie Jack einen Ellenbogenstoß in die Rippen.

Er unterdrückte ein Ächzen, doch bevor er etwas antworten konnte, lehnte der Barmann ab.

„Der Chef wird mir den Kopf abreißen, wenn ich mich mit den Gästen einlasse. Obwohl er bestimmt selbst auf dich steht. Ich für meinen Teil möchte meinen Job behalten."

„Kluge Entscheidung", lobte Jack und registrierte insgeheim die Bemerkung, die der Barmann eben über Leathermans Geschmack hinsichtlich Frauen gemacht hatte.

Jimmy guckte grimmig. „Sie gehört dir, Kumpel."

„Ich gehöre niemandem", kam sofort Mallorys gemurmelter Protest. „Und ihm schon gar nicht."

Jack grinste. „Sie weiß ja nicht mehr, was sie redet. Nicht wahr, Schatz?"

Der Blonde fluchte leise und ging zurück hinter die Bar, um dort aufzuräumen. Natürlich war es ihm alles andere als recht, dass er seinem Nebenbuhler das Feld überlassen musste. Aber Testosteron hin oder her, sein Job war ihm letztlich wichtiger.

Jack wandte sich Mallory zu. „Zeit, dich nach oben zu bringen." Ohne ihre Antwort abzuwarten, hob er sie hoch und legte sie sich über die Schulter. „Wir sehen uns später", rief er dem Mann hinter der Bar noch zu.

Der fluchte noch immer leise vor sich hin. Als er jedoch aufblickte und Jacks Neandertalerpose sah und wie Mallory ihm mit den Fäusten wütend, aber erfolglos auf den Rücken trommelte, da lachte Jimmy schallend los. „Du bist schon in Ordnung, Mann", sagte er. „Komm morgen Abend wieder her. Ich geb dir immer noch einen aus."

„Klar", sagte Jack. „Dann können wir einen kleinen Erfahrungsaustausch machen."

„Lass mich sofort runter!", schrie Mallory.

Der Barmann lachte wieder, und Jack trug Mallory hinaus. Mit eiligen Schritten ging er zu den Fahrstühlen hinüber. Er hatte keine Lust, Aufsehen zu erregen.

Kaum im Fahrstuhl, stellte er Mallory auf ihre Füße.

„Das war gerade noch rechtzeitig“, keuchte sie und zog sich ihr Oberteil zurecht.

„Ich weiß“, entgegnete er, denn kurz bevor er sie freigegeben hatte, hatte er gemerkt, wie ihre weichen Hände sich in seinen Hosenbund schoben und nach den Gummibändern seines Slips suchten. Er lachte. „Hat dir ein älterer Bruder diesen miesen Trick beigebracht?“

„Nein, ich bin ein Einzelkind. Aber du warst *so* dicht davor, Sopran zu singen!“ Sie deutete mit Daumen und Zeigefinger an, wie dicht.

„Dieser Trick funktioniert leider nur, wenn der Betreffende einen Slip anhat“, hielt Jack dagegen.

Erstaunt hob sie die Brauen, und die blauen Augen darunter blickten auf einmal interessiert.

Jack verschränkte die Arme und lehnte sich gelassen gegen die Wand aus verchromtem Metall und Spiegelglas.

Mallory lächelte plötzlich voller Mutwillen und kam einen Schritt auf ihn zu. „Beweisen!“, forderte sie.

„Was beweisen?“

Ihre Finger griffen ungeniert nach seinen Jeans und versuchten, sie zu öffnen. Er hielt die Luft an vor Aufregung und Begeisterung.

„Du hast angedeutet, dass du keinen Slip anhast. Beweise es!“

Seine Lenden gaben ihre freudige Bereitschaft bekannt, dieser Aufforderung unverzüglich nachzukommen. Tatsächlich wurden sie lediglich von einer Lage Jeansstoff im Zaum gehalten. Aber Jack war anderer Meinung. Er ergriff Mallorys Handgelenke und hielt sie fest. Ihre Blicke begegneten sich.

Ihr Gesicht war nur wenige Zentimeter von seinem entfernt. Ihr Atem, der ihm warm über die Haut strich, roch nur andeutungsweise nach Alkohol.

„Wie hast es nur geschafft, dir diesen Surfer-Boy vom Leibe zu halten?“

Sie legte den Kopf auf die Seite. „Was denn, was denn? Eifersüchtig? Na ja, ich gebe zu, er ist wirklich gut gebaut und auch toll braun gebrannt, aber …“

Das reichte. Jack brachte sie mit einem Kuss zum Schweigen. Es sollte nur eine kurze, sanfte Berührung werden, geriet aber sofort außer Kontrolle. Seine Zunge, ihre Zunge, sein Stöhnen, ihr tiefes Seufzen – alles verschmolz miteinander. Wie ein Verdurstender in der Wüste trank er von ihren Lippen, nahm alles, was er kriegen konnte, alles, was sie zu bieten hatte, und bekam Gleiches mit Gleichem vergolten, bis sie schließlich beide voneinander abließen, um nach Luft zu schnappen.

Ihre großen, blauen Augen sahen ihn an. „Du warst tatsächlich eifersüchtig!"

„Da irrst du dich gewaltig", keuchte er und wusste, dass er log. „Los, erzähl, wie hast du es geschafft, dass der Barmann redete und nicht grapschte?" Er brauchte jetzt unbedingt ein halbwegs unverfängliches Thema, damit er wieder zu Verstand kam.

„Ich saß neben einer dieser großen Topfpalmen in der Ecke. An den Drinks, die ich mir bestellte, nippte ich, während ich ihm schöne Augen machte, und wenn er die anderen Gäste bediente, kippte ich den Rest in den Topf."

„Ganz schön clever."

Sie blickte zur Tür. „Warum geht die denn immer noch nicht auf?", fragte sie verwundert.

Jack sah sich um und stellte fest, dass keiner von ihnen auf eine Etagentaste gedrückt hatte. Schnell drückte er auf die Fünf, und sofort setzte sich der Fahrstuhl in Bewegung.

„Darf man nicht vergessen", belehrte er sie.

„Und warum hat keiner von uns beiden daran gedacht?", fragte Mallory.

Er streckte die Hand aus und griff nach einer ihrer schwarzen Haarsträhnen. „Ich weiß nicht. Waren wir womöglich abgelenkt?"

„Ja, von deinem Steinzeitbenehmen! Ach, und übrigens: Trag mich nie wieder irgendwohin, klar?"

„Was würde denn sonst passieren?"

Der Fahrstuhl hielt, und die Türen öffneten sich. Jack geleitete Mallory hinaus, indem er sie von hinten schob.

Sie drehte sich zu ihm um und sah ihm direkt ins Gesicht. „Nun, ich wäre leider gezwungen, dir wieder eine Lektion zu erteilen", sagte sie drohend, aber mit einem verschmitzten Grinsen.

„Oh ja, bitte", erwiderte er. Das würde also eine weitere Einladung bedeuten! „Gib besser mir den Schlüssel. Ich helfe dir mit dem Schloss."

Ihr Blick wurde wachsam. „Hilfe unter Freunden, okay?" Und sie griff in ihre Handtasche, um den Schlüssel herauszuholen.

„Wir sollten uns wieder zum Frühstück treffen", schlug er vor. „Dann kannst du mir erzählen, was du über Leatherman herausgefunden hast. Er hat die Nachricht hinterlassen, dass er übermorgen wieder zurück sein will. Ich möchte gern auf alles vorbereitet sein."

Sosehr diese ständigen Verzögerungen den Anwalt Jack Latham auch störten – der Privatmensch Jack war dankbar dafür, dass er weiterhin mit Mallory allein bleiben durfte.

„Sagen wir lieber, wir treffen uns zum Mittagessen“, meinte Mallory und drückte ihm den Schlüssel zu ihrer Zimmertür in die Hand. „Ich bin völlig erledigt.“

„Gut, zum Mittagessen“, stimmte er zu.

Und dann hob er sie hoch und warf sie sich erneut über die Schulter, um sie ins Zimmer zu tragen. Diesmal wehrte sie sich nicht, sondern zerwühlte ihm nur ein wenig die Haare.

„Dafür wirst du büßen“, murmelte sie.

„Das will ich hoffen!“

Dank Mallory erwachte Jack wieder früh am Morgen. Irgendwie schien das während dieser Pseudo-Dienstreise eine Angewohnheit von ihm zu werden.

Nachdem er sie gestern in ihr Zimmer getragen und auf dem Bett abgelegt hatte, war er nur noch für die Zeit eines ausgedehnten Gutenachtkusses geblieben. Dann hatte er sich aus dem Staub gemacht.

In gewisser Hinsicht wünschte er sich jetzt, er wäre gestern Abend nicht mehr nach unten in die Bar gegangen. Sowohl Eifersuchtsszenen als auch Steinzeitbenehmen passten nicht zu ihm. Diese unverhüllte Wut und dieses Besitzdenken kannte er bisher nicht. Selbst als er begriffen hatte, dass Mallory mit dem Barmann nur herumturtelte, um ihn unauffällig nach Mr Leatherman auszuhorchen, war der Trieb, sie wegzuschleppen und sich damit zum Idioten zu machen, stärker gewesen als sein Verstand.

Den ganzen Vormittag verbrachte er im Fitnessstudio. Danach duschte er ausgiebig und machte sich dann auf den Weg ins Restaurant, um sich dort mit Mallory zu treffen.

Er wählte den Platz, den er sich zu seinem Stammplatz erkoren hatte, bestellte schwarzen Kaffee und grübelte darüber nach, wann er wohl endlich wieder der Alte würde.

Niemals.

Das begriff er, als er Mallory entdeckte, die gerade mit der Angestellten sprach, welche die Gäste an die Tische geleitete. Er war von nun an dazu verurteilt, in einer immer wieder verblüffenden und dabei hocherotischen Welt zu leben, in der es eine Mallory Sinclair gab.

Heute Morgen trug sie ein graues Kleid an Stelle des marineblauen von vorgestern, und der strenge Haarknoten war einer kräftigen Haarspange gewichen, mit der die wilden, schwarzen Haare nicht weniger streng am Hinterkopf festgehalten wurden.

Er seufzte leise. Inzwischen sah er sowohl ihre innere als auch ihre äußere Schönheit, ohne dass ihn das absichtlich unweibliche Auftreten, mit dem sie sich tagsüber tarnte, noch länger täuschen konnte. Doch ihr Doppelspiel frustrierte immer mehr.

Nur wenige Männer drehten sich nach ihr um, als sie durch das Restaurant zu dem Tisch herüberkam, an dem Jack auf sie wartete. Zwar gefiel ihm die Vorstellung, dass er der Einzige war, der die Verführerin kannte, die sich hinter diesem nüchternen Outfit verbarg. Andererseits hätte es ihm noch viel besser gefallen, wenn die anderen Männer ihn um die tolle Frau an seiner Seite beneidet hätten. Er wollte, dass sie zeigte, was für eine attraktive Frau sie war.

Und er war entschlossen herauszufinden, warum sie diese Attraktivität dermaßen verbarg.

Sicher, sie wollte Teilhaberin in einer Kanzlei werden, die von Männern dominiert wurde, und hielt es für eine gute Idee, ihre weiblichen Reize so gut wie möglich zu verstecken. Und wenn Jack bedachte, wie skeptisch die älteren Partner der Kanzlei Frauen betrachteten und wie ungern sie Mallory Respekt zollten, dann konnte er Mallorys Taktik schon verstehen. Aber sie gefiel ihm nicht, diese Taktik. Mallory verdiente es, für ihre Fähigkeiten anerkannt und gleichzeitig als Frau akzeptiert zu werden, und zwar als eine, die sich weder versteckte noch in Szene setzte.

Warum er sich solche Gedanken machte, blieb ihm vorerst ein Rätsel. Genau wie die Antwort auf die Frage, warum sie jetzt schon wieder die graue Maus spielte.

„Hallo.“ Sie setzte sich auf den Stuhl gegenüber, und er unterdrückte gerade noch den Wunsch, ihre Spange zu lösen und dann zuzusehen, wie ihr Haar ihr über die Schultern fiel.

Sie stellte ihre Tasche neben sich. „Himmel, ich könnte jemanden umbringen für einen Kaffee!“

Er schob ihr seine eben erst gefüllte, unberührte Tasse hin. „Nicht nötig. Hier, nimm die. Ich hab noch nicht davon getrunken.“

Sie bedankte sich mit einem Lächeln, das ihr Gesicht aufleuchten ließ. Er fragte sich, ob er der Einzige war, der durch diese schwere, schwarze Brille mit den dicken Gläsern das funkelnde Blau ihrer Augen erkennen konnte.

„Keine Kontaktlinsen heute?“, fragte er.

„Nein“, sagte sie bestimmt und breitete sich die Serviette über den Schoß.

„Weil jetzt nicht Abend ist“, folgerte er.

„Genau. Was hast du dir zu essen bestellt?“

„Ein Omelett. Würdest du jetzt Kontaktlinsen tragen, wenn du zum Urlaubmachen hierhergekommen wärst?“

Er wollte nicht, dass sie das Thema wechseln konnte, bevor er ihr ein bisschen auf den Zahn gefühlt hatte.

„Ich bin nicht zum Urlaubmachen hier. Ich arbeite."

„Hier ist weit und breit niemand aus der Kanzlei."

„Doch, du." Sie sah ihn durchdringend an. Es tat ihm weh. Nicht nur, wie sie ihn ansah, sondern auch, was sie gesagt hatte.

„Heißt das, du vertraust mir, dass ich nicht ausplaudere, was abends zwischen uns vorfällt, aber tagsüber traust du mir nicht?"

Mallory seufzte genervt. „Verstehst du denn nicht? Es ist zwar sonst niemand aus der Kanzlei hier, aber Leatherman kann jeden Moment wieder zurück sein. Er ist unberechenbar genug, um früher als angekündigt hier aufzukreuzen. Er hat dauernd mit meinen Vorgesetzten zu tun und täte wahrscheinlich nichts lieber, als ein bisschen aus dem Nähkästchen zu plaudern. Außerdem ist da noch Mrs Leatherman. Auch sie kann jederzeit hier vorbeikommen, wenn sie mitkriegt, dass das zu ihrem Vorteil wäre."

„Und was ist mit der Show von gestern Nacht?"

Sie ließ resigniert die Schultern hängen. „Ich wollte Informationen. Aber das Risiko, mich so in der Öffentlichkeit zu zeigen, gehe ich nicht noch einmal ein."

Er gab es nicht gern zu: Mallory hatte recht. Es ging ihm gegen den Strich, weil es bedeutete, dass er erneut bis zum Abend warten musste, um *seine* Mallory wiederzusehen. Dabei war er nicht einmal sicher, ob und wann er sie überhaupt jemals wiedersehen würde.

Voller Frust wechselte er das Thema. „Für dich auch ein Omelett?"

„Pfannkuchen, eine Portion Speck, ein Glas Orangensaft. Ach ja, und Kaffee, bitte."

Die Kellnerin, die eben herangekommen war, kritzelte sich Notizen auf ihren Block und nahm Mallory dann die Speisekarte ab.

„Nach gestern Nacht hast du wohl mächtigen Appetit, was?", fragte Jack.

Mallory machte eine Schnute. Wahrscheinlich hätte sie ihm jetzt am liebsten eine geklebt. Jack grinste. Es machte Spaß, sie zu necken, und er wusste ja, dass sie ihm nicht lange böse sein würde. Gespannt wartete er auf ihren Gegenangriff. Aber da wurde er enttäuscht.

„Das ist immer so bei mir, wenn ein Macho mich abgeschleppt hat", sagte sie nur und wurde ein wenig rot bei diesem unerwarteten Eingeständnis. „Der Kaffee ist übrigens für dich."

Jack lachte laut auf, und ein paar Leute an den Nachbartischen drehten sich neugierig um. Mallory sah ihn bitterböse an. Doch je mehr sie sich ärgerte, desto weniger konnte er aufhören zu lachen.

„Was kann ich denn dafür, wenn du mit deiner Show das Schlimmste in mir zum Vorschein gebracht hast?“, fragte er endlich und wurde auf einmal ernst. Was er gestern Nacht empfunden hatte, war alles andere als witzig.

„Und ich hatte keine Ahnung, dass du auch in die Bar kommen würdest“, rechtfertigte sie sich.

„Aber als ich dann da war, hat es dir erst richtig Spaß gemacht, stimmt's?“ Er sah sie unverwandt an.

„Höchstens für eine Minute“, antwortete sie und zögerte einen Moment. Dann lehnte sie sich zu ihm über den Tisch, um leise fortzufahren: „Und auch das nur, weil ich dachte, deine Eifersuchtsszene wäre gespielt.“

Die Überraschung war ihr wieder einmal gelungen. Seine selbstbewusste Kollegin hatte sich in eine verletzliche Frau verwandelt.

Auch er lehnte sich jetzt ein Stück über den Tisch, bis ihre Lippen nur noch ein paar Zentimeter voneinander entfernt waren und sie den Atem des jeweils anderen spüren konnten.

„Sie war aber nicht gespielt“, sagte er leise.

„Das habe ich dann ja auch begriffen. Ich hatte es nur nicht erwartet.“

„Ich noch viel weniger. Anfangs jedenfalls nicht.“

Mit zur Seite geneigtem Kopf sah sie ihn an. Ihr Gesicht war ernst. „Danke für die ehrlichen Worte.“

„Gern geschehen. Aber ich bin noch gar nicht fertig.“

Sie zog sich ein Stück zurück, und er griff nach ihrer Hand. „Ich war nicht nur auf die Verführerin in dir eifersüchtig. Ich war eifersüchtig, weil du mich wirklich interessierst. Und zwar alles an dir!“

Ihr Mund öffnete und schloss sich, ohne dass sie etwas sagte.

Also redete er weiter. „Würdest du mir mal sagen, warum du nicht erwartet hast, dass ich tatsächlich eifersüchtig sein könnte?“

Die körperliche Anziehung zwischen ihnen beiden ließ sich schließlich nicht leugnen, und Jack konnte nicht glauben, wie Mallory angesichts dieser Tatsache an der Aufrichtigkeit und Stärke seiner Gefühle für sie zweifeln konnte.

„Weil meinetwegen noch nie jemand so besitzergreifend reagiert hat.“

„Nun, dann hattest du bisher eine Pechsträhne mit lauter dämlichen Kerlen.“

Sie grinste auf einmal. „Da stimme ich dir voll und ganz zu.“

Er umfasste ihre schmale Hand etwas fester. „Diese Unfähigkeit, dich so zu sehen, wie du wirklich bist – woher kommt die?“

Es war nämlich ausgeschlossen, dass eine Frau sich freiwillig derart verunstaltete und ihr gutes Aussehen versteckte, wenn sie nicht einen wirklich guten Grund dafür hatte.

Sie presste die Lippen so fest aufeinander, als könne sie die Wahrheit allein durch Willenskraft davon abhalten, ans Tageslicht zu kommen.

„Verkorkste Beziehung gehabt?", wagte Jack eine Vermutung.

„Verkorkste *Er*ziehung", antwortete sie und erschrak, als ihr klar wurde, wie offen sie auf einmal über ihre intimsten Probleme sprach.

„Sprich ruhig weiter", ermutigte er sie und wartete, ohne jedoch ihre Hand loszulassen.

„Zuerst war ich ein Unfall und dann eine Enttäuschung. Mein Vater wollte einen Jungen, und was hat er gekriegt? Mich. Mit der Zeit lernte ich dann, nicht zu viel zu erwarten."

„Und deine Eltern erfüllten nicht einmal deine geringsten Erwartungen?"

„Richtig."

Er schüttelte den Kopf. Wie kriegten zwei Menschen es nur fertig, ein Kind zu zeugen und ihm dann das Gefühl zu verweigern, auch etwas wert zu sein? Er hatte damals wenigstens seinen Vater gehabt. Mallory war ganz sich selbst überlassen gewesen und hatte es dennoch sehr weit gebracht.

Nichtsdestotrotz hatte sie seiner Meinung nach zum falschen Mittel gegriffen. Es konnte sie auf Dauer nicht glücklich machen, sich selbst zu verstecken. Aber das musste sie selbst erkennen. Wenn es ihm möglich sein sollte, ihr zu helfen, die sinnliche Frau in sich zu entdecken, so würde er ihr mit Freuden behilflich sein. Nicht nur aus eigenem Interesse, sondern auch, weil sie es verdiente, all jene schönen Seiten des Lebens kennen zu lernen, die ihre dicken, verfälschenden Brillengläser ihr immer nur als Zerrbild zeigten.

„Deine Eltern haben sich geirrt, das weißt du doch?"

Sie zuckte mit den Schultern, sah ihn aber aufmerksam an.

Er fragte sich, ob sie ihm wohl glaubte, und nahm sich vor, sie von der Richtigkeit seiner Worte zu überzeugen. „Und das ist wirklich schade für sie. Denn sie haben dadurch sehr viel verpasst. *Dich* haben sie verpasst."

Ihre Augen füllten sich mit Tränen der Dankbarkeit, und sie holte aufgewühlt Luft. „Danke. Die Wahrheit ist etwas Wunderbares, und ich höre sie nicht allzu oft."

Jack hatte auf einmal selbst einen Kloß im Hals. „Wenn ich mit dir zusammen bin, sagt dir mein Körper sowieso die Wahrheit. Wozu also sollte ich jetzt lügen?" Wie auf Kommando fühlte er ein beinahe schmerzhaftes Verlangen nach dieser wunderbaren Frau, und er rutschte unruhig auf seinem Sitz hin und her.

„Hat dir schon mal jemand gesagt, dass du ein netter Kerl bist?“ Sie lächelte ein wenig, und dieses Lächeln wärmte ihm sein Herz, das bisher offenbar immer auf Eis gelegen hatte.

„Nein, bisher habe ich ja auch noch nie jemandem Grund dazu gegeben.“

Mallory hatte Mühe, ihren aufgeregten Herzschlag zu beruhigen. Die sonderbare Verbundenheit zwischen Jack und ihr war immer stärker zu spüren. Am liebsten hätte sie die Flucht ergriffen, aber sie traute sich nicht. Es war nicht einfach, sich jetzt noch weiter mit ihm zu unterhalten, doch sie schuldete ihm großen Dank dafür, dass er ihr die riesige Last abgenommen hatte, die sie schon seit so vielen Jahren mit sich herumschleppte.

„Nur kurz zum Thema Eifersucht“, sagte sie. „Das Getue gestern Nacht hat mir keinen Spaß gemacht.“

Die verschwitzten Hände des Barmanns und seine selbstgefälligen Avancen hatte sie von Anfang an widerlich gefunden. Aber da sie ihn als mögliche Informationsquelle sah, war sie sitzen geblieben und hatte seine lästige Aufmerksamkeit willig ertragen.

„Ich wollte nicht, dass er mich anfasst“, fuhr sie fort. „Er war nicht du, sonst wäre es etwas anderes gewesen.“

Es dauerte eine Weile, bis er sich zu einer Antwort aufraffen konnte. „Danke“, sagte er rau. „Jetzt fühle ich mich besser.“

Sie wusste, er war froh über ihre Offenheit. Später würde sie ihm noch mehr Wahrheiten präsentieren. Denn eines war ihr jetzt klar – das Thema Jack Latham war noch lange nicht erledigt.

„Erzählst du mir jetzt, was du über Leatherman herausfinden konntest?“, fragte er leise.

Froh, endlich über ein unverfänglicheres Thema reden zu können, sah Mallory sich um. Es war ziemlich voll geworden im Restaurant, und lautes Stimmengewirr erfüllte die Luft. Man konnte sich problemlos mit leiser Stimme unterhalten, ohne dass jemand heimlich mithören konnte. Das dachte sie jedenfalls, bis sie zum Pult der Angestellten hinübersah, die den Gästen die Plätze zuwies.

Sie stöhnte auf. „Würde ich schon gern, aber Alicia Leatherman geht gerade von Tisch zu Tisch und unterhält sich mit den Gästen.“

„Hier kommt das Gewünschte!“, verkündete die Kellnerin, die mit zwei Tellern auf ihren Tisch zusteuerte und Mallory und Jack damit einen weiteren Grund gab, ihre geschäftliche Unterhaltung lieber auf einen späteren Zeitpunkt zu verschieben.

Jack klang ebenfalls genervt, als er sagte: „Ja, sieht ganz so aus, als müssten wir noch ein wenig damit warten.“

Mallory nickte und griff nach ihrer Gabel. Wenn sie bei dieser Reise irgendetwas ganz sicher lernte, dann war es die Kunst des Abwartens.

Und die Kunst, sich auf bestimmte Dinge zu freuen.

Sie aß mit wahrem Heißhunger. Doch das Essen besänftigte nur ihren leeren Magen. Ihr Appetit auf Jack blieb vorerst ungestillt.

Jack hatte versprochen, Mallory zu wecken. Sie hatte sich noch einmal für ein Nachmittagsschläfchen ins Bett gelegt. Aber Telefongespräche mit seiner Sekretärin und einem seiner Mandanten hielten ihn länger auf als eingeplant. Als er das Besprechungszimmer, das Mr Leatherman ihm zum Arbeiten zur Verfügung gestellt hatte, endlich verließ und sich auf den Weg in die fünfte Etage machte, kam ihm der Gedanke, dass sie vermutlich längst wach geworden und irgendwo draußen unterwegs war. Dennoch würde er nachsehen, ob sie nicht vielleicht doch noch schlief.

„Aufwachen, Dornröschen. Raus aus den Federn!" Er klopfte an die Tür.

„Suchen Sie die Dame, die in diesem Zimmer wohnt?"

Jack drehte sich um und sah eine Zimmerfrau, die mit einem Stapel sauberer Handtücher hinter ihm stand.

„Ich habe sie weggehen sehen", sagte sie. „Vor ein paar Minuten erst."

Seine Enttäuschung war groß. Wieso, wusste er selbst nicht genau, denn er hatte ja eigentlich nichts Besonderes vorgehabt, sondern nur den dringenden Wunsch verspürt, sie wiederzusehen. Am meisten schmerzte es ihn, dass sie es nach all den intimen Enthüllungen von heute Mittag nicht für nötig hielt, ihm wenigstens eine Nachricht zu hinterlassen, wenn sie wegging.

„Sind Sie sicher, dass sie es war?", fragte er noch einmal nach. „Dunkle Haare, blaue Augen …"

„Ganz sicher", antwortete die Frau. „Sie bat um frische Handtücher und …" Sie unterbrach sich und schüttelte den Kopf. „Ach was, es geht mich nichts an, wenn die Leute merkwürdige Wünsche haben."

Jack fragte nicht weiter nach. „Vielen Dank trotzdem", sagte er nur.

Die Frau lächelte. „Gern geschehen. Einen schönen Tag wünsche ich noch." Sie schloss die Tür zu Mallorys Zimmer auf und wollte gerade eintreten, als sie bemerkte, dass Jack die Tür gegenüber aufschloss.

„Moment", sagte sie.

Er wandte sich fragend zu ihr um.

„Ich wusste nicht, dass Sie der Herr aus dem Zimmer gegenüber sind. Die junge Dame gab mir etwas für Sie. Ich wollte es auf das Bett legen, wenn ich bei Ihnen sauber gemacht habe. Warten Sie.“ Sie ging zu ihrem Service-Wagen und kam mit einem weißen Zettel wieder. In der anderen Hand trug sie eine harmlos aussehende braune Papiertüte. „Das ist beides für Sie.“

„Vielen Dank.“

Sein Puls beschleunigte sich, als er den Zettel hochhielt und den Duft einsog, der davon ausging. Vorfreude und enorme Erregung bemächtigten sich seiner mit einer Wucht, dass er am ganzen Körper zu zittern anfing.

Einerseits wusste er, dass Mallory auf seine Herausforderung von gestern Nacht einging. Andererseits spürte er, diesmal würde die neue Intimität zwischen ihnen beiden mit im Spiel sein. Diese intensiven Gefühle für einen anderen Menschen, dieses unbezwingbare Bedürfnis, jemandem Gutes zu tun und ihn zu trösten, all das kannte er bisher noch nicht. Mallory ließ ihn ganz neue Seiten an sich entdecken.

Schnell konzentrierte er sich wieder auf die Einladung. Kaum hatte er die Zimmertür hinter sich geschlossen, schaute er neugierig in die braune Tüte. Er griff hinein und zog ein äußerst dürftig bemessenes Bikinihöschen heraus.

Sein Mund wurde trocken. Er faltete die Einladung auseinander und las halblaut:

„Komm um acht zum Strandhaus. Dann schmusen wir mal an meinem Strand.“

Er befühlte die Bindebänder des Bikinihöschens und hätte auf der Stelle kommen können.

Ein Bild erschien vor seinen Augen. Mallory mit dem Bikinioberteil an – und unten herum nichts. Er brach in Schweiß aus und schüttelte den Kopf. Nein, den Mut hatte sie nicht.

Dann allerdings erinnerte er sich daran, dass sie auch schon einmal nackt gebadet hatte. Und dass sie ihm ihre tiefsten Verletzungen offenbart hatte. Sie hatte mehr Mut, als er vermutete.

Unerträglich lange erschienen ihm die paar Stunden, die er noch abzuwarten hatte, bevor es ein erneutes Stelldichein geben würde. Genau das musste sie beabsichtigt haben. Er sollte dieses Bikinihöschen anstarren und sich seine Gedanken dazu machen.

Sich in Fantasien verlieren.

Als es auf acht Uhr abends zuging, befand sich Jack in einem schrecklichen Zustand. Und als er dann vor der Tür des Strandhauses stand, zitterten ihm wie verrückt die Hände.

Diese Frau wusste genau, wie sie ihn heißmachen konnte. Wenn er an funktionsfähige Beziehungen geglaubt hätte, dann hätte er jetzt beinahe denken können, er habe es hier mit einer Frau zu tun, mit der eine Beziehung Bestand haben könnte.

Bloß gut, dass er an so was eben nicht glaubte. Sonst hätte er jetzt ein riesiges Problem …

Er hob die Hand und klopfte an die Tür.

9. KAPITEL

Mallory erschien sehr schnell an der Tür und begrüßte ihn mit einem entspannten Lächeln. „Da bist du ja."

„Hallo."

Den ganzen Nachmittag hatte er sich in Gedanken mit dem winzigen Bikinihöschen und der provokativen Einladung beschäftigt. Aber das hatte ihn alles andere als befriedigen können. Er war auf Entzug gewesen, und jetzt, da er sie vor sich sah, berauschte er sich an ihrem Anblick wie ein Süchtiger.

Sie hatte sich für den Strand angezogen.

Lieber stellte er sich natürlich vor, sie hätte sich für ihn so angezogen.

Das Oberteil des Bikinis, dessen Unterteil er in der Hosentasche bei sich trug, war kaum als solches zu bezeichnen. Es waren zwei weiß eingefasste, ozeanblaue Dreiecke, die Mallorys Brüste kaum bedeckten und mehr als nur den Ansatz ihrer Brüste sehen ließen. Was immer er sich heute im Laufe des Nachmittags vorgestellt hatte – die Wirklichkeit übertraf seine Träume bei weitem. Ihm lief förmlich das Wasser im Mund zusammen bei diesem appetitlichen Anblick.

Als er weiter nach unten sah, bemerkte er das passende Tuch, das sie sich um die Hüften geknotet hatte und das gerade so über die Oberschenkel reichte.

Er hatte keine Ahnung, was sie darunter anhatte. Die Vorstellung, sie hätte womöglich gar nichts darunter an, keinen Slip oder sonst etwas, machte ihn ungeheuer neugierig und – er musste es ehrlich zugeben – ungeheuer scharf.

Zweifellos hatte sie genau das beabsichtigt. Sie lächelte provokativ, als könne sie Gedanken lesen. Das war vermutlich ihre Rache für sein Steinzeitbenehmen gestern Abend. Und er genoss jede Sekunde.

Sie lehnte sich an den Türrahmen und neigte den Kopf ein wenig zur Seite, sodass ihre schwarzen Locken ihr über die Schulter fielen. „Du bist pünktlich. Ich mag Männer, die pünktlich sind."

Sie gab sich betont verführerisch und dabei so verspielt, dass er nur eines wollte – sie in seine Arme ziehen und küssen, bis sie beide keinen klaren Gedanken mehr fassen konnten.

„Und was magst du sonst noch so?", fragte er heiser.

„Komm doch rein und find es heraus." Sie drehte sich um und tänzelte davon, ohne sich weiter darum zu kümmern, ob Jack tatsächlich hereinkam oder nicht. Und er wusste genau wie sie, dass er ihr in diesem Moment buchstäblich überallhin gefolgt wäre. Es war ihm nicht einmal unangenehm, sich das einzugestehen.

Er sah nackte Füße und die wunderbar geformten Hüften unter dem blauen Tuch, die sich beim Gehen viel versprechend hin und her wiegten. Sie durchquerte den Wohnbereich, wo sie ihn vorgestern Abend verführt hatte, und betrat einen kurzen Korridor.

Jack gelang es, darüber nachzudenken, wohin sie ihn wohl bringen würde. Er stellte fest, dass ihm diese Geheimniskrämerei ausgesprochen gut gefiel. Denn so blieb die Spannung weiter erhalten.

„So, da wären wir." Mallory blieb vor der letzten Tür im Korridor stehen.

Er hielt ebenfalls, nur wenige Zentimeter von ihr entfernt. Ihre Haut hatte einen leichten Schimmer von Sonnenbräune bekommen, und das Zartrosa ihrer Wangen sagte ihm, dass dieses Spiel sie ebenso anmachte wie ihn.

„Du solltest deine Schuhe ausziehen", sagte sie leicht amüsiert.

„Wieso?"

„Weil wir an den Strand gehen und du doch bestimmt nicht mit Sand in den Schuhen laufen willst. Los, mach schon, Jack", schnurrte sie mit kehliger Stimme. „Benutz deine Fantasie."

Ihm fiel nichts Gescheiteres ein, als die Hand auszustrecken und den Saum ihres provisorischen Röckchens zu befühlen.

„Glaub mir, meine Fantasie funktioniert bestens", antwortete er versonnen.

Das galt auch für die strategisch wichtigen Teile seines Körpers. Die Frage, was sie wohl unter diesem kurzen Stück Stoff trug und ob überhaupt etwas, würde ihm den ganzen Abend keine Ruhe lassen. Außerdem war er gespannt, wie weit sie wohl diesmal gehen würde. Er konnte es kaum abwarten, das herauszufinden.

Das Zartrosa der Wangen vertiefte sich zu prächtigem Tomatenrot. Das gefiel ihm noch viel besser. Zwar spielte sie ganz bewusst mit seinen Erwartungen, doch er wusste, die Rolle der charmanten Verführerin fiel ihr keineswegs leicht. Er spürte, dass sie sich nur sehr selten so gab. Diese Erkenntnis ernüchterte ihn jedoch nicht im Geringsten, sondern bewirkte lediglich, dass er Mallory noch faszinierender fand.

Frauen, die allzu unbedarft waren in Liebesdingen, waren nicht nach seinem Geschmack, denn meist machten sie sich große Illusionen, die niemand erfüllen konnte. Enttäuschung war da immer vorprogrammiert. Mallory war anders. Sie hatte eine Art, sich verführerisch zu geben, die ihn einfach nur provozierte, ihn antörnte. Er fühlte sich herausgefordert, dieses unerforschte Gewässer zu erkunden. Anderseits war sie eine sehr mutige und selbstständige Frau, der es nicht einfallen würde, von einem Mann alles zu erwarten und selbst nichts zu geben.

Sie wusste, worum es ging. Außerdem hatte er den Eindruck, dass sie außerdem genau wusste, wie es in ihm aussah. Sein Herz begann, noch schneller zu hämmern.

Er zog die Schuhe aus. „Geh du voran“, sagte er.

Sie stieß die Tür auf, und er trat ein.

Der Geruch nach Kokosnuss fiel ihm als Erstes auf. Ein angenehmer, warmer Duft, der ihn an Sommersonnenstrände denken ließ. Dann bemerkte er, wie warm es hier im Zimmer war. Das kam von den Neonlampen in einer Ecke. Palmen umgaben das Bett an allen vier Ecken. Es waren aufblasbare Gummi-Attrappen, aber das störte kaum. Eine große Glasschiebetür führte auf den Strand hinaus. Sie stand offen, und eine leichte Brise wehte ins Zimmer.

„Gefällt es dir?“

Er hörte die Unsicherheit in ihrer Stimme. Ganz offensichtlich hatte sie sich eine Menge Gedanken gemacht, um das hier vorzubereiten. Es war mehr als klar, dass es längst nicht mehr darum ging, ihm nur eine Lehre zu erteilen. Mittlerweile ging es darum, ihm Freude zu machen.

Keine Frau hatte sich bisher so viel Mühe für ihn gegeben. Er war ihr derart wichtig, seine Tagträume waren für sie von solcher Bedeutung, dass sie sich sogar bemühte, sie möglichst genau umzusetzen. Damit konnte sie es schaffen, ihn fester an sie zu binden, als ihm lieb sein konnte. Wenn er es zuließ.

Besser, er genoss einfach alles so, wie es war, und machte sich keine Gedanken darüber.

Er griff nach ihrer Hand. „Ja, es gefällt mir.“

Ihre weichen Finger umfassten seine Hand. „Das wäre also schon mal ein guter Start. Wir hätten uns auch draußen hinsetzen können, aber da wären wir nicht so schön unter uns gewesen wie hier. Also habe ich dafür gesorgt, dass wir unseren eigenen Strand haben. Hier können wir ja erst mal bleiben, bis es dunkel wird.“

Sie zog ihn zum Bett hinüber und ließ sich selbst auf der Matratze nieder, die Beine nach einer Seite untergeschlagen. Er starb fast, weil er erwartete, jetzt endlich Gewissheit zu bekommen. Aber es war nicht zu sehen, was er so gerne zu Gesicht bekommen hätte.

Mallory folgte seiner Blickrichtung und lachte gurrend auf. „Pfui, wie ungezogen von dir! Hast du mir mein Bikinihöschen mitgebracht?“

„Klar.“

Jack zog es aus der vorderen Tasche seiner Badehose, wo es sowieso längst viel zu eng dafür geworden war.

Mallory machte große, erstaunte Augen, als sie die unübersehbare Beule in seinen Shorts sah. „Also, wenn du brav bist, zeige ich dir vielleicht, wie es aussieht, wenn ich sie anhabe."

Jack lachte rau auf, und seine Augen verdunkelten sich vor Verlangen. „Ich würde lieber wissen, wie es aussieht, wenn du sie *nicht* anhast", sagte er frech.

„Wer sagt denn, dass du das nicht jetzt schon weißt? Habe ich sie denn an?"

Mallory richtete sich langsam auf den Knien auf und schwenkte bedeutungsvoll ihre Hüften. Da sie an das Gefühl spitzenbesetzter Slips gewöhnt war, erschien es ganz ungewohnt, wie der kühlere Stoff des Tuches direkt über ihre erhitzte Haut glitt. Verrucht und sehr erotisch. Schnell setzte sie sich wieder hin.

Er glitt neben sie. „Du willst doch nicht etwa, dass ich nachgucke, oder?" Seine Finger spazierten über ihre nackten Schenkel auf den Saum des Tuches zu.

„Und damit auf das Element des Geheimnisvollen, Spannenden verzichten? Niemals!" Sie schlug ihm leicht auf die Hand. „Aber du könntest helfen, uns aufs Badengehen vorzubereiten. Hier", sie nahm eine Flasche Massageöl vom Nachttisch und reichte sie ihm, „mein Rücken muss noch damit eingerieben werden."

„Es wird doch gleich dunkel."

„Und ich dachte, wir benutzen hier unsere Fantasie. Ich meine, es gibt ein paar Stellen, an die ich eben nicht so gut rankomme, verstehst du?" Sie streckte ihre Beine nach vorn aus, wackelte verspielt mit den gepflegten Zehen und sah ihn mit großen, unschuldigen Augen an.

Seine Augen wurden noch dunkler. Er nahm ihr die Flasche ab. „Darf ich bestimmen, welche Stellen das sind?", fragte er.

Die Vorstellung, seine Hände an Stellen ihres Körpers zu spüren, die er sich selbst ausgesucht hatte, überflutete ihre Venen mit einem Adrenalinstoß ohnegleichen. „Wenn du damit klarkommst", meinte sie dennoch leichthin.

Er sah ihr tief in die Augen, während er die Flasche beiseitestellte und sich gemächlich das T-Shirt auszog. „Ich ganz bestimmt", meinte er dann. „Aber was ist mit dir?"

Sie starrte auf seine braun gebrannte, breite Brust, sah wieder den unwiderstehlichen dunklen Flaum darauf. Mit diesem Mann gewann das Wort sexy ganz neue Dimensionen …

Es gelang ihr zu lächeln. „Du solltest inzwischen gelernt haben, was passiert, wenn man mich herausfordert", entgegnete sie. Dann strich sie sich ihre Haare alle über eine Schulter und drapierte sich mit wollüstigen Bewegungen über das Bett.

„Wo willst du anfangen?“, fragte sie.

Ihre Blicke trafen sich. Jacks Augen schienen Feuer zu sprühen. Dann senkte er die Lider, um den Verschluss der Ölflasche zu öffnen und sich eine großzügige Menge Öl in die Handfläche zu gießen.

„Ich würde gern unten anfangen und mich noch oben vorarbeiten. Andererseits vertrete ich die Ansicht, dass man sich das Beste immer bis zum Schluss aufheben sollte. Also fangen wir erst mal mit deinem Rücken an. Dreh dich auf den Bauch.“

„Mmmh. Ich denke, damit kann ich mich abfinden.“

Mallory rollte sich träge auf den Bauch. Sie stützte ihr Kinn in die Hände und wartete, dass er anfing. Eine Rückenmassage war bestimmt eine gute Idee, um ihre enorme Anspannung und die Unsicherheit etwas zu mildern.

Dann spürte sie, wie Jack sich auf sie setzte, und alle Unsicherheit war nur noch Erinnerung. Ihre Denkfähigkeit ließ ebenso schlagartig nach, und das mochte womöglich nicht ganz so günstig sein.

Obwohl er rittlings auf ihr saß und so ein Großteil seines Gewichts vom Bett abgefangen wurde, war er immer noch schwer genug. Ein prickelnder Schauer der Erregung überlief sie von Kopf bis Fuß. Hatte sie ernsthaft geglaubt, so würde ihre Anspannung nachlassen? Dies war ein Vorspiel und nichts anderes! Gegen ihren Willen begann sie ein wenig zu zittern vor Aufregung.

„Geht es dir gut?“, erkundigte Jack sich scheinheilig.

„Ja, ja, fantastisch.“

„Schön, dann können wir ja anfangen.“

Es klang mehr wie ein Knurren, bedrohlich und verheißungsvoll zugleich. Und schon legte er ihr seine warmen, fast heißen Hände auf den Rücken. Unwillkürlich musste sie an Brandeisen und deren besitzkündende Wirkung denken, und sie unterdrückte den Impuls, ihn abzuwerfen und wegzulaufen.

Mit langsamen Bewegungen verteilte er das Öl erst auf ihren Schultern, dann auf dem ganzen Rücken, dann auf ihren Armen. Er tat es mit bemerkenswert geübten Bewegungen, mal mit nur leichtem Druck, dann wieder kräftig streichend. Es war genau die Massage, die sie sich erhofft hatte. Kokosduft hüllte sie ein wie ein warmer Mantel. Und ihr Verlangen wuchs von Sekunde zu Sekunde.

Mallory überlegte krampfhaft, worüber sie sich mit Jack unterhalten konnte, um die unbezähmbare Erregung etwas zu dämpfen und sich wieder halbwegs unter Kontrolle zu bekommen.

„Oh, das fühlt sich toll an", stöhnte sie aber einfach nur wohlig.

Und wenn sie ehrlich war, wollte sie auch gar nicht, dass diese herrliche Massage durch nutzloses Gerede beeinträchtigt wurde. Oder dass diese köstlichen Wellen der Erregung, von Jacks Berührung in ihr wachgerufen, aufhörten, mit solcher Intensität über sie hinwegzutosen.

„Soll es ja auch", erwiderte Jack und lachte ein leises Lachen, das tief aus seiner Kehle kam. Nicht eine Sekunde lang vergaß er dabei, ihren Rücken weiter mit sanft kreisenden Bewegungen zu verwöhnen. „Hör einfach den Wellen da draußen zu", riet er. „Jedes Jahr, wenn der Sommer zu Ende geht, miete ich mir für zwei Wochen ein Haus am Strand. Der Beruhigungseffekt ist durch nichts zu übertreffen."

Dem musste sie zustimmen. Das Geräusch der auf den Strand rollenden Wellen hatte nahezu denselben Rhythmus wie das Pulsieren ihres Blutes. Einlullend und erregend zugleich, wie sie fand.

„Ein Haus am Strand ganz für dich allein, und du hast es noch nie geschafft, nackt zu baden?", murmelte sie.

„Genauso wenig wie du keine Zeit hattest, Urlaub zu machen."

Seine Finger umrundeten ihre Schultern und glitten ihren Nacken hinauf. Er fand genau die Stellen, von denen Verspannung ausging, und in dem gleichen Maße, wie ihre Muskeln sich entspannten, war sie für mehr bereit – viel mehr.

„Man könnte es einfach tun", fuhr er ruhig fort und lehnte sich ein wenig vor, sodass sie deutlich seinen durchwärmten Körper mit den kraftstrotzenden Muskeln spürte, mit dem er sie auf der Matratze gefangen hielt. „Wenn man sich selbst ausnahmsweise mal wichtiger als alles andere nehmen würde. Wichtiger zum Beispiel als das alles verzehrende Bedürfnis, Leute zu beeindrucken, die einen eigentlich bedingungslos lieben sollten."

Sie wusste genau, was er meinte. Es waren die falschen Gründe, die sie dazu bewegten, Teilhaberin werden zu wollen.

„Außerdem weißt du ja bestimmt, dass man nicht immer nur arbeiten soll", redete er schnell weiter, bevor sie etwas erwidern konnte. Seine Stimme war dicht neben ihrem Ohr, und sein warmer Atem kitzelte ihre Haut dort. Ihre Brustspitzen zogen sich schmerzhaft zusammen. Glücklicherweise konnte Jack das nicht bemerken, solange sie auf dem Bauch lag.

Sie unterdrückte ein Stöhnen. „Erst die Arbeit, dann das Vergnügen. Oder man wird keine Teilhaberin", murmelte sie.

Doch dieses Ziel, auf das sie schon so viele Jahre hinarbeitete, schien ihr im Moment zu einer völlig anderen Welt zu gehören, war geradezu unbedeutend angesichts des Aufruhrs, den Jack mit seiner sinnlichen Massage in ihr auslöste.

Nichts war wichtig, solange sie mit ihm zusammen war.

Längst hatte auch sie den Verdacht, dass die Gründe für ihren extremen beruflichen Ehrgeiz möglicherweise nicht ganz gesund waren. Aber sie hatte nicht vor, von der kostbaren Zeit, die sie und Jack allein miteinander verbringen konnten, auch nur eine einzige Minute auf psychoanalytische Gespräche zu verschwenden. Für so etwas würde sie später noch ihr ganzes restliches Leben lang Zeit haben. Jetzt wollte sie erst mal nichts anderes als dieses intime Beisammensein genießen.

Sie spürte, wie er sich aufrichtete und an den Bändern ihres Bikinioberteils zupfte.

„Jack …", sagte sie warnend.

„Entspann dich."

„Sagte er und zog mir das Bikinioberteil aus."

Er lachte. „Ich hab's doch nur aufgemacht."

Sein Finger wanderte zärtlich über die Linie, wo eben noch die Bikinibänder zu einer Schleife gebunden gewesen waren. Sie bog ihren Rücken durch und erschauerte wohlig.

Meine Güte, der Mann hatte es wirklich drauf. Wenn es ihm schon gelang, sie mit ein paar Worten und eher unschuldigen Berührungen zu erregen, was würde erst für ein Feuerwerk einsetzen, sobald sie richtig anfingen!

„Ausgezogen habe ich es dir gar nicht. Noch nicht."

Er legte ihr wieder seine warmen Handflächen auf den Rücken, die Finger nach außen gerichtet, sodass er ihre Seiten umfasst hielt, die Fingerspitzen nur Millimeter vom Ansatz ihrer Brüste entfernt. Wenn er diese doch nur endlich wirklich anfassen wollte, so richtig mit festem Griff …

Sie gestattete sich ein leises Wimmern. Als Jack sie umdrehen wollte, machte sie die Bewegung willig mit und sah ihm tief in die Augen, als sie schließlich auf ihrem Rücken lag. Noch waren die oberen Bänder des Bikinioberteils hinter ihrem Hals zu einer Schleife gebunden. Am unteren Rand allerdings gab es nichts mehr, was die kleinen Stoffdreiecke auf ihrem Platz halten konnte, und so rutschten sie denn auch beiseite und gaben den Blick frei auf das, was verdeckt gewesen war.

Jacks Nasenflügel blähten sich, und er begegnete Mallorys Blick. Sie schluckte aufgeregt und fragte sich im Stillen, wo er sie wohl als Nächstes berühren würde. Ihr Körper war zu einer einzigen großen erogenen Zone geworden. Egal, wo er seine Finger hinlegen würde, es würde nur weiter dazu beitragen, dass ihre Erregung weiter ins Unermessliche wuchs.

Ohne den Augenkontakt zu unterbrechen, zog er Mallory in eine sitzende Stellung, griff nach den oberen Bikinibändern und zog ihr den Stofffetzen endgültig aus. Für einen Moment musste Mallory gegen den Impuls ankämpfen, ihre Brüste schnell mit den Händen zu bedecken, aber es lohnte sich. Denn sie sah, wie Jack die Zähne zusammenbiss, und hörte sein bewunderndes Stöhnen.

Offenbar gefiel ihm, was er sah, und dieses Wissen ließ ihre Unsicherheit zumindest so weit schwinden, dass sie sich wieder verspielt geben konnte.

„Ich dachte, wir bereiten uns auf ein Sonnenbad vor", meinte sie und erinnerte ihn damit erneut daran, dass sie doch heute ihre Fantasie benutzen wollten.

„Und ich hatte gehofft, du würdest mir beibringen, wie das mit dem Nacktbaden geht. Du bist doch Profi auf dem Gebiet, da musst du doch Bescheid wissen." Er lächelte charmant.

Mallory wäre jede Wette eingegangen, dass er mit genau diesem Lächeln schon mehr Frauen herumgekriegt hatte, als sie an beiden Händen abzählen konnte.

Ihr Herz machte einen aufgeregten Satz. „Das ist auch keine schlechte Idee. Für später."

„Okay, dann widme ich mich bis dahin den etwas empfindsameren Bereichen, die ich bisher noch nicht massiert habe." Er goss sich mehr Öl in die eine Handfläche und verrieb es dann zwischen beiden Händen.

„Ich wärme sie nur ein bisschen auf", erklärte er, als er ihren fragenden Blick bemerkte.

Mallory konnte nicht mehr wegsehen von seinen großen Händen. Und sie konnte an nichts mehr denken als daran, wie sehr sie hoffte, er würde diese Hände endlich auf ihre Brüste legen und damit ihre heimliche, kaum noch zu ertragende Sehnsucht erfüllen.

„Komm her", sagte er und winkte sie mit dem Zeigefinger zu sich.

Wie verzaubert von dem heiseren Klang seiner Stimme und der Aussicht auf weitere Berührung, kam sie näher zu ihm heran und kniete sich vor ihm hin.

Er nahm dieselbe Position ein. Da er größer war als sie, überragte er sie ein Stück. Gespannt blieb sie sitzen, aber Jack schien keine Eile zu haben.

Ihr die ganze Zeit unverwandt in die Augen sehend, lehnte er sich gemächlich vor und küsste sie. Sein Mund war warm und weich, und sein Kuss intensiv und voller Hingabe. Und als sie sich endgültig voll und ganz fallen ließ, da umfassten er mit seinen heißen Händen endlich ihre bebenden Brüste.

Die unerwartete Berührung erschütterte Mallory bis in ihr tiefstes Inneres. Sie seufzte und hätte sich eigentlich gedemütigt vorkommen müssen, aber Jacks Reaktion machte jeden vernünftigen Gedanken zunichte. Er küsste sie heftiger, und sie spürte, wie seine Hände sich weiter an ihr zu schaffen machten. Mit den Fingern drückte er leicht zu, während er die flachen Handflächen gnadenlos auf ihre harten Brustspitzen presste.

Mallory griff nach seinen Hüften und klammerte sich daran fest, als habe sie Angst, die Schwindel erregend heftigen Wellen der Begierde, die nun über sie hinwegwuschen, könnten sie auf einen gefährlichen Ozean hinaustragen.

Es war nicht zu sagen, wer von ihnen zuerst mit dem Küssen aufhörte. Mallory zitterte am ganzen Körper, halb vor unerhörtem Verlangen, halb im Schock. Diese Wollust kannte sie nicht von sich. Noch nie hatte sie die Leidenschaft eines Mannes mit solcher Bereitwilligkeit erwidert. Das gab ihr zu denken, und sie zog sich hastig an das Kopfende des Bettes zurück, Abstand suchend.

Seine Augen wirkten glasig und unstet. Sie selbst bot vermutlich einen ähnlichen Anblick, denn Jack schien so durcheinander, wie sie sich fühlte. Ohrenbetäubende Stille herrschte auf einmal zwischen ihnen.

Mallory lehnte sich gegen die übereinandergestapelten Kissen und sah sich um, ob es irgendetwas gab, womit sie ihre entblößten Brüste bedecken konnte. Aber da war nichts in Reichweite. Also begnügte sie sich damit, die Augen zu schließen, um den Anblick wenigstens nicht ertragen zu müssen. Das Gefühl, nackt und verwundbar zu sein, blieb jedoch.

Doch selbst als sie die Lider geschlossen hatte, sah Mallory noch immer Jack vor sich, wie er seine Hände aneinander rieb, und ihre Fantasie beschwor prompt die Erinnerung herauf, wie diese starken, glitschigen Hände sich auf ihrer sehnsüchtig prickelnden Haut anfühlten.

„Ich bin noch nicht fertig, dich gegen die Sonne zu schützen."

Der vertrauliche Klang seiner tiefen Stimme ließ sie erzittern. Durcheinander oder nicht – wenn dieser Mann etwas angefangen hatte, dann schien er Wert darauf zu legen, es auch ordnungsgemäß zu beenden. Ihr ging es ganz ähnlich. Sie begehrte ihn nach wie vor.

„Worauf wartest du denn dann?", erkundigte sie sich mit geschlossenen Lidern und wunderte sich, woher sie den Mut dazu nahm.

Seine heißen Finger legten sich um ihren rechten Fuß, um die Massage dort mit sanften und ruhigen Bewegungen fortzusetzen. Er knetete und streichelte, drückte zu und ließ wieder los, wie ein Folterknecht, der nichts anderes im Sinn hatte, als sein Opfer in helles Entzücken zu versetzen. Nachdem er das duftende Öl gründlich auf Fuß und Wade verteilt hatte, hielt er erneut inne, um seine Hände wieder einzuölen und sich dann den zweiten Fuß vorzunehmen. Und als er auch damit fertig war, arbeitete er sich wie angekündigt weiter nach oben vor.

Seine Hände schienen ihren ganzen Körper in Brand zu setzen, dabei massierte er im Moment lediglich ihre Knie, umkreiste beide in einem gleichmäßigen Rhythmus von zunehmendem und nachlassendem Druck, einem Rhythmus, der bald seine Entsprechung fand im Pulsieren des Blutes in Körperteilen, die er noch gar nicht berührt hatte.

„Ich muss zugeben, du hast Talent", sagte Mallory seufzend und öffnete ihre Augen.

„Ach, das ist doch noch gar nichts", antwortete er sofort und sah sie viel sagend an. Sein Blick allein war schon die reinste Liebkosung. Und sein Lächeln sollte vermutlich beruhigend wirken.

Seine Hände bewegten sich unversehens von den Knien fort in Richtung Hüfttuch. Als seine Fingerspitzen sich unter den Saum schoben, riss er auf einmal die Augen auf vor Überraschung.

„Kein Höschen!"

„Wie denn auch, wenn du es in deiner Hosentasche versteckst?" Sie strahlte ihn entwaffnend an. Tollkühnheit war alles, was ihr noch übrig blieb. Alle anderen Seiten von ihr kannte er bereits. „Das hast du mir wohl nicht zugetraut, was?"

„Für so unverfroren hätte ich dich nicht gehalten, nein." Seine Finger strichen großflächig über ihr Allerheiligstes, und ihr stockte der Atem. „Das war wohl ein Fehler", fuhr er dann fort. „Aber wenn ich jetzt aufhören soll, brauchst du es nur zu sagen. Ein Wort genügt."

Seine Hände umfassten ihre Oberschenkel, und er lehnte sich über sie, sodass sie ihm in die Augen sehen musste. Sein Blick war eindringlich und ernst.

Und die ganze Zeit streichelte einer seiner Daumen die babyzarte Haut an ihrem Schenkel. Eine Berührung, die Mallory schon sehr lange nicht mehr erfahren hatte und die ihr besitzergreifend und verführerisch zugleich erschien.

„Stopp?", fragte er und hielt ihren Blick fest.

Himmel, nein! Natürlich nicht.

Die herrliche Streichelbewegung hörte auf. Noch immer sah Jack ihr fragend in die Augen. Mallory hatte schon Angst, sie habe irgendwas falsch gemacht und würde nun niemals erfahren, wie es sich anfühlte, wenn sein leidenschaftliches Werben ihn zum Äußersten trieb.

Sie befeuchtete ihre trockenen Lippen. „Das war eine rein rhetorische Frage, nicht wahr?“

In der Tat fürchtete sie mehr, er könne aufhören, als dass sie Angst vor dem nächsten Schritt hatte.

Jack wirkte erleichtert und griff ein weiteres Mal nach der Ölflasche und gab einige Tropfen in seine Handfläche. „Für Körperteile, die an die gefährlichen Strahlen nicht gewöhnt sind, kann die Sonne sehr schädlich sein“, sagte er ernsthaft wie ein Professor.

„Davon habe ich auch schon gehört“, antwortete Mallory. Ihr Herzschlag beschleunigte sich zu dröhnendem Hämmern. Dennoch lächelte sie, um ihm zu bestätigen, dass sie alles, wirklich alles wollte, was er jetzt mit ihr vorhatte.

Auch er lächelte, während er das Hüfttuch beiseiteschob und seine Hände auf die Innenseiten ihrer Oberschenkel legte, sodass er mit den Fingerspitzen ganz leicht ihre empfindlichste Körperregion berührte. „Genauer gesagt, ich werde lieber dafür sorgen, dass wirklich jedes Quadratzentimeterchen Haut gut geschützt wird.“

Das erregte Prickeln auf ihrer Haut wurde zu einem wahren Flächenbrand und war doch nur eine kleine Andeutung dessen, was ihr noch bevorstand. Ihre Hüften hoben sich wie von selbst. „Ich …“ Das war mehr ein Stöhnen als ein Wort. „Ich glaube, ich habe mich schon verbrannt.“

„Aber das ist gar nicht die Sonne“, erwiderte er leise. „Das bin ich.“

Und seine Hände rutschten endlich dorthin, wo schon alles vor Ungeduld bebend darauf gewartet hatte.

Ihr wurde schwindlig, während seine warmen, öligen Finger sie streichelten, die geheimen Lippen teilten und liebkosten. Sie stöhnte und zuckte unter seinen Händen und hob ihm die Hüften entgegen.

Jack fluchte leise. Himmel! Und genau da war er in diesem Moment: Im Himmel, mit einer Frau, die bereitwilliger und ungehemmter war als jede andere, die er bisher kennen gelernt hatte. Seine Finger waren feucht, und zwar nicht nur vom Öl. Mallory war mehr als bereit, aber er brachte es nicht fertig, seine oder ihre Leidenschaft auf diese Weise zu befriedigen. Er bebte am ganzen Körper vor Verlangen, doch er konnte es nicht.

Ganz gleich, wie sehr er sie begehrte.

Er würde einfach nur die Herzenswärme und die hitzige Erregung dieser Frau genießen und wenigstens ihr die körperliche Befriedigung verschaffen, die er sich selbst versagen musste, damit er sich nicht endgültig an sie verlor.

Jack sah in ihr zartes Gesicht. Sie hielt die Augen fest geschlossen. Doch es war unverkennbar, wie sehr sie seine Berührung genoss. In diesem Augenblick war er Herr über ihr Wohl und Wehe. Es lag in seiner Macht, sie glücklich zu machen, indem er ihr Erleichterung verschaffte – oder sie zu enttäuschen, indem er es nicht tat.

Jede noch so leichte Bewegung seiner Hand bewirkte eine prompte Reaktion. Zu sehen, wie selbstvergessen sie sich ihrer Lust hingab, ließ ihn überlegen, ob er ihre süßen Qualen noch etwas verlängern sollte. Aber nein, er hatte sie ohnehin schon viel zu schnell viel zu weit getrieben, selbst wenn es ihr offensichtlich zu gefallen schien.

Er tat das Einzige, was ihm zu tun übrig blieb. Sanft ließ er einen Finger in die heiße, feuchte Öffnung gleiten. Mallory erschauerte. Ihre Muskeln umschlossen ihn und hielten ihn fest in ekstatischer Wollust.

Jack streckte sich neben Mallory auf dem Bett aus und strich ihr mit der freien Hand ein paar lange Strähnen weg, die ihr feucht im Gesicht klebten.

„Sieh mich an“, sagte er leise.

Sie öffnete die Lider und sah ihn mit ihren großen blauen Augen unverwandt an.

Ohne den Finger aus der feuchtheißen Tiefe zu nehmen, umfing er den Hügel ihrer Weiblichkeit mit seiner breiten Handfläche und bewegte ihn mit leichtem Druck in einen sanft kreisenden Rhythmus.

„Jack!“ Sie machte ihre Augen noch weiter auf, während sie seinen Namen hervorstieß.

„Hier bin ich“, erwiderte er leise und bewegte seinen Daumen an einer besonderen Stelle, bis ihr Atem nur noch als kurzes, mühsames Keuchen zu vernehmen war.

Soso, da hatte er ihn also ausfindig gemacht, jenen magischen Punkt, an welchem man nur zu rühren brauchte, um sie vollends wild zu machen! Das Zentrum ihrer Lust unter seiner Kontrolle – damit war sie ihm endgültig ausgeliefert.

Er ließ seine Hand weiter gleichmäßig kreisen, den Finger noch immer innen auf dem Zauberpunkt, und er trieb Mallory auf diese Weise näher und näher an den Abgrund.

„Komm … wehr dich nicht“, flüsterte er und bewegte seine Hand in genau berechnetem Rhythmus, bis Mallory sich endlich aufbäumte.

Er *fühlte* die rückhaltlos wilden Zuckungen, in denen ihr Körper sich wand. Als er das Gefühl hatte, sie komme langsam wieder zu sich, drückte er seine Handfläche ein letztes Mal fest auf den Hügel und wurde damit belohnt, dass Mallory einen Laut äußerster Befriedigung von sich gab.

Herrje, wie sie so dalag, so heiß und wild und lustvoll stöhnend, brachte sie die Fundamente seiner Welt ins Wanken. Er hätte beinahe alles gegeben, wenn er in diesem Moment *in* ihr gewesen wäre.

Beinahe alles. Denn wenn man bedachte, was schon ein einfacher Kuss zwischen ihnen auslöste, dann durften sie auf gar keinen Fall so weit gehen. Sonst würde es ihnen beiden unmöglich sein, nach dieser Reise in ihre ruhigen, einsamen Leben zurückzukehren.

Mallory beruhigte sich wieder. Jack ertappte sich dabei, wie er ihr in die blauen, nun zufriedenen Augen sah. Minuten vergingen in völligem Schweigen.

„Wow", sagte Mallory endlich. „Das gibt dem Wort Sonnenschutz eine völlig neue Bedeutung."

Er war froh, dass sie die Angelegenheit auf die leichte Schulter zu nehmen schien. Nach so viel Intimität hatte er schon befürchtet, sie würde anfangen, der Sache zu viel Bedeutung beizumessen.

Bei diesem Gedanken lachte er missmutig auf. Vielleicht war *er* ja derjenige, der dieser Affäre zu viel Bedeutung beizumessen begann? Nun ja, immerhin hat sie eben jegliche Kontrolle über sich verloren, dachte er und war zumindest in dieser Hinsicht ausgesprochen zufrieden mit sich.

„Hör auf, so selbstgefällig zu grinsen, sonst sehe ich mich gezwungen, drastische Gegenmaßnahmen zu ergreifen", drohte Mallory.

Ohne ihn anzusehen, zog sie das Hüfttuch wieder über ihre Oberschenkel und setzte sich auf, die Knie dicht an den Oberkörper gezogen, um die nackten Brüste zu verbergen.

Also war sie doch nicht die erfahrene Frau, die sie ihm hier vorzuspielen versuchte! Das beruhigte Jack ungemein.

Nicht, dass er sich eingebildet hatte, er sei der erste Mann, mit dem sie zusammen war. Ihr schüchternes Weggucken und die Tomatenfarbe ihrer Wangen zeigten ihm jedoch, dass sie solche Situationen nicht gewohnt war. Sie war wirklich voller Widersprüche. Aber das faszinierte ihn eher, als dass es ihm auf die Nerven ging.

Er griff nach dem Bikinioberteil und streifte es ihr wieder über den Kopf. Da sah sie ihn endlich wieder an, und ihr Blick war voller Dankbarkeit und Wärme. Er band die zwei losen Bänder höchstpersönlich wieder zu einer Schleife auf ihrem Rücken. Und zwar ohne jeden Kommentar und ohne die geringste überflüssige Berührung.

Dabei hätte er es viel lieber gehabt, sie noch weiter in ihrer wunderschönen Blöße betrachten zu können. Doch es war ihm wichtiger, dass sie sich wohl fühlte. Mit Mallory zusammen zu sein, war unheimlich aufregend, aber es war ganz anders als die Begegnungen, die er bisher mit anderen Frauen gehabt hatte. Da war er am Morgen gegangen und hatte die nächtliche Affäre schon am Abend wieder vergessen.

Jack wusste, dass seine Gefühle versuchten, ihm diesmal eine bestimmte Botschaft zu übermitteln. Aber er wollte nicht darauf achten. Auch das hier durfte nicht mehr sein als eine Affäre, ein kurzes Intermezzo, bei dem sie beide ihre sinnlichen Bedürfnisse auslebten.

Er setzte sich wieder ihr gegenüber auf das Bett.

„Danke", sagte sie bewegt.

Schnell, fast automatisch verzog sich sein Mund zu einem charmantem Lächeln. Er umfasste ihr Kinn und strich ihr mit dem Daumen über die zarte Wange. „Gern geschehen", sagte er dann. „Es ging ja darum, dir eine Freude zu machen."

Sie lachte auf. „Ich meinte eigentlich das Bikinioberteil, nicht das ..." Sie brach ab und wurde wieder rot. „Schon gut. Es ging aber eher darum, dich zu verführen."

„Das ist dir gelungen. Absolut und einzigartig."

Mallory verdrehte die Augen. „Auch das meinte ich nicht. Alle Frauen in der Kanzlei wollen dich verführen. Ich gehöre nicht zu den Terminator-Groupies. Aber du hast mich herausgefordert, und ich wollte einfach nur ..."

Wieder sprach sie nicht zu Ende. Glaubte sie, es sei nicht wirklich wichtig, das zu erklären?

Ihn interessierte es aber brennend, warum sie diesen Aufwand betrieben hatte. Er wusste, dass Frauen sich meist zu ihm hingezogen fühlten, nahm es aber für gewöhnlich nicht weiter ernst. Ihn zu erobern, betrachteten sie wohl als Herausforderung, und dass er Teilhaber war, machte ihn wahrscheinlich nur noch attraktiver. In der Regel ignorierte er die häufigen Avancen. Die Vorstellung, Mallory mit diesen anderen, für ihn uninteressanten Frauen über einen Kamm zu scheren, war ihm sehr, sehr unangenehm.

Er beugte sich vor, so dicht, dass er mit seinen Lippen sacht über ihren Mund streichen konnte. Sie kam ihm entgegen, beantwortete den Kuss und öffnete einladend die Lippen. Es wurde ein zärtlicher Kuss, ganz ohne Zungenspiel, der aber gerade dadurch mehr Bedeutung bekam.

„Was wolltest du einfach nur?", fragte Jack schließlich sanft.

Mit einem Augenaufschlag sah sie ihn an. „Ich wollte dir zeigen, wie man sich als Optimist fühlt. Du erinnerst dich an unser Gespräch neulich am Strand? Ich wollte dir Stoff zum Träumen geben. Etwas, woran du dich gerne erinnerst, wenn das hier vorbei ist." Ihre großen, blauen Augen wirkten rückhaltlos ehrlich.

„Du wolltest also, dass ich dann von dir träume?“, fragte er ungläubig.

Sie nickte ein wenig. „Ja, so wie ich von dir geträumt habe.“

Das verschlug ihm jetzt aber doch die Sprache. Gleichzeitig stellte er fest, dass es ihm nicht gefiel, über das Ende ihrer Beziehung zu reden. Wenn Lippen so schön voll und vom Küssen gerötet waren, sollten sie nicht solche unangenehmen Dinge aussprechen. Selbst wenn es stimmte, was sie sagten, und das Ende unabwendbar war.

Jack zog sich etwas zurück und betrachtete Mallorys gerötetes Gesicht, während er sein Kinn nachdenklich auf die Knie stützte. „Ich *werde* von dir träumen, Mallory“, sagte er. „So, wie ich noch nie von jemandem geträumt habe.“

Sie wich seinem Blick nicht aus. Ernst und gefühlvoll sahen sie einander an.

Schließlich aber schüttelte Mallory den Kopf und lächelte. „Gib mir doch mal das Öl rüber, ja? Dann kriegst du noch ein Extra fürs Buch der Erinnerungen.“ Sie grinste spitzbübisch. „Ich weiß nämlich, wie man euch Männer befriedigen kann.“

10. KAPITEL

Jack wurde schon hart bei dem Gedanken an Mallorys weiche Hände an seinem hoch aufgerichteten besten Stück.

„Und ich weiß, dass ich *dich* befriedigt habe“, erwiderte er.

„Typisch Mann!“ Sie lachte. „Los, komm. Gib mir das Öl. Wir können doch unmöglich zulassen, dass du diesen einzigartigen Körper ungeschützt der Sonne aussetzt.“

Öl an seinem ... Körper. Die Vorstellung gefiel Jack ausnehmend gut. Er reichte Mallory die Flasche mit dem Öl. „Vorsicht, die ist glitschig.“

„Oh, ich glaube, damit komme ich klar.“ Sie nahm die Flasche entgegen und berührte dabei absichtlich seine Hand. Dann legte sie ihre Finger fest um den Flaschenhals, wie um Jack zu zeigen, dass sie sehr wohl wusste, wie man mit glitschigen Dingen am besten fertig wurde.

Beinahe hätte er leise gestöhnt, als er das sah.

Mallory winkte ihn mit dem Finger näher zu sich heran.

„Bist du sicher, dass du hier auf dem Bett weitermachen willst?“, fragte er zögernd.

„Ich schlafe ja nicht hier. Ich mache nur Träume wahr. Jetzt zier dich doch nicht so, Jack!“

Sie lehnte sich rückwärts gegen die Kissen und klopfte zwischen ihren gespreizten Beinen auf das Bett. So genau er auch hinsah – das blaue Tuch bedeckte alles Wichtige. Doch seine Fantasie arbeitete auf Hochtouren, vor allem, da gewisse Erinnerungen noch mehr als frisch waren.

Er rutschte rückwärts zwischen ihre Beine und dachte dabei an seine Hand, wie sie sich noch vor wenigen Minuten in einer feuchtheißen Gegend zu schaffen gemacht hatte, und an das hemmungslose Stöhnen, das die Reaktion darauf gewesen war.

„Entspann dich“, sagte Mallory leise und legte ihm die eingeölten Handflächen auf die Schultern. „Ich will doch einfach nur deine Haut einreiben. Für Körperteile, die an die gefährlichen Strahlen nicht gewöhnt sind, kann die Sonne sehr schädlich sein. Das hast du selbst gesagt.“

Er schloss die Augen und ließ sie gewähren. Schultern und Rücken waren auch gar nicht das Problem. Es war angenehm, wie sie das Öl liebevoll in seine Haut einmassierte. Gerade fing er tatsächlich an, sich zu entspannen, als ihre Hände nach vorn auf seinen Bauch und weiter nach oben glitten, bis die Handflächen auf seinem unteren Brustkorb lagen und die neugierigen Finger dicht bei seinen Brustspitzen.

Jack hielt den Atem an.

„Was ist denn", hörte er ihre sanfte Stimme dicht neben seinem Ohr, und seine Erregung wuchs. „Wolltest du dich nicht entspannen?"

„Das soll wohl ein Witz sein, was? Wie soll man sich entspannen, wenn eine schöne Frau einen in ihren Armen hält?"

Sie drückte ihn ein wenig fester. „Du findest mich schön?"

Das klang so zögernd, dass es ihn mitten ins Herz traf.

„Das wusstest du nicht?", fragte er.

Sie lachte, und er wusste, er durfte sich jetzt nicht umdrehen. Jetzt ein Blick in ihre Augen, wo er nichts als Verletzbarkeit und Sensibilität sehen würde, und seine letzten Prinzipien wären dahin.

„Nun ja", antwortete sie leichthin. „Ich gebe den Leuten nicht gerade viel Gelegenheit, darüber nachzudenken, ob ich schön bin oder nicht. Ich bin Mallory, die eiskalte Anwältin. Ich stehe morgens auf, mache mir einen Dutt, wasche mir das Gesicht mit kaltem Wasser, benutze ein wenig Feuchtigkeitscreme und das war's dann auch schon an Aufwand. So gehe ich aus der Tür, in einem strengen Büro-Outfit und unauffälligen Schuhen."

„Und ich weiß jetzt auch, warum", sagte Jack. „Nur eins verstehe ich bei der Sache nicht. Wieso hörst du nicht auf damit? Ich meine, du bist doch eine kluge, intelligente Frau. Warum spielst du die eiskalte Anwältin, wenn du doch niemandem etwas zu beweisen brauchst? Und sag jetzt bloß nicht, das wäre dein wirkliches Ich, oder versuch irgendwelche Spielchen, von wegen ich solle raten, wer die echte Mallory ist, okay? Wenn man bedenkt, was wir hier gerade gemacht haben, ist die Wahrheit ziemlich offensichtlich."

Er merkte, wie sie sich hinter ihm bewegte, und er hatte das Gefühl, dass sie unangenehm berührt war.

„Ich habe meine Gründe", antwortete sie nur.

„Das reicht mir nicht."

Sie begann, seinem Drängen auszuweichen, indem sie körperlich auf Abstand zu ihm ging.

„Nicht doch, bleib hier", bat er.

Sie hielt inne, dann entspannte sie sich. Er lehnte sich zurück, damit sie in Hautkontakt blieben. Einerseits wollte er weiter ihre Nähe spüren, andererseits wusste er, dass er nur dann eine ehrliche Antwort bekommen würde, wenn der Körperkontakt nicht abbrach.

Als sie still blieb, wagte er einen Vorstoß. „Kann es sein, dass du nach all den Jahren der Verkleidung selbst nicht mehr weißt, welche Mallory die echte ist?"

Er spürte, wie sie hinter ihm nickte.

„Ja, kann sein", sagte sie kaum hörbar.

Ihre Haare fielen nach vorn und streichelten seine Schultern. Diese zarte, federleichte Berührung löste erneutes Verlangen in ihm aus, doch ihm war klar, dass Mallory im Moment eher jemanden brauchte, der ihr zuhörte.

„Einem Teil von mir gefällt es ja, was ich mache", erklärte sie leise. „Denk bloß nicht, mein ganzes Leben sei ein einziger Opfergang gewesen. Ich brauche kein Mitleid."

Er lachte. „Also, ich hege ja die verschiedensten Gefühle für dich, aber Mitleid gehört ganz bestimmt nicht dazu."

Sie drängte sich an seinen Rücken, sodass er deutlich ihre Brüste spüren konnte.

„Immer schön fair bleiben", sagte er und ließ sich nicht vom Thema abbringen. „Deine Eltern waren es, die dich dazu veranlasst haben. Was genau hat deine Mutter damit zu tun?" Er griff hinter sich und drückte ihr leicht die Hand, weil das alles war, was er noch tun konnte, um sie zu ermutigen.

„Sie liebt meine Vater", antwortete sie. „Weil er enttäuscht war, war auch sie enttäuscht. Sag mal, müssen wir über so was reden, wo wir doch ganz andere Sachen machen könnten?" Ihre Fingernägel krallten sich in seinen Rücken und fuhren wollüstig daran herab.

„Hör mal, du redest hier mit jemandem, der eine Kunst daraus gemacht hat, sich *nicht* mit seinen Eltern zu beschäftigen." Nachdem sie wieder ein Stück von sich preisgegeben hatte, fühlte er sich dazu verpflichtet, Gleiches mit Gleichem zu vergelten.

Außerdem verstand er nur allzu gut, wie sehr eine schmerzvolle Kindheit die Gegenwart beeinflussen konnte. In seinem speziellen Fall gab es wenigstens ein Elternteil, das auf seine Erfolge stolz war. Bei Mallory dagegen unterschätzten beide Eltern ihr begabtes Kind und hatten damit erreicht, dass es den eigenen Wert nicht erkennen konnte.

„Du bist schön", sagte er.

Es war die Wahrheit, und ein paar ehrliche Worte dieser Art waren das Mindeste, was Mallory verdient hatte, nachdem sie ihnen beiden so traumhafte Stunden bereitet hatte.

Sie seufzte voller Zweifel. „Jack, ich habe mich selbst oft genug im Spiegel gesehen."

„Moment", sagte er. „Beweg dich nicht von der Stelle, okay?"

Er glitt vom Bett, ging zu dem großen Spiegel, der umrahmt von vergoldetem Laub in einer Ecke des Zimmers stand, und schob ihn zum Fußende des Bettes.

Mallory beobachtete sein Tun mit wachsamen Augen. „Was wird das?"

„Nun, bevor wir uns wieder dem schönen Thema Strand zuwenden, möchte ich ein paar Dinge zwischen uns ein für alle Mal klarstellen."

Er stellte den Spiegel in die richtige Position und setzte sich dann hinter Mallory auf das Bett. Mit kräftigem Griff packte er sie bei den Schultern und drehte sie so, dass sie gar nicht anders konnte, als ihr Spiegelbild anzusehen. „Riskier doch mal einen Blick und merke dir gut, was du da siehst", empfahl er ihr. „Und wenn du dann das nächste Mal zweifelst, möchte ich, dass du dich vor einen Spiegel stellst und dich mit *meinen* Augen betrachtest."

Mallory sah widerwillig hin. Sie hatte ja auch kaum eine andere Wahl, so dicht stand das verdammte Ding vor ihrer Nase.

„Denn *ich* sehe eine zutiefst befriedigte Frau", fuhr Jack fort.

Dem konnte man nicht widersprechen. Mallory sah ihr leicht gerötetes Gesicht, dessen rosige Wangen und glänzende Augen deutlicher Beweis des eben erlebten Höhepunktes waren.

Jack stand auf und stellte sich neben den Spiegel, einen Arm über den vergoldeten Rahmen gelegt. „Und die Frau, die ich da sehe", sprach er weiter, „ist eine schöne Frau, innen wie außen."

Mallory lächelte verlegen und dankbar. „Sie können wirklich gut reden, Herr Anwalt."

Er schüttelte den Kopf. „Was wahr ist, muss wahr bleiben. Noch nie hat eine Frau meinetwegen ihre eigenen Grenzen überschritten. Du hast es sogar gleich zwei Mal getan."

„Wo wir gerade von anderen Frauen reden", erwiderte sie. „Ab und an wird sich doch bestimmt schon mal eine angestrengt haben, um dir Freude zu bereiten."

Mallory war nicht auf Details erpicht, aber wenn sie Jack besser kennen lernen wollte, war auch sein Privatleben von Bedeutung.

„Keine, die zählt."

Er sagte das so feierlich, dass sie auf einmal begriff: Diese Affäre zwischen ihnen beiden bedeutete ihm mehr als irgendein One-Night-Stand oder der bloße Versuch, ihr Freude zu bereiten.

„Wenn ich dich zum Lächeln bringen kann, dann reicht mir das völlig", sagte sie.

„Genau das meine ich", antwortete er. „Du bist innen genauso schön wie außen. Was du da eben gesagt hast, ist ein Beweis für Ersteres. Und deine unglaublichen Augen und dein rotgeküsster Mund für Letzteres."

Mallory senkte den Kopf. Das war zu viel auf einmal. Aufregung mischte sich mit Freude und Dankbarkeit, und das hatte nichts mit Sex oder Egozentrik zu tun.

„Danke“, sagte sie.

„Oh, es war mir ein Vergnügen. Und nicht nur meines, wie ich hoffe!“ Er machte eine betont selbstgefällige Kopfbewegung, damit sie merkte, dass er das nicht ernst meinte.

Mit bebenden Fingern betastete sie ihre Lippen und sah, wie sein Blick dieser Bewegung folgte. Oh ja, dieser Mann konnte küssen! So gut, dass sie sich davon sogar von ihren eigenen Plänen abbringen ließ.

Trotz all ihrer Vorbereitungen war sie es gewesen, die verwöhnt worden war, und nun war sie Jack Latham völlig verfallen. Einem Mann, dem sie zwar nicht gleichgültig war, mit dem es aber auch keine gemeinsame Zukunft geben konnte. Der heutige Abend würde noch lange, lange nachwirken.

Nie wieder würde sie einen Strand sehen können, ohne an Jack zu denken. Für den Rest ihres Lebens würde sie beim Duft von Kokosöl an seine Hände denken müssen, die ihr solch ungeahnte Wonne bereitet hatten. Und nie wieder würde sie in einen Spiegel sehen können, ohne sich an Jack zu erinnern, wie er sie gezwungen hatte, sich mit seinen Augen zu betrachten.

Auch er war für sie von seinen Prinzipien abgewichen, und dafür würde sie ihm danken. Außerdem musste sie die Situation und sich selbst wieder einigermaßen unter Kontrolle bekommen.

„Sag mal, glaubst du etwa, ich lasse dich so halb eingeölt in die Sonne?“, fragte sie und griff erneut nach der Flasche. „Es ist fast schon Zeit, baden zu gehen.“

Sie deutete durch die Terrassentür auf den Horizont, hinter dem die Sonne längst verschwunden war. Es wurde langsam dunkel draußen, und vom ersten Abend hier im Strandhaus wusste sie, dass das Ufer bald völlig leer sein würde. Dann konnten sie einen ungestörten Mondscheinspaziergang unternehmen. Oder nackt baden gehen …

Jack sah sie mit gespieltem Hochmut an und meinte: „Es wäre ja auch zu grausam, dir dieses Vergnügen zu missgönnen.“

Mallory verdrehte die Augen und stöhnte nur. Dieser Kerl war wirklich unverbesserlich! Und genauso unwiderstehlich.

Sie winkte ihn wieder mit dem Finger zu sich. „Komm her, dann zeig ich dir, wozu Spiegel sonst noch gut sind.“

Er machte eine Art Hechtsprung auf das Bett, drehte sich auf den Rücken und breitete die Arme aus. „Ich stehe ganz zu deiner Verfügung.“

Schön wär’s, dachte sie mit einem Anflug von Bitterkeit. „Auf dem Bauch hätte ich dich gern, und zwar mit dem Kopf in diese Richtung hier.“ Sie klopfte auf das Fußende des Bettes, und er streckte sich brav in der gewünschten Lage vor ihr aus.

Braun gebrannt und muskulös lag er da vor ihr, eine einzige Versuchung für die Frau in ihr, die sich so viele Jahre so sorgfältig vor der Welt verborgen gehalten hatte.

Mit Schwung hob sie das Bein über Jack und setzte sich auf seinen Rücken, sodass seine Taille von ihren Oberschenkeln umschlossen wurde.

Er gab einen tiefen Laut von sich, halb Knurren, halb Stöhnen. „Und ich habe mich immer gewundert, was süße Qualen sein sollen."

„Jetzt weißt du es", lachte sie und klemmte ihn noch etwas fester ein.

Die hitzige Wärme seines Körpers schien wie durch ein offenes Tor direkt bis in ihr Innerstes zu dringen. Es war tatsächlich ihre Absicht gewesen, Jack ein bisschen zu quälen. Stattdessen marterte sie wieder einmal nur sich selbst. Ihre Lust auf ihn wuchs ins Unermessliche. Jedes Mal, wenn sie mit Jack zusammen war, wurde ihr Verhältnis tiefer und intimer als beim vorherigen Mal. Es war nur eine Frage der Zeit, wann sie endgültig alle Bremsen loslassen würde. Und es stand zu vermuten, dass sie danach nicht wieder in ihre Rolle der eiskalten, aber einsamen Anwältin zurückkehren konnte.

Aber nein, noch brauchte sie der Realität nicht wieder ins Gesicht zu schauen. Sie nahm all ihren Mut zusammen, legte Jack die Hände auf die Schultern und ließ gemächlich ihre Hüften auf ihm kreisen.

Jack krallte die Finger in die Steppdecke unter sich. Mallorys Schenkel waren wie ein Schraubstock um seine Taille gespannt, und dieses Gefühl erregte ihn in einem Maße, wie er es sich nie hätte träumen lassen. Er spürte die heiße Stelle zwischen ihren Beinen, die feucht auf seinen nackten Rücken gepresst wurde, und das machte ihn halb wahnsinnig vor Verlangen. Doch wie wild sein Herz klopfte und wie prall und pochend seine Erektion in die Matratze gedrückt wurde, das wusste nur er.

Am liebsten hätte er sich aufgebäumt, ihr winziges Seidenröckchen hochgeschoben und sich endlich, endlich in ihr versenkt. Aber damit würde er weitaus mehr als nur seine Libido befriedigen.

Als er ihr vorhin geholfen hatte, das Bikinioberteil wieder anzuziehen, und dabei die herzerweichende Mischung aus Dankbarkeit und Verlangen in ihrem Gesicht gesehen hatte, war etwas in ihm vorgegangen. Er war innerlich wachsweich geworden und hatte nun keine Ahnung, wie er je wieder in der Lage sein sollte, seine Rolle als Terminator weiterzuspielen. Er war nicht mehr der Mann, der für Frauen nicht das Geringste empfand und auch nichts von ihnen wollte.

In der Hoffnung auf Ablenkung schaute er in den Spiegel. Es war ein himmlischer Anblick. Mallorys ölglänzender Körper wiegte sich in ruhigen Bewegungen, und ihre langen, dunklen Haare fielen ihr in wilden Kaskaden über die Schultern. Eine Strähne blieb an ihrer linken Wange hängen, während sie den Kopf leicht in den Nacken legte und unter halb geschlossenen Lidern hervor in den Spiegel sah.

Schon zu beobachten, wie sich die verschiedenen Nuancen des Wohlbehagens auf ihrem Gesicht abzeichneten, war ein sinnliches Erlebnis, das archaische Instinkte wachrief.

Ihre Blicke begegneten sich im Spiegel, und Mallory griff nach der Flasche mit dem Kokosöl. Jack wusste, er würde sich nicht länger zurückhalten können, wenn sie ihn jetzt weiter massierte.

„Was hältst du davon, wenn wir jetzt lieber baden gehen?“, stieß er heiser hervor.

„Gute Idee.“ Mallory stieg so hastig von ihm herunter, dass er den Verdacht nicht loswurde, auch sie könne sich nun kaum noch länger beherrschen.

Jack erwachte mit einem Ächzen. Gähnend streckte er sich und machte wie jeden Morgen seine Sit-ups. Als er sich später nach unten ins Restaurant begab, gelang es nicht einmal der hell in die Fenster scheinenden Morgensonne, ihn richtig wach zu bekommen.

Wieder einmal hatte er Mallory gestern Abend bis zu ihrer Zimmertür gegenüber der seinen begleitet, und dort hatten sie sich nach ihrem gemeinsamen Mondscheinspaziergang getrennt. Seine Selbstbeherrschung hatte nur noch an einem letzten, hauchdünnen Faden gehangen. Sein Verlangen, mit Mallory zu schlafen, war überwältigender gewesen als je zuvor bei einer anderen Frau.

Er hätte einfach nachgeben und diese unerträgliche Begierde stillen sollen. Immerhin hatte Mallory alles darangesetzt, sie zu erwecken. Und welcher gesunde Mann versuchte nicht wenigstens, einen Schritt weiterzugehen bei einer Frau, die er begehrte und die sich in keiner Weise abweisend verhielt? Nur ein Mann, der klar dazu herausgefordert sein wollte.

Na gut, mit dieser Erklärung konnte er gerade so leben. Aber es gab noch eine andere mögliche Antwort, und die bereitete ihm größtes Unbehagen.

Angst. Er hatte womöglich Angst, noch weiterzugehen, damit er sich nicht zu tief in diese Affäre verstrickte. Solche Befürchtungen hatte er früher nie gehabt. Aber die Angst war nicht groß genug, um sich fortan von Mallory fernzuhalten.

„Wir müssen aufhören mit diesen Verabredungen“, flüsterte sie ihm plötzlich ins Ohr, und er fuhr zusammen.

Er sah über die Schulter, während sie um ihn herumging und wie üblich den Stuhl ihm gegenüber wählte.

„Ich konnte nicht schlafen, deswegen bin ich noch mal zum Strand gegangen“, erklärte sie.

Er betrachtete sie von oben bis unten. Sie trug maßgeschneiderte Hosen mit Bügelfalten und eine leichte Baumwollbluse. Die Säume der Hosenbeine hatte sie hochgekrempelt.

„Was denn, in dem Aufzug?“

„Fang gar nicht erst an mit diesem Thema“, lachte sie auf.

„Fällt mir nicht im Traum ein.“ Er beugte sich etwas zu ihr über den Tisch. „Wusstest du eigentlich, dass du besonders sexy aussiehst, wenn du es gar nicht darauf anlegst?“

Je öfter er Mallory jetzt in ihrem konservativen Outfit sah, desto mehr gefielen ihm ihre Gegensätze. Er war gar nicht mehr so versessen darauf, dass sie sich tagsüber endlich mal etwas legerer anzog. Ganz im Gegenteil, heute hatte er sich regelrecht darauf gefreut, sie wieder verwandelt zu sehen, weil er wusste, dass er der Glückliche sein würde, der sie am Abend ausziehen durfte.

„Am helllichten Tage solltest du es dir verkneifen, mir solche Dinge zu sagen“, tadelte sie ihn mit sanfter Stimme.

Bevor er antworten konnte, spürte er etwas Weiches an seiner Wade.

„Oh, tut mir leid“, sagte Mallory schnell.

„Kein Problem“, entgegnete er und setzte sich anders hin, die Beine nun auf der anderen Seite des Tisches. Wenn sie einen auf brav und bieder machen wollte, dann konnte er versehentliche Berührungen unterhalb des Tisches nicht gebrauchen. Das brachte nur unnötig sein Blut in Wallung.

„So lange ich wenigstens den Schein wahren muss, wäre es schön, wenn du mir solche Diskussionen ersparen würdest“, fuhr sie fort.

Er nickte stumm.

„Danke für dein Verständnis.“ Sie schürzte die Lippen auf eine Art, die ihn an seine Großmutter erinnerte, und pustete über ihre Kaffeetasse, bevor sie einen Schluck trank.

Jack griff nach seinem Glas Wasser und kippte es wie ein Verdurstender in sich hinein. Es war fast leer, als er es wieder auf den Tisch stellte. Da spürte er erneut eine flüchtige, warme Berührung an seiner Wade. Es dauerte einen Moment, bevor er begriff, dass dies kein Zufall war, sondern eine absichtliche Liebkosung.

Er blickte auf und sah Mallory angelegentlich die Speisekarte studieren. Doch ihr Mund war zu einem kaum merklichen Lächeln verzogen, das sie nicht ganz unterdrücken konnte.

Ihr Fuß schlang sich um seine Wade und zog seine Beine ein wenig auseinander. Wenig später machte ihre Fußsohle es sich an seinem Oberschenkel bequem, wobei ihre Zehenspitzen in gefährliche Nähe zu den allerempfindlichsten Regionen seines Körpers gerieten. Dabei fiel es ihm ohnehin schon schwer, sich unauffällig zu benehmen.

„Mallory!"

„Hmm?" Sie sah mit großen Augen von der Speisekarte auf und versuchte gar nicht erst, einen unschuldigen Eindruck zu erwecken.

„Wolltest du nicht wenigstens den Schein wahren?"

Er versuchte verzweifelt, sie an die graue Realität zu erinnern, die normalerweise tagsüber wieder einzusetzen hatte. Schließlich musste er sich ablenken von ihrem geschäftigen Fuß und den folgerichtigen Reaktionen seines Körpers. Offenbar galt ihre Besorgnis, den Schein zu wahren, nur für das Geschehen oberhalb des Tisches, während sie weiter unten, wo niemand es sah, ungezogene Spielereien veranstaltete.

„Schau dich doch um, Jack. Niemand beachtet mich. Und das ist alles, was ich erreichen will ... Obwohl, da wäre noch etwas anderes." Sie grinste spitzbübisch und ließ ihre beweglichen Zehen spielen.

Wenn er jetzt den Mund öffnete, um etwas zu sagen, würde zuerst ein kräftiges Stöhnen herauskommen. Die geringste Veränderung seiner Haltung würde bewirken, dass Mallorys Fuß noch weiter in die tagsüber verbotene Zone vordringen konnte. Also blieb er still sitzen und begann insgeheim zu zählen, um sich von dem aufreizenden Zehengewackel in seiner Leistengegend abzulenken.

„Erinnerst du dich noch an den Druck, von dem ich dich gestern Abend nicht erlösen durfte?", schnurrte Mallory.

Und wie er sich daran erinnerte! Genau denselben Druck empfand er nämlich jetzt auch. Und wenn nicht bald Rettung nahte, würde er in wenigen Sekunden hier am Frühstückstisch im Restaurant explodieren, und dieses Luder wusste das nur allzu genau!

„Guten Morgen." Paul Leathermans Stimme dröhnte durch das ruhige Restaurant. „Was dagegen, wenn ich mich zu Ihnen setze?"

Jack konnte nicht antworten, und wenn sein Leben davon abgehangen hätte.

„Aber gern doch", sagte Mallory rasch, dachte jedoch nicht daran, endlich ihren verdammten Fuß wegzunehmen.

Jack setzte sich anders hin und versuchte, nicht darauf zu achten, dass ihre Fußsohle nun noch fester in seine Leistengegend drückte und ihm die Hitze zu Kopf stieg.

Er räusperte sich hörbar und sagte: „Guten Morgen Paul. Ich hoffe, Ihre Reise war erfolgreich?"

„Sehr erfolgreich“, erwiderte Leatherman zufrieden und setzte sich Jack gegenüber auf die Seite, wo auch Mallory saß.

Nun, da gab es wenigstens keinen Grund, sich Sorgen zu machen, dass Mallorys Fuß sich aus Versehen an einem falschen Bein zu schaffen machte. Dennoch war endlich Abstand angesagt, oder es gab ein Desaster.

„Ich spiele mit dem Gedanken, eine weitere Ferienanlage zu kaufen“, erklärte Leatherman aufgeräumt. „Momentan interessiere ich mich für eine in Nantucket.“

Jack machte sich in Gedanken eine Notiz, bei ein paar befreundeten Unternehmen der Kanzlei anzurufen und zu prüfen, was man dort über diesen bevorstehenden Kaufvertrag wusste. Dabei bedachte er Mallory mit einem giftigen Blick, der Vergeltung verhieß.

Sie wandte unbeeindruckt den Blick ab und sah zu Leatherman. „In Nantucket soll es sehr schön sein“, meinte sie und setzte sich aufrecht hin. Jack hätte sie wahrscheinlich selbst für die absolut korrekte Anwältin gehalten, die zu sein sie vorgab – wäre da nicht ihr Fuß gewesen, der nach wie vor in der gemütlichen Kuhle neben seinem empfindlichsten, momentan aber völlig irrelevanten Körperteil ruhte.

„Oh ja, ein perfekter Standort“, stimmte Leatherman zu.

„Apropos perfekt“, wagte Jack endlich, sich zu Wort zu melden. „Da fällt mir Ihr Fitnessstudio hier ein. Das ist erstaunlich aufwendig eingerichtet, wie ich gesehen habe.“

Solange Mallory die Oberhand beziehungsweise den Oberfuß über seine Kronjuwelen hatte, wollte er Eva doch lieber nicht erwähnen.

Der ältere Mann nickte. „Ja, die Leute kommen hierher, um dem Stress zu entfliehen. Dabei nehmen viele ihre Handys und Laptops mit in den Urlaub. Da ist es doch das Mindeste, hier ein voll eingerichtetes Fitnessstudio und einen Arzt im Haus zu haben.“

Mallory spielte mit dem Löffel neben ihrem leeren Teller. „Weil Sie gerade von einem Arzt sprechen – wie geht es Ihnen eigentlich gesundheitlich, Mr Leatherman?“

Ihr zukünftiger Mandant fuhr sichtlich zusammen bei dieser unerwarteten Frage. „Mir ging es nie besser. Wieso fragen Sie?“ Sein Tonfall wirkte leicht gereizt.

Vorsicht, warnte Jack im Stillen. Doch zu seiner eigenen Überraschung verspürte er nicht das Bedürfnis, sich sofort einzuschalten, um die unbehagliche Situation zu entschärfen. Ein sicheres Zeichen dafür, dass er Mallory vertraute. Mallory oder ihren Fähigkeiten? Da keinen Unterschied zu machen, wäre ein gefährlicher Fehler. Jack wusste das sehr wohl, auch wenn er sich diese Frage nicht recht beantworten konnte.

Genauso nebenbei wie sie sich vorhin aufrecht hingesetzt hatte, stellte sie jetzt ihren Fuß wieder auf den Boden und lehnte sich ein wenig über den Tisch. Aber Jack war schnell genug, um sich ein wenig zu rächen. Er klemmte eines ihrer Fußgelenke zwischen seinen fest, während sie sich auf ihre Antwort konzentrieren musste.

Überraschend nahm sie ihre Brille ab, stützte das Kinn auf eine Hand und sah Paul direkt ins Gesicht. „Denken Sie bitte nicht, dass ich hier herumschnüffele", sagte sie entschuldigend. „Aber eine Ihrer Angestellten erwähnte, dass Sie letztes Jahr kurz ins Krankenhaus mussten."

Jack fiel plötzlich ein, dass er gestern Abend völlig vergessen hatte, sie zu fragen, was sie denn bei ihren Erkundungen so alles herausgefunden hatte. Kein Wunder, wo er doch voll damit beschäftigt gewesen war, *sie* zu erkunden!

„Soso, das Personal verbreitet also Klatsch, ja?", fragte Paul mit plötzlich zornrotem Gesicht.

Mallory schüttelte schnell den Kopf. „Nein, das kann man so nicht sagen. Ich hatte nur erwähnt, dass ich das Fitnessstudio so toll fände, vor allem mit dem Arzt, den man jederzeit rufen kann. Wissen Sie, mein Vater hatte nämlich vor kurzem einen leichten Herzinfarkt ..." Ihre Stimme zitterte ein wenig.

Ohne Zögern verstärkte Jack den Druck seiner Beine um ihr Fußgelenk. Es war im Moment die einzige Möglichkeit, wie er ihr sein Mitgefühl zeigen konnte. Das war ihm aber bei weitem nicht genug, und er begriff zum ersten Mal, wie sehr er sich danach sehnte, seinen Gefühlen nach Belieben Ausdruck zu verleihen. Darüber würde er noch in Ruhe nachdenken müssen.

Sie blickte für einen Moment zu ihm herüber, fast ein wenig verwirrt, wie es schien.

Dann sah sie wieder Paul Leatherman an, der begonnen hatte, mitfühlend ihre Hand zu tätscheln, und redete weiter. „Deshalb dachte ich, dieses Hotel hier wäre der perfekte Ort, wo meine Eltern sich mal ausruhen könnten. Sie genießen es zwar, wenn sie allein miteinander sind, aber meine Mutter wäre sicher sehr froh, wenn sie hier mit meinem Vater Urlaub machen könnte, ohne sich andauernd Sorgen um ihn machen zu müssen."

Leatherman entspannte sich sichtlich, während Mallory ihm diese Geschichte erzählte. Das hatte sie wohl auch damit bezwecken wollen.

Da Jack inzwischen über ihr gespanntes Verhältnis zu ihren Eltern Bescheid wusste, empfand er nicht nur Mitgefühl wie Paul Leatherman, sondern er wollte auch mehr wissen. Zum Beispiel interessierte es ihn brennend, inwieweit dieser Herzinfarkt, der gewiss nicht erfunden war, sich auf Mallorys Einstellung zu ihren Eltern auswirkte. Womöglich setzte dieser Vorfall sie nur noch mehr unter Zeitdruck, weil sie fürchten musste, ihr Vater könne sterben, bevor es ihr gelungen war, ihn davon zu überzeugen, dass sie doch etwas taugte.

Ja, mit Sicherheit war an dieser Geschichte noch mehr dran, als sie Paul Leatherman anvertrauen wollte. Mehr auch, als sie bisher Jack anvertraut hatte.

Sie hatte sich ihre Brille jetzt wieder aufgesetzt und lächelte Paul mit unschuldigem Augenaufschlag durch die dicken Gläser hindurch zu. „Ihre Angestellte hat mir einfach nur erklärt, dass Sie die Ausstattung des Fitnessstudios modernisieren ließen, nachdem Sie letztes Jahr selbst so eine traumatische Erfahrung gemacht hätten. Und ich muss schon sagen, ich finde es außerordentlich beeindruckend, wie Sie ein Trauma, mit dessen Nachwirkungen andere Leute noch jahrelang kämpfen, einfach zum Anlass genommen haben, eine so wunderschöne Einrichtung zu schaffen."

Leatherman mochte es sehr, wenn junge Frauen ihm Komplimente machten. Jack hatte es von Eva erfahren, und Mallory schien es auf andere Weise herausgefunden zu haben. Sie arbeitete professionell, und genauso routiniert war sie jetzt dabei, Paul Leatherman um den kleinen Finger zu wickeln.

Der ältere Mann strahlte sie an. „Junge Lady, sagen Sie Ihren Eltern einfach meinen Namen, und ich werde dafür sorgen, dass sie erster Klasse hier untergebracht werden!"

„Oh, danke sehr, Mr Leatherman, …"

„Paul."

„Ich danke Ihnen, Paul. Aber darauf wollte ich gar nicht hinaus. Ich war einfach nur ehrlich beeindruckt von diesem tollen Fitnessstudio und habe mir Sorgen um Ihre Gesundheit gemacht."

Leatherman wandte sich Jack zu. „Sie haben da eine wirklich außergewöhnliche Kollegin."

„Das werde ich gern weitersagen", entgegnete Jack mehr für Mallory als für Paul. Denn für ihre Bewerbung als Teilhaberin würde es wichtig sein, welchen Eindruck die Mandanten von ihr hatten. „Und vergessen Sie nicht, was für ein Glück es erst für Sie wäre, jemanden wie diese Dame auf Ihrer Seite zu wissen!"

Mallory wurde es ganz warm ums Herz, als sie hörte, was Jack da sagte. Natürlich wusste sie, dass er es weniger ihretwegen gesagt hatte als vielmehr, um seine Kanzlei für die Scheidungssache zu empfehlen. Doch er sah sie so viel sagend dabei an, dass ihr klar war, er meinte es auch persönlich.

„Ich fühle mich wieder viel besser als damals, vielen Dank", sagte Paul Leatherman. „Das Fitnessstudio ist Teil meiner neuen Lebensweise. Und dass ich wieder frei sein will, gehört dazu."

„Frei, um was zu tun?", fragte Mallory interessiert nach. „Sie wissen doch, dass Sie uns alles sagen können."

Sie ließ es absichtlich scherzhaft klingen. Leatherman sollte das Gefühl haben, kein Risiko einzugehen, wenn er ihnen sein Geheimnis preisgab. Das war auch der einzige Grund, warum sie das Herzproblem ihres Vaters überhaupt erwähnt hatte. Man vertraute sich leichter jemandem an, von dem man etwas Persönliches wusste.

Zwar hatte Mallory es nie offen zugegeben, aber der Vorfall hatte sie damals sehr getroffen. Anstatt sich umso mehr angespornt zu fühlen, möglichst schnell Teilhaberin zu werden, bevor ihr Vater gesundheitlich noch schwerer angeschlagen war, hatte sie angefangen, darüber nachzudenken, wie schnell alles vorbei sein konnte, ohne dass man wirklich etwas von seinem Leben gehabt hatte. Sie hatte gemerkt, dass sie gar nicht so glücklich war, wie sie immer gedacht hatte. Sie war in Panik ausgebrochen und hatte sich gezwungen, nicht mehr daran zu denken, denn sonst hätte sie sich mit ihrem unbefriedigenden Lebensstil auseinandersetzen müssen.

Jetzt aber gab es Jack. Und die Vorstellung, wieder in das gewohnte Leben daheim in New York zurückkehren zu müssen, hing wie ein Damoklesschwert über ihr.

Leatherman brach auf einmal in schallendes Gelächter aus. „Sehen Sie? Ich lasse mich hier über meine Fantasien aus, und sie hört nicht einmal zu. Muss ich jetzt beleidigt sein?"

Mallory wurde rot, weil ihr bewusst wurde, dass sie nicht weiter auf das Gespräch geachtet hatte.

Jack lachte gemeinsam mit Leatherman. „Ach was. Selbst wenn sie zugehört hätte, könnten Sie ihr trotzdem noch ins Gesicht sehen. Mallory gehört zu uns Jungs!"

Mallory hätte am liebsten über den Tisch gelangt und ihn kräftig gewürgt! Dabei war es ihr egal, ob dieser Satz nur dazu dienen sollte, Leathermans Vertrauen zu gewinnen. Es spielte auch keine Rolle, dass Jack sofort zu bereuen schien, was er da gesagt hatte.

Die Worte taten ihr weh, schlimmer als neulich jene über ihre eiskalte Fassade. Denn das war am ersten Tag gewesen, als er sie noch nicht näher gekannt hatte. Jetzt aber wusste er mehr über sie als je ein Mann vor ihm.

Sie nahm keine Rücksicht mehr auf irgendeinen Schein, den es zu wahren galt, und riss ihren Fuß aus jener heimlichen Umklammerung unter dem Tisch, ohne auf Jacks warnenden Blick zu achten.

„Miss Sinclair?“ Eine Hostess stand neben dem Tisch und hielt ein schnurloses Telefon in der Hand. „Hier ist ein Anruf für Sie. Sie können auch draußen sprechen.“ Die junge Frau deutete auf den Balkon, von dem aus man auf das Meer hinausblicken konnte.

„Vielen Dank.“ Mallory nahm das Telefon und fuhr zu Jack gewandt fort: „Auf diesen Anruf warte ich schon die ganze Zeit. Das muss Rogers sein.“

Sie sagte lieber nicht, dass es sich um den Privatdetektiv handelte.

Gut, dass sie nun erfuhren, was der Detektiv über Mrs Leatherman herausgefunden hatte, bevor sie offen mit Paul redeten.

Aus beruflicher Sicht musste Mallory Jack beipflichten. Man ließ sich besser nicht unvorbereitet auf einen Fall ein. Aber aus rein menschlicher Sicht konnte sie nur hoffen, dass Rogers nichts Brauchbares gefunden hatte. Der Versuch, Mrs Leatherman am Zeug flicken zu wollen, ging ihr schon genug gegen den Strich. Gar nicht auszudenken, wenn sich dazu auch noch eine Möglichkeit fand!

Selbst der Erfolgsdruck machte diese Angelegenheit nicht erträglicher.

„Wenn die Herren mich für einen Augenblick entschuldigen würden?“

Sie stand auf, und die beiden Männer erhoben sich höflich ebenfalls von ihren Plätzen.

Mit Jack würde sie sich später wieder in Verbindung setzen und ihn über den neuesten Stand der Dinge informieren. Ob dann auch noch etwas anderes zwischen ihnen passieren würde – nun, es war an ihm, die nächste Einladung auszusprechen.

11. KAPITEL

Jack sah Mallory hinterher. Es tat ihm so unsäglich leid, dass er sie schon wieder verletzt hatte. Zwar war es eine Notwendigkeit gewesen, sie *eine von den Jungs* zu nennen, doch es war ihm mehr als schwergefallen, weil er von vornherein gewusst hatte, dass es ihr wehtun würde. Aber jetzt war es zu spät, um noch etwas daran zu ändern.

Er wandte sich wieder Leatherman zu. „Na los, Paul, jetzt ist sie weg. Jetzt können Sie mir ruhig sagen, was für eine Sache Sie da am Laufen haben. Ich habe unten im Fitnessstudio Eva kennen gelernt. Mann, ist das ein Prachtweib!"

„Ach, die Sache ist längst vorbei. Ich habe doch von Nantucket erzählt, nicht wahr?"

Jack stöhnte ahnungsvoll. „Erzählen Sie mir jetzt bitte nicht, dass Sie die Anlage da kaufen wollen, nur weil Sie ein Liebesnest brauchen!"

Er sah zu dem verandaartigen Balkon, auf dem Mallory stand und telefonierte, und dachte im Stillen, dass er noch viel mehr investieren würde, um sie behalten zu können. Je mehr er über ihre Vergangenheit wusste, desto mehr achtete er sie dafür, dass sie trotz aller Widrigkeiten beruflich so weit vorangekommen war. Und er vertraute ihr.

„Es gibt keine bessere Methode, um alles unter Kontrolle zu behalten", erwiderte Paul.

Jack seufzte. Natürlich konnte er nachvollziehen, warum Leatherman so vorgehen wollte. Aber wenn er die Sache als Anwalt betrachtete, glich dieser scheinbar so clevere Schachzug seines zukünftigen Mandanten eher einem Selbstmordversuch.

„Hören Sie", versuchte Jack, ihm das Vorhaben auszureden, „angenommen, Sie beauftragen mich, als Ihr Scheidungsanwalt zu fungieren, und ich bringe Sie heil aus dieser Ehe, ohne dass Ihr Vermögen allzu sehr darunter leidet. Warum sollten Sie dann hingehen und sich ein Problem kaufen? Lassen Sie die Dame lieber sausen und bleiben unabhängig. Sie haben doch sicher schon vom Tatbestand sexueller Belästigung gehört, oder? Wenn Sie diese Ferienanlage in Nantucket kaufen, kriegen Sie fürchterliche Kopfschmerzen gratis dazu, ob Sie wollen oder nicht."

„Diese Frau ist etwas ganz Besonderes", beharrte Paul und lehnte sich zu Jack hinüber. „Sie versteht mich. Meine Frau nicht."

„Am Anfang sind sie alle etwas Besonderes", hielt Jack dagegen. Die Worte kamen ihm leicht über die Lippen, weil er genau diesen Satz immer sagte, sobald einer seiner Mandanten drauf und dran war, sich auf eine Affäre einzulassen, während der Scheidungskrieg noch nicht überstanden war.

Diesmal allerdings war er nicht mehr so überzeugt von dem, was er da sagte. Vielleicht hatte Leatherman ja recht? Vielleicht kam es wirklich vor, dass man eine Frau traf, für die es sich lohnte, alles aufs Spiel zu setzen.

Einen Drink, er brauchte jetzt schleunigst einen Drink, egal, wie früh am Morgen es noch war. Oder besser noch, er verließ schleunigst dieses Hotel. Vielleicht konnte er so seinen allzu intensiven Gefühlen für Mallory entkommen.

Leatherman schüttelte den Kopf und presste seine Lippen zu einem dünnen, enttäuschten Strich zusammen. „Sind Sie nicht noch ein bisschen jung für so viel Zynismus? Vielleicht haben Sie nur noch nicht die richtige Frau getroffen."

Jack lachte auf. Paul Leatherman würde vom Stuhl fallen, wenn er wüsste, was hier während seiner Abwesenheit alles passiert war. „Sie bezahlen mich doch dafür, dass ich zynisch bin, Paul! Und weil wir gerade davon reden: Kommen wir als Ihre Scheidungsanwälte noch in Frage oder nicht? Denn sosehr es mir hier auch gefallen mag – ich kann es mir nicht leisten, noch länger hier herumzulungern."

„Ganz ruhig, Jack. Wie Sie eben selbst sagten, bezahle ich Sie dafür, hier herumzulungern, nicht wahr? Wir sehen uns später noch mal."

Jack stöhnte vor sich hin, kaum dass Paul Leatherman außer Hörweite war. Er musste raus hier! Er musste zurück in die Realität, in das wirkliche Leben! Aber Leathermans Worte ließen wenig Hoffnung, dass das bald geschah. Allerdings gab es ja noch andere Wege, um Platzangst zu bekämpfen.

Er war am Zuge, was Mallory anbelangte. Und es schien nur eine Lösung zu geben: Er würde Mallory auf einen Ausflug mitnehmen. Draußen in der Wirklichkeit würde er dann schnell merken, wie wenig sie beide im Grunde gemeinsam hatten. Und wie sehr er es hasste, sich an irgendeine Frau gebunden zu fühlen.

Auch wenn es sich um eine so ungewöhnliche Frau wie Mallory handelte.

Mallory stand in der hoteleigenen Nobel-Geschenkboutique und betrachtete die Sonnenbrillen. Unschlüssig probierte sie eine nach der anderen auf. Es waren alles teure Markenmodelle, die Mallorys Budget bei weitem überstiegen, doch sie hörte nicht auf zu suchen, weil sie der festen Überzeugung war, dass eine besonders weiblich und sexy wirkende Sonnenbrille sie ein wenig trösten würde. *Mallory gehört doch zu uns Jungs.* Und das von Jack! In aller Öffentlichkeit hatte er sie ganz bewusst verletzt.

„Haben Sie sich schon entschieden?“, fragte die Verkäuferin.

Mallory schüttelte den Kopf. „Die hier gefällt mir aber ganz gut“, meinte sie dann, setzte sich eine elegante, rahmenlose Sonnenbrille mit lavendelfarbenen Gläsern auf und trat damit vor den Spiegel. Da die Brillengläser ungewöhnlich hell getönt waren, ließen sie die Welt auch nicht so abgedunkelt wirken, wie das bei Sonnenbrillen sonst häufig der Fall war. Mallory fühlte sich leicht und befreit.

„Die Glasfarbe passt auch gut zu Ihrem Teint“, fand die blonde Verkäuferin.

Mallory hatte keine Ahnung, ob das wirklich stimmte oder ob die Frau das immer sagte, wenn sie eine Kundin zum Kauf bewegen wollte.

„Leider kann ich mir so eine teure Brille aber nicht leisten“, sagte sie bedauernd.

Sie hatte ihr Geld für die Strandhausabende mit Jack ausgegeben, und das bereute sie auch nicht. Die Erinnerung an diese Abende würde ihr erheblich länger Freude machen als die Illusion von Weiblichkeit und Freiheit, die so eine Sonnenbrille ihr verschaffen konnte. Ein ungefärbter Blick in den Spiegel genügte, und man wurde wieder mit der glanzlosen Wahrheit konfrontiert.

Mallory setzte die Brille ab und gab sie der Verkäuferin zurück. „Vielen Dank für Ihre Mühe“, sagte sie.

„Gern geschehen. Hier ist unsere Karte, für den Fall, dass Sie es sich doch noch anders überlegen sollten.“

Mallory lächelte. „Danke.“ Damit verließ sie den Laden und stellte insgeheim fest, dass sie gerade die ebenso jämmerliche wie unnötige Sünde des Selbstmitleids begangen hatte. Sie hatte sich immerhin ein Ziel gesetzt! Es ging nicht an, plötzlich alles über den Haufen zu werfen, bloß weil sie sich in Jack verliebt hatte.

Sie hatte sich in Jack verliebt.

Mallory stolperte zu ein paar Stühlen hin, die mitten in der Lobby standen, und setzte sich hastig auf den nächstbesten, bevor ihr die Knie wegknickten.

Sie hatte sich in Jack verliebt!

Das war eine Einsicht mit Schockwirkung. Dabei hatte sie genau das geahnt, als sie sich auf diese Reise eingelassen hatte.

Ihr Herz raste. Mühsam versuchte sie sich zu beruhigen, indem sie sich zu gleichmäßigen Atemzügen zwang.

Sie würde schon darüber hinwegkommen. Ihre Vergangenheit war in diesem Fall ausnahmsweise einmal ein Vorteil. Denn wenn sie es geschafft hatte, ohne die Liebe ihrer Eltern zu überleben, dann würde sie es erst recht ertragen können, ohne die von Jack zu leben.

„Entschuldigen Sie, junge Frau."

Das war wieder die Stimme der Verkäuferin, und Mallory drehte sich im Sitzen um. „Meinen Sie mich?"

„Ja. Ich soll Ihnen die hier geben." Und sie hielt Mallory ein Brillenetui hin.

Mallory erkannte das Markenlogo und schüttelte verwirrt den Kopf. „Ich verstehe nicht ..."

„Ein gut aussehender junger Mann mit dunklen Haaren lässt Ihnen ausrichten, dass auch eine Nachricht mit dabei liegt. Sie Glückliche! Das ist ja richtig romantisch!"

„Na ja ..." Mallory wusste nicht, was sie sagen sollte, nahm aber das Etui.

Die Verkäuferin ging zurück in den Laden, während Mallory das Etui öffnete und Jacks Nachricht las.

Zu so einer Sonnenbrille gehört ein Cabriolet! Du bist eingeladen zur schönsten Autofahrt deines Lebens. In fünfzehn Minuten vor dem Eingang. Traust du dich auch bei Tageslicht?

Wie auf Knopfdruck stieg ihr Adrenalinspiegel, und sie setzte sich die Sonnenbrille auf.

Mallory Sinclair gab nicht klein bei. Es passte nicht zu ihr, in Selbstmitleid zu schwelgen. Sie war hart im Nehmen und machte immer das Beste aus allem, was das Leben ihr bescherte.

Im Moment hatte es ihr Jack beschert. Sie liebte ihn, auch wenn sie ihn vielleicht nicht für immer behalten konnte. Zumindest genießen würde sie die Zeit mit ihm!

Mallory schaffte es, sich umzuziehen und dann trotzdem eine Minute zu früh am Treffpunkt zu sein. Sie trat hinaus ins Freie und entdeckte das knallrote Cabriolet, das blitzblank in der Sonne stand. Und Mallory verliebte sich schon wieder, diesmal in die schlanke Form dieses wunderschönen Autos und in das Gefühl von Freiheit, das es verhieß. Von dem Mann, der wartend auf dem Fahrersitz saß, ganz zu schweigen.

Braun gebrannt und gut aussehend saß Jack da und wartete nur auf sie. Er hupte kurz und winkte ihr zu. „Los, beeil dich, bevor wir den besten Teil des Tages verpassen! Es wäre schade um jede einzelne Minute."

Sie konnte seine Augen nicht sehen, weil er eine dunkle Sonnenbrille trug, aber allein sein Anblick genügte schon, um ihr Blut in Wallung zu bringen. Sie eilte zum Auto und ließ sich ausgelassen auf den Beifahrersitz fallen. Dann zog sie ihre neue Sonnenbrille aus dem Etui und setzte sie auf.

„Ich werde nicht fragen, wie du auf diese Idee gekommen bist", sagte sie dazu. „Aber trotzdem vielen Dank."

Er legte den Arm über die Lehne ihres Sitzes. „Bitte schön. Nichts ist mir wichtiger, als dich zu erfreuen."

„So was hört man gern. Wo fahren wir hin?"

Er grinste. „Wirst du schon sehen."

Mallory streifte die Sandalen ab und hockte sich mit untergeschlagenen Beinen auf den Sitz. „Ich kann es gar nicht abwarten!"

Er betrachtete sie aufmerksam und voller Bewunderung. „Hast du eigentlich eine Ahnung, wie sexy du aussiehst mit dieser Sonnenbrille?"

Dieses zweifellos ehrlich gemeinte Kompliment tröstete sie ein wenig über den Ärger von heute Morgen hinweg.

Seine Finger strichen federleicht über die nackte Haut ihrer Schultern, und sie erbebte. „Dieses winzige Top ist auch etwas ganz Besonderes. Kann natürlich sein, dass es mehr dein Körper ist, der so aufregend daran ist."

Sie lachte. „Sag, was du willst, solange immer wieder solche Komplimente dabei sind."

„Nichts leichter als das."

Auf einmal hatte Mallory einen Kloß in der Kehle. Sie durfte nicht zulassen, dass sein Süßholzraspeln ihr zu Kopf stieg. Es war alles nicht ernst gemeint. Das durfte sie nicht vergessen.

„Meinst du nicht, wir sollten lieber losfahren?", lenkte sie schnell ab. „Sonst sieht noch jemand, dass wir nicht nur ganz und gar unseriös angezogen sind, sondern uns auch noch so benehmen."

„Du hast wie immer recht", sagte Jack, ließ den Motor an und fuhr los. „Was ist übrigens bei dem Gespräch mit Rogers herausgekommen? Gibt es Neuigkeiten?"

Mallory zuckte unbestimmt mit den Schultern. „Er sagte, er sei da einer Sache auf der Spur, aber es wäre noch zu früh, um darüber zu reden. Er will sich wieder melden."

„Na, hoffentlich bald. Leathermans Verzögerungstaktik geht mir langsam auf die Nerven. John Waldorf lässt ausrichten, in der Kanzlei läuft alles einigermaßen. Sie haben gerade mit Leathermans neuestem Deal zu tun. Von Nantucket war allerdings nicht die Rede. Aber vielleicht ist das noch zu neu und nicht wirklich spruchreif. Wir werden sehen."

Sie nickte. „Ja, für heute zumindest heißt es wieder mal abwarten."

„Also lassen wir das Thema, ja?“

„Ja.“ Mallory lächelte. Einen ganzen Tag lang allein mit Jack. Das ließ sie sich gefallen.

Um ihm eine Freude zu machen, trug sie ihre Haare jetzt offen, und je schneller sie fuhren, desto wilder ließ der warme Fahrtwind ihr die schwarzen Strähnen um den Kopf flattern. Sie schwelgte ganz im Augenblick, als Jack seine Rechte vom Steuer nahm, um mit den Fingern durch ihre tanzende Mähne zu fahren.

Er krallte sich in ihren Haaren fest und zog ein wenig daran. Mallory schloss die Augen und genoss diese erotische Berührung. Der Wind wehte ihr ins Gesicht, während Jacks Hand verführerisch mit ihren Haaren spielte.

„Das ist schön“, sagte sie.

„Wart erst mal ab, bis wir am Ziel sind!“

Die nächsten vierzig Minuten der Fahrt vergingen in zufriedenem Schweigen. Dann bogen sie auf eine Straße ein, die parallel zum Strand verlief und von protzigen Anwesen gesäumt wurde.

Mallory betrachtete die riesigen Villen durch die lavendelfarbenen Gläser ihrer Sonnenbrille. Wer immer in diesen Palästen wohnte, hatte obendrein einen erstklassigen Blick auf das Meer. Die Sonne stand am wolkenlosen Himmel, der an der hauchdünnen Horizontlinie mit dem schier endlosen Meer verschmolz.

Um den herrlichen Blick besser genießen zu können, lehnte Mallory sich etwas zu Jack hinüber, und prompt roch sie Mann. Es fiel ihr sehr schwer, dem fast automatisch einsetzenden Kuschelbedürfnis nicht nachzugeben. Wie gut, dass die Gangschaltung dazwischen war, sonst hätte sie sich womöglich vergessen!

„Hast du dich schon mal gefragt, was das wohl für ein Gefühl sein muss, in einem von diesen Häusern zu wohnen?“, fragte sie.

Sein mürrisches Knurren beantwortete ihre Frage schon, ehe er aussprach, was er darüber dachte. „Ich bin in einer Großstadt-Dreizimmerwohnung aufgewachsen. So was wie das da stand nie auch nur annähernd zur Debatte.“

Sie sah ihn von der Seite an. Hatte sie mit ihrer Frage einen wunden Punkt berührt? Schnell wechselte sie das Thema. „Na ja, ich bin in einem Randbezirk aufgewachsen. In den Sommerferien sind wir manchmal für eine Weile nach Cape Cod und nach Rhode Island rübergefahren. Vorher war ich jedes Mal wochenlang im Ferienlager, damit ich ihnen zu Hause nicht auf die Nerven gehen konnte.“

Sie setzte sich anders hin und sah nachdenklich hinüber zum Meer. „Sie brachten mich immer zu einer alten Tante, um sich dann Sehenswürdigkeiten anzuschauen oder shoppen zu gehen. *Du bleibst schön zu Hause, Mallory. Du weißt Antikes noch gar nicht zu schätzen*", imitierte sie den Tonfall ihrer Mutter.

„Klingt ja mächtig sympathisch."

„Eher gefühllos. Und das waren sie beide. Nachdem sie mich dann abgegeben hatten, unternahmen sie ihre romantischen Fahrten an den Strand oder gingen aus in die Stadt. Ich weiß das alles, weil meine Mutter hinterher immer stundenlang davon schwärmte, manchmal sogar tagelang."

Jack sah kurz zur Seite und blickte Mallory forschend in die Augen, bevor er den Blick wieder nach vorn auf die Straße richtete. „Es war schlimm für dich, von diesen Dingen immer ausgeschlossen zu werden, richtig?"

Sie verschränkte die Arme vor der Brust, als sei ihr plötzlich kalt geworden. „Ich hab mich immer nur wie das fünfte Rad am Wagen gefühlt, egal, ob sie mich mitschleppten oder zurückließen."

„Wie hast du das nur ausgehalten?"

„Mit Tagträumen, in denen ich in einem Schloss wohnte oder eben in so einer tollen Villa. Und da mussten dann immer alle machen, was *ich* wollte. Besonders meine Eltern, die konnten es auf einmal nicht mehr ertragen, von ihrem einzigen Kind getrennt zu sein." Mallory lachte bitter auf. „Wenn's mal so gewesen wäre!"

Jack ging dieses bittere Lachen durch und durch, und er wünschte sich, dass seine Gefühle für Mallory ihre schmerzvollen Erinnerungen an ihre Kindheit ausgleichen könnten. Er fand den Gedanken unerträglich, dass sie sich so einsam und isoliert gefühlt hatte. „Und heute? Du hast Leatherman diese Geschichte über den Herzinfarkt deines Vaters erzählt. Wie kommst du damit klar?"

Sie lehnte den Kopf nach hinten gegen die Lehne. „Die Sache an sich zu verkraften, war kein großes Problem. Sie haben mich ja erst angerufen, nachdem alles schon vorbei und er schon wieder aus dem Krankenhaus entlassen worden war. Und auch das nur, weil ich ihnen wegen einer anderen Sache eine Nachricht auf dem Anrufbeantworter hinterlassen hatte. Wie üblich hatten sie mich völlig vergessen."

Jack zuckte unwillkürlich zusammen. Nichts lag ihm ferner, als in ihren alten Wunden auch noch herumzustochern. „Ich wollte dich nicht quälen mit dieser Frage."

Sie lachte und entschärfte damit die unbehagliche Situation. „Hast du natürlich, aber das ist schon in Ordnung. Ich wollte dich auch nicht langweilen, indem ich dir meine Lebensgeschichte erzähle."

„Damit kannst du mich nicht langweilen."

Das war die blanke Wahrheit. Er interessierte sich für alles, was ihm half zu verstehen, wie Mallory die Frau geworden war, die jetzt gerade neben ihm im Auto saß.

„Ja, klar, und mir gehört eine von diesen Prachtvillen hier, die ich an dich armen Schlucker verkaufen könnte", neckte sie ihn lächelnd.

Seine Erregung, die er bis eben erstaunlich gut unter Kontrolle gehabt hatte, wurde ihm von einer Sekunde auf die andere wieder zum ausgewachsenen Problem.

Selbst durch die getönten Gläser der Sonnenbrille hindurch konnte er die lustigen Fünkchen in ihren Augen sehen. Ihr unbeschwertes Lächeln galt nur ihm allein. Und selbst, wenn das gar nicht stimmte, bildete er es sich doch gern ein. Wenigstens schien sie keine Ahnung zu haben, welch enorme Wirkung sie immer wieder auf ihn ausübte. Die Gefahr, dass sie ihm mit Hilfe dieser Waffe wehtat, blieb damit beruhigend gering.

Er schaltete herunter und ließ das Cabrio nur noch gemütlich vor sich hin tuckern. „Gibt es noch mehr Träume, die du mir erzählen möchtest?", fragte er. „Über die Zukunft vielleicht?"

„Du meinst den amerikanischen Traum mit einem braven Ehemann, einem Haus mit weißem Gartenzaun, Kindern und Hund? Glaubst du, ich träume davon, barfuß und schwanger durch das Haus zu wuseln, Kuchen zu backen und Treffen für den Familienverband zu organisieren?" Sie schnaubte verächtlich durch die Nase. „Wohl kaum!"

Er betrachtete sie von der Seite her. Abgesehen von dem unüberhörbaren Sarkasmus in ihren Worten, glaubte er doch eine gewisse Sehnsucht herauszuhören. Auch ihr Gesicht ließ eher darauf schließen, dass ihr die soeben verhöhnten Dinge wichtiger waren, als sie vor sich selbst zugeben wollte.

Ihm jedenfalls fiel es nicht schwer, sie sich in der Rolle der Mutter und Hausfrau vorzustellen, aber nur, weil Mallory eine Frau war, die alles erreichen konnte, was sie sich vornahm. Barfuß und schwanger – nun, er war sich ziemlich sicher, dass zumindest eine Schwangerschaft ihr durchaus verlockend vorkam.

Er verspürte den Drang, diese Theorie ein wenig zu prüfen. Ein anderer, körperlicher Drang nahm ebenfalls zu, und er wunderte sich insgeheim, dass Mallory ihn noch nicht auf die unübersehbare Beule in seinen Shorts angesprochen hatte.

„Was denn, dazu kommt von dir kein Kommentar?", wunderte sie sich stattdessen. „Der Terminator äußert sich nicht zu meinen Ansichten über die amerikanische Standardfamilie?"

Jack war sich ziemlich sicher, dass sie lieber nicht wissen wollte, was er im Moment dachte. Er lächelte angestrengt. „Der Terminator gehört ebenfalls zu jenen, die nicht an den amerikanischen Traum glauben."

Sie schüttelte tadelnd den Kopf. „Ich habe nicht gesagt, ich würde an diesen Traum nicht glauben. Ich rechne nur nicht damit, dass ich ihn leben werde. Darüber hinaus aber bin ich für Träume immer zu haben, erinnerst du dich?"

Er nickte. „Träume sind was für Leute, die das wahre Leben noch nicht kennen gelernt haben."

Das Thema war keines, mit dem er sich allzu eingehend beschäftigen wollte. Also tat er es Mallory nach und heuchelte Desinteresse.

„Wie sieht das wahre Leben denn für dich aus?", fragte sie. „Ich schütte hier mein Innerstes vor dir aus, und du hältst dich bedeckt."

Da hatte sie nicht ganz unrecht. „Die Ehe meiner Eltern war oder vielmehr ist so ziemlich das Gegenteil von der deiner alten Herrschaften."

„Das tut mir leid", sagte Mallory.

„Dafür braucht sich niemand zu entschuldigen. Es ist eben so, wie es ist."

„So einfach ist die Sache nicht, glaub mir. Ich weiß, wovon ich rede. Solche Dinge lasten einem ewig auf der Seele."

Jack empfand einen leichten Stich bei ihren Worten und wusste, sie hatte wieder einen seiner wunden Punkte getroffen. „Könnte stimmen", gab er zögernd zu.

„Bist du deshalb Scheidungsanwalt geworden?"

„Nein, das war Zufall." Er wollte ihr schon die wohl formulierte Rede halten, die er für solche Fragen immer parat hatte. Doch dann überlegte er es sich auf einmal anders. „Unsinn, es hat *nur* damit zu tun!" Er strich ihr mit einem Finger über das nackte Bein und spielte ein wenig mit dem ausgefransten Saum ihrer sehr kurz abgeschnittenen Jeans.

Mallory nahm seine Hand und unterbrach damit sein absichtliches Ablenkungsmanöver. Die Wärme ihrer Hände beruhigte ihn so weit, dass er weiterreden konnte.

„Anfangs dachte ich, ich würde Rechtsanwalt werden, um meinen Vater aus dieser unerträglichen Ehe zu befreien."

„Und später?"

„Später wurde mir klar, dass er irgendwann angefangen hatte, sich auf eine kranke Art in seiner Lage wohl zu fühlen. Oder jedenfalls nicht die Kraft aufbringen wollte, daraus zu entkommen. Aber da war ich beruflich schon zu weit gekommen. Ich stand kurz vor der Teilhaberschaft, du kennst das Spiel. Das wollte ich nicht aufgeben und machte eben einfach weiter."

„Und wurdest der Terminator."

„Ja. Während meine Eltern immer noch verheiratet sind und sich gegenseitig das Leben zur Hölle machen.“

Das Cabrio fuhr beinahe im Schritttempo die Küstenstraße entlang. Für eine Weile schwiegen sie und sahen zum Strand hinüber. Jetzt, da er diese Wahrheit einmal ausgesprochen hatte, fühlte Jack sich merkwürdig befreit.

„Was ist mit deiner Mutter?“, fragte Mallory dann weiter. „Warum erträgt sie diese Ehe?“

„Sie hat ja kein Problem mit ihrer Untreue. Mein Vater zwar schon, aber er schafft es nicht, die Scheidung einzureichen. Und sie würde nur verlieren, wenn sie statt seiner die Initiative ergreifen würde.“ Zumindest bis jetzt, fügte er in Gedanken hinzu. Vielleicht raffte sein Vater sich ja eines Tages doch noch auf.

„Wie schrecklich“, sagte Mallory nachdenklich. „Und so ganz anders als bei meinen Eltern. Was wieder einmal beweist, dass weder das eine noch das andere Extrem gesund ist.“

„Kann schon sein.“ Jack atmete tief die salzige Meeresluft ein. Er hatte noch nie über seine familiären Angelegenheiten gesprochen. Bei Mallory fiel es ihm erstaunlich leicht. Seine Geheimnisse schienen bei ihr in guten Händen zu sein.

Er selbst wäre es auch gern gewesen, insbesondere gewisse Körperteile, die sich so sehr danach sehnten, von diesen schlanken, weichen Händen umfasst zu werden.

„Also weigerst du dich, eine Ehe für dich in Betracht zu ziehen?“, fragte sie weiter. „Aus Angst, dass es dir genauso ergeht? Dass du genauso verletzt wirst wie dein Vater?“

„Scheint so.“

Er fand es erstaunlich, dass sie dieses Verhalten nicht weiter bewertete, sondern einfach nur verstand und zur Kenntnis nahm. Dabei probten seine heimlichen Träume von Eheglück gerade den Aufstand, wehrten sich mit Macht gegen die Schranken, hinter die er sie verbannt hatte. Und sie waren fest entschlossen, sich ganz konkret mit Mallory zu beschäftigen. Dieser Aufruhr bedrohte aber die bequeme Unverbindlichkeit, mit der er bisher gelebt hatte.

Er sah zu Mallory hinüber. Die Sonnenbrille, die sie vorhin im Geschäft so begehrlich betrachtet hatte, saß ihr keck auf der Nase, während ihre schwarze Mähne vom Wind zerzaust und ihre Wangen von der frischen Luft gerötet waren. Genau so sah sie bestimmt aus, wenn sie eine leidenschaftliche Nacht hinter sich hatte. Mit ihm.

Verdammt noch mal, warum konnte er die ganze Sache nicht einfach nur als Sexaffäre betrachten? Hatte er wirklich geglaubt, es würde ihm helfen, die Ferienanlage zu verlassen? Alles, was er mit diesem Ausflug hier erreichte, war, dass Mallory und er sich noch näher kamen. Weder war er hier draußen weniger scharf auf sie noch nahm die seltsame Anziehungskraft zwischen ihnen beiden ab.

„Und *deine* Träume?", fragte er. „Versagst du dir die auch?"

Sie nickte. „Ich wurde älter, fand mich mit dem Leben ab, wie es eben war, und beschloss, in meines Vaters Fußstapfen zu treten, damit er vielleicht doch noch auf mich stolz sein konnte."

„Schade für dich. Ich werde nämlich das Gefühl nicht los, du würdest noch eine Menge unentdeckter Träume in dir finden, wenn es anders wäre."

Mallory stützte ihr Kinn auf die hochgezogenen Knie und sah Jack aus den Augenwinkeln heraus an. „Vielleicht stimmt es ja auch gar nicht. Es ist doch gar nicht möglich, dass man sich seinen Träumen völlig verschließen kann. Ich kann es nicht, und du auch nicht."

Noch heute Morgen hätte er jeden solchen Gedanken weit von sich gewiesen, hätte es für schlicht unmöglich gehalten, dass er noch andere Zukunftsträume haben könnte als das Leben, wie er es sich eingerichtet hatte. Alle Frauen schienen wie seine Mutter zu sein, und Ehe war nur in der Form möglich, die seine Eltern ihm vorlebten.

Und jetzt …

Mallory lachte auf, ehe seine Gedanken noch weiter mit ihm durchgehen konnten. „Ich dachte immer, Machos haben keine Träume, und wenn doch, dann würden sie es niemals zugeben!"

Ihr helles, sorgloses Lachen wirkte auch auf ihn befreiend. Die Spannung, die eben noch zwischen ihnen geherrscht hatte, verschwand, als wäre sie nie da gewesen. Das Beste aber war, dass Mallory nichts von ihm forderte. Sie wollte nicht mehr als dieses verbotene Zusammensein mit ihm. Warum also machte er sich so ernsthafte Gedanken über Beziehungen, Ehe und die Zukunft?

Die Landschaft weckte jetzt seine Aufmerksamkeit. Sie hatten die Villengegend hinter sich gelassen. Nichts als der leere Strand lag sonnenbeschienen vor ihnen. Jack entdeckte eine unbefahrene Abzweigung unterhalb einer Strandpromenade, wo er parken konnte. Er bog ein und hielt an einer versteckten Stelle mit ungehinderter Sicht auf das Meer. Dass sie hier von Touristen gestört würden, war eher unwahrscheinlich, denn noch immer befanden sie sich in einer ziemlich exklusiven Gegend.

Jack dachte an Eva, die Managerin des Fitnessstudios, und dankte ihr im Stillen für diesen Tipp. Bloß gut, dass Mallory nichts davon wusste, sonst wäre sie wahrscheinlich quittegelb geworden vor Eifersucht.

Er stellte den Motor ab, und noch bevor er etwas sagen konnte, kletterte Mallory nach hinten auf den Rücksitz und winkte Jack zu sich.

Erstaunt sah er sie an, blickte sich dann bedeutungsvoll um und fragte: „Bist du sicher?"

„Du hast wohl Angst, erwischt zu werden, was?"

Er öffnete die Tür, stieg aus und kam zu ihr auf den Rücksitz. „Wie unanständig von dir, Mallory", tadelte er halbherzig. „Darf ich dich außerdem daran erinnern, dass ich es war, der die Einladung ausgesprochen hat?" Damit zog er sie in seine Arme und gab ihr den Kuss, nach dem er sich schon den ganzen Nachmittag gesehnt hatte.

Mallory leistete keinerlei Widerstand. Ihre Lippen öffneten sich bereitwillig und nahmen ihn auf, tiefer als er für möglich gehalten hatte. Er ließ seinen Mund auf ihren vollen Lippen hin und her gleiten, liebkoste dann kurz ihre Wange und bedeckte endlich auch ihren Hals mit feuchten Zärtlichkeiten. Tief atmete er den Duft ihres Parfüms ein.

„Du riechst ja so was von gut", murmelte er.

„Na, dann mach weiter", antwortete sie und neigte den Kopf ein wenig, damit seine Zunge besser über ihr Schlüsselbein spielen konnte.

Er zog den oberen Rand ihres Tops herunter und hauchte schmetterlingszarte Küsse auf die weiße Haut ihres Brustansatzes.

Mallory erschauerte und gab einen lang gezogenen Seufzer von sich. Dann schockte sie Jack damit, dass ihre Hände sich an seiner Hose zu schaffen machten. Sein Hirn forderte, er solle sie aufhalten, aber diesmal konnte er einfach nicht. Zu lange schon hielt er sich zurück, zu dringend brauchte er Erleichterung.

Er hörte, wie der Knopf aufging, vernahm das Geräusch des sich öffnenden Reißverschlusses, spürte auch, wie der Reißverschluss sich über seine bis zum Bersten gespannte Erektion hinwegbewegte, und all das löste eine weitere Welle überwältigender Begierde aus.

„Mallory, unser erstes Mal wird nicht auf dem Rücksitz eines offenen Cabriolets stattfinden", sagte er dennoch. Sie öffnete den Mund, um etwas zu erwidern, doch er legte ihr schnell einen Finger auf die Lippen. „Shhh. Spar dir die Herausforderung. Diesmal hilft sie nicht."

Mit ihrer rosafarbenen Zunge leckte sie an seinem Finger. Die Berührung durchfuhr ihn wie ein Stromstoß, den er bis in die Lendengegend spürte. Er ballte die Fäuste und legte den Kopf ein wenig zur Seite.

„Gut, wie du willst", sagte Mallory. „Wir können auch ein anderes Spiel spielen."

Sie drückte seine Beine auseinander und ließ sich auf Knien vor ihm nieder. Ihre Hände griffen nach dem Hosenbund seiner Shorts, und er ächzte nur noch.

„Komm schon, beweg dich!", forderte sie ungeduldig.

Er mochte es, wenn sie Befehle erteilte, und seine Hüften bewegten sich ruckartig ein Stück vorwärts.

Mallory lachte. „So hatte ich das nicht gemeint."

„Ich weiß, was du gemeint hast", stieß er hervor. Die Erregung war kaum noch zu ertragen. „Ich kann bloß nicht glauben, dass du das tatsächlich hier machen willst."

In ihren Augen stand echte Leidenschaft. „Oh, ich schon."

Sie griff nach der Decke, die er vorhin zusammen mit der Sonnenbrille im Geschenkladen gekauft hatte, falls sie unterwegs Lust bekommen sollten, ein Picknick am Strand zu machen. „Ja, was haben wir denn da? Wofür mag das wohl gedacht sein?"

„Die habe ich aus einem anderen Grund mitgebracht."

„Meinetwegen. Ist ja nicht deine Schuld, wenn meine Fantasie etwas reger arbeitet als deine. Wir Frauen sind da halt anders." Sie bewegte viel sagend ihre Augenbrauen. „Und jetzt heb endlich den Hintern!"

„Herrschsüchtiges Luder!"

„Klar, das gefällt dir doch."

Wo sie recht hatte, hatte sie recht. Er sah sich noch einmal um. Weit und breit waren weder Autos noch irgendwelche Leute in Sicht. Aber man wusste ja nie, also nahm er die Decke und hängte sie über die Kopfstützen der Vordersitze.

„Nur für den Fall", erklärte er.

Mallory prustete los. „Du kannst ja mich und deine untere Hälfte zudecken, wenn dir das lieber ist."

Er verdrehte die Augen. „Und wie soll ich dann bitte erklären, was ich hier mache, allein auf dem Rücksitz eines Autos und bei dieser Hitze mit einer Decke zugedeckt?"

„Du bist doch ein kluger Kerl. Ich bin sicher, dir fällt was Plausibles ein."

Nein, er würde einfach viel zu abgelenkt sein, um überhaupt ein verständliches Wort von sich geben zu können! Er hob seinen Hintern an, und half Mallory, seine Shorts herunterzustreifen. Wenig später war seine Erektion entblößt, ungeduldig Mallorys Hände erwartend.

Und sie vergeudete keine Zeit mehr. Jack sah zu, wie sie ihre feingliedrigen Finger um seine pralle Männlichkeit legte. Die Finger waren wärmer und kräftiger, als sie aussahen. Ein Schauer durchrann ihn von oben bis unten, und er lehnte seinen Kopf zurück, um stöhnend auszuatmen.

„Sieh mir zu, Jack."

Er öffnete die Augen. Für diese Macke von ihr, immer alles bestimmen zu wollen, würde er sich später rächen. Jetzt im Moment gefiel ihm viel zu sehr, was sie da trieb. Das musste er erst einmal genießen.

Also sah er ihr zu.

Sie senkte den Kopf und leckte an ihm.

„Oh, Mann!“ Sein Ausruf glich mehr einem Keuchen, das er hervorstieß, während er seine Hüften einmal mehr ruckartig nach vorn schob und beinahe auf der Stelle gekommen wäre.

„Ich nehme an, das gefällt dir?“, fragte Mallory leichthin, als wolle sie nur wissen, ob der Kaffee stark genug sei. Doch diese Worte bedeuteten noch etwas anderes.

Sie bedeuteten, dass Mallory so etwas noch nicht oft getan hatte, und diese Tatsache schmeichelte seinem Stolz als Mann. Mehr noch, es löste ein überwältigend starkes Gefühl in ihm aus, ein so außerordentlich berührendes Gefühl, dass er nicht einmal wagte, es zu benennen. Und wenn er es gewagt hätte, so wäre es ihm dennoch nicht gelungen, denn er hatte diesen Gedanken kaum gedacht, da verging ihm Hören und Sehen, weil Mallory schon wieder etwas anderes tat: Sie nahm ihn in ihren warmen, feuchten, bereitwilligen Mund.

Gleichzeitig ließ sie ihre Hände mit festem Griff auf und ab gleiten, den Rhythmus perfekt auf das abgestimmt, was ihr Mund weiter oben veranstaltete. Wenn es stimmte, dass er eine Art Versuchskaninchen war, dann war sie ein beachtliches Naturtalent. Sein Becken begann sich ganz ohne sein Zutun zu bewegen. Es machte einfach, was es wollte, schob sich in hastigen Stößen nach vorn und wieder zurück und wieder nach vorn …

Mallory arbeitete unermüdlich mit ihren weichen Lippen und der beweglichen Zunge, während ihre Hände beängstigend einfühlsam mit ihm spielten. Immer wieder trieb sie ihn fast bis zum Höhepunkt, hielt aber jedes Mal inne oder verringerte den Druck, um Jack wieder etwas zu sich kommen zu lassen. Sie schien vorerst nicht gewillt, ihn endlich zu erlösen.

„Mallory, bitte …“

Kaum hatte er das gestöhnt, wurde er sich bewusst, dass er noch nie um Erlösung gefleht hatte. Aber das hier war Mallory, und ganz gleich, ob sie in diesem Job Erfahrung hatte – sie machte ihn jedenfalls unglaublich gut.

Ohne Vorwarnung änderte sie den Griff und umfasste fest den Ansatz seines Penis.

„Oh Gott, jetzt bitte nicht wieder aufhören!“, stieß er verzweifelt hervor, aber das schien sie auch gar nicht vorzuhaben. Er hatte das

Gefühl, wie eine riesige Feuerwerksrakete zu explodieren. Sämtliche Nervenenden in seinem Körper vibrierten wie unter Strom.

Gleich, gleich … Er griff nach Mallory, zog sie zu sich hoch und setzte sie sich auf den Schoß. Sie machte sofort mit und presste ihre Schenkel gegen seine, um mehr Halt zu haben. Dann ließ sie wie verrückt ihre Hüften auf ihm kreisen. Ein letztes Mal stieß er sein Becken nach vorn und erlebte einen enormen Höhepunkt, süßer und befreiender als je zuvor.

Leider geschah dies, ohne dass er sich mollig warm und weich in Mallory befand. Wirklich schade, aber wenigstens war sie dort, wo sie hingehörte, während er kam, nämlich auf seinem Schoß. Sie sehnte sich nach ihren eigenen Höhepunkt und fing seine ekstatischen Zuckungen ab, die diesmal länger als sonst anhielten.

Befreit verschloss er Mallorys Mund mit seinen Lippen und presste ihr beinahe brutal die flache Hand auf den von Jeansstoff bedeckten Schritt. Sie stöhnte auf und drückte ihm ihr Becken entgegen.

„Ja, genau", ermutigte er sie. „Komm, lass es mich fühlen."

Er tat sein Bestes, um sie immer weiter zu erregen. Sie ließ ihre Hüften auf ihm kreisen, dem Rhythmus seiner Hand folgend.

„Stärker, Jack, bitte … bitte …"

Ihre atemlos hervorgestoßenen Worte erweckten seine Lenden zu neuem Leben, und einen Augenblick später kam auch sie mit derselben Intensität wie er eben.

Erschöpft ließ sie sich gegen ihn sinken, den Kopf an seine Schulter gelegt, wo ihr keuchender Atem ihm heiß übers Ohr strich.

Mallory versuchte sich zu bewegen, konnte aber nicht.

„Ich komme gar nicht mehr zu Atem", stellte sie fest.

Er spielte mit ihren Haaren. „Das ist wohl eher normal, wenn man bedenkt, was dich so aufgeregt hat."

Sie lachte leise. „Stimmt", sagte sie und war froh. Sie hatte ihm Vergnügen bereiten wollen, und das war ihr zweifellos gelungen. Er hatte ihr zwar Gleiches mit Gleichem vergolten, aber so richtig befriedigt war sie noch immer nicht. Sie wusste auch nur allzu gut, warum das so war. Es fehlte noch etwas. Etwas Wichtiges.

Daran hatte sie schon gedacht, als sie vor dem Losfahren ihr schlichtes, graues Kleid ausgezogen hatte und in die Jeans-Shorts und das Trägertop geschlüpft war. Und sie hatte es mit eingeplant.

„Jack?" Sie hob ihren Kopf langsam von seiner Schulter und sah ihm direkt ins Gesicht.

„Ja?", fragte er und blickte sie mit dunklen Augen an.

„Dir ist doch hoffentlich klar, dass wir noch nicht fertig sind, oder?“

Er lehnte lachend den Kopf nach hinten gegen die lederbezogene Lehne der Rückbank und fuhr sich mit der Hand durch die schwarzen Haare. „Also, ich bin ziemlich fertig, würde ich sagen.“

Sie stupste ihm freundschaftlich gegen die Schulter. „Das meine ich nicht.“

Natürlich hatte sie keineswegs vor, sich allzu weit auf einen Kerl einzulassen, der Beziehungen nur insofern ernst nahm, als er sie zu vermeiden suchte. Aber sie würde sich nehmen, was sie kriegen konnte.

Sie griff nach ihrer Handtasche, öffnete den Reißverschluss auf der Außenseite und holte einen Seidenschal hervor.

„Moment mal, ich zieh doch keine Weibersachen an!“, protestierte er grinsend.

Mallory lachte auf, noch immer atemlos. „Das will ich auch stark hoffen!“

Er sah ihr tief in die Augen und streichelte zärtlich ihre Wade.

„Nicht jetzt“, ließ sie ihn wissen und ignorierte das auch in ihr neu erwachende Verlangen. Sie legte Jack das seidene Tuch um den Nacken und zog ihn dann an den Enden dicht zu sich heran, bis seine Lippen nur noch Millimeter von ihren entfernt waren.

„Das bringst du mir heute Abend in mein Zimmer“, ordnete sie an.

Sein Gesicht leuchtete erwartungsvoll auf. „In dein Zimmer? Nicht ins Strandhaus?“

„Ich hätte es gern wieder gemietet, nur habe ich leider kein Geld mehr dafür. Aber keine Sorge, für das, was ich plane, brauchen wir das Strandhaus nicht.“ Sie drückte ihm einen Kuss auf den Mund.

„Du bringst mich um“, sagte er und küsste sie zurück.

„Da wär ich ja schön blöd“, erwiderte sie und bewegte viel sagend ihre Hüften. „Schließlich will ich ja noch was von dir.“

„Du fühlst dich gut an.“

„Warte erst mal bis heute Abend! Und lass dir eins gesagt sein: Macht ist nur eine Illusion. Also – um acht bei mir im Zimmer!“

Mit diesen Worten glitt sie von seinem Schoß, bevor ihr Verlangen nach diesem Mann sie wieder schwach werden ließ, und kletterte zurück auf den Beifahrersitz.

12. KAPITEL

Mallory lag auf ihrem Bett und betrachtete nachdenklich die Zimmerdecke. Sie hatte Jack heute Freude bereitet und dabei die ganze Zeit gewusst, dass sie ihn liebte. Wenn sie heute Nacht mit ihm schlief, würde sie es immer noch wissen. Und es würde ihr immer schwerer fallen, ihn wieder gehen zu lassen.

Was als Spiel angefangen hatte, war auf einmal ein wichtiger Teil ihres Lebens geworden. Erinnerungen, die sie in ihrem Herzen aufbewahren und für den Rest ihres Lebens sorgsam hüten würde. Erinnerungen an den Spaß, den sie miteinander gehabt hatten, und daran, wie er sich in ihr angefühlt hatte. Sie dachte an das Tuch, das sie vorhin von der Kommode genommen und ihm später gegeben hatte. Auch ihm würde sie unvergessliche Erinnerungen schenken.

Sie wollte nicht, dass er Mallory Sinclair jemals vergessen konnte. Denn eines wusste sie ganz genau: Sie würde *ihn* niemals vergessen.

Es blieben ihr nur ein paar Stunden, um ihr Zimmer und sich selbst herzurichten. Sie bebte vor Aufregung, während sie sich jetzt auszog. Eine heiße Dusche, ein hastiges Abendessen und noch ein paar letzte Handgriffe, und sie würde für Jack bereit sein.

Jemand klopfte kräftig an ihre Tür.

„Komme schon!", rief sie, zog sich schnell den Morgenmantel über und sah durch den Spion.

„Jack?"

Sie hatte damit gerechnet, ihn vor heute Abend nicht mehr zu Gesicht zu bekommen. Da konnte etwas nicht stimmen. Sie löste die Sicherheitskette der Tür und öffnete schnell. „Was ist passiert?"

Sein Gesicht wirkte starr und emotionslos. „Ich muss schnell zurück nach New York."

„Ist was passiert?" Mallory machte eine Geste, er möge doch eintreten, und er kam ihrer unausgesprochenen Aufforderung nach.

Die Tür fiel hinter ihm ins Schloss, und sie beide standen dicht voreinander in dem schmalen Korridor, der ins Zimmer führte.

„Ein Notfall", sagte er dumpf. „In der Familie." Er lehnte sich gegen die beigefarbene Wand und schob die Hände in die Hosentaschen. Seine grauen Augen wirkten wie Stahl und spiegelten die Eiseskälte in seiner Stimme wider.

Sie betrachtete ihn mit stillem Unbehagen. Natürlich durfte sie seine Veränderung nicht persönlich nehmen, aber sein reserviertes Verhalten ihr gegenüber tat ihr trotzdem weh. Die Hände zur Faust geballt, widerstand sie der Versuchung, impulsiv zu reagieren und die steilen

Falten auf seiner Stirn wegzustreicheln oder seine körperliche Anspannung mit ein paar Massagegriffen zu lösen.

Er machte nicht den Eindruck, als wäre er jetzt empfänglich für solche intimen Gesten. Und in ihrer momentanen Verfassung hätte sie eine deutliche Zurückweisung wohl kaum verkraftet.

Dabei wollte sie ihm so gern helfen! Und das erinnerte sie daran, dass von ihrer professionellen Distanziertheit nicht mehr viel übrig war. Wer verliebt war, konnte nicht objektiv bleiben. Das war allgemein bekannt.

Den Bindegürtel des Morgenmantels fester fassend, meinte sie nur: „Vielen Dank, dass du mich informierst."

„Ich wollte nicht ohne eine Erklärung verschwinden."

Mallory glaubte, einen Schimmer von Gefühl in seinen Augen zu erkennen, und hoffte inständig, dass sie sich das nicht nur einbildete. Sie war nicht nur enttäuscht, sondern auch zutiefst besorgt. Was immer das auch für ein Notfall sein mochte, die Sache ging ihm nahe genug, um ihm gründlich die Stimmung zu verderben.

Sie vermutete, dass es mit seinen Eltern zu tun hatte, hütete sich aber wohlweislich nachzufragen. Wenn er sie ins Vertrauen ziehen wollte, würde er das von sich aus tun.

„Wann musst du los?", fragte sie ruhig.

Er sah auf seine Armbanduhr. „In fünfzehn Minuten werde ich mit einem Auto abgeholt."

Nervös begann sie, ihre Finger in den weichen Frotteestoff des Hotelmorgenmantels zu krallen und wieder zu lösen. Sie wusste nicht recht, was sie noch sagen sollte. „Kann ich irgendetwas für dich tun?", fragte sie schließlich.

Jack schüttelte den Kopf. „Halt einfach weiter die Ohren auf."

„Rogers müsste mich bald wieder anrufen."

„Ich setze mich mit dir in Verbindung, sobald ich zurück bin."

Sie spürte, die Sache nahm ihn so sehr mit, dass er sich auf geschäftliche Dinge nicht konzentrieren konnte.

„Was schätzt du, wann das sein wird?", fragte sie.

„Ich hoffe, dass ich den letzten Flug heute Abend schaffe." Er drehte sich um und legte die Hand auf den Türknauf. Mallory hatte keine Ahnung, warum sie plötzlich das Gefühl hatte, dies sei ein endgültiger Abschied. Aber allein die Möglichkeit, dass es so sein könnte, versetzte sie in solche Panik, dass es ihr nicht länger gelang, auf impulsives Handeln zu verzichten.

„Jack, warte!"

Er hielt inne.

„Ich werde hier sein, wenn du zurückkommst", sagte sie.

Sie wusste, dass sie sich nicht genauer auszudrücken brauchte. Sie waren einander schon zu nahe gewesen, als dass er ihre Worte hätte missverstehen können.

Er drehte sich zu ihr um, griff nach ihrer verkrampften, in den Frotteestoff gekrallten Faust und löste sie vorsichtig. „Weißt du", begann er ungerührt, und sie wappnete sich innerlich, „ich habe die Erfahrung gemacht, dass Frauen immer irgendwas im Schilde führen."

Sie erstarrte bei diesen Worten, gewappnet oder nicht. Es fiel ihr dennoch nicht schwer, sich in seine Situation hineinzuversetzen. Er hatte Untreue mit angesehen und selbst erlebt, seitdem er denken konnte. Und deswegen weigerte er sich, feste Beziehungen einzugehen oder Vertrauen zu schenken.

„Da frage ich mich natürlich", fuhr er fort, „was *du* wohl planst?"

Hatte sie tatsächlich geglaubt, gewappnet zu sein gegen verletzende Worte, besonders von ihm? Nun, es war ein Irrtum gewesen. Seine Unterstellung verletzte sie tief. Richtig, sie war es gewesen, von der die erste Einladung ausgegangen war. Jack wusste auch, dass sie beruflich ein klares Ziel verfolgte. Logisch also, dass er verborgene Zusammenhänge vermutete. Doch sie hatte ihr Herz an diesen Mann verloren und wünschte sich jetzt inständig, er möge doch einfach hineinsehen, anstatt Fragen zu stellen, die er sich selbst beantworten konnte, wenn er wollte. Sie hatte ihm genug von sich erzählt.

Aufrecht stand sie vor ihm und sah ihm gerade in die Augen. „Gar nichts plane ich. Und es geht schon lange nicht mehr um die Teilhaberschaft, falls du das denken solltest. Ich hätte mir deine Unterstützung nämlich auf weit ungefährlichere Art sichern können als mit einer erotischen Einladung."

Sie zwang sich zu einem Lächeln, um ihn weicher zu stimmen und davon zu überzeugen, dass es ihr lediglich um seine Gefühle ging und um sonst gar nichts. Es funktionierte. Sein eben noch eisiger Blick wurde plötzlich warm und liebevoll.

„Stimmt", gab er zu und fuhr leicht mit dem Daumen über ihre Lippen. Diese federzarte Berührung weckte in Mallory eine ungeheure Sehnsucht, und sie spürte, wie sie zwischen den Beinen heiß und feucht wurde.

Sie sahen einander unverwandt in die Augen.

„Was also willst du, Mallory?" In seinem rauchgrauen Blick mischten sich Neugier und Verlangen.

„Dich", antwortete sie ehrlich und mit mehr Offenheit als beabsichtigt. „Ich will dich und dein Vertrauen."

Er umfasste ihr Kinn und hob es zu sich auf. „Ersteres schenke ich dir", entgegnete er, und die Luft zwischen ihnen knisterte förmlich vor unterschwelliger Leidenschaft. „Letzteres schenke ich niemandem."

Sein Blick war so voller Entschlossenheit, dass Mallory erkannte, wie sehr er selbst an diese Worte glauben wollte. Dabei wussten sie beide, dass die starken Gefühle zwischen ihnen alles ändern konnten.

Wenn er sie bei seiner Rückkehr sehen wollte, würde er wissen, wo sie zu finden war. Und er würde sich auf einiges gefasst machen müssen. Was er da eben über sein Vertrauen gesagt hatte, war für sie nichts anderes als eine weitere Herausforderung. Und Herausforderungen machten sie bekanntlich erst richtig kreativ. Erst recht, wenn es um den Mann ging, den sie liebte.

Mallory war auf dem Weg ins Restaurant, mit einem Taschenbuch in ihrer Schultertasche. Sie wollte nur ein leichtes Abendessen zu sich nehmen, aber insgeheim verfolgte sie noch eine andere Absicht. Jetzt, wo Jack nicht da war, hatte sie die einmalige Gelegenheit, auf ganz spezielle Weise nach Informationen über Leatherman zu suchen.

Sie aß Salat mit Putenbrust, trank ein Mineralwasser dazu und wollte sich schon wieder auf den Weg in ihr Zimmer machen, da sah sie Alicia Leatherman das Restaurant betreten. Mallory behielt ihr Buch aufgeschlagen, suchte jedoch Blickkontakt zu Alicia.

Es war natürlich ausgeschlossen, sich vor aller Augen mit ihr an einen Tisch zu setzen, um sich zu unterhalten. Aber wenn die Frau von sich aus auf Mallory zukam, würde sie nicht so unhöflich sein, das Gespräch abzulehnen.

Alicia ließ einen prüfenden Blick durch das Restaurant schweifen, zweifellos um zu kontrollieren, dass alles seinen ordnungsgemäßen Lauf nahm. Das bestärkte Mallory in ihrer Vermutung, Mrs Leatherman habe erheblichen Anteil am Hotelmanagement, was die Scheidung nicht so einfach machen würde, wie Mr Leatherman hoffte.

Als Alicia Mallory entdeckte, leuchteten ihre Augen auf. Mallory hielt diesem Blick stand, bis Alicia entweder wegsah oder zu ihr an den Tisch kam. Alicia entschied sich für Letzteres.

„Ich nehme an, Sie waren mit dem Abendessen zufrieden?", erkundigte sie sich freundlich.

„Ja, der Salat war hervorragend. Die Speisekarte ist auch sehr abwechslungsreich."

„Nett, dass Sie das sagen, denn die habe ich selbst mit dem Koch zusammengestellt!", freute sich Alicia. Sie hielt einen Moment inne und fragte dann: „Hätten Sie etwas dagegen, wenn ich mich zu Ihnen setze?"

Mallory hütete sich, ihre Freude zu zeigen. „Nein, wie sollte ich? Aber wurde Ihnen nicht geraten, sich einen eigenen Anwalt zu suchen?"

Sie fand Mrs Leatherman immer sympathischer, daher lag ihr daran, dass sie sich endlich um ihre Zukunft kümmerte.

Alicia setzte sich Mallory gegenüber und winkte der Kellnerin. „Kaffee?", fragte sie Mallory.

Mallory nickte. „Ja, gern."

„Wussten Sie, dass meine Tochter Jura studiert?", fragte Alicia, nachdem sie bestellt hatte, und strich sich eine braune Haarsträhne aus dem Gesicht.

„Nein, wusste ich nicht. Macht es ihr Spaß?"

Alicia lächelte. „Sie ist sich noch nicht sicher."

„Das klingt, als ob sie bei klarem Verstand ist." Mallory lachte. „Richten Sie ihr doch bitte von mir aus, dass man beim Studium zwar nützliche Dinge lernt, dass es aber mit dem wirklichen Leben wenig zu tun hat."

„Da ist was Wahres dran." Alicia spielte mit einem der silbernen Löffel auf dem Tisch. „Aber was hat schon mit dem wirklichen Leben zu tun?"

Mallory verstand die unausgesprochene Botschaft. Sie sprachen hier nicht über das Leben im Allgemeinen.

„Ich kann mir vorstellen, dass Sie gerade eine schwere Zeit durchmachen", sagte sie einfühlsam, aber ohne übertriebenes Mitgefühl.

Schmerz trat in Alicias Augen. „Nein, das können Sie nicht. Fassen Sie es bitte nicht als Vorwurf auf, aber wir reden hier von einer Ehe, die fünfundzwanzig Jahre gehalten hat. Und es war mehr als nur eine Ehe. Es war eine echte Partnerschaft zwischen zwei gleichberechtigten, offenen Menschen. Nie hätte ich gedacht, dass es mal so enden würde."

Offenbar war Alicia sehr aufgebracht darüber, was aus ihrer Ehe geworden war.

„Sie hatten den Eindruck, dass es eine stabile Partnerschaft war?", fragte Mallory nach.

Alicia schüttelte den Kopf. „Verstehen Sie mich nicht falsch. Ich kenne die Charakterschwächen meines Mannes wie meine eigenen. Aber ich dachte, wir würden mit allem fertig werden. Ich dachte sogar, wir hätten es schon geschafft."

Mallory sah ihr in die Augen. Alicia war älter und erfahrener als sie selbst. Zwar litt sie unter dem Verhalten ihres Mannes, bewies dabei jedoch eine Stärke und Entschlossenheit, die Mallory imponierte.

„Und Sie glauben es immer noch, nicht wahr?", fragte sie.

„Wenn man jemanden liebt, dann vertraut man ihm. Und man

möchte, dass derjenige einem genauso vertraut. Das ist eine sehr einfache Sache.“

Wem sagen Sie das. Mallory dachte sofort an Jack. Kein Wunder, wo sich doch in den vergangenen Tagen mit ihm alles um das Thema Vertrauen gedreht hatte.

„Und“, fuhr Alicia fort, ohne etwas von Mallorys Gedanken zu ahnen, „man möchte daran glauben, dass man alles überwindet und ein Leben lang zusammenbleiben kann, wenn man einander nur vertraut. Aber Glauben ist die eine Sache, Realität eine andere. Ich laufe nicht mit geschlossenen Augen durch die Gegend. Wenn es so weit ist, werde ich schon sehen, wo ich bleibe. Ich weiß nur, dass das, was wir gehabt haben, stabil war, auch wenn Paul sich verändert hat.“ Alicia hob sie den Blick und sah Mallory wieder an. „Haben Sie je geliebt?“

„Nein. Noch nie“, log Mallory schnell. Sie durfte nicht zulassen, dass sie dieser freundlichen Frau gegenüber ihr Herz ausschüttete. Und sie durfte genauso wenig über deren Ansichten nachdenken. Liebe. Vertrauen. Und beides ein Leben lang.

„Dann entgeht Ihnen der wahre Sinn des Lebens. Das kann ich ohne Verbitterung sagen, selbst wenn meine Ehe vermutlich geschieden werden wird. Sie sind zu jung und zu hübsch, um nur Rechtsanwältin zu sein und auf alles andere zu verzichten.“

Alicia sprach ruhig und voller Überzeugung. Sie wusste, was sie sagte, denn sie hatte geliebt und war geliebt worden.

Von Anfang an hatte Mallory sich zu dieser Frau hingezogen gefühlt. Das war nicht zu leugnen. Sie war so warmherzig und aufmerksam wie Mallorys Mutter es nie gewesen war. Natürlich musste eine reifere Frau, die im Gegensatz zu Mallorys Mutter großen Wert auf Vertrauen und Verständnis legte, Mallorys Zuneigung hervorrufen.

Alicia tätschelte ihr die Hand und verabschiedete sich. Erst da wurde Mallory bewusst, dass sie eine günstige Gelegenheit vertan hatte, die Frau ihres Mandanten auszuhorchen.

Dafür hatte sie eine mütterliche Gesprächspartnerin gehabt und wieder etwas mehr über die Liebe gelernt.

Jack rieb sich die Augen und holte tief Luft. Nach wie vor herrschte zu Hause Ausnahmezustand, aber es war ihm wenigstens gelungen, seinen Vater zu beruhigen und ihn zu überzeugen, dass es besser war, wenn Jack am Steuer säße, um sie beide zu Jacks Schwester nach Connecticut zu bringen. Dann würde seine Mutter ein leeres Nest vorfinden, wenn sie mit ihrem neusten Freund nach Hause kam, um ihre Sachen abzuholen.

Er lehnte den Kopf gegen die Nackenstütze, während er in einem Mietauto zurück zu Leathermans Ferienanlage fuhr.

Die Ehe seiner Eltern gehörte genau in jene Kategorie, die er Mallory neulich beschrieben hatte. Es handelte sich nur noch um zwei Menschen, die aus Bequemlichkeit zusammenblieben. Sein Vater fand es unvorstellbar, nicht mehr mit der Frau verheiratet zu sein, die er einmal geliebt hatte. Dabei schien es Jack ausgeschlossen, dass von solchen Gefühlen überhaupt noch etwas übrig war. Sein Vater war einfach nicht Manns genug aufzubegehren. Und seine Mutter fand es überaus bequem, sich durch die verschiedensten Betten schlafen zu können, ohne auf ihre finanziellen Vorteile als verheiratete Frau verzichten zu müssen.

So war er aufgewachsen. In einem Haus, in dem zwei Menschen mehr oder weniger friedlich nebeneinanderher lebten, war er viel zu früh erwachsen geworden und ein Zyniker obendrein. Nach allem, was er in seiner Kindheit und später im Beruf erlebt hatte, war es ihm unmöglich, Dinge wie Ehe oder auch nur einfache Liebesbeziehungen mit Mallorys Optimismus zu betrachten. Mochte sie sich ruhig so etwas wünschen. Es gefiel ihm ja sogar an ihr, dass sie solchen rosaroten Träumen nachhing.

Allerdings war abzusehen, dass früher oder später ein Typ in ihrem Leben aufkreuzen würde, der sie von diesen romantischen Hirngespinsten kurierte. Jack konnte nur hoffen, dass es anders kam und dieser Typ sie doch nicht dadurch enttäuschte, dass er ihre Illusionen zerstörte.

Und er hoffte inständig, dass nicht *er* dieser Mistkerl sein würde.

Natürlich mahnte ihn sein Verstand, geradewegs in sein Hotelzimmer zu gehen, um noch ein wenig Schlaf zu bekommen. Doch als er schließlich vor dem Nobelhotel hielt, wusste er, dass er heute Nacht nicht allein schlafen würde.

Er griff in die Tasche und zog das schwarze Seidentuch hervor, das Mallory ihm gegeben hatte. Es erinnerte ihn daran, was ihn erwartete, nun, da er den Albtraum mit seiner Familie hinter sich gebracht hatte.

Mallory hatte kaum Fragen gestellt, nur mit ruhiger, verständnisvoller Stimme erklärt, dass sie auf ihn warten würde. Und er, Jack, der Mann, der von Vertrauen nichts hielt, vertraute darauf, dass sie ihr Wort halten würde. Hatte er denn eine Wahl? Er kam fast um vor Sehnsucht. Es war nicht einfach das übliche sexuelle Verlangen, was da in ihm brannte, sondern die alles verzehrende Sehnsucht nach einer bestimmten Frau.

Nach ihr.

Wenn er daran dachte, was er gerade erst wieder zu Hause erlebt hatte, hätte ihn diese Erkenntnis zutiefst verstören müssen. Das lag bestimmt daran, dass er ja genau wusste, seine Affäre mit ihr würde nicht von Dauer sein. Und Mallory wusste das so gut wie er.

Warum also fiel es ihm zunehmend schwerer, an jene selbst gefassten Grundsätze zu glauben, die ihm seit Jahren das Leben erleichtert hatten?

Er gab das Auto ab, betrat die ruhige Hotelhalle, ging an den geschlossenen Läden und der gelangweilten Rezeptionistin vorbei zum Fahrstuhl und drückte den Knopf für die fünfte Etage. Alles schien ihm im Zeitlupentempo zu geschehen. Viel zu lange dauerte es, bis die Fahrstuhltüren sich endlich mit geradezu provokativer Gemächlichkeit schlossen, und noch viel länger dehnte sich die Zeit, bis der Fahrstuhl in der fünften Etage ankam und die Türen sich ebenso quälend langsam wieder auseinanderschoben.

Jack hob die Hand und stellte fest, dass sie zitterte. Er war total aufgeregt, und zwar nicht, weil er sich nicht sicher war, ob Mallory tatsächlich auf ihn wartete, sondern weil er wie ein pubertierender Bengel nach ihr gierte.

Er lehnte sich gegen den Türrahmen und wartete. Sein Herz hämmerte so irrsinnig laut in seiner Brust, dass Mallory es drin in ihrem Zimmer hören musste. Früher, wenn er die Streitereien seiner Eltern miterlebt und sich über das jämmerliche Verhalten seines Vaters geärgert hatte, war ihm nichts übrig geblieben, als es still und frustriert hinzunehmen.

Jetzt war das anders. Er hatte Mallory. Und er wusste, sie würde sich nicht von ihm abwenden.

Noch einmal holte er tief Luft und klopfte an die Tür.

Mallory brauchte nicht nachzusehen, um zu wissen, wer da vor der Tür stand. Doch als sie öffnete, begriff sie sofort, dass er nicht geklopft hatte, weil sie ihn eingeladen hatte, sondern weil er sie dringend brauchte.

Die abweisende Kälte von heute Nachmittag war einer so unmissverständlichen Verwundbarkeit gewichen, dass sie leicht erschauerte.

„Hallo", sagte er leise und lehnte sich von außen gegen den Türrahmen.

„Hallo", erwiderte sie und bot ihm einladend die Hand.

Seine Finger griffen fest zu, und sie führte ihn in ihr Zimmer. Dann wandte sie sich zur Tür zurück, um sie zu schließen. Als sie sich wieder umdrehte, stand Jack mit dem schwarzen Seidentuch in der Hand da. War er also nur der Einladung gefolgt? Sie ermahnte sich, alles leichtzunehmen und ihre albernen Illusionen zu vergessen. Wenn sie diese Scheinwelt hier erst einmal wieder verlassen hatten, würde Jack ihr gleich nicht mehr so überaus anziehend erscheinen. Sie würde sich in die Arbeit stürzen und dieses Intermezzo hinter sich lassen.

Bis es allerdings so weit war, würde sie weiterhin ihre geheimen Fantasien wahr machen.

Sie ging rückwärts zum Bett. Jack folgte ihr, bis sie gegen das Bett stieß und sich rücklings darauffallen ließ. Mit der Zunge befeuchtete sie sich die trockenen Lippen.

„Zu Hause alles geklärt?“, fragte sie.

Er starrte auf ihre Brust, wie sie sich hob und senkte unter dem seidenen Nachthemdchen, das Mallory so gern zum Schlafen anzog. Seine Pupillen waren groß und dunkel vor Verlangen.

„Darüber reden wir später“, sagte er rau.

Er beugte sich über sie, groß und bedrohlich in seiner fordernden Männlichkeit, und sie verspürte keinerlei Bedürfnis, ihm irgendetwas zu verweigern. Er umfasste mit seinen großen Händen ihren Kopf, während er seinen Unterleib gegen ihren und sie damit tief in die Matratze drückte. Sie fühlte den rauen Jeansstoff über seiner Erektion durch die hauchzarte Seide ihres Slips und meinte, jeden einzelnen Faden zu spüren.

Da ließ er sie los und umklammerte stattdessen mit einer Hand ihre Handgelenke. Er zog ihr die Arme über den Kopf, sodass sie ausgestreckt und gefangen vor ihm lag wie die wehrlose Beute eines Raubtieres. In der anderen Hand hielt er noch immer das schwarze Tuch, und er zeigte es ihr. „Was hattest du denn damit vor?“

Mallory lächelte ihn viel versprechend an. „Darüber reden wir später“, sagte sie und wackelte auf unverschämt deutliche Art mit den Hüften.

„Woher weißt du eigentlich immer so genau, was ich gerade brauche?“, fragte er und erwartete offenbar keine Antwort, denn unmittelbar darauf verschloss er ihr den Mund mit einem leidenschaftlichen Kuss.

Seine Lippen waren heiß, seine Hände sogar noch heißer. Er küsste sie besitzergreifend und erkundete dabei mit groben Bewegungen die Konturen ihres Körpers. Wo er sie berührt hatte, schien ihre Haut in Flammen zu stehen. Ohne viel Zartgefühl streifte er ihr die dünnen Träger des Nachthemdes über die Schultern, um sich mit Lippen und Zunge über ihr entblößtes Dekolletee herzumachen.

Mallory versuchte die ganze Zeit, ihre Handgelenke aus seiner eisernen Umklammerung zu befreien, damit sie schon mal anfangen konnte, ihm die Hose auszuziehen. Aber er hielt sie unnachgiebig fest. Wahrscheinlich brauchte er das Gefühl, sie ganz in seiner Gewalt zu haben. Das war etwas, was sie in ihrer beruflichen Laufbahn stets versucht hatte zu vermeiden – die Unterwerfung durch einen Mann.

Aber das hier war etwas anderes.

Das hier war Jack, und im Moment störte es sie nicht besonders, sich seinem Willen zu fügen. Wenn sie bedachte, was ihr bevorstand, dann schien es das allemal wert zu sein.

Endlich gab er ihre Arme frei und glitt ein Stück an ihr herab, bis er mit seinen Lippen ihre Brustspitzen erreichen konnte. Die rechte Knospe nahm er durch die dünne Seide hindurch in den Mund und spielte damit, indem er sie mal mit der Zunge bearbeitete, mal sanft daran saugte und schließlich sogar leicht mit den Zähnen über die wild pulsierende Haut strich.

Mallory stieß einen überraschten Laut aus, weil die Erregung ihrer Brustspitzen ein unmittelbares Echo an der feuchten Stelle zwischen ihren Schenkeln fand, dort, wo sie diesen Mann am dringendsten ersehnte. Das musste er wissen, aber offenbar wollte er es ignorieren.

Vorerst zumindest.

Stattdessen beruhigte er ihre Brustspitze mit seiner nun ganz weichen, liebevoll streichelnden Zunge. Und natürlich erreichte er das Gegenteil. Diese Zärtlichkeit drohte, sie in einen süßen, erlösenden Wahnsinn zu treiben. Hinter ihren geschlossenen Augenlidern explodierte ein Feuerwerk aus ekstatisch tanzenden Sternen.

„So besser?“, fragte er.

„Mmmh“, machte sie. Sprechen konnte sie im Moment nicht. Ihr Körper bebte, ihre Haut war wie elektrisiert. Jede noch so leichte Berührung nahm sie mit hundertfacher Intensität wahr. Das ganze Universum schien nur noch aus ihrer Wollust zu bestehen.

Jack stützte sich auf seinen Ellenbogen ab und sah Mallory in die leicht geöffneten, verschleierten Augen. „Soll ich lieber einen Gang runterschalten?“ Seine Augen und seine erhitzten Wangen verrieten jedoch, dass er genau das Gegenteil wollte.

„Von mir aus nicht“, stieß sie mit einem atemlosen Lachen hervor. „Noch ein bisschen langsamer, und ich sterbe vorher.“

„Ich auch“, bekannte er und strich ihr die zerwühlten Haare aus dem Gesicht. „Euer Wunsch ist mir Befehl, Mylady.“

13. KAPITEL

Jack sah ihr ins Gesicht. Ja, es stimmte. Ihr Wunsch war ihm Befehl. Besonders, wenn dieser Wunsch so sehr seinem eigenen entsprach. Das war ihm erst klar geworden, als er in ihre mitfühlenden blauen Augen geschaut hatte.

Er sah ein Stück weiter nach unten. Ihr Busen hob und senkte sich unter dem fast durchsichtigen Nachthemd. Einen Vorgeschmack auf das, was sich darunter verbarg, hatte er schon bekommen. Jetzt wollte er mehr.

Sie offenbar auch. Er zupfte ungeduldig die Schleifen auf, mit der die Nachthemdträger auf ihrer Schulter zusammengehalten wurden, erst rechts, dann links. Dann schob er den glatten Stoff nach oben weg, während Mallory sich schlangenartig unter ihm bewegte und hastig ihren Slip abstreifte.

Was er dann sah, überstieg seine kühnsten Erwartungen. Er war schon erregt hierhergekommen, aber bei dem Anblick, der sich ihm nun bot, vergaß er auch den letzten Rest Zurückhaltung. „Du bist unglaublich schön."

Mallory wandte den Blick ab. „Komm, lass uns sachlich bleiben", meinte sie.

„Klar doch."

Offenbar glaubte sie noch immer nicht, dass sie eine schöne und begehrenswerte Frau war. Dabei hatte sie doch nun wirklich keinen Grund mehr, an sich zu zweifeln! Er erhob sich kurz und zog sich eilig aus, um sich dann wieder zu ihr zu legen. Die Luft schien zu knistern vor erotischer Spannung.

Er sah, wie sie ihn anschaute, seine Erektion betrachtete.

„Da siehst du, was du mit mir anrichtest", sagte er leise und wusste, sie sah ihn nicht nur nackt, sondern direkt in ihn hinein, tiefer, als es je eine Frau getan hatte.

Sie lächelte schwach. „Es ist allgemein bekannt, dass Männer zum Denken nicht immer ihr Gehirn benutzen, wenn sie … nun ja, wenn sie zum Schuss kommen wollen."

Diese unverblümte Antwort brachte ihn zum Lachen. Das war seine Mallory, eine ehrliche Frau, die nicht hinter dem Berg hielt mit dem, was sie dachte. „Also, *zum Schuss kommen* würde ich es vielleicht nennen, wenn es nur darum ginge, mal eben eine Frau flachzulegen, die mich ansonsten nicht die Bohne interessiert."

Mallory tat erstaunt. „Genauso allgemein bekannt ist, dass Männer in der Hitze des Gefechts alle möglichen Dinge sagen, von denen sie nur sehr wenig ernst meinen."

„Wir sind nicht in der Hitze des Gefechts", berichtigte er, schob sanft ihre Schenkel auseinander und kniete sich dazwischen. „Noch nicht, jedenfalls."

Er sah ihr unverwandt in die Augen, während er sich niederbeugte, um kurz vor dem Eingang zum Paradies innezuhalten.

Mallory atmete tief aus. „Das klingt nach einem netten Spiel", antwortete sie mit tiefer, sinnlicher Stimme.

„Es ist kein Spiel", widersprach er erneut. „Wenn es nur darum ginge, mit irgendeiner Frau zu schlafen, wäre ich jetzt nicht hier."

Dazu war sie nämlich viel zu kompliziert, viel zu anziehend – ach, einfach alles viel zu sehr, soweit er es einschätzen konnte. Wenn er sich jetzt in sie versenken wollte, um die Wunden des vergangenen Tages zu vergessen, dann riskierte er damit, ihr ein für alle Mal zu verfallen. Aber jetzt war er schon zu weit gegangen, als dass ein Zurück noch in Frage kam.

„Wenn es mir nur darum ginge, mit irgendeiner Frau zu schlafen, dann wäre ich jetzt schon längst in dir, anstatt das hier zu tun." Er senkte den Kopf und schickte seine Zunge auf Erkundung, probierte das Aroma ihrer Weiblichkeit und sorgte mit seinen Liebkosungen dafür, dass sie immer feuchter wurde.

„Glaubst du mir jetzt?", fragte er leise.

Sie erschauerte nur und stöhnte dabei. Ihre Hände krallten sich in die Decke, und sie hob ruckartig ihr Becken an. Die feuchte Hitze zeigte ihm, dass sie kurz vor dem Höhepunkt war. Jetzt konnte er nicht länger warten. Gut, dass er sie nicht mehr auf den nächsten Schritt vorbereiten musste.

Mallory überrumpelte ihn wieder einmal, indem sie ihn plötzlich umwarf und sich rittlings auf ihn setzte. Er bemerkte kaum, wie sie in die Nachttischschublade griff und etwas herausholte. Was er aber definitiv bemerkte, waren ihre Hände, wie sie ihm das Kondom überstreiften und ihn dann auf überaus intensive Weise weiter bearbeiteten.

Er hielt es kaum noch aus, er wollte endlich in ihr sein, wollte sehen, wie sie sich auf ihn setzte und ihn in sich aufnahm. Aber er konnte nicht aufhören, sie zu berühren, mit den Fingerspitzen ihre duftenden Lippen zu öffnen und die Dinge selbst in die Hand zu nehmen.

Im selben Moment, als er ihre Hüften packte, gab sie nach und gestattete ihm, sich in ihr köstlich warmes Inneres zu versenken. Er spürte, wie weiches, warmes Fleisch ihn fest umschloss.

„Oh Gott." Es entfuhr ihm als kehliges Stöhnen. Der unwillkürliche Widerstand ihrer Muskeln war herrlich. Noch nie hatte es sich so wundervoll, so perfekt angefühlt!

Doch weil er sich geschworen hatte hinzusehen, zwang er sich, die Augen zu öffnen und auf die Ellenbogen gestützt nach unten zu blicken. Das war ein großer Fehler, wie er sogleich feststellte. Denn mit dem Anblick ihrer beider miteinander verschmolzenen Körper war er unwiderruflich verloren.

Oder endlich angekommen? Mit gleichmäßigen Bewegungen begann er, das wunderbare Gefühl noch weiter zu verstärken.

Mallory schrie beinahe auf. Die Hitze war unglaublich und die Reibung Schwindel erregend. Seidige Nässe umschlang pulsierende Härte. Und obwohl sie geglaubt hatte, gegen allzu große Gefühle gewappnet zu sein, stellte sie nun fest, dass sie sich geirrt hatte.

Was sie für diesen Mann empfand, war so überwältigend, dass es auch noch anhalten würde, wenn zwischen ihm und ihr schon lange nichts mehr wäre ... Doch daran wollte sie jetzt lieber nicht denken. Sie befahl ihren Muskeln, ihn fester zu umschließen, und wusste, sie näherte sich ihrem Höhepunkt.

Sie bewegte ihre Hüften im Rhythmus seiner Stöße, und die atemberaubenden Gefühle wurden immer stärker. Als Jack sich in ihren Hüften festkrallte, öffnete sie die Augen und begegnete seinem verhangenen, doch unverwandten Blick.

„Komm, lass dich gehen, Liebling", sagte er. Seine Hüften hoben sie auf und ab, und sie kam dem Höhepunkt immer näher, während Jack geduldig wartete.

Sie versuchte zu atmen, doch stattdessen entfuhr ihr ein sehnsüchtiger Schrei. „Bleib bei mir!"

Sie hob ihm ihr Becken entgegen, sodass er noch tiefer in sie hineinglitt.

„Aah", keuchte er. „Jetzt!"

Er stieß erneut zu, und Mallory zog ihre Muskeln fest um ihn zusammen.

Wirbelnde Wellen unendlicher Glückseligkeit trugen sie fort. Sie betrachtete Jacks Gesicht. Er erwiderte ihren Blick und stieß heftiger zu. Mallory konnte nicht mehr denken und auch nicht mehr atmen. Ihrer beider Körper bewegten sich in perfekter Harmonie, während sich die ganze Welt nur noch um sie beide drehte.

„Ja, ja ..." Mallory stieß einen wilden Schrei aus, der ihr wie der einer Fremden vorkam.

„Ja!", hörte sie sein Echo, und er kam, ergoss sich in ihr, während die Wucht des Höhepunktes seinen Körper unkontrolliert zucken ließ.

Die Welt zerbarst in Myriaden weiß glühender Sternchen. Diesmal endlich stürzten sie beide gleichzeitig in den Abgrund der Schwerelosigkeit, und es war ein so unvergleichlich schönes Gefühl, dass Mallorys Augen sich mit Tränen füllten.

Sie atmete stoßweise und flach, als sie erschöpft auf Jack zusammensank.

„Ich liebe dich." Die Worte waren heraus, bevor sie recht wusste, was geschah. Aber selbst wenn sie diese drei Worte hätte zurücknehmen können – sie hätte es gar nicht gewollt!

Mallory lag auf ihm, atemlos, befriedigt … und sie erwartete eine Antwort, wenn er sich nicht irrte. Aber er hatte nichts zu sagen. Jedenfalls nicht das, was sie jetzt vermutlich hören wollte.

Jack hatte in seinem Leben mehr als genug Sex gehabt. Als er heute in dieses Zimmer gekommen war, war er sich ziemlich sicher gewesen, dass es diesmal mehr war als nur Sex. Damit hatte er recht gehabt. Nicht nur sie hatte die Kontrolle über ihre Gefühle verloren!

Für ihn und Mallory gab es keine Chance auf eine gemeinsame Zukunft. Die Scheidungsstatistik schien das nur zu bestätigen. Doch zum ersten Mal dachte Jack daran, dass es auch andere Statistiken gab. Zum Beispiel die der Ehen, die *nicht* kaputtgingen. Ehen von Leuten, die aus Gründen beieinanderblieben, die nichts mit Bequemlichkeit und Sicherheitsdenken zu tun hatten. Er war jetzt bereit zu glauben, dass es so etwas wie Seelenverwandtschaft gab, und er würde dieser Tatsache ins Auge sehen, ohne sofort die Flucht zu ergreifen.

Die Ironie des Schicksals war ihm sehr wohl bewusst. Zum ersten Mal war er bereit, eine gemeinsame Zukunft in Betracht zu ziehen – nur um festzustellen, dass es gar keine gab.

Mallory atmete tief aus. Er spürte den warmen Hauch an seiner Wange.

„Es wäre eine Lüge von mir zu sagen, ich hätte das nur im Augenblick der Leidenschaft gesagt", flüsterte sie. „Aber mach dir keine Gedanken, ich erwarte nicht, dass du sagst: Ja, ich liebe dich auch."

„Du bist mir wichtig", erwiderte er leise und wusste, das war mehr als untertrieben. „Ich wünschte, ich könnte die drei Worte sagen."

Außerdem würde er ihre sämtlichen Lebenspläne gefährden, wenn er ihr gegenüber zugab, dass er das Gleiche für sie empfand.

Jack war nun wirklich nicht selbstlos, aber Mallorys Sicherheit und die Dinge, die ihr lieb und teuer waren, waren ihm immer wichtiger geworden. Besonders ihre Karriere.

„Nur vom Wünschen passiert noch nichts", sagte sie. „Und wir beide kennen die Regeln."

Jack nahm ihr die Lockerheit, mit der sie das sagte, nicht ab. „Regeln kann man ändern", stellte er fest.

„Anschauungen schon weniger“, entgegnete sie. „Und deine sind bekannt.“

Er zwang sich zu einem halbherzigen Lachen. „Ja, sie ähneln deinen. Die Karriere hat Vorrang vor allem anderen.“

„Genau.“

So plötzlich damit konfrontiert, dass er seine leere Großstadtwohnung in New York wieder allein betreten würde, fand er die Vorstellung längst nicht mehr so aufmunternd und befreiend wie früher.

Aber es ging ja auch weniger um ihn. Er war schon Teilhaber, hatte sich diesen Traum erfüllt. Egal, aus welchem Grund Mallory dasselbe erreichen wollte, und egal, ob es ihr Verhältnis zu ihren Eltern ändern würde, wenn sie es schaffte – es war ihr Ziel. Eines, für das sie seit vielen Jahren zielstrebig arbeitete. Eines, für das sie sogar ihre eigene Persönlichkeit unterdrückte.

Ich liebe dich.

Er konnte nicht zugeben, das Gleiche zu empfinden. Noch weniger konnte er sich entscheiden, ob er Mallory aus tiefstem Herzen vertrauen wollte oder nicht. Ihm blieb also keine andere Wahl, als die Wahrheit zu verdrängen.

Um ihretwillen.

Schon wegen des kanzleiinternen Affärenverbots würde die alte Garde der Teilhaber Mallorys Verhalten missbilligen. Sie würden sie nicht entlassen, das Risiko eines gerichtlichen Nachspiels wäre zu groß, aber sie konnten ihr die Teilhaberschaft verweigern und ihr das Leben schwer machen, bis sie am Ende von selbst ging. Und sie würden den Verlust ihrer einzigen Anwältin wohl kaum bedauern.

Jack dagegen würde wohl offiziell gerügt werden, ein kleiner Klaps auf die Hand sozusagen, begleitet von einem derben Witz über seine niederen Triebe, die er ein bisschen besser unter Kontrolle halten sollte. Sein Status als Teilhaber würde nicht darunter leiden und damit auch seine Karriere nicht. Unfair, aber leider wahr.

„Jack?“

Er rollte sich auf die Seite, ohne sie loszulassen. Ihr Körper presste sich gegen seinen, wärmte ihn. Er sah ihr ins besorgte Gesicht und gestand sich endlich ein, dass sie ihm viel, viel zu wichtig geworden war.

„Ja?“, murmelte er.

Er liebte sie nicht. Mallory krampfte sich das Herz zusammen bei dieser Erkenntnis. Selbst wenn das Schicksal vorsah, dass Jack und sie keine gemeinsame Zukunft haben sollten, so wünschte sie sich doch, dass er es genauso sehr bedauerte wie sie. Aber wahrscheinlich war er zu sehr an seine eigenen Regeln gewöhnt, als dass er Mallory ernst nehmen konnte. Es spielte keine Rolle für ihn, dass sie ihm längst ihr Herz geschenkt hatte.

„Was war los bei euch zu Hause?“, fragte sie, um das Thema zu wechseln.

Er zuckte sichtlich zusammen. „Meine Eltern lassen sich nun doch scheiden.“

„Das heißt, dein Vater hat sich endlich dazu durchgerungen. Das muss dich doch eigentlich freuen.“

„Freuen ist nicht das richtige Wort. Meine Mutter kam nach Hause, um ihre Sachen abzuholen. Ihr Freund, mit dem sie meinen Vater seit Monaten betrügt, war bei ihr.“

„Wie rücksichtslos.“

Jack bekam einen harten Zug um den Mund. „So ist sie halt, meine Mutter.“

Und genau daher rühren seine Ansichten über feste Beziehungen und Frauen, dachte Mallory.

„Sie will mehr vom Leben“, fuhr er fort. „Mehr, mehr, mehr. Ob und wen sie dabei verletzt, interessiert sie nicht.“

„Warum ist sie dann so lange mit deinem Vater verheiratet geblieben?“

„Wegen der finanziellen Absicherung eben. Und er hat es zugelassen.“

„Wir sind aber nicht alle so“, sagte Mallory, ehe sie darüber nachdenken konnte, warum es ihr so wichtig war, das zu erwähnen.

„Das weiß ich doch.“ Sie sah seine Wangenmuskeln zucken, weil er die Zähne so hart aufeinanderpresste. „Aber du wirst mir sicher verzeihen, wenn ich diese Theorie noch nicht getestet habe. Die Scheidungsfälle und die Statistiken, mit denen ich bisher zu tun hatte, überzeugten mich davon, es lieber nicht zu versuchen.“

Mallory nickte. Vielleicht glaubte er, dass sie anders war, vielleicht glaubte er es nicht. Letzten Endes spielte es keine Rolle, denn er hatte sich so sehr in dieses Klischee verrannt, dass man als Frau kaum eine Chance dagegen hatte. Besonders Mallory, die ebenfalls darauf bedacht war, auf der Karriereleiter weiter nach oben zu kommen. Und das in einem von Männern beherrschten Beruf.

Sie legte ihm eine Hand auf den Mund. Er hatte schon genug von sich preisgegeben, um sie davon zu überzeugen, dass er ihr trotz seiner bisherigen Erfahrungen vertraute. Es war nicht nötig, ihn noch weiter in unangenehmen Erinnerungen herumzukramen zu lassen.

„Also, ich kann mir bessere Beschäftigungen vorstellen, als jetzt endgültig sentimental zu werden“, sagte sie.

Ihre Blicke begegneten einander, und in der Tiefe seiner dunkel wirkenden Augen sah sie ein so überwältigend starkes Gefühl, dass sie es sich diesmal ganz bestimmt nicht nur einbildete. Die Tatsache, dass er ihr zumindest ein wenig verfallen war, reichte ihr schon. Immerhin würden sie in wenigen Tagen wieder getrennte Wege gehen.

„Woran denkst du da zum Beispiel?“, fragte Jack.

Sie zwang sich zu einem verspielten Lächeln. „Ich habe mit unserem Privatdetektiv gesprochen, und ich habe eine Menge neuer Infos über Mrs Leatherman.“

Doch irgendwie war das auch nicht das richtige Thema, wenn man nackt nebeneinanderlag. Schließlich war es möglicherweise das letzte Mal. Außerdem war es ein Thema, das ihr immer mehr Bauchschmerzen bereitete, je öfter sie darüber nachdachte.

Er legte eine Hand auf ihre Hüfte. „Erzähl mir nicht, dass du an Arbeit gedacht hast.“

Sie schüttelte den Kopf. „Jetzt um Mitternacht können wir mit diesen Informationen sowieso nichts mehr anfangen.“

„Stimmt. Was immer es auch sein mag, es kann warten.“

Sein Mund senkte sich auf den ihren und verführte sie zu einem leidenschaftlichen Kuss. Als er ein wenig in ihre Unterlippe biss, stöhnte sie auf. Wie gern hätte sie damit weitergemacht, aber sie hatte sich etwas anderes ausgedacht, und deshalb zwang sie sich jetzt selbst, sich ihm zu entziehen. Sie griff nach dem Tuch, das neben dem Bett auf dem Boden lag, setzte sich dann auf und legte sich halb über Jacks Bauch.

Das Tuch wand sie sich um die Hände und zog dann an den Enden, auffordernd, lockend. Sein Blick bekam einen anderen Ausdruck, wurde fragend, wachsam, ein wenig ungläubig.

„Was genau hast du damit vor?“, fragte er gedehnt.

„Nun, ich dachte an ganz schlimme Dinge, die ich vielleicht mit dir tun könnte. Ich habe nämlich gehört, dass, wenn man einem Mann die Augen ganz fest verbindet, alle seine anderen Sinne umso wacher reagieren.“

„Interessante Theorie“, murmelte Jack.

Sie lächelte. „Dachte ich mir. Meinst du, das gilt auch für Frauen?“

„Nun, ich habe vor, das auf jeden Fall herauszufinden.“ Er richtete sich etwas auf und nahm eine ihrer Brustspitzen in den Mund.

Wollust durchrieselte sie in zitternden Wellen. Sie legte den Kopf in den Nacken und gab ein unterdrücktes Stöhnen von sich.

Jack nutzte ihre Ablenkung, um ihr das Tuch zu entwinden.

„Das ist unfair!“, protestierte sie halbherzig.

Da straffte er das Tuch und zog die Seide quer über ihre Brüste.

„Unfair, ja?“, fragte er sichtlich amüsiert.

Sie hatte ihn also wenigstens nicht völlig verschreckt mit ihrer Liebeserklärung. Wahrscheinlich war es gut gewesen, keine Erwiderung zu verlangen, denn so hatte er die gefährlichen drei Worte schnell wieder vergessen können. Wenn sie klug war, tat sie dasselbe.

Er wand das Seidentuch um seine Hände und sah sie unter halb geschlossenen Lidern hervor an. „Wollen wir doch mal sehen, wie wach deine Sinne reagieren, was?“

Mallory atmete überrascht ein. Sie hatte vorgehabt, *ihn* damit zu verwöhnen, und auf einmal drehte er den Spieß um! Ihre Brustspitzen fühlten sich wie harte Dornen an, und zwischen ihren Beinen prickelte es vor Lust. Jack legte ihr das schwarze Tuch über die Augen, um es hinter ihrem Kopf zusammenzubinden, und die Welt verschwand.

Ihre Erregung wuchs ins Unermessliche. Die Nervenenden in ihren Fingerspitzen begannen zu kribbeln, und ihre Sinne verschärften sich, ganz wie vermutet.

Sie atmete tief ein, nahm den Duft seines Aftershaves wahr und spürte, wie sie Gänsehaut bekam. Gleich darauf spürte sie einen kühlen Luftzug über ihre Brustspitzen gleiten. Vor Schreck wich sie zurück und wäre wohl nach hinten gefallen, wenn Jack ihr nicht einen starken Arm um die Taille gelegt und sie festgehalten hätte.

„Ich hab dich“, sagte er beruhigend und half ihr, sich rücklings in die weichen Kissen gleiten zu lassen.

Ihr Puls raste vor Neugier. Sie fühlte sich verwundbar und Jack ausgeliefert, aber dennoch hatte sie noch nie einem Mann mehr vertraut als ihm.

„Jack?“, flüsterte sie.

„Hier bin ich.“

Er hauchte ihr einen Kuss auf die Lippen und machte sich an dem Tuch zu schaffen, damit es nicht zu fest saß, sie aber dennoch ganz sicher nichts sehen konnte. „Alles in Ordnung?“, fragte er.

„Alles bestens.“

Sie hörte selbst, wie viel Wärme in ihrer Stimme mitschwang.

„Gut. Dann wollen wir mal anfangen, deine Theorie zu testen. Wie viele Sinne gibt es noch gleich? Fünf?“

Mallory nickte.

Jack hatte vor, alle fünf Sinne zu testen. Mehr als das Hier und Jetzt konnte er ihr nicht geben. Doch wenn Hier und Jetzt vorüber war, konnte sie nicht nur ihre Liebe behalten, sondern sich auch an Szenen wie diese hier erinnern, und er würde denselben Schatz hüten.

Das mochte ja sein, aber warum erschien es ihm nicht genug?

Er begriff, dass, wenn er ein weiteres Mal in sie eintauchte, diesmal er es sein würde, der die Zügel schießen ließ. Es gelang ihm nicht, die Realität zu vergessen. Also würde er sich so bedanken für die Liebe, die sie ihm angeboten hatte und die er zu seinem eigenen Bedauern hatte zurückweisen müssen.

„Also, mit welchem deiner fünf Sinne soll ich anfangen?“, fragte er.

Ihre Lippen verzogen sich zu einem Lächeln. „Ich denke, am besten mit dem Tastsinn.“

Der Schweiß brach ihm aus, weil ihm prompt alle nur denkbaren Möglichkeiten einfielen, wie er ihren Körper erkunden und sie seine Gegenwart spüren lassen könnte.

Er zwang sich zur Beherrschung und biss die Zähne zusammen. Nein, das würde er auf später verschieben. „Tut mir leid, aber das Beste soll man sich immer für den Schluss aufheben. Wir fangen lieber mit dem Geschmackssinn an. Setz dich auf.“

Jack ging zu dem Schränkchen mit der Minibar hinüber. Glücklicherweise fand er tatsächlich etwas Brauchbares darin, nämlich eine Tafel Milchschokolade. Er wickelte sie aus, biss davon ab und begann zu kauen. Und zu kauen. Und zu kauen.

„He, was tust du da?“, fragte Mallory in die Stille hinein.

Er lachte, weil ihm auffiel, wie lange er gebraucht hatte, um diesen leckeren Happen hinunterzuschlucken. „Nichts. Bist du bereit?“

„Ich bin schon die ganze Zeit bereit“, erwiderte sie und gab ein lang gezogenes Stöhnen von sich, das er mit einem Kuss erstickte.

Mallory begriff schnell. Ihre Zunge machte sich daran, langsam und genüsslich seinen Mund zu erkunden. Sie leckte an seiner Zunge und knabberte auch an seiner Unterlippe. „Mmm. Lecker.“

Der tiefe, rauchige Klang ihrer Stimme ließ ihn bis ins Mark erschauern. Vor Minuten noch war er vollkommen befriedigt gewesen, doch nun kehrte seine Erregung zurück.

„Schokolade“, erriet Mallory.

„Sehr gut. Bereit für den Nächsten?“

Sie leckte ihre feuchten Lippen ab und bewirkte mit dieser erotischen Geste, dass sein Verlangen weiter wuchs. Irgendwie gelang es ihm jedoch, nicht auf der Stelle wieder über sie herzufallen. Schließlich hatten sie noch ein Experiment zu Ende zu bringen.

„Testen wir als Nächstes deinen Geruchssinn, okay?“

Er legte ihre Hände auf seine Schultern. Nach seiner Dusche und kurz vor seiner Abfahrt in Richtung New York hatte er Aftershave benutzt. Wenn dieses Aftershave auf sie eine ähnliche Wirkung ausübte wie ihr Blumenparfüm auf ihn, dann würde er sie nach diesem Test gar nicht wieder loswerden.

Nach ihren Hüften greifend, sagte er: „Komm ein bisschen näher ran und leg deine Beine um meine Taille."

Es gelang ihr nicht gleich so, wie er es sich vorgestellt hatte, doch schließlich war alles zu seiner Zufriedenheit. Ihre Oberschenkel umklammerten seine Taille, und die Hitze ihrer Weiblichkeit drückte sich wunderbar warm und verlockend gegen seine Lenden.

„Was tust du mir bloß an?", jammerte sie leise.

Jack wusste, was sie meinte. Auch in ihm vibrierte ungeduldige Spannung, weil er wieder in die bewusste süße Grotte tauchen wollte. Aber er wusste auch, dass diese Augenblicke mit ihr für den Rest seines Lebens reichen mussten, und dieses Wissen erlaubte ihm, jede Sekunde voll auszukosten – und zu warten.

Er küsste ihre Lippen. „Ich mach dich wild, Schätzchen. Ganz wie du es ursprünglich mit mir vorhattest."

Sie rümpfte die Nase. „Das werde ich dir zurückzahlen, damit du es nur weißt!"

Jack lachte laut auf. „Ich zittere schon wie Espenlaub. Jetzt leg deinen Kopf hierhin."

Mit diesen Worten führte er ihr Kinn an seine Schulter. Sie kuschelte ihre weiche Wange gegen seine leicht stoppelige, und sie saßen eine Weile da, so dicht beieinander, dass er ihr Herz pochen fühlte. Ihre Brüste schmiegten sich an ihn und seine ungeschützte, gierige Männlichkeit lag neben dem Eingang zu ihrem Paradies auf der Lauer. Jack betete heimlich um Willensstärke.

„Du atmest aber schnell", staunte Mallory in unschuldigem Tonfall. „So heftig und flach. Gilt das schon als Beweis für mein gesteigertes Hörvermögen?"

Wenn es dazu führte, dass dieses Experiment zu einem schnelleren Ende kam, klar doch!

„Na gut", antwortete er.

Sie kuschelte sich noch enger an ihn, um gleich darauf den Kopf wegzudrehen und ihr Gesicht in seine Halsbeuge zu drücken. Ihre Haut war weich, und sie atmete nicht weniger flach als er. Er spürte, wie sie ihre Arme um seine Taille schlang und ihn fest an sich drückte. Es war viel eher eine ehrliche Gefühlsäußerung als Teil eines verspielten Experiments.

Mit Mühe klammerte Jack sich an seinen letzten Rest Selbstbeherrschung. Aber der schwand, als Mallory begann, kaum vernehmbar schnüffelnd ihre Nase an seinem Hals auf und ab gleiten zu lassen.

„Moschus", murmelte sie dazu. „Wie männlich." Das Wort vibrierte dicht neben seinem Ohr. „Und so sexy."

Sie knabberte neckend an seinem Hals und liebkoste ihn dann mit ihren weichen Lippen.

Aus. Länger hielt er nicht durch. Das Experiment war hiermit beendet. Ihm war es ohnehin schwerer gefallen als ihr. Geschmackssinn, Geruchssinn und Hörvermögen waren abgehakt. Jetzt war der Tastsinn dran.

Er zog Mallory auf das Bett und nahm ihr das Tuch ab. Sie zwinkerte, weil ihre Augen plötzlich wieder ins Licht sehen mussten.

Mit entschlossenem Blick sah er sie an. „Ich will jetzt tasten."

Ihr voller, feuchtroter Mund öffnete sich. „Ich auch. Und wie, sag ich dir!"

Diese Zustimmung war alles, was er brauchte. Mit einer auffordernden Bewegung, die kaum nötig war, schob er ihre Beine auseinander und machte, dass er hineinkam.

Dass er nach Hause kam.

Mallory setzte sich auf und betrachtete Jack, der neben ihr schlief. Sein sonnengebräunter Brustkorb hob und senkte sich. Die Wärme, die von ihm ausging, lockte unwiderstehlich. Schnell legte Mallory sich wieder hin und kuschelte sich an ihn. Sofort streckte er die Arme aus, um sie zu umfassen und in Trost und Sicherheit zu wiegen. Das Verlangen, das sie sogleich wieder erfüllte, war jedoch nur zweitrangig im Vergleich zu der Liebe, die sie für diesen Mann empfand.

Mit dieser Beziehung hatte sie die Prinzipien der Rechtsanwältin Mallory Sinclair verletzt. Und doch war es ihr unmöglich, zu bereuen, dass sie die *Frau* Mallory Sinclair entdeckt und deren verborgene Gefühle freigelegt hatte. Auch wenn Jack gesagt hatte, er könne ihre Gefühle nicht erwidern und dass er diese Beziehung nach dem Ende der Reise auch nicht weiter fortsetzen wollte, so würde Mallory doch vollkommen verändert aus ihr hervorgehen.

Zum ersten Mal in ihrem Leben nahm sie ihre Gefühle wahr. Und jene Bedürfnisse, die wichtiger waren als der Versuch, ihren Vater zu beeindrucken, einen Mann, der sich noch nie für ihr Leben und ihre berufliche Laufbahn interessiert hatte. Warum also hatte sie ihre Zukunft einzig und allein dafür vorgesehen, ihres Vaters Achtung und Liebe zu erwerben?

Darauf fiel ihr keine Antwort ein. Doch als draußen der Morgen zu dämmern begann, gelangte sie zu der Erkenntnis, dass sie die Ergebnisse des Privatdetektivs nicht so verwenden wollte, wie ihr Beruf, den sie ohnehin aus falschen Gründen gewählt hatte, es von ihr verlangte.

Es war an der Zeit, bestimmten Dingen ins Auge zu sehen und sich den eigenen Gefühlen zu stellen. Mit allen Konsequenzen.

„Bist du schon wach?“ Jacks Stimme kitzelte ihre Sinne.

„Mhm“, antwortete sie. „Ich habe nachgedacht.“

„Über vergangene Nacht, will ich hoffen.“

Er legte die Hand auf ihre Brust. Sofort setzte dieses erregende Kribbeln wieder ein, doch ihr Hirn war hellwach. Zuerst musste sie reden. „Letzte Nacht war wundervoll. Aber wir müssen geschäftlich reden, bevor wir uns wieder ablenken lassen.“

Er lachte auf. „Du willst mit mir über die Arbeit reden, während wir nackt im selben Bett liegen und jede Minute wacher werden?“

Stück für Stück rückte er näher, bis etwas Festes, Warmes gegen ihren unteren Rücken drückte.

Mallory gab einen Seufzer von sich. „Ja, es mag hart klingen …“

Jack lachte in sich hinein, und ihr wurde die Doppeldeutigkeit ihrer Worte bewusst. Auch sie lachte.

„Nein“, meinte sie dann, „es fällt mir schwer, jetzt Nein zu sagen. Aber zuerst muss ich was loswerden.“

„Was denn?“ Jack klang auf einmal beunruhigt.

„Alicia Leatherman war früher mal medikamentenabhängig.“

„Bingo!“

Mallory krümmte sich vor Widerwillen.

„Das ist doch genau, was wir brauchen“, freute er sich. „Damit zwingen wir sie, in einen Vergleich einzuwilligen. Wenn wir das Leatherman präsentieren können … Moment mal!“ Er setzte sich hinter ihrem Rücken auf. Dabei zog er Mallory die Decke weg.

Weil sie keine Lust hatte, halb zugedeckt neben ihm zu liegen, raffte sie die Decke über ihren Brüsten zusammen und setzte sich ebenfalls auf. „Was ist denn?“, fragte sie.

„War das mit der Medikamentenabhängigkeit schon während der Ehe?“

Mallory nickte. „Ja. Sie war damals eine Weile in einer teuren Rehaklinik.“

„Warum hat Leatherman uns diese Information dann vorenthalten?“

„Nun, wir sind immerhin noch nicht seine Anwälte“, erinnerte sie ihn.

„Das kann nicht der Grund sein. Eine andere Erklärung erscheint mir viel wahrscheinlicher.“

„Er wollte uns testen“, sagte Mallory und sprach damit aus, was

Jack dachte. Und auch ihr selbst erschien es auf einmal überraschend klar. „Er wollte sehen, ob wir das selbst herausfinden und inwieweit wir bereit sind, dabei mitzuspielen."

Und Mallory war alles andere als bereit dazu.

Sie hätte nicht sagen können, wann sie ihre Entscheidung getroffen hatte. Wohl irgendwann zwischendurch, während sie Alicia Leatherman näher kennen und schätzen sowie Jack lieben gelernt hatte. Da war eine weiche Seite in ihr sichtbar geworden, von deren Existenz sie nichts geahnt hatte.

Mallory konnte die Vergangenheit dieser Frau nicht gegen sie verwenden. Selbst wenn es sie ihren Job kosten sollte und die Teilhaberschaft, die ihr doch so begehrenswert erschienen war, gleich mit. Zu sehr verehrte und bewunderte sie Alicia Leatherman. Ihr Sinn für Fairness gebot ihr, die Gefühle dieser Frau zu berücksichtigen.

Ohne Vorwarnung schleuderte Jack die Decke beiseite und stieg aus dem Bett.

„Wo willst du denn hin?", wunderte Mallory sich.

„Ich werde diesem Hundesohn die Leviten lesen! Dass er sich noch nicht darüber klar ist, welchen Anwalt er nun beauftragen will, und uns zum besseren Kennenlernen hierher eingeladen hat, geht klar. Aber solche Spielchen kann er sich sparen! Diese Heimlichtuerei habe ich jetzt satt. Entweder meine Referenzen sprechen für mich oder eben nicht." Jack griff wütend nach seinen Jeans.

„Jack, warte."

Er hielt inne. „Du hast recht. Ich sollte erst duschen, bevor ich über Paul Leatherman herfalle."

Sie fuhr sich mit der Zunge über ihre trockenen Lippen. „Was hast du vor, Jack?"

„Bevor oder nachdem ich ihn kräftig gewürgt habe?"

„Danach."

„Er wird uns beauftragen, wir verwenden die Information über den Medikamentenmissbrauch seiner Frau und halten ihren Anteil so gering wie nur möglich – wieso?"

„Weil ich nämlich dafür plädiere, diese Information *nicht* zu verwenden."

Jack sah sie aufmerksam an. „Darf ich fragen, warum?"

Sie nickte. „Weil sie es nicht verdient. Sie hat seine Kinder großgezogen, und soweit ich gesehen habe, hat sie einen großen Anteil daran, dass diese Ferienanlage so gut läuft. Sie verdient einen fairen Anteil. Außerdem, selbst wenn sie mal medikamentenabhängig war, hat sie es offensichtlich längst hinter sich. Warum sollte man ihr drohen, ihre

Schwäche von damals heute in der Öffentlichkeit breitzutreten? Warum ihre Kinder dieser peinlichen Situation aussetzen? Nur, weil es Mr Leatherman zufällig gerade in den Kram passt?"

„Weil er, wenn ich ihn richtig einschätze, unser Mandant sein wird." Ein Mandant, den er so wenig leiden konnte wie er ihm über den Weg traute. Aber ein Mandant war ein Mandant und hatte trotz allem Anspruch auf Loyalität und die bestmögliche Vertretung vor Gericht. Schließlich bezahlte er ja dafür.

Jack stand am Fußende des Bettes und erinnerte sich an den ersten Tag hier in der Ferienanlage. Wie entschlossen Mallory da noch gewesen war. Sogar bereit, mit allen Mitteln alles über Mrs Leatherman zu erfahren und so dem zukünftigen Mandanten dienlich zu sein.

„Warst du nicht diejenige, von der die Idee mit dem Privatdetektiv kam?", fragte er. „Und jetzt willst du die Informationen, die er dir geliefert hat, gar nicht verwenden? Abgesehen mal von der Tatsache, dass es noch gar nicht sicher ist, ob Leatherman das überhaupt will, widerspricht es auch unserem Berufsethos und unserer Verantwortung gegenüber unserem Mandanten."

Mallory kniff die Augen zusammen. Offenbar war sie wütend, weil er ihre Einstellung zum Anwaltsberuf in Frage gestellt hatte.

„Ich glaube einfach nur", erwiderte sie trotzig, „dass man auch weniger niederträchtig vorgehen kann." Doch sie wandte schnell den Blick ab, ein sicheres Zeichen, dass in ihrem schönen Kopf mehr vorging, als sie in diesem Moment zugeben wollte.

„Und das sagt mir eine Frau, die sich unter Männern durchsetzen will", stellte er spöttisch fest und hätte sich am liebsten die Zunge abgebissen, kaum dass er es gesagt hatte. Aber ihre Kehrtwendung um hundertachtzig Grad überraschte ihn zu sehr.

Seine Argumente, die Information tatsächlich für den vorgesehenen Zweck zu verwenden, waren zweifellos überzeugend. Und außerdem: Wenn er je wieder in der Lage sein wollte, ganz normal seinem Beruf nachzugehen, konnte er es sich nicht erlauben, auf Mallorys Gefühle Rücksicht zu nehmen, nur weil sie beide mal für ein paar Tage eine Affäre gehabt hatten.

Aber was hieß hier *hatten*? Sie befanden sich in der Gegenwart. Die Affäre war noch nicht beendet … Herrje, wie ihm das alles zuwider war!

Mallory stand vom Bett auf und wickelte die dünne Decke um sich, als sei es eine Rüstung. „Nun", sagte sie ruhig, „wir wissen beide, welche Meinung wir in dieser Angelegenheit jeweils vertreten. Und wir wissen auch, wessen Meinung größeres Gewicht hat, nicht wahr?"

Er verletzte sie nur ungern. Und er mochte diese Distanz nicht, die auf einmal zwischen ihnen herrschte. „Mallory …"

Sie schüttelte den Kopf. „Geh duschen und sprich dann mit Leatherman."

Was konnte er noch sagen? Er zog seine Hosen an und ging hinüber in sein eigenes Zimmer.

Als er sich später wieder beruhigt hatte, klopfte er drüben an ihre Tür. Aber niemand antwortete.

Ganz gleich, ob sie nur gerade einen Strandspaziergang machte oder ob sie drinnen saß und nicht auf sein Klopfen antwortete – es lief auf dasselbe hinaus.

Er war allein.

14. KAPITEL

Jack marschierte in das gut besuchte Fitnessstudio. Es war morgens um halb acht, und fast jedes Gerät besetzt. Wenn für den Rest des Tages Sonne und Strand lockten und man sich abends ausruhen wollte, blieb nur der frühe Morgen für das tägliche Training. Jack sah sich um und entdeckte Leatherman neben einem der Laufbänder, wo er mit dem Rücken zur Tür stand, ein schneeweißes Handtuch um den fleischigen Hals gelegt.

Jack stählte sich für die Auseinandersetzung, die nun unweigerlich kommen würde. Seit er hier war, hatte er sich viel zu sehr gehen lassen. Er war abgelenkt gewesen von dem Spiel, das Mallory und er gespielt hatten.

Mit langen Schritten durchquerte er den großen Raum. „Paul, ich muss mich mal mit Ihnen unterhalten."

Jack hatte beschlossen, die Wut, die in ihm kochte, vorerst nicht zu zeigen. Noch bestand die Möglichkeit, dass er sich irrte, was Leathermans Motive für sein Verhalten betraf. Allerdings hielt er das für sehr unwahrscheinlich.

Leatherman wandte sich zögernd um und begegnete Jacks durchdringendem Blick. „Ich wollte Sie heute Nachmittag sowieso anrufen."

Wohl eher nicht. Seit dem Gespräch gestern Morgen hatte Leatherman nichts weiter von sich hören lassen. Und da Jack so sehr damit beschäftigt gewesen war, eine Affäre zu haben, hatte er sich nicht weiter darum gekümmert. Aber Mallory hatte sich heute Morgen so kühl verhalten, dass die Flitterwochen jetzt wohl vorbei waren. Und das war vermutlich das Beste für sie beide.

„Was gibt es denn?", fragte Paul.

„Das würde ich gern von Ihnen erfahren. Ich habe mir von einer sicheren Quelle sagen lassen, dass Sie mir ein paar Dinge verschwiegen haben." Jack sah sich kurz um, ob auch niemand in Hörweite war. „Medikamentenmissbrauch?"

Er beobachtete genau Leathermans Reaktion.

„Wie zum Teufel haben Sie denn das erfahren?" Paul kniff scheinbar verärgert die Augen zusammen, zuckte dann aber mit den Schultern. „Egal. Die Sache lässt sich jedenfalls gut verwenden. Wie sieht es aus, sind Sie bereit dazu?"

„*Falls* Sie mich engagieren, und *falls* Sie es wirklich wollen, und *falls* es sich als strategisch klug erweisen sollte – ja."

Während Jack das sagte, sah er im Geiste Mallorys enttäuschtes Gesicht vor sich, und er verabscheute sich selbst.

Als Nächstes fiel ihm das verzagte Gesicht seines Vaters ein. Jack brauchte nicht lange nachzudenken, wie er reagieren würde, wenn bei der Scheidung seiner Eltern schmutzige Wäsche gewaschen werden würde, weil seine habgierige Mutter es für nützlich befand, die Schwächen und Unzulänglichkeiten ihres Ehemannes gegen ihn zu verwenden. Ihm war auch klar, wie wütend er auf den jeweiligen Anwalt sein würde, der bereit war, seine Mutter zu vertreten und ihre hässlichen Spielchen mitzuspielen. Spielchen, die Jack schon seit Jahren zu spielen gewohnt war, wenn es galt, bei Scheidungen fremder Leute auf Gefühle keine Rücksicht zu nehmen.

Leatherman lachte. „Ich habe übrigens selbst Nachforschungen angestellt. Sie haben verdammt gute Referenzen, offenbar auch ein paar gute Detektive und außerdem noch Mut. Solche Männer mag ich." Er hielt Jack die Hand hin. „Betrachten Sie sich als engagiert."

Jack musste sich zwingen, Leathermans Hand zu schütteln. „Diese Entscheidung werden Sie nicht bereuen. Waldorf, Haynes und Partner werden Sie bestens vertreten. Aber eins möchte ich noch klarstellen."

„Das wäre?"

Jack trat sehr dicht an Leatherman heran. „Möglich, dass ich bereit bin, auch unfaire Methoden zu verwenden. Aber ich mag es gar nicht, wenn mein eigener Mandant sich mir gegenüber solcher Methoden bedient. Mein guter Ruf eilt mir voraus. Entweder Sie vertrauen in meine Fähigkeiten oder Sie lassen es bleiben. Noch einmal solche Spielchen, und ich lege sofort die Mandantschaft nieder!"

„Abgemacht." Leatherman schüttelte begeistert Jacks Hand. Dann wandte er sich um und betrat ohne ein weiteres Wort das Laufband.

Jack verließ das Fitnessstudio. Er hatte soeben einen sehr lukrativen Fall ergattert. Er hatte seiner Kanzlei den wichtigsten Kunden erhalten und den eigenwilligen alten Herrn zufrieden gestellt.

Und er hatte sich nicht einmal eindeutig bereit erklärt, sich die Hände schmutzig zu machen oder gegen seine Berufsauffassung zu handeln. Er hatte sich nicht verpflichtet, für diesen Mandanten weiter zu gehen, als er es auch schon in diversen vorangegangenen Fällen für andere Mandanten getan hatte. Es gab allen Grund, mit sich zufrieden zu sein.

Doch anstatt des üblichen Adrenalinstoßes hatte Jack ein ganz und gar ungutes Gefühl. Zwar war diese Dienstreise nunmehr von Erfolg gekrönt, aber ihm war, als würde dieser Fall sein weiteres Leben in größerem Ausmaß beeinflussen, als ihm lieb war. Denn dieser Fall gefährdete eine Zukunft, von der er nicht geglaubt hatte, er würde sie sich jemals wünschen.

Jene Zukunft, die er sich soeben verbaut hatte.

Jack freute sich nicht auf die nächste Begegnung mit Mallory, aber ihr berufliches Verhältnis zwang ihn, sie über den neuesten Stand der Dinge in Kenntnis zu setzen. Und da nunmehr auch ihre Abreise direkt bevorstand, mussten sie sich auch offen und ehrlich mit dem auseinandersetzen, was sich hier in Hamptons zwischen ihnen abgespielt hatte.

Und wenn er ehrlich zu sich selbst war, dann *brauchte* er dieses letzte Alleinsein mit Mallory, bevor er sich wieder der Realität stellte.

Mallory zog den Reißverschluss ihres Koffers zu. Sie musste hier weg, bevor sie durchdrehte. Durch ihre Liebe zu Jack hatte sie eine neue Mallory entdeckt, während die alte ihr verloren gegangen war. Jene, die zielstrebig auf die Teilhaberschaft hinarbeitete. Jene, die weder heiraten noch Kinder haben wollte. Jene, der es nichts ausgemacht hatte, ihre Fraulichkeit zu verstecken.

Jene, die Jack Latham für einen unerreichbaren Traum hielt.

Es war ihr unmöglich, die neue Mallory wieder zu vergessen und als beste der angestellten Anwälte wieder zur Eisprinzessin der Kanzlei Waldorf, Haynes und Partner zu werden. Sie war jetzt nicht mehr nur Anwältin, sondern auch eine Frau voller Sinnlichkeit. Eine Frau, der die Gefühle von Alicia Leatherman wichtiger waren als die eigene Chance, Teilhaberin zu werden.

Sie hatte sich verändert. Und das würde weitere Veränderungen erfordern, sobald sie nach Hause kam. Jack Latham noch oft wiedersehen zu müssen, würde es ihr unmöglich machen, über diese erste und wahrscheinliche einzige Liebe ihres Lebens hinwegzukommen. Es war besser, sie begegnete ihm nie wieder, diesem Mann, der Frauen grundsätzlich misstraute und weder an funktionierende Beziehungen noch an die Liebe glaubte. Der sie auf Grund einer Herausforderung entdeckt und nur deshalb weitergemacht hatte, weil die folgenden Herausforderungen immer unwiderstehlicher geworden waren.

Der nicht an Träume glaubte.

Das Telefon klingelte und riss sie aus ihren Gedanken. Sie nahm den Hörer ab. „Hallo?“

„Miss Sinclair?“ Es war eine fremde Männerstimme.

„Ja. Wer ist da bitte?“

„Hier ist die Rezeption. Ich wurde gebeten, Ihnen auszurichten, dass Sie sich heute Abend um acht Uhr in Zimmer 520 zu einer Besprechung mit Ihrem Kollegen einfinden möchten.“

Das war Jacks Zimmer. Ihr Herzschlag beschleunigte sich, und sie empfand auf einmal schreckliche Sehnsucht nach ihm. „Vielen Dank“, murmelte sie.

Mit einem Kloß in der Kehle legte sie auf. Das war keine Einladung, sondern eine Anordnung. Sie hatte sich zu einer Besprechung einzufinden, und es ging gewiss nicht um die Erwiderung ihrer Liebeserklärung.

Die Rechtsanwältin Mallory Sinclair würde sich niemals der Anordnung eines Teilhabers widersetzen. Aber es gab jetzt auch die Frau Mallory Sinclair, und diese Mallory hatte gar keine andere Wahl. Sie war klug genug, um zu wissen, wann sie nachgeben musste, und sie hob den Koffer vom Bett auf den Boden.

Eine letzte Begegnung mit Jack würde sie nicht verkraften. Nicht in einer Situation, wo sie voller Liebeskummer an einem beruflichen Kreuzweg stand.

Sie machte Jack keinen Vorwurf für sein Verhalten von heute Morgen. Die Informationen des Privatdetektivs einzusetzen, war richtig – wenn man Paul Leatherman vertreten wollte. Jack machte nur seine Arbeit, wie konnte sie ihm das vorwerfen? Es war eine Entscheidung, die sie selbst getroffen hätte, wäre sie jetzt noch dieselbe wie am ersten Tag hier im Hotel. Das war sie aber schon am zweiten Tag nicht mehr gewesen.

Mallory hatte sich selbst gefunden, und das gab ihr eine nie gekannte Klarheit und Sicherheit im Leben. Genau wie sie plötzlich akzeptieren konnte, dass es ihr niemals gelingen würde, die Gleichgültigkeit ihrer Eltern gegenüber dem einzigen Sprössling zu ändern, genauso nahm sie es jetzt hin, dass sie Jacks negative Einstellung zu Liebe und Partnerschaft zwischen Mann und Frau nicht ändern konnte. Und sie hatte es weiß Gott gründlich versucht!

Schade, dass sie die Einzige zu sein schien, die auf dieser Reise zu solch tief greifenden Einsichten gekommen war. Andernfalls würde sie das Hotel jetzt nicht allein verlassen, sondern gemeinsam mit Jack.

Sie wischte sich energisch eine Träne weg. Angefangen hatte alles mit der Einladung, die sie ihm geschickt hatte, um ihm eine Lektion zu erteilen. Er hatte seinerseits eine Einladung folgen lassen, und sie beide hatten sich in einem höchst aufregenden Wettbewerb wiedergefunden, bei dem einer den anderen an Sinnlichkeit zu übertrumpfen versucht hatte, ohne sich darüber im Klaren zu sein, dass am Ende einer von ihnen mit gebrochenem Herzen dastehen würde. Und dann war es zu spät gewesen.

Nein, sie würde nicht hingehen zu dieser Besprechung, geschäftlich oder nicht. Es würde sich ein Weg finden lassen, ihm das mitzuteilen, damit er nicht umsonst wartete. Und dann würde sie nach Hause fahren.

Allein.

Jack schritt in seinem Hotelzimmer ungeduldig auf und ab. Als es neun Uhr wurde, begriff er endlich, dass sie nicht kommen würde. Um zehn Uhr, als er bereits einen kräftigen Drink intus hatte und im Fernsehen ein Spiel der New York Yankees verfolgte, klopfte es an seiner Zimmertür.

Aus beruflicher Sicht hätte er fürchterlich wütend auf Mallory sein müssen, weil sie erst jetzt aufkreuzte. Aber sein Herz übernahm das Kommando. Er war nicht nur wütend, sondern auch verletzt. Egal, ob es sich um eine geschäftliche oder um eine private Verabredung handelte, sie hätte ihm wenigstens ein höfliches „Nein, danke“ zukommen lassen können!

Er hatte Hals- und Kopfschmerzen. Wie ein Stück Dreck fühlte er sich, und das hatte er nicht nur Mallory zu verdanken. Dabei war eine Grippe so ziemlich das Letzte, was er jetzt gebrauchen konnte.

Mit einem unterdrückten Ächzen erhob er sich vom Sofa und ging zur Tür. Zu seiner Überraschung stand Alicia Leatherman vor ihm, als er öffnete.

„Kann ich Ihnen helfen?“, erkundigte er sich verwirrt.

„Ich habe eine Nachricht für Sie.“ Sie gab ihm einen mit dem Logo der Ferienanlage bedruckten weißen Umschlag. „Ich hatte eigentlich versprochen, diesen Brief früher abzugeben. Viel früher. Aber wir hatten einen Notfall in der Hotelhalle. Ein Mann mit Herzinfarkt, ich musste den Arzt rufen und den Rettungsdienst und … Jedenfalls bitte ich Sie, die Verspätung zu entschuldigen.“

„Kein Problem“, sagte Jack leichthin und dachte dabei, dass besser er sich entschuldigen sollte für die Gemeinheiten, die er ihr noch antun würde.

Kaum hatte er das gedacht, wunderte er sich über sich selbst. Hatte er je zuvor das Gefühl gehabt, sich dafür entschuldigen zu müssen, dass er seine Arbeit machte?

Er musterte Alicia. Obgleich sie wie immer eine elegante Erscheinung war, sah man ihr den Kummer an. Und dieser Anblick ging ihm zu Herzen. Sah er sie heute zum ersten Mal richtig an? Oder betrachtete er sie diesmal mit Mallorys Augen? Jedenfalls gefiel ihm nicht, was er sah, und ihn befielen Zweifel, ob Mallory nicht vielleicht tatsächlich recht hatte. Womöglich gab es doch einen Weg, diese Scheidung zu vollziehen, ohne jemanden unnötig zu verletzen.

Er begegnete Alicias Blick und war beeindruckt von ihrer Würde und ihrem Mut. „Sie hätten doch auch einen Pagen schicken können“, sagte er. „Warum bringen Sie mir den Brief selbst?“

„Nun, wenn Mallory sich Ihretwegen Gedanken macht, dann müssen Sie im Grunde ein gutes Herz haben“, antwortete sie.

Gegen diese Annahme sollte er wohl besser keine Einwände erheben. „Heißt das, Sie haben mit ihr gesprochen?"

Alicia nickte. „Bevor sie abreiste. Sie ist auf dem Weg nach Hause. Aber ich bin sicher, der Brief da erklärt alles."

Jack trat von der Tür weg und machte eine einladende Geste. „Kommen Sie doch bitte herein."

Alicia folgte ihm ins Zimmer, blieb jedoch still. Offenbar spürte sie, dass er jetzt erst einmal in Ruhe gelassen werden wollte.

Mallory hatte ihn also doch nicht versetzt. Jedenfalls nicht so, wie er gedacht hatte. Aber die Wahrheit war auch nicht viel angenehmer.

Er störte sich nicht daran, dass ihm jemand zusah. Zuerst wollte er jetzt wissen, was Mallory zu sagen hatte. Nachdem er das leicht parfümierte Papier aus dem Umschlag genommen hatte, begann er schweigend zu lesen.

Es tut mir zwar leid, dir diese Worte nicht persönlich sagen zu können, aber ich bin klug genug, mich auf keinen Kampf einzulassen, den ich nicht gewinnen kann.

Auf dieser Reise habe ich viel über mich und meine Wünsche erfahren.

Ich fahre nach Hause, um einige Veränderungen in meinem Leben vorzunehmen. Und leider muss ich auf dieses letzte Treffen verzichten.

Es war sehr schön mit dir.

In Liebe,

Mallory

Jack wurde immer unwohler zumute.

„So etwas ist nie leicht", hörte er Alicia sagen, und er spürte ihre Hand auf seinem Arm, die sie dann jedoch schnell wieder wegzog.

Er sah zu ihr hin und begegnete ihrem mitfühlenden Blick. „Ja, richtig", sagte er, „*Sie* müssen das wissen." Sorgsam achtete er darauf, dass nicht aus Versehen ein sarkastischer Unterton die Freundlichkeit seiner Worte zerstörte.

„Ja", antwortete sie. „Mir ist klar, dass ich Paul nicht halten kann, wenn er nicht will. Dieser Tatsache muss ich ins Auge sehen. Und ich weiß, Sie dachten, ich hätte keine Ahnung, als Sie mir rieten, mir ebenfalls einen Anwalt zu suchen. Doch so ist es nicht. Ich bin wohl vorbereitet."

„Halten aber die Karten noch verdeckt? Das respektiere ich."

„Ich bin nicht sicher, ob das, was ich getan habe, Respekt verdient.

Doch ich weiß, dass diese Ehe vorbei ist. Und ich werde nicht kampflos gehen."

„Sehen Sie, und das ist der Punkt, wo ich Ihnen rate, sich rechtlichen Beistand zu suchen." Es ist ja so einfach, sich mit ihr zu unterhalten, dachte Jack und musste lächeln.

„Das werde ich auch. Ich hatte allerdings gehofft, wir könnten uns auch so einigen." Sie griff in ihre Tasche und hielt ihm eine Mappe hin. „Ich bin nicht so naiv, wie mein Mann denkt. Es gibt Dinge in meiner Vergangenheit, die er mit Sicherheit gegen mich verwenden will. Richten Sie ihm bitte aus, dass ich sehr wohl zurückschießen kann."

Jack blätterte schnell durch den Inhalt der Mappe. Es waren lauter kompromittierende Aufnahmen von Paul Leatherman und einer jungen Frau. Die am unteren Rand eingeblendeten Datumsangaben bewiesen, dass es sich um eine durchaus aktuelle Affäre handelte. Alicia Leatherman hatte Beweise für die Untreue ihres Mannes. Jack stöhnte auf.

„Sie ist eine Angestellte", erklärte Alicia, und es klang zutiefst verletzt. „Eine sehr junge, unerfahrene Angestellte. Ich schwöre Ihnen, er war ein ganz anderer Mensch, als wir damals heirateten. Aber der Herzinfarkt und die Midlife-Crisis haben ihn verändert."

Er hörte den Abscheu, der aus ihren Worten sprach, und er konnte dieses Gefühl nur teilen. Wie Paul Leatherman sich benahm, war einfach das Letzte.

„Haben Sie vor, diese Fotos zu verwenden?", fragte er.

Alicia wischte sich über die Augen. „Ich möchte sie nicht veröffentlichen. Ich habe Kinder, die mir wichtiger sind als irgendwelches Geld, das ich bei der Scheidung herausschlagen könnte."

Jack war sprachlos. Da war eine Frau, die Beweismaterial in ihren Händen hielt, mit dem sie eine enorme Abfindungssumme bekommen konnte, wenn sie es nur darauf anlegte. Und was tat sie? Sie war bereit, es nicht zu verwenden, um auf ihre Kinder Rücksicht zu nehmen. Noch nie war ihm bei seinen Mandanten oder deren jeweiliger Gegenpartei so etwas vorgekommen.

Diese Frau war einzigartig. Genau wie Mallory, die von Anfang an ihre Güte erkannt hatte.

„Mr Latham?"

Er räusperte sich. „Entschuldigen Sie. Wenn Sie nicht bereit sind, diese Beweise zu verwenden, warum zeigen Sie sie mir dann?"

„Ich sagte nur, ich *möchte* sie nicht veröffentlichen. Nicht, dass ich nicht dazu bereit wäre, wenn es sein muss."

Sie klang bedrückt, doch durchaus entschlossen, und er bekam noch mehr Achtung vor ihr.

„Verstehen Sie mich richtig“, fuhr sie fort. „Wenn Paul bestimmte Informationen über meine Vergangenheit verwendet, wird die Sache schmutzig. Und ich will nicht, dass meine Kinder danach noch eine Fortsetzung der Schlammschlacht erleben müssen. Sie sollen nach der Scheidung wenigstens noch *einen* Elternteil haben, für den sie Achtung empfinden können. Selbst wenn es auf eine Scharade hinausläuft.“

Jack hörte schweigend zu.

„Also zeigen Sie ihm bitte diese Bilder“, fuhr Alicia fort. „Die Negative befinden sich in meinem Besitz. Und richten Sie ihm aus, dass ich nicht mehr will, als mir fairerweise zusteht. Ich habe geholfen, diese Ferienanlage zu managen, und ich habe seine Kinder großgezogen. Ich bin eine Frau mittleren Alters, die keine weiteren Einkünfte und auch keine besonderen Talente hat. Alles, was ich fordere, ist eine Abfindung, wie sie nur recht und billig ist, damit er dann in Ruhe mit diesen jungen Frauen herumturteln kann, die er ja zu bevorzugen scheint.“

Sie unterdrückte ein Schluchzen, und Jack schluckte schwer. Nicht nur wegen Alicia, sondern vielmehr seines Vaters wegen, dem diese Tortur auch noch bevorstand.

„Ich hoffe, es reicht, ihm mit diesen Fotos zu drohen“, sagte sie schließlich noch. „Aber wenn er mich in die Ecke drängt, dann wird er erleben, wie ich kämpfen kann.“

„Verstehe“, sagte Jack.

Mit dieser Mappe voller Fotos in der Hand wusste er, dass das Schicksal seines Mandanten besiegelt war, und zwar durch dessen eigene Schuld. Er zögerte kurz, doch dann legte er Alicia die Hand auf die Schulter. „Ich werde ihm die Fotos zeigen und ihm entsprechend raten. Und Sie suchen sich bitte gleich morgen früh Ihren eigenen Anwalt.“

Alicia nickte, Dankbarkeit in den Augen. „Mallory hatte doch Recht. Sie müssen nur noch selbst begreifen, dass Sie ein gutes Herz haben. Auf Wiedersehen, Mr Latham!“

„Gute Nacht.“

Sie schlüpfte aus der Tür und ließ ihn allein mit den Fotos und Mallorys Brief.

Er trat vor den großen Spiegel, der an der Wand angebracht war, und sah sich selbst ins Gesicht. Kaum zu glauben, dass das da wirklich er sein sollte. Denn er sah einen Feigling. Einen Mann, der sich wie sein Vater scheute, sein Leben zu ändern.

Die Regeln waren ihm so gut wie Mallory bekannt gewesen, als er sich auf die Affäre mit ihr eingelassen hatte. Mallory hatte sich verliebt und den Mut gehabt, es zu sagen. Er hatte sich auch verliebt. Doch als sie ihm ihre Gefühle gestand, hatte er sich hinter dem Vorwand versteckt, er müsse sie schützen. Dabei hätte er sich besser seinen Ängsten stellen sollen!

Sein Leben lang hatte er sich gehütet, in die gefährliche Falle der Liebe zu tappen, und jetzt saß er mittendrin. Nur, dass sich seine Liebe zu Mallory nicht wie eine Falle anfühlte. Eine Falle schien eher das, was er bisher sein Leben genannt hatte.

„Du hast *was*?!“

Mallory stellte den Pappkarton mit ihren persönlichen Utensilien auf dem Fußboden der Wohnung ab, die sie sich mit ihrer Cousine teilte.

„Ich habe gekündigt, Julia. Ge-kün-digt. Was verstehst du daran nicht?“

Eigentlich hätte sie eine Kündigungsfrist von zwei Wochen einhalten müssen. Aber der Chefanwalt hatte kein Interesse daran gehabt, sie noch länger in der Kanzlei zu behalten. Nicht, nachdem er gehört hatte, dass sie auf keinen Fall bereit war, die Informationen des Privatdetektivs gegen Mrs Leatherman zu verwenden.

Jack war seit der Dienstreise nicht wieder in der Kanzlei gewesen. Er hatte die Grippe, und die Sache Leatherman war Mallory übertragen worden. Da hatte sie beschlossen, lieber zu gehen, als Alicia Leatherman der schmerzhaften Prozedur eines schmutzigen Scheidungsprozesses auszusetzen.

Bei ihrer Abreise von der Ferienanlage hatte sie sich herzlich von Alicia verabschiedet. Als potentielle Anwältin der Gegenpartei hatte sie der älteren Dame nichts anderes raten können, als sich selbst einen Anwalt zu suchen. Auf keinen Fall aber würde sie so weit gehen und Alicia deren Hai von Ehemann zum Fraß vorwerfen.

„Komm, setz dich her“, forderte ihre Cousine sie auf und klopfte neben sich auf das Sofa. „Als ich gestern Abend nach Hause kam, hast du schon tief und fest geschlafen, und jetzt, wo ich dich wach wiedersehe, hast du einen Job hingeschmissen, für den du dein ganzes bisheriges Leben gearbeitet hast. Du warst doch kurz davor, als Teilhaberin aufgenommen zu werden! Also, was ist los?“

Mallory betrachtete ihre Cousine aufmerksam, während sie sich neben ihr niederließ. „Und du?“, fragte sie zurück. „Du hast dunkle Ringe um die Augen und bist in letzter Zeit verdächtig still. Aber mich fragst du, was los ist?“

Julia verdrehte die Augen. „Ich jedenfalls war es nicht, die fünf Tage mit dem knackigsten Anwalt, der in deiner Kanzlei zu haben ist, in einer Ferienanlage verbracht hat.“

„Er ist nicht zu haben", antwortete Mallory und schlang die Arme um sich, als sei ihr kalt.

Eine Woche nach Ende der Dienstreise hatte er sich noch immer nicht in der Kanzlei blicken lassen. Daher hatte es bisher noch keine unangenehme Begegnung gegeben, und durch ihre Kündigung würde sie wohl auch vermeiden können, ihm je wieder gegenübertreten zu müssen. Bei diesem Gedanken schnürte es ihr die Kehle zu.

„Nicht zu haben? Du meinst, er war ausgerechnet in dieser einen Nacht plötzlich verlobt oder sogar verheiratet? Was für ein mieser Kerl." Julia schnaubte verächtlich und verzog angewidert das Gesicht.

Gegen ihren Willen musste Mallory ein wenig lachen. Sie würde Julia nicht sagen, dass es weit mehr als nur eine Nacht gewesen war.

„Nein", antwortete sie. „Er ist weder verlobt noch verheiratet. Aber unzugänglich hier ...", sie deutete auf ihr Herz, „und hier." Sie tippte sich an den Kopf.

Wenn all die Zeit, die sie auf so intime Art miteinander verbracht hatten, nicht ausgereicht hatte, um seine Ansichten zu ändern, dann würde nichts und niemand das schaffen können.

Julia umarmte sie tröstend, und sie ließ es dankbar geschehen. Dann setzte Julia sich wieder gerade hin und fragte: „Hat er ausdrücklich gesagt, er sei nicht interessiert, oder vermutest du es nur? Denn selbst der überzeugteste Junggeselle trifft eines Tages die richtige Frau."

Mallory sah, wie es in Julias Augen listig aufblitzte. „Du willst mir doch wohl nicht weismachen, die richtige Frau könnte die Meinung so eines sturen Kerls ändern?"

„Ich sage nur, man soll nicht die Hoffnung aufgeben, bis man es mit eigenen Ohren gehört hat", grinste Julia.

„Ich glaube nicht, dass er mir noch etwas zu sagen hat. Wenn man ihnen erst mal sagt, dass man sie liebt, ist die Sache erledigt."

Julia seufzte. „Das kommt vor. Was hast du eigentlich vor, jetzt, wo du arbeitslos bist?" Ihr Bemühen, schnell das Thema zu wechseln, war mehr als offensichtlich.

„Na ja, ich habe ein bisschen was auf der hohen Kante. Damit kann ich meine eigene Kanzlei aufmachen, selbst auf die Gefahr hin, dass es nicht von Anfang an gut läuft. Ich werde mir wohl erst einmal passende Büroräume suchen, vielleicht in einer Bürogemeinschaft, das ist nicht so teuer. Es wird Zeit, dass ich etwas für mich selbst tue."

„Und nicht für deinen Vater?"

Mallory war baff. „Soll das heißen, du wusstest die ganze Zeit, das mit der Teilhaberschaft war gar nicht, was ich wirklich will?"

Julia sah sie mit ihren großen, blauen Augen an. Es war, als blicke

Mallory ihr eigenes Spiegelbild an. „Du hast damit versucht, deinen Vater stolz auf dich zu machen. Dabei wird er niemals auf jemand anders als auf sich selbst stolz sein. Und die ganze Zeit hast du dir eingeredet, du seiest glücklich. Wie hätte ich dir das ausreden sollen?“

Mallory seufzte. „Recht hast du. Aber das habe ich jetzt hinter mir.“ Und es hatte sie nur dreißig Jahre ihres Lebens gekostet.

Immerhin hatte sie in dieser Zeit so viel über sich selbst gelernt, dass sie jetzt ein ganz neues Leben beginnen konnte. Sosehr sie sich auch im Stillen wünschte, Jack möge ein Teil davon sein – sie wuchs mit ihren Aufgaben, und deshalb würde sie darüber hinwegkommen.

Schade, dass Jack nicht ebenso viel begriffen hatte wie sie.

15. KAPITEL

Mallory hatte gekündigt.

Jack betrat sein Büro und knallte die Tür hinter sich zu, um in dieser klatschverseuchten Anwaltskanzlei wenigstens die Illusion einer Privatsphäre zu haben. Kaum von der Dienstreise zu Leatherman zurück, hatte ihn eine hundsgemeine Sommergrippe niedergestreckt. Wieso hatte es niemand für nötig erachtet, ihm das mit Mallory zu berichten, während er krank zu Hause lag?

Heute erst war er wieder in die Kanzlei zurückgekommen, voller Unsicherheit, wie er mit seiner Eisprinzessin umgehen sollte. Denn eines wusste er inzwischen: Es war noch nicht vorbei.

Und da war sie einfach weg!

Eine fürchterliche Leere breitete sich in ihm aus.

Aber nicht nur Leere, nein. Er empfand auch Stolz. Stolz auf Mallory, weil sie so mutig gewesen war, endlich das zu tun, was sie wirklich wollte, nachdem sie während der fünf Tage in Hamptons zu sich selbst gefunden hatte.

Sie wusste genau, was sie wollte, und sie handelte entsprechend. Genau wie während der Dienstreise. Wenn ihre Hoffnungen und Träume, ihre Ziele und Wünsche sich nicht erfüllten, kehrte sie ihnen den Rücken zu und suchte sich etwas Neues. Einen anderen Job. Einen anderen Mann.

Jack sah sich in seinem Eckbüro um. Allein schon die zwei Fensterfronten mit der verregneten Skyline von New York dahinter machten es zu einem Statussymbol. Dann der Mahagoni-Schreibtisch, der riesige Leder-Chefsessel, die teuren Orientteppiche, die handgearbeiteten Bücherregale aus dunklem Holz. Außerdem massenhaft Erinnerungsstücke. Seine Abschlusszeugnisse vom College und vom Jurastudium, seine Zulassung als Anwalt für die New Yorker Gerichte und sogar seine Football-Jacke aus der Highschoolzeit.

Hier hatte er seine Karriere begonnen. Alles, was er beruflich erreicht hatte, war mit dieser Kanzlei verbunden. Doch seine Zeit mit Mallory hatte ihm gezeigt, dass er selbst sich in all den Jahren nicht weiterentwickelt hatte. Und unter diesem Aspekt betrachtet, wirkten seine beruflichen Triumphe bedauernswert, ja, geradezu jämmerlich.

Die Sache mit Leatherman hatte ihn auch nicht gerade motiviert.

Er hatte Paul die kompromittierenden Fotos gezeigt, hatte dessen Wutausbruch über sich ergehen lassen und ihn dann darauf hingewiesen, welchen Schaden sein Ruf als Geschäftsmann nehmen könnte, wenn diese Bilder an die Öffentlichkeit gelangten. Es sah so aus, als wenn die Angelegenheit unter diesen Umständen schnell und ohne großes Aufsehen geregelt werden konnte. Leatherman würde nun doch auf einen Teil seines Vermögens verzichten, und er, Jack, brauchte nicht gegen seine Überzeugung handeln, indem er Pauls Frau zu einer unfairen Scheidungsvereinbarung zwang.

Alles wunderbar.

Jack starrte auf das Empire State Building in der Ferne. Auch er würde es hier nicht mehr lange aushalten. Nicht, nachdem er Alicia Leatherman genauer ins Gesicht geblickt und in ihr weit mehr gesehen hatte als nur die Gegenpartei, die er im Gerichtssaal nach allen Regeln der Kunst übers Ohr zu hauen gedachte. Das hatte er vom selben Moment an gewusst.

Noch ein Grund, Mallory dankbar zu sein. Sie hatte ihm die Augen geöffnet.

Weder die Kanzlei noch Leatherman trugen die Schuld an Jacks Unzufriedenheit. Die Schuld lag bei ihm. Er hatte es nicht gewagt, zu seinen Gefühlen zu stehen und das allergrößte Geschenk, das ihm je jemand angeboten hatte, einfach anzunehmen.

Mallorys Liebe.

„Und?", fragte er laut in den stillen Raum hinein. „Was gedenkst du nun zu unternehmen?"

Er sah hinunter auf seinen grandiosen Schreibtisch. Dann nahm er sich ein Blatt Papier und einen Stift. Er würde sich mit unmissverständlichen Worten wieder mit Mallory in Verbindung setzen.

Und dann konnte er nur noch hoffen.

Die Hände auf die Hüften gestützt, sah Mallory sich in dem leer stehenden Büro um, das einer von Julias Freunden, ein Versicherungsmakler, vermieten wollte. Es handelte sich um einen einzelnen Raum. Außerdem würde sie seine Sekretärin in Anspruch nehmen können. Die arbeitete bisher nur in Teilzeit, und Mallory würde nur die zusätzlich anfallenden Stunden zu bezahlen brauchen.

Das war eine weitaus günstigere Lösung, als wenn sie sich ein wirklich eigenes Büro mieten und eine eigene Sekretärin bezahlen würde. Für diesen großen Schritt hatte sie immer noch Zeit, wenn ihre Kanzlei erst einmal erfolgreich lief.

Und dafür würde sie schon sorgen. Mallory machte immer alles ganz oder gar nicht.

Bis auf die Sache mit Jack. Das hatte sie irgendwie nicht hingekriegt.

Zwei Wochen waren vergangen, seit sie ihn hinter sich gelassen hatte. Und er hatte nichts, absolut nichts von sich hören lassen in dieser Zeit.

Sie hatte ja nicht ernsthaft damit gerechnet, dass er sie anrufen würde. Nur die Träumerin in ihr hatte heimlich darauf gehofft.

Manchmal dachte sie auch selbst daran, ihn anzurufen, meist mitten in der Nacht. Einfach nur, um seine Stimme wieder zu hören und herauszufinden, ob er sich nicht vielleicht doch ebenso sehr nach ihr sehnte wie sie sich nach ihm. Aber dann meldete sich immer wieder der Verstand und erinnerte sie daran, dass er bereits wusste, sie liebte ihn. Wenn er jetzt begriff, dass er das Gleiche für sie empfand, würde er sie schon zu finden wissen. Es gab nichts, was sie noch sagen oder tun konnte.

Sie verließ das alte Gebäude. Es war ein gutes Angebot, aber sie war sich noch nicht ganz sicher. Mit einem Taxi war sie bald darauf zu Hause. Sie warf ihre Tasche auf das Sofa, als sie ins Wohnzimmer kam.

„Wo warst du denn?“ Julia kam voller Ungeduld aus ihrem Zimmer.

„Ich habe mir ein paar Büros angesehen.“ Mallory ließ sich auf den nächstbesten Stuhl fallen. „Herrje, bin ich geschafft! Diese Hitze bringt mich noch um.“

„Und ich habe die Post aus dem Briefkasten geholt, als du weg warst“, erwiderte Julia und blieb wartend neben Mallory stehen.

„Und was ist so Besonderes daran?“

„Das hier.“ Sie klatschte Mallory einen Brief in den Schoß.

Es war ein elfenbeinfarbener Umschlag mit den vertrauten Insignien von Waldorf, Haynes und Partner darauf. Aber das war noch nicht alles. Unter die Absenderadresse in der oberen linken Ecke pflegte der jeweilige Anwalt seine Initialen zu kritzeln, und Julia war dieses wichtige Detail keineswegs entgangen. Mallorys Herzschlag beschleunigte sich von einer Sekunde auf die andere zu einem rasenden Galopp.

„J. L. Das ist von ihm, nicht wahr?“, fragte Julia begeistert.

„Hast du was dagegen, wenn ich das allein lese?“

Es war eine rein rhetorische Frage, denn Mallory wusste, ihre Cousine würde keinen Zentimeter von ihrer Seite weichen. Also öffnete sie den Umschlag und begann zu lesen.

Julia neben ihr las laut mit: *„Nur ein allerletztes Mal. Ein Leben lang. Ich warte auf dich – falls du dich traust.* Mein Gott, wie romantisch!!!“

Julias hingerissenes Gequietsche schrillte in Mallorys Ohren.

„So viel zum Thema allein lesen“, murrte sie, während sie am ganzen Leib zu zittern begann, als sie die kurzen Zeilen ein zweites Mal überflog.

Es war romantisch – und zutiefst beunruhigend.

Mallory hatte keine Ahnung, was Jack dazu bewogen hatte, seine Meinung zu ändern. Sie kannte ihn allerdings gut genug, um zu wissen, dass er diesen Brief nicht geschrieben hätte, wenn er nicht jedes Wort genau so meinen würde, wie es da stand.

Sie nahm den leeren Briefumschlag zur Hand. Das Absendedatum lag über eine Woche zurück. Die Absenderadresse war ihr völlig unbekannt. Ein Ort irgendwo im Umland. Er hatte sich zurückgezogen, um sich über etwas klar zu werden.

„Was denkt er denn, wie du da hinkommen sollst?“, wunderte sich Julia.

„Gute Frage.“

Nichts gab einen Hinweis darauf, wie sie den Ort finden konnte. Sie würde wohl einen Stadtplan brauchen, der auch die Vororte zeigte. Sie befühlte das Papier zwischen ihren Fingern, als ob sie noch die Wärme von Jacks Berührung spüren könne.

„Aber“, meinte sie dann, „was gut ist, ist nie leicht zu kriegen, richtig?“

Julia, die keine Ahnung hatte, wie viele Einladungen zwischen Mallory und Jack schon hin und her gegangen waren, nickte nur und sah reichlich verwundert aus.

Mallory hingegen war sich ganz sicher. Wenn sie Jack haben wollte, würde sie sich dafür anstrengen müssen. *Noch nie hat eine Frau meinetwegen ihre eigenen Grenzen überschritten.* An diesen Satz von ihm konnte sie sich noch genau erinnern.

Sie war sich auch ziemlich sicher, dass er es ihr nicht einfach nur schwer machen wollte. Wenn sie ihn aber tatsächlich ausfindig machte, dann würde sie ihm damit zeigen, dass er ihr jede Anstrengung wert war.

Es war eine Herausforderung, und diesmal ging es um nicht mehr und nicht weniger als den Rest ihres Lebens.

Mallory parkte den Mietwagen vor dem Haus, dessen Adresse auf dem Briefumschlag gestanden hatte. Noch einmal prüfte sie die Nummer am Briefkasten, doch als sie das wunderschöne viktorianische Gebäude mit dem weißen Gartenzaun davor gesehen hatte, war ihr sofort klar gewesen, dass sie hier richtig war. Es war ein malerisches und liebenswürdiges Anwesen, und es nannte sich *Zuhause*.

Sie stieg aus dem Auto und kümmerte sich nicht um den Regen. Suchend sah sie sich um, ob irgendetwas ihr vertraut erschien. Doch bis auf ihre kribbelnden Handflächen und ihr erwartungsvoll pochendes Blut deutete nichts auf Jacks Anwesenheit hin.

Mit übergezogener Kapuze und fest zusammengehaltenen Mantelaufschlägen ging sie auf die Eingangstür zu. Sie hatte noch nie an ihren Fingernägeln gekaut, doch in diesem Moment war sie drauf und dran, damit zu beginnen. Es war Jack gewesen, der die Einladung geschickt hatte, aber natürlich hatte sie sich wieder ihre eigenen Gedanken dazu gemacht und war entsprechend vorbereitet.

Jetzt, nachdem sie einander wochenlang nicht gesehen hatten, war sie nervöser als am allerersten Abend. Aber sie wollte ihn haben, für immer, und da war es besser, er wusste gleich von Anfang an, dass die alte Mallory ein für alle Mal verschwunden war. Mit der neuen Mallory würde nichts langweilig und vorhersehbar sein.

Sie ging die wenigen Treppenstufen hinauf und klingelte.

Jack hatte beobachtet, wie sie vorgefahren war, und öffnete die Tür im selben Moment, als es klingelte. Es war ein unwirklicher Moment, als die Frau, die der Dreh- und Angelpunkt seiner Fantasien war, an ihm vorbei ins Trockene schlüpfte.

Sie schob die Kapuze nach hinten und begegnete seinem Blick, ein zögerndes Lächeln auf den Lippen. „Ich nehme mal an, das hier ist das richtige Haus", sagte sie.

Das richtige Haus und der richtige Mann.

„Schön, dass du es so einfach gefunden hast", erwiderte er.

„Oh, normalerweise verfahre ich mich dauernd, aber zum Glück gibt es ja das Internet. Da kriegt man detaillierte Beschreibungen für jede Route, und zwar von Haustür zu Haustür. Sehr praktisch, muss ich sagen."

Auf einmal herrschte eine merkwürdige Stille, und das entsprach ganz und gar nicht seinen Plänen. Er hatte sich dieses Treffen anders vorgestellt, nachdem er sie viel zu lange nicht gesehen hatte.

Er trat einen Schritt zurück, um sie weiter hereinzubitten. Ihr leicht sonnengebräuntes Gesicht war sorgfältig geschminkt, umrahmt von den dunklen Wellen ihrer langen Haare.

Was sie da unter dem Mantel anhatte, blieb vorerst ein Geheimnis. Soweit er sehen konnte, hatte er weder Mallory die Anwältin noch Mallory die Verführerin vor sich. Es war *seine* Mallory, und wenn er sie nicht gleich in die Arme schließen durfte, würde er laut aufheulen vor Ungeduld.

„Ich habe dich vermisst", sagte er.

Ihr eben noch unsicheres Lächeln breitete sich strahlend über ihr ganzes Gesicht aus. „Das hat aber auch gedauert", antwortete sie und warf sich in seine Arme.

Er vergrub sein Gesicht in ihren Haaren und hielt sie ganz fest. Er roch das vertraute Parfüm und fühlte sich so erfüllt wie immer in ihrer Nähe. Doch gleich darauf entzog sie sich ihm wieder.

„Was ist das für ein Haus?“, fragte sie und sah sich um. Es gab keinerlei Anzeichen dafür, dass hier jemand wohnte. Und sie hatte keine Ahnung, was für eine bedeutsame Frage sie eben gestellt hatte.

„Zieh dir doch erst mal den Mantel aus, dann erkläre ich es dir.“

Das leichte Rot ihrer Wangen wurde kräftiger. „Noch nicht. Mir ist noch kalt.“

„Solange du ihn nicht anbehältst, damit du schnell wieder wegkannst …“

„Vertrau mir. Ich bin nicht den ganzen Weg hierher gefahren, um dann wegzurennen.“

Er nahm ihre Hand, sah ihr in die Augen, froh, endlich wieder in dieses unfassbare Blau sehen zu dürfen, und antwortete: „Dir vertraue ich sogar mein Leben an.“

In ihren Augen blinkten Tränen, und sie berührte leicht seine Wange. „Es kann dir nicht leichtfallen, so etwas zu sagen.“

„Komisch, aber bei dir fällt es mir überhaupt nicht schwer.“ Er suchte nach weiteren Worten.

Mallory schien das zu spüren, denn sie wartete ruhig.

„Diese Woche in Leathermans Hotel hat alles geändert“, fuhr er schließlich fort.

Sie senkte den Kopf ein wenig. „Erzähl mir mehr darüber“, sagte sie sanft.

Jack lachte. „Ich schätze, was wir da erlebt haben, hat unser *beider* Leben verändert. Du hast zu dir selbst gefunden und erkannt, was du wirklich willst. Ich habe dich gefunden und begriffen, dass das Wort Beziehung kein Schimpfwort ist. Als du dann abgereist bist, wusste ich sogar schon, dass ich mich nicht mehr in den Terminator zurückverwandeln konnte und es auch gar nicht wollte.“

Mallory wich seinem Blick keine Sekunde aus. „Alicia sagte ja, dass du ein wunderbarer Mann bist.“

Er schüttelte den Kopf. „Sie ist eine wunderbare Frau. Genau, wie du gesagt hast. Ich hatte wirklich Glück, dass Leatherman sich selbst ein Bein gestellt hat, denn sonst wäre ich in einer unerträglichen Lage gewesen. Ich wollte nur die Kanzlei nicht schädigen, indem ich den Fall ablehne. Obwohl ich schon ahnte, dass ich es dort nicht mehr aushalten würde.“

„Hast du etwa auch gekündigt?“, fragte sie erschrocken.

„Ich bin dabei, meine Anteile zu verkaufen. Keinesfalls kann ich so weitermachen wie bisher und dabei helfen, Ehen um jeden Preis zu zerstören.“ Er lächelte schwach. „Nicht, wo ich gerade anfange, an die Ehe zu glauben.“

„Ich bin total geplättet!“

„Du wirst lachen, ich auch“, erwiderte er. „Bisher habe ich keine Ahnung, was ich jetzt tun soll, aber jedenfalls bin ich mir sicher, dass ich die richtige Entscheidung getroffen habe.“

„Und dieses Haus?“

Noch länger konnte er sich nicht zurückhalten. Seine Handflächen waren schweißfeucht, aber er hatte sich eine Aufgabe gestellt und würde jetzt den Teufel tun, einen Rückzieher zu machen!

„Das ist eine Art Glücksspiel“, begann er vorsichtig zu erklären. „Du wolltest zwar unbedingt Teilhaberin werden und warst deshalb der Meinung, Ehe und Familie passten nicht in die Rechnung. Aber du glaubst daran, dass es auch glückliche Ehen gibt, und wolltest, dass ich dasselbe glaube. Das tue ich jetzt.“

„Was heißt das?“

Jack machte unsicher die Fäuste auf und zu, immer wieder. „Das heißt, als du gekündigt hast, nahm ich an, dass die Situation für dich jetzt eine andere sein könnte. Und deshalb ist das alles hier eine Einladung, mit mir den amerikanischen Traum zu träumen. Du weißt schon, mit Haus und weißem Gartenzaun. Um die Ecke gibt es ein Tierheim, und ich weiß, ich hätte nichts gegen zweieinhalb Kinder einzuwenden. Natürlich würde ich darauf achten, dass du nicht ewig barfuß und schwanger herumläufst. Ein so intelligenter Kopf darf nicht verschwendet werden. Dieses Städtchen hier kann ganz bestimmt zwei weitere hervorragende Rechtsanwälte vertragen.“

Mallory zwinkerte stumm. Es hatte Zeiten gegeben, da hätte er sich gefreut, sie so zu überraschen. Aber das war vorbei. Macht war eben doch keine Illusion, und hier hatte ganz klar *sie* das Sagen.

Je länger ihr Schweigen anhielt, desto mehr begann er sich zu fragen, ob er sich nicht doch zu weit aus dem Fenster gelehnt hatte mit diesem indirekten Antrag.

„Ich meine, ich habe es noch nicht gekauft, musst du wissen“, sagte er. „Kann ja immerhin sein, du möchtest lieber in der Großstadt bleiben oder willst gar nicht heiraten …“

„Was redest du da für einen Unsinn? Ich habe dich noch nie so nervös erlebt!“ Und ein strahlendes Lächeln breitete sich langsam auf ihrem Gesicht aus.

Das war ihm eigentlich schon Antwort genug. Aber er wollte es klipp und klar hören. „Also, was sagst du?“, drängte er.

„Dass damit meine Träume wahr werden“, sagte sie und wusste, dass sie sich selbst in ihren wildesten Träumen kein solches Happy End vorgestellt hatte. „Und dass ich dich liebe“, fügte sie hinzu.

„Ich liebe dich auch“, antwortete er ohne Zögern. Nie wieder wollte er das verheimlichen.

Mallory lächelte erneut. Man fand nicht häufig einen Mann, der es für lohnenswert hielt, ein wenig hinter die Fassade zu schauen. Langsam begann sie, mit bebenden Fingern ihren Mantel aufzuknöpfen.

„Ich hoffe, du erwartest weder eine Büromaus noch ein Hausmütterchen“, sagte sie dabei. Denn sie hatte über sich selbst gelernt, dass sie von allem etwas war und noch längst nicht alles über sich wusste.

Mit einer lässigen Schulterbewegung warf sie den Regenmantel ab und stand in der aufreizenden schwarzen Unterwäsche vor ihm, die sie extra für ihn ausgesucht hatte.

Er pfiff anerkennend. „Lass das bloß nicht die Nachbarn sehen.“

Mallory lachte und lockte ihn mit dem Zeigefinger näher zu sich heran. „Ich schätze, wir werden blickdichte Jalousien anbringen müssen.“

„Verstehe ich richtig? Ist das ein Ja?“

Ihr Herz klopfte aufgeregt. „Ein Ja für den Rest des Lebens.“

Jack trat auf sie zu, hob sie in seine Arme und besiegelte ihren Handel mit einem langen Kuss.

– ENDE –

Carly Phillips

Was diese Frau so alles kann

Roman

Aus dem Amerikanischen von
Christiane Meyer

MIRA®

1. KAPITEL

Regan Davis blickte sich ein letztes Mal in den Räumen von *Divine Events* um. Die angesagteste Hochzeitsagentur Chicagos machte ihrem Namen alle Ehre. Doch Regan war gerade von ihrem Verlobten verlassen worden; sie benötigte ihre Dienste nicht mehr.

Regan stieg die schmiedeeiserne Wendeltreppe hinunter. Auf dem Weg zum Ausgang hielt sie jedoch inne. Gedankenverloren blieb sie im Empfangsbereich stehen und betrachtete die riesengroße Blumenvase. Sie hatte sie schon so oft gesehen! Die Paradiesvogelblumen, Hyazinthen, Hortensien und das üppige Grün bauschten sich wie ein Baldachin über den großen runden Tisch. Mit den Fingerspitzen strich Regan über einige der weißen Mappen, in denen die Agentur jene Hochzeiten präsentierte, die sie ausgerichtet hatte. Da entdeckte sie plötzlich ein Buch, das in scharlachrotes Leder gebunden war. Sie hielt inne. Das ausladende Blumenbukett hatte den Blick darauf bisher verdeckt, doch jetzt konnte Regan ihre Augen nicht mehr davon abwenden.

Ein paar Schritte entfernt lockte der Ausgang – frische Luft und ein neues Leben. Neben ihr stand eine Schale aus edlem Kristall, in der Naschereien zum Verzehr auslagen. Doch weder die feinsten Pralinen noch der Geschmack der Freiheit reizten Regan so sehr wie das scharlachrote Buch.

Warum? Warum nur war es so verlockend?

Weil sie sich an einem absoluten Tiefpunkt befand? Vielleicht. Regan war bereit – bereit, alles zu wagen, was sie aus der Krise führte. Bereit für alles, was ihrem Leben Würze verleihen und zu dem machen würde, was sie sich eigentlich wünschte. Und das rote Buch … Es versprach Abenteuer und Sünde.

Regan war ganz allein im Foyer. Es sprach wohl nichts dagegen, einen Blick hineinzuwerfen. Sie nahm das Buch vom Tisch und setzte sich damit auf die Couch. Auf dem Umschlag war kein Titel zu entdecken. Der rote Ledereinband entpuppte sich als Schutzumschlag; er umhüllte ein außergewöhnlich umfangreiches Buch. Als sie es durchblättern wollte, stellte Regan fest, dass die Seiten versiegelt waren – doch das reizte ihre Neugierde nur noch mehr. Sie biss sich auf die Unterlippe und schlug die erste Seite des Buches auf.

Sexcapades
Geheime Spiele und wilde Abenteuer für hemmungslose Liebende

Du liebe Güte.

Regan schlug das Buch viel zu laut zu. Sicherlich waren ihre Wangen vor Aufregung gerötet. Ihre Südstaatenerziehung gewann die Oberhand; unter gesenkten Wimpern sah sie sich um. Obwohl aus dem oberen Stockwerk Stimmen drangen – dort waren die Büros und Beratungsräume der Agentur untergebracht –, war außer ihr niemand im Empfangsbereich. Regan gab ihrem Verlangen nach. Ihr schlug das Herz bis zum Hals, und ihr Mund wurde trocken, als sie das Buch erneut öffnete. Jetzt bemerkte sie, dass die Geschichten zwar versiegelt waren, auf dem jeweiligen Deckblatt aber Kapitelüberschriften standen. Regan blätterte die Seiten mit fliegenden Fingern durch, bis ihr Blick unvermittelt an einem Satz hängen blieb.

Fessle ihn!
Für Frauen, die gern die Kontrolle übernehmen

Ein sinnliches Kribbeln erfüllte Regan. Sie musste zugeben, wie verführerisch diese Worte in ihren Ohren klangen. Es war lange her, dass sie über überhaupt irgendetwas die Kontrolle oder Verantwortung gehabt hatte. Vor allem über ihr Leben. Ja, sie hatte den ersten Schritt gemacht, doch der war längst überfällig gewesen.

Bevor sie zu *Divine Events* gefahren war, um ihre Hochzeit abzusagen, hatte sie bei *Victoria's Secret* haltgemacht. Und sie hatte sich die verruchtesten, gewagtesten und aufreizendsten Dessous gekauft, die sie finden konnte. Ihren Kleidungsstil würde sie als Nächstes ändern. Regan zupfte an der Seidenbluse, die bis oben hin zugeknöpft war. Die Bluse war ein wenig zu warm und etwas zu hochgeschlossen für den Sommer. Nein, verdammt: Sie *schwitzte* in dieser Bluse! Regan schnaubte verächtlich. Sie hatte ihre vornehmen Südstaatenmanieren derart verinnerlicht, dass sie sich regelrecht konzentrieren musste, um sie abzulegen.

Als pflichtbewusste Tochter, aus der fast eine gehorsame Ehefrau geworden wäre, hatte sie ihr ganzes Leben lang die Regeln und Gebote befolgt, die ihr und ihren Schwestern seit ihrer Geburt auferlegt worden waren. Ihre Eltern hatten schon einen Banker und zwei Rechtsanwälte als Schwiegersöhne. Regan hätte durch ihre Heirat einen dritten Anwalt zum *perfekten* Familienstammbaum hinzufügen sollen. Dann wäre aus Regan endlich auch die *perfekte* Tochter geworden. Sie wäre nicht mehr die Enttäuschung, das schwarze Schaf der Familie gewesen. Und sie wäre nicht länger die Tochter, die die Dinge auf ihre eigene Weise anpackte.

Ihr Vater, der Richter, hatte sich wahnsinnig gefreut. Und auch ihre Mutter hätte eigentlich rundum glücklich sein können – was sie auch gewesen wäre, hätte Regan sich dazu entschlossen, im Country Club in Savannah zu feiern. Die Entscheidung, die Hochzeit in Chicago zu begehen, enttäuschte sie allerdings über die Maßen.

Schon ihr Umzug nach Chicago vor einem Monat war ein Schlag für die Familie gewesen. Ihr Verlobter Darren war es, der darauf bestanden hatte, dass die Hochzeit ebenfalls hier in der Stadt gefeiert werden sollte. Sie waren von Savannah hierher gezogen, weil seine Kanzlei Darren zum Leiter der neuen Niederlassung ernannt hatte, und Regan war froh gewesen, mit ihm fortzugehen. Sie hätte beinahe alles getan, um den Beschränkungen zu entkommen, die sie von Kindesbeinen an eingeengt hatten.

Und nun musste sie die Hoffnungen ihrer Familie zum dritten Mal enttäuschen. Sie schüttelte den Kopf und verkniff sich ein Lachen. Bis zum heutigen Tag war der große Brand von Atlanta der schwärzeste Tag in der Geschichte der Familie Davis gewesen – jener Tag im November 1864, an dem die Unionstruppen die Stadt niederbrannten. Aber das würde sich jetzt vermutlich ändern.

Als anständige Südstaatenschönheit, die Regan war, war sie dazu erzogen worden, eine sittsame Braut zu werden. Stattdessen war sie nun eine sitzen gelassene Braut. Seltsamerweise machte ihr das weniger aus, als sie gedacht hätte. Ihre liebe Familie jedoch würde ihr Leben nunmehr als gescheitert betrachten. Ihre Mutter wäre besonders enttäuscht. Kate Davis fühlte sich am wohlsten, wenn ihre Töchter sich ihren Südstaatenerwartungen fügten, ohne zu murren. Wenn man sich dagegen auflehnte, zog sie sich zurück. Und aus der Mutter wurde eine Fremde.

Mit der gelösten Verlobung würde Regan ihrer Familie einen gehörigen Schlag versetzen. Dennoch fühlte sie sich wie befreit – von dem Korsett an Erwartungen und Pflichten, und von einem Verlobten, der ebenfalls nicht mehr als ein Zugeständnis an ihre Eltern gewesen war.

Regan hätte eigentlich traurig sein müssen. Aber sie fühlte sich erleichtert – obwohl ihre Hochzeit abgesagt worden war. Obwohl ihr Verlobter aus ihrer gemeinsamen Wohnung ausgezogen war. Sogar trotz Darrens Untreue. Sie hatten einander benutzt; Regan konnte das mittlerweile akzeptieren. Sie hatte ihn auserwählt, um ihrer Familie einen Gefallen zu tun, und deswegen über all das hinweggesehen, was in ihrer Beziehung gefehlt hatte. Und er? Darren hatte sich nur mit ihr verlobt, weil ihr Daddy großes Ansehen in der Rechtsgemeinde genoss. Trotzdem hatte er sie verlassen. Regan verspürte beinahe den Drang, ihm für diesen Mut zu applaudieren.

Es würde ihre Eltern sicher schockieren, dass Darren ausgerechnet ihre anständigen Südstaatenmanieren leid war, die ihr von klein auf eingetrichtert worden waren. Was für eine bittere Ironie! Er bevorzugte die laute, geschmacklose, gewöhnliche Kollegin in der Kanzlei, die er eingestellt hatte. Regan schüttelte den Kopf. Sie hatte kein Recht dazu, schlecht über diese Frau zu denken. Darrens Flamme war lediglich mutig genug, Miniröcke und dunklen, sexy Lippenstift zu tragen und dennoch auf eine Art und Weise zu sprechen, die einem Mann Respekt abnötigte. Schließlich verspürte Rachel tief in sich den Wunsch, wie sie zu sein. Und das schon ihr ganzes Leben lang.

Regan wollte frei sein. Frei, die Kleidung zu tragen, die sie tragen wollte, und nicht die, die die Gesellschaft oder ihre Mutter für angemessen hielten. Frei, um ihr kommunikatives Talent nicht nur für wohltätige Zwecke einzusetzen, sondern Karriere zu machen. Und frei, sich den Mann zu nehmen, der ihr gefiel, ohne seine Zeugnisse oder seinen Stammbaum zu prüfen. Herrgott noch mal! Spätestens jetzt sollte sie doch endlich den Entschluss fassen, an sich selbst zu denken. In Savannah war sie fast erstickt, das war ihr erst klar geworden, als sie vor einem Monat nach Chicago gezogen war. Doch akzeptiert hatte sie das deswegen noch lange nicht.

Aber ihr Leben konnte neu beginnen. Von vorn. Jetzt. Darren, der nichtsnutzige, untreue Mistkerl, hatte ihr diese Chance ermöglicht – wenn sie den Mut aufbrachte, sie auch zu ergreifen.

Sexcapades. Sie strich mit der Hand über das weiche scharlachrote Leder. Wie passend, dachte Regan. Noch einmal blickte sie sich kurz um. Als sie sich sicher war, dass sie ganz allein war, öffnete sie beinahe trotzig die obersten Knöpfe ihrer Seidenbluse. Damit gab sie den Blick frei auf einen farblich passenden pinkfarbenen Spitzen-BH und ihr – Regan lächelte stolz – üppiges Dekolleté. Dafür hatten ihre Schwestern sie schon immer beneidet.

Sie fuhr sich mit den Fingern durch die sorgfältig gezähmten Locken und hoffte, ihrem Haar genau den zerzausten, verruchten Look zu verleihen, bei dem ihre Mutter sofort an „Flittchen“ und „verlorene Mädchen“ dachte. Ein knapper Blick in ihren Schminkspiegel gab ihr recht. Ihre Wangen waren gerötet, und ein wenig Lippenstift unterstrich ihre Reize noch. Im Moment musste das reichen – jedenfalls, bis Regan sich ein paar heiße knappe Outfits zugelegt hatte, die zu ihrer kühnen neuen Einstellung passten.

Je mehr sie die Fesseln löste, die ihre Gedanken und ihren Körper so einengten, desto mutiger wurde Regan. Sie senkte ihren Blick. Die Anweisungen im Buch waren klar: Die Leser sollten sich die

Seite herausreißen, die ihr Interesse weckte. Und dann leben – und lieben!

Ihre Hände wurden feucht und zitterten, als ihr Blick wieder auf die Kapitelüberschrift fiel. Oh ja! Sie würde einen Mann gern einmal fesseln und um den Verstand bringen. Sie wollte ein Mal das Verlangen in seinen Augen aufblitzen sehen und wissen, dass es nur ihr, ihr allein galt. Und plötzlich wollte Regan nicht mehr darauf warten, bis dieser Mann ihr irgendwann in der Zukunft zufällig über den Weg lief. Sie wollte die Kontrolle, *jetzt*. Regan wollte den ersten Schritt machen und endlich anfangen, unabhängig zu sein, *bevor* sie ihre Familie über die geplatzte Hochzeit informierte. Und alles sollte mit einer Affäre beginnen – mit einer vollkommen unverbindlichen Affäre.

Wilde Lust durchströmte ihren Körper bei diesen verwegenen, verführerischen Gedanken. Regan wusste, dass sie die richtige Entscheidung getroffen hatte. Und sie würde damit anfangen, indem sie hier und jetzt ihre Fantasie auswählte. Trotz ihrer Entschlossenheit gewann ihre Südstaatenerziehung die Oberhand, als sie sich unauffällig im Empfangsbereich umsah. Schließlich sollte niemand sie beim Diebstahl der Buchseite beobachten. Nein, sie war noch immer allein. Und außerdem: Nach dem heutigen Tag würde sie sowieso nie wieder an diesen Ort zurückkehren oder irgendjemanden aus der Agentur wiedersehen. Sie nahm all ihren Mut zusammen. Und dann riss sie die Seite heraus.

Das Geräusch hallte laut und klar im menschenleeren Foyer wider. Regan zuckte zusammen. Doch als niemand auftauchte, um sie zur Rede zu stellen, faltete sie die Seite zusammen und steckte sie in ihre Tasche. Mission erfüllt, dachte sie stolz.

Jetzt brauchte sie nur noch einen Mann.

Was tut man nicht alles für einen Freund, dachte Sam Daniels ironisch. Er trat aus der Umkleidekabine bei *Divine Events*. Seinen Smoking und den Rest seiner Trauzeugenausstattung ließ er zurück – wenigstens bis zur Zeremonie. Aber die sollte erst am nächsten Tag stattfinden. An diesem Abend fand das Dinner für die Beteiligten der Hochzeitsprobe statt: Glücklicherweise hatten Braut und Bräutigam für diesen Anlass auf legerer Kleidung bestanden.

Er fuhr sich mit der Hand über die Augen. Er war noch immer ein wenig erschöpft. Aber was hatte er auch erwartet, nachdem er den Nachtflug von San Francisco hierher genommen hatte? Er war schließlich gerade erst von einer längeren Geschäftsreise zurückgekommen. Sam war Pilot. Er arbeitete für eine große Computerfirma namens Connectivity Industries. Gerade hatte er den Geschäftsführer und einige seiner Mitarbeiter nach Paris geflogen, was Sam einen Aufenthalt im legendären Grand-Hotel Ritz und ein paar andere Vergünstigungen beschert hatte. Sam grinste. Er liebte seinen Job!

Sam war in einer schäbigen Gegend von San Francisco aufgewachsen. Damals hatte er sich geschworen, den ärmlichen Verhältnissen zu entkommen und niemals wieder so zu leben. Und er hatte es geschafft. Sam besaß eine Eigentumswohnung im Embarcadero, einem Hochhaus mit Ausblick auf die Bay Bridge. Die Stadt von so hoch oben überblicken zu können, erinnerte ihn immer wieder daran, wie weit er es gebracht hatte. Er hatte hart dafür gearbeitet. Und einen Job bekommen, der ihn an Orte auf der ganzen Welt führte. Zudem wurde er noch extrem gut bezahlt. Sam kräuselte die Lippen. Der Luxus, der mit seiner Karriere verbunden war, hatte durchaus etwas für sich.

Der einzige Nachteil war der Jetlag, an dem Sam auch jetzt im Augenblick litt. Er war zutiefst erschöpft und hundemüde. Und ganz und gar nicht in der Stimmung für die Pflicht, die ihn erwartete. Doch als Trauzeuge musste er seinem guten Freund Bill natürlich beistehen. Die beiden hatten sich während der Pilotenausbildung kennengelernt. Und nun hatte Bill sich entschlossen, das Fliegen aufzugeben und sich mit seiner zukünftigen Ehefrau häuslich niederzulassen. Sam war zwar enttäuscht über diese Entscheidung seines Freundes, aber dennoch bereit, sie zu akzeptieren.

Wie Sams Mutter auch, wollte Bills Verlobte nun mal keinen Mann, der nie zu Hause war. Sie wollte keinen Mann, der viel reisen musste, um seinen Lebensunterhalt zu verdienen. Sam hoffte nur, dass Bill nicht auch verkümmerte wie eine zarte Pflanze, die langsam verdurstete – so wie Sams Vater. Der hatte sich schließlich vollkommen zurückgezogen. Sam seufzte und zuckte die Schultern. Bill war erwachsen. Er wusste, worauf er sich einließ. Sam jedoch würde sich niemals Fesseln anlegen lassen. Keine Frau würde ihn je zur Heirat überreden oder zu etwas drängen können, das über eine heiße Affäre hinausging.

Es war verdammt lange her, dass er sich auf ein solches Abenteuer eingelassen hatte. Das lag vor allem daran, dass die meisten Frauen behaupteten, sie könnten mit einem One-Night-Stand umgehen – genau wie sie behaupteten, mit seiner Lebensweise klarzukommen. Doch ehe er sich's versah, versuchten sie, ihn zu ändern. Sie versuchten, ihn davon zu überzeugen, dass er sich tief in seinem Innern nichts mehr wünschte, als den Himmel für Heim und Herd hinter sich zu lassen.

Na klar.

Trotz seiner persönlichen Einstellung hatte er seinen Terminplan so umgeändert, dass er bereits ein paar Tage vor der Hochzeit in Chicago sein konnte. Aber jetzt musste er endlich aus dieser Agentur verschwinden. Hier schrie alles geradezu „Hochzeit!“, und Sam erschauerte unwillkürlich.

Er stopfte sich das T-Shirt in die Jeans und ging durch den Korridor in den Empfangsbereich. Er blinzelte, als er den Empfangsbereich betrat. Und dann erstarrte er.

Sie war blond. Blonde Frauen hatten ihm schon immer gefallen. Sie trug Seide, ein Stoff, der ihn daran erinnerte, wie sich die Haut einer Frau anfühlte. Ihre Finger glitten zart und sinnlich über ein rotes Buch. Was für eine sinnliche Bewegung! Sam war fasziniert. Und er hatte noch nicht einmal ihr Gesicht gesehen.

Nicht, dass es eine Rolle spielte. Wenn sie bei *Divine Events* war, würde sie vermutlich bald heiraten. Oder sie war Trauzeugin oder Brautjungfer. Und das bedeutete Sams Meinung nach für gewöhnlich, dass sie den Brautstrauß fangen wollte, um die Nächste zu sein, die einen Mann an sich band. Zumindest behaupteten seine Schwestern und ihre Freundinnen das. Und Sam hatte nicht vor, in diese Falle zu tappen. Er schüttelte den Kopf und lachte leise.

Als sie das Lachen hörte, hob sie den Kopf und blickte ihn mit großen Augen an. Erstaunt und, wenn man den zart geröteten Wangen Glauben schenken durfte, offensichtlich verlegen, nahm sie das Buch von ihrem Schoß und legte es zurück auf den Tisch.

Er wusste nicht, was ihn mehr faszinierte: das scharlachrote Buch, die geröteten Wangen … oder sie. Sie hatte große blaue Augen, in denen Traurigkeit stand und etwas anderes, etwas Geheimnisvolles. Ihre Haut war porzellanzart, und sie hatte den schönsten Körper, den er je gesehen hatte. Und sie konnte ihren Blick nicht von ihm abwenden.

Es war schon lange her, dass er so intensiv auf eine Frau reagiert hatte. Lange genug, dass er sich entschloss, es auf einen Versuch ankommen zu lassen. Immerhin schien es ihr genauso zu gehen.

Sam schlenderte zum Sofa, setzte sich zu ihr und legte seinen Arm auf die Lehne hinter ihrem Kopf. „Hi“, sagte er und beugte sich leicht zu ihr herüber. Er nahm ihren leichten blumigen Duft wahr und spürte, wie sein Verlangen wuchs. Das nannte man wohl „Lust auf den ersten Blick“. Derartig scharf auf jemanden war er seit seiner Jugend nicht mehr gewesen.

Sie neigte den Kopf ein bisschen, sodass blonde Strähnen über ihre Schulter fielen. „Selber Hi“, entgegnete sie und senkte die Wimpern – eine Geste, die offensichtlich unbewusst war, zugleich unglaublich verführerisch wirkte. Ebenso wie der sinnliche Südstaatenakzent. Begierde schoss durch seinen Körper.

Er ließ seinen Blick über ihre Hände gleiten, die auf ihren Schenkeln lagen. Nichts schmückte ihre Finger, nur ein schmaler heller Streifen auf ihrer sonnengebräunten linken Hand zeigte, dass sie bis vor kurzem einen Ring getragen hatte. Auf den ersten Blick schien sie Single zu sein.

Der erste Punkt geht an mich, dachte er. „Sagen Sie – was macht eine nette junge Frau wie Sie an einem Ort wie diesem?“ Er hatte sich für die schlimmste, platteste Anmache entschieden, die ihm einfiel.

Wie er gehofft hatte, rollte sie gespielt übertrieben mit den Augen und lachte. Ihr Lachen klang leicht, als wäre sie in Flirtlaune. Und ihm gefiel das.

Als sie nicht sofort antwortete, machte er weiter. „Haben Sie Anprobe für das Brautjungfernkleid, sind Sie Trauzeugin oder planen Sie die eigene Hochzeit?“ Er zählte die Möglichkeiten an den Fingern ab.

Sie atmete tief aus. „Versuchen Sie es mal mit einer Absage.“

„Absage der Anprobe?“, fragte er.

„Nein, meiner Hochzeit“, erwiderte sie und senkte den Blick.

Das überraschte ihn und erklärte diesen Hauch von Traurigkeit, den er in ihren Augen gesehen hatte. „Ich hoffe, dass es Ihre Entscheidung gewesen ist. Andernfalls kann Ihr Verlobter nicht mehr ganz bei Trost sein.“ Sam kannte sich mit Bindungen und dergleichen vielleicht nicht aus – aber welcher Mann konnte eine Frau wie diese verlassen?

„Ich denke, ich werde das als Kompliment auffassen“, sagte sie.

„Ich denke, das sollten Sie.“

Ihr Blick wanderte wieder zu ihm. Zum ersten Mal, seit er sich zu ihr gesetzt hatte, erreichte ihr Lächeln auch ihre Augen. Aller Schmerz, alle Traurigkeit, alle Verletzlichkeit waren verschwunden. Und zurück blieb eine verführerische Frau.

Aus einem Impuls heraus ergriff er ihre Hand und verschränkte ihre Finger miteinander. Überrascht sah sie ihn an. Täuschte er sich, oder stand da Sehnsucht in ihren großen Augen? Als der erste Schreck verflogen war, schien sie seine Berührung genauso sehr zu genießen wie er die ihre.

Und er genoss sie wirklich. Ihre Haut war so zart wie ihre Stimme und so heiß wie die Lust, die ihn durchströmte. Er konnte diese Frau nicht einfach so wieder gehen lassen. „War es Ihre Idee oder seine? Die Hochzeit abzusagen, meine ich.“

„Seine.“ Sie zuckte die Schultern und schaffte es, sogar dieser ganz alltäglichen Bewegung eine gewisse Anmut zu verleihen. „Aber er hat uns beiden einen Gefallen getan. Auch wenn er ein untreuer Mistkerl ist“, fügte sie leise hinzu.

Doch nicht leise genug. „Klingt für mich, als seien Sie ohne ihn besser dran.“

„Erzählen Sie mir etwas, das ich noch nicht weiß." Sie wandte sich ihm zu. „Sagen Sie – was macht ein netter junger Mann wie Sie an einem Ort wie diesem?" Ein verschmitztes Lächeln umspielte ihre Mundwinkel. „Sind Sie der Bräutigam, der Trauzeuge oder der Platzanweiser in der Kirche?"

„Der Trauzeuge."

Sie ließ ihren Blick ganz ungeniert von den Spitzen seiner alten Sneakers bis zu seinen Haarspitzen wandern. „Na, *das* glaube ich gern."

„Ich denke, ich werde das als Kompliment auffassen."

Sie lachte. „Ich denke, das sollten Sie. Und ich denke, Sie sollten mir verraten, was Sie vorhaben", fügte sie hinzu und sah auf ihre Finger, die immer noch miteinander verschlungen waren.

Sie verblüffte ihn. War er für gewöhnlich derjenige, der immer alles im Griff hatte und die Kontrolle übernahm, wusste er in diesem Moment nicht, was er sagen sollte. Er fühlte sich zu ihr hingezogen. Mehr noch: Er begehrte sie. So war es zumindest zu Beginn gewesen. Inzwischen aber wusste er, dass sie verletzt worden war. Und obgleich ihn dieses Gefühl erschreckte: Er verspürte das Bedürfnis, ihren Schmerz zu lindern. Er wollte sie wieder lachen hören. In diesem Moment nahm Sam sich vor, dafür zu sorgen, dass er sie glücklich und mit schönen Erinnerungen zurückließ, wenn er am Sonntag nach Hause flog. Erinnerungen, die an die Stelle der schlechten treten würden.

Dennoch gab es nur einen einzigen treffenden Ausdruck für das, was Sam wollte: eine unverbindliche Affäre. Sein Körper war bereit, seit er sie erblickt hatte. Das Problem war nur, dass sie verletzlich war. Und dass er ihr nicht noch mehr Kummer und Schmerz zufügen wollte. Also musste *sie* die Entscheidung treffen.

Regan blickte in die Augen dieses unglaublich sexy Fremden mit dem rabenschwarzen Haar. Sie schmolz dahin wie Schokolade in der Sonne. Ihr fiel auf, dass er dringend eine Rasur brauchte. Seine grünen Augen funkelten verführerisch. Er war genau der Typ Mann, den sie im Sinn gehabt hatte.

Doch so interessiert er auch am Anfang erschienen war und so forsch er einfach ihre Hand ergriffen hatte, so zögerlich wirkte er jetzt. „Lassen Sie es mich Ihnen ein bisschen leichter machen", sagte sie und lehnte sich zu ihm herüber. Zitternd atmete sie durch. Immerhin hatte sie noch nie einen Mann angemacht, und jetzt ging alles so furchtbar schnell. Sosehr sie die tief verwurzelten Erwartungen auch abstreifen wollte – ein wenig altmodische Aufrichtigkeit würde ihr in diesem Moment doch gelegen kommen.

„Offensichtlich mache ich gerade eine schwierige Phase durch, deshalb suche ich nicht nach etwas Längerfristigem“, erklärte sie also. „Aber ich will mein Leben in die Hand nehmen, und ich will auf der Stelle damit beginnen.“ Sie hielt inne und sah ihn an. Bei seinem bloßen Anblick begann ihr Herz wie wild zu pochen. Ihr stockte der Atem, als sie das Verlangen in seinen Augen sah. Wie eindringlich er sie anblickte! „Und ich will mit Ihnen beginnen.“

Er zog ihre Hände an seine Lippen und küsste sie. Hitze breitete sich auf ihrer Haut aus, und ihr Atem schien einen Moment lang auszusetzen.

„Ich höre“, sagte er erwartungsvoll.

Wenn sein Mund sich schon auf ihren Händen so gut anfühlte, wie wäre es dann erst, seine Lippen an gewissen anderen Stellen ihres Körpers zu spüren …

Regan schluckte. Sie konnte kaum glauben, dass ihr bei diesem Mann, den sie gerade erst kennengelernt hatte, solche Gedanken kamen. Und noch weniger konnte sie fassen, dass sie diese Unterhaltung mit ihm führte. Doch sie wollte ihr neues Leben *jetzt* beginnen. Das Schicksal hatte sie beide hier zusammengeführt. Sie würde ihn nicht zurückweisen und die Chance verstreichen lassen. „Ich habe dieses eine Wochenende, bevor ich nach Georgia zurückkehren und meiner Familie erklären muss, dass die Hochzeit geplatzt und die Verlobung gelöst ist.“

Er nickte, und seine Augen funkelten. „Was für ein Zufall. Ich habe dieses eine Wochenende, bevor ich nach Kalifornien zurückkehre. Bis auf ein oder zwei Termine wegen der Hochzeit könnte ich ganz Ihnen gehören. Woran hatten Sie gedacht?“

Regan umklammerte mit der freien Hand den Griff ihrer Handtasche. In der Tasche lag die zusammengefaltete Seite aus *Sexcapades*. Ob dieser Mann für Fesselspielchen zu haben war?

War *sie* es? „Ich bin es leid, ein braves Mädchen zu sein und immer das Richtige zu tun.“

„Sie wollen also böse sein.“

Sie nickte. „Sehr böse.“ Mit zitternden Händen öffnete sie den Verschluss ihrer Tasche, zog das Blatt Papier heraus, mit dem die ganze verrückte Geschichte überhaupt erst angefangen hatte, und reichte es ihm … Regan blinzelte überrascht. „Mir ist gerade aufgefallen, dass ich noch nicht einmal Ihren Namen kenne.“

Sein Blick fiel auf das Blatt Papier, ehe er sie ansah. In seinen grünen Augen standen Faszination und Verlangen. „Wenn Sie vorhaben, mir Fesseln anzulegen, ist es wohl durchaus angebracht, wenn wir uns einander vorstellen.“

2. KAPITEL

„Regan Davis.“ Sie gab ihm die Hand, obwohl es sich seltsam anfühlte, wenn man bedachte, dass seine Lippen bereits über ihre Haut gestrichen waren. Und wenn man bedachte, dass ihre Brustspitzen sich ungeduldig gegen den hauchdünnen Stoff ihres BHs und der ebenfalls sehr dünnen Seidenbluse drängten.

„Sam Daniels“, sagte er und lächelte. „Es ist irgendwie komisch, einen so intimen Deal wie unseren per Handschlag zu besiegeln, finden Sie nicht auch?“

Hatte er ihre Gedanken gelesen? Ja, sie fand auch, dass es lächerlich war. Aber eine anständige Vorstellung verlangte auch nach einem anständigen Handschlag, und Regan Davis war zu einer anständigen Frau erzogen worden. „Verflucht“, murmelte sie und musste sich zwingen, einen solchen Ausdruck überhaupt über die Lippen zu bringen.

Fragend hob Sam die Augenbrauen, und Regan seufzte. „Wissen Sie, ich bin ein Südstaatenmädchen – durch und durch.“ Absichtlich sprach sie so gedehnt, wie es in den Südstaaten üblich war. „Aber wenn ich immer wieder in meine alten Muster zurückfalle, werde ich nie das Abenteuer erleben, von dem ich träume.“ Wenn sie so weitermachte, würde sie es mit diesem Mann nicht einmal bis über die Schwelle von *Divine Events* schaffen. Dabei hatte sie sich doch fest vorgenommen, mit ihm im Bett zu landen!

„Doch, Regan, das werden Sie.“ Er zog sie auf die Beine.

Ein wohliger Schauer rieselte ihr über den Rücken, als sie hörte, wie ihr Name aus seinem Mund klang.

„Erinnern Sie sich einfach nur daran, dass wir das Händeschütteln schon längst hinter uns gelassen haben, und alles wird gut“, sagte er und wedelte mit der Seite aus *Sexcapades* vor ihren Augen herum, bevor er das Blatt zusammenfaltete und in die Gesäßtasche seiner Jeans schob. Einer Jeans, die, wie sie feststellte, sein wohlgeformtes Gesäß gut zur Geltung brachte. Sie schüttelte den Kopf. Einer Jeans, die diesen knackigen, männlichen *Hintern* wunderbar zur Geltung brachte, korrigierte sie sich in Gedanken.

Er klopfte mit der Hand auf die Hosentasche, in die er gerade das Blatt gesteckt hatte. „Wenn Sie das hier wollen, müssen Sie schon herkommen und es sich holen“, sagte er mit einem anzüglichen Lächeln.

Das war eine reizvolle Idee, aber bevor sie antworten konnte, wurden sie unterbrochen.

„Hallo, Leute.“ Cecily Divine kam die schmiedeeiserne Wendeltreppe hinunter in den Empfangsbereich. Sie führte die Agentur zusammen mit ihren Cousinen Livia und Gia. „Haben Sie noch einen Wunsch?“

„Nein, danke. Wir wollten gerade gehen“, sagte Regan und nahm Sam damit die Entscheidung ab.

Cecily nickte. „Okay. Es hat übrigens angefangen zu regnen. Soll ich Ihnen ein Taxi rufen?“

Wenn Cecily es seltsam fand, dass Regan Sam kennengelernt hatte oder mit ihm zusammen gehen wollte, so zeigte sie es nicht.

„Regan?“, fragte Sam und überließ ihr die Wahl des Verkehrsmittels.

„Eigentlich könnten wir die Bahn nehmen. Mein Apartment ist in Lincoln Park, direkt an der DePaul University.“ Und einer ihrer Vorsätze lautete, sich etwas „durchschnittlicher“ zu verhalten und nicht mehr Taxi zu fahren, wenn sie auch die Bahn nehmen konnte.

Cecily zuckte die Schultern. „Gut. Dann werde ich Sie beide allein lassen und mich um die anderen Kunden kümmern.“ Sie ging zu Regan und umarmte sie kurz. „Passen Sie auf sich auf, ja?“ Dann trat sie einen Schritt zurück und schüttelte Sam die Hand. „Ich sehe Sie heute Abend nach der Hochzeitsprobe beim Dinner.“ Quirlig, wie sie nun einmal war, verschwand Cecily so schnell, wie sie gekommen war, und Sam und Regan waren wieder allein.

„Fertig?“, fragte Regan.

Sam lächelte verschmitzt. „Schon lange.“ Er machte sich auf den Weg, um seine Tasche zu holen; da er direkt vom Flughafen zu *Divine Events* gefahren war, hatte er sein Gepäck dabei. Offenbar zögerte er keine Sekunde, mit ihr zusammen von hier zu verschwinden.

Regan war ebenfalls sicher, das Richtige zu tun. Dennoch musste sie schlucken.

Mit der Tasche in der Hand kehrte er zurück, und sie gingen zum Ausgang. Er öffnete die Tür und hielt sie für sie auf. „Sie sagen, wo's langgeht.“

„Jede Menge Widersprüche“, sagte sie, als sie durch die Tür trat, und lachte. „Wer sind Sie wirklich? Der Gentleman, der mir die Tür aufhält, oder derjenige, der mir die Führung überlässt?“

Er legte den Kopf schräg, und schien vor Selbstsicherheit und anziehender Sinnlichkeit nur so zu strotzen. „Wenn ich das wüsste! Aber eines ist sicher: Dank Ihrer Fantasie werden wir am Ende des Tages sehr viel mehr übereinander wissen.“

Und Regan ahnte, dass sie auch sehr viel mehr über sich selbst wissen würde.

Sie betraten das Apartmenthaus, in dem Regan wohnte. Angesichts der eleganten Ausstattung – das Foyer war ganz in Glas und Chrom gehalten – stieß Sam einen gedehnten Pfiff aus. „Ganz schön schick!“

„Der Immobilienmakler sagte, dass es in Lincoln Park mehr Restaurants gibt als in fast jedem anderen Stadtteil“, lächelte Regan, als sie die Aufzüge erreicht hatten. „Ich kann also jeden Abend in einem anderen Lokal essen und werde sehr lange nicht zweimal das Gleiche bekommen.“

„Klingt wie der Traum jeder berufstätigen Frau.“

Sie blickte ihn mit ihren großen blauen Augen an. „Da ich keine berufstätige Frau bin, kann ich dazu nichts sagen.“

Gemeinsam betraten sie den Lift, und die Türen schlossen sich hinter ihnen. Er stützte sich mit der Hand ab, sodass Regan zwischen ihm und der verspiegelten Wand gefangen war.

Also arbeitete sie nicht. „Was machen Sie denn?“, fragte er.

Regan zuckte die Achseln. „Ich bin Vorsitzende von einigen Komitees und Wohltätigkeitsvereinen. Ich sammle Gelder für wohltätige Zwecke und dergleichen. Alles, was meine Familie und meinen Verlobten glücklich gemacht hat, habe ich getan. Und im Gegenzug haben sie dafür gesorgt, dass ich wie eine Prinzessin behandelt wurde. Zumindest so lange, bis Darrens Betrug aufflog. Wie sich herausstellte, war er genauso heuchlerisch und falsch mir gegenüber wie schon mein Dad zu meiner Mom.“ Nachdenklich kaute sie auf ihrer Unterlippe, und Sam fragte sich, was sie als Nächstes preisgeben würde. „Nur, dass Dads Untreue für meine Mom verzeihlich zu sein scheint, solange er sie sonst gut behandelt.“ Sie schüttelte den Kopf. „Was halten Sie von dieser Einstellung?“

„Betrug und Untreue sind unverzeihlich“, entgegnete Sam eindringlich. Kein Mann sollte ein Versprechen geben und es dann brechen. Das widersprach allem, an was Sam glaubte. Und eines wusste er sicher: Wenn diese Frau ihm gehören würde, würde er niemals fremdgehen.

„Wollen Sie mir erzählen, dass Sie ein treuer Mann sind?“ Zwar klangen die Worte aus ihrem Mund ganz leicht und unbeschwert, aber in ihrer Miene spiegelte sich Anerkennung wider.

„Ich will nur sagen, dass Sie sich keine Sorgen über andere Frauen machen müssten, wenn Sie mit mir zusammen wären.“ Er strich ihr eine Haarsträhne aus der Stirn. Sie war noch nass vom Regen.

„Gut.“ Offensichtlich erleichtert, schlug sie die Augen nieder. Sam war nicht überrascht, dass seine Südstaatenschönheit behütet aufgewachsen war – in Wohlstand und Reichtum, weit von den Verhältnissen entfernt, in denen er groß geworden war. Und es wunderte ihn auch nicht, dass sie von ihrer Familie und ihrem Verlobten unterstützt wurde. Alte Südstaatentraditionen waren schwer zu durchbrechen. Daraus konnte er Regan keinen Vorwurf machen. Sie hatte es einfach nicht anders kennengelernt.

Aber sie kämpfte sich jetzt frei, und dafür bewunderte er sie. Er war sogar dankbar, dass er bei ihrer ganz persönlichen Revolution eine Rolle spielen durfte. Auch wenn es nur Sex war. War Sex nicht ein großartiger erster Schritt in ein neues Leben? Sam nahm sich vor, Regan eine Nacht zu bescheren, die sie niemals vergessen würde.

„Eine Affäre ist eine Sache", sagte sie gerade. „Aber ich will keiner anderen Frau den Mann wegnehmen."

Bei dem Gedanken daran, wie allein er in der letzten Zeit gewesen war, musste er lachen. „Ich verspreche Ihnen: Sie wildern nicht im Hoheitsgebiet einer anderen!"

Sie hob den Blick. „Was ist denn los mit den Frauen in ... Woher, sagten Sie, kommen Sie?"

„Ich habe nicht gesagt, woher ich komme. Aber ich lebe in Kalifornien. Und mit den Frauen dort ist alles in Ordnung – bis auf die Tatsache, dass sie auf der Suche nach einer ernsthaften Beziehung sind. Aber das sind die meisten Frauen, die ich getroffen habe."

Sie lehnte sich gegen die Wand und lächelte schelmisch. „Ein gebranntes Kind scheut das Feuer?"

Sam grinste. „Das würde ich so nicht sagen, aber ... Ich mag mein Leben, wie es ist. Ich bin Pilot; ich komme viel rum." Er zuckte die Schultern. „Eingesperrt zu sein, liegt mir nicht. Außer so wie jetzt. Mit Ihnen." Er strich mit der Hand über ihre Wange und beobachtete, wie ihre Pupillen sich bei seiner gar nicht so unschuldigen Berührung weiteten.

Mit seinem Mund kam er ihren Lippen gefährlich nah, und das Verlangen, sie zu schmecken, wurde beinahe überwältigend. Doch noch stärker war das Verlangen, mehr über diese Frau zu erfahren. Im Hintergrund hörte man das leise Surren des Aufzugs – fließend wie die Leidenschaft, die in seinem Körper pulsierte. Sie würden jeden Augenblick ihr Stockwerk erreichen. Er wandte sich gerade so lange ab, wie er benötigte, um den Knopf mit dem Aufdruck „Stopp" zu drücken.

Wenn sie angesichts seines Handelns überrascht war, so ließ sie es sich nicht anmerken. „Ich bin froh, dass Sie niemand sind, der eine Frau betrügt." Sie fuhr sich mit der Zungenspitze über die Lippen.

Ob nun unbewusst oder absichtlich sinnlich – das Ergebnis war dasselbe: Wie ein elektrischer Schlag durchzuckte Lust seinen Körper. „So etwas Verabscheuungswürdiges würde ich niemals tun", erklärte er. Er war fest entschlossen, sich nicht nur von ihrem Ex abzugrenzen, sondern auch von den sogenannten akzeptablen Traditionen ihrer Vergangenheit.

„Nicht alle Männer denken so“, entgegnete sie leise, „obwohl sie es verdammt noch mal sollten.“ Am liebsten hätte sie mit dem Fuß aufgestampft, um ihre Worte zu unterstreichen.

Stattdessen schürzte sie unbewusst die Lippen. Sam musste sich zusammenreißen, um sie nicht voller Leidenschaft zu küssen. Aber so weit waren sie noch nicht. Noch ein Weilchen, und ihre Lust würde sich bis ins Unermessliche steigern. Es würde sensationell werden. „Hat Ihnen schon mal jemand gesagt, dass Ihr Akzent stärker wird, wenn Sie wütend sind?“, fragte er mit rauer Stimme.

Sie wurde rot. „Noch etwas, das ich überwinden muss.“

„Das finde ich nicht. Ihre Art zu sprechen macht mich an.“ Er kam noch näher, bis er ihre aufgerichteten Brustspitzen durch den leichten Stoff seines Hemds hindurch spüren konnte.

„*Sie* machen *mich* an“, erwiderte sie mit dem aufregendsten Südstaatenakzent, den er je gehört hatte.

Sie schlang ihre Arme um seine Taille, atmete bedächtig aus und stöhnte schließlich lustvoll auf. Er spürte, wie seine wachsende Erregung sich in seiner Jeans bemerkbar machte und Protest erhob, weil sie in der engen Hose eingesperrt war. Er biss die Zähne zusammen. Denn egal, wie sehr er sie auch wollte: Der Lift war nicht der richtige Ort dafür.

„Und wissen Sie noch etwas?“, fragte sie, obwohl ihm im Augenblick nicht nach Reden zumute war.

„Was?“, stieß er hervor.

Mit den Fingern spielte sie in seinem Nacken an seinem Haar herum, strich mit den Fingernägeln über die Haut an seinem Hals, streichelte und reizte ihn. Er hatte nicht gewusst, dass er so leicht zu erregen war. Langsam fuhr sie mit der Hand über seinen Po.

„Als ich Ihnen erzählte, dass ich gern die Kontrolle übernehmen würde, meinte ich das auch so.“ Plötzlich machte sie einen Schritt zurück und hielt ihm triumphierend die Seite aus *Sexcapades* vor die Nase, wie er es kurz zuvor bei ihr getan hatte.

Sie hatte ihn reingelegt.

Aber jetzt wollte er sie nur noch mehr …

Regan führte ihn in ihr Apartment. Gott, ihr war warm! Und das kam bestimmt nicht von der sommerlichen Hitze, die draußen herrschte. Was Sam mit einem einzigen Blick oder einer kurzen Berührung in ihr auslösen konnte, widersprach jeder Logik. Andererseits hatte Logik nichts mit zwischenmenschlicher Chemie zu tun. Er wollte keine Verpflichtungen, keine Frauen, die mehr von ihm wollten als Sex. Und das war genau das, was sie von Mr Sam Daniels brauchte. Dem Piloten aus Kalifornien, der Sonntag nach Hause zurückkehren und aus ihrem Leben verschwinden würde.

Als sie die Schlüssel auf die Anrichte warf, sagte ihr ein kurzer Blick auf die Uhr im Flur, dass es schon fast Zeit fürs Essen war. „Kann ich Ihnen etwas zu essen oder zu trinken anbieten?" Sie drehte sich um und war ehrlich erstaunt, dass er nicht nur hinter ihr, sondern ausgesprochen *nah* hinter ihr stand.

„Sehr gern." Er stützte sich mit einer Hand an der Wand über ihrem Kopf ab. Und wieder war sie gefangen zwischen ihm und der Wand – genau wie kurz zuvor im Lift. Doch jetzt waren sie in ihrem Apartment. Keine Tür würde überraschend aufgehen. Niemand würde sie stören.

Mit seiner freien Hand hob er sacht ihr Kinn an. Seine Lippen waren ganz nah an ihrem Mund. „Seit wir uns begegnet sind, wollte ich dich unbedingt schmecken."

„Ich wüsste nicht, was dich jetzt noch davon abhalten sollte." Und dann – immerhin hatte sie sich geschworen, die Kontrolle zu übernehmen – nahm sie sein Gesicht in beide Hände und zog ihn zu einem leidenschaftlichen Kuss zu sich heran.

Für zwei Fremde passen wir erstaunlich gut zusammen, dachte Regan. Er küsste sie mit einer Intensität, die alles unterstrich, was er gesagt hatte. Sie hatte sich einen Mann gewünscht, in dessen Augen die Sehnsucht nach ihr stand. Einen Mann, dessen Küsse sie erschauern ließen. Einen Mann, dessen Körper von einem Feuer ergriffen war, das sie entfacht hatte. Und sie hatte ihn gefunden.

Sam erhob das Küssen zu einer Kunstform. Seine Lippen fühlten sich unglaublich an, und mit seiner Zunge erkundete er ihren Mund. Er schmeckte nach Minze und Verführung, und eine Welle der Lust schwappte direkt bis zu ihrem weiblichsten Punkt. Ihre Brustspitzen richteten sich ungeduldig auf, und sie spürte, wie ihr Verlangen unaufhaltsam wuchs.

Ihre Finger wanderten von seinen stoppeligen Wangen bis zu seinem Hinterkopf; sie vergrub sie in seinen Haaren. Wenn sie einen bestimmten Punkt in seinem Nacken berührte, stöhnte er auf und drückte sie fester gegen die Wand. Dann konnte sie seinen starken Körper noch intensiver spüren. Und wenn er an ihrer Unterlippe knabberte und saugte, drückte sie ihren Rücken durch und schmiegte ihre Brüste noch enger an seinen Oberkörper.

Sie wusste nicht, wie lange sie so dastand, mit dem Rücken an der Wand, verloren in diesem Kuss. Doch die Empfindungen wuchsen immer weiter und bildeten einen Strudel tiefer Begierde, der sie mitzureißen drohte. Und als er den Kuss unterbrach, wurde ihr klar, dass es bei diesem Mann keine Chance gab, die Kontrolle zu behalten. Sie würde ohne Fallschirm abspringen und hoffen müssen, dass der wunderbare Rausch die mögliche Gefahr wert war.

Er lehnte seine Stirn gegen die ihre. Sein Atem ging schnell und angestrengt. „Ich denke, ich hätte jetzt gern einen Drink."

„Sicher. Lass mich nachsehen, was ich habe." Sie duckte sich, schlüpfte unter seinem Arm hindurch und machte sich auf den Weg in die Küche – um nach Getränken zu schauen und ein bisschen Zeit zu gewinnen, um sich zu sammeln. Wenn das überhaupt möglich war.

Dieser Mann konnte definitiv küssen.

Sie öffnete den Kühlschrank und betrachtete die magere Auswahl. Schon längst hatte sie die Vorräte wieder auffüllen wollen. „Ich kann dir ein Glas Weißwein anbieten", sagte sie nach einem Blick in das oberste Fach. „Oder …" Sie ging in die Knie, um in das unterste Fach zu schauen. „Da ist noch ein Sixpack Bier, das mein Exverlobter dagelassen hat."

„Bier klingt gut. Und mach dir keine Umstände. Wir trinken aus der Flasche – pur, direkt, wild …", sagte er und war sich der Doppeldeutigkeit seiner Worte bewusst.

Sie waren eine leicht entflammbare, höchst explosive Mischung. Und das, was sie vorhatten, war alles andere als fein oder anständig. Regan freute sich darauf. Ihr Herz pochte wild. Sie wollte diese Erfahrung unbedingt machen, damit sie sich selbst und allen anderen beweisen konnte, was für eine Frau wirklich in ihr steckte.

Sie nahm zwei Bierflaschen heraus. „Fühl dich wie zu Hause", rief sie ihm zu. Seit sie wusste, dass er ihren Akzent anziehend fand, machte sie ausgiebig Gebrauch davon.

„Ich bin dir schon einen Schritt voraus", erwiderte er aus dem Nebenzimmer.

Mit den Bierflaschen in der Hand ging sie um die Ecke und lief ins Wohnzimmer. Er hatte es sich bereits auf der Ledercouch bequem gemacht. Im Flur standen seine Schuhe, die er unterwegs ausgezogen hatte, und er hielt die Fernbedienung für den Fernsehapparat in der Hand.

„Sieht aus, als wäre der Videorekorder noch an", sagte er. „Gibt es etwas Interessantes?"

Sie schüttelte den Kopf. „Keine Ahnung. Ich sehe normalerweise im

Schlafzimmer fern. Darren hat hier immer mit seinen Freunden zusammen Filme geschaut, wenn ich auf Wohltätigkeitsveranstaltungen war." Was ziemlich oft der Fall gewesen war.

Schon bald nach ihrer Ankunft in Chicago hatte ihr Verlobter ihr eine Liste mit Organisationen in die Hand gedrückt, denen seine Kanzlei unentgeltlich helfen wollte. Und er hatte ihr vorgeschlagen, umgehend mit Kampagnen zu beginnen, um Spendengelder zu sammeln. Damals hatte er damit argumentiert, dass sie auf diese Weise schnell Freunde finden würde – doch inzwischen wusste sie, dass er sich so eine Menge freier Abende verschafft hatte, die er mit seiner Kollegin verbracht hatte. Regan zuckte die Achseln und schob die Erinnerung weit weg. Sie wollte nicht mehr darüber nachdenken müssen. Stattdessen machte sie es sich neben ihrem zukünftigen Wochenendliebhaber auf der Couch bequem.

In einigem Abstand setzte sie sich neben ihn. Bevor sie darüber nachdenken konnte, was sie als Nächstes tun wollte, hatte er schon ihre Hand ergriffen und zog Regan zu sich heran. „Beim nächsten Mal solltest du nicht warten, bis ich frage", murmelte er und zwinkerte ihr zu.

Er will mich bei sich haben, dachte sie, und ein warmes Gefühl breitete sich in ihrer Brust aus. Weil sie an Darren gedacht hatte, war sie in das alte „Überlasse-dem-Mann-die-Führung"-Muster zurückgefallen. Aber das hier war Sam, und er mochte es, wenn sie etwas offensiver war.

„Für welche Wohltätigkeitsorganisationen arbeitest du?", fragte er und spulte die Videokassette zurück.

Sie zog ihre Beine an sich heran und lehnte sich an seine Brust. „Ich möchte dich nicht mit Details langweilen."

Er warf ihr einen eindringlichen Blick zu. „Wenn es mich nicht interessieren würde, hätte ich nicht gefragt."

Sie nickte und verstand, was er meinte. „Darrens Kanzlei bietet einem Frauenhaus unentgeltliche Hilfe in Rechtsfragen an. Ich habe meine Fähigkeiten im Umgang mit Menschen genutzt, um Geld dafür zu sammeln. Das ist ein Teil der Arbeit, die ich zu Hause gemacht habe und hier fortführen wollte. Dasselbe gilt für mein Engagement für lokale Jugendzentren."

Ein warmes, anerkennendes Lächeln umspielte seine Mundwinkel. „Ich habe mir schon gedacht, dass du ein großes Herz hast. Und ich bin froh, dass ich recht hatte."

„Mit Schmeicheleien kommst du nicht weiter." Sie wollte nicht, dass Lügen oder kokette, schwülstige Komplimente zwischen ihnen standen. Was ihr bis jetzt am besten an Sam gefiel, war seine bodenständige, ehrliche Art. Sie wollte nicht, dass er sie lobte, als wäre sie sein folgsames Schoßhündchen. So wie Darren es getan hatte.

„Ich bin schon da, wo ich sein wollte – mit dir zusammen. Und deine Entscheidung gefällt mir. Das, was du machst, gefällt mir. Du weißt gar nicht, wie sehr diese Menschen Leute wie dich brauchen."

Sie rollte mit den Augen. „Natürlich weiß ich das. Sonst würde ich meine Zeit ja nicht damit verbringen, Spenden für sie zu sammeln." Sie war es leid, dieselben alten bedeutungslosen Lobreden zu hören. Darren hatte sie so dazu gebracht, für genau die Wohltätigkeitsorganisationen zu arbeiten, von denen in erster Linie seine Kanzlei profitieren konnte. Ob seine Kanzlei sich durch ihr Engagement bereicherte oder ob Darren dadurch auf der Karriereleiter einen Schritt nach oben machte, das war nie Regans Augenmerk gewesen. Sie mochte vielleicht den Weg eingeschlagen haben, der von ihrer Familie erwartet wurde, aber sie hatte immer den Organisationen geholfen, die ihre Unterstützung am dringendsten brauchten.

„So meinte ich das nicht", sagte er. Er klang verletzt. „Und wenn ich sage, dass diese Frauen oder Kinder dich brauchen, spreche ich aus Erfahrung. Als ich ein Kind war, wurde unser Jugendzentrum geschlossen, weil die Spendengelder ausblieben. Und niemand hat sich darum geschert, was mit den Kids passierte, nachdem sie auf der Straße landeten. Ob sie Drogen nahmen oder nach der Schule klauen gingen oder noch Schlimmeres."

Seine Enthüllung erstaunte sie. Bisher hatte sie nur den selbstbewussten, selbstsicheren Sam kennengelernt. Sie wusste nichts über seine Kindheit oder Jugend und war froh und dankbar, dass er sie in diesem Moment daran teilhaben ließ.

Sie spürte, wie angespannt er war. Eine Schutzmauer schien plötzlich zwischen ihnen zu stehen, und sie fühlte sich schuldig, weil sie ihn falsch eingeschätzt hatte. „Es tut mir leid. Ich bin einfach ein bisschen empfindlich, weil ich nie ‚richtig' gearbeitet habe. Ich dachte, du würdest mich genauso herablassend behandeln wie …"

„Ich bin nicht wie Darren", entgegnete er und erinnerte sie nur an etwas, das sie schon längst wusste.

Regan seufzte. Hoffentlich hatte sie es nicht vermasselt, bevor es überhaupt richtig angefangen hatte. „Können wir ein Stück zurückspulen und noch mal von vorn beginnen?" Sie wollte zu den Funken zurückkehren, die zwischen ihnen gesprüht hatten, bevor sie ungewollt die wunden Punkte des anderen getroffen hatten.

Er lachte leise, und die Spannung fiel von ihnen ab. Erleichtert atmete sie durch.

„Schon passiert", sagte er. Dann, als wollte er seinen Standpunkt unterstreichen, richtete er die Fernbedienung auf den großen Fernseher und drückte „Play“. „Lass uns mal sehen, welchen Film er uns dagelassen hat.“

Regan hatte keine Ahnung, welchen Film Darren sich ausgesucht haben könnte. Ihr fiel auf, dass sie nicht einmal wusste, was er gern im Fernsehen angeschaut hatte. Sie wusste, dass er lieber trockenen als lieblichen Wein trank und dass er am liebsten Champagner mochte. So viel dazu, dass ihre Beziehung doch eher oberflächlich gewesen war. Sie schüttelte den Kopf. Sie war froh, dieser Verbindung entkommen und allein zu sein. Doch noch glücklicher war sie darüber, jetzt und hier mit Sam zusammen zu sein.

Sie schmiegte sich enger an ihn, er schlang den Arm um sie. Er legte die Fernbedienung auf den Couchtisch und nahm sich eine Flasche. Aus dem Fernseher drang Musik, und der Vorspann, den sie nicht beachtete, flimmerte über den Bildschirm.

„Möchtest du auch einen Schluck?“, fragte er.

„Gern.“ Sie wollte nach ihrer Flasche greifen, aber er hielt ihr seine entgegen.

Sie legte ihre Lippen an die Öffnung und überließ Sam den Rest. Behutsam neigte er die Flasche, sodass das Bier langsam in ihren Mund und ihre Kehle hinabfloss. Der Rand war noch warm von Sams Mund, und der Geschmack nach Malz war natürlich und ganz wunderbar – die Kombination von Wärme und Geschmack ergab ein köstliches und sinnliches Aroma. Plötzlich tropfte das Bier an ihrem Kinn hinab, und er musste die Flasche wegnehmen, damit sie schlucken konnte.

Sie lachte über das Missgeschick und hob die Hand, um sich über das Gesicht zu wischen – etwas, das ein anständiges Südstaatenmädchen so niemals tun und das ihr sicherlich Spaß machen würde –, doch er hielt ihre Hand fest. Unvermittelt beugte er sich vor und küsste sie. Bedächtig strich er mit seiner Zunge um ihren Mund, leckte das Bier auf und reizte sie zugleich.

Regan konnte sich nicht daran erinnern, wann sie das letzte Mal so mit einem Mann herumgealbert hatte. Sie genoss es, schwelgte geradezu in ihren Empfindungen. Sie schmiegte sich an ihn, und schon im nächsten Moment lag sie auf ihm. Wie sehr sie sich wünschte, einmal die völlige Kontrolle zu haben! Die Seite aus *Sexcapades* heizte ihre Fantasie an …

Sam vergrub seine Finger in ihrem Haar und stöhnte lustvoll auf. Sie wollte, dass er sie berührte, wollte seine Hände auf ihren Brüsten spüren. Noch nie hatte sie einem Mann gesagt, nach was sie sich sehnte. Sie hatte einfach nie den Mut gehabt, ihre Wünsche in Worte zu fassen. Vielleicht war es jetzt an der Zeit, es zu versuchen.

„Gib's mir, Baby." Die rauchige Stimme einer Frau sprach Regans geheime Gedanken aus.

„Wer hat das gesagt?" Regan hob den Kopf und blickte Sam an, dessen Augen vergnügt funkelten.

„Offensichtlich hatte dein Ex Spaß an Pornos." Er wies mit einem Kopfnicken Richtung Fernseher.

Überrascht blinzelte Regan. „Ich hatte ja keine Ahnung ..."

Sie drehte sich gerade rechtzeitig, um ein Paar zu sehen, das auf einer Couch lag. Die Ähnlichkeiten zu Regan und Sam waren unübersehbar – von den pechschwarzen Haaren des Mannes bis hin zu den blonden Locken der Frau. Doch anders als Sam und Regan war das Pärchen nackt. Und im Gegensatz zu Regan schämte sich diese Frau ihrer Sexualität oder ihrer Wünsche nicht. Genau wie der Mann.

„Hast du jemals einen Porno gesehen?" Sam hatte seine Arme um sie geschlungen, und seine Hände lagen unter ihrer Bluse auf ihrem Rücken.

Sie schüttelte den Kopf, unsicher, ob sie eher verlegen war, überrascht oder ... heimlich fasziniert von dieser Wendung der Dinge.

„Soll ich es ausschalten?", fragte er, vermutlich aus Rücksichtnahme auf ihr Zartgefühl.

„Nein", entgegnete sie sanft. Denn Regan begann zu begreifen, dass sie doch nicht so sittsam war, wie sie gedacht hätte.

Immerhin hatte sie Sam mit in ihr Apartment genommen, und jetzt beobachtete sie beinahe ehrfürchtig, wie die Frau auf dem Bildschirm Regans eigene geheimsten Wünsche auslebte. Die Frau übernahm die Kontrolle, indem sie bestimmte, wie die beiden sich miteinander bewegten, welche Stellungen sie einnahmen. Ihr Ziel war es offenbar, ihre eigene Lust so intensiv wie möglich zu erleben. Und Regans Überraschung über die Filmauswahl ihres Exverlobten trat zurück hinter das Erstaunen über die Tatsache, dass dieser Film sie tatsächlich anmachte.

3. KAPITEL

Seiner Südstaatenschönheit gefiel offenbar, was sie sah. Oh, sie war schon heiß auf ihn gewesen, bevor der Film begonnen hatte, aber jetzt ... Jetzt beobachtete sie, wie ein Pärchen im Fernsehen es tat, während sie auf ihm lag, und ohne Zweifel ließ es sie nicht kalt. Sam schmunzelte.

Sein Jetlag war vergessen – vor allem, seit sie sich auf ihn gesetzt hatte. Er kannte sie vielleicht noch nicht besonders gut, aber er wusste, dass diese Erfahrung für sie etwas völlig Neues war. Er würde sich so viel Zeit lassen, wie sie brauchte. Doch tief in seinem Innern ahnte er, dass Regan schnell zur Sache kommen würde, wenn sie sich einmal fallen gelassen hatte.

Er schob ihre Bluse ein Stückchen hoch, umschloss mit seinen Händen ihre Taille und strich mit seinen rauen Fingern über ihre zarte Haut. Seit sie entdeckt hatte, was sich auf dem Bildschirm abspielte, hatte sie ihn nicht mehr angesehen. „Es ist nicht verwerflich, wenn man so einen Film sieht und erregt ist."

„Ich dachte immer, das sei nicht richtig oder das gehöre sich nicht."

Da war er wieder, dieser Südstaatenakzent, der noch stärker wurde, weil sie aufgeregt war. Sam lachte leise. „Einen Mann in einer Hochzeitsagentur aufzulesen und mit nach Hause zu nehmen, gehört sich vermutlich auch nicht, Süße – aber schau, wo wir jetzt sind. Dann können wir es genauso gut genießen, findest du nicht?"

„Doch, das finde ich auch." Endlich erwiderte sie seinen Blick. Ihre blauen Augen wirkten unter ihren dichten Wimpern dunkel, und ein Lächeln erstrahlte auf ihrem Gesicht.

Das war die Frau, der er einen Höhepunkt verschaffen würde. „Dann lass uns ‚anständig' für den Augenblick vergessen." Um seinen Standpunkt zu verdeutlichen, verstärkte er seinen Griff, hob die Hüften an und ließ sie kreisen, wodurch nicht nur der Kontakt zwischen ihnen intensiver wurde, sondern auch das Vergnügen.

Sein Körper war bereit und sehnte sich nach mehr, und das sinnliche Stöhnen und Keuchen aus dem Fernseher heizte seine Begierde nur noch weiter an. Und als auch Regan lustvoll aufstöhnte, wäre er beinahe in seiner Jeans gekommen.

„Das gehört sich nicht, Schätzchen", sagte er, wobei er ihren Akzent nachahmte, und zwinkerte ihr frech zu.

Sie schüttelte den Kopf, und ihre blonden Locken flogen um ihr erhitztes Gesicht. „Ich glaube, ich bin gern böse." Vor Verlangen wirkten ihre Augen fast schwarz. Plötzlich und vollkommen überraschend für ihn schob sie ihre Finger in seine Gürtelschlaufen und zog daran, um ihre Körper noch enger aneinanderzupressen. Ohne sie zu berühren, wusste er, dass sie für ihn bereit sein würde – nur für ihn. Und auch er war für sie bereit.

Dass der Stoff der Jeans an seiner Erektion rieb, verschaffte ihm keine Erleichterung, sondern steigerte seine Lust nur noch weiter und brachte ihn beinahe um den Verstand. Auf ihm bewegte sich diese sinnliche Frau. Er war gefangen zwischen ihren Beinen, während sie sich selbst und ihn immer höher auf den Gipfel der Lust führte.

Sein Atem ging stoßweise, und Welle für Welle jagten die intensivsten Empfindungen durch seinen Körper und brachten ihn Stück für Stück näher zum Höhepunkt. Er konnte kaum noch einen klaren Gedanken fassen, doch er biss die Zähne zusammen. Er wollte durchhalten, während sie den Rausch genoss. Und als sie kam, sah er sie an, beobachtete ihre geröteten Wangen, die Augen, die sie vor Verzückung und Glück geschlossen hatte.

Ihr Körper erzitterte, und sie presste die Schenkel zusammen, ließ die Hüften kreisen, schmiegte sich eng an seine Erektion, reizte ihn und kostete den Höhepunkt bis zum Letzten aus. Schließlich sank sie zufrieden und erschöpft auf seine Brust.

Ihr Atem ging schnell. „Gott, Sam, das war fantastisch."

„Die Kontrolle zu haben, hat doch etwas für sich, oder?" Er fuhr ihr mit den Fingern durch die zerzausten Locken.

„Oh ja", erwiderte sie, und er spürte ihren heißen Atem an seinem Hals. „Aber es hat auch etwas für sich, die Kontrolle zu verlieren."

Das sah er ganz genauso. Er biss die Zähne zusammen, als er unsanft an seine eigene noch immer unbefriedigte Lust erinnert wurde. „Glaubst du, dass du bereit für mehr bist?"

Sie warf ihm unter ihren dichten Wimpern hervor einen glutvollen Blick zu und lächelte. „Ich wüsste nicht, warum ich nicht bereit sein sollte." Ohne Vorwarnung löste sie sich von ihm. „Ich komme gleich wieder." Sie stand auf und ging in ein anderes Zimmer. Wenige Sekunden später war sie zurück und hielt eine kleine Schachtel in der Hand. „Darren ist immer auf alles vorbereitet", erklärte sie und legte ein Päckchen auf Sams Brust. „Ich hätte nie gedacht, dass sie zum Einsatz kommen, nachdem er gegangen ist. Andererseits …" Nachdenklich schürzte sie die Lippen.

„Was?", fragte er. Seine Neugierde war stärker als das Verlangen – jedenfalls in diesem Moment.

„Andererseits kamen sie auch nicht oft zum Einsatz, solange er noch hier gewohnt hat. Wenn man bedenkt, wie oft er müde war." Sie runzelte die Stirn. „Was vermutlich normal ist, wenn man all seine Energie auf eine andere Frau konzentriert." Sie stemmte die Hände in die Hüften. Sam bemerkte, wie ihre Brüste ein wenig angehoben wurden und ihre Brustspitzen sich gegen den dünnen Seidenstoff ihrer Bluse drängten.

„Komm her." Er winkte sie mit dem Zeigefinger zu sich heran, und sie ließ sich nur allzu gern wieder auf seinen Schoß sinken. Wie zuvor, setzte sie sich auf ihn.

Sam hatte vorgehabt, so schnell wie möglich seine Hose auszuziehen und endlich die Sehnsucht zu stillen, die seinen Körper noch immer gefangen nahm. Aber als er sie nun so ansah, wollte er mehr.

Er wollte sie schmecken und genießen. Er rutschte hoch, lehnte sich mit dem Rücken an die Armstütze des Sofas, und sie setzte sich wieder breitbeinig auf ihn. Er nutzte die Gelegenheit, richtete sich auf und zog sie an ihrer Bluse noch näher zu sich heran. Zwar wandte er nicht den Blick von ihr, aber seine Absichten waren klar: Seine Lippen waren nur noch Zentimeter von ihren vollen Brüsten entfernt. Regan hätte protestieren können, aber sie tat es nicht. Und im nächsten Moment umschloss er ihre aufgerichtete Brustspitze mit dem Mund und saugte durch den Stoff der Bluse hindurch daran.

Regan stöhnte leise auf. „Du machst mich wahnsinnig."

„Das will ich nicht hoffen", murmelte er, bevor er zärtlich an ihrer Knospe knabberte. Unvermittelt löste er sich von ihr und zog die Bluse mit einem Ruck auseinander. Knöpfe sprangen ab, der dünne Stoff zerriss. Jetzt wurden ihre Brüste nur noch von einem BH aus Spitze verdeckt.

Überrascht von seinem dominanten Verhalten atmete Regan scharf ein. Aber die Wendung der Dinge erregte sie auch. Sie hatte sich einen Mann gewünscht, der verrückt nach ihr war, und es sah so aus, als hätte sie ihn gefunden.

„Hab keine Angst vor mir", flüsterte er, und seine Stimme klang heiser und rau. Die Begierde, die sie sich so herbeigesehnt hatte, stand deutlich in seinen Augen.

Sie schüttelte den Kopf. „Ich habe keine Angst. Ich bin ..."

„Aufgeregt?", fragte er, und ein schiefes, aber zufriedenes Lächeln umspielte seine Lippen.

Regan nickte. „Das ist der richtige Ausdruck. Aber vergiss nicht, dass es hier um *meine* Fantasie geht", sagte sie. „Es ist meine Show." Doch während sie noch sprach, wusste sie, dass die Fesselspielchen noch warten konnten. Sie würde erst einmal erfahren, was er unter „Kontrolle" verstand, und dann würde sie übernehmen und ihre Macht über ihn ausleben.

Inzwischen hatte er seine Hände abwartend neben sich gelegt, und das musste sie schnell ändern. Von Sekunde zu Sekunde fühlte sie sich mutiger. Sie öffnete den BH, streifte ihn ab und gab ihre Brüste der kühlen Luft und seinen heißen Blicken preis. Dann ergriff sie seine Hände und führte sie nach oben. Kaum dass sie seine starken Finger auf ihrer zarten Haut spürte, richteten sich ihre Knospen beinahe schmerzhaft auf. Verlangen durchströmte ihren Körper. Begierde prickelte zwischen ihren Schenkeln, als Lust und Erregung von ihr Besitz ergriffen. Gott, dieser Mann hatte eine Wirkung auf sie, die sie so noch nie erlebt hatte.

Er schloss die Augen und stöhnte leise auf. Doch er machte keine Anstalten, sie weiter zu berühren.

„Worauf wartest du noch?“, fragte sie und klang enttäuscht.

„Auf deine Anweisungen, Süße. Du hast gesagt, dass das hier deine Show ist.“

Das hatte sie, aber ihr gefiel seine forsche Seite. Der Schutz lag noch immer auf seiner Brust.

„Ich habe meine Meinung geändert. Dieses Mal“, sagte sie und wollte sichergehen, dass er ihre Regeln verstand, „will ich …“ Sie hielt inne. Sie war sich unsicher, wie sie ihre sexuellen Wünsche in Worte fassen sollte; sie hatte es noch nie zuvor getan.

Sam hob die Augenbrauen. „Sag es einfach“, drängte er sie. „Was auch immer du möchtest, sag es mir.“ Seine Augen verdunkelten sich. Sein Körper war hart und angespannt. Er war die pure Männlichkeit, und er wartete auf sie.

„Ich möchte, dass du die Führung übernimmst.“

„Und?“

„Ich möchte all die Kraft spüren, die du bisher zurückgehalten hast. Ich will sie in mir spüren.“ Nachdem sie diese Worte ausgesprochen hatte, atmete Regan tief durch. Aber bevor sie darüber nachdenken konnte, ob sie nun eher erleichtert oder doch stolz auf sich war, hatte Sam sie schon von seinem Schoß gezogen.

Sie konnte sich nicht erklären, wie es so schnell geschehen war, aber schon im nächsten Moment lag sie unter ihm. Er zog sein T-Shirt aus, warf es ungeduldig auf den Boden und machte sich dann an seiner Jeans zu schaffen.

Regan wollte keine Zeit vergeuden. Sie setzte sich auf und streifte ihre zerrissene Bluse und den BH ab, bevor sie ihre Verlegenheit herunterschluckte und aus ihrer Hose schlüpfte. Als sie endlich fertig war, sich hektisch auszuziehen, blickte sie auf. Sam hielt das Kondom in der Hand und starrte ihren nackten Körper an. Doch sie hatte keine Zeit, sich Gedanken über ihre Unsicherheit oder Scham zu machen, denn *er* fesselte ihre gesamte Aufmerksamkeit. Lang. Groß. Hart.

„Meine Güte." Sie fuhr sich mit der Zungenspitze über die Lippen und zwang sich dazu, Sam in die Augen zu sehen.

So kann man es auch sagen, dachte Sam. Noch nie zuvor in seinem ganzen Leben war er so erregt gewesen, und die Frau, die der Grund dafür war, saß nackt vor ihm. Und noch nie hatte er erlebt, dass sich so viele Widersprüche in einem einzigen reizenden, begehrenswerten Menschen vereinten. Ganz Tochter der Südstaaten und scheu in einem Moment, war sie im nächsten draufgängerisch und tonangebend. Und sie wollte nicht nur ihren Wünschen nachgeben, sondern gleichzeitig auch ihm die Kontrolle überlassen. Wie war Regan in Wahrheit?

Und warum wollte er das so dringend herausfinden?

Er beugte sich über sie und kam ihr näher, bis seine Erektion ihre zarten Löckchen berührte und er ihre Lust auf seiner Haut spüren konnte. Er schloss die Augen und nahm das unglaubliche Gefühl dieses Augenblicks vollkommen in sich auf – des Augenblicks, bevor er in sie glitt und sie ganz ihm gehörte. Ohne Vorwarnung nahm sie ihm das kleine Päckchen aus der Hand. Er schlug die Augen auf, als sie es öffnete und die Folie achtlos auf den Boden warf.

„Darf ich?", fragte sie.

Er musste lachen. „Auf jeden Fall darfst du." Zum Teufel, sie konnte alles mit ihm machen – und noch viel mehr. Ob mit oder ohne seine Zustimmung war ihm egal, denn er wollte sie mehr als alles andere auf der Welt.

Entschlossenheit spiegelte sich in ihrer Miene wider, als sie ihm den Schutz überstreifte. Nur seine Standhaftigkeit und die Gewissheit, dass er lieber in ihr sein wollte, hielten ihn davon ab, in ihrer Hand zu kommen.

„Ich glaube, ich habe es richtig gemacht", sagte sie mit einem zufriedenen, frechen Lächeln auf den Lippen.

Diese sinnliche Frau genoss dieses Spielchen, und er konnte nicht glücklicher sein. Aber nun war er dran, die Führung zu übernehmen. „Heb deine Arme."

Sie machte große Augen und blickte ihn voller Neugierde an. „Warum?"

„Weil du wolltest, dass ich die Kontrolle übernehme, und das tue ich jetzt", entgegnete er. Seine Stimme klang durch die Anstrengung, sich zurückzuhalten, ganz rau.

Ohne weitere Fragen hob sie die Arme über den Kopf. Sam beugte sich vor und hauchte eine Spur von heißen, lustvollen Küssen auf ihre

Brüste, leckte mit der Zunge über ihre zarte Haut und wanderte langsam weiter nach oben, bis er ihre Lippen erreichte. Er wollte diese Frau für immer küssen, aber ein anderes Verlangen wurde allmählich übermächtig. Also löste er sich von ihr, richtete sich auf, legte seine Hände auf ihre Schenkel und wartete, bis Regan seinen Blick erwiderte.

Ohne den Blickkontakt zu unterbrechen, tauchte sein Finger in sie ein. Er redete sich ein, nur sicher sein zu wollen, dass sie bei ihrem ersten gemeinsamen Mal bereit für ihn war. Aber eigentlich wollte er nur eines: Er wollte sie spüren. Schließlich zog er sich zurück. Sie folgte ihm mit den Augen, die Arme noch immer über den Kopf gehoben. Offensichtlich übernahm sie nicht nur gern die Kontrolle, sie war auch gut darin, Befehle zu befolgen.

Sie war zart und besonders, und er schwor sich, es langsam angehen zu lassen, als er ganz vorsichtig ein kleines Stück in sie glitt. Regan stieß ein langes, zufriedenes Stöhnen aus. Und plötzlich konnte er sich nicht mehr länger zurückhalten. Ihr schien es genauso zu gehen, denn sie zog die Knie an, sodass er noch ein Stück tiefer in sie drang. Und dann versank er mit einem harten, schnellen Stoß in ihr.

„Wow“, flüsterte Regan, und ihre Stimme lenkte Sams Aufmerksamkeit auf sie.

„Ja“, murmelte er zustimmend. Ich habe den Himmel auf Erden gefunden, dachte er, presste die Zähne aufeinander und kostete die Empfindungen aus, die durch seinen Körper jagten.

Aber er wollte, dass sie diese Gefühle ebenfalls auskosten konnte, und es gab nur einen Weg, um einen solch engen, intimen Kontakt herzustellen. Er musste so hart und tief in sie dringen können, wie sie es sich wünschte und wie er es brauchte. „Halte deine Knie fest“, sagte er und zwinkerte ihr zu. „Es kann zu einigen Turbulenzen kommen.“

Sie lächelte. „Was auch immer du sagst, Sam. Schließlich bist du der Pilot.“ Sie streckte die Arme nach unten, packte ihre Knie und öffnete ihre Schenkel noch ein Stück weiter. Damit überließ sie ihm die Kontrolle. Und sie ließ zu, dass er ganz mit ihr verschmelzen konnte.

Und Sam? Er verlor sich in ihrer Hitze und den innigen Gefühlen, während sie schnell einen gemeinsamen Rhythmus fanden. Mit den Händen stützte er sich neben ihrem Kopf ab und drang tief in sie, immer schneller und weiter. Regan erwiderte seine Stöße, nahm ihn auf, ließ ihre Hüften kreisen. Ihr leises Stöhnen und die fieberhaften Bewegungen sagten ihm, dass ihr Höhepunkt kurz bevorstand.

Ihm ging es nicht anders. Und als sie gemeinsam den Gipfel der Lust erreichten, ließ Sam sich mitreißen und genoss Empfindungen, die er noch mit keiner Frau zuvor erlebt hatte.

4. KAPITEL

Regan zog den Gürtel ihres seidenen Morgenmantels um sich und band ihn zu einer Schleife. Dann atmete sie einmal tief durch und ging zu dem Mann, den sie im Nebenzimmer zurückgelassen hatte. Als sie ins Wohnzimmer kam, saß Sam auf der Couch. Er trug eine Jeans und sonst nichts. Der Fernseher und der schockierende Film, den sie im Videorekorder gefunden hatten, waren abgeschaltet. Sie war noch immer überrascht – nicht nur über den Pornofilm, sondern über ihre Reaktion darauf. Und darüber, dass sie anschließend alle Hemmungen hatte fallen lassen.

Als sie spürte, dass sich wieder diese Hitze in ihrem Körper ausbreitete, zog sie ihren Morgenmantel enger zusammen.

„Für Scham ist es jetzt ein wenig zu spät, Baby." Sam winkte sie mit dem Zeigefinger zu sich heran.

„Da hast du allerdings recht", entgegnete sie und nahm neben ihm auf dem Sofa Platz. „Ich habe mich gerade gefragt, ob du hungrig bist …"

Er legte seinen Arm auf die Rückenlehne des Sofas und warf ihr ein vielsagendes Lächeln zu. „Man könnte sagen, dass ich mir Appetit geholt habe."

Sie lachte. „Bist du immer so unverbesserlich?"

„Nur, wenn ich das richtige Publikum habe."

Sie rollte mit den Augen. „In Chicago gibt es die beste Pfannenpizza der Welt. Wir könnten essen gehen, wenn du möchtest." Regan wusste nicht, was sie diesem Mann sonst anbieten sollte – dem Mann, mit dem sie geschlafen hatte und über den sie doch nichts wusste. Und sie wollte mehr über ihn wissen.

„Ich wäre eher dafür, etwas zu bestellen. Uns bleibt so wenig Zeit zusammen."

Er hatte recht. Es war Freitagnachmittag und ging bereits auf den Abend zu, und er würde am Sonntag wieder verschwinden. Bevor sie etwas erwidern konnte, sprach er weiter.

„Und ich würde dich lieber mit niemandem teilen – nicht einmal mit einem Kellner." Er schob seine Finger unter den seidigen Stoff ihres Morgenmantels und kitzelte sie an der Schulter.

Seine Worte gefielen ihr genauso gut wie seine zärtliche Liebkosung. „Das klingt perfekt. Sofern es nicht in Wirklichkeit nur eine lahme Ausrede ist, um nicht mit mir in der Öffentlichkeit gesehen zu werden", entgegnete sie scherzhaft. Sie wollte gern noch ein paar schöne Stunden mit ihm allein verbringen.

„Von wegen. Ich müsste mich mit jedem Typen duellieren, der dich auch nur ansieht.“ In seinen Augen blitzte ein Lachen, während seine Worte gleichzeitig besitzergreifend klangen. Regan genoss es.

„Ich hole mal eine Speisekarte.“ Als sie aufstand und zur Küchenanrichte ging, wo sie einen Stapel Speisekarten von Lieferdiensten aufbewahrte, schrillte die Türklingel. „Ich habe keine Ahnung, wer das sein könnte.“

Sie warf einen Blick durch den Türspion. Es war ihr Exverlobter. „Das kann nur Ärger bedeuten“, stöhnte sie.

Sam tauchte hinter ihr auf. „Was für Ärger?“, fragte er.

„Ärger namens Darren.“

„Soll ich im Nebenzimmer warten?“ Sein Tonfall ließ keinen Zweifel daran, dass er lieber bleiben würde.

Dennoch würde er ihre Entscheidung respektieren. Sie wusste sein Angebot zu schätzen. „Mach dir keine Gedanken darüber. Er ist vermutlich nur gekommen, um ein paar Sachen zu holen, die er hier zurückgelassen hat.“

„Wie das Video?“, fragte Sam trocken.

„Oh, Himmel, nein. Ich bezweifle, dass er die Frechheit besitzt, danach zu fragen.“

„Warum bieten wir es ihm dann nicht an?“

Sie drehte sich um, um ihm für seinen Scherz einen kleinen Klaps zu versetzen, doch stattdessen packte er sie und zog sie zu einem leidenschaftlichen Kuss an sich. Es wurde ein überwältigender, sinnlicher, erregender Kuss. Ein Kuss, der eine Ewigkeit zu dauern schien. Erst die Türklingel und das andauernde Klopfen unterbrachen sie.

„Mach auf, Regan! Der Portier hat gesagt, dass du zu Hause bist“, rief Darren ungeduldig.

Und ebendieser Portier hätte kurz anrufen und um Erlaubnis fragen sollen, statt Darren einfach raufkommen zu lassen, dachte Regan.

„Geh schon und lass ihn rein“, schlug Sam vor. „Du siehst wundervoll aus! Als hättest du gerade einen heißen Kuss bekommen.“

Regan spürte, wie sie rot wurde. Sie musste zugeben, dass es dem ungezogenen Mädchen in ihr durchaus gefiel, mit einem aufregenden Mann wie Sam in ihrem Apartment überrascht zu werden – nachdem sie miteinander geschlafen hatten.

Und dann öffnete Regan ihrem wütenden Exverlobten die Tür. Darrens Gesicht hatte einen ungesunden rötlichen Ton angenommen, und er hatte gerade die Hand erhoben, um noch einmal zu klopfen. „Das hat ja ewig gedauert.“

„Ich wusste nicht, dass ich noch deinem Zeitplan unterworfen bin", erwiderte sie. „Was willst du hier?"

„Ich will ein paar Sachen abholen." Ohne darauf zu warten, dass sie ihn hereinbat, betrat er die Wohnung.

„Ich habe dir doch gesagt, dass du vorher anrufen sollst." Offensichtlich machte er sich über gute Manieren nur Gedanken, wenn es um seine Mitgesellschafter und Freunde ging. Bei ihr schien er sich darum nicht zu scheren.

„Ich war gerade in der Gegend." Er ging Richtung Wohnzimmer, und als Regan sich umdrehte, stellte sie fest, dass Sam sich in ein anderes Zimmer zurückgezogen hatte.

Sie seufzte. Geküsst oder nicht – es war egal, da Darren sie sowieso keines zweiten Blickes gewürdigt hatte. Seine einzige Sorge galt der Kiste mit seinen Dingen, von der er offenbar annahm, sie hätte sie in den Garderobenschrank gestellt. Bereit, den Schrank zu durchsuchen, stand er vor der Tür.

Regan stemmte die Hände in die Hüften. Sie war verärgert darüber, dass er sie in ihrer eigenen Wohnung behandelte, als wäre sie unsichtbar. „Darren, du wohnst hier nicht mehr. Es ist ziemlich unhöflich von dir, einfach hereinzuplatzen, als würde die Wohnung dir gehören, findest du nicht?"

„Wenn ich mich nicht irre, bezahlt meine Kanzlei noch immer die Miete. Wo sind meine Sachen?"

Sie biss die Zähne zusammen. „Ich glaube kaum, dass diese Entschuldigung vor Gericht standhalten würde."

Ohne sie zu beachten, wollte Darren die Schranktür aufmachen. Doch er hatte sie noch nicht ganz aufgezogen, als eine starke Hand sie wieder zuschlug.

„Sie haben gehört, was die Lady gesagt hat", knurrte Sam, der sich augenscheinlich entschlossen hatte, die Führung zu übernehmen.

Als Darren die tiefe Stimme hörte, wirbelte er herum. „Wer sind Sie?"

Sam, der noch immer nur eine Jeans und sonst nichts trug, hatte die Arme vor seiner breiten Brust verschränkt und starrte Darren an. „Ich bin der Mann, der hierher eingeladen wurde." Abschätzig musterte er Darren. „Im Gegensatz zu Ihnen."

Regan biss sich auf die Innenseite ihrer Wange und genoss diese testosterongeschwängerte Auseinandersetzung.

Darren wandte sich ihr zu. „Regan, ich verstehe ja, dass ich dich verletzt habe, aber einen Fremden mit nach Hause zu nehmen – das ist unter deiner Würde. Und deine Eltern würden vor Scham im Boden versinken."

Als sie seine Worte hörte, zuckte Regan zusammen. Zu wissen, dass Darren bewusst ihren wunden Punkt angegriffen hatte, machte es nicht leichter für sie. Immerhin hatten ihre Eltern lange gebraucht, um ihr Zusammenleben mit Darren überhaupt zu akzeptieren. Sie hatten nur ihre Zustimmung gegeben, weil sie sich ihn als zukünftigen Schwiegersohn am ehesten vorstellen konnten und weil er all seine Überredungskünste aufgebracht hatte, um sie von der Verbindung zu überzeugen. Wenn sie wüssten, dass sie eine Wochenendaffäre hatte, würde ihre Mutter wahrscheinlich einen Migräneanfall erleiden und ihr Vater … Sie schauderte. *Darüber will ich lieber gar nicht erst nachdenken.*

Doch bevor sie Darren antworten konnte, ergriff Sam ihre Hand, strich mit dem Daumen zärtlich über ihre Handfläche und erinnerte sie mit dieser kleinen Geste an all das Schöne in ihrer Beziehung – kurz oder nicht.

„Jetzt hören Sie mal zu, Sie Spaßvogel! Sie haben keine Ahnung, wie lange ich Regan schon kenne." Sam beugte sich vor. „Und was zwischen uns beiden ist? Das wollen Sie gar nicht wissen." Ermutigend drückte er ihre Hand; Regan war dankbar dafür.

Darrens Blick verfinsterte sich. „Ich will meine Sachen haben."

Regan zuckte die Schultern. „Tja. Du hättest dir sparen können herzukommen, wenn du vorher wie besprochen angerufen hättest. Ich habe sie eingelagert. Ich wollte nicht, dass sie im Apartment herumliegen."

„Aber du wusstest doch, dass ich sie holen kommen würde", entgegnete er. Er war es gewohnt, dass sie seinen Befehlen Folge leistete.

„Und du wusstest, dass du verlobt bist. Aber das hat dich nicht davon abgehalten, mich ‚abzuschieben'. Ich würde sagen, jetzt sind wir quitt." Sie rieb sich die Hände. Es war ihr fast peinlich, es zuzugeben, aber Rache fühlte sich wirklich gut an.

Vor allem mit Sam an ihrer Seite.

„Du hast dich verändert, Regan." Langsam schüttelte Darren den Kopf. Regan fand diese für ihn so typische Geste ärgerlicher, als sie in Erinnerung hatte. „Und deine Eltern werden nicht gerade erfreut sein", fügte er hinzu.

„Dann sagen Sie es ihnen doch einfach nicht", schlug Sam vor.

„Sie werden herausfinden, dass wir nicht mehr zusammen sind – egal, wer es ihnen sagt", erwiderte Regan. „Und du hast recht, Darren. Ich habe mich verändert. Und es macht mir nichts aus, ob sie über meine Entscheidungen enttäuscht sind oder nicht." Sie war stolz auf jedes ihrer Worte. Und sie meinte es auch so. Trotz der Konsequenzen, die sie zu erwarten hatte.

Sam lächelte ihr zu. Auch er war stolz auf sie. Dann packte er Darren am Arm und schob ihn durch den Flur zur Tür.

Regan beobachtete ihn fasziniert. Sam war ein Gentleman durch und durch. Ein Mann wie Darren würde das niemals begreifen; nicht einmal ihre Eltern mit ihren sogenannten gesellschaftlichen Umgangsformen würden das verstehen. Denn Sam war in seinem Herzen ein Gentleman – dort, wo es darauf ankam. Man konnte einen Menschen nicht dazu erziehen, anständig zu sein. Das war eine Frage der Herzensbildung. Entweder man hatte sie, oder man hatte sie nicht. Und Sam hatte sie im Überfluss.

Auch äußerlich konnte man Sam und Darren nicht miteinander vergleichen. Neben Regans Pilot wirkte der schmächtige, blasse Goldjunge aus Savannah vollkommen verloren.

Sam hatte an einem kurzen Nachmittag ihre wilde Seite hervorgekitzelt und Regan gezeigt, dass sie mehr Mut und Selbstsicherheit besaß, als sie sich selbst je zugetraut hätte. Genug Selbstvertrauen, um die Enttäuschung ertragen zu können, der sie sich würde stellen müssen, wenn ihre Familie von ihrer geplatzten Verlobung und der darauffolgenden Affäre erfuhr. Aber war sie mutig genug, um von nun an auf eigenen Beinen zu stehen?

„Warte, Darren!“, rief Regan, bevor Sam die Tür hinter ihm schließen konnte.

„Es tut mir leid, aber du kannst mich nicht davon abbringen, Regan. Ich muss mit Kate und Ethan reden“, erklärte Darren. Er sprach von ihren Eltern. „Sie werden wissen wollen, dass du vom Weg abgekommen bist. Sie werden dich nach Hause holen. Oder dich in den Urlaub schicken, bis Gras über die ganze peinliche Geschichte gewachsen ist“, sagte er.

„Nein, du Trottel“, hörte Regan sich sagen. „Du hast übrigens dein Video hier vergessen.“ Sie nahm den Pornofilm aus dem Rekorder und lief zu Darren, um ihm das Video mit einer knappen Verbeugung zu überreichen.

Mit hochrotem Kopf schnappte er sich die Kassette und stürmte hinaus.

Sam schlug die Tür hinter ihm zu. „Vollidiot“, murmelte er.

„Wie wahr!“ Regan lächelte. „Ich hätte nicht gedacht, dass mir nach Darrens Auszug nach Feiern zumute wäre, aber das war toll.“ Sie lachte, streckte die Arme aus und drehte sich ausgelassen im Kreis.

Freiheit hatte sich noch nie so gut angefühlt.

„Hat dir das Spaß gemacht?“, fragte Sam und verriegelte vorsorglich das Sicherheitsschloss.

„Und wie! Dem hab ich's gezeigt!" Beinahe erstaunt schüttelte sie den Kopf. „Nicht, dass es Darren viel ausgemacht hat, dass ein anderer Mann bei mir war – immerhin hat er mich sitzen lassen ... Aber sein Gesicht, als er dich gesehen hat, und dann, als ich ihm das Video gegeben habe – das war einfach unbezahlbar!"

Sams Augen funkelten vergnügt und voller Verständnis. „Du hast ihn vor einem anderen Mann gedemütigt. Das ist genauso gut, als hättest du ihn bezwungen, so viel ist sicher." Er zog sie in seine Arme. „Du kannst stolz auf dich sein, Regan. Du hast ihm gezeigt, dass er dich nicht besiegt hat."

„Das habe ich, nicht wahr?" Sie lachte. „Und jetzt habe ich auch Hunger." Sie zog ihn in die Küche, wo sie die Speisekarten hatte liegen lassen. Gemeinsam einigten sie sich auf eine vegetarische Pizza, und Regan rief den Lieferdienst an, um ihre Bestellung aufzugeben.

Eine Dreiviertelstunde später saßen sie an dem kleinen Küchentisch und genossen ein spätes Essen. Sam musste in ein paar Stunden fort – wenigstens für eine Weile –, doch sie wollte im Augenblick nicht darüber nachdenken. Sie war so gelöst wie lange nicht mehr. Sie konnte sich jedenfalls nicht daran erinnern, bei den Mahlzeiten mit ihrer Familie oder allein mit Darren so entspannt gewesen zu sein. Sam interessierte es nicht, welche Gabel sie zuerst nahm, ob sie überhaupt mit der Gabel aß oder ob sie sich die Serviette auf den Schoß legte. Stück für Stück warf sie die Regeln ab, die ihr Leben bestimmt hatten.

Sam war zur richtigen Zeit in ihr Leben geschneit. Sie würde ihm niemals vergessen, dass er ihr Leben an diesem Wochenende vollkommen verändert hatte.

Sam beobachtete, wie Regan mit Begeisterung die Pizza verspeiste und sich genüsslich die Soße von den Fingern leckte, bevor sie den nächsten Bissen nahm. Die Szene mit ihrem Exverlobten hatte sie aufgewühlt, und der daraus resultierende Adrenalinstoß, der sie erfasst hatte, war sehenswert.

Er schob den Pizzakarton zur Seite und legte die Ellbogen auf den Tisch. „Erzähl mir von deiner Familie. Warum benutzt dieser Typ sie als Druckmittel, um dich zu kränken?" Er fragte sie nach persönlichen Dingen! Damit brach er seine oberste Regel.

Eine Affäre sollte locker sein und leicht aufzulösen, jederzeit. Doch diese Frau zog ihn viel zu sehr an, um es zwischen ihnen beim Körperlichen zu belassen. Nicht, dass die körperliche Seite zwischen ihnen nicht sensationell wäre – denn das war sie mit Sicherheit. Aber leider reichte ihm das nicht.

„Das willst du gar nicht wissen." Unter ihren Wimpern hervor trafen sich ihre Blicke, und sie wirkte verlegen.

„Doch, das will ich sehr wohl wissen." Er streckte seinen Arm aus und wartete, bis sie ihre Hand in seine gelegt hatte. „Ich will wissen, was dich so weit gebracht hat. Was uns zusammengebracht hat."

Sie biss sich auf die Unterlippe, ehe sie antwortete. „Tja, wie du dir wahrscheinlich schon gedacht hast, habe ich eine Familie, die sehr gern die Kontrolle übernimmt und alles beherrschen will. Sie hat gewisse ... Erwartungen. Und ich sollte diese Erwartungen erfüllen. Meine Schwestern haben das schon getan. Mit ihnen hatten meine Eltern keine Probleme." Bei diesem Gedanken war Regans Blick mit einem Mal leer. „Aber hier drin möchte ich nicht so werden wie meine Mutter oder meine Schwestern." Sie legte die Hand auf ihr Herz. „Statt in jungen Jahren einen Mann zu heiraten, den mein Vater für mich ausgesucht hat, habe ich jeden Typ, den er mir vorgestellt hat, zerpflückt und abgelehnt. Ich habe meine Eltern bei jeder Gelegenheit enttäuscht."

Sam schüttelte den Kopf. „Das klingt alles so überholt. So ... unzeitgemäß."

Sie lachte. „Du hast gerade meine Familie beschrieben. Und die Familien der Freunde meiner Eltern. Wo ich herkomme, legt man noch Wert auf alte Traditionen. Und obwohl ich mir eingeredet habe, diese Traditionen und Vorstellungen zu akzeptieren, habe ich mich in Wahrheit immer dagegen aufgelehnt. Ich habe jeden Mann zurückgewiesen, den sie mir vorgestellt haben. Sie haben mich spitzfindig genannt. Ich nannte es wählerisch." Sie erhob sich und begann, die Reste des Abendessens wegzuräumen.

Ohne zu zögern, stand er ebenfalls auf und half ihr. „Ich glaube nicht, dass du jemanden heiraten musst, um deine Familie glücklich zu machen. Und deine Familie sollte nicht darauf bestehen, dass du dich fügst, wenn es dich unglücklich macht." Er faltete den leeren Pizzakarton zusammen und stopfte ihn in die Mülltüte, die sie ihm entgegenhielt. „Ich will das nur eben in den Müllschlucker werfen, und dann reden wir weiter."

Als er mit dem Müll den Flur entlangging, erlaubte er es sich zum ersten Mal, über den Mann nachzudenken, mit dem Regan verlobt gewesen war. Ein Kerl, der offensichtlich aus reichem Hause stammte und die passende Einstellung dazu an den Tag legte. Ein Kerl, der mit alldem aufgewachsen war, was Sam vermisst hatte. Doch auch ein Kerl, der keinen Charakter hatte. Der keine Verantwortung für sein Handeln übernahm und der sogar bereit war, eine Frau zu demütigen, wenn es ihn in den Augen ihrer oder seiner Familie besser dastehen ließ.

Eine Frau wie Regan hatte er nicht verdient. Sam war froh, dass sie diesem Mann und den Konventionen entkommen war – auch wenn dieser Prozess schmerzhaft für sie war.

Offensichtlich war sie ebenfalls erleichtert, und das machte das, was zwischen ihnen war, noch besser. Immerhin hätte es auch ganz anders kommen können: Sie hätte sich ihm nur zuwenden können, um sich mit ihm über die Enttäuschung hinwegzutrösten. Und er hätte die Einladung dieser fremden Frau annehmen können, um einfach Sex zu haben. Doch innerhalb weniger Stunden war daraus sehr viel mehr geworden als nur das.

Nachdem er den Müll entsorgt hatte, ging er zurück in ihr Apartment, zog die Tür hinter sich zu und schloss ab. Regan hatte inzwischen aufgeräumt und das Licht in der Küche gelöscht. Nur der sanfte Lichtstrahl einer Lampe leuchtete ihm den Weg. Als er ins Wohnzimmer kam, fand er den seidenen Morgenmantel, den Regan getragen hatte. Er verstand das als Einladung, und als er sich bückte, um den leichten Stoff aufzuheben, stockte er kurz, hielt ihn sich an die Nase und schnupperte daran. Tief sog er Regans zarten Duft ein. Er spürte, wie sein Verlangen wuchs, bevor er sich auf den Weg ins Schlafzimmer machte. Bisher hatte er es noch nicht gesehen. Er hängte den Mantel an den Türknauf und trat gespannt über die Schwelle.

„Regan?“, rief er.

„Ich bin hier.“ Eine Hand an die Wand gestützt, trat sie aus einer Tür. Sie trug die verführerischsten Dessous, die Sam jemals an einer Frau gesehen hatte.

Die schwarze Wäsche bildete einen unglaublichen Kontrast zu ihrem blonden Haar und ihrer hellen Haut. Welch aufreizende Verlockung! Durchsichtige Spitze bedeckte ihre Brüste und ließ ihre aufgerichteten Brustspitzen und die zarte Haut mehr als nur erahnen. Sam ließ seinen Blick weiter nach unten gleiten. Ihr Bauchnabel war so verführerisch, dass der Wunsch, sie zu schmecken, beinahe überwältigend wurde. Noch ein Stück tiefer waren ihre seidigen blonden Löckchen durch den Hauch von Spitze zu erkennen. Sams Lust wurde immer größer, obwohl das kaum noch möglich war.

Und obwohl ihr Anblick sein Verlangen ins Unermessliche steigerte, wusste er, dass sie weiter miteinander reden mussten. Es gab noch so viel mehr über diese Frau zu erfahren und über all das, was sie ausmachte.

Er machte einen Schritt auf sie zu. „Du siehst aus wie die Sünde.“

„Vielen Dank, Sam.“

„Gern geschehen.“

Mit dem Zeigefinger lockte sie ihn zu sich heran, so wie er es vorhin getan hatte. Begierde funkelte in ihren Augen, und ihr Körper schien eine stumme Einladung auszusprechen.

„Wie bist du eigentlich nach Chicago gekommen?" So viel dazu, alles gleichzeitig zu erledigen, dachte er trocken, während er auf sie zuging.

Regan setzte sich aufs Bett, die Bewegung fein abgestimmt und verführerisch, und rekelte sich auf der cremefarbenen Decke. Sie wartete auf ihn.

„Darren ist Anwalt", erklärte sie und kreuzte die Beine, wobei sie für einen winzigen Moment einen verlockenden Ausblick preisgab. „Man hat ihm die Leitung der neuen Niederlassung der Kanzlei in Chicago übertragen, also sind wir hierher gezogen. Auch die Hochzeit hätte hier stattfinden sollen."

„Und deine Familie hat das akzeptiert?" Er öffnete seinen Reißverschluss und zog sich die Jeans aus.

Regan nickte. „Mom war so glücklich, dass ich mir endlich einen Mann geangelt hatte, dass sie sogar eine Hochzeit im Norden hingenommen hätte." Sie klopfte neben sich auf die Matratze.

Er warf seine Jeans auf den Boden und legte sich auf das Bett. Die Decke war so kühl, wie sein Körper erhitzt war. „Wie alt bist du, dass sie dich wie eine alte Jungfer behandeln?" Ein altmodisches Wort, aber irgendwie kamen ihm die Werte dieser Familie ebenfalls überholt und gestrig vor.

„Wie alt sehe ich denn aus?" Ein Lächeln umspielte ihre Mundwinkel.

Er lachte leise. „Das ist eine verzwickte Frage, Süße. Und eine Frage, die ich besser nicht beantworte, um mich nicht in Schwierigkeiten zu bringen."

Sie zog die Schublade ihres Nachttischchens auf, beugte sich vor und griff hinein. Er nahm an, dass sie ein Kondom herausnehmen wollte. Und dank des Anblicks der durchscheinenden Spitze, die ihre Kurven kaum verdeckte, war er auch mehr als bereit.

„Ich bin fünfundzwanzig", sagte sie, als sie sich ihm wieder zuwandte. Sie hielt den Gürtel ihres Morgenmantels in der Hand.

Mit hochgezogenen Augenbrauen blickte er sie an. Er war sich ziemlich sicher, dass er wusste, was sie vorhatte, und das machte es ihm nicht gerade leicht, sich auf die Unterhaltung zu konzentrieren. „Und deine Eltern würden sich immer noch Sorgen über einen Skandal machen, wenn sie wüssten, dass du eine Affäre hast?"

„Oh ja." Mit ernster Miene nickte sie. „Wenn meine Mom erfahren hätte, wann genau ich meine Jungfräulichkeit verloren habe, hätte sie dem armen Robby Jones vermutlich meinen Vater hinterhergejagt – mit seinem Gewehr."

„Aber wäre das nicht ein richtiger Skandal gewesen?", wandte er ein.

„Ein vertretbarer Skandal, solange am Ende eine Eheschließung gestanden hätte", entgegnete sie und rümpfte die Nase. „Die Einstellung meiner Eltern ist schwer zu verstehen, wenn man nicht selbst so gelebt hat." Sie seufzte.

Sie hatte recht. Da er aus einer Gegend kam, die an sich schon ein Skandal war, tat Sam sich schwer, eine Haltung wie diese nachzuvollziehen.

„Was würde passieren, wenn dein Auserwählter ihnen missfällt? Würde dein Vater wirklich von der Schusswaffe Gebrauch machen?" Zwar lachte Sam, aber die scheinbar scherzhaft ausgesprochenen Worte waren durchaus auch ernst gemeint. Nachdem er Regans Exverlobten kennengelernt hatte, konnte er sich vorstellen, dass ihre Eltern rotsahen, wenn sie glaubten, dass ein Mann nicht gut genug für ihre Tochter war.

Aber das war etwas, womit er sich nicht würde auseinandersetzen müssen, da er am Sonntag nach Kalifornien zurückkehren würde. In weniger als zwei Tagen. Also, warum belastete ihn der Gedanke an die Reaktion ihrer Eltern so?

Sie zog an den Enden des Gürtels, und das peitschende Geräusch riss ihn aus seinen Grübeleien. „Keine Sorge, Sam. Mein Vater wird dich nicht dazu zwingen, mich zu heiraten."

„Weil ich ihren Ansprüchen sowieso nicht gerecht werden könnte?"

Sie blickte ihn an und war offenbar genauso überrascht über seine Frage wie er selbst. Es war Jahre her, dass er sich über seine Herkunft Gedanken gemacht hatte, und es machte ihm Angst, dass er in diesem Moment darüber nachsann. Und das wegen einer Frau.

Dieser Frau.

„Sam?", fragte Regan. Plötzlich wurde ihr bewusst, dass sie vorsichtig sein musste. Es ging um seine Gefühle. Sie wusste noch nicht viel über ihn, aber sie war dankbar, dass er auch seine wunden Punkte mit ihr teilte. Dankbar für die Möglichkeit, ihm zu beweisen, dass er ihr vertrauen konnte.

„Was ist?", stieß er schroff hervor.

„Du wirst all meinen Ansprüchen gerecht", entgegnete sie, und ihr Lächeln wurde noch strahlender. Sie meinte es genau so, wie sie es gesagt hatte.

Dass sie jeden Tag neben ihrem zukünftigen Ehemann aufwachen würde, war ihr bei all den Männern, die ihre Eltern ihr vorstellten, stets bewusst gewesen. Südstaatenanstand hin oder her: Sie wollte, dass dieser Mann sie heißmachte. Darren war zwar ein gut aussehender Anwalt, aber in diesem Punkt war er durchgefallen. Der Sex mit ihm war nicht gerade atemberaubend gewesen; Darren hatte ihr auch nicht das Gefühl gegeben, begehrenswert zu sein. Dennoch hatte sie dem Drängen ihrer Familie nachgegeben und Darrens Heiratsantrag angenommen. Jetzt wusste sie, dass das ein Fehler gewesen war.

„Und wie sehen diese Ansprüche aus?“, wollte er wissen. „Was bin ich?“

„Du bist liebenswürdig und ritterlich.“ An diesem Abend hatte er diese Qualitäten gezeigt – vor Darrens Besuch und auch währenddessen. Regan kniete sich vor Sam hin. Sie wollte ihm klarmachen, dass er etwas Besonderes war. „Ganz zu schweigen davon, dass du sündhaft gut aussiehst, sexy bist und ich dich unglaublich anziehend finde. Und falls das noch nicht reicht: Du weißt auch noch, wie man gehorcht. Heb deine Arme“, forderte sie ihn auf.

Ohne seinen sinnlichen Blick von ihr zu wenden, befolgte er ihre Aufforderung. Keine Sekunde lang stellte er ihren Befehl in Frage.

Sie schlang den Gürtel um seine Handgelenke und die schmiedeeisernen Stangen hinter ihm und zog fest. Sie hatte ihn gefesselt. Natürlich wusste Regan genau wie Sam, dass er sich ganz leicht befreien konnte.

Aber wo blieb dann der Spaß?

5. KAPITEL

Regan hatte Sam genau dort, wo sie ihn haben wollte – und ihm gefiel es verdammt gut. Er genoss den entschlossenen Ausdruck in ihren Augen und die Art, wie sie die Situation beherrschte. Doch als ihre Begierde immer weiter wuchs, stockte ihm der Atem, und er konnte an nichts anderes mehr denken, als an das, was sie mit ihm vorhatte.

„Du warst wirklich nett zu mir, Sam. Du warst freundlich, und du hast mich unterstützt, als ich mich gegen Darren gestellt habe. Du warst einfach ganz du selbst – und damit hast du mir geholfen." Das Lächeln erreichte ihre Augen und berührte damit auch sein Herz.

Schnell setzte sie sich auf seine Schenkel, seine Erektion zwischen ihren Beinen.

Er schluckte schwer. „Nett zu dir zu sein, ist nicht besonders schwer, Süße."

„Und mich zu revanchieren, fällt mir genauso leicht." In dem Moment umschloss sie ihn mit ihren Händen. Sam biss die Zähne zusammen und versuchte, sich zu konzentrieren, statt sich seinen Empfindungen hinzugeben. Noch wollte er sich nicht fallen lassen.

An diesem Tag hatte er viel über Regan erfahren, und er hatte mehr mit ihr geteilt als mit jeder anderen Frau, die er kennengelernt hatte. Doch weil Darren sie verletzt hatte und weil er sie zu diesem ultimativen Akt der Rebellion gegen ihre Vergangenheit getrieben hatte, sah Regan in Sam nicht mehr als eine Wochenendaffäre. Vielleicht war es diese Tatsache, die ihn glauben ließ, dass Regan die erste Frau sein könnte, von der er selbst mehr wollte.

Zunächst einmal würde er es vorziehen, wenn die Liebesdienste, die sie ihm erwies, ihr mehr als nur ein körperliches Bedürfnis wären. Aber als sie begann, ihn zu streicheln, wurde ihm nur allzu deutlich bewusst, dass jetzt nicht der Moment war, um nachzudenken. Sie ließ ihre Hand auf und wieder ab gleiten. Die Reibung war intensiv und heiß und wurde mit jeder weiteren Berührung stärker.

Er schluckte ein Stöhnen herunter, hob seine Hüften an und erwiderte ihre Bewegungen immer schneller und immer härter. Doch seine Fesseln schränkten seine Bewegungen ein und machten es ihm unmöglich, Befriedigung zu erlangen.

„Entspann dich", sagte Regan leise. „Ich verspreche dir, es wird dir gefallen."

Sie war ein Engel – ein Engel der Sünde. Unglaublich sinnlich warf sie ihr blondes Haar zurück und senkte den Kopf tiefer und näherte sich seiner Erektion. Es gab keinen Zweifel daran, was sie vorhatte.

Sam biss die Zähne zusammen. Wenn sie ihn jetzt berührte, würde er es nicht lange aushalten. Und als sie ihre Lippen um ihn schloss, wusste er, dass er mit dieser Ahnung recht gehabt hatte. Er stieß langsam seinen Atem aus, doch sie zeigte kein Erbarmen, als sie den Mund öffnete und ihn in sich aufnahm.

„Gott", murmelte er, als sie mit der Zunge über seine Spitze strich und dann seine gesamte Länge erkundete.

Von dem Augenblick an verlor Sam sich in seinen überwältigenden Empfindungen. Er hielt sich an den Eisenstangen fest, während Regan ihn mit dem Mund verwöhnte. Schließlich nahm sie ohne Vorwarnung ihre Hände zu Hilfe. Sinnlich streichelte sie ihn und führte ihn immer weiter auf den Gipfel der Lust. Mit seinen Hüften erwiderte er ihre Bewegungen, bis sein ganzer Körper sich anspannte und er schließlich kam. Wie eine gigantische Welle riss der Höhepunkt ihn mit sich …

Als er nach einer Weile wieder klar denken konnte, bemerkte er, wie Regan die Fesseln um seine Handgelenke löste. Sein Atem ging noch immer angestrengt. „Du hättest dich jederzeit befreien können, aber du hast es nicht getan", sagte sie erstaunt.

„Ich wusste, dass du die Kontrolle haben wolltest."

Sie warf den Gürtel des Morgenmantels ans Fußende des Bettes. „Ich wusste, dass du dich meinem Willen fügen würdest."

„Und für diesen Gehorsam bin ich reichlich belohnt worden." Er lehnte seinen Kopf gegen das Bett und sah sie an.

Als sie seinen Blick erwiderte, waren ihre Augen klar und der Ausdruck in ihnen ehrlich. „So etwas habe ich noch nie gemacht", gab sie zu.

Sie hatte ihn überrascht – und das zweimal. Als sie die Fesselspielchen vorgeschlagen hatte, war er davon ausgegangen, dass sie ihre Lust befriedigen wollte. Doch stattdessen hatte sie das alles zu seinem Vergnügen getan.

Und jetzt dieses Geständnis. „Noch nie?", hakte er ungläubig nach.

Sie schüttelte den Kopf. „Noch nie."

„Nicht einmal mit …"

„Nein." Sie sah ihn an, und zerzauste Locken fielen ihr ins Gesicht. „Hast du das bemerkt?", fragte sie leise und schlug die Augen nieder.

Wie ein Faustschlag in die Magengrube wurde ihm bewusst, dass er dieser Frau verfallen war – und zwar mehr, als er jemals zuvor erlebt hatte oder für möglich gehalten hätte. „Nein, Baby. Das ist mir nicht aufgefallen. Du warst unglaublich."

„Das ist gut zu wissen." Sie schob sich das Haar aus dem Gesicht und begann, seine Handgelenke zu massieren. Offensichtlich wollte sie sich beschäftigen, damit sie sich ihm oder ihrer Verlegenheit nicht stellen musste.

Ihre plötzliche Scham wollte so gar nicht zu der erotischen Frau in den sexy Dessous passen. Ihre Widersprüchlichkeit faszinierte ihn. Er wusste: Mit dieser Frau zusammen würde es niemals langweilig werden.

Sam hätte nie gedacht, dass er einmal an Liebe auf den ersten Blick glauben könnte. Doch mittlerweile tat er es. Regan hatte ihn schon umgehauen, als er sie zum ersten Mal bei *Divine Events* gesehen hatte. Und alles, was er inzwischen gesehen und über sie erfahren hatte, hatte diesen ersten Eindruck und seine wachsenden Gefühle nur noch bestärkt.

Er ergriff ihre Hände und hinderte sie daran, weiter seine Handgelenke zu massieren. „Weißt du, was ich möchte?“, fragte er sie.

„Nein.“ Sie biss sich auf die Unterlippe.

„Ich möchte dich verführen. Ich möchte dir diesen Hauch von nichts ausziehen und dich mit meinem Mund verwöhnen, bis zu schreist. Und dann will ich dich lieben, bis du noch lauter schreist. Oh, und habe ich erwähnt, dass du dabei gefesselt sein sollst?“ Mit hochgezogenen Augenbrauen blickte er sie an und wartete auf eine Antwort, obwohl er ahnte, wie sie lauten würde. Schließlich hatte sie schon unter Beweis gestellt, dass sie einer Herausforderung nicht aus dem Weg ging.

„Das hört sich gut an“, entgegnete sie, und ihre Stimme klang heiser.

Sie war bereit und willig. Wie zum Beweis hob sie den Gürtel aus Seide auf und legte ihm die zarte Fessel auf die Brust, wobei sie seine Brustwarzen berührte – absichtlich, wie er vermutete. Und dann streckte sie ihm ihre Hände mit den Handflächen nach oben entgegen. „Also, worauf wartest du noch?“, fragte sie. „Mach schon.“

Er lächelte und fing an, seinen Engel zu fesseln. Sam hatte nie besonders viel über die Liebe nachgedacht. Es war ihm immer nur wichtig gewesen, das Leben weiterzuleben, in dem er so viel herumkam. Das Leben, das sein Vater aufgegeben hatte; er wollte nicht genauso verkümmern. Frauen hatten in seinen Augen immer Ärger bedeutet. Mit einer Frau zusammen zu sein, bedeutete, zu Hause zu bleiben und seine Träume aufzugeben.

Auf den ersten Blick schien Regan eine Frau zu sein, die genau das verlangen würde, doch sie war herzlich, aufmerksam und verständnisvoll. Er fragte sich, ob er endlich jemanden gefunden hatte, der seine Bedürfnisse und Träume akzeptieren und verstehen konnte. Und er fragte sich auch, ob sie das überhaupt wollte.

Ein Blick auf die Uhr sagte ihm, dass ihm nicht mehr viel Zeit blieb, um das herauszufinden. Aber tief in seinem Innern spürte er, dass alles möglich war, und er vertraute seinem Instinkt. Schließlich lernte er sie immer besser kennen.

Jetzt war es an der Zeit, dass sie mehr über ihn erfuhr. Sobald er sich revanchiert und Regan dorthin geführt hatte, wohin sie auch ihn geführt hatte: einmal zum Himmel und zurück.

Regan saß im Schneidersitz auf dem Bett. Ihr leichter Morgenmantel war alles, was sie um sich gelegt hatte, damit sie nicht fror. Wenn sie daran dachte, dass Sam gerade duschte und sich fertig machte, um zu gehen, spürte sie, wie sich ein Gefühl von Kälte in ihr ausbreitete – mehr, als eigentlich angemessen war. Und das machte ihr Angst. Immerhin kannte sie ihn erst seit ein paar Stunden.

Nur mit Boxershorts bekleidet, trat er aus dem Badezimmer. Er trocknete sich das nasse Haar mit einem Handtuch. Regan ließ ihren Blick über ihn gleiten und bewunderte einmal mehr seinen männlichen Körper.

„Wenn du mich weiter so anschaust, liegst du gleich wieder flach auf dem Rücken, und ich werde das Dinner verpassen“, sagte er und zwinkerte ihr zu.

„Hmmm … Mir wäre das ja egal.“ Sie stieß ein übertriebenes Seufzen aus. „Aber sie würden dich beim Essen sicher vermissen.“ Genauso wie sie ihn vermissen würde, wenn er ging. „Erzähl mir etwas über diesen Freund, der heiratet.“ Sie bemühte sich, möglichst locker zu klingen und sich nichts von dem inneren Aufruhr anmerken zu lassen, der in ihr tobte.

„Bill?“, fragte Sam und bückte sich, um Kleider aus seiner Tasche zu nehmen. „Wir haben uns während unserer Ausbildung zum Piloten kennengelernt und angefreundet. Zwei großspurige Jungs, die es nicht abwarten konnten, endlich zu fliegen.“ Mit seinen Kleidern in der Hand richtete er sich auf. „Fliegen bedeutete für mich Freiheit. Ich habe wie ein Wahnsinniger gearbeitet, damit ich mir das College leisten konnte, und habe so viele Jobs angenommen wie möglich. Ich war entschlossen, meinen Abschluss zu haben, falls sich mein Traum, Pilot zu werden, nicht erfüllen würde. Und dann habe ich daran gearbeitet, meinen Flugschein zu bekommen.“ Er zuckte die Schultern. „Auf der Flugschule lernte ich Bill kennen. Wir freundeten uns sofort an. Wir kamen beide aus kleinen Verhältnissen und haben in unserem Leben nie etwas geschenkt bekommen.“ Er zuckte zusammen, als ihm sein Ausrutscher aufging. „Das klang jetzt vielleicht ein bisschen missverständlich.“

Offensichtlich nahm sie ihm das nicht übel, denn sie lachte. „Mach dir keine Gedanken, Baby. Ich weiß, wer ich bin und was ich bin.“ Und sie war von ihm fasziniert.

Er lächelte schief. „Tja, also, mein Vater war Trucker. Er liebte es, unterwegs zu sein. Meine Mutter hasste es jedoch, ihn nicht zu Gesicht zu bekommen, und so gab er seine Freiheit auf und nahm in derselben Firma, die ihn als Fahrer beschäftigt hatte, einen Bürojob an." Sam setzte sich auf die Bettkante, als er mit seiner Geschichte fortfuhr. „Es hat meinen Vater fast umgebracht, nicht mehr unterwegs zu sein. Und auch wenn er seine Familie geliebt hat, so nahm er es uns doch übel, dass wir ihn ‚angekettet' hatten."

„Das muss hart für dich gewesen sein."

Er legte den Kopf schräg. „Das war es. Wahrscheinlich habe ich deshalb schon so früh entschieden, mich nicht auch in Fesseln legen zu lassen." Er hielt inne und blickte sie an. Zwischen ihnen knisterte es spürbar. „Außer von einer wunderschönen Frau, die mit diesen Fesseln nur sinnliche Spielchen vorhat", sagte er, und seine Stimme klang heiser.

Sie lachte leise. Doch seine Worte berührten sie. Nachdenklich sah sie aus dem Fenster und fragte sich, was Sam sehen mochte, wenn er flog. Der Reiz dieser Freiheit musste überwältigend sein. Nach Jahren, in denen sie sich von anderen eingeengt gefühlt hatte, verstand sie seine Bedürfnisse. Sie wusste, was ihn antrieb. „Also hast du die Fliegerei mit der Freiheit gleichgestellt."

Er nickte. „Ich dachte, Bill würde genauso empfinden. Augenscheinlich habe ich mich geirrt, denn er hat seinen Job als Pilot aufgegeben und sich mit seiner zukünftigen Ehefrau in Chicago niedergelassen."

„Jedem das Seine." Sie warf einen Blick auf die Uhr und stellte fest, dass sie ihn aufhielt, obwohl er sich eigentlich fertig machen und gehen musste. „Du solltest dich anziehen."

„Das mache ich, aber zuerst möchte ich mit dir über etwas reden. Dieses Dinner heute Abend ist locker und zwanglos." Er deutete auf die Hose und das burgunderrote Polohemd, die er in der Hand hielt.

Sie sank in die Kissen zurück. „Klingt nett", murmelte sie begriffsstutzig und wusste nicht, was sie sonst sagen sollte.

„Das sollte es sein, aber ich kenne nicht viele Leute dort und …" Er verstummte. „Begleite mich", stieß er unvermittelt hervor.

Überrascht fuhr sie sich mit der Hand durch ihr zerzaustes Haar. „Ich … bin nicht eingeladen", brachte sie als Entschuldigung hervor und fiel wieder in ihre alte Südstaatenerziehung zurück.

„*Ich* lade dich ein. Bill hat mir angeboten, jemanden mitzubringen, aber damals habe ich mich mit niemandem getroffen. Das hat sich jetzt geändert." Er hob seine Schultern, als wäre die Sache zwischen ihnen ganz leicht. In seinen Augen standen die Freude über all die Möglichkeiten, die sie miteinander hatten, und … Hoffnung.

Sie wollte seine Hoffnungen nicht zerschlagen, aber es war zu viel, ging ihr zu schnell. Die Gefühle, die sie für diesen Mann in so kurzer Zeit entwickelt hatte, machten ihr Angst. Ihre Familie wusste noch nicht einmal, dass ihr Verlobter sie verlassen hatte – und sie verliebte sich gerade in einen unglaublich gut aussehenden Fremden, den sie ausgerechnet in einer Hochzeitsagentur kennengelernt hatte.

Wenn das nicht ungewöhnlich, ja fast schon peinlich war! Doch sie schämte sich nicht für Sam. Sie hatte einfach nur Angst vor ihren eigenen Gefühlen. Sie blickte ihn an. „Ich wünschte, ich könnte, aber …"

Er beugte sich vor und legte seine Hand auf ihr Bein. Hitze schoss durch ihren Körper, ihre Brustspitzen richteten sich auf, und sie spürte, wie ihre Lust entfacht wurde. So leicht weckte er ihre Begierde. So schnell hatte er ihr Herz berührt.

„Komm schon, Regan. Es ist doch so: Wir haben an diesem Wochenende nicht viel Zeit füreinander. Also warum machen wir nicht das Beste aus dem, was wir haben?", versuchte er es ein letztes Mal.

„Ich wünschte, ich könnte es." Sie zog die Beine an und schlang die Arme um ihre Knie. So entzog sie sich seiner Berührung und schloss ihn aus – auch wenn es ihr wehtat. „Aber … ich kann nicht." Mühsam presste sie die Worte hervor.

„Du meinst, du willst nicht." Er straffte die Schultern und erhob sich aus dem Bett. „Was soll's. Es sollte doch sowieso nicht mehr als eine kurze Affäre sein, richtig? Es war dumm von mir, mehr zu verlangen." Er schloss sich im Badezimmer ein, um sich anzuziehen.

Regan schluckte schwer. Der Schmerz schnürte ihr die Kehle zu. So sollte es nicht sein. Und doch waren ihre Gefühle jetzt intensiver und verworrener als zu der Zeit, als Darren ihre Verlobung gelöst und zugegeben hatte, sie betrogen zu haben. Sie umklammerte die Decke und schloss die Augen.

Erst als die Badezimmertür aufging und Sam heraustrat, öffnete Regan sie wieder. Er sah umwerfend aus in seinen lässigen Klamotten und duftete unglaublich anziehend nach seinem Eau de Cologne. Doch sein Blick wirkte kühl und enttäuscht. Es war ein Ausdruck, den sie noch nie bei ihm gesehen hatte; seit sie einander begegnet waren, hatte er sie voller Wärme und Verlangen angeschaut. Dass es jetzt anders war, quälte sie, und sie gestand sich ein, dass sie schuld daran war.

„Zeit für mich, zu gehen." Mit der Tasche in der Hand kam er ans Bett und beugte sich vor. „Ich hatte viel Spaß, Darling." Ohne zu fragen, presste er seine Lippen auf ihren Mund und küsste sie lange und leidenschaftlich.

Regan öffnete ihre Lippen und vertiefte den Kuss und damit, was auch immer zwischen ihnen war. Als Sam sich schließlich von ihr löste, ging sein Atem schwer. „Du bist zwar voller Widersprüche, aber ich verstehe dich“, sagte er.

Sie hob die Augenbrauen. „Wirklich?“

Er nickte. „Ich bin schließlich derjenige, der immer nach Freiheit gesucht hat. Erinnerst du dich?“

Sie zwang sich zu einem Lächeln. „Ja, ich glaube, ich erinnere mich.“ Und außerdem erkannte sie, dass er sie gehen ließ, weil das *ihre* Entscheidung war, und dafür war sie ihm dankbar. „Viel Spaß heute Abend.“

„Den werde ich haben.“ Er richtete sich zu seiner vollen Größe auf.

„Wo wirst du übernachten? Denn falls du kein Hotel hast, gehört diese Seite dir“, sagte sie, klopfte auf die freie Seite des Bettes und bereitete sich innerlich darauf vor, zurückgewiesen zu werden. Immerhin hatte sie ihm gerade erst eine Absage erteilt.

Er lachte leise. „Wer möchte jetzt in der Öffentlichkeit nicht mit wem gesehen werden?“, fragte er und zog sie mit denselben Worten auf, die sie vor kurzem noch zu ihm gesagt hatte.

Sie schüttelte den Kopf. „Ich schwöre, dass das nicht der Grund ist.“ Sie war einfach noch nicht bereit, eine vertraulichere Verbindung zwischen ihnen zuzugeben. Sex war eine Sache, sagte sie sich, aber als Paar gemeinsam zu einer Hochzeitsfeier zu gehen, war etwas ganz anderes. Doch sie belog sich selbst. Denn die Wahrheit war, dass sie zu überwältigt war, um sich ihren Emotionen zu stellen. Sie hoffte, dass ein bisschen Zeit und Raum für sich ihr helfen würden, über ihre Gefühle nachzudenken.

„Ich weiß.“ Er machte zwei Schritte, drehte sich dann noch einmal um und warf ihr einen unwiderstehlichen, fesselnden Blick zu. „Macht es dir etwas aus, wenn ich meine Tasche hierlasse?“

Erleichtert, dass ihre gemeinsame Zeit noch nicht vorüber war, seufzte sie auf. Doch als er durch die Tür ging, ihre Schlüssel in der Hand, und sie mit ihren Gedanken zurückließ, fühlte sie sich plötzlich furchtbar allein. Nicht einmal als Darren gegangen war, hatte sie so empfunden.

Himmel! Sie war vollkommen durcheinander. Sie musste sich zusammenreißen! Sie musste herausfinden, wer sie war, bevor sie sich erlauben konnte, sich in eine Affäre, Beziehung oder was auch immer zu stürzen. Aber während die scheinbar endlose, einsame Nacht langsam vorüberging, musste sie sich eingestehen, dass sie sich längst auf Sam eingelassen hatte. Und dass sie nach so kurzer Zeit schon tiefere Gefühle für ihn hatte, als sie jemals für möglich gehalten hätte.

6. KAPITEL

Weit nach Mitternacht schloss Sam die Tür von Regans Apartment auf und trat ein. Das Dinner hatte lange gedauert, und die Gäste hatten nur allzu ausgelassen gefeiert. Nachdem Bill seine Verlobte Cynthia zum Wagen gebracht hatte, hatte er darauf bestanden, dass sie zusammen noch etwas trinken gingen. Sam hatte seinem Freund an seinem letzten Abend als Junggeselle diesen Wunsch nicht abschlagen können. Und so waren sie in eine Bar gegangen, wo Bill sich einen genehmigt und Sam über die Frau nachgedacht hatte, die er zurückgelassen hatte.

Er schlüpfte aus seinen Kleidern und zog auch die Boxershorts aus. Dann legte er sich zu Regan ins Bett und zog sie sofort an sich.

„Sam?“, murmelte sie schlaftrunken.

„Mhm.“ Es war ein gutes Zeichen, dass sie ihn im Schlaf erkannt und nicht mit Darren verwechselt hatte. Offensichtlich spielte ihr Ex in den Ängsten und Vorbehalten, die sie Sam und sich gegenüber hatte, keine Rolle. „Ich bin's“, flüsterte er. „Schlaf weiter.“

„Okay.“ Sie kuschelte sich an ihn, schmiegte ihren kleinen runden Po an ihn. Ihre Körper passten perfekt zueinander.

Das Gesicht in ihrem Haar vergraben, umhüllte und beruhigte ihr Duft ihn. Und er erregte ihn. Aber erstaunlicherweise war Sex nicht das, was er im Moment von ihr brauchte.

Sam würde sich vielleicht nicht entschließen, seine Karriere aufzugeben, wie Bill es getan hatte. Aber die zukünftige Braut und den Bräutigam zusammen zu sehen, hatte in ihm die Sehnsucht nach der Nähe geweckt, die die beiden teilten – und nach dem Wissen, dass sie ihre Zukunft gemeinsam gestalten würden. Sam wollte genau das mit einer einzigen Frau erleben. Und diese Frau lag in diesem Moment schlafend in seinen Armen.

Sicher, er kannte Regan noch nicht lange genug, um ihr diese Frage zu stellen. Doch er wollte die Möglichkeit haben, zu sehen, wie sich die Dinge zwischen ihnen entwickelten. Er bezweifelte allerdings, dass sie die Chance dazu hatten, wenn sie in Chicago blieb. Er war in San Francisco verwurzelt, genau wie sein Arbeitgeber Connectivity Industries. Er musste jederzeit erreichbar sein und bereit, zu verreisen, wenn es nötig war. Sam brauchte noch immer dieses Gefühl von Freiheit, das er beim Fliegen hatte. Würde Regan da sein, wenn er nach Hause kam?

Er wusste, wie groß das Opfer war, das er von ihr verlangte. Sie würde in einen anderen Bundesstaat umziehen und ihre Familie und Freunde zurücklassen müssen. Mehr noch: Er würde die meiste Zeit über nicht da sein, um ihr diese Übergangsphase leichter zu machen.

Wenn er schon die Frage, ob sie mit zum Dinner kam, für heikel gehalten hatte, so konnte er sich ihre Reaktion auf etwas Derartiges erst recht nicht vorstellen. Doch Samstagnacht oder Sonntagmorgen würde ihm nichts anderes übrig bleiben, als das Thema anzusprechen – oder allein nach Hause zurückzukehren.

Als Regan erwachte, schmiegte sich ein warmer Körper an sie. Nicht, dass es sie störte – im Gegenteil: Das Gefühl war wundervoll, und sie genoss es. Sie hatte gehört, wie Sam in der Nacht zurückgekommen war. Und wenn sie ehrlich war, hatte sie auch kein Auge zutun können, bis sie sicher gewesen war, dass er wieder bei ihr war.

Jetzt lag sie lang ausgestreckt auf dem Bauch, und Sam lag halb auf ihr und umhüllte sie mit seiner Wärme. „Was machst du da?", fragte sie.

„Ich wecke dich auf." Er strich ihr das Haar von der Wange und begann, ihren Hals zu küssen, knabberte zärtlich und leckte mit der Zungenspitze über ihre Haut.

Sie erzitterte bei diesem sinnlichen Angriff, und fast wie von selbst bog sich ihr Körper ihm entgegen. Ihre Hüften wurden gegen die Matratze gedrückt, und dieses Gefühl erregte sie nur noch mehr. „Mhm. Von jetzt an werde ich wohl auf Radiowecker nicht mehr reagieren", murmelte sie.

„Wenn das bedeutet, dass du mich brauchst, damit ich dich morgens aufwecke, bin ich damit einverstanden."

Bevor sie näher über diese Worte nachdenken konnte, fing er an, behutsam ihr Ohr zu liebkosen, um sie abzulenken. Es funktionierte. Sie schloss die Augen und erlaubte ihm, sie mit seinem Mund, seiner Zunge, seinen Zähnen und seinen erfahrenen Händen zu reizen – wohl wissend, dass dies ihr letztes Mal sein könnte.

Er hauchte eine Spur von Küssen von ihrem Ohrläppchen bis hin zu ihrem Nacken, hielt inne, um ihren Rücken zu küssen, zu liebkosen und zu streicheln. Währenddessen wand sie sich unter ihm. Mit jeder kreisenden Bewegung ihrer Hüften kam sie dem Gipfel der Lust näher. Ihr Atem ging schneller, und ein leises Stöhnen entrang sich ihrer Brust.

Plötzlich spürte sie, wie er ihre Schenkel umfasste. Überrascht spannte sie ihren Körper an.

„Ich möchte, dass du mir vertraust, Süße." Sein Atem strich über ihren Nacken, und ihre Haut begann erwartungsvoll zu prickeln.

„Das tue ich." Sie schluckte. Ihr wurde klar, dass sie ihm weit mehr als nur in körperlicher Hinsicht vertraute, und ihr Herz pochte heftig in ihrer Brust.

Seine Berührung war sanft, als er ihre Beine öffnete. Adrenalin schoss durch ihren Körper, als er seine Finger zwischen ihre Schenkel legte und sie streichelte. Und dann drang er langsam und vorsichtig in sie ein.

Sie schloss die Augen und stöhnte leise auf. Er fühlte sich so wundervoll an.

„Ist alles in Ordnung?“, fragte er.

„Mir geht es *so gu-uu-t*“, erwiderte sie und zog das letzte Wort in die Länge. Sehr gut sogar, dachte sie. Wie sollte es ihr auch sonst gehen, wenn seine Wärme sie umhüllte und er so unglaublich behutsam war?

Er strich ihr das Haar aus dem Gesicht und küsste ihre Wange. „Ich will, dass es dir besser geht als gut, Baby“, sagte er und glitt noch tiefer in sie hinein.

Sie umschloss ihn und merkte, wie der Strudel der Begierde in ihr immer stärker wurde. Mit jedem langsamen, bedächtigen Stoß, den er machte, brachte er sie näher zum Höhepunkt. Sie wollte, dass er sich bewegte, wollte, dass er hart und schnell in sie drang. Ihr Körper erzitterte vor ungestilltem Verlangen, und sie drückte ihr Gesicht in die Laken, um nicht laut aufzuschreien.

„Sag mir, was du willst.“ Sams heisere Stimme hallte in ihrem Ohr wider. „Du hast mir erzählt, dass du die Kontrolle über dein Leben haben willst. Mit mir zusammen kann dieser Wunsch Wirklichkeit werden. Also sag mir, was du dafür brauchst.“

Kein Mann hatte ihr jemals dieses Recht zugestanden, diese Freiheit. Und plötzlich verstand sie, was Sam fühlte, wenn er flog. Sie verstand vollkommen, *warum* er diese Freiheit brauchte. Und als er ihr diese Freiheit nun ebenfalls anbot, schossen ihr Tränen des Glücks in die Augen – obwohl sie nicht wusste, ob sie den Mut aufbringen würde, die Worte laut auszusprechen.

Zwischen ihren Schenkeln spürte sie ihn tief in sich. Sein Körper zitterte, weil er sich zusammenreißen und zurückhalten musste. Er verstand sie wie kein Mann zuvor – und sie brauchte ihn wie keinen Mann zuvor. Und still, nur für sich, wusste sie, dass zwischen ihnen mehr war als nur Sex. Sehr viel mehr.

Er schien sie zu verstehen, als er nun seine Hand unter sie schob, ihre Brust umschloss und mit den Fingerspitzen ihre Knospe reizte, bis das Verlangen sich mit beinahe schmerzhaftem Begehren vermischte.

„Vertrau mir, Regan. Sag mir, was du willst. Sag mir, was da wirklich zwischen uns ist“, murmelte er.

Sie schluckte schwer. Sie wusste, dass er recht hatte. Hatte sie es sich selbst nicht gerade eingestanden? „Ich brauche dich. Hart und schnell", sagte sie. Eine Träne rann ihre Wange hinab und ihre Stimme brach, so groß war ihre Begierde.

„Endlich." Das Wort klang wie ein Stöhnen, als er ganz in sie glitt.

Er war groß und kraftvoll, und die Position, die er einnahm, erlaubte es ihm, sie vollkommen zu erfüllen. Ich *fühle* ihn, dachte sie. Weil sie sich nicht auf sein Gesicht konzentrierte. Nachdem er einmal tief in sie gedrungen war, hielt er an, und sie spürte, wie ihre Körper miteinander verschmolzen waren. Und je länger er wartete, desto intensiver wurden ihre Empfindungen und das berauschende Gefühl ihrer Lust.

Dann kam er ihrem Wunsch nach und fing an, sich zu bewegen, stieß in sie, hart und schnell. Sie waren eins. Und durch seine Stöße und die rhythmische Berührung kam sie dem Gipfel immer näher. Zu ihrer eigenen Überraschung schrie sie auf. Sie spürte die unwirklichen Empfindungen immer stärker werden, bis sie den Höhepunkt erreichten und sie mit sich rissen in einen wundervollen Rausch. Er bewegte sich unermüdlich weiter, bis sie zufrieden seufzte.

Sie war gekommen, aber Sam war noch nicht fertig mit ihr. Noch lange nicht. Ihm blieb nur wenig Zeit, um diese Frau an sich zu binden. Und obwohl er wusste, dass er gerade einen großen Schritt gemacht hatte, hatten sich seine Wünsche noch nicht vollends erfüllt. Und er meinte damit nicht nur seine eigene Erlösung, die er irgendwie in den Hintergrund gedrängt hatte.

Er zog sich gerade lang genug aus ihr zurück, um sie behutsam auf den Rücken zu drehen.

Sie öffnete ihre wunderschönen Augen und erwiderte seinen Blick. „Du bist noch nicht gekommen, Sam."

Er lächelte. „Du hast es bemerkt."

„Alles an dir", gab sie zu.

Sam unterdrückte ein dankbares Seufzen. „Wie fühlst du dich?", fragte er stattdessen.

„Unglaublich." Das Wort „gut" schien ihr nicht mehr zu reichen.

Er beugte sich zu ihr herunter und küsste ihre Lippen. Danach hatte er sich so sehr gesehnt, während sie sich geliebt hatten. Zum ersten Mal in seinem Leben weigerte Sam sich, darin nur Sex zu sehen.

Zu seiner Überraschung ergriff sie seine Hüften. „Auf geht's, Romeo", neckte sie ihn mit ihrem sinnlichen Südstaatenakzent. „Du bist dran."

Sam lachte leise. „Wenn du glaubst, dass du noch einmal mit mir fertig wirst?"

„Überall und jederzeit." Mit einem Mal klang ihre Stimme ernst.

Gut, dachte er. Er hatte sie für sich gewonnen. Nun musste er es irgendwie schaffen, dass es auch so blieb. „Möchtest du wissen, warum ich noch nicht gekommen bin?", fragte er sie.

Sie nickte.

„Weil ich dein Gesicht sehen will, wenn ich komme. Weil ich will, dass du mein Gesicht siehst." Er richtete sich über ihr auf. „Und weil ich will, dass du es niemals vergisst", sagte er, glitt wieder in sie und spürte sie so intensiv, als würde er jeden Zentimeter von ihr berühren.

Und wenn er in ihre großen Augen blickte, wusste er, dass auch sie so empfand. Zufrieden, dass er sein Ziel erreicht hatte, führte er sie gemeinsam auf den Gipfel, wie er es versprochen hatte. Er beobachtete sie, als sie kam; dass sie es ihm gleichtat, befriedigte ihn in besonderem Maße.

Doch das bedeutete nicht, dass er bei ihr so weit vorangekommen war, wie er es sich erhofft hatte. Tatsächlich wusste er nicht, was Regan von ihm wollte. Nachdem sie seine Einladung zu einer Party ausgeschlagen hatte und nachdem er bei ihrem Liebesspiel seine Seele offenbart hatte, beschloss Sam für sich, dass sie den nächsten Schritt machen musste.

Wenn sie mehr von ihm wollte, musste sie auf ihn zugehen.

Regan war wieder allein – und sie hasste es. Sie lief im Schlafzimmer auf und ab und versuchte vergeblich, die zerwühlten Decken auf ihrem Bett, die Tasche in der Ecke und den Duft von Sams Eau de Cologne, der noch immer in der Luft hing, zu ignorieren. Es war nicht so, als wüsste sie nicht, wie es sich anfühlte, allein zu sein, oder als würde sie als Einzelperson nicht funktionieren. Immerhin war sie seit Jahren allein, auch wenn sie sich den Konventionen gefügt hatte. Doch eine Tatsache blieb: Sie vermisste Sam.

Eine nicht so kluge Erkenntnis, wenn man bedachte, dass er am Morgen wieder abreisen würde. Und obwohl er angedeutet hatte, dass mehr zwischen ihnen war als nur Sex: Sie würde sich wahrscheinlich etwas vormachen, wenn sie sich erlaubte, ihm zu glauben oder gar daran zu denken, dass seine Worte ihre Affäre überdauern würden. Zuerst einmal hatten sie sich gerade erst kennengelernt. Was wussten sie denn wirklich übereinander? Was hatten sie schon gemeinsam? Zweitens lebten sie meilenweit voneinander entfernt. Und drittens wollte er nicht gebunden sein. Er wollte nicht so leben, wie sein Vater es getan hatte oder wie es sein bester Freund bald tun würde.

Ihr Herz rebellierte gegen diese Bedenken. Doch bevor sie gründlich darüber nachdenken konnte, riss das Schrillen des Telefons sie aus ihren Grübeleien. Mit einem Stöhnen nahm sie den Hörer in die Hand. „Hallo?"

„Regan, Liebling, ich mache mir furchtbare Sorgen. Sag mir bitte, dass Darren halluziniert und du nicht mit einem Mann verkehrst, der nicht dein Verlobter ist." Am anderen Ende der Leitung erklang die flehende Stimme ihrer Mutter. „Bitte sag mir, dass die Hochzeit wie geplant stattfindet." Kate schien kurz vor einem hysterischen Anfall zu stehen. Wenn man bedachte, dass sie nur Darrens einseitige Sicht der Dinge kannte, hatte sie sicher auch allen Grund dazu.

Ihre Mutter würde Darren Glauben schenken – schon allein, weil Regan sie immer wieder enttäuscht hatte. Anders als ihre Schwestern, die immer das Richtige zur richtigen Zeit getan hatten. Regan hätte ihre Familie beinahe genauso glücklich gemacht. Im Augenblick allerdings stand sie kurz davor, auch die letzte Hoffnung darauf zu zerstören, dass aus ihr doch noch die perfekte Tochter werden könnte.

Sie liefen beide Gefahr, zwischen sich eine Kluft zu schaffen, die nur schwer zu überbrücken sein würde – zumindest, solange Kate sich nicht bemühte, über gesellschaftliche Normen hinwegzusehen und zu verstehen, was in Regans Herz vor sich ging. Ebenso sehr wie Regan sich nach einer Mutter sehnte, die verständnisvoll war und ihr beistand, sehnte Kate sich nach einer vermeintlich fehlerlosen Tochter. Doch offenbar hatte sie nicht viel Hoffnung. Gerade genug, dass sie nun gespannt den Atem anhielt und auf Regans Antwort wartete.

Regan strich sich die Haare aus der Stirn. Darren hatte den Weg für die Katastrophe gebahnt, und wenn er vor ihr stehen würde, so würde sie ihn, ohne zu zögern, erwürgen. „Mom, hör zu. Es ist nicht so, wie es aussieht", begann sie und hoffte, Darrens Lügen aufklären zu können.

Kate atmete hörbar auf. „Gott sei Dank. Du meinst, du schläfst *nicht* mit einem Fremden?"

Resigniert schüttelte Regan den Kopf und lehnte sich an die Küchenanrichte. „Ich bin fünfundzwanzig Jahre alt, Mom. Ich …"

„Ich verstehe das als ein Ja", unterbrach Kate sie mit einem unzufriedenen Aufschrei. „Oh, ich wusste, dass ich niemals hätte zustimmen sollen, dass du vor der Hochzeit nach Chicago ziehst. Wenn du zu Hause geblieben wärst, wo wir dich im Auge hätten behalten können, wäre das alles nicht passiert."

Da Regan bereits auf ihr Alter hingewiesen hatte, nahm sie an, dass es zwecklos war, ihre Mutter noch einmal daran zu erinnern.

„Kannst du dir nicht denken, dass Darren vor Sorge außer sich ist?", fragte Kate. „Und dein Vater … Ich weiß nicht, wie ich ihm diese Nachricht beibringen soll. Endlich hast du einen guten Mann für dich gefunden, aber du kannst ihn einfach nicht festhalten, nicht wahr?“, fragte Kate vorwurfsvoll. Und enttäuscht, weil sie sich – Regan sei Dank – vor ihren Freunden blamieren würde. Schon wieder.

Regan öffnete den Mund, um sich zu verteidigen, doch sie sah ein, dass sie nicht gewinnen konnte. Sie hatte diesen Kampf schon zu oft geführt. Sie erinnerte sich an den Abend, als sie sich geweigert hatte, mit dem Sohn des besten Freundes ihres Vaters zu einer Gala des Country Clubs zu gehen. Und sie hatte ihre Gründe gehabt: Der junge Mann hatte sich ihr unsittlich genähert, als sie allein gewesen waren. Damals hatten ihre Eltern ihr nicht geglaubt und stattdessen angenommen, dass sie zu wählerisch war, zu stur und zu starrköpfig. Dass sie sich ihnen absichtlich widersetzen wollte. Und auch jetzt würde ihre Mutter ihr ganz sicher nicht glauben – sie würde es nicht einmal versuchen.

Kate hatte die Vorstellung immer gefallen, Töchter zu haben, die sie vor ihren Freunden im Country Club vorführen konnte: zur Einführung der Mädchen in die Gesellschaft, zu ihrer Verlobung, zu ihrer Hochzeit – und das selbstverständlich alles zur rechten Zeit, *wie bei den Töchtern ihrer Freundinnen.* Doch als sich herausstellte, dass Regan eine eigenständige Persönlichkeit mit eigenen Vorlieben und Bedürfnissen war, hatte Kate nicht gewusst, was sie mit ihr machen sollte. Sie hatte sich nicht darum bemüht, Regan zu verstehen. Und da ihr Vater Kate die Aufgabe übertragen hatte, die Mädchen zu erziehen, hatte er es auch nicht getan.

Es war offensichtlich: Sie standen an einem Scheideweg. Regan konnte nicht zulassen, dass Darrens Aussagen so einfach im Raume stehen blieben. Also nahm sie sich vor, mit der Wahrheit zu beginnen. „Mom, hör mir zu“, sagte sie geduldig. Sie wollte, dass ihre Mutter ihren Standpunkt erfuhr und verstand. „Darren hat am Wochenende mit mir Schluss gemacht. Er hat mich betrogen – mit seiner …“

„Mit einer seiner Partnerinnen“, unterbrach Kate sie zu Regans Überraschung. „Das weiß ich schon. Darren hat uns gewarnt, dass du dich mit einer solchen Geschichte verteidigen würdest, um ihm die Schuld in die Schuhe zu schieben. Er hat gesagt, dass du schon seit eurem Umzug nach Chicago so bist. Du wolltest einfach nicht einsehen, dass er Überstunden machen musste, um die neue Niederlassung der Kanzlei zum Laufen zu bringen. Du warst kalt und distanziert und hast dich einem anderen Mann zugewendet, um Aufmerksamkeit zu bekommen.“

Regan schüttelte den Kopf, bis ihr ganz schwindelig war. Doch leider wurde sie nicht ohnmächtig, und auch das lächerlich kritiklose Vertrauen ihrer Mutter in Darren verschwand so nicht.

„Ich habe einen Plan“, verkündete Kate nun.

Regan verdrehte die Augen. „Ich will es nicht wissen.“

„Natürlich willst du es wissen. Ethan wird mit Darren reden. Ich bin mir sicher, dass er dich dann zurücknehmen wird.“

Regan schüttelte den Kopf. „Ich will Darren nicht zurück! Selbst wenn er mich zurücknehmen würde – was er nicht tun wird … Hast du nicht gehört, was ich gerade erzählt habe? Darren hat *mich* betrogen. Er liebt mich nicht und …“

Ihre Mutter stieß ein ärgerliches Seufzen aus. „Liebe hat nichts mit einer guten Ehe zu tun, Regan Ann Davis. Wichtig ist, einen ebenbürtigen Partner zu heiraten und das Leben zu leben, das man verdient hat. Darum geht es in einer Ehe.“

Für Kate vielleicht. Nicht aber für Regan. „Ist es dir egal, dass Darren unaufrichtig war?“, fragte sie und hasste ihre Stimme, die plötzlich wie die eines kleinen Mädchens klang, das um die Anerkennung und das Verständnis der Mutter bettelte.

Aber was auch immer Regan von Kate brauchte: Sie würde es niemals bekommen. Nicht, wenn Kate sich selbst mit so wenig zufriedengab. Doch Regan wollte das nicht. Nicht mehr. Und sie wollte nicht länger eine Fassade aufrechterhalten. Sie war es leid, zu versuchen, jemand zu sein, der sie nicht war. Und sie war es leid, die Wahrheit zu verschweigen, um die Gefühle ihrer Eltern nicht zu verletzen.

„Ich nehme an, ich hätte schon vor langer Zeit mit dir über Männer und ihre Bedürfnisse reden müssen“, sagte Kate resigniert. „Männer betrügen. So sind sie nun einmal. Aber wenn du das akzeptierst, kannst du alles haben, was du dir vom Leben erwartest. Alles, was du verdienst.“

Regan wickelte das Telefonkabel um ihren Finger, während ihre Mutter sprach. „Was für Dinge sollen das sein? Geld? Ein großes, kaltes, einsames Haus? Ist es das, was ich verdiene?“ Ist es das, was Kate glaubte, verdient zu haben?

Tränen stiegen Regan in die Augen, als sie an ihre Kindheit zurückdachte. Erinnerungen an ihre Mutter, die weinend im Schlafzimmer saß, weil ihr Vater es wieder einmal nicht geschafft hatte, wie versprochen nach Hause zu kommen. Erinnerungen daran, wie sie selbst und ihre Schwestern einander Schlaflieder vorgesungen hatten – jedes Lied lauter als das vorherige, um das Weinen ihrer Mutter zu übertönen.

Für *ihre* Kinder wünschte Regan sich etwas anderes. Sie wünschte sich *für sich* etwas anderes.

„All das ist wichtig, mein Honigkind“, sagte Kate und benutzte den Kosenamen aus Regans Kindheit. „Was bist du denn ohne diese Dinge?

Wer bist du schon ohne Geld? Ohne Prestige? Ohne gesellschaftliches Ansehen und deinen guten Namen?"

Regan schluckte und gab ihre Antwort, ohne groß darüber nachzudenken. „Ich bin ich", sagte sie leise, aber bestimmt. „Ich bin Regan Davis." Und das reichte ihr vollkommen.

Und ihrem Piloten reichte es ebenfalls. An einem kurzen Wochenende hatte sie viel über sich selbst gelernt. Sie hatte ihre innere Stärke erlebt und ihre wahren Wünsche entdeckt.

Sie hatte diesen Weg eingeschlagen, seit sie bei Victoria's Secret durch die Tür getreten war und anschließend bei *Divine Events* das scharlachrote Buch entdeckt hatte. Und seitdem war sie auf der Reise zu sich selbst.

Ohne Sam und seine stumme Anerkennung hätte sie es vielleicht nicht geschafft, diesen Erkenntnisprozess abzuschließen. Aber Sam war da; sie hatte es geschafft. Und Regan mochte den Menschen, den sie unter all den Konventionen, all den Zwängen gefunden hatte. Ihr gefiel, wer sie war: die Frau, die weniger gehemmt war, die sich keine Gedanken darüber machte, was andere Leute dachten, und die sich auf ihren Instinkt verließ.

Regan hatte geglaubt, dass sie sich selbst noch finden musste, dass sie erst noch lernen musste, wer sie war und was sie sich wünschte. Aber eigentlich hatte sie all das schon gewusst. Jetzt musste sie nur aus der schützenden Hülle ausbrechen, die ihre Familie erschaffen und die Darren aufrechterhalten hatte, und sich allein in die Welt hinauswagen.

Und wenn sie das getan und sich ihr eigenes Leben aufgebaut hatte, würden ihre Eltern sie vielleicht auch anders wahrnehmen. Vielleicht auch nicht. Doch auf jeden Fall wäre Regan mit sich im Reinen und glücklich mit sich selbst. Egal, wie traurig sie im Augenblick war.

„Regan, hörst du mir zu?" Die schrille Stimme ihrer Mutter drang durch die Telefonleitung an ihr Ohr und holte sie ins Hier und Jetzt zurück. „Ich habe gesagt, dass du uns und Darren brauchst. Ruf ihn an und entschuldige dich. Ich bin sicher, dass ein Gespräch mit deinem Vater ausreicht, damit Darren dich zurücknimmt."

„Nein." Zum ersten Mal fasste Regan ihren Widerstand in Worte. Sie wusste, dass sie als stolze, unabhängige Frau niemals die Liebe und Anerkennung ihrer Mutter gewinnen würde. Doch dieses Ziel würde sie vermutlich nie erreichen – es sei denn, sie gab nach. Das aber hatte Regan nicht vor.

„Wie bitte?", entgegnete Kate.

Regan konnte sich vorstellen, wie ihre Mutter die Schultern straffte und eine stolze, herablassende Miene aufsetzte. „Ich sagte: Nein. Ich werde mich nicht entschuldigen. Ich will Darren nicht zurück, auch wenn er mich zurücknehmen würde. Was er übrigens nicht tun wird."

„Unsinn."

„Frag ihn das nächste Mal, wenn er anruft, um schlecht über mich zu reden, okay? *Er* hat mit *mir* Schluss gemacht." Und sie war wirklich froh darüber. „Aber wenigstens habe ich so gelernt, dass ich genug Selbstachtung besitze, um mich nicht mit einem Mann zufriedenzugeben, der mich nicht will. Der mich nicht liebt. Und der mich ganz sicher nicht respektiert."

Sie schluckte ein Lachen herunter, denn Darren würde bestimmt nicht an ihre Tür klopfen und um eine zweite Chance betteln. Aber ihre Eltern verstanden das nicht. Sie waren zu fest entschlossen, an ihrer Tochter herumzukritisieren. Und Darren nutzte das aus. Er kannte Regans Eltern gut genug, um das Spiel auf seine Weise zu spielen – und zu gewinnen.

„Wenn du dich weigerst, jetzt mitzuarbeiten, kann ich dir nicht aus dieser verfahrenen Situation heraushelfen", warnte ihre Mutter sie.

Regan straffte die Schultern. „Darum bitte ich dich auch nicht", erwiderte sie und schluckte. Sie akzeptierte, wer ihre Mutter war, was sie war. Und sie hoffte, dass Kate eines Tages dasselbe für sie empfinden würde.

Eine Weile herrschte Schweigen, bevor Kate in Schniefen und vermutlich Tränen Zuflucht nahm. „Du wirst deinen Vater sehr enttäuschen, Regan, und ich werde nicht mehr hoch erhobenen Hauptes in den Country Club gehen können." Kate drohte nicht, sie sprach nur die Tatsachen aus. Regan verstand, wie enttäuschend und niederschmetternd ihr Akt der Rebellion für Kate sein musste.

Wenn Regan erst einmal aufgelegt hatte, gab es kein Zurück mehr – außer sie gab klein bei. Und dieser Tag würde niemals kommen. Sie blinzelte ihre Tränen fort. „Es tut mir leid, Mom."

Nicht, weil sie sie selbst sein wollte. Sie entschuldigte sich für den Schmerz, den sie ihren Eltern zufügte. Kate und Ethan kannten und verstanden keine andere Lebensweise als die ihre.

Das Klicken und das anschließende Freizeichen bestätigten Regans Befürchtungen, wie das Telefonat enden würde. Mit zitternden Händen legte sie den Hörer auf und setzte sich auf die Anrichte.

Sie war für sich selbst und ihre Wünsche eingestanden! Und obwohl Regan nun gänzlich allein war, fühlte sie sich nicht länger leer. Sie hatte sich selbst gefunden. Und sie würde ohne die Unterstützung ihrer Eltern oder das Geld ihres Verlobten überleben. Sie hatte in all den Jahren genug Erfahrung in der Öffentlichkeitsarbeit, um einen Job zu finden. Und sie hatte das Talent, Leute zu begeistern und zu überreden, Geld für wohltätige Zwecke zu spenden. Zum ersten Mal in ihrem Leben wurde ihr bewusst, dass sie an sich selbst glaubte.

Regan musste Sam dafür danken. Er hatte sie zu dieser Erkenntnis gebracht. Sam Daniels … Ein Mann, bei dem sie sie selbst sein durfte und der sie so liebte, wie sie war. Sie war sich sicher. Denn sie liebte ihn. Ihr Mund wurde ganz trocken, und ihr Herz pochte wie wild, als sie sich erlaubte, diese Worte zum ersten Mal zu denken.

Sie liebte Sam. Und sie glaubte, dass auch er sie liebte – auf seine eigene Art. Regan machte sich nichts vor: Die Liebe würde nicht ändern, wer er war oder was er war – ein Pilot, der seine Freiheit brauchte, um zu überleben. Genauso sehr wie er sie akzeptierte, akzeptierte sie auch ihn.

Sie fragte sich, ob seine einsame Sicht auf die Welt überhaupt Raum für sie ließ. Für sie beide. Und ihr wurde klar, dass es nur eine Möglichkeit gab, das herauszufinden.

7. KAPITEL

Als Sam seine Rede auf die Braut und den Bräutigam beendet hatte, erhob er sein Glas. „Und nun auf ein Leben voller Gesundheit, Glück und Kinder, die aussehen wie Cynthia“, rief er und zwinkerte Bill grinsend zu. „Prost.“

Die Gäste applaudierten, und Bill ließ seine Braut gerade lange genug los, um Sam herzlich zu umarmen und ihm auf die Schulter zu klopfen.

„Werdet glücklich“, sagte Sam zu seinem Freund. Seine Worte kamen nicht nur von Herzen. Er hatte auch endlich verstanden, dass so etwas wie „… und sie lebten glücklich und zufrieden bis ans Ende ihrer Tage …“ tatsächlich möglich war.

Jahrelang hatte Sam geglaubt, dass Bindungen, Ehe und sogar die Sehnsüchte einer Frau niemals mit seinen Wünschen vereinbar wären. Er hatte seine Eltern immer für den besten Beweis dafür gehalten. Und bisher hatte auch keine Frau, die er kennengelernt hatte, ihn vom Gegenteil überzeugen können. Bis jetzt.

In seiner männlichen Arroganz hatte Sam es nie für möglich gehalten, dass er einmal derjenige sein könnte, der vor gespannter Erwartung und Nervosität derart aufgewühlt sein könnte. Er hätte niemals gedacht, dass er sich einmal so sehr nach einer ganz bestimmten Frau sehnen würde. Und dass er bereit sein würde, beinahe alles zu tun, um sie zu halten.

Er hatte die richtige Frau einfach noch nicht getroffen.

Bis jetzt. Denn jetzt war es passiert. Regan. Sie war es, sie war die Richtige. Und plötzlich war er nichts mehr ohne sie. Himmel! Zwei der Brautjungfern hatten ihn angemacht, und obwohl sie sehr attraktiv waren, hatte ihn keine von beiden interessiert. Nicht einmal genug, um sich länger mit ihnen zu unterhalten. Sam wusste, dass er viel Zeit brauchen würde, um über Regan und ihren „One-Night-Stand“ hinwegzukommen.

Sam ging an die Bar, bestellte einen Scotch und machte sich dann auf den Weg zum Vordereingang, um dem Lärm der Band und dem Gedränge der Leute zu entkommen. An die Wand gelehnt, stand er in der Tür zum Festsaal und beobachtete, wie die Braut und der Bräutigam zu einem langsamen Lied tanzten.

„Ich hätte dich nicht für einen Typ gehalten, der sich im Hintergrund hält.“

Regans Stimme überraschte ihn. Einen Moment lang glaubte er, er hätte sie so sehr herbeigesehnt, dass er halluzinierte. Doch dann drehte er sich um, und da stand sie. Sie trug ein knielanges schwarzes Kleid mit einem Schalkragen, war geschminkt, obwohl sie eigentlich gar kein Make-up brauchte, und hatte ihr Haar hochgesteckt. Sie sah einfach fantastisch aus.

„Was machst du hier?“, fragte er noch immer schockiert und traute sich nicht, sich irgendwelche Hoffnungen zu machen.

Sie zuckte die Schultern und umklammerte ein kleines schwarzes Abendtäschchen. „Ich suche dich.“

Die Türen zum Festsaal schwangen auf und unterbrachen sie. Er ergriff ihre Hand und zog Regan mit sich in den Flur. Hier konnten sie etwas ungestörter miteinander reden.

„Aber wie hast du mich denn gefunden?“, fragte er. Sie hatten nie darüber gesprochen, wo die Hochzeit stattfinden würde.

Sie stieß ein langes, übertriebenes Seufzen aus. „Leider sah ich mich genötigt, deine Tasche zu durchsuchen. Wie hätte ich sonst an die Einladung kommen sollen?“ Sie schüttelte dramatisch den Kopf. „Oh, diese Schande!“

Er lachte leise. „Und was hat dich überhaupt dazu gebracht, nach mir zu suchen?“ Nachdem sie es abgelehnt hatte, mit ihm zum Dinner nach der Probe zu gehen, hatte er sie bewusst nicht zur Hochzeit eingeladen.

Bill hatte ihm wegen dieses Versäumnisses eine Predigt gehalten, als sie ihre Smokings anzogen. Und weil Sam am Abend zuvor dumm und beschwipst genug gewesen war, seinem Freund das Herz auszuschütten, hatte er diese Strafpredigt praktisch selbst heraufbeschworen. Vermutlich hatte er die Standpauke verdient; immerhin war er das Risiko eingegangen, Regan zu verlieren. Und doch glaubte Sam immer noch, dass sie den nächsten Schritt machen musste.

Und er hoffte inständig, dass sie genau deswegen hier war.

Er berührte ihr Kinn und hob ihr Gesicht an, bis ihre Blicke sich trafen. „Ich verzeihe dir, dass du in meinen Sachen herumgeschnüffelt hast.“

„Puh.“ Sie legte in bester Scarlett-O’Hara-Manier die Hand auf die Stirn. „Ich hätte gedacht, dass ich dafür etwas mehr tun muss.“ Sie lächelte ihn an, aber ihre Miene passte nicht zu dem, was er in ihren Augen sah.

Er hob die Augenbrauen. Er vertraute ihrem lockeren Tonfall nicht. Er sah, dass ihre Augen unter dem Make-up verweint waren, und er hörte, dass ihre Stimme trotz des mutigen Auftretens zitterte. „Was ist los, Baby?“

Sie ließ die Schultern sinken und atmete tief durch. „Ich hab das hier wohl nicht besonders gut im Griff, oder?“

„Kommt drauf an. Du hast mich gefunden, und das freut mich. Aber irgendetwas stimmt nicht, und ich möchte wissen, was es ist.“ Er würde am nächsten Morgen abreisen. Sie hatten keine Zeit mehr für Spielchen.

Eine Gruppe von Frauen kam aus der Damentoilette. Sie lachten und kicherten viel zu laut. „So viel zum Thema Privatsphäre“, knurrte er. „Komm mit.“ Wieder nahm er ihre Hand, führte Regan in das Ankleidezimmer der Braut und schloss die Tür hinter ihnen.

Endlich waren sie allein. Sam ließ sich auf eine Sitzbank sinken, schob Kleider, Strümpfe, Haarspray und Make-up beiseite und klopfte auf den Platz neben sich.

Regan setzte sich zu ihm. „Meine Mutter hat angerufen“, erzählte sie, sobald sie saß.

„Darren hat ihr seine Sicht der Ereignisse auf die Nase gebunden, was?“ Es war nicht schwer zu erraten.

Sie nickte. „Er hat es so dargestellt, dass er verletzt worden ist. Und dass ich für die Trennung verantwortlich bin, weil er mich mit einem anderen Mann erwischt hätte. Der Mistkerl hat Nerven.“

Da konnte Sam ihr nur zustimmen. Geduldig wartete er darauf, dass sie fortfuhr.

„Sie hat vorgeschlagen, dass ich mich entschuldigen und zu ihm zurückkehren soll.“ Sie schnaubte verächtlich und verdrehte die Augen. „Als ob ich das jemals tun würde.“

Nein, Sam konnte sich nicht vorstellen, dass Regan irgendeinem Kerl hinterherlaufen würde. Andererseits hatte sie *ihn* gesucht – und gegen seinen Willen breitete sich Hoffnung in ihm aus. „Was ist dann passiert?“

„Sie war an meiner Version der Geschichte nicht sonderlich interessiert. Sie meinte, selbst wenn es wahr wäre – als ob ich lügen würde –, müsste ich akzeptieren, dass Männer ihre Frauen betrügen. So wären sie nun einmal.“ Regan blickte ihn mit leicht zusammengekniffenen Augen an und kam ihm näher, bis sie nur noch ein paar Zentimeter voneinander entfernt waren. „Was mich zu meiner Frage bringt …“ Sie schürzte die Lippen.

Es waren sinnliche Lippen, auf denen zarter Lipgloss schimmerte. Und sie duftete so gut! Er spürte, wie seine Erregung durch ihre bloße Anwesenheit wuchs. Er konnte sich vorstellen, dass er mit achtzig Jahren vermutlich immer noch Lust verspürte, sobald sie in seine Nähe kam.

„Worüber lachst du?“, fragte sie und trat ihm gegen das Schienbein.

Verdammt! War es seine Schuld, dass diese Frau ihn glücklich machte?

„Das ist alles überhaupt nicht lustig“, fuhr sie fort. Sie war wütend auf ihn, und in ihrem Zorn wurde ihr Südstaatenakzent noch stärker.

Zärtlich strich er ihr über die Wange, versuchte, sie zu beruhigen und nicht an das Pochen in seinem Schienbein oder die flammende Lust zu denken, die seinen Körper durchströmte. „Du bringst mich zum Lächeln, Regan. Ich kann nichts dagegen tun. Aber wenn du mich jedes Mal trittst, wenn ich lächeln muss, haben wir ein echtes Problem.“

Sie senkte den Kopf. „Tut mir leid.“

Er lachte leise. „Entschuldigung angenommen. Also, was wolltest du mich fragen?“

Sie verschränkte die Hände hinter ihrem Rücken. „Ich wollte wissen …“ Ihre Stimme erstarb, und sie wurde rot. „Du lachst bestimmt oder denkst, dass ich total verrückt geworden bin.“

„Ich verspreche dir, dass ich nichts von beidem tun werde.“ Offensichtlich standen sie an einem Scheideweg, und er wollte es nicht vermasseln. „Sprich weiter“, sagte er mit rauer Stimme.

„Wenn du zu mir gehören würdest … ich meine, wenn ich zu dir gehören würde … Also, wenn wir zusammengehören würden, würdest du einen Seitensprung dann akzeptabel finden? Notwendig? Würdest du denken, dass Männer so sind und nicht anders können?“

Trotz ihrer Unsicherheit und ihrer augenscheinlichen Verlegenheit verstand er, wie wichtig ihr die Antwort auf diese Frage war. Sie fragte ihn nicht einfach nach seiner Meinung über Untreue; dieses Thema hatten sie bereits besprochen. In ihrer liebenswert umständlichen Art wollte sie herausfinden, ob er mehr wollte als nur dieses eine gemeinsame Wochenende.

Er kannte die Antwort auf diese Frage schon lange. Sams Ansichten hatten sich grundlegend geändert, seit er am vergangenen Morgen nach Chicago gekommen war. Und dieses Nervenbündel, das ihm die Frage gestellt hatte, war der Grund dafür.

Um seiner selbst und auch um ihretwillen hatte er sich vorgenommen, die Dinge direkt anzugehen. „Von dem Tag an, an dem ich dich zum ersten Mal sah, hatte ich kein Verlangen mehr nach einer anderen. Und so sollte es zwischen einem Mann und einer Frau sein.“ Er nahm ihr Gesicht in seine Hände. „Bei einem Paar. Vorher wusste ich das nicht, aber als ich dich traf, wurde mir das klar.“

Mit großen Augen sah sie ihn an. „Also wären ich und du genug? Das würde dir reichen?“

„Umgekehrt würde ich das auch von dir erwarten.“

„Damit kann ich leben.“ Sie nickte, ihre Augen waren feierlich und ernst, und ein glückliches Lächeln umspielte ihre Mundwinkel. „Seit ich dich kenne, habe ich auch kein Verlangen mehr nach einem anderen Mann."

„Gut. Und jetzt habe ich ebenfalls eine Frage." Eine wichtige Frage. Eine Frage, die ihn schon länger beschäftigte. „Was passiert, wenn dir die Ablehnung deiner Eltern zu viel wird? Hast du darüber nachgedacht, was du dir vom Leben erhoffst und wünschst?" Er war immer noch der, der er war: der Pilot aus ärmlichen Verhältnissen. Er wollte, dass sie sich der Hindernisse und Schwierigkeiten, die auf sie zukamen, von vornherein bewusst war.

Sie starrte auf ihre Hände. „Meine Eltern haben sich nie dafür interessiert, was ich will. Ihnen war nur wichtig, was sie für richtig hielten. Ich musste erst aus Atlanta fortziehen, um das zu verstehen. Und dafür schulde ich Darren wohl ein Dankeschön." Mit der Zungenspitze fuhr sie sich über die Lippen. „Aber ich will mein Leben nicht länger für andere leben, sondern nur für mich."

„Was ist mit *deinen* Wünschen?" Er hielt ihre Hand fest und spürte, dass sie zum Kernpunkt kamen. „Ich kann das Fliegen nicht aufgeben …"

„Wer hat dich darum gebeten?", entgegnete sie. Sie klang verletzt.

Er schluckte schwer. Endlich gestattete er sich, zu glauben, dass diese Frau ihn wirklich verstand und akzeptierte. „Ich kann Kalifornien nicht verlassen. Das Unternehmen, für das ich arbeite, hat dort seinen Firmensitz. Und ich bin mir bewusst, dass es nach einem einzigen gemeinsamen Wochenende sehr viel verlangt ist … aber wenn du bereit wärst, nach San Francisco zu ziehen, könnte ich mir vorstellen, dass wir eine Chance haben."

Wieder rollte sie mit den Augen. „Natürlich bin ich dazu bereit, sonst wäre ich nicht hier."

Er wollte lächeln, lachen, sie voller Leidenschaft küssen, aber er konnte es nicht. Da war noch mehr. „Auf manche Reisen kann ich dich mitnehmen. Das ist erlaubt, und auf diese Weise wären wir nicht so lange voneinander getrennt. Aber trotzdem wirst du viel allein sein, während ich unterwegs bin, und du wirst – zumindest am Anfang – noch niemanden kennen", warnte er. „Doch meine Familie lebt auch dort. Und sie werden dich sehr mögen. Meine Schwester wird dafür sorgen, dass du dich wohlfühlst und …"

„Ich bin ein großes Mädchen, Sam." Sie schlang die Arme um seinen Nacken und vergrub ihre Finger in seinem Haar. „Ich weiß, wie man Freundschaften schließt, und ich kann mich auch gut mit mir selbst beschäftigen. Und ich bin mir darüber im Klaren, auf was ich mich einlasse."

„Es kann ganz schön einsam werden“, sagte er und wiederholte die Worte, die er schon so oft von seiner Mutter gehört hatte.

„Ich bin gern allein.“ Sie straffte die Schultern und erwiderte seinen Blick. „Sam, willst du mich irgendwie abschrecken?“

Er schüttelte den Kopf. „Aber wenn du vorhast, zu gehen oder Ansprüche zu stellen, dann besser jetzt als später.“

„Du Dummkopf.“ Sie streichelte seine Wange und nahm sein Gesicht in ihre Hände. „Es wird kein ‚später‘ geben. Ich liebe dich. Ich habe dir gesagt, dass ich daran glaube, dass wir es gemeinsam schaffen werden – und das habe ich auch so gemeint.“

„Tja, dann …“ Was sollte er denn noch sagen?

Ein Lächeln erschien auf ihrem Gesicht. „Ich will, dass du eines weißt: Ich erwarte nicht, dass du mich unterstützt. Ich werde mir einen Job suchen. Ich bin gut in Öffentlichkeitsarbeit, und ich weiß, wie man Spendengelder sammelt und …“

„Willst du arbeiten?“, fragte er. „Oder möchtest du weiter Spenden sammeln? Denn ich kann es mir leisten, dich zu unterstützen. Verdammt, ich *will* dich doch unterstützen. Also, wenn es das ist, was du willst, kann ich dich mit den richtigen Wohltätigkeitsorganisationen zusammenbringen. Und so kannst du – wenn es sich zwischen uns so entwickelt, wie wir es uns wünschen – Kinder bekommen und musst dir keine Gedanken darüber machen, deinen Job aufzugeben …“

„Wer hätte gedacht, dass Sam Daniels dazu neigt, um den heißen Brei herumzureden? Wir haben jede Menge Entscheidungen zu treffen, aber die wichtigsten werden irgendwie umgangen. Habe ich recht?“, fragte sie.

„Du hast recht.“

„Also, möchtest du noch etwas sagen?“, fuhr sie fort und lachte glücklich. „Weil es mir so vorkommt, als wäre das Allerwichtigste noch nicht ausgesprochen worden.“ Ihre Augen funkelten vor Glück und Gewissheit, und obwohl er es ihr noch nicht gesagt hatte, wusste sie es offensichtlich schon bereits.

„Ich liebe dich.“ Es waren die bedeutendsten Worte, die je über seine Lippen gekommen waren.

Zwar hätte er nicht geglaubt, dass es möglich wäre, aber ihr Lächeln wurde noch ein wenig breiter. „Ich liebe dich auch, Sam.“

Er zog sie an sich, bis er ihren Mund erreichen konnte, öffnete seine Lippen und machte sie sein, indem er sie tief, innig und intensiv küsste. Schließlich besiegelte er mit diesem Kuss die wichtigste Abmachung seines Lebens.

Als er sich irgendwann von ihr löste, um Luft zu holen, sagte Regan atemlos: „Möchtest du jetzt wissen, aus welchem Grund ich dich noch gesucht habe?“

Sam streichelte ihr übers Haar. Er verspürte den überwältigenden Drang, die Spange aus ihrem Haar zu ziehen, doch er wusste, dass sie perfekt aussehen wollte, wenn sie gleich seine Freunde kennenlernte. „Ich möchte alles wissen, was dir wichtig ist.“

Sie blickte ihn mit ihren großen Augen an. „Ich möchte, dass du mit mir eine Reise in den siebten Himmel machst“, erklärte sie und klimperte mit ihren langen Wimpern.

Sam lachte auf. Regan wollte tatsächlich, dass er im Flugzeug mit ihr schlief, meilenweit über dem Boden … Eines war sicher: Mit dieser Frau an seiner Seite würde ihm niemals langweilig werden.

Er nahm ihre Hände in seine, zog sie an sich heran und küsste sie. Dann sah er ihr lange in die Augen. „In Ordnung, Baby. Wir haben eine Abmachung.“

– ENDE –

Carly Phillips

Heiß ...

Roman

Aus dem Amerikanischen von
Andrea Cieslak

MIRA®

1. KAPITEL

Es waren heiße Tage, aber noch heißer waren für Jake Lowell die Nächte. Und zwar *ihretwegen*. In seinem Bauch schienen Schmetterlinge zu flattern, als er sich im „Sidewalk Café“ suchend nach der Frau seiner Träume umschaute.

Er umfasste sein Eiswasserglas, um seine Handflächen zu kühlen. Aber das machte die feuchte Hitze in New York kaum erträglicher. Ganz zu schweigen von dem Feuer, das in ihm brannte. Das *sie* in ihm entfacht hatte.

Jake rutschte auf dem schmiedeeisernen Stuhl hin und her, um eine bequeme Haltung zu finden, bei der die harte Lehne nicht gegen seine linke Schulter drückte. Er verlagerte nochmals sein Gewicht, und plötzlich durchzuckte ein stechender Schmerz seinen Oberkörper. Verdammter Designerstuhl, fluchte Jake innerlich. Schicke Straßencafés waren nicht seine Welt, sondern eher die seiner Schwester. Doch seit er zum ersten Mal hierhergekommen war und die sexy Kellnerin gesehen hatte, ertrug er das Ambiente.

Wieder blickte er sich um, aber die Frau, um die sich seine Fantasien rankten, war nicht in Sicht.

Jake schaute auf die Uhr. Typisch – seine Schwester Rina war jetzt schon fünfzehn Minuten überfällig. Er kannte ihre Unpünktlichkeit und würde sich eher wundern, wenn sie einmal zur rechten Zeit auftauchte. Doch da der Kerl, der ihn niedergeschossen hatte, immer noch frei herumlief, beunruhigte ihn Rinas Verspätung.

Jake ließ seinen Blick nochmals über die verlassene Straße wandern, dann drehte er sich zum beinahe leeren Café um.

In dem Moment sah er *sie,* seine Traumfrau, mit einer Wasserflasche in der Hand an der Bar stehen. Sie trug eine weiße Jeans und ein schwarzes ärmelloses Top und hatte eine Schürze um die Taille gebunden. Ihr kastanienbraunes Haar war zu einem Pferdeschwanz zusammengenommen, aber einige Strähnen hatten sich gelöst und kringelten sich um ihr zartes Gesicht.

Nachdem sie eine Bestellung von ihrem Block abgelesen hatte, steckte sie ihn in die Hosentasche, und der Barkeeper fing an, Drinks zu mixen. Jake stand auf und ging mit seinem Glas auf die offenen Schiebetüren zu. Die Kellnerin lehnte an der Wand und schaute sich um. Dann legte sie den Kopf zurück und rollte die Plastikflasche über ihre Stirn, über beide Wangen und schließlich über ihren schlanken Hals.

Jake unterdrückte ein Stöhnen, als sie den Rücken streckte, bis das schwarze Top über ihren Brüsten spannte. Die aufgerichteten Spitzen zeichneten sich deutlich unter dem Stoff ab und stellten Jakes Beherrschung auf eine harte Probe. Es schien ihm, als wäre jede ihrer sinnlichen Bewegungen nur für seine Augen bestimmt.

Sie hielt die Lider geschlossen, ließ die Schultern fallen und entspannte sich. Als sie nochmals die kalte Flasche über ihre nackte Haut gleiten ließ, seufzte sie. Ob es ihr bewusst war oder nicht, sie stachelte seine Fantasie an.

Würden ihre feuchten Lippen nach Minze schmecken? Oder süß wie die Kaffeegetränke, die hier serviert wurden? Und würde sie im Rausch der Lust seinen Blick suchen oder die Augen schließen vor sehnsüchtiger Erwartung? Schon die Vorstellung, mit dieser Frau zu schlafen, entfesselte seine Leidenschaft. Ein Grund mehr, vorsichtig zu sein.

Seit dem Vorfall, bei dem er niedergeschossen und Frank Dickinson, sein bester Freund und Kollege bei der Polizei, ums Leben gekommen war, hatte kaum etwas sein Interesse erregt. Jake zweifelte sogar daran, ob er in seinem Leben die richtige Richtung eingeschlagen hatte. Aber in diesem Moment spürte er ein heißes Verlangen, das alles andere auslöschte.

Die Neonlampen über der Theke wurden von den Wassertropfen auf ihrer Haut reflektiert. Jake brach der Schweiß aus, der nichts mit der schwülen Witterung zu tun hatte. Er rieb seine feuchte Hand an der Jeans, die ihm auf einmal zu eng war.

Die Kellnerin richtete sich auf, stellte ihre Flasche auf den Tresen und schaute sich wieder um. Jake hielt den Atem an, doch sie sah nicht in seine Richtung. Sie nahm eine Serviette und tupfte ihr Dekolleté ab, bis zu der Stelle zwischen ihren vollen Brüsten, wo sich wahrscheinlich einige Tropfen angesammelt hatten.

Plötzlich wandte sie sich um und begegnete seinem Blick. Überrascht riss sie die Augen auf. Wie Jake vermutet hatte, war sie sich nicht bewusst gewesen, dass sie beobachtet wurde. Aber sobald ihr Schreck verflogen war, musterte sie ihn mit eindeutigem Interesse.

Von Anfang an war die Anziehung zwischen ihnen stark gewesen. Und während der letzten Wochen hatte sich die knisternde Spannung noch gesteigert.

Immer wenn er sich abends hier mit seiner Schwester traf, war auch die schöne Kellnerin da. Leider bediente sie niemals an seinem Tisch. Jake hatte keine Ahnung, warum sie nicht auf ihn zukam, dafür wusste er umso besser, warum er auf Distanz blieb. Er wollte die Fantasie nicht durch die banale Wirklichkeit zerstören.

Seine Traumfrau schaute ihn unverwandt an, als wartete sie darauf, dass er den nächsten Schritt machte. Er hob sein Glas wie zum Toast und rechnete schon damit, dass sie sich abweisend abwenden würde. Stattdessen erwiderte sie seinen Blick mit einer Kühnheit, die ihn verblüffte – bis der Barkeeper sie rief, weil ihre Bestellung fertig war.

Sie sah Jake noch einmal an und warf die Serviette in den Mülleimer. Dann ging sie wieder an die Arbeit und servierte die Drinks. Aber ihre Wangen blieben gerötet.

„Oh, Jake, es tut mir leid.“ Die Stimme seiner Schwester riss ihn aus seinen sinnlichen Träumereien.

Erleichtert, dass Rina aufgetaucht war, kehrte er mit ihr an seinen Tisch im Freien zurück.

„Ich weiß, dass ich mich verspätet habe. Doch schuld ist nur Norton. Er hasst diese Hitze.“ Norton war ein chinesischer Shar-Pei mit vielen Falten und schwarzer Zunge, aber Jake hatte trotz des gewöhnungsbedürftigen Aussehens eine Schwäche für ihn entwickelt.

Er schüttelte lachend den Kopf. „Der Reichtum hat dich wirklich verändert, Rina.“

Als seine Schwester, eine Anwaltsgehilfin, ihren Chef geheiratet hatte, war Jake anfangs skeptisch gewesen, ob die Beziehung gut gehen würde. Wer hätte wohl keine Bedenken bei einem Mann, der sich einmal in der Woche die Fingernägel polieren ließ? Doch es hatte sich herausgestellt, dass er das Beste war, was Jakes kleiner Schwester nur hatte passieren können. Dann war er plötzlich gestorben. Rina war viel zu jung, um schon Witwe zu werden. Wenigstens war es für Jake tröstlich, zu wissen, dass sie eine Zeit lang sehr glücklich gewesen war.

Die Verbindung von zwei gegensätzlichen Temperamenten hatte bei Rina und ihrem Mann gut funktioniert, nicht aber bei Jake und seiner Exfrau. Seine Ehe hatte mit einer unangenehmen Scheidung geendet, weil er die materiellen Ansprüche seiner Frau von seinem Polizistengehalt nicht befriedigen konnte und sie sich nicht mit seinen unregelmäßigen Arbeitszeiten abfinden wollte. Auch nach fünf Jahren tat das noch weh.

„Der Reichtum hat mich keineswegs verändert“, protestierte Rina in gespielter Entrüstung. „Immerhin führe ich den Hund selbst aus. Ich könnte auch jemanden dafür engagieren, doch er würde sowieso schon nach einem Tag kündigen.“

Jake hörte kaum hin, während er die sexy Kellnerin aus den Augenwinkeln beobachtete. Sie arbeitete drinnen im Restaurant, wo inzwischen immer mehr Gäste vor der Hitze Zuflucht suchten. Nichts schien sie aus der Ruhe zu bringen – weder die drückende Schwüle noch gereizte Gäste. Sie bediente mit einem Tausend-Watt-Lächeln, an dem er sich nicht sattsehen konnte. Hin und wieder schaute sie verstohlen in seine Richtung. Um sich zu vergewissern, dass er noch da war? Der Gedanke gefiel ihm.

Weil er verrückt nach ihr war. Jake konnte sich nicht erinnern, wann er zum letzten Mal so intensiv auf eine Frau reagiert hatte. Seit seiner Scheidung hatte er nicht gerade wie ein Mönch gelebt, aber er hatte sich auch nicht ernsthaft auf eine Beziehung eingelassen. Keine der Frauen in seiner Vergangenheit hatte je sein Interesse so erregt wie *sie*. Das sinnliche Spiel, das sie spielten, faszinierte ihn. Er wollte nicht riskieren, die Illusion zu zerstören, indem er sich mit ihr verabredete.

Jake hatte gelernt, wie sehr das Äußere eines Menschen täuschen konnte. Die sexy Kellnerin zog ihn stärker an, als seine Exfrau es je getan hatte, und gerade das sollte ihm als Warnung genügen. Außerdem hatte er noch einen Fall zu lösen. Da musste er einen klaren Kopf behalten.

Rina wedelte mit der Hand vor seinen Augen und schmunzelte. Offenbar hatte sie erraten, wo er mit seinen Gedanken war. Da er während der letzten Wochen darauf bestanden hatte, sich stets zur gleichen Zeit in diesem Café zu treffen, war er ziemlich leicht zu durchschauen.

„Wie ich schon sagte", nahm Rina den Gesprächsfaden wieder auf, „musste ich Norton vor unserem Treffen ausführen, und er wollte partout nicht mitkommen. Der Arme hasst den heißen Asphalt unter seinen Pfoten. So habe ich dann versucht, ihn die Park Avenue entlangzuziehen, während er mich zurück nach Hause zerren wollte. Kann du dir den Anblick vorstellen?"

Jake schüttelte den Kopf. „Der Hund ist eine Nervensäge", murmelte er abwesend. Er schaute über die Schulter, doch die Kellnerin war verschwunden.

„Sie kommt wieder", tröstete Rina ihn augenzwinkernd. „Und Norton ist keine Nervensäge, er hat nur seine speziellen Vorstellungen, wen und was er mag."

„Und was er nicht mag", ergänzte Jake und dachte dabei an die Pfütze, die seine neuen Sneakers bei ihrer ersten Begegnung ruiniert hatte.

„Nun, wie dem auch sei, er war Roberts Hund, und jetzt hat er nur noch mich."

Jake beugte sich vor. „Und wie geht es dir?"

Rinas Mann Robert war bei einem Autounfall ums Leben gekommen, weil er sich zu sehr beeilt hatte, von einer Geschäftsreise zu seiner Frau nach Hause zu kommen. Schuldgefühle und Trauer hatten sie beinahe zerstört, und Jake hatte sich große Mühe gemacht, sie aus ihrem Tief zu holen. Dazu gehörte auch, sich mehrmals in der Woche mit ihr zum Essen oder auf einen Drink zu verabreden. Fast ein Jahr war seitdem vergangen, und obwohl Rina sich inzwischen erholt hatte, hatte Jake die Gewohnheit beibehalten, weil auch er die gemeinsamen Treffen genoss.

„Genau das wollte ich mit dir besprechen. Eine Freundin hat mich eingeladen, den Sommer mit ihr in Italien zu verbringen. Und ich kann etwas Abstand gebrauchen."

„Das ist eine großartige Idee", stimmte Jake spontan zu. Nicht nur, dass die Reise seiner Schwester sehr guttun würde, sie wäre dadurch auch außer Landes und in Sicherheit, bis Louis Ramirez hinter Schloss und Riegel saß. „Alles, was dich aus diesem Mausoleum von Apartment herausholt, kann nur gut für dich sein." Jedes Mal, wenn er sich in dem luxuriösen Penthouse-Apartment umdrehte, hatte er Angst, etwas kaputtzumachen.

„Ich bin froh, dass du so denkst. Nur, was ist in der Zeit mit meinem Apartment?"

„Dem Mausoleum?"

„Wie immer du es nennen willst. Ich möchte, dass du dort während meiner Abwesenheit wohnst und dich um Norton kümmerst. Und bevor du ablehnst, denk an den Whirlpool und den Pool. Sie werden Wunder für deine Genesung wirken", fügte sie bedeutungsvoll hinzu.

Jake spürte Ärger auf sich zukommen. „Sorg dich nicht um meine Gesundheit. Ich brauche keine aufwendige Therapie. Ich mache ein paar Übungen, die ein Orthopäde mir empfohlen hat, und seitdem geht es meiner Schulter schon viel besser." Er fing Rinas Blick auf und merkte, dass er sich unbewusst den schmerzenden Muskel gerieben hatte. Schnell legte er die Hand um sein Glas.

Rina zog die Augenbrauen hoch. „Deine Abteilung sagt etwas anderes."

Sosehr er seine Schwester auch liebte, so konnte er sie doch unmöglich in die Tatsache einweihen, dass er heimlich alles tat, um schnell wieder fit zu werden. Ihre Fürsorge äußerte sich leider nur zu oft darin, dass sie sich in sein Leben einmischte und zu unpassenden Gelegenheiten plauderte. Und er hatte seine Gründe, die Fortschritte seiner Genesung geheim zu halten.

„Meine Abteilung hat nichts zu sagen, solange unklar ist, ob ich überhaupt dorthin zurückkehre", entgegnete er. Und er war sich nicht sicher, ob er das wollte. Das hatte nichts damit zu tun, dass er noch immer unter den Folgen der Schussverletzung litt. Vielmehr waren es die Begleitumstände dieses Vorfalls, die ihn ernüchtert hatten.

Louis Ramirez, ein notorischer Drogendealer, war reif zur Verhaftung gewesen. Als Ermittler im Rauschgiftdezernat hatte Jake seine ganze Zeit und Energie darauf verwendet, diesem Verbrecher das Handwerk zu legen. Er hatte bereits schon zu viele junge Menschen im Leichenschauhaus gesehen und zu viele einstmals frische Gesichter, die jetzt gezeichnet von Drogenabhängigkeit waren. Jake hatte sich geschworen, den Kerl für lange Zeit aus dem Verkehr zu ziehen, und hatte dabei so manches Mal die Klippen korrekter Polizeiarbeit umschifft. Er hatte einem Informanten vertraut – und es bereut, sobald die erste Kugel abgefeuert worden war und er begriff, dass er und seine Kollegen hereingelegt worden waren.

Dennoch hatten sie Ramirez gefasst. Nach der Schießerei, bei der Frank sein Leben verloren hatte und Jake vorübergehend außer Gefecht gesetzt worden war, konnte Ramirez festgenommen werden. Und er wäre auch in Haft geblieben, wenn Jake nicht k. o. gewesen wäre. Wenn nicht irgendein Anfänger die Sache vermasselt hätte, indem er Ramirez die Rechte nicht richtig vorgelesen hatte. Ramirez musste wegen eines Formfehlers freigelassen werden. Es war nicht das erste Mal, dass Jake so etwas erlebt hatte, aber diesmal war es der sprichwörtliche Tropfen gewesen, der das Fass zum Überlaufen brachte. Er hatte einen miesen Verbrecher zur Strecke gebracht, nur um mit anzusehen, wie das amerikanische Rechtssystem seine Bemühungen vereitelte.

Der Detective, den Ramirez getötet hatte, war ein guter Mann gewesen – ein Mann, der Frau und Kinder hinterließ –, und es wäre Jake lieber gewesen, die tödliche Kugel hätte ihn getroffen. Er hatte keine kleinen Kinder, die ihren Vater brauchten. Jakes Wochenendbesuche und Anrufe bei Franks Familie waren kein Ersatz für das, was wirklich fehlte.

„Ich habe das System satt, und die Routine hängt mir schon lange zum Hals heraus", erklärte Jake seiner Schwester ohne Umschweife.

„Frank ist tot, und du willst einfach aufgeben?"

Rina klang ungläubig, vielleicht weil sie Jake besser verstand als jeder andere. Sie wusste, wie tief seine Freundschaft mit Frank und dessen Familie ging, und sie kannte den Schmerz, jemanden zu verlieren. Aber sie kannte auch ihren Bruder. Jake Lowell warf nicht so schnell das Handtuch.

„Ich lenke nur meine Energien um", wich er aus. Er wollte Rina nicht aufregen, indem er ihr erzählte, dass er vorhatte, Franks Mörder auf eigene Faust zu suchen.

Man konnte Ramirez nicht noch einmal wegen der gleichen Vergehen verhaften, doch der Kerl handelte zweifellos weiter mit Rauschgift und würde irgendwann einen Fehler machen. Jake ermittelte inoffiziell gegen ihn, und zwei befreundete Kollegen versorgten ihn mit Informationen. Es war nur eine Frage der Zeit, bis er Ramirez erwischte. Aber er konnte sich nur so lange ungestört auf diesen Fall allein konzentrieren, wie er wegen Krankheit beurlaubt war.

Außerdem brauchte er eine Auszeit, um herauszufinden, welchen Weg er künftig gehen wollte. Hatten der harte Berufsalltag und die Enttäuschungen ihn schlicht ausgelaugt, oder steckte mehr dahinter? Jake wusste keine Antwort darauf. Und er ahnte, dass ihm auch keine einfallen würde, solange Ramirez frei herumlief.

Seine Verletzung war die perfekte Entschuldigung für ihn, sich den Rücken freizuhalten. „Können wir das Thema wechseln?“, fragte er.

Rina zuckte mit den Schultern. „Wie du willst. Lass den Muskel verkümmern, bis du ihn gar nicht mehr bewegen kannst. Wenn du dann wieder arbeiten willst, wirst du durch den körperlichen Eignungstest fallen und …“

„Rina“, unterbrach er sie mit warnender Stimme.

Kapitulierend hob sie die Hände. „Okay, ich hör ja schon auf. Wirst du nun in meinem Apartment wohnen, während ich weg bin?“

Jake zog eine Augenbraue hoch. „Könntest du den Hund nicht in eine Hundepension geben?“

„Norton mag keine Hundepensionen. Und wenn du dich nicht um ihn kümmerst, werde ich zu Hause bleiben müssen.“

„Schon gut“, erwiderte Jake resigniert. Es war im Grunde egal, wo er sich einrichtete, solange er kommen und gehen konnte, wann er wollte. Außerdem würde er freier agieren können, sobald Rina die Stadt verlassen hatte. „Du sollst fahren, und wenn es dich beruhigt, werde ich in dein Apartment ziehen und sogar mit dieser seltsamen Kreatur öffentlich spazieren gehen.“ Er bemühte sich, seiner Stimme dabei einen humorvollen Klang zu verleihen, damit Rina kein schlechtes Gewissen hatte.

Ihre Augen leuchteten auf, wie Jake es nach dem Tod ihres Mannes nicht mehr gesehen hatte. „Oh, ich danke dir.“ Sie sprang auf, legte den Arm um seine unversehrte Schulter und küsste ihn auf die Wange. „Danke. Du kannst dir nicht vorstellen, wie deprimierend es für mich ist, allein in dem Penthouse zu sitzen. Diese Reise wird mir helfen, die Erinnerungen zu bewältigen.“

„Das ist alles, was ich mir für dich wünsche.“ Er drückte sie. „Könntest du mich jetzt bitte loslassen, bevor wie aneinander kleben bleiben?“

Rina lachte und setzte sich wieder hin. „Nun, da wir mein Leben fürs Erste in Ordnung gebracht haben, ist es Zeit, dass wir uns mit deinem beschäftigen.“

Jake stöhnte. „Ich wusste, dass du keine Ruhe geben würdest. Ich mache dir einen Vorschlag. Fahr nach Italien und amüsier dich. Komm glücklich zurück, und dann kümmern wir uns um mein Leben." Bis dahin würde er Ramirez gefasst haben.

Rina dachte allerdings offensichtlich nicht nur an seine berufliche Zukunft. Sie schaute über ihre Schulter. „Ich weiß nicht, Jake. Wenn du zu lange wartest, schnappt sie dir vielleicht jemand weg. Immerhin könnte sie auch schon in festen Händen sein."

„Sie trägt keinen Ring", entgegnete er spontan. Sofort bereute er es, sich auf diese Weise verraten zu haben.

„Dann ändere etwas daran", erwiderte seine Schwester herausfordernd.

Jake verzichtete darauf, den Köder aufzunehmen. Solange der Fall Ramirez wie ein Damoklesschwert über seinem Kopf schwebte, konnte Jake keine Ablenkung gebrauchen. Und die sexy Kellnerin könnte ihm mehr als gefährlich werden.

Sie war spät dran. Brianne Nelson lief die Straße zum Sidewalk Café hinunter. Sie brauchte das Geld, das ihr dieser Nebenjob einbrachte, aber sie konnte nur an *ihn* denken. Ob er da war, wie gestern Abend und den Abend davor? Wartete er auf sie oder hatte er aufgegeben und war gegangen? Und war er allein oder wie immer mit dieser schönen Frau zusammen? Der Frau, die ihn gestern umarmt hatte.

Briannes Herz schlug wild vor Aufregung. Sie hatte schon gedacht, sie würde gar nicht mehr aus dem Krankenhaus herauskommen. Ihr letzter Patient, Mr Johnson, war in der Röntgenabteilung aufgehalten worden und erschien eine Dreiviertelstunde zu spät zur Physiotherapie, aber sie hatte den älteren Herrn nicht abweisen mögen. Nach seinem zweiten Schlaganfall war Mr Johnson dringend auf die Rehabilitation angewiesen. Sie konnte ihn genauso wenig auf einen anderen Termin legen oder an einen anderen Therapeuten verweisen, wie sie ihren Zweitjob aufgeben konnte.

Nicht dass sie es wollte. Nicht seit der Mann ihrer Träume wartete. Er kam dreimal die Woche, jedes Mal im gleichen Outfit – einer Jeans und einem Shirt mit abgeschnittenem Saum, das einen Streifen brauner Haut mit einem Hauch von dunklen Härchen auf seinem Bauch entblößte. Und seine Oberarme ... Brianne hatte noch nie so gut modellierte Muskeln gesehen. Der Fremde faszinierte sie.

Als Brianne sich dem Eingang näherte, verlangsamte sie die Schritte und ließ ihren Blick über die besetzten Tische entlang dem Bürgersteig wandern. Viele der Männer hatten pechschwarzes Haar, doch bei keinem von ihnen begann ihr Puls zu rasen. Keiner von ihnen erwiderte ihren Blick mit einem wissenden Ausdruck in den Augen oder löste mit seinem sexy Lächeln eine heiße Welle des Verlangens in ihr aus.

Sie versuchte, nicht enttäuscht zu sein, und erinnerte sich daran, dass der Mann anscheinend bereits vergeben war. Deshalb hatte sie Jimmy gebeten, dass ihre Kollegin Kellie die Tische draußen übernahm. Kellie verstand es, zu flirten, ohne die Männer ernst zu nehmen, und würde mit so einem attraktiven Gast lässig fertig werden. Im Gegensatz zu Brianne, die viel zu befangen war.

Sie hastete ins Restaurant und am Tresen vorbei.

„Du kommst zu spät", rief Jimmy ihr nach.

„Es tut mir leid."

„Warte. Jemand möchte …"

Sie verschwand schnell in dem kleinen Waschraum und schnitt Jimmy so das Wort ab, bevor er ihr wieder Vorträge über ihre Doppelbelastung halten konnte. Er war nicht nur ihr Chef, sondern mit der Zeit auch ein guter Freund geworden. Tagsüber arbeitete sie in ihrem Beruf als Physiotherapeutin, und Jimmy wusste, wie nötig sie den Zweitjob im Café brauchte. Er beschwerte sich nur selten über ihre häufigen Verspätungen. So wie sie hatte auch er seine Eltern früh verloren und einen jüngeren Bruder großgezogen. Nur dass er nicht den zusätzlichen Druck gehabt hatte, einem hochbegabten Jungen den Aufenthalt in einem exklusiven privaten Internat und anschließend eine College-Ausbildung zu finanzieren.

Zu dumm, dass ihre Eltern nicht an ihre Kinder gedacht hatten, als sie mit einem kleinen Flugzeug bei einem Unwetter starteten, vor dem sogar die Luftfahrtbehörde gewarnt hatte. Zu dumm, dass sie ihr ganzes Geld nur ins Vergnügen gesteckt hatten und nicht in eine Lebensversicherung.

Brianne verdrängte den Gedanken an ihre egoistischen Eltern. Sie war nun schon so lange für ihren Bruder verantwortlich, dass sie es sich gar nicht mehr anders vorstellen konnte. Aber selbst ein Chef, der gleichzeitig ihr Freund war, würde sie nicht weiterbeschäftigen, wenn sie sich nicht zusammenriss und endlich anfing, die Gäste zu bedienen.

Sie wusch sich die Hände und fragte sich, ob *er* vielleicht später auftauchen würde. Diese Hoffnung würde ihr Kraft geben, wenn sie sich nicht mehr auf den Beinen halten konnte. Nur zu wissen, dass er da war und sie beobachtete, gab ihr das Gefühl, sexy und begehrenswert zu sein, und versetzte sie in gehobene Stimmung.

Sie trocknete ihre Hände und nahm ihre Sachen, um sich in einer der Kabinen umzuziehen. Dabei stieß sie plötzlich mit jemandem zusammen. „Entschuldigung“, murmelte sie.

„Meine Schuld.“

Brianne trat einen Schritt zurück und sah sich der Frau gegenüber, die sonst immer mit ihrem Traummann zusammensaß. Ihr dunkles Haar war stufig geschnitten. Der fransige Schnitt passte perfekt zu ihrem zart geschminkten Gesicht und der eleganten Kleidung.

Die Frau sieht jedenfalls nicht so aus, als ob sie den ganzen Tag andere Leute massiert hätte, dachte Brianne flüchtig. Dann schaute sie auf die Uhr und stöhnte. „Entschuldigen Sie. Ich bin spät dran.“ Brianne ging auf den offenen Verschlag zu.

„Können wir uns kurz unterhalten?“

Die Stimme der anderen Frau ließ Brianne kurz erstarren, dann wirbelte sie herum. „Wie bitte?“ Ihr Herz schlug schneller.

Sie hatten nichts gemeinsam – außer *ihm*. Ich habe mir nichts zuschulden kommen lassen, beruhigte sich Brianne. Doch die Gedanken und Fantasien, die um diesen Mann kreisten, genügten, um sie erröten zu lassen.

„He, alles in Ordnung?“, fragte die Frau besorgt.

„Mir geht es gut“, antwortete Brianne verlegen. Ihr Traummann hatte eine Freundin, die mit ihr sprechen wollte. Sie hatte mit angesehen, wie sie sich umarmt hatten, und dabei Eifersucht empfunden. Aber es war nur richtig, dass sie daran erinnert wurde, dass er vergeben war. „Mir geht es gut“, wiederholte sie. „Danke. Es ist nur, weil ich spät dran bin. Mein Chef …“

„Ist ein großartiger Kerl. Er hat es erlaubt.“

Brianne schüttelte den Kopf. „Ich möchte nicht unhöflich sein, doch ich muss wirklich arbeiten. Jimmy ist wunderbar, aber die Trinkgelder kann er mir nicht ersetzen.“

„Ich weiß besser Bescheid, als Sie ahnen. Ich komme oft hierher.“

„Ich weiß.“ Brianne hätte sich am liebsten auf die Zunge gebissen, weil sie sich verraten hatte.

„Nun, ich möchte nicht, dass Sie denken, ich wäre unhöflich oder hätte gelauscht, nur …“ Die Frau lächelte. „Okay, ich habe gelauscht. Gestern Abend. Ich habe gehört, wie Sie zu Jimmy gesagt haben, wie müde Sie wären. Und dann erwähnte er etwas davon, wie gern Sie mit Ihrem Bruder zusammenziehen würden, wenn er im Herbst sein Studium in Stanford beginnt.“

„Und Sie möchten mich in den ersten Flieger Richtung Westen setzen?“, fragte Brianne mit einem Anflug von Sarkasmus.

„Ja. Nein." Die Frau lachte. „Lassen Sie es mich erklären."

Brianne war sich nicht sicher, ob sie sie anhören wollte. Wenn diese Frau vermutete, dass sie ihrem Freund nachstellte, würde sie wahrscheinlich versuchen, ihr Kalifornien schmackhaft zu machen. Was nicht nötig war – Brianne freute sich auf den Neuanfang. Wärmeres Klima. Normale Arbeitszeiten. Freunde. Ein eigenes Leben.

Sie seufzte. Sie hatte Bewerbungen abgeschickt, aber bis jetzt noch kein Glück gehabt. Entweder hatte man sie einfach abgelehnt, oder das Gehalt, das man ihr bot, kam dem in New York nicht gleich. Brianne musste wählerisch sein, wenn sie Marcs Darlehen für das Internat und ihre eigenen Schulden abbezahlen wollte.

Davon abgesehen, würde Brianne am liebsten auf der Special Kid Ranch arbeiten. Mit Kindern zu arbeiten, war schon immer ihr Wunsch gewesen, allerdings hatte sie nicht viel Hoffnung, dass sie eine Zusage bekommen würde.

„Hören Sie mir überhaupt zu?"

Brianne blinzelte. „Ja. Sorry." Sie hatte in den letzten Tagen so viel um die Ohren, dass es ein Wunder war, dass sie überhaupt funktionierte.

„Ich schlage vor, wir setzen uns erst einmal, aber …" Die Frau schaute sich in dem gefliesten Waschraum um und lächelte. „Sie müssen mich anhören. Ich habe ein Angebot für Sie, das Sie garantiert nicht ablehnen können."

2. KAPITEL

Brianne betrat die prunkvolle Lobby des vornehmen Gebäudes in Manhattan. Ein Portier in Uniform begrüßte sie freundlich. „Hallo, Miss Nelson."

Brianne wunderte sich, dass der ältere Herr sich an sie erinnerte. Sie hatte ihn nur einmal getroffen, als sie Rina vor ein paar Tagen hier besucht hatte. Verstohlen sah sie auf sein Namensschild. „Hallo, Harry", erwiderte sie lächelnd und ließ sich von ihm zum Privatlift führen, der zum Penthouse führte.

Im Fahrstuhl war sie dann mit ihren Gedanken allein. Rina hatte ihr ein Angebot gemacht, dem sie nicht hatte widerstehen können. Damit, dass sie Rinas Bruder in den Abendstunden physiotherapeutisch betreute, würde sie genug Geld verdienen, um endlich freier atmen zu können. Sie würde Marcs Schuldarlehen zurückzahlen können, und da die Kosten fürs College von Stipendien gedeckt wurden, waren die Zeiten drückender finanzieller Lasten für sie vorbei. Sie hatte sogar schon einen Teil ihrer eigenen Schulden tilgen können dank des zweiten Teils von Rinas großzügigem Vorschlag – mietfreies Wohnen in einem Zimmer des Penthouse-Apartments.

Bei der Vorstellung, bei Rina und ihrem Bruder einzuziehen – völlig fremden Leuten –, drohten alte Ängste wieder in ihr aufzuleben. Aber Brianne kämpfte dagegen an. Obwohl sie Rinas Bruder noch nicht kannte, hatte ihr Rinas Herzlichkeit ein gutes Gefühl gegeben.

Viel mehr Sorge bereitete ihr Rinas Freund. Brianne hoffte, dass sie hier nicht ihrem Traummann begegnen würde. Doch falls Rina etwas von der knisternden Spannung zwischen ihnen gemerkt haben sollte, würde sie ein Zusammentreffen von ihnen schon zu verhindern wissen. Brianne gab zu, dass es das Beste für sie wäre.

Der Fahrstuhl blieb stehen, und die Türen glitten lautlos auf. Brianne trat direkt in den Flur des beeindruckend großen Penthouse-Apartments und schaute sich staunend um. Sie registrierte einen kristallenen Kronleuchter, riesige Fenster und Marmorfußböden. Eine völlig andere Welt.

Sie sah an sich herab und strich die Trainingshose glatt, die sie für das Treffen mit Rinas Bruder angezogen hatte. Sie hatte schon durch ihre Kleidung demonstrieren wollen, dass sie ihre Aufgabe ernst nahm und sofort anfangen konnte. Jetzt fragte sie sich, ob sie einen Fehler gemacht hatte. Vielleicht hätte sie sich für ein formelleres Outfit entscheiden sollen, aber jetzt war es zu spät. Die erste Begegnung mit ihrem neuen Patienten stand unmittelbar bevor.

Schwierig, so hatte Rina ihren Bruder beschrieben. Stur. Nicht vom Nutzen einer Therapie überzeugt. Brianne legte die Hände an ihren Bauch und versuchte, ihre Nerven zu beruhigen. Sie hatte schon vor langer Zeit gelernt, ihre Unsicherheiten zu verbergen und das Beste aus jeder Situation zu machen.

„Hallo?", rief sie und wunderte sich beinahe, dass sie kein Echo hörte. Das Apartment erstreckte sich über das gesamte oberste Stockwerk des noblen Gebäudes, und niemand hatte ohne Hauptschlüssel Zugang zum privaten Aufzug. Brianne war noch nie in einer so exklusiven und eleganten Wohnung wie dieser gewesen.

„Ist niemand hier?"

Auf ihr Rufen kam der kleine pummelige Hund, den sie bei ihrem ersten Besuch kennengelernt hatte, auf sie zugesprungen und begrüßte sie schwanzwedelnd.

„Na, du bist vielleicht ein Wachhund." Brianne bückte sich ohne Furcht zu ihm hinab. Sie musste mit den Fingern in den Falten seines Fells graben, um ihn liebevoll hinterm Ohr zu kraulen. „Und ein ganz Hübscher." In natura hatte sie so einen Hund vorher noch nie gesehen. Sie schaute auf das Namensschild an seinem Halsband. „Ist noch jemand hier, Norton?"

Er leckte ihre Hand. „Eine schwarze Zunge", murmelte sie. „Interessant."

„Rina? Wieso bist du zurück?", rief eine männliche Stimme irgendwo im Hintergrund. Bevor Brianne antworten konnte, redete der Mann weiter. „Ich dachte, du bist längst auf dem Weg zum Flughafen …" Plötzlich verstummte die Stimme.

Brianne richtete sich auf. Sie hob den Blick und hielt vor Schreck den Atem an. Vor ihr stand ihr Traummann – nackt bis auf die schmalen Handtücher, die er um die Hüften und den Hals geschlungen hatte. Sein Körper war muskulös, seine Haut gebräunt. Sie zwang sich, tief durchzuatmen, und sah in sein schockiertes Gesicht.

„Sie sind nicht Rina", stellte er ganz überflüssig fest.

Brianne schüttelte den Kopf und fragte sich, ob er enttäuscht war, da verzog er seine Lippen zu diesem unglaublich sinnlichen Lächeln.

„Ich habe mir schon gedacht, dass sie es nicht sein kann. Sie ist schon vor einer ganzen Weile mit dem Taxi zum Flughafen gefahren."

Briannes Blick fiel flüchtig auf das Handtuch, das ihm tief um die Hüften hing. Als sie Rinas Vorschlag akzeptiert hatte, war sie davon überzeugt gewesen, dass sie *ihm* nicht begegnen würde. Doch nun sah sie ihn unvermittelt vor sich.

Und sie würde noch viel mehr von ihm sehen, wenn er hier lebte, wie sie jetzt vermutete. Als ob sie nicht schon genug sah. Fasziniert beobachtete sie, wie die Sonnenstrahlen auf seiner breiten Brust spielten. Ihr wurde beinahe schwindelig.

Er trat einen Schritt vor. Der Geruch von Seife kombiniert mit einem würzigen Aftershave hüllte sie ein. „Keine Bewegung“, befahl sie. „Keinen Schritt weiter.“

„Sie kann sprechen … Und ich dachte schon, Sie wären stumm.“

„Sehr witzig“, erwiderte sie.

„Warum darf ich nicht näher kommen?“ Er verschränkte die Arme vor der Brust.

Brianne wünschte, er würde nicht ständig Dinge tun, die ihre Aufmerksamkeit auf seinen Körper lenkten. In ihrer Fantasie hatte sie diesen Mann jede Nacht mit zu sich nach Hause genommen, mit in ihr Bett. Und nun arbeitete sie für die Frau, mit der er zusammen war. Brianne konnte nicht so tun, als ob ihr das nichts ausmachte.

Vergiss das Geld, du kannst diesen Job unmöglich annehmen.

Plötzlich winselte Norton, legte den Kopf zwischen seine Vorderpfoten und schaute traurig zu ihr auf. Aber als ihr Traummann ihr Kinn umfasste und ihr Gesicht hob, um ihr tief in die Augen zu schauen, vergaß sie alles um sich herum.

Seine Fingerspitzen brannten auf ihrer Haut. „Sie sehen so aus, als würden Sie jeden Moment in Ohnmacht fallen.“

Sein Körper strömte kraftvolle Hitze aus. Der Drang, sich an ihn zu schmiegen, war stark. Zu stark. „Ich habe Sie gebeten, nicht näher zu kommen.“

„Und ich habe Sie gefragt, warum nicht. Sie haben nicht geantwortet.“

Seine Augen waren tiefblau, wie Brianne jetzt feststellte. So dunkel, dass man sie fast schwarz nennen könnte.

Sie suchte nach einer unverfänglichen Antwort auf seine Frage und fand keine. Sie konnte ihm schlecht die Wahrheit sagen. Also blieb sie stumm.

Er seufzte und ließ seine Hand sinken. „Okay, dann lassen Sie mich anfangen. Ich wusste nicht, dass Rina Besuch erwartet. Ich wusste bis heute nicht einmal, dass Sie und Rina sich überhaupt kennen.“

Ohne seine Berührung war Brianne in der Lage, sich etwas besser zu konzentrieren. „Wir haben uns letzte Woche getroffen. Und nicht Rina erwartet mich, sondern ihr Bruder.“

Er zog eine Augenbraue hoch. „Tut er das?“

„Das nehme ich jedenfalls an. Rina sagte, sie würde ihm Bescheid geben, dass ich komme. Ich bin Brianne Nelson.“

„Brianne“, wiederholte er. „Ein schöner Name. Er passt zu Ihnen.“

„Danke."

Er nickte. „Dann verraten Sie mir bitte, warum Rinas Bruder Sie erwarten sollte?"

„Ich bin Physiotherapeutin", erklärte sie knapp. Das skeptische Aufblitzen in seinen Augen gefiel ihr ganz und gar nicht.

„Ich dachte, Sie wären Kellnerin."

Etwas spät merkte sie, dass sie immer noch nichts über ihn wusste, und dabei war ihr etwas unbehaglich zumute. „Dieses Gespräch ist ziemlich einseitig. Sie kennen jetzt meinen Namen und meinen Beruf, während ich noch gar nichts von Ihnen weiß."

„Sie wissen, wie ich aussehe, wenn ich gerade aus der Dusche komme", erwiderte er lächelnd. „Und das ist sehr viel mehr, als ich von Ihnen weiß." Er maß sie mit einem vielsagenden Blick.

„Das meinte ich nicht."

Er schüttelte den Kopf und lachte. „Entschuldigung. Lassen Sie uns noch einmal von vorn anfangen."

„Das haben wir bereits versucht." Brianne verschränkte die Arme und sah ihn abwartend an.

„Gut, dann versuchen wir es weiter, bis es klappt." Er streckte die Hand aus und musterte Brianne herausfordernd, so als ob er wüsste, wie sehr seine Berührung sie aufgewühlt hatte. Sie legte ihre Hand in seine.

„Jake Lowell", sagte er. „Schön, Sie kennenzulernen, Brianne." Er umschloss ihre Hand. Sein Griff war fest – und in gewisser Weise sinnlich.

Plötzlich stutzte sie. Rina hatte den Namen ihres Bruders erwähnt. Schockiert wich Brianne einen Schritt zurück. „Jake Lowell? *Sie* sind derjenige, der eine Therapie braucht?" Bei seinem frechen Grinsen holte sie tief Luft. „*Sie* sind Rinas Bruder?"

„In Person." Er grinste selbstgefällig.

Ihr Blick fiel wieder auf das Handtuch, das um seine Hüften geschlungen war und bei der kleinsten Bewegung herunterfallen konnte. Sie schluckte. Er war nicht Rinas Freund. Er war Briannes Traummann. Und sie war seine ganz persönliche Physiotherapeutin, sofern er ihre Hilfe überhaupt akzeptierte. Dies wäre jetzt ein wirklich passender Moment, in Ohnmacht zu fallen.

„Und Sie sind demnach das Überraschungsgeschenk, das mir meine Schwester für die Zeit ihrer Abwesenheit versprochen hat."

„Abwesenheit?", wiederholte Brianne benommen.

„Sie verbringt den Sommer in Europa."

„Das kann doch nur ein Scherz sein."

Er schüttelte den Kopf und schien die ganze Angelegenheit auch noch sehr amüsant zu finden.

Brianne fiel noch etwas ein. „Sie sagten, ich sei das Überraschungsgeschenk?"

„Es scheint so."

„Was zum Teufel meinen Sie damit?" Wut stieg in ihr auf. „Warum um alles in der Welt sollte Ihre Schwester so ein Spiel spielen?"

„Oh, da kann ich einen Tipp abgeben." Jake deutete zwischen ihnen beiden hin und her.

Brianne wirbelte herum und ging forsch zum Ausgang. Dort drehte sie sich noch einmal um. Sie musste ihrem Ärger einfach Luft machen. „Ich bin sehr wütend darüber, wie ich getäuscht worden bin. Denn ich nehme meinen Beruf und meine Fähigkeiten ernst. Ich bin nicht an irgendeiner Form von Kuppelei interessiert." Jedenfalls redete sie sich das ein. Ihr wild klopfendes Herz widersprach dem heftig.

Er trat wieder näher. „Wie kann ich Ihnen nur beweisen, dass Sie sich irren?"

„Irren? Worin?", fragte sie.

„Sie sind interessiert." Seine Stimme klang eine verführerische Spur tiefer.

„Ich bin so sehr interessiert, wie Sie eine Therapie brauchen." Brianne überlegte kurz, ob Jake an der List seiner Schwester beteiligt war, doch sein Schock, sie hier zu sehen, schien echt gewesen zu sein. Vielleicht konnte sie ihm keinen Vorwurf machen, aber wütend war sie trotzdem.

„Nun, damit haben wir ja schon eine Basis." Er griff nach einem Ende des Handtuchs, das um seinen Hals hing.

„Was tun Sie da?"

„Ich mache einen Punkt. Sehen Sie das?" Bevor sie ihn daran hindern konnte, zog er das Handtuch auf der einen Seite ein Stück herunter, um auf der anderen Seite seiner kräftigen Brust verblassende Vernarbungen zu enthüllen. „Ich bin an der Schulter verletzt worden, und meine Bewegungsfähigkeit ist stark eingeschränkt." Er hob seinen Arm bis zur Schmerzgrenze und ließ ihn wieder sinken. „Ich brauche eine Therapie. Und demnach sind Sie, Brianne, an mir interessiert."

Sie öffnete den Mund und schloss ihn wieder. In ihrem Kopf drehte sich alles. Jake war verwundet worden, und sie konnte es nicht fassen, wie betroffen sie das machte.

Fieberhaft dachte sie nach. Dank der großzügigen Bezahlung für diesen Job würde sie es sich leisten können, nach Kalifornien zu ziehen, selbst wenn sie dort nicht gleich eine Anstellung fände. Jake zu behandeln, bedeutete eine Herausforderung, aber sie war noch nie ein Drückeberger gewesen. Was machte es also, dass sie getäuscht worden war?

Sie schob ihren Ärger beiseite. Nicht Jake hatte sie hereingelegt, sondern seine Schwester. Doch auf lange Sicht war es zu Briannes Gunsten, und das allein zählte. Sie würde wie abgesprochen in dieses Apartment einziehen und sich um die steife Schulter dieses Mannes kümmern.

Himmel, worauf hatte sie sich da nur eingelassen?

Jake beobachtete Brianne. Ihren Augen waren weit aufgerissen, ihre Lippen leicht geöffnet. Der Wunsch, diese Lippen zu küssen, war auf einmal stark wie nie. Jake wusste nicht, was ihn mehr verwirrte – die Einmischung seiner Schwester oder die Frau, die sie ihm als Abschiedsgeschenk ausgesucht hatte. Wie passend, dass sie ausgerechnet Physiotherapeutin war.

Doch Jake hatte keinen Zweifel, dass Rina in jedem Fall einen Weg gefunden hätte, sie beide zusammenzuführen, egal welchen Beruf Brianne gehabt hätte. Es war Zufall, dass Brianne als Physiotherapeutin ideal für seine Bedürfnisse war. Und wenn sie weiter so gedankenverloren auf das Handtuch um seiner Taille starrte, würden sich einige dieser Bedürfnisse verselbstständigen, und zwar bald.

Er war ihr so nah, dass er den Hauch von Erdbeerduft in ihrem Haar roch. Der Geruch wirkte frisch und sauber, und dennoch weckte er ein überraschend intensives Verlangen in ihm. Für einen Mann, der eine schlechte Ehe und eine schmutzige Scheidung hinter sich hatte, war sein Interesse an dieser Frau viel zu groß.

Ich sollte sie gehen lassen, dachte Jake. Sie war eine Ablenkung, die er sich nicht leisten konnte.

Er brauchte einen klaren Kopf für sein Ziel, Ramirez zu fassen. Das schuldete er Frank und vor allem dessen Familie. Jake konnte der Frau und den Kindern seines Freundes kaum in die Augen schauen.

„Sind Sie bereit, über Ihre Rehabilitation zu sprechen, oder wollen Sie es mir genauso schwer machen wie Ihrer Schwester?“, fragte Brianne.

Ihre Stimme riss ihn aus seinen Gedanken. Seine Schwester hatte Brianne engagiert, und ihrer aufrechten Haltung und der entschlossenen Miene nach zu urteilen, sah es so aus, als wollte Brianne den Job tatsächlich annehmen.

Doch Jake wollte keine Therapie. Rina hatte Brianne offensichtlich erzählt, dass er sich dagegen sperrte, und das war genau der Eindruck, den er absichtlich bei allen anderen erwecken wollte. Denn die Sicherheit aller unmittelbar und mittelbar Beteiligten hing davon ab, dass Ramirez überraschend gestellt wurde. Jake konnte nicht zulassen, dass Brianne seinen Pläne in die Quere kam.

„Wissen Sie was?“ Sie räusperte sich. „Bevor wir weiterreden, sollten Sie sich vielleicht lieber anziehen.“

Er lächelte. „Wenn Sie darauf bestehen."

„Ich muss darauf bestehen."

Jake musterte sie und bemerkte, dass sie wunderschöne grüne Augen hatte.

„Es würde helfen, die Beziehung zwischen Therapeut und Patient festzulegen", erklärte sie.

Sie wollte also ein betont sachliches Verhältnis. Dabei wusste sie sicher genauso gut wie er, dass das unmöglich war. In ihrer Nähe schlug sein Herz schneller. Aber wenn sie Abstand wahren wollte, war das nur in seinem Sinne.

Norton hatte sich wieder zu ihren Füßen hingelegt. Offensichtlich war der Hund klüger, als Jake bisher vermutet hatte. „Ich nehme ihn mit. Komm, Junge."

Norton hob den Kopf, dann legte er ihn wieder zwischen seine Vorderpfoten. Jake seufzte. Er hatte den größten Teil des Vormittags damit zugebracht, den Hund zu trösten, nachdem Rina die Wohnung verlassen hatte. Zum Dank hatte Norton ihm nach dem Duschen die Beine abgeleckt. Sonst saß der Hund nur jaulend vor Rinas Schlafzimmertür.

„Macht es Ihnen etwas aus, wenn er bei Ihnen bleibt?", fragte er.

Sie kniete sich hin und tätschelte dem Hund den Kopf. „Natürlich macht es mir nichts aus. Wir sind schon Freunde geworden, nicht wahr, mein Kleiner?" Mit einem Seufzer rollte Norton sich auf den Rücken und ließ sich den Bauch streicheln.

Jake verdrehte die Augen. „Verräter", murmelte er, dann wandte er sich an Brianne und deutete Richtung Wohnzimmer. „Fühlen Sie sich wie zu Hause."

„Danke", erwiderte sie.

Jake ging ins Schlafzimmer. Er musste eine Weile allein sein, um sich eine Strategie auszudenken, wie er seine frisch engagierte Therapeutin abwimmeln konnte.

Als er angezogen war, hatte er immer noch keine Idee. Da klingelte das Telefon. „Hallo?"

„Jake?"

Es war Rina. Sie klang völlig außer Atem.

„Hör zu, es gibt ein Problem mit meinem Platz, und ich muss mich beeilen, aber ich wollte kurz checken, ob …"

„Brianne ist hier", unterbrach er sie mürrisch. „Du hättest dich da heraushalten sollen, Rina."

„Nach all den Stunden, die wir gemeinsam in dem Café gesessen haben, bin ich da anderer Meinung. Das Schicksal macht nicht oft Geschenke, und wenn, dann darf man es nicht zurückweisen. Die Zeit, die

Robert und ich zusammen hatten, war zu kurz. Ich wünsche mir mehr für dich. Ich habe nur ein wenig nachgeholfen. Sie ist dir vom Himmel geschickt worden, Jake. Du brauchst sie."

Frustriert fuhr er sich mit den Fingern durchs Haar. Wenn Rina sich etwas in den Kopf gesetzt hatte, war sie nicht zu stoppen. Gut, dass sie auf dem Weg nach Europa war.

Er schüttelte den Kopf. „Ist es nicht meine Sache, zu entscheiden, wen und was ich brauche?"

„Oh, hast du das gehört? Sie rufen mich gerade aus. Vielleicht haben sie jemanden gefunden, der seinen Platz mit mir tauscht. Du weißt, ich kann nicht am Fenster sitzen. Ich kriege dann Platzangst. Ach, und noch etwas, Jake. Habe ich schon erwähnt, dass Brianne in das leere Zimmer am Ende des Flurs einziehen wird? Sie konnte ihre Wohnung kündigen, und so ist es ja auch viel bequemer für euch. Außerdem braucht sie …" Der Rest des Satzes wurde von einer Lautsprecheransage übertönt. „Es tut mir leid, Jake. Ich muss mich jetzt wirklich beeilen. Ich rufe dich von Italien aus an. Ich liebe dich." Und dann legte sie einfach auf.

Jake sank aufs Bett und versuchte, die Neuigkeiten zu verarbeiten. Kaum hatte er Rina sicher außer Landes, da hatte er schon die nächste Frau am Hals. Wenigstens war sie keine Verwandte. Sie stand in keiner engen Beziehung zu ihm, was sie vor Ramirez' Rache schützte. Der Gedanke war allerdings nur ein schwacher Trost. Brianne blieb ein Problem für ihn.

Sie hatte ihren Mietvertrag also bereits gekündigt. Außerdem hatte sie diesen Job in gutem Glauben angenommen. Jake konnte nichts daran ändern. Er konnte sie nicht feuern oder auf die Straße setzen. Aber sosehr er sie auch begehrte, sie passte nicht in seine Pläne für diesen Sommer.

Sobald Brianne hier eingezogen wäre, bei ihm … Schlagartig wurde ihm bewusst, dass die Frau, die er seit Monaten begehrte, seine Mitbewohnerin werden würde. Nicht einmal eine kalte Dusche könnte das Feuer löschen, das dieser Gedanke in ihm entfachte. Zu oft hatte er nach seinen Besuchen im Café nachts wach gelegen und sich ruhelos im Bett herumgewälzt, von ihr geträumt und sich nach den Berührungen einer Frau gesehnt, die nur in seinen Fantasien existierte. Und doch waren diese Fantasien so real, dass seine Hände zu ihren Händen wurden, um seinen erregten Körper wenigstens vorübergehend zu befriedigen.

Aber jetzt lagen die Dinge anders. Weil sie jetzt mehr als ein Gesicht war, mehr als eine Fantasie. Sie hatte einen Namen und eine Persönlichkeit. Ob es ihm gefiel oder nicht, sie war seine ganz persönliche Physiotherapeutin, die für die Dauer dieses Sommers bei ihm wohnen würde.

Und sie wartete im Zimmer nebenan auf ihn.

3. KAPITEL

Brianne trat an die Fensterfront, von der man einen atemberaubenden Ausblick auf den East River hatte. Die Sonne schien durchs Fenster, und ihre Haut schien zu brennen. Dabei stand sie innerlich ohnehin schon in Flammen – dank Jake. Ein sexy Name für einen sexy Mann, dachte sie. Und ungebunden schien er auch noch zu sein. Aber eigentlich wusste sie kaum etwas über ihn.

Trotz aller Neugier nahm sie sich vor, ihn nicht nach persönlichen Dingen zu fragen. Jake faszinierte sie, doch sie musste unbedingt Abstand wahren. Das würde nicht leicht sein. Denn dieser Mann, dieses Penthouse, dieses Knistern – das war alles Stoff, aus dem Träume waren. Nur dass Träume selten wahr wurden, wie sie erfahren hatte.

Brianne hatte sich liebevolle, fürsorgliche Eltern gewünscht, aber ihre Eltern waren Weltenbummler, die sich mehr für ihre gefährlichen Abenteuer als für ihre Kinder interessierten. Sie hatte Sicherheit und ein ganz normales Leben gewollt, mit Freunden ausgehen und Spaß haben wollen. Stattdessen hatte sie die Verantwortung für einen jüngeren Bruder übernehmen müssen, den sie über alles liebte. Brianne wusste, dass Träume wichtig waren, um die Last des Lebens erträglich zu machen, aber sie gingen selten in Erfüllung.

Ihr sehnsüchtiges Verlangen nach Jake gehörte ebenfalls ins Reich der unerfüllbaren Wünsche. Je weniger sie über ihn erfuhr, umso besser für sie. Sie spürte, dass ihr Herz und ihr Verstand in Gefahr waren.

Physiotherapie war eine sehr körperliche Angelegenheit. Brianne würde seinen Rücken und seine Schultern massieren und seine kräftigen Muskeln unter ihren Händen fühlen. Sie würde sehr engen Kontakt haben zu einem Mann, der sie nicht nur stark erregte, sondern ganz unerwartet auch tiefere Gefühle in ihr geweckt hatte. Brianne bekam jeden Tag Verletzungen und Narben zu Gesicht, doch als sie Jakes Narben gesehen hatte, war ihre Kehle wie zugeschnürt gewesen. Und das war kein gutes Zeichen.

„Ich bin bereit." Seine tiefe Stimme ließ sie erschauern.

Brianne drehte sich zu ihm um. Bei seinem Anblick schlug ihr Herz schneller. Er trug wieder ein abgeschnittenes Sweatshirt, diesmal in einem dunklen Blau, das die Farbe seiner Augen betonte, und Shorts, die nicht viel mehr verbargen als vorhin das Handtuch.

Sie seufzte. Es wurde Zeit, dass sie Klartext redete. „So, Sie sind bereit. Wie interessant. Rina hat gesagt, Sie seien ein harter Brocken. Und dass Sie sich jeder Therapie widersetzen würden."

Jake zuckte mit den Schultern. „Rina hat durchaus recht. Ich meinte nur, dass ich bereit bin, zu reden." Er ließ sich auf einem der weißen Samtsofas nieder. Unrasiert und lässig gekleidet, wirkte er in dem schicken Ambiente seltsam fehl am Platz, und dennoch schmälerte das seine Ausstrahlung nicht im Geringsten.

„Setzen Sie sich zu mir." Er klopfte einladend auf den Platz neben sich.

Brianne hatte wohl keine andere Wahl, wenn sie ihn überzeugen wollte, daher ließ sie sich neben ihn auf das weiche Polster sinken, allerdings mit reichlich Abstand.

„Erzählen Sie mir etwas, Jake", forderte sie ihn auf.

„Sagen Sie das noch einmal."

Sie neigte den Kopf. „Was?"

„Meinen Namen."

Sein Blick hielt sie gefangen, und sie hätte sich nicht abwenden können, selbst wenn sie es gewollt hätte. Noch weniger konnte sie ihm seine Bitte abschlagen.

„Jake", murmelte sie.

Er rückte näher. „Davon träume ich schon lange", flüsterte er heiser.

„Ich auch", gab Brianne leise zu. Und nur aus Neugier würde sie den unvermeidlichen Kuss zulassen. Jedenfalls redete sie sich das ein.

Jake umfasste ihr Kinn und berührte ihre Lippen mit seinem Mund. Leidenschaftlich und dennoch unendlich zärtlich erfüllte dieser Kuss alles, was sie sich ersehnt hatte. Als Jake seine Zungenspitze sanft zwischen ihre Lippen gleiten ließ, begann sie am ganzen Körper zu zittern. Ein heißes Kribbeln durchströmte sie von Kopf bis Fuß und steigerte sich zu einem fast schmerzhaften Ziehen zwischen den Beinen.

Unwillkürlich seufzte sie. Jake küsste sie daraufhin noch fordernder, aber Brianne kam durch den Laut wieder zur Besinnung. Sie legte ihre Hände an seine Schultern, um ihn von sich zu drücken. Doch stattdessen krallte sie die Finger in sein Sweatshirt und spürte die Muskeln darunter. Sie ließ es zu, dass der Kuss noch eine zauberhafte Minute andauerte, bevor sie sich von Jake löste.

„Wir dürfen das nicht tun."

Sein Atem ging ebenso unregelmäßig wie ihrer. „Was dürfen wir nicht? Uns kennenlernen?"

Sie fuhr sich mit der Zungenspitze über ihre feuchten Lippen, die noch verführerisch nach ihm schmeckten. „Das war mehr als kennenlernen." Dann überlegte sie. „Wollen Sie damit sagen, dass Sie Ihre Meinung bezüglich der Therapie geändert haben?"

Jake lachte. „Ich mag Ihre Strategie. Mich küssen und damit meine

Abwehr schwächen. Haben Sie etwa vor, meine Schwäche auszunutzen?" Ein Lächeln umspielte seine Mundwinkel.

„Sie haben mich zuerst geküsst", erinnerte sie ihn.

„Sie haben nicht protestiert."

Sie klangen wie zankende Kinder, doch der Kuss war alles andere als harmlos gewesen. „Einigen wir uns darauf, dass wir es nun hinter uns haben. Jetzt können wir unbelastet weitermachen."

„Und Sie ziehen hier ein?" Er zuckte mit seiner gesunden Schulter. „Das war vorhin Rina am Telefon. Sie hat mir die neuen Wohnverhältnisse erklärt."

Brianne hatte den Eindruck, dass er davon überrascht war. „Das haben Sie auch nicht gewusst?", fragte sie.

Er schüttelte den Kopf. „Nein. Aber das ist typisch für Rina. Immer voll mit den besten Absichten, bloß nicht immer mit dem Verstand dabei. Sie ist eine echte Romantikerin."

Brianne hatte bereits vor dem Kuss akzeptiert, dass sie hereingelegt worden war. Es hatte sich nichts an der Situation geändert. Sie konnte diesen Job nicht hinwerfen, denn sie brauchte das Geld, um ein neues Leben beginnen zu können.

„Okay, Jake. Lassen Sie uns offen reden. Sie sperren sich gegen eine Therapie und haben Ihrer Schwester heftig widersprochen ..."

„Natürlich habe ich das. Haben Sie einen Bruder oder eine Schwester?"

Sie nickte. „Einen Bruder."

„Dann wissen Sie, dass Geschwister dazu da sind, sich von Zeit zu Zeit gegenseitig das Leben schwer zu machen."

Nein, das wusste Brianne nicht. Weil sie für Marc eher Elternersatz als Schwester gewesen war, hatte sie nie die klassische Rivalität unter Geschwistern kennengelernt. „Mein Bruder ist sehr viel jünger als ich. Unsere Beziehung ist anders. Doch ich bin nicht hier, um mich mit Ihnen über meinen Bruder zu unterhalten. Rina hat mich aus einem ganz bestimmten Grund engagiert, und ich möchte wissen, ob Sie mich meinen Job machen lassen wollen oder nicht."

Jake zwang sich zu einem Lächeln. Er hatte ja selbst keine Ahnung, was von ihm zu erwarten war. Der Kuss hatte ihn ziemlich verwirrt. Vor allem, weil er nicht damit gerechnet hatte, dass Brianne ihn so begeistert erwidern würde.

Er ahnte, dass Komplikationen auf ihn zukamen. Dennoch antwortete er: „Wenn Rina Sie eingestellt hat, kann ich Sie nicht hinauswerfen."

„Oh, vielen Dank", erwiderte sie ironisch. „Aber die Frage ist, ob Sie kooperieren werden."

Der knallharte Profi war zurück. Jake sagte sich, dass er froh darüber sein sollte, doch insgeheim bedauerte er es. Ihm gefiel die zärtliche Brianne sehr viel besser. Leider musste er sie sich buchstäblich vom Leib halten, damit sie nicht merkte, dass er viel fitter war, als sie und Rina glaubten. „Ich bin sicher, dass Sie für die Aufgabe geeignet sind."

„Dann ziehen Sie also ganz plötzlich eine Therapie in Betracht? Woher der Sinneswandel?"

„Das ist kein Sinneswandel. Ich habe noch in nichts eingewilligt."

Brianne zog eine Augenbraue hoch. „Aber Sie werden es tun."

„So überzeugt sind Sie von sich und Ihren Fähigkeiten?"

„Absolut. Ich frage mich nur, warum Sie Ihre Meinung geändert haben."

Musste er ihr das wirklich erst sagen? „Ich denke nur Ihretwegen über eine Behandlung nach."

Sie holte tief Luft.

„Ebenso wie Sie nur meinetwegen den Job nicht hinwerfen werden." Er lächelte selbstbewusst.

„Sie sind frech", erwiderte Brianne und lächelte ebenfalls.

„Und ist das gut?"

„Sicher. Es bedeutet, dass Sie ein hartes Workout vertragen können", entgegnete sie schlagfertig.

Sie wirkte keineswegs eingeschüchtert von der Anziehung zwischen ihnen, nicht einmal nach dem Kuss. Ein Punkt für sie, dachte Jake anerkennend.

„Ich bin hart im Nehmen, Sweetheart. Erzählen Sie mir einfach, was Sie im Programm haben."

„Es könnte Ihnen noch leidtun. Physiotherapie beinhaltet Dehnungsübungen mit dem Theraband und die Bearbeitung bestimmter Muskelpartien mit gezielter Massage." Bei dem Wort „Massage" fühlte Jake eine Spannung in sich, als ob ihre Hände schon mit sanftem Druck über seinen Körper strichen.

„Auch Wasseranwendungen sind hilfreich", fuhr Brianne fort. „Die pulsierenden Ströme im Whirlpool wirken Wunder, wenn es darum geht, verhärtete Muskeln zu lockern."

Jake fragte sich, ob sie sich wie er vorstellte, wie sie beide nackt im sprudelnden Wasser lagen. Ob sie überhaupt eine Ahnung hatte, wie viel Spaß zwei Menschen in so einem Whirlpool haben konnten? „Das klingt alles recht interessant, vor allem das mit den pulsierenden Wasserströmen", erwiderte er mit provozierendem Blick.

„Das kann ich mir denken." Brianne musterte ihn misstrauisch. „Ich hebe die Wasseranwendungen für die Patienten auf, die am eifrigsten mitarbeiten."

Nur zu gern würde er sich all ihren Anweisungen im Whirlpool fügen. „Also, wann fangen Sie an, mich zu überzeugen? Wenn ich motiviert bin, kann ich sehr kooperativ sein. Ich bin ein guter Schüler – und ein noch besserer Lehrer."

Brianne räusperte sich. „Wir fangen an, sobald ich eine Überweisung und einen Bericht von Ihrem Arzt habe. Wahrscheinlich irgendwann nächste Woche."

Sie lehnte sich entspannt zurück, weil sie glaubte, etwas Zeit gewonnen zu haben. Pech für sie, die Unterlagen befanden sich im Zimmer nebenan. Jake hatte sie schon seit Wochen. Er hatte sie nur nicht gebraucht, weil er sich unter der Hand hatte helfen lassen. „Tut mir leid, aber Sie werden diesen Aufschub nicht bekommen, Honey."

„Bitte nennen Sie mich nicht so."

„Sind Sie beleidigt?", fragte er.

Brianne schüttelte den Kopf. „Nein, es macht mich an."

Verblüfft starrte Jake sie an.

Sie lachte. „Sorry. Ich wollte nur nicht, dass Sie Oberwasser bekommen."

Er wollte lieber nicht an die Möglichkeit denken, dass sie tatsächlich erregt sein könnte. „Ich habe die Überweisung und die anderen Unterlagen parat", erklärte er.

Wie erwartet, verpasste ihr das einen Dämpfer. „Ich brauche Zeit, um mich hier einzurichten."

„Wie lange?"

„Nicht sehr lange", räumte sie ein. „Ich habe letzte Woche schon viel vorbereitet."

„Kann ich Ihnen beim Umzug helfen?"

Ihr Blick fiel auf seine Schulter. „Wenn Sie das können, brauchen Sie mich nicht."

Da irrte sie vollkommen. Und wie er sie brauchte. Sie passte nur nicht in seinen Plan. „Sie haben bestimmt eine Verwendung für mich."

Brianne lachte. „Auf diese Bemerkung werde ich nicht eingehen. Jimmy, der Inhaber des Cafés, wird mir beim Umzug helfen."

Jake nickte und ignorierte den Anflug von Eifersucht, als er den Namen eines anderen Mannes aus ihrem Mund hörte. Er wechselte das Thema. „Ich nehme an, Rina hat erwähnt, dass es hier einen Fitnessraum, einen Pool und einen Whirlpool auf dem Dach gibt?"

„Das hat sie, ja. Aber wenn Sie die Therapie lieber im Krankenhaus machen möchten, können wir die Einrichtungen dort benutzen."

„Ich wollte nur darauf hinweisen, dass Sie den Pool und den Whirlpool in Ihrer Freizeit benutzen können."

„Ach ja, richtig. Der Therapie haben Sie ja noch gar nicht zugestimmt."

Er grinste. „Genau."

Brianne seufzte. „Würden Sie mir verraten, warum nicht?"

Jake wich ihrem Blick aus.

„Also nicht."

Sie wirkte enttäuscht, dass er sich ihr nicht anvertraute, und er wunderte sich, dass ihre Gefühle ihn so berührten. „Ich bin neugierig", versuchte er sie abzulenken. „Wie genau lautet die Abmachung, die Sie mit meiner Schwester getroffen haben? Wann und wie oft sollen Sie mit mir arbeiten?" Er nahm an, dass Rina sie zu zwei bis drei Tagen die Woche verpflichtet hatte, aber ein Teil von ihm hoffte, dass es mehr waren.

„Ich arbeite tagsüber im Krankenhaus, sodass Ihre Therapie abends stattfinden würde."

Jakes Abende waren in der letzten Zeit einer wie der andere – essen, fernsehen, schlafen. Plötzlich stellte er sich einen Reichtum an sinnlichen Genüssen vor mit einer Frau, die er mit jeder Faser seines Körpers begehrte. Dann riss er sich zusammen. Er brauchte die Abende für sich, falls er einen Tipp wegen Ramirez bekäme. „Wie viele Abende in der Woche?"

„Mindestens fünf."

Er lachte gezwungen. „Rina ist eine Sklaventreiberin. Ich bin sicher, wir finden eine bequemere Lösung für Sie. Schließlich arbeiten Sie auch tagsüber."

Brianne schüttelte den Kopf. „Ich habe eine Abmachung getroffen, und die halte ich ein." Sie fixierte ihn mit ihren grünen Augen. „So leicht kommen Sie mir nicht davon."

Und Jake glaubte ihr aufs Wort.

Brianne hatte eine Atempause bekommen. Sie konnte nicht ins Penthouse ziehen, bevor sie nicht ihre Sachen gepackt hatte. Gestern Abend war sie regelrecht aus der Wohnung geflohen. Sonst wäre sie womöglich noch seinem Charme erlegen und in Versuchung geraten, ihn noch einmal zu küssen.

Sie vermutete, dass Jake sie nicht gestoppt hätte. Und sie wäre nicht mit einem Kuss zufrieden gewesen.

Brianne kuschelte sich in ihr Bett. Die Strahlen der Morgensonne schienen durchs Fenster, und sie nahm sich die Unterlagen vor, die Jake ihr mitgegeben hatte. Aus diesen Papieren würde sie vieles über ihn erfahren, was sie gar nicht wissen wollte. Aber sie musste sich die medizinischen Berichte durchlesen, bevor sie mit der Therapie beginnen konnte. Sie faltete die Dokumente auseinander.

Schockiert ließ sie die Blätter nach wenigen Augenblicken sinken. Jake war Polizist und bei einem Einsatz schwer verletzt worden. Er brauchte die Behandlung, um seinen gefährlichen Beruf wieder ausüben zu können.

Offenbar war es ihr bestimmt, immer wieder mit Menschen zu tun zu haben, die den Nervenkitzel liebten. Brianne seufzte. Wenigstens hatte sie jetzt einen weiteren Grund, sich nicht auf diesen charismatischen Mann einzulassen. Als ob die Wahrscheinlichkeit, dass sie am Ende des Sommers nach Kalifornien ziehen würde, nicht schon abschreckend genug war, sprach nun auch noch sein gefährlicher Job gegen ihn. Sie hatte ihre Eltern verloren, weil deren Risikofreude keine Grenzen gekannt hatte. Sie hatte dieses Trauma überwunden. Auf gar keinen Fall wollte sie ihren inneren Frieden noch einmal auf diese Weise verlieren. Selbst wenn Jake sie auf eine Art erregte, die sie wahnsinnig gern erforscht hätte.

Brianne legte die Unterlagen beiseite und ging unter die Dusche. Mit einem heißen, kräftigen Wasserstrahl aus der Brause massierte sie ihren vor Sehnsucht angespannten Körper. Jake zu küssen, hatte ein nie gekanntes Verlangen in ihr geweckt, und jetzt brauchte sie etwas, um sich abzulenken.

Doch das stete Prickeln auf ihrer Haut entfachte die Glut nur noch mehr, statt sie zu löschen. Ihre Brustwarzen waren aufgerichtet, und sie spürte ein süßes Ziehen zwischen den Beinen. Sie versuchte sich einzureden, dass diese Erregung mit der Aussicht auf ein besseres Leben, frei von drückenden Verpflichtungen, zusammenhing. Aber sie wusste, dass sie sich selbst etwas vormachte.

Sie reagierte auf Jake und das Knistern zwischen ihnen. Frustriert drehte sie das Wasser ab, denn die Dusche half nicht, ihr Verlangen zu dämpfen. Noch nie hatte sie einen Mann so sehr begehrt wie Jake.

Brianne griff nach einem flauschigen Handtuch. Wasserdampf hing im Raum. Sie setzte einen Fuß auf den Beckenrand und tupfte ihr Bein von unten nach oben trocken. Dabei dachte sie an Jakes Verletzung und die Narben, die seine sonst makellose Haut verfärbten. Sie dachte an die Schmerzen, die er haben musste, und wollte sie lindern.

Und das würde sie auch tun. Mit zärtlichen Berührungen ihrer Fingerspitzen und sanftem Druck auf seinen Schultern. Aber was würde sie davon abhalten, mit ihren Händen tiefer zu wandern? Seine Brust zu streicheln, über seinen festen Bauch zu tasten und langsam in seine Shorts zu fassen, um ihn intim zu liebkosen?

Und was würde Jake daran hindern, sich zu revanchieren? Mit seinen starken Händen zwischen ihre Beine zu gleiten, um ihre Sehnsucht mit geschickten Berührungen erst zärtlich und dann immer leidenschaftlicher zu stillen?

Absolut gar nichts. Brianne atmete keuchend, als ihr bewusst wurde, dass sie angefangen hatte, sich selbst zu streicheln. In diesem Moment erkannte sie, dass sie nichts gegen die magische Anziehung zwischen ihnen machen konnte. Es würde geschehen, was geschehen musste. Nichts konnte das Feuer aufhalten.

Blitzartig entlud sich die Spannung in ihr. Wellen der Erregung rasten durch ihren Körper. Und dabei rief sie unwillkürlich Jakes Namen.

Das Polizeirevier roch immer noch vertraut muffig, wie Jake beim Betreten des Gebäudes feststellte. Die Linoleumböden waren abgewetzt, und von den Wänden blätterte die Farbe ab. Diesen Ort hatte er jahrelang als sein Zuhause bezeichnet. Er grüßte die Kollegen, denen er im Flur begegnete, betrat das Großraumbüro und blieb vor einem der Schreibtische stehen. „He, Duke."

„Jake, Kumpel, wie geht's dir?" Duke Russell, ein guter Freund und Kollege, stand auf und schlug ihm auf den Rücken.

Jake unterdrückte ein Stöhnen. „Einigermaßen." Er setzte sich auf einen Stuhl. „Gibt's was Neues von Ramirez?" Duke und Steve Vickers versorgten Jake unter der Hand mit Informationen.

„Das bleibt unter uns?"

„Bleibt es das nicht immer?"

Duke nickte. „Es hat sich nichts geändert. Seit Ramirez wieder auf freiem Fuß ist, führt er dem Anschein nach ein sauberes Leben. Was nicht heißt, dass wir aufgehört haben, ihn zu beobachten."

„Verdammt." Jake beugte sich vor und redete leise weiter. „Ramirez kann diese Show nicht ewig durchhalten. Seine Freundin behauptet, sie hat ihn lange nicht gesehen."

„Du bist beurlaubt, und ich habe dir gesagt, dass Vickers sich um die Sache kümmert. Was hast du dir dabei gedacht, mit Ramirez' Freundin zu sprechen? Der Lieutenant macht dir die Hölle heiß, wenn er das herausfindet."

Jake zuckte mit den Schultern. „Was kann er schon tun? Mich rauswerfen?" Jake wusste sowieso nicht, ob er hierher zurückkehren wollte. Er wusste nur, dass er den Fall Ramirez nicht unabgeschlossen zu den Akten legen würde.

„Lowell!" Die bellende Stimme von Lieutenant Thompson hallte durch den Raum. Jake schätzte seinen Vorgesetzten, doch er hatte nie zugelassen, dass der Lieutenant sich in seine Fälle einmischte. Lieutenant Thompson wiederum kritisierte Jakes oft unkonventionellen Stil, aber solange Jake sich an gewisse Regeln hielt, ließ er ihm Spielraum. Im Laufe der Jahre hatten die beiden gegenseitigen Respekt voreinander entwickelt.

Jakes Verletzung allerdings stellte Thompsons Geduld auf eine harte Probe. Er wollte seinen Detective zurückhaben, während Jake noch Zeit brauchte – um Ramirez zu fassen und sich über seine Ziele im Leben klar zu werden.

Jake erhob sich. „Tag, Lieutenant."

„Ich habe Ihnen gesagt, dass ich Sie hier nicht sehen will, bevor Sie nicht endlich eine Therapie machen."

Jake neigte den Kopf. „Ihr Wunsch ist mir Befehl, Lieutenant."

Thompson schnaubte gereizt. „Das möchte ich erleben."

„Im Ernst. Ich habe eine persönliche Therapeutin. Es wird nur eine Weile dauern, bis ich wieder auf Trab bin."

Misstrauisch kniff der Lieutenant die Augen zusammen. „Ich werde nicht fragen, weshalb Sie Ihre Meinung geändert haben."

„Gut, denn ich würde es Ihnen auch nicht verraten."

Thompson wandte sich an Duke und musterte ihn scharf. „Und Sie plaudern besser keine Dienstgeheimnisse aus."

Duke schüttelte den Kopf. „Jake ist nicht gerade ein Außenstehender für uns."

„Und ob er das ist. Wenigstens bis er wieder in Form ist und seinen Hintern endlich wieder zur Arbeit bewegt."

Jake zuckte mit den Schultern und ging zur Tür.

„Wohin wollen Sie?", fragte Thompson.

„Irgendwohin, wo Sie mich nicht reden hören, Lieutenant." Jake legte genügend Respekt in seine Stimme, weil er seinen Vorgesetzten wirklich mochte und wusste, dass dieser nur das Beste für seine Abteilung und für ihn wollte.

„Ihre Stimme verfolgt mich sogar noch im Schlaf", murmelte Thompson, und Jake verließ lachend den Raum.

Im Flur verlangsamte er seine Schritte und dachte darüber nach, was er eben erfahren hatte. Ramirez spielte den Saubermann, bis er glaubte, dass die Polizei das Interesse an ihm verloren hatte. Und da Jake seinem Vorgesetzten weisgemacht hatte, dass er in puncto Therapie kooperierte, würde der Lieutenant wahrscheinlich nicht allzu hart mit ihm ins Gericht gehen, wenn er erfuhr, dass Jake herumschnüffelte. Seine persönliche Therapeutin arbeitete von neun bis fünf Uhr im Krankenhaus, also hatte er den ganzen Tag Zeit für seine Ermittlungen.

Und die Abende hatte er für Brianne.

Brianne trat auf ihren Schnürsenkel und blieb vor dem imposanten Gebäude in der Upper East Side von Manhattan stehen. Jake hatte ihr gestern beim Einzug geholfen und sich aber danach zu ihrer Überraschung rargemacht. Er hatte ihr ihr Zimmer gezeigt, gesagt, dass sie sich wie zu Hause fühlen solle, und sie dann mit der Bemerkung, er habe eine Verabredung, sich selbst überlassen. Sie war ihm dankbar, dass er ihr Zeit gab, sich allein an die neue Umgebung zu gewöhnen. Er hätte sie viel zu sehr abgelenkt.

Als sie sich hinkniete, um den Schuh zuzubinden, wehte eine leichte Abendbrise, ähnlich wie letzte Nacht, als sie bei offenem Fenster zu schlafen versucht hatte. Aber sie hatte sich nur ruhelos im Bett herumgewälzt und wegen der Hitze gestöhnt, die nichts damit zu tun hatte, dass Norton neben ihr lag. Es war die heiße Sehnsucht, die Jake in ihr geweckt hatte.

Brianne machte eine doppelte Schleife in den Schnürsenkel und wünschte, sie könnte den Moment des „Nachhausekommens“ hinauszögern. Doch es nützte ja nichts. Sie stand auf, strich ihre dunkelgrüne Krankenhauskleidung glatt und holte tief Luft. Ganz absichtlich hatte sie sich nicht nach der Arbeit umgezogen. Sie hoffte, dass sie, je professioneller sie aussah, auch umso professioneller handeln würde. Selbst wenn sie ihren ganzen Charme einsetzen müsste, um Jake zur Therapie zu bewegen, hatte sie vor, innerlich Abstand zu wahren.

Denn wenn sie sich mit einem Mann einließ, der wie er die Gefahr liebte, könnte daraus nicht mehr als nur eine kurze Affäre werden. Und da Brianne sich bereits viel zu stark zu Jake hingezogen fühlte, befürchtete sie, dass er ihr das Herz brechen könnte.

Brianne Nelson. Hübscher Name für eine hübsche Lady, dachte Louis Ramirez. Ein Name, den er ohne Schwierigkeiten von einer der Kellnerinnen in der schicken Bar erfahren hatte, in der Detective Lowell so gern verkehrte. Louis war nicht überrascht, dass ein Mann wie Lowell ein Auge auf diese Frau geworfen hatte. Jeder Mann mit Blut in den Adern würde da zweimal hinschauen. Er jedenfalls hatte es getan. Und jetzt kniete sie auf der Straße, um sich die Schnürsenkel zu binden, und präsentierte ihm einen reizvollen Blick auf ihren sexy Po. Was für ein Jammer, dass sie sich an Lowell verschwendete.

Der verdammte Cop hielt sich für so clever. Louis schnaubte verächtlich. Lowell war nicht clever genug gewesen, eine Falle zu erkennen. Und er hatte nichts dagegen unternehmen können, dass man ihn wegen eines Formfehlers aus dem Gefängnis entlassen musste. Louis lachte sich ins Fäustchen, während Lowell frustriert herumlief und von niemandem etwas anderes erfuhr, als dass Ramirez ein ehrbarer Bürger geworden war. Aber seine Freundin auszuhorchen, ging einen Schritt zu weit. Das machte die Sache zu persönlich.

Ich kann auch persönlich werden, dachte Louis, als er beobachtete, wie Brianne Nelson das Gebäude betrat und mit dem Pförtner redete. Eine ziemlich feine Adresse für einen Cop. Louis nahm einen Zug von seiner Zigarette und zertrat sie auf dem Fußboden. Lowell war ein Idiot, wenn er glaubte, dass sein Reichtum ihn schützte. Denn wenn es so weit war, würde kein Sicherheitssystem Louis aufhalten.

4. KAPITEL

Jake trieb sich nachmittags in den Straßen von New York herum und horchte Informanten und alte Freunde aus. Keiner wusste etwas Neues über Ramirez, aber das hatte Jake auch nicht erwartet. Der Kerl sollte nur merken, dass er ihm auf den Fersen war.

Als Jake nach Hause kam, lief Norton ihm winselnd entgegen. Jake schnappte sich die Leine. Ein Spaziergang mit dem Hund war kein Vergnügen bei den hohen Temperaturen draußen. Norton zog bei jedem Schritt auf dem heißen Asphalt die Pfoten hoch, und um die Tortur abzukürzen, führte Jake ihn in die nächste Grünanlage. Dort gab er ihm den Befehl, von dem seine Schwester gesagt hatte, dass er die Dinge beschleunigen würde. „Mach dein Geschäft", murmelte er und hoffte, dass niemand ihn dabei beobachtete, wie er mit dem Hund redete.

Der Befehl hatte tatsächlich die gewünschte Wirkung, und Jake kehrte schnell mit Norton nach Hause zurück. Dort belohnte er ihn mit einer großen Schüssel voll kaltem Wasser und ging erst einmal duschen. Als er eine Weile später Brianne ins Apartment kommen hörte, war er erfrischt und bereit, seine Scheingefechte mit ihr auszutragen.

Er begrüßte sie in der Marmorhalle. „Willkommen daheim."

Brianne nickte knapp und näherte sich mit forschen Schritten. Jake unterdrückte ein Grinsen. Die schlabberige grüne Hose und das weite Top sollten ihn mit Sicherheit abschrecken.

Sie seufzte. „Meine Güte, bin ich fertig!"

Bevor Jake antworten konnte, rannte Norton so schnell zur Begrüßung herbei, dass er auf dem glatten Fußboden ins Rutschen geriet. Brianne lachte und bückte sich, um ihn zu streicheln. „Hallo, Norton. Wie geht's dir heute? Ich hab dich schon vermisst."

Jake stöhnte leise. Ihm wurde bewusst, dass er eifersüchtig auf einen Hund war. „Ich bin sicher, dass er Sie auch vermisst hat. Ohne Rina ist er ein bisschen durcheinander. Entweder jault er pausenlos, oder er versteckt sich. So wie letzte Nacht. Er hatte sich wohl irgendwohin verkrochen, wo es ihn an Rina erinnerte."

„Er war bei mir."

Jake schaute sie überrascht an. Sie lächelte warm.

„Er wiegt bestimmt eine Tonne. Ich konnte mich nicht einmal umdrehen, als er neben mir auf der Decke lag. Er ließ sich nicht von der Stelle bewegen. Sie wissen sicher, wovon ich rede, denn sonst hätte er nicht im Bett bei mir geschlafen."

„Nein, er hat nur am Fußende des Bettes gesessen und die ganze Nacht gewinselt." Jake konnte kaum glauben, was er hörte. Während er wach gelegen und von Brianne geträumt hatte, hatte der Hund in ihrem Bett geschlafen! Er musterte Norton mit finsterem Blick.

„Wirklich? Hm." Brianne gähnte und hielt sich rasch die Hand vor den Mund. „Es tut mir leid. Ich bin ziemlich schlapp. Dazu noch die unruhige Nacht …" Sie errötete. „Ich bin einfach nur müde. Und hungrig."

In dem Moment beschloss Jake, dass die Sache mit der Distanz warten konnte. So erschöpft hatte er Brianne noch nie gesehen. Am liebsten hätte er sie in die Arme genommen. „Kann ich Ihnen etwas zu trinken bringen? Ein Glas Soda oder Wasser?"

Sie winkte ab. „Nein, danke. Ich möchte nur etwas essen. Ich habe in der Mittagspause eingekauft und könnte uns schnell etwas zubereiten." Sie verstummte unsicher.

Jake fand ihre Verlegenheit bezaubernd. Zur Hölle mit dem Cop und seinen Geheimnissen, dachte er. Der Mann in ihm wollte sie einfach nur ein wenig verwöhnen. „Ich habe vorhin Pizza bestellt. Sie ist schon in der Küche. Ich lade Sie ein."

„Danke. Ich liebe Pizza", erklärte Brianne begeistert, „und um ehrlich zu sein, ich bin zu kaputt, um jetzt noch zu kochen."

Mit wippendem Pferdeschwanz, dicht gefolgt von Norton, ging sie in die Küche. Sie stellte ihre Leinentasche neben einen der schmiedeeisernen Stühle und schnupperte.

„Oh, das riecht wunderbar. Ich hatte ewig keine Pizza."

„Wie kommt das?"

Brianne wandte sich zu Jake um. „Wie kommt was?"

„Wenn Sie Pizza so gern mögen, wieso haben Sie in letzter Zeit keine gegessen? Sie haben zwei Jobs, und Sie haben eben selbst zugegeben, dass Sie erschöpft sind. Jeder New Yorker Single weiß, dass Lieferservice einfacher ist als kochen."

„Er ist aber auch teurer."

Jake zögerte kurz, dann siegte seine Neugier. „Mit zwei Jobs müssen Sie doch gut verdienen. Wofür ist das Geld, wenn Sie mir die Frage erlauben?"

Brianne setzte sich. „Meine Eltern starben, als ich zwanzig war. Mein Bruder war damals neun, und ich sorge seitdem für ihn."

Ihr Schicksal machte ihn betroffen. „Das tut mir leid." Er trat zu ihr und legte ihr tröstend die Hand auf die Schulter.

„Es ist lange her, aber trotzdem danke. Marc, mein Bruder, ist hochbegabt, und es wäre Sünde gewesen, ihn auf einer öffentlichen Schule zu lassen. Alles, was ich nicht zum Lebensunterhalt brauche, wandert in seine Ausbildung."

Jake war erstaunt über ihre unglaubliche Großzügigkeit. „Ihr Bruder kann sich glücklich schätzen, Sie zu haben."

Sie wehrte das Kompliment bescheiden ab. „*Ich* kann mich glücklich schätzen. Wir haben eine sehr enge Bindung."

Jake nickte verstehend. „Nun, greifen Sie bitte zu." Er zeigte auf die weiße Pizzaschachtel auf dem Tisch. „Die Tage des Entzugs sind vorbei."

Lächelnd folgte Brianne seiner Aufforderung. Jake beobachtete sie und freute sich an ihren zufriedenen Seufzern. Die Stimmung war gelöst, doch als sie nach dem Essen die Küche aufräumten und dabei immer wieder zufällig zusammenstießen, fing es wieder zwischen ihnen zu knistern an.

Dennoch – oder gerade deswegen – fragte sie ihn betont sachlich: „Sind Sie jetzt bereit für die Therapie?"

„Sie wollen versuchen, mich zu überzeugen?" Er lächelte. „Es ist ein herrlicher Abend. Wollen Sie die Sterne sehen?"

„Sparen Sie sich das Süßholzraspeln", antwortete sie trocken.

Jake lachte. „Ich meine es ernst. Der Whirlpool befindet sich unter freiem Himmel." Verführerisch fügte er hinzu: „Direkt unter den Sternen."

Er hoffte immer noch, sie dazu überreden zu können, sich auszuruhen, doch sollte ihm das nicht gelingen, würde er sie mit anzüglichen Andeutungen am ehesten auf Abstand halten können. Denn er konnte nicht dafür garantieren, was passieren würde, wenn er erst ihre Hände auf seinem Körper spürte.

Brianne hob ihre Tasche auf. „Ich muss erst das Ausmaß Ihrer Verletzung begutachten, bevor ich entscheide, welche Anwendungen für Sie infrage kommen. Lassen Sie sich von mir untersuchen?"

„Wollen Sie es nicht lieber langsam angehen lassen? Sie haben selbst gesagt, dass Sie völlig erledigt sind." Obwohl er feststellte, dass sie nach dem Essen nicht mehr so müde wirkte.

„Nette Verzögerungstaktik, aber sie wird nicht funktionieren. Geben Sie mir eine Chance, okay? Erst werden wir Ihre Rückenmuskulatur mit feuchter Hitze lockern, und dann teste ich Ihre Beweglichkeit."

„Feuchte Hitze? Klingt interessant." Sein Blick fiel auf ihre Lippen. Sie hatte sie kurz mit der Zungenspitze befeuchtet und tat es aus Nervosität gerade wieder.

„Feuchte Hitzepackungen", korrigierte sie sich errötend. „Sie wissen genau, was ich meine."

„Ja, das tue ich." Er seufzte theatralisch. „Also wird es nichts mit dem Whirlpool?"

„Ich habe nur erwähnt, dass Wassertherapie eine von vielen Möglichkeiten ist. Ich habe nie behauptet, dass ich sie bei Ihnen anwenden werde." Brianne drohte ihm scherzhaft mit dem Finger.

„Und wenn ich brav bin und kooperiere? Gehen wir dann ins Wasser?" Er sah sie bettelnd an und erntete für seine komische Darbietung ein helles Lachen.

Eins wusste Jake genau: Bevor der Sommer vorbei war, musste er sie so weit haben, dass sie freiwillig mit ihm in den Whirlpool stieg. Egal wie viel Ablenkung das bedeuten mochte. Es war gefährlich, diesem Bedürfnis nachzugeben. Dennoch streckte er unwillkürlich die Hand nach ihr aus und hielt ihren Finger fest. Als sie ihn mit ihren faszinierenden grünen Augen überrascht anschaute, stockte ihm der Atem. Sie hatte eine Macht über ihn, die ihn beunruhigte.

Brianne räusperte sich. „Okay, wenn Sie bei den Übungen fleißig mitmachen, verspreche ich Ihnen, über die Sache mit dem Whirlpool nachzudenken."

„Das nenne ich nicht gerade einen fairen Deal."

„Aber es ist etwas, worauf Sie hinarbeiten können, nicht wahr? Falls die Aussicht, wieder volle Beweglichkeit zu erlangen, nicht schon Motivation genug für Sie ist." Sie musterte ihn prüfend, und Jake erkannte, dass er in ihr eine ebenbürtige Gegnerin hatte, die er nicht lange würde täuschen können.

Er seufzte. „Na schön. Wir gehen dazu wohl am besten in den Fitnessraum."

Er ließ ihren Finger los, hängte sich ihre Tasche über seine gesunde Schulter und führte Brianne in das luxuriöse Studio. Sonnenlicht fiel durch die großen Fenster und wurde von den chromglänzenden Geräten reflektiert. An den Wänden ohne Fenster waren Spiegel vom Boden bis zur Decke angebracht.

„Tolle Einrichtung", sagte Brianne staunend.

„Ich persönlich gehe lieber ins Village Gym." Jake drehte sich zu ihr um und merkte, wie beeindruckt sie war. „Doch für unsere Zwecke ist es hier ideal." Außerdem war es der einzige Raum im ganzen Apartment, in dem er sich wohl fühlte.

„Sie leben gar nicht hier", stellte Brianne fest, und Jake war nicht einmal überrascht über ihre Schlussfolgerung. Aus den Unterlagen, die er ihr überlassen hatte, ging hervor, dass er Polizist war. Und welcher Cop könnte sich solchen Luxus schon leisten?

„Enttäuscht?" Seine Stimme klang bitter. Die Vergangenheit war immer noch lebendig in ihm.

Linda, seine Exfrau, war Lehrerin an der Schule gewesen, an der er einmal vor Kindern und Jugendlichen über die Gefahr von Drogen gesprochen hatte. Es hatte sofort zwischen ihnen gefunkt. Die Chemie zwischen ihnen stimmte, sie hatten tollen Sex und anscheinend auch ähnliche Ziele und Wünsche. Seine Uniform schien ihr zu imponieren, und sie war stolz und glücklich gewesen, einen Polizisten mit regelmäßigem Einkommen, wenn auch unregelmäßigen Arbeitszeiten zu heiraten. Sie zogen in einen Vorort, damit Linda in einer sichereren Umgebung unterrichten und Jake in seiner Freizeit ein friedliches Familienleben genießen konnte.

Doch schon bald nach den Flitterwochen begann es zwischen ihnen zu kriseln. Er verdiente ihr auf einmal nicht mehr genug Geld, zumal sie auch noch den Wunsch verspürte, ihre Berufstätigkeit aufzugeben, um mit ihren neuen, wohlhabenden Freundinnen einkaufen zu gehen. Nach drei Jahren war ihre Ehe am Ende.

Jake war sich nicht bewusst gewesen, dass diese Erfahrung immer noch eine so große Rolle spielte, bis die Frage auftauchte, ob auch Brianne ihn und seinen Lebensstil unzureichend finden könnte.

„Ob ich enttäuscht bin, dass Ihnen dieses Apartment nicht gehört?“, fragte sie.

„Beziehungsweise nicht reich genug bin, hier zu wohnen“, ergänzte er.

„Das ist lächerlich. Schließlich bin ich nicht des Geldes wegen hinter Ihnen her.“ Sie klang ehrlich beleidigt. „Ich bin überhaupt nicht hinter Ihnen her“, verbesserte sie sich dann.

Jake beschloss, nicht auf diese Bemerkung einzugehen, dafür jedoch auf ihre gekränkten Gefühle. Er wollte sie nicht verletzen. „Mein Kommentar war überflüssig.“

„Ist das Ihre Art zu sagen: ‚Es tut mir leid‘?“

Spontan strich er ihr eine Haarsträhne hinters Ohr. „Es ist meine Art zu sagen, dass ich ein Idiot bin.“

„Ich hätte es selbst nicht besser ausdrücken können.“ Brianne lachte, und ihre Brüste hoben und senkten sich verführerisch bei jedem Atemzug.

Einen Moment lang waren alle seine Bedenken wie weggewischt. Er sehnte sich danach, sie in die Arme zu nehmen und … Plötzlich bekam er Angst. Ihm war schon einmal das Herz gebrochen, weil er den Ansprüchen einer Frau nicht genügt hatte. Das wollte er nicht noch einmal erleben.

„Würden Sie mir glauben, dass ich den Sommer über Apartment- und Hundesitter bin?“, fragte er ablenkend.

„Natürlich. Sie sind hereingelegt worden, genau wie ich.“ Sie klang immer noch wütend auf Rina, und er konnte es ihr nicht einmal übel nehmen.

„Gibt es hier fließend Wasser?“, erkundigte sich Brianne als Nächstes.

Jake nickte. „Dahinten ist ein kleines Badezimmer.“ Er deutete auf eine Tür am anderen Ende des Raums.

„Wie ist es mit …?“

„Die Massageliege ist dort in der Ecke“, erklärte er, als ob er ihre Gedanken lesen könnte. „Sie werden hier alles finden, was Sie brauchen.“

Brianne schüttelte den Kopf, wobei ihr kastanienbrauner Pferdeschwanz nach vorn fiel. „Erstaunlich.“

Jake ballte die Fäuste, um zu verhindern, in ihr Haar zu fassen und die Strähnen um seine Finger zu wickeln. Stattdessen versuchte er sich wieder auf das Gespräch zu konzentrieren. „Man nennt es Luxus. Genießen Sie ihn, solange er Ihnen zur Verfügung steht.“

„Wie Sie meinen.“ Sie lächelte, nahm ihre Tasche, die er zu seinen Füßen abgestellt hatte, und ging ins Bad. Kurz darauf hörte Jake Wasser rauschen. Unwillkürlich stellte er sich Brianne unter der Dusche vor, zusammen mit ihm, leidenschaftlich vereint und rasend vor Lust.

Ein Zittern ging durch seinen Körper. Er musste sich unter Kontrolle bekommen, wenn er einen Plan entwickeln wollte, wie er Brianne über das Ausmaß seiner Verletzung weiter im Dunkeln lassen könnte.

Brianne schloss sich im Badezimmer ein und spritzte sich kaltes Wasser ins Gesicht, um einen klaren Kopf zu bekommen. Dann bereitete sie die feuchten Packungen für Jake vor. Doch als sie wenig später in den Fitnessraum zurückkehrte, stellte sie fest, dass sie in ihrer Nervosität vergessen hatte, Jake zu sagen, dass er für die Anwendung natürlich den Oberkörper freimachen musste.

Sie seufzte. „Sie müssen Ihr Shirt ausziehen.“

In seinen Augen blitzte es auf. Er sah aus wie ein Mann, dem man den größten Wunsch erfüllte – oder der dachte, dass er ihr den größten Wunsch erfüllte, indem er sich vor ihr endlich entkleidete.

„Bilden Sie sich nur nichts ein, Don Juan. Das ist eine rein berufliche Bitte. Ich kann Ihre Schulter schlecht behandeln, wenn sie dick in Baumwolle eingepackt ist.“

Jake lachte. „Wollen Sie damit sagen, dass Sie nicht gespannt auf meine nackte Brust sind?“

„Bei meiner Arbeit habe ich schon genug Männer mit freiem Oberkörper vor mir gehabt. Ich bin sicher, Ihre Brust unterscheidet sich nicht wesentlich von anderen.“ Brianne wandte sich ab, bevor er ihr die dreiste Lüge anmerkte, aber bei seinem Aufstöhnen drehte sie sich sofort zu ihm um. Sie sah gerade noch, wie er vor Schmerz das Gesicht verzerrte, als er sich mit einer Hand auszuziehen versuchte. Allerdings mit auffallend viel Hilfe von seiner verletzten Seite.

Sie fragte sich, was hier vorging. „Sie haben mir erzählt, dass Sie noch nicht in therapeutischer Behandlung waren.“

Jake wich ihrem Blick aus. „So habe ich das nie gesagt. Ich habe mir von einem befreundeten Orthopäden ein paar Übungen zeigen lassen und allein ein bisschen trainiert.“

Brianne war sich nicht sicher, was sie davon zu halten hatte, aber nach dem ersten Workout würde sie es wissen. „Ein paar Übungen sind nicht genug.“

Er zwinkerte ihr zu. „Darum habe ich ja nun Sie.“

„Ich bin nur so gut wie Ihre Bereitschaft, mitzuarbeiten.“

„Dann bin ich unbesorgt.“

„Nun, ich nicht.“ Sie trat einen Schritt vor in der Absicht, die Wortspielereien zu beenden und mit der Therapie zu beginnen. „Wenn ich so gut bin, dann lassen Sie mich Ihnen helfen, das Shirt auszuziehen.“

Jake zögerte, und Brianne spürte, wie er mit sich kämpfte. Sie kannte das. Viele Patienten hatten anfangs ein Problem damit, Hilfe anzunehmen – aus Angst, schwach zu wirken. Jetzt verstand sie, warum er immer abgeschnittene Oberteile trug. Sie ließen ihm viel Armfreiheit und ermöglichten ihm dadurch leichteres An- und Ausziehen.

„Kommen Sie, Jake. Ich bin wirklich gut mit meinen Händen.“ Ohne dass sie es beabsichtigt hatte, klang ihre Stimme auf einmal verführerisch heiser.

„Darauf wette ich.“ Sein Blick wurde versonnen, und wie immer, wenn er ihr so nah war, konnte sie sich kaum entsinnen, warum sie seiner Anziehungskraft eigentlich nicht nachgeben sollte.

Sie griff nach dem Saum seines Shirts, wobei ihre Finger seine warme Haut streiften. Bei der Berührung überlief ihn ein Schauer, und er atmete hörbar ein. Auch Brianne reagierte unwillkürlich auf den körperlichen Kontakt. Es kribbelte in ihrem Bauch und ihren Brüsten.

Noch nie war es ihr während einer Behandlung passiert, dass ihre Hände vor Erregung zitterten. Sie schob Jake das Shirt über den Kopf und ließ es fallen. Und obwohl eine innere Stimme ihr riet, sicherheitshalber einen Schritt zurückzutreten, fühlte sie sich magisch zu ihm hingezogen. Behutsam strich sie mit der Handfläche über die Verletzungen auf seiner Brust und Schulter. Er stöhnte und umfasste ihr Gesicht. „Wenn du mich berührst, fühlt sich das verdammt gut an.“

Ihr Herz klopfte wild. „Es ist mein Job, dafür zu sorgen, dass sich meine Patienten besser fühlen."

„Dann tu dein Bestes", bat er und streichelte ihre Wangen.

Unfähig, ihm zu widerstehen, beugte sie sich vor und hauchte einen sanften Kuss auf seine breite Brust.

„Brianne." Er flüsterte ihren Namen warnend und flehend zugleich.

Im nächsten Moment spürte sie seinen Mund heiß und verlangend auf ihrem. Stürmisch ließ er seine Zunge zwischen ihre Lippen gleiten. Sein Kuss war leidenschaftlich und zärtlich zugleich. Mit einer Hand fuhr er ihr über den Rücken und den Po, dann presste er ihre Hüften so fest an sich, dass sie seine Erregung durch seine Jeans spürte.

Jake begehrte sie, und diese Gewissheit ließ sie kühner werden. Sie löste sich von seinem Mund und zog mit ihrer Zungenspitze einen Pfad über seine Wange bis zu seinem Ohr und saugte sanft an dem Ohrläppchen, bis er unter ihren Liebkosungen erschauerte.

Brianne atmete tief ein. Sie geriet in einen Sog des Verlangens und wünschte sich viel mehr als die heißen Berührungen, die sie bis jetzt ausgetauscht hatten. Sie wollte seine nackte Haut auf ihrer spüren, wollte ihn tief in sich fühlen. Es war eine Sehnsucht in ihr, die nur er befriedigen könnte.

Und genau dieser Gedanke ließ sie plötzlich wieder zur Besinnung kommen. Sie löste sich aus der elektrisierenden Umarmung und wich einen Schritt zurück, weg von dem gefährlichen Feuer.

„Wow." Nicht gerade eine geistreiche Reaktion, aber Brianne war so aufgewühlt, dass ihr nichts Besseres einfiel.

„Das kann man wohl sagen." Jake musterte sie besorgt. „Ist alles okay?"

Sie nickte. „Ja, alles okay", log sie. „Und bei dir?"

Er lächelte. „Berühr mich noch einmal, und es wird mir noch besser gehen."

„Ich fragte nach dem Schmerz in der Schulter." Zwei Lügen in zwei Minuten, dachte sie trocken.

„Wenn du das sagst. Hör mal, Brianne, was gerade passiert ist … Ich meine, wir …"

„Vergiss es", unterbrach sie ihn. „Es musste wohl passieren, und es ist auch schon wieder vergessen." Noch eine faustdicke Lüge. Sie würde nie vergessen, wie warm und sanft sein Mund sich angefühlt hatte. „Lass uns einfach an die Arbeit gehen, okay? Setz dich, ich bin gleich zurück."

Brianne flüchtete ins Badezimmer, holte tief Luft und spritzte sich noch einmal kaltes Wasser ins Gesicht. Im Spiegel sah sie ihre glänzenden Augen und die geröteten Wangen – sichtbare Zeichen ihres sehnsüchtigen Verlangens. Doch sie konnte sich nicht weiter darauf einlassen, ebenso wenig wie sie sich für immer hier drinnen verstecken konnte.

Fünf Minuten später hatte sie Jake, der bequem auf einem Lederstuhl Platz genommen hatte, die feucht-heißen Packungen um Nacken und Schultern drapiert. Während die Hitze auf seine Muskeln einwirkte, saß Brianne auf dem Sitzpolster eines Fitnessgeräts und ließ ihre Füße baumeln.

Jake musterte sie ernst. Sie fragte sich, was er denken mochte und ob der Kuss ihn ebenso aufgewühlt hatte wie sie.

„Wie bist du zu der Verletzung gekommen?“, erkundigte sie sich, um das Schweigen zu brechen.

„Wir hatten einen Tipp wegen eines Drogendealers, den wir seit einiger Zeit beobachteten“, erzählte er nach kurzem Zögern. „Wir wollten ihn auf frischer Tat ertappen.“

Sein Blick wurde lebhaft. Offenbar liebte Jake seinen Beruf. Unerwartet empfand Brianne neben Enttäuschung auch Bewunderung für diesen Mann und seine Arbeit.

„Es stellte sich als Falle heraus. Der Verdächtige tauchte auf – allerdings in Gesellschaft. Das hat einem verdammt guten Cop das Leben gekostet. Frank war mein bester Freund. Ein anständiger Kerl mit Frau und Kindern. Er wurde bei der Schießerei tödlich getroffen, als ich mich zu Boden warf. Ich brach mir die Schulter und wurde auch noch angeschossen. Doch wenn ich nicht in Deckung gegangen wäre, hätte die tödliche Kugel mich erwischt, und Franks Kinder hätten immer noch einen Vater.“

„Und deine ohnehin schon trauernde Schwester hätte noch einen geliebten Menschen verloren. Stell das Schicksal nicht infrage“, meinte Brianne, obwohl auch sie das oft genug in ihrem Leben getan hatte.

„Ich schätze, ich sollte dankbar sein, dass ich mit einer steifen Schulter davongekommen bin?“

Brianne zuckte bei seinen gleichgültigen Worten zusammen. Sie mochte gar nicht daran denken, dass er tot sein könnte. „Du würdest nicht wollen, dass Rina noch mehr leidet. Manchmal muss man das Schicksal eben einfach annehmen und weitermachen.“

Das schien ihn nicht zu trösten. „Es wäre leichter zu ertragen, wenn der Kerl jetzt wenigstens im Gefängnis sitzen würde. Aber als Krönung der Geschichte wurde er von einem Anfänger verhaftet, der ihm seine Rechte falsch vorgetragen hat“, erklärte Jake verächtlich. „Das Schwein musste wegen eines Formfehlers freigelassen werden.“

Brianne merkte, wie er die Kiefer zusammenpresste, und fand, dass es an der Zeit war, wieder das Thema zu wechseln. „Verrate mir bitte, warum du es Rina wegen der Therapie so schwer gemacht hast." Brianne hatte ihre Zweifel, dass Jakes Schultergelenk so steif war, wie seine Schwester glaubte, und sie fragte sich, was genau mit ihm los war. „Immerhin war sie besorgt genug, mich für dich zu engagieren."

„Du weißt bereits, dass Physiotherapie nicht der einzige Grund war, weshalb Rina dich engagiert hat", erinnerte er sie. „Nicht dass ich meine Schwester verteidigen will, aber sie kann es nicht lassen, sich ständig um mich zu kümmern. Sie hat ihren Ehemann vor ein paar Monaten verloren, und ich bin alles, was sie noch hat."

In seiner Stimme schwang die Liebe für seine Schwester mit. „Rina braucht dich", meinte Brianne eindringlich. „Umso mehr Grund für dich, deine Schuldgefühle zu vergessen und froh zu sein, dass du lebst – ihretwegen."

Jake würde lernen, mit der Schuld zu leben, sobald er Ramirez ins Gefängnis gebracht hatte. „Nun, Rina braucht sich keine Sorgen zu machen. Mir geht es gut, und du wirst ihr das bei ihrer Rückkehr bestätigen können."

„Ich werde ihr die Wahrheit sagen – nicht mehr und nicht weniger."

Und genau das störte ihn an Rinas Deal mit Brianne. Er musste verhindern, dass Brianne entdeckte, wie beweglich er in Wirklichkeit tatsächlich bereits war, und seiner Schwester davon berichtete.

Das Telefon klingelte. Jake, der durch die Packungen an seinen Platz gefesselt war, ließ sich den etwas entfernt stehenden Apparat von Brianne bringen.

„Lowell."

„Hier ist Duke. Ein junger Mann ist an einer Überdosis von verunreinigtem Stoff gestorben. Der Zustand seiner Freundin ist noch kritisch. Sie bringt noch keine zusammenhängenden Sätze heraus, doch die Ärzte werden uns informieren, sobald sie vernehmungsfähig ist. Möglich, dass die Spur zu Ramirez führt."

„Hol mich um fünf ab."

„Wenn der Lieutenant herausfindet, dass du wieder herumschnüffelst …"

„Dann erzähl es ihm nicht." Jake knallte den Hörer auf. Brianne schaute ihn mit ihren wunderschönen grünen Augen fragend an.

„Keine Therapiestunde?"

Die Enttäuschung in ihrer Stimme traf ihn. Er schüttelte den Kopf. „Es ist etwas dazwischengekommen." Und er konnte ihr nicht einmal sagen, was.

„Ich dachte, du bist nicht im Dienst. Krankgeschrieben."

Er seufzte. „Das bin ich auch. Es geht um … die Familie meines Freundes. Eins der Kinder hat ein Problem …"

„Sprich nicht weiter." Brianne sprang auf und begann, die Hitzepads von seiner Schulter zu wickeln. „Du schuldest mir keine Erklärung. Mir gefällt das nicht, aber das hier kann warten." Sie war so voller Verständnis und Mitgefühl, dass Jake sich wegen seiner Lüge schämte.

Sie verstand ihn und stellte keine Fragen. Nicht einmal seine Exfrau hatte je so reagiert. „Danke."

„Kümmere dich um die Familie deines Freundes." Sie hob sein Shirt auf und warf es ihm zu.

Er streifte sich das Shirt mit dem weiten Ausschnitt hastig über. Obwohl er ein bisschen damit zu kämpfen hatte und vor Schmerz leicht zusammenzuckte, merkte er zu spät, dass er sich verraten hatte.

Brianne verschränkte die Arme vor der Brust und sah ihn stirnrunzelnd an. „Wenn du wieder da bist, reden wir darüber, wie dringend du eine Therapie wirklich brauchst. Und wie sehr du mich angeblich brauchst."

5. KAPITEL

Jake brauchte Brianne – in jeder Beziehung. Er musste sie haben, damit seine unerfüllte Leidenschaft für diese Frau ihn nicht von seiner Suche nach Ramirez ablenkte.

Er hatte den Gerichtsmedizinern am Tatort bei der Spurensicherung zugeschaut. Aber statt auf Details zu achten, hatte er an Brianne gedacht. Er war so versunken gewesen, dass er beinahe wichtige Beweisstücke übersehen hätte.

Verpackungsmaterial von einem Restaurant namens „Eclectic Eatery", einem beliebten Treffpunkt unter Studenten, lag verstreut auf dem Tisch. Daran war auf den ersten Blick nichts Ungewöhnliches. Doch zwischen den Schachteln und dem Papier entdeckte Jake ein paar farbige Pillen, die ihm verdächtig erschienen.

Er machte seine Kollegen darauf aufmerksam, und sie sammelten die Pillen mit Handschuhen auf und tüteten sie ein. Eine der Tabletten hatte eine Prägung, die so ähnlich aussah wie die, die Ramirez früher auf seiner Ware benutzt hatte. Im Gegensatz zu anderen Dealern hatte er in seiner Eitelkeit einen Stempel entworfen, der seinen Stoff kennzeichnete. Jake hatte immer gewusst, dass Ramirez seine schmutzigen Geschäfte wieder aufnehmen würde. Er hätte nur gedacht, dass der Kerl klug genug wäre, sein Label zu ändern. Die Arroganz dieses Mannes würde ihm irgendwann das Genick brechen.

Wenigstens hatten sie jetzt eine Spur. Jake könnte das „Eclectic Eatery" observieren, um festzustellen, ob Ramirez sich dort blicken ließ. Möglicherweise diente das Restaurant nur als Fassade für verkappten Drogenhandel. Es war eine Spur, die Jake vielleicht niemals entdeckt hätte, wenn er immer noch von Brianne geträumt hätte.

Er war wie besessen von der Frau, die eigentlich für ihn tabu bleiben sollte. Aber da schon die Gedanken an sie seine Konzentration auf diesen Fall störten, war es zwecklos, sich einzureden, dass eine Affäre ihn nur ablenken würde. Im Gegenteil, eine Liaison war vielleicht der einzige Weg, seine Leidenschaft für Brianne ein für alle Mal zu bändigen und wieder einen klaren Kopf zu bekommen. Eine seltsame Argumentation, gestand er sich ein. Und dennoch eine mögliche Lösung.

Doch würde Brianne zustimmen? Die Art, wie sie sich in seine Arme geschmiegt hatte, verriet ihm, dass ihr Verlangen ebenso schnell entflammbar war wie seines. Mit ein bisschen Glück und Überredungskunst könnte er sie vielleicht dazu bringen, sich auf eine Sommeraffäre einzulassen.

Als Jake ins Apartment zurückkehrte wunderte er sich nicht, dass er Wohnzimmer und Küche im Dunkeln vorfand, aber trotzdem war er enttäuscht. Selbst Norton kam nicht angesprungen, um ihn zu begrüßen, und Jake vermutete, dass der Hund in Briannes Bett lag. Doch auf dem Weg in sein Zimmer bemerkte er Licht im Fitnessraum und lugte hinein. Norton lag zufrieden in einer Ecke und beobachtete Brianne, die offensichtlich gerade ein Workout beendet hatte und sich Arme, Hals und Stirn abwischte. Enge schwarze Leggings betonten ihre langen Beine, und ein Top, das knapp unterhalb ihrer wohlgeformten vollen Brüsten endete, enthüllte die helle Haut ihres flachen Bauchs.

Wie gebannt blieb Jake stehen, unfähig, sich von dem unerwarteten, verführerischen Anblick abzuwenden.

Brianne ließ das Handtuch sinken und schaute auf. „Jake. Ich habe dich nicht gehört. Ist alles okay?", fragte sie.

„Ja." Er betrat den Raum. „Nein. Ich muss mit dir reden."

Sie deutete auf eine Bank an den verspiegelten Wänden. „Setzen wir uns."

Jake zögerte, dann nahm er neben ihr Platz.

„Du hast mehr als nur ein paar Übungen gemacht." Sie war zu diesem Schluss gekommen, nachdem sie gesehen hatte, mit welch relativer Leichtigkeit er sein Shirt angezogen hatte. „Du brauchst mich gar nicht." Sie wollte schon wieder aufstehen, aber er hielt sie am Handgelenk zurück.

„Doch, Brianne, das tue ich."

Skeptisch sah sie ihn an. „Wovon redest du?"

„Ich brauche noch mehr Therapiestunden."

„Nur nicht so viele, wie alle anderen annehmen."

Jake nickte. „Versprichst du mir, mein Geheimnis nicht auszuplaudern?"

„Du hast mein Wort."

Er vertraute ihr und drückte ihre Hand ganz fest. „Ich bin sehr viel weiter mit meiner Genesung, als Rina oder meine Abteilung glauben."

„Aber warum hältst du deine Fortschritte geheim?"

„Ich habe meine Gründe." Gründe, die er ihr nicht verraten konnte. Nicht nur, weil er inoffiziell ermittelte, sondern auch, weil es sicherer für Brianne war, je weniger sie wusste.

Sie beugte sich vor und war ihm so nah, dass er ihre Wärme und ihren Duft spürte. Sein Puls ging schneller, während er überlegte, wie viel er gefahrlos preisgeben konnte. „Einige meiner Gründe hängen mit allgemeiner Unzufriedenheit zusammen, und andere sind mehr persönlicher Art. Ich kann dir nicht alles sagen …"

„Pst." Sanft legte sie einen Finger an seine Lippen. „Du schuldest mir keine Erklärungen. Schließlich bist du nicht derjenige, der mich engagiert hat."

„Doch ich bin derjenige, der dich behalten möchte."

Brianne atmete auf. Sie war froh, dass sie sich vorerst keine Sorgen zu machen brauchte, den Job – oder Jake – zu verlieren. „Du möchtest, dass ich mich weiter um deine Behandlung kümmere?"

„Zum Teil."

„Und was ist der andere Teil? Was ist der Haken?"

Jake griff nach ihrem Pferdeschwanz und wickelte die Strähnen um seine Finger. „Ich will auch dich", flüsterte er heiser.

Brianne starrte ihn an und versuchte, das Prickeln, das seine Worte in ihr auslösten, zu ignorieren. Sie blieb still und hatte nicht vor, ihre Gedanken oder Gefühle zu enthüllen, bevor er nicht klar gesagt hatte, was er meinte.

„Ich würde gern eine Vereinbarung mit dir treffen." Er lächelte bezaubernd unsicher. „Ich bin bereit, mit dir zu kooperieren, damit du Rina nicht belügen musst, wenn sie nachfragt – und ich garantiere dir, das wird sie."

Brianne nickte. „Sie hat es bereits getan. Gerade vorhin."

Jake biss die Zähne zusammen.

„Keine Bange", beruhigte sie ihn. „Ich habe nichts von irgendwelchen Problemen erzählt. Ich wollte erst mit dir sprechen."

Erleichterung spiegelte sich auf seinem Gesicht. „Danke."

Sie neigte abwartend den Kopf. „Aber offensichtlich verlangst du eine Gegenleistung?"

„Es ist kein Geschäft, Brianne. Du kannst Nein sagen, und ich werde trotzdem kooperieren. Es ist für uns beide gut, wenn meine Genesung weiter voranschreitet. Ich glaube jedoch, dass wir beide einander noch viel mehr geben können."

Ihr Puls raste. „Was meinst du damit?"

„Ich möchte dieser Anziehung zwischen uns nachgeben. Du kannst nicht leugnen, dass sie existiert." Er führte seine Hand mit ihrem Haar an ihre Wange und streichelte sie zärtlich. „Ich fühle es jedes Mal, wenn wir zusammen sind. Du nicht?"

Ihr Herz hämmerte wie verrückt. „Du weißt, dass ich es auch fühle. Ich bin nur nicht sicher, ob es eine gute Idee ist." Egal wie reizvoll sein Vorschlag auch sein mochte.

„Warum nicht?"

„Wir wohnen zusammen, arbeiten zusammen … Das kann unschön werden." Schmerzhaft, dachte sie bei dem Gedanken an die unausweichliche Trennung.

„Oder wundervoll. Denk darüber nach, Brianne. Ein ganzer Sommer, der nur uns beiden gehört."

Sie zögerte. Sein Plan klang ungeheuer verlockend, doch sie hatte Angst, ihr Herz an ihn zu verlieren. An einen Mann, der Risiko und Gefahr liebte, den sie jederzeit durch eine Kugel verlieren könnte.

Aber sie war nicht bereit, mit ihm über ihre Ängste zu reden. Das wäre ein Schritt in Richtung einer Beziehung, die über das rein Körperliche hinausging, und das kam für sie nicht infrage. „Ich will keine feste Beziehung. Wenn der Sommer vorbei ist und mein Bruder nach Stanford geht, werde ich nach Kalifornien ziehen." Das war eine plausible Erklärung, die jeder verstehen würde.

In seinen Augen flackerte es kurz auf. Ob es Enttäuschung oder Überraschung war, konnte sie nicht sagen.

„Auch ich will keine feste Beziehung. Wir sind also einer Meinung." Jake ließ sich nicht so leicht abschrecken. „Wir wollen beide das Gleiche – eine kurze Affäre." Er hielt inne. „Ich brauche dich und die Zeit, die wir zusammen verbringen können. Und wenn du ehrlich bist, musst du zugeben, dass du es auch willst."

Brianne stockte der Atem. Es hatte keinen Zweck, es abzustreiten. Jake bot ihr die Gelegenheit, ihre Weiblichkeit zu erkunden und erotische Freiheiten zu genießen – alles, was sie jahrelang unterdrückt hatte.

„Du willst ein Verhältnis mit mir?", brachte sie hervor und formulierte damit ihren größten Wunsch und ihre größte Angst zugleich.

„Im Idealfall, ja." Er strich mit dem Finger über ihre Wange. Ihre Haut brannte unter der zarten Liebkosung. „Ich verspreche dir, egal wie sehr ich dich begehre, ich werde es langsam angehen lassen. Ganz locker." Seine Hand wanderte leicht über ihren Hals bis zum Ausschnitt ihres Tops. „Und verführerisch", murmelte er. „Ich verspreche dir, du wirst es genießen."

Brianne bezweifelte nicht, dass er Wort halten würde. Sie hatte einige Affären gehabt, obwohl sie wusste, dass sie kein Weg aus der Einsamkeit waren. Doch bei keinem Mann hatte sie sich je so begehrenswert gefühlt wie bei Jake.

Seine Hand verharrte auf ihrer Schulter, und er spürte ihre seidige Haut unter seinen Fingern. Er sehnte sich danach, sie zu schmecken, und wusste zugleich, dass Brianne noch weit davon entfernt war, ihm das zu erlauben.

Die Sekunden, die sie zögerte, waren die längsten seines Lebens.

Endlich nickte sie. „Okay, wir haben einen Deal."

Verlegen streckte sie die Hand aus, aber Jake beließ es nicht beim

Händedruck. „Dann sollten wir unsere Abmachung besiegeln." Er zog Brianne an sich, und sie schmiegte sich an ihn.

Erwartungsvoll öffnete sie die Lippen, doch Jake streifte nur sanft ihre Stirn mit seinem Mund. Eine nie gekannte Zärtlichkeit überkam sie.

Er begegnete ihrem verwunderten Blick. „Wir wollten es langsam angehen lassen, erinnerst du dich?"

Sie berührte seine Wange. „Was ist mit verführerisch?", fragte sie schmollend. Jake konnte nicht länger widerstehen und küsste sie.

Brianne stöhnte lustvoll, als er mit der Zungenspitze zwischen ihre weichen Lippen glitt. Der Vorsatz, sie langsam zu verführen, war vergessen. Die Leidenschaft, die seit Monaten zwischen ihnen schwelte, explodierte. Was als sanfte Liebkosung begonnen hatte, steigerte sich zu forderndem Verlangen. Er konnte seine Erregung kaum noch beherrschen.

Aber dann erinnerte Jake sich wieder an sein Versprechen. Sie hatten Zeit. Wenn sein Körper auch sofortige Befriedigung verlangte, so wollte Jake doch nicht, dass das Feuer zwischen ihnen zu schnell verlöschte.

Behutsam löste er sich von ihr. Ganz loslassen wollte er sie indes noch nicht. Er hielt sie an den Schultern fest und betrachtete zärtlich ihr Gesicht mit den geröteten Wangen und den feuchten, leicht geöffneten Lippen. „Verführerisch, wie ich es gesagt habe", flüsterte er atemlos.

Zitternd berührte sie ihren Mund. „Und ich habe es genossen."

Jake lächelte. „Ich halte meine Versprechen immer."

„Die Eigenschaft gefällt mir." Sie erwiderte sein Lächeln.

„Wir werden gut zusammen sein, Brianne." Er drückte aufmunternd ihre Schultern.

„Oh, das hast du gerade bewiesen." Sie lachte kurz. „Aber es gibt noch andere wichtige Dinge, vergiss das nicht. Und nur weil du mich verführst, bedeutet das nicht, dass ich beim Workout nachsichtig mit dir sein werde."

Jake wunderte sich nicht, dass sie das Thema wechselte. Nach dem aufwühlenden Kuss war ihr Bedürfnis, sich an etwas Vertrautem festzuhalten, verständlich. „Ich erwarte es nicht anders von dir", antwortete er.

Nervös fuhr sie sich mit der Zungenspitze über die Lippen. „Gut." Unvermittelt stand sie auf. „Ich denke, wir brauchen jetzt beide erst einmal ein bisschen Schlaf."

Brianne zog sich wieder zurück. Jake respektierte das. Diese Frau hatte viele Facetten, und er freute sich darauf, sie alle zu erforschen.

„Solange du deine Meinung nicht über Nacht änderst", meinte er.

„Das werde ich nicht." Sie schaute ihn ernst an. Die Verletzlichkeit in ihrem Blick berührte ihn tief.

„Ich auch nicht", erwiderte er.

Sie schenkte ihm ein zögerndes Lächeln, bevor sie durch die Tür verschwand.

Lange nachdem sie gegangen war, dachte Jake noch nach. Er fragte sich, ob er sein Dilemma gelöst oder sein Leben nur noch komplizierter gemacht hatte.

Brianne ging vor Victorias Secret in der Fifth Avenue auf und ab und fragte sich, was in sie gefahren war, sich hier mit Kellie, ihrer Freundin aus der Bar, zu treffen. Sie schüttelte den Kopf. Nur zu genau wusste sie, was mit ihr los war. Sie war wie besessen von Jake.

Sie wusste, dass sie mit dem Feuer spielte. Sein Kuss hatte sie nur bestätigt. Auf diese Leidenschaft war sie bei aller Anziehung nicht gefasst gewesen. Und beim nächsten Mal würde es sicher nicht bei einem Kuss bleiben.

Jake war nicht gerade begeistert gewesen, als sie sich so plötzlich von ihm verabschiedet hatte, aber sie hatte Zeit gebraucht. Nicht nur, weil sein Vorschlag sie aus dem Gleichgewicht gebracht hatte, sondern weil sie sich in ihrem Sportdress und mit der unordentlichen Frisur nie unattraktiver gefühlt hatte. Daher hatte sie beschlossen, den Beginn ihrer Affäre auf den nächsten Abend zu verschieben.

Heute hatte sie sich zum ersten Mal seit Ewigkeiten einen halben Tag freigenommen. Sie musste nachmittags zur Arbeit, aber an diesem Vormittag würde sie sich sexy Dessous kaufen.

Brianne schaute auf die Uhr. Natürlich könnte sie die Sachen auch allein aussuchen, doch sie wollte weiblichen Rat und Gesellschaft, und dazu sollte Kellie jede Minute hier erscheinen. Brianne strich sich mit der Hand über die feuchte Stirn. Die Hitze machte ihr zu schaffen, und nach einem weiteren Blick auf die Uhr holte sie tief Luft und betrat das Geschäft.

Lavendelduft hüllte sie ein, während sie an den Ständern voll verführerischer Spitzen- und Seidenwäsche entlangging. Die raffinierten Stücke in lebhaften Farben waren kein Vergleich zu ihren praktischen Baumwollslips. Sie holte einen tief ausgeschnittenen lilafarbenen Body hervor. Die Seide glitt durch ihre Finger, sanft und sinnlich, wie Jakes Berührung. Sie zitterte, als ihr bewusst wurde, was auf sie zukommen könnte, wenn sie bereit war, alle Hemmungen fallen zu lassen.

Langsam und locker, hatte er gesagt. Verführerisch. Er hatte ihr zu verstehen gegeben, dass sie das Tempo bestimmen könnte, und hier war sie nun und stürzte sich Hals über Kopf ins Abenteuer. Sie war schon zu weit gegangen, um noch umzukehren. Und sie wollte es auch gar nicht.

Einen Moment später stürmte Briannes temperamentvolle Freundin

Kellie in den Laden und winkte ihr zu. Die silbernen Armbänder um ihr Handgelenk klimperten. Kellie war eine klassische blonde Schönheit mit großen blauen Augen, einem hellen Teint und einem aufregenden Körper, den sie durch tägliches Training im Fitnessstudio in Form hielt. Sie war der Typ, nach dem sich die Männer umdrehten. Heute trug sie eine schwarze Jeans und ein enges weißes T-Shirt, das in der Mitte von einer Reihe von Haken zusammengehalten wurde. Es wurde Zeit, dass auch Brianne mehr auf ihr Styling achtete.

„Du hast schon ohne mich angefangen?" Kellie umarmte Brianne zur Begrüßung. „Es ist erst ein Abend ohne dich gewesen, doch die Bar ist nicht mehr dieselbe."

Brianne schmunzelte. „Ich kann nicht behaupten, dass ich der Arbeit nachtrauere, aber ich vermisse dich auch."

„Als ob du auch nur einmal an mich gedacht hättest, seit du mit diesem Typ unter einem Dach lebst." Kellie verdrehte die Augen und lachte. „Also, was hast du bis jetzt gefunden?"

„Ich bin gerade erst hereingekommen."

„Okay, und was hat dieser Mann für einen Geschmack? Eher klassisch oder ausgefallen?" Kellie schüttelte den Kopf. „Dumme Frage. Wenn er auf dich steht, mag er's klassisch."

„Soll das heißen, dass du mich langweilig findest?", fragte Brianne mit gespielter Empörung.

Ihre Freundin hob protestierend die Hände. „Du bist wunderschön. Du nimmst dir bloß nicht die Zeit, etwas aus dir zu machen. Das wird sich nun ändern. Die erste Regel lautet: Trag sexy Sachen, dann fühlst du dich auch sexy. Was hast du unter der Jeans an?"

„Einen Slip natürlich."

„Vermutlich in Weiß." Kellie wartete Briannes Erwiderung gar nicht erst ab. „Schlicht und praktisch? Ich frage lieber gar nicht erst nach dem BH." Sie seufzte theatralisch. „Sieht so aus, als läge eine Menge Arbeit vor mir."

Eine Stunde später hatte Brianne viel Geld für raffinierte Spitzenunterwäsche ausgegeben. Früher hätte sie nie gedacht, dass sie so etwas tragen würde. Ein Set hatte sie sogar gleich anbehalten. Um die Wirkung zu testen, sagte sie sich.

Und sie musste zugeben, dass Kellie recht hatte. Das Wissen, dass sie einen aufreizend knappen Slip und den dazu passenden BH aus Seide trug, gab Brianne tatsächlich das Gefühl, attraktiver zu sein. Ihr Schritt wurde beschwingter, sie hob das Kinn und schaute sich beim Gehen um. Männer beobachteten sie. Einer von ihnen musterte sie begehrlich, und sein lüsterner Blick dauerte lang genug, dass sie sich unbehaglich fühlte.

Aber als sie einige Zeit später Bloomingdales's hinter sich gelassen hatten – wo sie Badekleidung und ein paar modische Outfits im Ausverkauf erstanden hatten –, hielt Brianne ihren Rücken noch gerader. Ihr Selbstbewusstsein war gestärkt, und das hatte sie indirekt Jake zu verdanken.

„Lust auf einen Eiskaffe?“, fragte Kellie.

„Gute Idee“, stimmte Brianne zu.

Sie gingen zum nächsten Starbucks Café. An der Schwelle hielt Kellie Briannes Hand fest. „Kleidung und Unterwäsche waren der schwierige Teil. Jetzt können wir uns hinsetzen und entspannt über Sex reden.“

Brianne hätte beinahe gehustet, doch dann zwang sie sich zu einem lässigen Schulterzucken. Es war schon so lange her, dass sie Sex gehabt hatte, dass sie wahrscheinlich jeden Ratschlag annehmen sollte. Ihre Erfahrungen auf dem Gebiet waren minimal, und kein Mann hatte einen bleibenden Eindruck bei ihr hinterlassen.

Die Vorstellung, Sex mit Jake zu haben, erregte dagegen jeden Nerv in ihr. Ihre Brüste spannten unter der neuen Seidenwäsche, und in ihrem Bauch spürte sie ein heißes Kribbeln. Die intimen Sehnsüchte waren ungewohnt für eine Frau, die sich sonst zwischen Arbeit und Sorgen aufrieb. Und sie hatte vor, jeden Augenblick mit Jake zu genießen.

Brianne gab am Tresen ihre Bestellung auf, während Kellie einen Tisch am Fenster für sie besetzte, von wo aus sie auf die fast leeren Straßen von New York sehen konnten. Da es für Lunch noch zu früh war, blieben die meisten vernünftigen Leute bei den drückenden Außentemperaturen wohl lieber in den klimatisierten Gebäuden.

Kaum hatte Brianne sich mit den Drinks an den Tisch gesetzt, da holte Kellie ein Päckchen Kondome aus ihrer Tasche und schob es Brianne hin.

Blitzschnell ließ die es unter dem Tisch verschwinden. „Was soll das?“

„Ich will nur sichergehen, dass du alles Notwendige hast. Du kannst heutzutage nicht vorsichtig genug sein.“

Brianne zog die Brauen hoch. „Natürlich weiß ich das.“ Sie schaute auf die Schachtel in ihrer Hand und schüttelte sie. „Da sind 'ne Menge drin.“

Ihre Freundin warf ihr über das Glas Eiskaffee hinweg einen unschuldigen Blick zu. „Also, benutze sie.“

Brianne spürte bei der Vorstellung ein Prickeln auf ihrer Haut. Die Erinnerung an Jakes Kuss und seine Zärtlichkeiten erregten sie von Neuem. Er ist so gut, dachte sie verträumt.

„Hallo?“ Kellie wedelte mit einer Serviette vor Briannes Gesicht. „Ich nehme an, du bist dabei zu planen? Wie du die Kondome benutzt, meine ich.“

Brianne lachte. „Habe ich dir eigentlich schon erzählt, dass das Penthouse einen Whirlpool auf der Dachterrasse hat?“

„Nein, aber das ist toll. Dir steht wirklich ein super Sommer bevor“, meinte ihre Freundin.

„Hm.“ Brianne schaute aus dem Fenster. Plötzlich fiel ihr eine Gestalt auf, die dann hinter einer Gruppe von Leuten verschwand. Brianne hatte den Mann schon einmal gesehen, als sie Victoria's Secret verlassen hatte. Er war der Typ, der sie so lüstern angestarrt hatte. Sie hatte es schon verdrängt, doch war es Zufall, dass sie ihn zweimal am gleichen Tag sah?

Sie schüttelte sich vor Unbehagen.

„Was ist los?“, fragte Kellie und folgte Briannes Blick.

„Hast du …?“ Brianne verstummte. Was sollte sie sagen? Hast du den Mann auch zweimal gesehen? Und wenn es so war, na und? Die Tatsache machte ihn nicht verdächtig.

Sie winkte ab. „Ach nichts.“ Brianne litt kaum noch unter Panikattacken, aber manchmal kam die tief sitzende Furcht wieder an die Oberfläche.

„Bist du sicher?“

Brianne nickte. „Absolut. Was hast du gerade gesagt?“, fragte sie, um das Thema zu wechseln.

„Ich sagte, du hast einen tollen Sommer vor dir, Brianne. Lass dich einfach nur treiben.“

Brianne seufzte tief. Sich treiben lassen. Als ob das so einfach wäre, nachdem sie so lange nur ihre Arbeit und ihren Bruder gehabt hatte. Doch es wurde Zeit, dass sie sich zur Abwechslung einmal auf ihre eigenen Bedürfnisse konzentrierte.

Sie hat mich gesehen, dachte Louis. Sie hatte ihm in die Augen geschaut und gemerkt, dass sie ihm gefiel. Wie könnte sie ihm auch nicht gefallen? Wie könnte er bei ihrem Anblick nicht daran denken, so eine scharfe Braut flachzulegen – und gleichzeitig Lowell fertigzumachen?

Nein, dieser Versuchung konnte er nicht widerstehen. Louis trat seine Zigarette auf dem Bürgersteig aus. Er glaubte nicht, dass Brianne Nelson ihn bemerkt hatte, als er an dem Coffeeshop vorbeigekommen war, aber das nächste Mal müsste er vorsichtiger sein. Weil Lowell herumschnüffelte und Fragen stellte. Louis hatte sofort Wind davon bekommen, und das hatte Lowell wahrscheinlich beabsichtigt.

Katz und Maus, dachte Louis. Das Spiel konnte beginnen. Und dieses Spiel begann und endete mit Brianne Nelson. Jedenfalls war sie die längste Zeit Detective Lowells Freundin gewesen.

6. KAPITEL

Nachdem Jake einen Nachmittag lang das „Eclectic Eatery“ ohne Ergebnis observiert hatte, war er frustriert. Es existierten keine Beweise, die die Pillen mit dem Restaurant in Verbindung brachten. Die Polizei hatte die Räume zwar durchsucht, aber nichts gefunden. Kein Wunder, fand Jake. Ramirez hatte sicher schnell alle Spuren beseitigt.

Jetzt freute sich Jake erst einmal auf den Abend mit Brianne. Nicht nur, weil sie ihn sexuell anzog, sondern auch, weil er sich in ihrer Nähe einfach wohlfühlte. Seit Stunden überlegte er, wohin er mit ihr gehen könnte. Er wollte sie ausführen, doch es sollte ein Ausflug werden, der ihr in Erinnerung bleiben würde.

Während er auf dem weißen Sofa saß und auf Brianne wartete, nahm er eine der Zeitschriften vom Marmortisch und blätterte sie durch. Bei einer Fotostrecke von New York bei Nacht blieb er hängen, und sein Blick fiel auf den Titel des Artikels: „Sexy City Nights“.

Das könnte das Motto dieser Nacht sein, dachte Jake. Ein Bild faszinierte ihn ganz besonders: Zwei Verliebte teilten sich ein Eis. Sie leckten gleichzeitig an der Kugel, und die erotische Anspielung war offensichtlich.

Die Vorstellung, wie Brianne ihre Zungenspitze langsam und sinnlich über die Waffel gleiten ließ, um die Tropfen vom schmelzenden Eis aufzufangen, weckte Verlangen in ihm.

Es musste ihn schwer erwischt haben, wenn ein simpler Zeitschriftenbeitrag ihn dermaßen anmachte. Aber Jake wusste, dass es nicht an den Fotos lag. Es lag an Brianne. Er schlug die Seite um. Der gleiche Hintergrund, das gleiche Paar. Nur dass sie diesmal das Eis direkt von den Lippen des anderen kosteten.

Eiscreme. Jake klappte die Illustrierte zu. Dank der Bilder hatte er eine zündende Idee. Sicher gab es Desserts bei Brianne ebenso selten wie Pizza. Doch das würde er heute Abend ändern. Sie würde ihre ganz persönliche „Sexy City Night“ bekommen.

Als ob er Brianne mit seinen Gedanken herbeigezaubert hätte, betrat sie in diesem Moment, mit Tüten und Päckchen beladen, das Apartment.

„Mein Gott, war das heiß in der U-Bahn“, murmelte sie vor sich hin. Sie ließ die Päckchen auf den Boden purzeln und atmete auf. Norton erwachte aus seinem Nickerchen und begrüßte sie freudig. Jake hatte sich bereits an das Ritual gewöhnt.

„Kann ich dir helfen, die Sachen in dein Zimmer zu tragen?“, fragte er.

Erschrocken zuckte Brianne zusammen. „Ich habe gar nicht gemerkt, dass du da bist." Sie bückte sich, um ihre Einkäufe aufzusammeln.

„Sag nicht, du hast es schon vergessen. Wir hatten Pläne für heute Abend. Erst eine Therapiestunde, und anschließend könnten wir vielleicht spazieren gehen."

Sie errötete. „Ich habe es nicht vergessen. Ich wollte nur ..." Sie jonglierte mit den Tüten und versteckte eine davon hinter ihrem Rücken. „Lass mich erst einmal zur Ruhe kommen." Hastig eilte sie an ihm vorbei in ihr Zimmer. Die Tasche von Victoria's Secret schlug beim Gehen gegen ihre Beine.

Jake lachte leise, doch er wurde schnell ernst, als ihm der Grund für Briannes Nervosität bewusst wurde. Victoria's Secret war ein Dessousladen, und der bloße Gedanke, dass Brianne dort reizvolle Wäsche gekauft hatte, um ihn zu verführen ... Nun, es gab nicht viel, was ihn abkühlen könnte.

Eine Dreiviertelstunde später indes erkannte er, dass ein anstrengendes Workout bestens geeignet war, seine innere Anspannung abzubauen. Er hatte ein paar Wochen heimlich mit einem Therapeuten trainiert, aber Brianne hatte einen anderen, gründlicheren Ansatz. Sie hatte recht damit, dass ein paar Übungen nicht genügten. Er brauchte Brianne, wenn er seine volle Bewegungsfähigkeit wiedererlangen wollte.

Doch er brauchte sie für mehr als nur seine Rehabilitation. Da die Bedingungen für ihre Affäre von vornherein feststanden, konnte er den Sommer mit ihr unbeschwert genießen. Nur dass er sich insgeheim fragte, ob ihm eine so kurze Zeit mit ihr reichen würde.

Vor der Therapiestunde mit Jake hatte Brianne sich umgezogen und frisch gemacht – mit Make-up und allem, was dazugehörte. Zum ersten Mal seit einer Ewigkeit schaute sie in den Spiegel und sah eine Frau. Eine Frau mit eigenen Gedanken, Gefühlen und Bedürfnissen.

Und diese Bedürfnisse schlossen Jake mit ein. Das Coldpack in der Hand, blieb sie an der Tür zum Fitnessraum stehen und beobachtete ihn. Er lehnte sich im Stuhl zurück und verzog vor Schmerz das Gesicht. Es tat ihr leid, dass sie ihn so quälen musste, aber auf lange Sicht würde er ihr dankbar sein.

Sie betrat den Raum und stellte sich neben Jake. „Hier. Jetzt werden wir die Schulter kühlen." Sie legte die blaue Gelpackung auf seine nackte Haut. „Dadurch werden sich die Muskeln zusammenziehen, und der Schmerz lässt nach."

Jake stöhnte – diesmal vor Erleichterung. Um ihn abzulenken, fragte Brianne: „Was hast du heute noch für uns geplant?"

Sie hatte sich auf den Abend vorbereitet. Unter ihrer hautengen Caprihose trug sie einen malvenfarbenen Slip, und sie fühlte die Kombination aus Seide und Spitze bei jeder Bewegung. Der passende BH dazu ließ zwischen dem transparenten Blütenmuster viel nackte Haut durchschimmern. Brianne fragte sich, wie sie Jake in den sexy Dessous gefallen würde, und erschauerte vor Erregung.

„He, ich bin derjenige mit Eis auf der Schulter. Frierst du etwa?“, wollte er wissen.

Sie lächelte. „Immerhin habe ich meine Hände ins Tiefkühlfach stecken müssen, um das Coldpack herauszuholen.“

Jake nickte. „Ist dir zu kalt für Eiscreme?“

Sie spürte, dass ihm ihre Antwort wichtig war. „Mir ist nie zu kalt für Eiscreme. Warum? Was hast du vor?“

„Es gibt ein Eiscafé namens Peppermint Park an der Ecke Sixty-Sixth und First. Rina schwärmt in den höchsten Tönen davon, und die Auswahl ist riesig.“

„Mm.“ Brianne fuhr sich mit der Zungenspitze über die Lippen und merkte, dass er der Bewegung mit seinem Blick folgte. Sie wollte ganz etwas anderes als Eiscreme, aber die Einladung schien ihm etwas zu bedeuten.

„Eiscreme fiel bei uns in die gleiche Kategorie wie Pizza“, erzählte sie. „Sie war meistens nur für besondere Gelegenheiten reserviert. Geburtstage, Marcs Schulabschluss und solche Sachen.“ Plötzlich wurde sie verlegen. „Es tut mir leid. Ich wollte nicht, dass sich mein Leben wie die Geschichte vom Aschenputtel anhört.“

Jake räusperte sich, nun ebenfalls befangen. „Wenigstens habe ich die richtige Wahl getroffen. Ich wollte dich an einen besonderen Ort ausführen, an den du dich immer erinnern würdest.“

Gut, dass sie wusste, dass sie auf sich aufpassen musste. Sonst hätte er mit seinem mitfühlenden Blick und der liebevollen Geste bestimmt ihr Herz erobert. Sie ignorierte die innere Stimme, die ihr sagte, dass das längst geschehen war.

Jake saß mit Brianne auf einer Holzbank unter einem riesigen Sonnensegel. Norton lag zu ihren Füßen. Brianne hatte darauf bestanden, ihn auf dem Spaziergang mitzunehmen, und Jake hatte ihr bei der Gelegenheit gleich demonstriert, wie man den Hund schnell und wirkungsvoll dazu brachte, sein „Geschäft“ zu verrichten. Brianne zeigte sich beeindruckt von Nortons Fähigkeiten und freute sich, dass Jake zugestimmt hatte, das Tier mitzunehmen.

Zu sehen, wie glücklich er Brianne – und den Hund – machen konnte, gab ihm ein gutes Gefühl. Er schaute Brianne an. Vanille-Eiscreme mit Schokosplittern tropfte vom Rand ihrer Waffel, und sie beeilte sich, die Reste mit ihrer Zungenspitze aufzufangen – wie auf dem erotischen Foto.

„Darf ich dich etwas fragen?"

Ihre Stimme riss ihn aus seiner Versunkenheit. „Natürlich."

„Es klingt vielleicht etwas albern, aber ich habe überlegt, woran du merkst, ob du verfolgt wirst." Verlegen senkte sie den Blick. „Ich sagte ja, dass es albern ist."

Ihr schien wirklich unbehaglich zu sein, und Jake wurde sofort hellhörig. „Wie kommst du darauf?"

Sie zuckte mit den Schultern. „Ich war heute einkaufen, und da hat mich ein Mann angestarrt."

„Honey, du bist schön. Klar, dass Männer dich anstarren."

„Danke." Brianne errötete und sah ihn ernst an. „Doch dieser Mann war anders. Ich meine, ich hatte ein seltsames Gefühl dabei. Ich war auf der Fifth Avenue, und er passte von seiner Aufmachung her irgendwie nicht dahin. Er hatte einen Bürstenhaarschnitt und so einen lüsternen Blick. Als ich später in das Fenster eines Coffeeshops blickte, bemerkte ich ihn wieder. Ich blinzelte kurz, und schon war er weg. Ich dachte …" Sie verstummte nachdenklich.

Das restliche Eis schmolz. Behutsam nahm Jake ihr die klebrige Waffel aus der Hand und warf sie in den Müll. „Was dachtest du?"

„Dass es wieder passieren würde." Nervös verschränkte sie ihre Finger ineinander, und Jake legte beruhigend seine Hand auf ihre.

„Dass wieder was passieren würde?"

„Als meine Eltern starben, durchlebte ich eine schwere Zeit." Brianne schüttelte den Kopf. „Genau genommen, hat es schon vorher begonnen. Meine Eltern waren nicht gerade häuslich. Mein Vater war ein erfolgreicher Börsenmakler, und da sie beide den Nervenkitzel liebten, gaben sie ihr Geld für abenteuerliche Hobbys aus – Heißluftballons, Bungeejumping, Motorradtouren. Gut, dass die Nachbarn uns mochten, denn wir haben oft bei ihnen übernachten müssen, und meine Eltern waren nicht verlässlich, was ihre Rückkehr betraf. Manchmal dachte ich, sie würden überhaupt nicht wiederkommen. Da hat es angefangen."

Jake wusste nicht, wohin ihre Geschichte steuerte, aber er wollte mehr hören. „Was?", fragte er.

„Ich litt unter Panikattacken. Glaub mir, ich war ein ziemlich nervöses Kind."

Er drückte ihre Hand. „Das ist verständlich. Und du musst es gut verarbeitet haben, denn ich hätte so etwas nie vermutet, wenn du es mir nicht erzählt hättest."

„Nun, ich hatte zum Glück einen guten Schulpsychologen, und als ich älter wurde, habe ich Techniken zur Stressbewältigung erlernt. Ich wurde ruhiger, bis alles durch den Unfall wieder aufflammte."

„Was für ein Unfall?"

Brianne runzelte die Stirn. „Ich habe dir doch erzählt, dass ich meinen Bruder aufgezogen habe. Meine Eltern sind bei einem Flugzeugabsturz ums Leben gekommen. Dad hat die Maschine gesteuert."

Sie erschauerte, und Jake zuckte unwillkürlich zusammen. „Das tut mir aufrichtig leid."

„Es war ihre Entscheidung. Sie sind bei einem Unwetter gestartet, obwohl selbst die Luftfahrtbehörde eine Warnung ausgegeben hatte." Sie seufzte resigniert. „Da wurden die Angstanfälle schlimmer, und ich habe mich befristet in Behandlung begeben. Ich musste mich unter Kontrolle bekommen, damit ich für Marc sorgen konnte. Und das habe ich getan. Es ist ewig her, dass ich richtig Angst gehabt habe."

„Bis heute."

„Bis heute", stimmte sie zu.

„Dann sollten wir es ernst nehmen." Jake hatte ein ungutes Gefühl. Er wusste nur nicht, was hier nicht stimmte. Noch nicht.

Brianne atmete auf. „Ich weiß nicht. Vielleicht musste ich es nur einmal aussprechen, um zu merken, wie lächerlich meine Reaktion war."

„Gefühle sind niemals lächerlich, und nur zu oft gründen sie auf Tatsachen."

Sie schaute ihn mit großen Augen an. „Ja, doch in diesem Fall habe ich wahrscheinlich überreagiert. Ich schätze, es hängt mit dir zusammen."

Verwirrt musterte er sie. „Wie das?"

Sie seufzte. „Ich hatte schon lange keine Panikattacke mehr. Dann treffe ich dich, wir fühlen uns zueinander hingezogen, und ich entdecke, dass du genau wie sie bist. Und schon kommen die alte Ängste wieder hoch."

„Ich bin wie wer?"

„Meine Eltern. Sie lebten dafür, Risiken einzugehen. Und das tust du bei deinem Job ja auch, nicht wahr?"

Ihm gefiel dieser Vergleich ganz und gar nicht. „Der Unterschied ist, dass ich zwar gewisse Risiken eingehen muss, aber ich mache es nicht aus Spaß."

„Dennoch begibst du dich wissentlich, willentlich immer wieder in Gefahr."

Jake konnte das nicht leugnen, also schwieg er. Brianne stellte ihn auf eine Stufe mit ihren Eltern, zwei Menschen, die sie offenbar sehr geliebt hatte, die sie jedoch auf die schlimmste Weise im Stich gelassen hatten. Er wollte nur eine kurze Affäre mit Brianne. Warum also störte ihn der Vergleich so sehr?

„Ich bin dir jedenfalls dankbar, dass du mir überhaupt zugehört hast. Du verstehst jetzt vielleicht, warum ich Angst bekommen habe, und nun, da ich es losgeworden bin, kann ich diesen Mann und sein widerliches Tattoo vergessen."

„Tattoo?" Jake horchte alarmiert auf.

„Ja. Der Typ hatte einen gebogenen Pfeil auf seinem rechten Oberarm." Sie schüttelte sich. „Ich habe mich schon immer vor Tätowierungen geekelt."

„Einen gebogenen Pfeil?", fragte Jake angespannt nach.

Sie nickte. „So ungefähr." Sie zeichnete die Form mit ihrem Finger nach.

Unbändige Wut packte ihn. Aber nachdem Brianne ihm gerade den Hintergrund ihrer Angstanfälle anvertraut hatte, wollte er sie nicht noch weiter beunruhigen, indem er ihr erklärte, dass das Tattoo ihres Stalkers das gleiche war, das ein gefürchteter Drogendealer namens Ramirez auf seinem rechten Bizeps trug.

Jake verspürte den Drang, Brianne in die Arme zu nehmen und vor allem Bösen zu behüten. Gleich morgen früh würde er einen befreundeten Privatdetektiv darum bitten, sie tagsüber zu beschatten. Zum Glück ist Rina in Italien, dachte Jake. Doch er musste noch für den Schutz von Franks Familie sorgen. Aufgrund einer bloßen Vermutung würde sein Department zwar keine Leute dafür abstellen, aber sowohl Jake als auch Frank hatten Freunde, denen es nichts ausmachen würde, den Job nebenbei zu übernehmen.

Jetzt würde er Brianne erst einmal beruhigen. „Viele Männer haben Tattoos. Wir vergessen es mal für den Augenblick, doch wenn du ihn noch einmal siehst ..."

„Werde ich es dir sofort berichten, Detective." Sie lächelte und salutierte scherzhaft.

Ein Rest von Schokolade haftete noch an ihren Lippen, und Jake wischte ihn mit seiner Fingerkuppe sanft fort. Briannes Blick wurde sehnsüchtig.

„Weißt du, was ich jetzt möchte?", fragte sie heiser.

„Was denn?"

Sie holte tief Luft, und er begriff, dass es neu für sie war, so kühn zu sein. „Ich möchte nach Hause."

„Und dann?" Er hatte ihr versprochen, dass er es langsam angehen lassen würde. Sie sollte das Tempo vorgeben, und er würde warten, bis sie die Worte sprach, die ihn von seiner mühsam gewahrten Zurückhaltung erlösen würden.

„Bring mich nach Hause und mach, dass ich vergesse, was ich dir erzählt habe."

Ohne den Blick von Brianne zu wenden, stand er auf und zog sie hoch. Damit er das tun konnte, worum sie ihn gebeten hatte – sie nach Hause bringen.

Brianne hielt mit Jakes Tempo Schritt. Sie hatte es genauso eilig wie er, nach Hause zu kommen. Nachdem sie ihm ihre Ängste gestanden hatte, war sie wie von einer Last befreit. Und da er ihr geglaubt hatte, war sie nun in der Lage, die Dinge nüchtern zu betrachten.

Sie wurde nicht verfolgt. Sie hatte nur eine blühende Fantasie, angestachelt durch Jake und seinen Beruf. Und falls doch ein Fremder sie beobachtet haben sollte, wusste Jake jetzt Bescheid und war auf ihrer Seite. Außerdem hatten die Angestellten des Krankenhauses vor ein paar Jahren nach einer Serie von Vergewaltigungen einen Selbstverteidigungskursus mitmachen müssen. Brianne war theoretisch und praktisch gerüstet. Ihr würde nichts passieren.

Sie konnte unbeschwert ihrem Verlangen nach Jake nachgeben. Während des ganzen Nachhausewegs hielt er ihre Hand. Erst in der Lobby des Apartmenthauses löste er sich von Brianne und ließ sie an ihm vorbei in den privaten Aufzug eintreten. Sie war nervös und aufgeregt.

„Da wären wir", sagte Jakes, als sie oben angelangt waren.

Sie sah ihn an. Er begehrte sie. In seinen Augen spiegelte sich die Leidenschaft, die auch sie beherrschte.

„Wohin?", fragte er, bevor sich verlegenes Schweigen zwischen ihnen breitmachen konnte.

Brianne schaute sich um, ließ ihren Blick über die kalte Einrichtung wandern. Ihr Herz klopfte. Ihr Verlangen nach Jake war überwältigend, aber wo sie an diesem nüchternen Ort mit Jake zusammen sein und gleichzeitig sie selbst sein könnte, wusste sie nicht. Sie zuckte mit den Schultern und hoffte, dass er einen Vorschlag hatte.

„Nun, ich benutze das Schlafzimmer meiner Schwester, und ich würde nicht so gerne … Du weißt schon, was ich meine."

„Oh, ich verstehe." Sie lachte unsicher. „In meinem Zimmer fühle ich mich allerdings auch nicht besonders wohl. Es ist zu …"

„Kühl und unbehaglich?"

Sie war froh, dass er das Apartment auch nicht gemütlich fand. „Genau."

„Ich weiß auch nicht, was Rina sich dabei gedacht hat. Diese Wohnung passt gar nicht zu ihr.“ Ratlos zog Jake die Brauen hoch. „Ich kann meine Finger nicht eine Sekunde länger von dir lassen.“ Ohne zu zögern, legte er ihr die Hände auf die Schultern. „Da mein und dein Schlafzimmer nicht infrage kommen, habe ich eine Idee.“

„Ich hoffe nicht, du meinst die weiße Couch mit den großen Fenstern dahinter?“ Brianne lachte leise. „Nun?“

„Ich denke an unseren Raum.“

Kaum hatte Jake die Worte ausgesprochen, stiegen die Wellen von Verlangen, die sie so lange zurückgehalten hatte, wild in ihr auf. „Das Fitnessstudio?“

Er nickte. „Mit den großen Spiegeln. Bist du dabei?“

Sie war schon so weit gegangen und wollte noch viel weiter gehen. Beherzt stellte sie sich auf die Zehenspitzen und gab Jake eine unmissverständliche Antwort – einen heißen Kuss, der ihm verriet, dass sie tatsächlich dabei war.

7. KAPITEL

Auch wenn sie das Gegenteil behauptete, steckte in Brianne eine kleine Abenteurerin, davon war Jake überzeugt. Erst ihr Einkauf bei Victoria's Secret und jetzt dieser verführerische Kuss. Ihre Zunge glitt aufreizend über seine Lippen, nur um sich wieder zurückzuziehen und ihn weiter auf die Folter zu spannen. Doch er konnte nicht länger warten. Er nahm sie bei der Hand und führte sie in den Fitnessraum, machte die Tür zu und ließ Norton draußen.

Das Studio war der einzige Ort in diesem Mausoleum, wo Jake sich einigermaßen wohlfühlte, ja, wo auch Brianne sich zu Hause fühlen konnte. Und es war Jake wichtig, dass der Ort, den er für das erste Mal auswählte, stimmte.

Nach dem warmen Ausdruck ihrer Augen zu urteilen, hatte er die richtige Entscheidung getroffen. Sie schlang die Arme um seinen Hals und belohnte ihn mit einem atemberaubenden Kuss voller Leidenschaft und Sehnsucht. Jake presste Brianne an sich, um sie seine Erregung merken zu lassen. Brianne stöhnte und drängte sich noch fester an ihn.

Jake wollte endlich ihre nackte Haut spüren. Ihr Shirt war so eng, dass es schwierig war, es auszuziehen, aber dann war der Anblick dank der Spiegel, die die untergehende Sonne reflektierten, überwältigend.

„Gefällt es dir?"

Ihr hellroter BH mit Spitzenbesatz enthüllte mehr, als er verbarg. „Sweetheart, du bist unvergleichlich schön." Jake fuhr mit dem Finger über den Rand der Körbchen, senkte den Kopf und liebkoste ihre zarte Haut mit den Lippen.

Brianne seufzte verzückt, als er mit der Zungenspitze einen heißen Pfad über ihr Dekolleté zog. Ihr Erschauern berührte ihn. Hatte er je zuvor so tief empfunden? Die Befriedigung einer Frau noch mehr gewünscht als sein eigene?

Jake kannte die Antwort auf beide Fragen, und sie machte ihm Angst. Er wusste, dass er sich irgendwann damit auseinandersetzen musste, doch jetzt verdrängte Erregung jeden klaren Gedanken.

Er umfasste ihre Brust und fühlte die harte Knospe unter dem transparenten Material. Sanft biss er hinein, sodass sie noch fester wurde. Er konnte sein Verlangen kaum noch zügeln.

Offenbar ging es Brianne genauso, denn sie griff ungeduldig an den Druckknopf seiner Jeans. Jake sah ihr in die Augen. Er wollte nicht, dass sie das Gefühl hatte, sie müsste schneller machen, um ihm zu gefallen. „Ich habe dir versprochen, es langsam angehen zu lassen."

„Das war, bevor wir … so weit gekommen sind.“ Sie errötete leicht. Ihre Augen glänzten vor Verlangen.

Er lächelte. „Ich habe nie behauptet, dass schnell nicht auch gut sein kann.“

Vorher musste er ihr aber noch ein paar Dinge sagen. Nicht nur, wie sehr er sie begehrte, sondern auch kleinere Details, die ihr verrieten, dass sie ihm etwas bedeutete. Damit sie nicht dachte, dass sie nur eine Frau war, die er flachlegen und dann vergessen würde. Sie hatte einen besonderen Platz in seinem Leben und in seinem Herzen, und mit ihr zu schlafen, war die Erfüllung seiner schönsten Träume.

„Weißt du, dass ich es geliebt habe, dir im Café bei der Arbeit zuzusehen? Du warst ungeschminkt, hast nur dein Tausend-Watt-Lächeln im Gesicht getragen, und ich habe dich den ganzen Abend beobachtet.“ Die Röte auf ihren Wangen vertiefte sich, und er strich mit den Knöcheln über ihre zarte Haut. „Du bist schön mit Make-up, doch du gehörst zu den besonderen Frauen, die das nicht brauchen, um Eindruck zu machen.“

Ihre Augen leuchteten auf. „Du bist auch etwas Besonderes, Jake. Kellnern war nicht gerade ein Job, auf den ich mich gefreut habe, nachdem ich schon den ganzen Tag auf den Beinen war, aber seit du aufgetaucht warst … nun, plötzlich konnte ich es nicht abwarten, bis meine Schicht endlich begann.“

„Es ist schön zu wissen, dass das Gefühl gegenseitig war, Sweetheart.“

Brianne nagte an ihrer Unterlippe. „Es gibt auch jetzt viele Gefühle, die wir gemeinsam haben.“

„Ich weiß genau, was du meinst.“ Er drängte sich an sie, damit sie sein Verlangen spürte.

Plötzlich hatte sie es eilig, sich ganz auszuziehen. Sie streifte ihre engen Leggings ab und enthüllte einen Slip, der zu dem BH passte. Jake erinnerte sich, wie er ihre Brustspitze durch den Stoff gestreichelt hatte, und fühlte das heftige Bedürfnis, dasselbe mit den weiblichen Geheimnissen unter dem Slip zu tun.

Bevor Brianne nach seinem Shirt greifen konnte, kniete er vor ihr nieder. „Du solltest dich jetzt lieber festhalten.“

„Du bist ganz schön wild“, flüsterte sie rau. Doch das Funkeln in ihren Augen verriet ihm, dass sie bereit war, alles zu genießen, was er ihr zu geben hatte.

Er wartete, bis sie die Trainingsstange an der verspiegelten Wand mit den Händen umfasste, dann rückte er näher und fuhr spielerisch mit seiner Zunge am Rand des Slips entlang. Aber als ihre Beine zu zittern begannen und er merkte, wie sie sich haltsuchend an die Wand lehnte, wurde er kühner und zog den seidigen Stoff an ihren Schenkeln herab, um das Zentrum ihrer Lust mit seiner Zungenspitze zu erkunden.

Langsam wurden seine zärtlichen Liebkosungen fordernder. Brianne fühlte, wie es in ihr zu brodeln begann. Sie klammerte sich an der Stange fest und versuchte verzweifelt, die Wellen der Leidenschaft, die sie immer höher trugen, zu kontrollieren. Aber es war unmöglich, das Unvermeidliche hinauszuzögern.

Stöhnend bog sie den Kopf zur Seite. Ihr Blick fiel in den Spiegel, und sie sah Jake auf den Knien, wie er ihre Schenkel spreizte und ihren Körper so hingebungsvoll verwöhnte, wie es vorher noch kein Mann getan hatte. Sie schloss die Augen und gab sich der Lust hin, die er in ihr geweckt hatte. Und in dem Moment, als sich ihre Spannung explosionsartig entlud, fühlte sie, wie er mit einem Finger in sie hineinglitt, während er sie mit dem Daumen genau an der richtigen Stelle reizte, um ihren überwältigenden Höhepunkt zu verlängern.

Es dauerte eine Weile, bis die Wellen verebbten. Jake stellte sich neben Brianne und schaute ihr in die Augen.

„Ich habe nie … Ich meine, niemand hat je …“ Sie verstummte.

Er lächelte. „Dann bin ich froh, dass ich es getan habe.“

„Ich auch.“

Ein Muskel zuckte in seiner Wange, und das kaum gezügelte Verlangen in seinem Blick erinnerte sie daran, dass er zwar sie befriedigt hatte, aber selbst noch voll erregt war.

Und obwohl Brianne gerade gekommen war, fühlte sie immer noch eine Sehnsucht in sich, die nur er stillen konnte. Sie half ihm, sein Shirt auszuziehen, und genoss es, mit den Fingern über seine nackte Brust zu streichen. Dann knöpfte sie seine Jeans auf und streifte sie ihm zusammen mit den Boxershorts ab.

Ihr Blick fiel auf seine Erektion, und sie holte tief Luft.

„Bitte sag, dass das ein anerkennendes Geräusch war.“ Jake wünschte sich nichts sehnlicher, als sie endlich zu lieben.

Lächelnd streckte sie ihm die Arme entgegen, inzwischen selbst völlig nackt. „Warum kommst du nicht, um es herauszufinden? Ich glaube, es wird höchste Zeit.“

Jake zögerte nicht und sank mit Brianne auf den Fußboden. Schon lange träumte er davon, mit ihr zu schlafen, und für alle Fälle hatte er Kondome dabei. Er zog ein Päckchen aus der Hosentasche, drehte sich auf die Seite, um sich den Schutz überzustreifen, und beugte sich wieder über Brianne.

„Ich glaube, du bist bereit für mich", murmelte er, als er seine Hand zwischen ihre Beine gleiten ließ und ihre sensibelste Stelle berührte.

„Ich glaube, du hast recht." Brianne spreizte vertrauensvoll die Schenkel.

Um seine Beherrschung war es endgültig geschehen. Er fragte sich, womit er ein so unglaubliches Geschenk verdient hatte, und verdrängte den Gedanken, dass es nicht von Dauer sein würde. Er wollte nicht an morgen denken. Wenn sie keine Zukunft hatten, wollte er den Augenblick in vollen Zügen genießen.

Behutsam schob er sich über sie. „Zieh die Beine an, Sweetheart."

Sie gehorchte, und als sie die Spitze seines Gliedes fühlte, stöhnte sie atemlos.

„Jake, bitte", flüsterte sie.

„Bitte was?" Sie sollte ihm sagen, was sie wollte. Er musste wissen, ob er ihr alles gab, was sie sich ersehnte.

Ihre Augen glänzten, und ihre Wangen waren gerötet. „Ich will dich in mir spüren."

Sie bog sich ihm entgegen. Er drang weiter in sie ein und beobachtete dabei das Spiel der Emotionen auf ihrem schönen Gesicht.

„Etwa so …?" Jake biss die Zähne zusammen. Wegen seiner Verletzung konnte er sich nicht mit beiden Armen aufstützen, um noch tiefer in sie hineinzugleiten.

Brianne schüttelte den Kopf. „Nein, so …" Sie legte ihre langen Beine um seinen Rücken und hob das Becken an, sodass sie ihn noch weiter in sich hineinziehen konnte. Aufstöhnend bewegte sie sich unter ihm.

„He." Jake sah sie besorgt an. „Alles okay?"

„Wunderbar." Sie schaute ihn so verzückt an, dass ihm beinahe der Atem stockte.

„Es ist so lange her, und es war noch nie so …" Sie verstummte und küsste ihn leidenschaftlich.

Aber das war erst der Anfang. Brianne wand sich hemmungslos unter ihm, sie schrie auf, dann seufzte sie wieder, und Jake konnte sich kaum noch zurückhalten.

„Wir müssen die Position ändern, bevor du dir die Schulter ruinierst", flüsterte sie sanft.

Mit ihrer Hilfe verlagerte er sein Gewicht und legte sich auf den Rücken. Brianne setzte sich mit gespreizten Beinen auf ihn. Quälend langsam hob sie ihr Becken.

„Brianne." In seiner Stimme schwang eine unmissverständliche Warnung mit. Keine weiteren Spielchen, hieß das.

Brianne nahm ihn ohne Zögern wieder in sich auf. Schnell fanden sie zu einem gemeinsamen Rhythmus. Mit jedem Stoß steigerte sich seine Lust. Er hörte Brianne seinen Namen rufen. Sie keuchte, und er spürte, dass sie den Gipfel der Leidenschaft erreichte. In diesem Moment bäumte Jake sich auf, und der berauschendste Höhepunkt, den er je erlebt hatte, ließ seinen Körper in scheinbar endlosen Wellen erbeben.

Erst als Brianne erschöpft auf seine Brust sank, kehrte er langsam wieder in die Realität zurück. Plötzlich stöhnte Brianne und rutschte auf ihm herum. Er bekam ein schlechtes Gewissen. Liebe auf dem Fußboden war bestimmt nicht gerade etwas, an das sich eine Frau gern erinnerte – und wie er eingestand, wünschte er sich, dass sie ihn niemals vergaß.

So wie er sie nie vergessen würde. „Wir sollten uns anders hinlegen", schlug er vor, und Brianne rollte von ihm herunter und kuschelte sich an ihn. „Und ich dachte schon, du hättest tausend Einwände", sagte er.

„Wogegen? Dich in mir zu spüren?", fragte sie frech. „Natürlich nicht."

„Ich meinte, gegen den ungewöhnlichen Ort. Den Mangel an ... allem." Wieder war er verwundert, wie sehr es ihn kümmerte, was sie empfand.

Sie streichelte seine Wange. „Es hat an nichts gefehlt. Du hast mir so viel gegeben."

„Zum Beispiel?" Jake war wirklich neugierig, was sie außer großartigem Sex – einem Wort, das nur unzureichend das beschrieb, was sie zusammen erlebt hatten – noch meinen könnte.

Seufzend bettete Brianne ihren Kopf an seine Schulter. „Nun, einmal ist da das Offensichtliche."

Er nickte.

„Aber da ist noch etwas. Weißt du, dass ich vorher noch nie ein richtiges Date hatte?"

Das überraschte ihn. „Ich dachte, du hättest schon andere Beziehungen gehabt."

„Das ist richtig. Ein oder zwei, um der Einsamkeit zu entfliehen, wenn mir alles zu schwer wurde. Nur dass das immer Treffen unter Zeitdruck waren, die ich gehetzt in meinen engen Terminkalender einzwängte. Dagegen hast du mich heute Abend zu einem richtigen, geplanten Date ausgeführt."

„Zum Eisessen. Das war nichts Besonderes", wiegelte Jake ab, obwohl er sich stundenlang den Kopf zerbrochen hatte, wo er mit ihr hingehen könnte.

„Doch, es war etwas Besonderes." Sie löste sich aus seiner Umarmung, damit sie ihm in die Augen sehen konnte. „Und ich glaube, du weißt das."

Er wusste es verdammt gut, und dabei dachte er nicht nur an ihr sogenanntes Date. Er war in seine Frau verliebt gewesen, und er hatte vor und nach seiner Ehe einige flüchtige Beziehungen gehabt. Alles verblasste in Vergleich zu dem, was er mit Brianne erlebte. Jake machte sich nichts vor. Er wusste, dass er heute Abend nicht nur Sex gehabt hatte – er hatte Brianne geliebt.

Sie seufzte noch einmal und schmiegte sich wieder an ihn. Er schlang die Arme um sie. Sein Herz klopfte schnell, während er seine Gefühle für diese Frau zu ergründen versuchte, die aus allen erdenklichen Gründen nicht die Richtige für ihn war.

Zum einen hatte sie vor, am Ende des Sommers fortzuziehen. Jake konnte es ihr nicht verübeln, dass sie in der Nähe ihres Bruders bleiben wollte, und er hatte nicht die Absicht, ihr im Weg zu stehen.

Zum andern befürchtete Jake immer noch, dass er ihren Ansprüchen nicht genügen könnte. Außerdem würde sie niemals seinen Beruf akzeptieren. Eines Tages würde sie ihn im Stich lassen, so wie seine Frau es getan hatte.

Brianne war seine Traumfrau. Auf seinen Vorschlag hin würden sie eine kurze Beziehung haben. Eine Sommeraffäre. Doch bei dem Gedanken, sie zu verlieren, empfand er unerträglichen Schmerz und eine seltsame Leere.

„Dann ist da noch etwas, das du für mich getan hast", fuhr sie leise fort.

„Und was ist das?"

„Ich habe dich gebeten, mich nach Hause zu bringen und mich meine lächerlichen Ängste vergessen zu machen. Du verstehst es wirklich, die Wünsche einer Frau zu befriedigen." Sie drängte sich an ihn, und obwohl sein Körper sofort auf ihre Berührung reagierte, holte ihn ihre Bemerkung jäh auf den Boden der Tatsachen zurück.

Louis Ramirez war auf Brianne aufmerksam geworden. Und dank ihrer Beziehung zu ihm, Jake, war sie für den Dealer höchst interessant.

Ein erbärmliches Gejaule weckte Brianne. Sie schlug die Augen auf und blinzelte. Die Morgensonne schien ihr ins Gesicht. Sie lag gemütlich in ihrem Bett, Jake an ihrer Seite. Sie hatten sich geliebt, und dieses Erlebnis hatte sie für immer verändert. Er war ein Teil von ihr geworden, und wohin sie auch gehen würde, sie würde Jake mitnehmen. In ihrem Herzen.

Das Winseln ertönte noch einmal, und Brianne fiel ein, dass Norton ausgesperrt war und vermutlich Auslauf brauchte. Sie rollte sich herum, schaute auf die Uhr und fuhr entsetzt hoch.

„Ich bin zu spät.“ Sie warf die Decke zurück und wollte aufstehen, aber Jake umfasste ihre Taille und zog sie zurück ins Bett.

„Wo willst du hin?“, fragte er und rieb seine Nasenspitze an ihrer Wange.

„Norton muss raus.“

„Ich bin vor einer Stunde mit ihm draußen gewesen. Ihm geht es gut, er ist nur eifersüchtig.“

Und sie hatte nicht gemerkt, dass Jake aufgestanden war? Sie musste fester geschlafen haben, als ihr bewusst gewesen war. Die rote Leuchtanzeige auf dem Wecker sprang ihr wieder ins Auge, und sie stöhnte. „Trotzdem muss ich zur Arbeit.“

„Geh nicht.“ Jake spreizte seine Finger auf ihrem Bauch.

Ihr Herzschlag stockte, und heißes Verlangen stieg in ihr auf. Jake wanderte mit seiner Hand langsam tiefer.

„Bleib heute zu Hause.“ Er streckte den anderen Arm nach dem Telefon aus und hielt es ihr hin. „Komm schon, Brianne. Melde dich krank.“

Liebend gern würde sie das tun. Unschlüssig nagte sie an ihrer Unterlippe. „Ich habe mich noch nie krankgemeldet, es sei denn, mir ging es wirklich sehr schlecht.“

„Dann tu es dieses eine Mal. Gönn dir eine verdiente Pause und lass dich verwöhnen.“ Er schob die Hand zwischen ihre Beine und streichelte sie verführerisch.

„Es gibt Leute, die sich auf mich verlassen“, protestierte sie schwach.

„Wie wäre es dann mit einem Kompromiss? Ruf an und sag, dass du später kommst.“ Jake drängte sich sanft an sie. „Du wirst es nicht bereuen.“

Brianne konnte ihm nicht widerstehen. Minuten später hatte sie den Anruf erledigt und den Gedanken an Arbeit erst einmal verdrängt. Dafür erinnerte sie sich an die Schachtel mit Kondomen, die Kellie ihr gegeben hatte.

Verlegen, aber entschlossen zog sie die Nachttischschublade auf und holte ein Plastikpäckchen heraus. Sie drehte sich zu Jake um und setzte sich wieder mit gespreizten Schenkeln auf ihn. Leicht und spielerisch streifte ihre empfindlichste Stelle die Spitze seines aufgerichteten Gliedes.

„Ich mag diese Position“, murmelte Jake.

„Ich kann sie sogar noch verbessern.“ Sie hielt das eingeschweißte

Kondom hoch. „Möchtest du das ausprobieren? Ich habe eine ganze Schachtel davon."

Er riss ihr das Päckchen aus der Hand. „Honey, wir sprechen dieselbe Sprache."

Das hoffte sie, denn sie sehnte sich nach Erfüllung. Als er die Hände ausstreckte und ihre Brüste streichelte, richteten sich die Spitzen unter den Liebkosungen seiner rauen Fingerkuppen auf. Erst rieb er die zarten Knospen sanft, dann verstärkte er den Druck. Mit jeder Berührung steigerte er ihre Lust.

Mit einem Nicken deutete Jake auf das Kondom, das neben ihn aufs Bett gefallen war. „Zieh es mir über."

Mit zitternden Händen riss Brianne die Verpackung auf. Sie rutschte ein Stück auf seinen Schenkeln zurück, um ihm das Kondom überzurollen. Dabei fühlte sie jeden samtigen Zentimeter seines harten Gliedes. Ihr Puls raste.

„Das machst du gut, Brianne."

Befangen begegnete sie seinem Blick. Noch nie hatte sie den Vorgang des Schützens als erotisch erlebt, doch mit Jake war es ein Vorspiel der sinnlichsten Art. So wie es nur bei zwei Menschen sein kann, die sich lieben, dachte Brianne und verdrängte den verblüffenden Gedanken schnell wieder. Sie kannten sich ja kaum. Und dennoch wusste sie, dass vom ersten Blickkontakt an etwas Besonderes zwischen ihnen war.

Jake umfasste ihre Hüften und hob ihr Becken an, wobei er sie immer noch intensiv beobachtete. Zentimeter für Zentimeter nahm sie ihn in sich auf, bis er ganz und gar ein Teil von ihr wurde.

Und dann begann er sich zu bewegen. Immer schneller, immer kraftvoller drang er in sie ein. Brianne keuchte und passte sich seinem Rhythmus an, sodass sie im richtigen Moment an der richtigen Stelle Druck verspürte. Wellen der Lust ließen sie erschauern und trugen sie unaufhaltsam dem Höhepunkt entgegen, bis sie sich in einem wahren Rausch der Ekstase verlor.

Jake hatte sie vor Leidenschaft bis ins Innerste erschüttert, und sie ahnte, dass er ihre Welt ins Wanken gebracht hatte.

Jake saß aufrecht im Bett, körperlich vollkommen befriedigt, aber geistig hellwach. Im Badezimmer hörte er Wasser rauschen, und so gern er Brianne auch unter die Dusche folgen würde, er konnte es nicht. Er hatte sie absichtlich überredet, später zur Arbeit zu gehen, damit er vorher den Privatdetektiv David Mills anrufen konnte, der Brianne tagsüber im Auge behalten sollte, während er, Jake, sich auf seine Ermittlungen konzentrierte. Um den Schutz von Franks Familie hatte er sich bereits gekümmert. Und er hatte Franks Frau gewarnt, besonders vorsichtig zu sein.

Jake hatte Brianne aufhalten müssen, um das alles in der Zwischenzeit zu regeln. Wenn er irgendwelche Zweifel über seine wachsenden Gefühle für sie gehabt hatte, dann waren sie in der letzten Nacht verflogen. Als sie sich geliebt hatten, hatte er einen Teil von sich verloren, wahrscheinlich für immer.

Er fluchte leise vor sich hin. „Konzentrier dich“, ermahnte er sich. Das Tattoo und der gerichtsmedizinische Bericht könnten endlich zu Ramirez führen. Es wurde Zeit, den Druck zu verstärken und Louis ins Gefängnis zu bringen. Jake war beruhigt, dass David Brianne tagsüber beschatten würde. An den Abenden würde Jake selbst für ihren Schutz sorgen.

Aber wer schützte ihn vor dem Schmerz, wenn sie ihn für immer verließ?

8. KAPITEL

Jake hatte Brianne zur Tür gebracht. Am liebsten hätte er sie noch einmal geliebt, aber sie hatte darauf bestanden, zur Arbeit zu gehen. Er unterdrückte ein Stöhnen. Er hatte zugelassen, dass sein Herz seinen Verstand regierte, und das konnte nicht so weitergehen. Er musste sich auf seinen Job konzentrieren.

Und das bedeutete, dass er sich jetzt erst einmal mit Vickers in der Klinik treffen musste, in die das Überdosisopfer eingeliefert worden war. Und in der Brianne arbeitete.

Als Jake die Stufen zum Eingang hinaufging, schaute er sich um, aber Ramirez war nirgends zu sehen. Nicht dass Jake damit gerechnet hatte, doch dieses Versteckspiel zerrte allmählich an Jakes Nerven. Er fragte sich, was Ramirez für ihn – und Brianne – in petto haben mochte.

„Thompson reißt mir den Kopf ab, wenn er herausfindet, dass ich dich zum Verhör mitgenommen habe", knurrte Vickers ihn zur Begrüßung an.

Jake zuckte mit den Schultern. Der Lieutenant war sein geringstes Problem. Viel schlimmer wäre es, wenn er auf dem Krankenhausflur mit Brianne zusammenstieße. Es würde schwierig werden, ihr zu erklären, warum ein beurlaubter Polizist mit einer lädierten Schulter unbedingt eine Zeugin verhören musste.

Er schaute Vickers an, einen kräftigen Mann mit Glatze, der über gute Instinkte verfügte, aber wenig Taktgefühl. „Was der Lieutenant nicht weiß, macht ihn nicht heiß", meinte Jake. Und wenn, war es ihm auch egal.

Sie nickten dem uniformierten Wachmann zu, der vor dem Zimmer von Marina Brown postiert war, und traten ein. Eine bleiche junge Frau, die am Tropf hing, lag im Bett. Sie drehte sich zu ihnen um, sagte jedoch kein Wort.

Vickers zückte seine Dienstmarke. „Ma'am, wir wissen, wie schwierig das für Sie ist, aber können Sie uns bitte erzählen, was gestern passiert ist?"

Eine Träne lief ihr über die Wange. Sie sah jünger aus als zweiundzwanzig, aber nicht so jung, dass sie es nicht hätte besser wissen können. Warum nur musste sie mit Designerdrogen experimentieren? Sie war hübsch und viel zu jung für ein Rendezvous mit dem Tod.

„Wenn Sie hier nicht reden wollen, können wir uns auch nach Ihrer Entlassung auf dem Revier unterhalten", fuhr Vickers drohend fort.

Missbilligend zog Jake die Brauen hoch. Er vertraute Vickers wie einem Bruder, doch der Mann benahm sich manchmal wie ein Elefant im Porzellanladen.

Als die Frau weiterhin schwieg, trat Jake einen Schritt vor. „Wenn Sie uns alles erzählen, was Sie wissen, macht das Ihren Freund zwar nicht wieder lebendig, aber es rettet vielleicht einem anderen das Leben."

Sie schluckte schwer, dann wandte sie stumm den Kopf ab.

„Vickers, hol mir doch bitte einen Kaffee", bat Jake. Sie hatten vorher abgesprochen, dass sein Kollege ihn eine Weile mit der Zeugin allein lassen würde, falls sie nicht reden wollte.

Nachdem Vickers das Zimmer verlassen hatte, zog Jake einen Stuhl ans Bett heran. „Polizisten können einem ganz schön Angst machen, wenn sie so hereinpoltern und ihre Marke zücken, als wären sie das Recht und Gesetz in Person."

Marina drehte den Kopf herum und schaute ihn an.

Ein Anfang, dachte Jake. „Ich bin Detective Jake Lowell, aber Sie können Jake zu mir sagen." Flüchtig dachte er daran, wie leicht der Lieutenant nun von seinem Besuch erfahren könnte. Doch es war ihm die Sache wert.

„Krankenhäuser machen einen fertig, nicht wahr?" Da Marina beharrlich schwieg, redete er einfach weiter. „Ich habe selbst eine Weile in einer Klinik gelegen. Wegen einer Schussverletzung."

Sie blinzelte. „Wie ist das passiert?", fragte sie.

Endlich hatte er ihre Aufmerksamkeit erregt. „Es war bei einer Überwachung. Wahrscheinlich war es der gleiche Typ, von dem die Pillen stammen, die Sie gestern Abend genommen haben. Die Pillen, an denen Ihr Freund gestorben ist."

Sie zuckte zusammen. In solchen Momenten hasste Jake seinen Job, aber er musste hart bleiben. Wenn er sie daran erinnerte, was sie verloren hatte, würde sie vielleicht umso härter dafür kämpfen würde, dass der Kerl gefasst wurde, der ihr das angetan hatte.

„Ich bin nicht drogenabhängig", flüsterte sie. „Und Neil ist es … O Gott, ich meine, Neil war es auch nicht. Wir wollten es nur mal ausprobieren. Ich hätte nie damit gerechnet …" Ihre Stimme brach, und ihre Augen füllten sich wieder mit Tränen.

Jake drückte ihre Hand. „Ich verstehe. Glauben Sie mir, ich höre das öfter, als mir lieb ist. Deshalb möchte ich, dass Sie mir helfen, Marina. Helfen Sie mir, den Kerl zu kriegen. Ich muss wissen, was gestern Abend passiert ist. Wie Sie an den Stoff gekommen sind."

Sie seufzte tief und nickte. Dann erzählte sie, zunächst stockend, dann immer flüssiger und vertrauensvoller. Jake hörte aufmerksam zu. Er kannte Ramirez' Vorgehensweise schon auswendig: Mit Essen als Tarnung wurde Ecstasy an Studenten vertrieben. Deshalb hatten die Pillen zwischen den Verpackungsresten Jakes Neugier geweckt.

„Also landeten wir im ‚Eclectic Eatery'." Marina schniefte und wischte sich mit der bloßen Hand über die Augen.

Jake nahm ein Taschentuch vom Ablagetisch neben dem Bett und reichte es ihr. „Bitte ..." Er fühlte sich unbehaglich. Auf die Befragung der Leidtragenden könnte er bei seiner Arbeit gut verzichten. Es war schon unter normalen Umständen schwer, und dieser Fall war besonders hart.

„Danke." Sie lächelte schwach und tupfte sich die Augen trocken.

„Gern geschehen." Jake erwiderte das Lächeln. „Erzählen Sie weiter."

„Ich bestellte einen griechischen Salat, und Neil, mein Freund ..." Sie holte tief Luft. „Neil wollte Falafel, wovon ich noch nie etwas gehört hatte. Er sagte, es wäre eine israelische Spezialität, und das Lokal hat eine internationale Karte. Ich dachte immer, Neil wäre der typische Amerikaner, der auf Hot Dogs und Hamburger steht, aber ..." Sie zuckte mit den Schultern.

Falafel? Anscheinend war auch Jake durch und durch Amerikaner, denn von dieser fremdländischen Spezialität hatte auch er noch nie etwas gehört. „Hatte Neil je von Drogen gesprochen?"

Marina schüttelte den Kopf. „Ich hatte nicht einmal eine Ahnung, dass er welche besorgen wollte. Ich hatte vorher noch nie etwas genommen. Doch als wir wieder in der Wohnung waren, holte er die Pillen aus der Tasche. Wie eine große Überraschung." Sie wandte beschämt den Blick ab.

„Haben Sie ihn gefragt, wie er an den Stoff herangekommen ist?"

Sie nickte. „Er meinte, dass die Bestellung verschlüsselt war."

„Griechischer Salat und Falafel als Tarnnamen für Drogen?", erwiderte Jake ungläubig.

„Nein. Jedes Gericht hat noch einen anderen Namen. Griechischer Salat wird dort ‚hellenischer Himmel' genannt. Hellenisch, wie bei den alten Griechen, wissen Sie?"

Jake wusste es nicht, allerdings wollte er sich jetzt auch nicht auf eine Geschichtsstunde einlassen.

„Und Falafel?", fragte er.

Ein trauriges Lächeln huschte über ihr Gesicht. „Neil wollte das ‚Gelobte Land' probieren."

„Ich wette, das hat er getan", murmelte Jake. Wenn die Substanz in den Pillen und im Körper des Toten Ecstasy war, würde die Polizei das Restaurant sofort schließen. Hoffentlich lag der toxikologische Bericht bald vor.

Plötzlich ertönte Jakes Pieper. Er schaute auf die Nummer und erhob sich. „Danke für Ihre Offenheit, Marina. Wenn ich noch Fragen habe, melde ich mich wieder bei Ihnen." Er würde auch dafür sorgen, dass sie einen guten Anwalt bekam, denn sie würde mit Sicherheit wegen Drogenbesitzes angeklagt werden. Außerdem würde er ihr eine Beratung vermitteln, damit ihr so etwas nie wieder passierte. Er drückte ihren Arm und verließ das Zimmer.

„Irgendetwas herausgefunden?", fragte Vickers im Flur.

„Alles. Ich erklär es dir unterwegs." Jake blickte sich hastig um. Heilfroh, die Klinik verlassen zu können, ohne von Brianne gesehen worden zu sein, drückte er auf den Fahrstuhlknopf.

Brianne hatten die Hände gezittert, als sie ihre Patienten behandelt hatte. Selbst jetzt, kurz vor der Lunchpause, verspürte sie eine innere Unruhe. Sie wünschte, sie könnte den Grund dafür in Worte fassen.

Sie hatte gewusst, dass Sex mit Jake sie innerlich nicht unberührt lassen würde. Sie hatte nur nicht geahnt, wie sehr es sie verändern würde. Wie sehr sie sich danach sehnen würde, in seinen Armen die Welt zu vergessen. Und immer wieder hatte sie an diesem Vormittag überlegt, ob es nicht doch einen Weg für eine richtige Beziehung zwischen ihnen geben könnte.

Plötzlich tippte ihr jemand auf die Schulter. „He, hast du jetzt Zeit für Lunch?", fragte Sharon, eine befreundete Kollegin.

Brianne wandte sich zu ihr um und nickte. „Ich bin am Verhungern."

Sie gingen durch das Labyrinth der Krankenhauskorridore.

„Hast du von der Aufregung letzte Nacht gehört?", wollte Sharon wissen. „Eine Frau mit einer Überdosis ist eingeliefert worden."

Brianne schüttelte den Kopf. „Jede Nacht werden solche Fälle eingeliefert. Was macht diesen so besonders?"

„Die Frau hat einen Bodyguard. Ein Cop hält Wache vor ihrer Tür. Und weißt du was?" Sharon lehnte sich dichter heran und flüsterte: „Ich habe ihn mir heute Morgen unauffällig angeschaut. Er sieht umwerfend aus."

Brianne hatte einen umwerfenden Polizisten zu Hause. Sie brauchte keinen während ihrer Arbeit zu sehen. „Was ist eigentlich mit deinem Freund Tony?"

Die hübsche Blondine zuckte mit den Schultern. „Wir nehmen gerade eine Auszeit. Wie dem auch sei, ich muss dir diesen Mann zeigen." Entschlossen fasste sie Brianne am Ellbogen und zog sie über den Flur.

„Die Cafeteria liegt in der anderen Richtung", protestierte Brianne, aber sie wusste, dass Sharon keine Ruhe geben würde, bis Brianne ihr den Gefallen getan hatte.

In einiger Entfernung von dem Wachtposten blieben sie stehen.

„Findest du Männer in Uniform nicht auch aufregend?“, wisperte Sharon entzückt.

Brianne murmelte eine unverbindliche Antwort. Weil schon ein Blick auf den Mann ihr gesagt hatte, dass er nicht mit Jake mithalten konnte. Was sie auch nicht erwartet hatte. Sie befürchtete, dass sie von nun an alle Männer mit Jake vergleichen würde.

Sie drehte sich zu Sharon um, als sie am anderen Ende des Korridors zwei Männer am Fahrstuhl stehen sah. Es gab viele dunkelhaarige Männer auf der Welt, aber nur einen mit dieser rebellischen Körperhaltung und dem abgeschnittenen Sweatshirt. Nur einen, der ihr Herz schneller schlagen ließ und ihr Blut zum Kochen brachte.

Und er war ein Polizist, der sogar während seiner Beurlaubung nicht von seinem gefährlichen Beruf lassen konnte. Obwohl er nach seiner Verletzung immer noch nicht voll wiederhergestellt war. Enttäuscht begriff sie, dass Jake sich immer in Gefahr begeben würde, ob beurlaubt oder nicht.

Ihr Puls raste, und ein Schwindelgefühl überkam sie. Sie verspürte Angst, richtige Angst, wie sie sie lange nicht erlebt hatte und erst durch Jake wieder kannte.

Jake. Was sie für ihn empfand, war so intensiv, so überwältigend, dass sie sich scheute, das Gefühl zu benennen. Doch sie sollte wenigstens ehrlich zu sich selbst sein.

Sie hatte Angst, sich in den Detective zu verlieben. Aber Liebe bedeutete auch, einen Menschen so zu akzeptieren, wie er war. Jakes Hingabe an seinen Beruf war ein wesentlicher Teil von ihm. Wenn sie Jake wirklich liebte, müsste sie alles an ihm lieben. Und seinen Beruf liebte sie nicht. Sie bewunderte ihn, doch sie konnte ihn nicht akzeptieren. Sie wollte ihn nicht akzeptieren.

Ihre törichten Hoffnungen auf eine feste Beziehung mit ihm schwanden.

Jake und Vickers verließen das Gebäude und traten ins Freie.

„Ich hasse Krankenhäuser.“ Vickers schüttelte sich.

„Dann hast du den falschen Beruf gewählt, Mann.“ Ein Ermittler im Rauschgiftdezernat verbrachte leider etliche Stunden in Krankenhäusern.

„Na ja, jetzt bin ich erst mal draußen. Ich habe noch Papierkram auf dem Revier zu erledigen. Ich rufe dich an, sobald der toxikologische Bericht vorliegt.“

Jake nickte. Während Vickers sich auf den Weg auf die Wache machte, traf Jake sich mit David an der Stelle, von der aus er Brianne tagsüber im Auge behalten sollte. Sie hatten sich auf den Eingang, der der Reha-Station am nächsten lag, geeinigt. Da Jake Brianne nicht bei der Arbeit beschatten lassen konnte, ohne dass sie es merkte, blieb ihm nichts anderes übrig, als darauf zu vertrauen, dass sie innerhalb der Klinik sicher war.

Er kaufte zwei Dosen Cola bei einem Straßenverkäufer und reichte eine davon seinem Freund. „Also, was gibt's?“

„Sieht so aus, als ob dein Riecher richtig war. Ich habe Ramirez vor einer halben Stunde vorm Krankenhaus herumlungern sehen. Vielleicht dachte er, dass Brianne zum Lunch rausgehen würde.“

„Verdammt“, murmelte Jake. Er holte sein Handy heraus und rief Vickers an. „Tu mir den Gefallen und komm sofort zurück“, sagte er ohne Umschweife.

Er hatte die Polizei nicht von Ramirez' Interesse an Brianne informiert, doch jetzt musste er es tun. Vickers würde schon einen Vorwand finden, um Ramirez vorübergehend zu verhaften und eine Weile auf dem Revier festzuhalten, während Jake sich im „Eclectic Eatery“ umschaute. Er würde dort etwas zu essen bestellen und mit etwas Glück Drogen angeboten bekommen. Dann hätten sie endlich etwas gegen Ramirez in der Hand, um ihn für immer hinter Gittern verschwinden zu lassen.

Jake hoffte, Ramirez schnell aus dem Verkehr ziehen zu können, denn wenn es ihm nicht gelang, würde Jake Brianne erzählen müssen, dass sie seinetwegen in Gefahr war. Sie musste es erfahren, damit sie künftig auf der Hut war.

Er mochte gar nicht an ihre Reaktion denken. Er wusste zwar, dass Brianne stark war. Sie würde diese Sache durchstehen. Aber er wusste auch, dass er ihr Vertrauen verlieren würde, wahrscheinlich für immer.

Jake betrat das Apartment. Er vermisste seine Wohnung, wo er wenigstens die Tür hinter sich hätte zuknallen können. An den sanft aufgleitenden Schiebetüren des Fahrstuhls konnte er seinen Frust nicht auslassen. Wenigstens freute sich Norton, ihn zu sehen. Jake kraulte den Hund hinter den Ohren und führte ihn kurz aus. Wieder zu Hause, dachte er über seinen erfolglosen Besuch im „Eclectic Eatery“ nach. Natürlich war ihm klar, dass sich das Schlüsselwort für Drogen täglich ändern konnte, dennoch hatte er gehofft, den Fall schnell lösen zu können. Um Briannes willen.

Inzwischen hatte er von Duke erfahren, dass die gerichtsmedizinischen Ergebnisse vorlagen. Marina Brown und ihr Freund hatten Ecstasy genommen, den Stoff, den Ramirez bevorzugte. Jetzt mussten sie nur noch die Pillen mit dem „Eclectic Eatery“ in Verbindung bringen und Ramirez mit dem Restaurant.

Jake schaute auf die Uhr und erschrak, wie spät es war. Wo zum Teufel blieb Brianne? Sie war eine Stunde überfällig. Obwohl er sich sagte, dass sie auch vorher nicht immer pünktlich gekommen war, hatte er diesmal ein ungutes Gefühl.

Er beruhigte sich damit, dass David in ihrer Nähe war und ihn bei einem Problem anrufen würde – falls er noch anrufen könnte. Jake ließ sich aufs Sofa fallen, griff nach der Zeitschrift und blätterte nervös darin. Aber nichts konnte ihn ablenken, nicht einmal die extrem erotischen Fotos. Alles erinnerte ihn nur daran, dass Ramirez irgendwo in der Stadt lauern und Brianne in einen Hinterhalt locken könnte.

Nach einer halben Stunde hielt Jake es nicht länger aus und wählte Davids Nummer. Schließlich hatten sie vereinbart, dass David sich melden würde, wenn Brianne sich verspäten sollte. Und inzwischen war sie seit fast zwei Stunden überfällig.

Es lief nur die Ansage der Mailbox.

„Verdammt.“ Ramirez hatte bereits einen Polizisten getötet und würde nicht vor einem weiteren Mord zurückschrecken. Die letzte Möglichkeit war Davids Pieper, und Jake kramte in seiner Brieftasche nach dem Zettel mit der Nummer. Doch ein Geräusch stoppte seine fahrigen Bewegungen, und er schaute auf, um Brianne eintreten zu sehen. In ihrer hässlichen grünen Dienstkleidung und mit dem zerzausten Pferdeschwanz war sie für ihn die schönste Frau auf der Welt, und er fühlte sich riesig erleichtert.

Am vernünftigsten wäre es, sich sofort mit ihr hinzusetzen und die Situation zu erklären. Aber sein Herz wollte von Vernunft nichts wissen. Brianne war hier, sie war in Sicherheit, und solange sie bei ihm war, gehörte sie ihm. In diesem Moment war das alles, was zählte.

Er stand auf und ging ihr entgegen.

„Hallo, Jake.“ Sie musterte ihn forschend, sodass er sich fragte, ob sie ihm etwa ansah, dass er verrückt vor Sorge war.

Sein Verlangen war so stark, dass er es nicht beherrschen konnte. Es war unklug. Doch nichts konnte ihn davon abhalten, Brianne in seine Arme zu ziehen.

9. KAPITEL

„Du kommst spät." Jake umarme Brianne so fest, dass sie sich fragte, ob er sie jemals wieder loslassen wollte.

„Ich schließe daraus, dass du mich vermisst hast?" Sie bemühte sich um einen leichten Tonfall, obwohl ihr alles andere als fröhlich zumute war.

Jake umfasste ihr Gesicht. „Du ahnst ja nicht, wie sehr."

Sein Ernst machte Brianne betroffen. Vorhin erst, nachdem sie ihn im Krankenhaus gesehen hatte, hatte sie sich dazu durchgerungen, diese Affäre zu beenden. Aber jetzt schwankte ihr Entschluss. Jake war immer noch der Mann, den sie begehrte wie keinen anderen. Warum sollte sie nicht die kurze Zeit mit ihm genießen?

Weil ihr Herz auf dem Spiel stand. Doch das schien keine Rolle mehr zu spielen, als er sie leidenschaftlich küsste. Die sinnliche Glut, die er so mühelos in ihr entfachen konnte, strömte durch ihre Adern und steigerte sich zu einem verzehrenden Feuer.

Brianne wollte Jake. Dies war ihr Sommertraum, und sie hatte vor, ihn zu genießen, solange sie konnte. Vielleicht war es gerade die Gewissheit, dass sie niemals wirklich zusammen sein würden, die ihr Verlangen noch verstärkte.

Mit zitternden Händen half sie Jake aus dem Shirt. Sie strich über seine Brust und fühlte seine Muskeln unter ihren Fingerspitzen. Als sie seine harten Brustwarzen streifte, stöhnte er. Gleichzeitig begann er an ihrer Kleidung zerren, und bald lag ihre Krankenhausuniform in einem Haufen zu ihren Füßen.

Bewundernd ließ er seinen Blick über ihren nackten Körper wandern. Dann öffnete er seine Jeans, nicht ohne vorher ein Kondom aus der Tasche geholt zu haben.

Ihr stockte der Atem, als er innerhalb von wenigen Sekunden nackt und bereit vor ihr stand. Er war sichtbar erregt, und er gehörte ihr – wenigstens für einen Sommer.

Jake führte Brianne an die Fensterfront mit Blick auf den East River. Er setzte sich auf das Sims und zog sie zwischen seine Beine.

Die Sonne ging langsam unter, und der Himmel hatte sich rosa verfärbt. Und weil das Gebäude das höchste in der Gegend war, versperrten keine angrenzenden Häuser die Aussicht oder störten die intime Szene. Es gab keinen Grund, in Verlegenheit zu geraten oder sich unbehaglich zu fühlen.

Jake lehnte den Kopf an die Scheibe und musterte Brianne mit einem unergründlichen Blick. „Ich möchte dich lieben mit der City im

Hintergrund", flüsterte er heiser. Falls sie noch Bedenken gehabt hatte, wurden sie durch seine Worte zerstreut. Brianne setzte die Knie zu beiden Seiten seiner Schenkel auf das Sims.

Jake stützte sie an der Taille, sonst hielt sie die Balance nur mit ihren Knien. „Ich habe das Gefühl, ich könnte fallen", sagte sie mit einem unsicheren Lachen.

„Dann sollten wir dich verankern." Er lächelte frech, und Brianne wusste genau, was er meinte.

Mit klopfendem Herzen senkte sie sich auf ihn, um ihn ganz in sich zu spüren.

Absolutes Einssein. Es gab kein anderes Wort für das, was sie empfand, und die Wahrheit machte ihr Angst. Sie konnte noch nicht mit ihren Gefühlen umgehen.

Lieber ließ sie sich von ihrer Lust treiben. Sie bewegte ihre Hüften und rieb sich an seinem Körper, bis sie immer tiefer in den Sog der Leidenschaft geriet. Das war genau der Punkt – nicht denken, nur fühlen.

Jake senkte den Kopf zu ihren Brüsten und nahm eine harte, aufgerichtete Spitze in den Mund, streifte sie abwechselnd mit seinen Zähnen und seiner Zunge, reizte und liebkoste sie, bis Brianne den Verstand zu verlieren drohte.

Längst hatte sie die Reaktionen ihres Körpers nicht mehr unter Kontrolle. Hemmungslos ließ sie sich von dem wilden Rhythmus, den Jake mit seinen Bewegungen vorgab, mitreißen, immer weiter dem Höhepunkt entgegen. Da wanderte er mit seinen Lippen zur anderen Brust, wechselte nun aber das Tempo. Langsam umkreiste er die empfindsame Spitze mit seiner Zunge, bis ein immer stärkeres Ziehen durch ihren Körper ging und Brianne sich vor Erregung wand.

„Öffne die Augen."

Seine tiefe, heisere Stimme drang wie durch einen Nebel zu ihr. Sie gehorchte und begegnete wieder diesem unergründlichen Blick.

„Ich möchte, dass du mich ansiehst, wenn du kommst", bat er rau.

Er umfasste ihre Brüste und rieb die sensiblen Spitzen zwischen Daumen und Zeigefinger. Seine Stöße gingen wieder in einen kraftvollen Rhythmus über, der Briannes Verlangen ins Unermessliche steigerte.

Auf dem Gipfel ihrer Lust schauten sie einander tief in die Augen. Eine Welle der Erlösung ließ Brianne heftig erschauern. Und als die Woge verebbte, sah sie hinter Jake die Skyline und hatte das Gefühl, im freien Fall vom Himmel zu stürzen – ohne Sicherheitsnetz für ihr Herz.

Brianne lag zitternd in seinen Armen, während Jake allmählich wieder aus seiner sinnlichen Benommenheit erwachte.

Er hätte Brianne sagen müssen, dass sie in Gefahr schwebte. Aber als sie heil nach Hause gekommen war, hatte er so unter Anspannung gestanden, dass er sich erst davon hatte überzeugen müssen, dass sie lebendig war. Das hatte er nun zur Genüge getan. Und dennoch zögerte er die Aussprache hinaus.

Er strich ihr das Haar über die Schulter. „Du hast mir eine Behandlung im Whirlpool versprochen", flüsterte er.

Sie lachte leise. „Ich habe nur gesagt, dass ich das in Betracht ziehen würde, wenn du eifrig mitarbeitest."

„Und ich bin sehr brav gewesen." Jake wollte sie lieber nicht daran erinnern, dass sie bisher kaum Zeit auf die Therapie verwendet hatten. Dazu hatten sie später noch genug Gelegenheit. Später. Viel, viel später. Wenn sie nicht mehr den Wunsch verspürte, das Bett mit ihm zu teilen. Hastig verdrängte er den Gedanken.

Brianne seufzte wohlig. „Du bist gut. Das muss ich zugeben."

Sie knabberte an seinem Ohrläppchen und weckte damit wieder sein Verlangen. „Heißt das Ja zum Whirlpool?", fragte er.

„Wenn ich nicht bald die Haltung ändere, kann ich vielleicht nie mehr die Beine ausstrecken. Da ist die Vorstellung von heißen Wasserströmen sehr verlockend." Sie zuckte zusammen, und ihm wurde bewusst, wie unbequem ihre Lage sein musste.

Er half ihr von seinem Schoß. „Lass mich deine verspannten Muskeln bearbeiten. Du wirst überrascht sein, wie geschickt ich mit meinen Fingern bin."

Seine erotische Anspielung verfehlte nicht ihre Wirkung. Mit träumerischem Blick ergriff sie seine Hand. Wenigstens auf dem Gebiet harmonieren wir perfekt, dachte Jake.

Er wusste allerdings auch, dass diese Harmonie nicht mehr lange dauern würde.

Die Aussicht über New York City war von der Dachterrasse aus, auf der sich der Whirlpool befand, überwältigend. Sterne funkelten hell am nachtschwarzen Firmament, und die Umrisse von Gebäuden zeichneten sich bis zum Horizont vom Himmel ab. Am eindrucksvollsten jedoch stach das Empire State Building mit seiner blau-weiß-roten Beleuchtung zwischen den anderen Wolkenkratzern hervor.

Brianne hielt mit einer Hand das Badetuch fest, das sie um ihren Körper geschlungen hatte, und trat ans hohe Geländer. „Das ist beinahe unwirklich schön."

Jake stellte sich hinter sie. „Ziemlich beeindruckend, nicht wahr?"
Sie nickte. „Und das hier gehört auch deiner Schwester, so wie das Apartment?" Niemand sonst aus dem Haus kann hier heraufkommen?"
„Niemand."
Sie stieß einen kurzen Pfiff aus. „Das nennt man Luxus."
Jake lehnte sich mit einer Hüfte ans Geländer. „Herrliches Leben, wenn man es sich leisten kann."
Brianne spürte die Kälte in seinem Tonfall, und wunderte sich wieder, warum er so empfindlich reagierte. Sie würde ihn einfach fragen.
„Jake?"
„Ja?" Gedankenverloren starrte er über die Stadt.
„Warum ist Geld so ein Reizthema für dich?"
Er drehte sich zu ihr um. „Ich nehme an, wenn ein Mann von seiner Frau verlassen wird wegen etwas, das er nicht hat ..."
„... dann beschließt er, künftig alle Frauen über einen Kamm zu scheren?", beendete Brianne den Satz für ihn.
„Vermutlich", erwiderte er mit einem knappen Nicken.
Seine Antwort versetzte Brianne einen Stich. Sie hatte gar nicht gewusst, dass Jake jemals verheiratet gewesen war. Der Gedanke, dass er einmal eine andere Frau geliebt hatte, tat überraschend weh. Dazu kam die traurige Erkenntnis, dass sie kaum etwas von ihm wusste. Aber sie wollte es so – aus Angst vor Trennungsschmerz.
Trotzdem verletzte sie seine Einstellung. Es wirkte ja beinahe so, als ob er sie für geldgierig hielt. „Ich bin nicht gerade die typische Goldgräberin", wandte sie ein.
„Nein, das bist du nicht." Er fasste nach ihrer Hand.
„Warum kommt es mir dann so vor, als ob du das denkst?", fragte sie ärgerlich.
„Mein Fehler, dass ich überreagiert habe." Jake senkte den Blick, während er mit dem Daumen über ihr Handgelenk strich. „Und meine Furcht gezeigt habe."
Ihr Herz stockte. „Furcht wovor?" Brianne hätte nie gedacht, dass ein Mann wie Jake Angst empfinden und es auch noch zugeben könnte.
„Zum Beispiel davor, dass du mich unzulänglich finden könntest."
Sie fühlte, wie eine Welle inniger Zuneigung sie ergriff, und konnte sich nicht dagegen wehren. Zärtlich umfasste sie sein Gesicht. „Wie könnte eine Frau dich unzulänglich finden?"
„Hast du eine Ahnung, wie viel ein Cop verdient?"
Brianne lächelte. „Sicher mehr, als ich nach dem Bezahlen der Internatsrechnungen übrig hatte", entgegnete sie scherzhaft, doch dann

wurde sie ernst. „Nach dem Tod meiner Eltern habe ich gelernt, dass jeder selbst für sein Glück verantwortlich ist.“

„Meine Exfrau verließ sich darauf, dass ich sie glücklich machte.“ Jake winkte ab. „Streich das. Sie verließ sich auf mein Scheckheft. Seltsam ist nur, dass sie meine finanziellen Verhältnisse kannte, als sie mich heiratete. Ich dachte wirklich, dass wir das Wesentliche gemeinsam hätten. Wie zum Beispiel den Wunsch, eine Familie zu gründen.“

Briannes Herz schmerzte bei dem Gedanken. „Habt ihr ... Kinder?“ Sie hätte sich bei dem Wort beinahe verschluckt.

Er schüttelte den Kopf. „Nein. Aber ich wollte welche.“

Ob er immer noch welche wollte? „Was lief falsch?“, fragte sie.

„Ich weiß es bis heute nicht. Wir sind in die Vorstadt gezogen, sie lernte verschiedene Leute kennen. Alles Paare, die wohlhabender waren als wir – Ärzte, Anwälte, Geschäftsleute.“ Er zuckte mit den Schultern. „Dann lernte Rina auch noch Robert kennen und heiratete ihn. Das half auch nicht gerade.“

„Das hätte nichts daran ändern sollen, was deine Frau für dich empfand, und daran, wie sie war.“

Jake runzelte die Stirn. „Vielleicht ist es das. Ich habe nicht gewusst, wer sie wirklich war. Ich habe mir nie die Zeit genommen, es herauszufinden.“

„Hast du sie geliebt?“ Brianne biss sich auf die Unterlippe und wünschte, sie könnte die viel zu persönlichen, viel zu viel verratenden Worte zurücknehmen.

„Ich dachte, sie hat mich geliebt, doch sie hat mich nie so akzeptiert, wie ich bin. Was ich immer sein werde. Sie hat mich aufgegeben, als sie merkte, dass sie mich nicht ändern konnte.“

Und das hat ihn tief verletzt, erkannte Brianne. So tief, dass er gegenüber jeder anderen Frau misstrauisch war. Er hatte guten Grund dazu. Auch Brianne hatte nicht voll akzeptiert, wer er war. Sie hatte ihm das sogar ins Gesicht gesagt. Von Anfang an hatte sie sich heimlich gewünscht, ihn in einen Mann zu verwandeln, der statt Risikobereitschaft Sicherheit und Stabilität verkörperte.

Wollte sie das immer noch? Denn wenn sie ihn ändern wollte, hatten sie keine Chance auf eine Zukunft. Und ein Teil von ihr weigerte sich, das zu hinzunehmen. Auf einmal sah sie die Dinge in einem anderen Licht.

Jake ergriff ihre Hände. „Um deine Frage zu beantworten, ich nehme an, dass ich die Frau geliebt habe, die ich geheiratet hatte, aber nicht die Frau, die sie nach der Hochzeit geworden ist.“ Er schaute Brianne bedeutungsvoll in die Augen. „Ich begreife erst jetzt, dass ich meine Exfrau nie genug geliebt habe, um mich zu ändern und mit ihr zu wachsen."

Briannes Herz klopfte wild. „Dann konntest du sie auch nicht glücklich machen, Jake. Und umgekehrt sie dich auch nicht. Mit Geld hatte das nichts zu tun."

„Wahrscheinlich hast du recht."

„Ich weiß, dass ich recht habe. Betrachte einmal mein Leben. Geld hätte mir vieles erleichtert, trotzdem wäre ich immer noch eine viel zu junge, alleinstehende Frau gewesen, die die Verantwortung für ihren heranwachsenden Bruder übernehmen musste. Alles Geld in der Welt hätte daran nichts ändern können. Und es hätte mich auch nicht glücklicher gemacht. Ich stand sehr unter Druck, ja, dennoch war ich mit mir selbst im Reinen." Brianne kam sich albern vor, sich seelisch derart zu entblößen, doch weil Jake aufmerksam zuhörte, fuhr sie fort: „Jeder Mann in meinem Leben kann auf dieser Grundlage aufbauen." So wie Jake es getan hatte. Allein sein Anblick hatte schon bewirkt, dass sie sich leichter fühlte. „Ich vermute, dass deine Frau diese Basis nicht hatte."

Bewunderung lag in seinem Blick. „Hat dir schon mal jemand gesagt, dass du ganz erstaunlich bist?", fragte er.

Sie schüttelte den Kopf. „Nein. Möchtest du der Erste sein?"

„Verdammt, ja." Ihr Erster, ihr Letzter, für immer, dachte Jake und küsste sie zärtlich. „Ich entbinde dich nicht von unserer Abmachung. Du schuldest mir ein Bad im Whirlpool." Er deutete auf das sprudelnde heiße Wasser.

„Dann lass es uns tun." Brianne holte tief Luft, als wollte sie sich Mut machen, dann trat sie einen Schritt zurück und ließ ihr Handtuch fallen.

Die Kehle wurde ihm trocken, und er nahm Brianne bei der Hand und ließ sie zuerst in das Becken einsteigen.

Sie setzte sich, sodass das Wasser knapp oberhalb ihres verführerischen Dekolletés plätscherte. Jake wusste jetzt, was seine Strafe sein würde, wenn er endlich mit der Wahrheit herausrückte – diesen Anblick immer vor Augen zu haben, sich immer daran zu erinnern, was sie zusammen hätten haben können, wenn er nicht wieder Furcht und Gefahr in ihr Leben gebracht hätte.

Brianne war völlig anders als seine Exfrau. Sie war ehrlich, offen, ungekünstelt. Und sie hatte ihm geholfen, seine Vergangenheit klarer zu sehen. Deshalb wollte er diese Nacht genießen und seine Enthüllungen auf den Morgen verschieben.

Er sank neben ihr ins heiße Wasser und spürte in Briannes aufregender Nähe gleichzeitig eine verzehrende innere Hitze. Die Gewissheit, dass ihre Zeit begrenzt war, steigerte sein brennendes Verlangen beinahe ins Unerträgliche. „Habe ich dir schon von dem besonderen Vorzug dieses Whirlpools erzählt?“

Brianne schüttelte den Kopf.

„Er hat einen verstellbaren Sitz.“ Jake schob sie ein Stück hinunter, bis sie in einer Art Schale lag und nur ihr Kopf und ihre Schultern aus dem Wasser ragten.

Sie juchzte auf. „Die Ströme kommen von allen Seiten!“

Er schmunzelte. „Gefällt es dir?“

Sie lachte noch einmal, sodass er ein enttäuschtes Gesicht machte.

„Was ist?“, wollte sie wissen.

„Ich möchte, dass du stöhnst, statt zu kichern. Dir ist wohl klar, dass ich etwas dagegen tun muss, nicht wahr?“

Brianne lehnte sich zurück und schaute ihn sehnsüchtig an. „Ich bitte darum.“

Jake beugte sich über sie und küsste sie. Seufzend schlang sie die Arme um ihn und zog ihn an sich. Sie fühlte seine Erregung und spreizte die Beine, um ihm zu zeigen, dass sie ebenso bereit war wie er.

„Irgendwann werden wir es auf die richtige Art machen“, versprach er ihr.

„Und die wäre?“

„Dass ich oben bin“, murmelte er. Brianne in dieser Position zu lieben, war ein Luxus, der ihm wegen seiner Schulterverletzung bisher verwehrt war.

„Trainiere mit mir, und du wirst in kürzester Zeit so weit sein.“ Ihre Augen blitzten herausfordernd. „Das heiße Wasser wärmt deine Muskeln gut durch. Wir können ohne Weiteres nach dem Bad eine Therapiestunde machen.“

Wenn sie noch ans Workout denken konnte, tat er wohl nicht sein Bestes, um sie abzulenken. Jake half Brianne hoch, dann rutschte er auf den Unterwassersitz und zog sie rückwärts auf seinen Schoß.

„Jake?“, keuchte sie überrascht.

„Entspann dich, Honey.“ Er schob einen Arm um ihre Taille, um sie zu stützen, und fühlte dabei ihren Po an seinem harten Glied. Es kostete ihn seine ganze Selbstbeherrschung, sie nicht einfach zu packen und einzudringen.

Brianne verkrampfte sich. „Du erwartest von mir, dass ich mich entspanne, während du …“

„Lass dich einfach fallen und genieß es.“ Jake spreizte die Beine, sodass sie von seinem Schoß glitt und nun zwischen seinen Schenkeln saß. Mit einer Hand betätigte er einige Schalter am äußeren Beckenrand.

Innerhalb von Sekunden verebbte das sanfte Blubbern, und kräftige Wasserstrahle strömten aus den Düsen.

Brianne stieß einen spitzen Schrei aus und versuchte, aufzustehen, doch Jake hielt sie fest. „Gib der Sache eine Chance, okay?“

„Okay“, brachte sie keuchend hervor, aber sie hatte keine Ahnung, wie sie es überleben sollte. Ein Wasserstrahl traf ihre empfindsamste Stelle. Und als wäre das noch nicht genug, um sie verrückt zu machen, spürte sie Jakes Erregung aufreizend an ihrem Rücken,

Langsam ließ er seine Hand über ihren Bauch wandern, tastete sich noch weiter vor bis zum Zentrum ihrer Lust und streichelte sie erregend. Mit jeder Liebkosung steigerte er ihre Sehnsucht nach Erfüllung. Seine Berührungen, kombiniert mit den Wasserströmen, die an ihrer Haut prickelten, löschten jeden klaren Gedanken in ihr aus.

Plötzlich hob Jake ihr Becken an und drang sanft in sie ein. Während er sie herunterzog, fühlte sie ihn Zentimeter für Zentimeter. Obwohl sie Jake dabei lieber in die Augen gesehen hätte, war auch diese Position ungeheuer intim, vielleicht sogar noch mehr wegen des Vertrauens, das sie erforderte.

Jake umfasste ihre Brüste in einer besitzergreifenden Geste und begann sich in ihr zu bewegen. Sie verloren sich beide in einem verzehrenden Feuer der Leidenschaft, bis ihre Lust in einen explosiven Höhepunkt gipfelte.

Irgendwann fand Brianne die Kraft, von ihm herunterzuklettern, um sich in seine wartenden Arme zu schmiegen. Sie fühlte sich dort so geborgen, dass sie kaum glauben konnte, dass sie den ganzen Nachmittag daran gedacht hatte, die Affäre zu beenden. Dieser Mann würde sie niemals in Gefahr bringen. Wovor sie sich in Wahrheit fürchtete, war, sich in ihn zu verlieben.

Langsam holte die raue Wirklichkeit sie ein. Sie waren unvorsichtig gewesen und hatten keinen Schutz verwendet. Brianne wusste nur zu genau, warum sie das zugelassen hatte. Sie vertraute Jake von ganzem Herzen. Und es war wunderbar gewesen, ihn ohne Barriere in sich zu spüren.

Dennoch war es eine Dummheit. Sie hatten sich so verhalten, als läge noch ihr ganzes Leben vor ihnen und nicht bloß dieser kurze, glückliche Sommer.

Louis schob die Hände in die Hosentaschen. Er starrte an dem Gebäude hoch und fragte sich, ob der Detective und seine Freundin heute Nacht die Wände wackeln ließen. Meinetwegen, dachte Louis, denn es wird das letzte Mal sein. Wenn eine Frau erst einmal von ihm flachgelegt worden war, würde sie sich nicht mehr mit einem Typ wie Lowell zufriedengeben.

Louis lachte rau und zündete sich eine Zigarette an. Ja, er würde die Rothaarige haben und obendrein das Geld von seinem neuen Dealer. Die Besitzer des „Eclectic Eatery“ konnten froh sein, mit ihm Geschäfte zu machen. Alles war wie geschmiert gelaufen, bis dieses blöde Mädchen und ihr Freund eine Überdosis erwischt hatten. Jetzt gab es eine Zeugin. Aber da er bis jetzt nicht verhaftet worden war, hatte die Polizei wohl nichts gegen ihn in der Hand.

Louis zuckte mit den Schultern. In der Zwischenzeit spielte er mit dem Detective. Falls Lowell sich nicht schon Sorgen um seine Freundin machte, würde es bald so weit sein. Noch glaubte Lowell, dass die schöne Brianne in dem vornehmen Gebäude sicher war. Louis konnte es kaum abwarten, diese Illusion zu zerstören.

10. KAPITEL

Brianne stand in der Küche, um sich ein Glas Orangensaft einzuschenken, als sie morgens um sieben ihren Pieper hörte. Seufzend kramte sie in ihrer Tasche nach dem Gerät und checkte die Nummer. Sie war schon ein bisschen überrascht, weil sie vor neun Uhr eigentlich keinen Behandlungstermin hatte.

Sie rief im Krankenhaus an, aber auf ihrer Station ging niemand ans Telefon. Vielleicht war die Schwester gerade bei einem Patienten. Brianne zuckte mit den Schultern und legte auf. Sie würde einfach früher zur Arbeit gehen.

Um Jake nicht aufzuwecken, schlich sie auf Zehenspitzen in ihr Zimmer und zog sich an. Dann legte sie sich vorsichtig noch einmal neben Jake und gönnte sich ein paar kostbare Minuten an seiner Seite. Er stöhnte im Schlaf und zog sie an sich. Brianne seufzte und schmiegte ihr Gesicht an seine breite Schulter. Noch nie hatte sie sich so geborgen und sicher gefühlt. Es war paradox, wenn man bedachte, dass er in seinem Beruf täglich Gefahren ausgesetzt war.

Sie schloss die Augen und ließ ihre Hände zärtlich über seinen Rücken wandern. Dann rollte sie sich bedauernd weg und stand auf.

Sie könnte sich schnell an das Zusammensein mit ihm gewöhnen, und es könnte genauso schnell vorbei sein – weil Jake keine feste Beziehung wollte. Oder weil ihm bei seiner Arbeit etwas zustoßen könnte.

Vielleicht war der Ruf aus dem Krankenhaus gerade im rechten Moment gekommen. Sie hatte sich vorgestellt, neben Jake aufzuwachen und ihn wieder zu lieben. Aber Jake am Morgen zu lieben, war ein Luxus, an den sie sich gar nicht erst gewöhnen sollte.

Egal wie sehr sie sich das inzwischen wünschte.

Jake wachte normalerweise bei den ersten Sonnenstrahlen auf, aber offenbar hatten die spätabendlichen Aktivitäten ihn erschöpft, denn als er aufschaute, zeigte der Wecker sieben Uhr achtundvierzig. Er fühlte einen warmen Körper neben sich und drehte sich um, doch statt Brianne lag Norton neben ihm und fuhr ihm mit seiner schwarzen Zunge über das Gesicht.

„Oh, verdammt“, fluchte Jake angewidert. „Dich habe ich hier nicht erwartet.“

Der Hund rührte sich nicht von der Stelle. Jake stöhnte und richtete sich auf. Ihm blieb nur noch eine Viertelstunde mit Brianne, bevor sie zur Arbeit musste, und er musste vorher dringend mit ihr reden. Er dachte an den gestrigen Abend und setzte einen weiteren Punkt auf seine Liste von Dummheiten – ungeschützten Sex.

Plötzlich fiel ihm ein, wie er Brianne gestanden hatte, dass er sich Kinder wünschte. Er konnte sich ein Familienleben mit ihr vorstellen. Es musste herrlich sein, jeden Morgen neben ihr aufzuwachen und nachts neben ihr einzuschlafen. Zu beobachten, wie sich ihr Körper veränderte, weil sein Kind in ihr wuchs.

Himmel, wo war der Gedanke hergekommen? Jake sprang auf, suchte Brianne erst im Badezimmer und dann in der Küche. Sein Herz setzte einen Schlag aus, als er die Nachricht an der Kaffeemaschine entdeckte.

Ich wünschte, ich hätte zusammen mit dir Kaffee trinken können, doch ich wurde schon früh in die Klinik gerufen. Trink eine Tasse für mich mit. Brianne

Jake spürte ein Brennen in seinem Magen. Wie hatte er einen Anruf verschlafen können?

Wie auf ein Stichwort klingelte das Telefon.

Er hob den Hörer ab. „Brianne?"

„Nein, hier ist David. Wenn sie früher zum Dienst musste, warum, zum Teufel, hast du mir nicht Bescheid gegeben?"

„Sie ist im Krankenhaus?"

„Ja, sie ist da. Aber ich kann meinen Job nicht vernünftig machen, wenn du mich nicht …"

Jake knallte den Hörer auf. „Sorry, Kumpel", murmelte er. Fluchend zog er sich an und eilte hinaus.

Er gab dem Portier ein Trinkgeld und bat ihn, den Hund auszuführen. Dann nahm er sich ein Taxi und fuhr Brianne nach. Letzte Nacht hatte er sich aus egoistischen Motiven vor der Wahrheit gedrückt, aber der Morgen war gekommen, und er musste sie einweihen. Und zwar schnell.

Brianne rieb sich die Augen und schenkte sich im Aufenthaltsraum einen Becher Kaffee ein. Es hatte sich herausgestellt, dass man sie als seelischen Beistand für eine ältere Patientin gebraucht hatte. Mrs Cohen, die nach einer Operation noch ans Bett gefesselt war, hatte in einem Anfall von Orientierungslosigkeit versucht aufzustehen und in ihrer Verwirrung unaufhörlich Briannes Namen gemurmelt. Wahrscheinlich, weil Brianne sich nicht nur um die Körper ihrer Patienten kümmerte, sondern auch um ihre Seele. Sie redete mit ihnen, was offenbar viel zu wenige Menschen miteinander taten.

Brianne trank einen Schluck Kaffee und rieb sich die schmerzenden Schläfen. Sie hatte sich um den Job auf der Ranch in Kalifornien beworben, weil sie immer gedacht hatte, dass es ihr Traum wäre, mit Kindern zu arbeiten. Inzwischen war sie sich da nicht mehr so sicher. Sie liebte ihre Arbeit in der Geriatrie und hatte ein herzliches Verhältnis zu ihren Patienten. Nur ungern ließ Brianne sie im Stich.

Und es gab noch einen Grund, weshalb der bevorstehende Umzug nach Kalifornien ihr auf einmal nicht mehr so verlockend erschien. Bei dem Gedanken an Jake krampfte sich ihr Magen zusammen. Sie würde am anderen Ende des Landes sein, bei ihrem Bruder, den sie so sehr liebte. Aber Marc war erwachsen. Er brauchte sie nicht mehr so wie früher.

Vielleicht wurde es Zeit, dass sie sich von der Rolle der fürsorglichen großen Schwester verabschiedete. Bedeutete das eine Zukunft in New York, mit Jake? Sie schüttelte den Kopf. Was fiel ihr nur ein? Er hatte ihr keine Veranlassung gegeben, zu glauben, dass er mehr wollte als eine kurze Affäre.

„Brianne?" Sharon platzte mit einem Mohnblumenstrauß herein. „Die wurden am Empfang für dich abgegeben."

Überrascht nahm Brianne ihr das Bukett ab und legte es auf den Tisch neben der alten Couch.

„Heimlicher Verehrer?", fragte Sharon.

„Ich weiß es nicht." Dabei strömte eine Welle der Wärme durch ihren Körper. Sie hätte nie gedacht, dass es Jakes Art war, Blumen zu schicken, aber offenbar hatte sie sich getäuscht.

„Sie sind schön", bemerkte Sharon.

Brianne betrachtete die bezaubernden roten Blüten. Sie wusste nicht, wie sie hießen, doch sie liebte das schlichte Arrangement.

Das Telefon klingelte, und Brianne nahm beim ersten Klingeln ab. „Reha-Station, Brianne Nelson am Apparat."

„Hat Ihnen mein Präsent gefallen?", fragte eine männliche Stimme mit einem leichten ausländischen Akzent.

Sie umfasste den Hörer fester. „Ich glaube, Sie sprechen mit der falschen Person."

„Sie haben sich mit Brianne Nelson gemeldet."

„Das stimmt", erwiderte sie zurückhaltend. Sie musste an den Mann mit dem Tattoo denken. „Wer sind Sie?"

„Ich dachte, eine klasse Frau wie Sie hätte bessere Manieren. Bekomme ich kein Dankeschön für die schönen Blumen?"

„Vielleicht bedanke ich mich bei Ihnen, wenn ich weiß, wer Sie sind", antwortete sie mit einem Beben in der Stimme.

Sharon musste ihre Anspannung gespürt haben, denn sie legte ihr beruhigend eine Hand auf den Rücken.

„So? Nun, dann können Sie sich gleich persönlich bei mir bedanken", sagte der Fremde.

„Wer sind Sie?" Brianne wusste nicht, ob sie es mit einem harmlosen Verehrer oder einem Verrückten zu tun hatte. Unwillkürlich begann sie zu zittern, und sie musterte die Blumen, die sie eben noch so reizend gefunden hatte, mit ängstlicher Verwirrung.

„Leg auf, Brianne." Beim Klang von Jakes Stimme wirbelte sie herum. Seltsamerweise wunderte sie sich nicht, dass er in der Nähe war, wenn sie ihn brauchte.

Sie stellte sein Recht, Befehle zu erteilen, nicht infrage, knallte einfach den Hörer auf und trat einen Schritt von dem Apparat und dem Blumenstrauß zurück.

„Können wir ein paar Minuten allein sein?", fragte Jake.

Brianne schaute Sharon an, deren Blick unsicher zwischen Brianne und Jake hin und her wanderte. „Es ist okay."

„Du verheimlichst mir doch etwas", meinte Sharon und musterte Jake neugierig. „Wenn du mich brauchst, ich bin gleich vorne." Nach einem weiteren prüfenden Blick auf Jake verließ Sharon den Raum.

Jake ergriff Briannes zitternde Hände. „Was ist passiert? Der Reihe nach." Er legte einen Arm um sie und führte sie zur Couch.

Brianne ging den Morgen im Geist noch einmal durch. „Ich konnte nicht mehr schlafen und war gerade in der Küche, als ich gegen sieben vom Krankenhaus angefunkt wurde."

„Ist das nicht ungewöhnlich so früh?"

Sie nickte. „Ungewöhnlich schon, aber es kommt vor." Dann erzählte sie ihm von der Patientin, und Jake hörte aufmerksam zu. Nur zu gern hätte er sie beruhigt, doch er brauchte dringend ihre Informationen. Aufmunternd drückte er ihre Hand. „Weiter."

Brianne seufzte. „Nun, als das Beruhigungsmittel bei Mrs Cohen zu wirken anfing, ging ich hierher, um mir einen Kaffee zu holen. Da brachte Sharon mir die Blumen. Ich dachte, sie wären von dir."

„Es sind Mohnblumen", sagte er.

Sie rieb sich die Arme. „Wirklich? Das wusste ich nicht. Ich bin ein Stadtmensch. Ich könnte keine Blume von der anderen unterscheiden."

„Ich normalerweise auch nicht." Mohn hing mit der Gewinnung von Rauschmitteln zusammen, und das wusste jeder im Drogendezernat. Die Blumen waren Ramirez' Visitenkarte.

Brianne schaute ihn verwundert an. „Du kennst Mohnblumen? Das hätte ich nie gedacht. Ich kenne sie nur aus dem Märchen vom ‚Zauberer von Oz' und dem tödlichen Mohnfeld ..."

Plötzlich riss sie die Augen auf, und Jake wusste, dass sie eins und eins zusammenzählte.

„Du wurdest angeschossen bei dem Versuch, einen Drogendealer zu verhaften. Und gestern habe ich dich auf der Station gesehen, wo die Patientin mit der Überdosis liegt."

Jake senkte den Kopf. Er hatte nicht gemerkt, dass Brianne ihn gesehen hatte. Verdammt. Er hätte wissen müssen, dass er nicht so leicht davonkommen würde.

„Die Blumen sind kein Zufall, nicht wahr?", fragte sie angstvoll. Ihre Wangen hatten alle Farbe verloren.

„Nein", räumte er ein. „Sie sind von dem Dealer, der mich angeschossen hat."

Sie kniff die Augen zusammen. „Und was hat das mit mir zu tun?"

Jake nahm Briannes Hand. „Du bist im Visier eines Drogendealers namens Louis Ramirez. Wahrscheinlich ahnt er, was du mir bedeutest, und sieht dich als Mittel, mich zu kriegen." Genau das hatte Jake vermeiden wollen – sie war für seinen Feind interessant geworden.

„Ich bin deinetwegen in Gefahr?" Brianne klang geschockt und wütend, aber auch enttäuscht. Das traf ihn am härtesten.

Er nickte gequält. „Indirekt, ja. Es sieht jedenfalls so aus." Genau genommen, war sie in Gefahr, weil sie das Angebot seiner Schwester angenommen hatte und ins Penthouse gezogen war. Doch er wollte Brianne nicht noch mehr aufregen.

„Dieser Ramirez – hat er einen Akzent?"

Wieder nickte Jake.

„Er sagte am Telefon, dass ich mich persönlich bei ihm für die Blumen bedanken könnte." Sie riss ihre Hand los. „Woher wusste er, wo ich zu finden bin?"

„Der Kerl beobachtet dich." Jake wandte schuldbewusst den Blick ab. „Seit einer Weile."

„Der Mann vor dem Coffeeshop?"

„Ja."

Sie begann die Hände abwechselnd zu Fäusten zu ballen und zu öffnen, das einzige Zeichen, mit dem sie ihre Erregung und ihren Zorn verriet. „Was macht dich so sicher, dass es der gleiche Mann ist?"

Als Polizist schätzte er ihre präzisen Fragen, aber als Mann, der ihr Vertrauen missbraucht hatte, wünschte er, dass sie nicht so schnell die einzelnen Teile des Puzzles zusammenfügen würde. „Das Tattoo zum Beispiel. Außerdem ist er auch in der Nähe des Krankenhauses gesehen worden."

„Gesehen von wem?“, wollte Brianne wissen.

„Da werden die Dinge kompliziert.“ Jake raufte sich das Haar, stand auf und ging vor der Couch auf und ab. „Als du mir erzählt hast, dass du dich verfolgt fühltest, wurde ich hellhörig.“

„Doch du hast mir nichts gesagt. Stattdessen hast du mich belogen.“ Sie konnte ihre Enttäuschung und ihre Wut nicht mehr länger unterdrücken.

„Ja. Nein.“ Er schüttelte frustriert den Kopf. „Ich wollte dich schützen. Du hattest mir gerade die Geschichte von deinen Eltern anvertraut und zugegeben, dass deine Ängste durch mich wieder hochgekommen sind. Ich habe es nicht über mich gebracht, dich zu beunruhigen.“

„Ich bin keine psychisch Kranke, die Schonung braucht! Ich hatte dich um deinen professionellen Rat gebeten. Ich hatte dich nicht gebeten, mich in Watte zu packen.“ Brianne erhob sich. „Ich dachte, ich würde verfolgt. Mir hätte das sicher nicht gefallen, aber ich hätte damit umgehen können. Ich bin schon mit viel Schlimmerem fertig geworden.“

„Das ist Unsinn.“ Jake musterte sie scharf. „Du bist mit einer Tragödie fertig geworden und stärker daraus hervorgegangen, als du es vorher warst. Doch hier hast du es mit einem Irren zu tun, der dich, ohne mit der Wimper zu zucken, umbringen könnte! Das ist überhaupt nicht vergleichbar!“

Bei seinen deutlichen Worten zuckte sie zurück.

„Es tut mir leid, dich so zu erschrecken“, meinte er, „aber es tut mir nicht leid, dir die Wahrheit zu sagen.“

„Wenn auch ein bisschen spät.“ Brianne straffte die Schultern. „Okay, ich habe also noch nichts Schlimmeres durchgemacht. Ein ‚Irrer‘ verfolgt mich. Habe ich nicht die Chance verdient, mich selbst zu beschützen?“ Sie durchbohrte ihn mit ihrem Blick. Sie war nicht so leicht bereit, ihm zu verzeihen, dass er ihr diese Bedrohung verheimlicht hatte.

Jake räusperte sich. „Ich habe für deinen Schutz gesorgt.“

„Nicht besonders gut, da diese Blumen durchgekommen sind“, murmelte sie.

„Jeden Tag werden Blumen ins Krankenhaus geschickt.“ Er hielt bittend die Hände hoch. „Ich bin nicht hier, um zu streiten, okay?“

Anscheinend hatte sie ihn verletzt, doch sie konnte sich im Moment kein Mitgefühl für ihn leisten. Ein Polizistenmörder schickte ihr Blumen und belästigte sie am Telefon. Ein Schauer jagte ihr über den Rücken. „Wie hast du für meinen Schutz gesorgt? Und lass ja nichts aus.“ Brianne verschränkte die Arme vor der Brust, weniger in Abwehrhaltung als vielmehr, um ihr Zittern zu unterdrücken.

„Ich habe dich von einem Privatdetektiv beschatten lassen", gestand Jake. „Und wenn er nicht in deiner Nähe sein konnte, war ich es."

Seine Worte hätten sie nach all dem, was sie bis jetzt erfahren hatte, nicht mehr schockieren sollen, dennoch taten sie es. Sie fragte sich, ob Jake sich nur deshalb für sie interessiert hatte, um sie leichter schützen zu können.

Ihr Herz rebellierte gegen den Gedanken. Aber ihr verletzter Stolz und die Enttäuschung, dass er sie belogen hatte, ließen seine Motive auf einmal zweifelhaft erscheinen.

Sie wollte ihm ihre Schwäche nur nicht zeigen. „Okay, also was nun, Detective?"

Jake zuckte bei ihrem förmlichen Ton zusammen. „Dies ist kein offizieller Fall für mich, Brianne."

„Nein, du bist ja beurlaubt. Dennoch zieht dich Gefahr wohl magisch an. Und diesmal hat dein Hunger nach dem Kick die Gefahr an meine Türschwelle gebracht."

„Unsere Türschwelle, oder hast du vergessen, dass du bei mir eingezogen bist?", fragte er mühsam beherrscht.

Er hatte recht. Sie machte ihm unnötig Vorwürfe. „Okay. Wie nah ist die Polizei denn dran, den Fall zu klären und den Mann einzusperren? Bevor er mich kriegt, meine ich."

Wieder wich Jake ihrem Blick aus. „Nicht besonders nah", gestand er und erklärte ihr, wie der Fall mit der Überdosispatientin zusammenhing. Er erwähnte auch das „Eclectic Eatery". „Wir konnten das Opfer noch nicht mit dem Restaurant oder Ramirez in Verbindung bringen."

„Na großartig. Dann bin ich also eine wandelnde Zielscheibe." Brianne fing wieder an zu zittern. Ihr wurde ein wenig schwindelig.

Jake legte seine Hand auf ihren Arm, doch sie schüttelte die Berührung ab und sank wieder auf die Couch. Während ihrer Angsttherapie hatte sie eine spezielle Atemtechnik gelernt, die ihr half, sich zu beruhigen. Sie ignorierte Jake und konzentrierte sich auf gleichmäßiges Luftholen, bis der Raum aufhörte, sich zu drehen, und sie wieder klar sehen konnte.

Jake musterte sie besorgt. „Dir wird nichts passieren, solange ich in der Nähe bin. Und ich werde nicht von deiner Seite weichen."

„Das ist genau das, was ich wollte. Einen Bodyguard. Na toll", erwiderte sie trocken. Einen, der nur mit ihr schlief, damit er wusste, wo sie nachts war.

Jake presste die Lippen zusammen. Brianne war sich bewusst, dass sie kalt und verletzend klang, aber sie konnte nicht anders. Er hatte sie arglos durch die Straßen von New York spazieren lassen, während sie von einem Dealer und einem Privatdetektiv, den Jake engagiert hatte, verfolgt wurde. Sie fröstelte.

„Du musst vorsichtig sein, okay? Geh nirgendwo allein hin, nicht einmal auf die Toilette, hast du verstanden? Ich hole jetzt David, damit ihr euch kennenlernt. Er beschützt dich tagsüber. Er ist gut. Wenn du dich an die Regeln hältst, wird dir nichts passieren."

Brianne umarmte sich selbst. „Und wo wirst du sein?"

„Ich kümmere mich um Ramirez." Er wandte sich zum Gehen.

„Jake, warte." Sie hielt ihn am Arm fest und stand auf. Sie wollte nicht, dass er sich in Gefahr begab, und schon gar nicht ihretwegen.

Weil sie ihn liebte.

Liebe. Sie hätte es kommen sehen müssen und war doch blind gewesen. Sie hatte immer nur Berge von Fragen und Verwirrung gesehen. Daran hatte sich nichts geändert. Sie hatte keine Ahnung, wie sie es fand, einen Mann zu lieben, der so ein gefährliches Leben führte. Sie fühlte nur das überwältigende Bedürfnis, ihn vor sich selbst zu schützen.

Er drehte sich zu ihr um. „Was ist?"

„Wie? Ich meine, wie willst du ihn fassen?"

„Er will mich, und offensichtlich benutzt er dich, um mich zu kriegen. Wenn ich ihn nicht wegen Drogenhandel belangen kann, dann wegen versuchten Mordes."

Sekundenlang stockte ihr Herz. „Wegen Mordes an wem? Dir? Wem soll das helfen?", fragte Brianne erregt. Wenn Jake irgendetwas zustieße, würde sie das nicht überleben.

„Wegen *versuchten* Mordes, Sweetheart. Er wird mir nichts anhaben, aber er kommt hinter Gitter, wo er hingehört."

Sie erkannte, dass er eisern entschlossen war, Ramirez zur Strecke zu bringen, und es war ihm egal wie. Der Gedanke, Jake zu verlieren, erfüllte sie mit Panik. Sie drückte seinen Arm fester. „Du darfst dich nicht zur Zielscheibe machen. Jake, bitte. Versprich mir, dass du das nicht tun wirst."

In seinem Blick lag Bedauern. „Das kann ich dir nicht versprechen."

„Warum nicht? Überlass das deinen Kollegen. Du bist beurlaubt und noch nicht wieder in Form. Lass das jemanden übernehmen, der im Vollbesitz seiner Kräfte ist." Das Flehen in ihrer Stimme erinnerte sie daran, wie sie als kleines Mädchen gebettelt hatte.

Mommy, Daddy, bitte geht nicht. Was ist, wenn der Rennwagen verunglückt? Oder wenn das Seil reißt? Doch all ihre Einwände hatten nichts genützt. Ihre Eltern hatten sie trotzdem allein gelassen, bis eines Tages ihre schlimmsten Befürchtungen wahr geworden waren – sie kamen nicht zurück. Und nach Jakes unbeugsamer Miene zu urteilen, würde auch er sich nicht aufhalten lassen.

Und plötzlich wusste Brianne, dass sie ihn gehen lassen würde. Weil sie nicht mehr das ängstliche kleine Mädchen war, sondern eine Frau, die schon einmal das durchgemacht hatte, wovor sie sich jetzt fürchtete. Und sie hatte es überlebt.

„Es tut mir leid, aber ich kann nicht anders. Ich muss das tun“, sagte Jake.

„Ich weiß.“ Obwohl es Brianne nicht gefiel, verstand sie ihn. Er war Polizist, und sein Beruf war ein Teil seiner Persönlichkeit. Er konnte nicht vor einem Fall weglaufen. Und sie würde ihn nicht noch einmal darum bitten.

„Du verstehst?“, fragte er ungläubig.

Sie nickte. „Weil ich dich kenne. Trotzdem war es den Versuch wert, dich davon abzubringen.“ Die Tatsache, dass sie ihn verstand, machte es für sie nicht leichter, doch sie hatte keine andere Wahl.

Sie beugte sich vor und hauchte einen Kuss auf seine Lippen, eine Geste, die als Vertrauensbeweis gemeint war. Jake umfasste ihr Gesicht und küsste sie voller Hingabe. Der Kuss war wie ein Versprechen. Jedenfalls wollte Brianne das glauben – weil sie Jake liebte. Und sie würde nicht tatenlos zusehen, wie er sein Leben riskierte, um sie zu beschützen. Sie wollte ihm wenigstens ein bisschen helfen.

Sanft löste sie sich von ihm. „Geh und mach deinen Job.“

Er starrte sie mit großen Augen an. Sie hatte ihn verblüfft. Doch ohne weitere Fragen zu stellen, verließ er den Raum und kehrte ein paar Minuten später mit ihrem Wachhund zurück.

Brianne schüttelte David die Hand und kümmerte sich danach nicht weiter um ihn. Denn obwohl sie froh über seine Anwesenheit war, überlegte sie bereits fieberhaft, wie sie Jake und sich selbst beweisen könnte, dass sie nicht nur stark, sondern ihm auch ebenbürtig war. Sie wollte ihm zeigen, dass sie mit der Situation umgehen konnte, und gleichzeitig dafür sorgen, dass ihm nichts passierte.

Denn wenn dies alles vorbei war, wollte sie ihn heil und unversehrt für sich haben. Ein kleines Lächeln stahl sich auf ihr Gesicht. Sie hatte keine Ahnung, wie sich die Dinge mit Jake entwickeln würden. Sie wusste immer noch nicht, ob sie seinen Beruf auf Dauer akzeptieren könnte. Ob er sie nach diesem Sommer überhaupt noch wollte, war ebenfalls eine offene Frage. Aber Brianne wusste, dass sie die Antworten darauf erfahren würde, sobald Ramirez für immer aus ihrem Leben verschwunden sein würde.

11. KAPITEL

Brianne wusste, dass es nur einen Ausweg aus ihrer Situation gab. Sie musste sich aktiv ihren Ängsten stellen. Erst dann würde sie wissen, ob sie Jakes Art zu leben akzeptieren könnte. Erst dann würde sie wissen, ob sie den Mut hätte, ihn zu fragen, ob er für immer mit ihr zusammenbleiben wollte.

Eine Stunde nachdem er gegangen war, betrat Brianne das Krankenzimmer von Marina Brown. Der Wachtposten hatte sie eintreten lassen, nachdem er ihren Dienstausweis kontrolliert hatte. Den Namen Jake Lowell zu nennen, hatte nicht geschadet.

„Hallo", grüßte Brianne die junge Frau, die mit angezogenen Knien in Bett lag.

„Hi." Marina richtete sich auf und lehnte sich gegen die weißen Kissen. „Kommen Sie auch vom Social Service?"

Brianne schüttelte den Kopf. „Nein, ich bin …" Sie räusperte sich. „Mein Name ist Brianne Nelson, und ich brauche Ihre Hilfe."

Brianne wollte wissen, wie Marina im ‚Eclectic Eatery' an die Drogen herangekommen war, und wollte es dann selbst auf die gleiche Weise versuchen. Dazu müsste sie zwar erst den Privatdetektiv loswerden, aber das würde sie schon schaffen, denn schließlich kannte sie jeden Winkel und Hinterausgang vom Krankenhaus. Sie würde der Polizei den fehlenden Beweis liefern, um Ramirez überführen und verhaften zu können.

Eine Viertelstunde später wusste Brianne in groben Zügen, dass man im ‚Eclectic Eatery' Drogen bestellen konnte, wenn man bestimmte Tarnnamen nannte. Sie hatte nur keine Ahnung, welche der Gerichte auf der umfangreichen Karte harmlos waren und welche nicht. Aber sie würde es hoffentlich schnell herausfinden.

„Sie haben eine unbeteiligte Person mit in die Sache hineingezogen, verdammt noch mal", knurrte Lieutenant Thompson.

„Nicht mit Absicht, Sir." Jake blieb vor seinem Vorgesetzten stehen und wartete, dass der Ärger des älteren Mannes verrauchte.

Thompsons Gesicht war rot vor Zorn, und er verpasste einem Papierkorb einen so kräftigen Fußtritt, dass er quer durch den Raum an die Wand flog und zurückprallte. Offenbar würde das Gewitter nicht so schnell abziehen. Jake konnte es Thompson nicht einmal verübeln. Er könnte sich selbst dafür ohrfeigen, dass er Brianne nicht eher in alles eingeweiht hatte.

„Und dann haben Sie auch noch eine Zeugin verhört, obwohl Sie offiziell beurlaubt sind", fuhr Thompson fort.

„Ich habe sie nicht verhört, Sir. Wir hatten ein freundliches Gespräch.“

„Ich fass es nicht“, murmelte Thompson. „Und Ihre Schulter?“

„Schmerzt noch etwas.“

„Das interessiert mich nicht. Ich will wissen, ob Sie einsatzfähig sind.“

„Beinahe.“ Jake zuckte zusammen, als der Lieutenant wieder nach dem Papierkorb trat.

„Ich will den Grund gar nicht wissen, warum Sie mir etwas vorgemacht haben“, meinte Thompson barsch.

Jake seufzte und sank auf einen Stuhl vor dem Schreibtisch. „Seit Franks Tod …“

Sein Vorgesetzter schnitt ihm mit einer Handbewegung das Wort ab. „Ich sagte, ich will es nicht wissen. Jedenfalls nicht, bevor diese Sache vorbei ist. Jetzt bewegen Sie Ihren Hintern zum Arzt und lassen sich gesundschreiben.“

Jake nickte. Er wusste, dass er keine andere Wahl hatte, wenn er ganz offiziell aktiv bei der Verhaftung von Ramirez dabei sein wollte.

„Weiß ich jetzt alles?“, fragte der Lieutenant.

„Ja, Sir.“ Alles außer der Tatsache, dass Brianne mehr für ihn war als seine Physiotherapeutin. An diesem Morgen hatte sie ihn so akzeptiert, wie er war – mitsamt seinem Beruf. Keine Frau hatte das je getan.

„Ich möchte mit Brianne Nelson reden.“

Jake wollte etwas einwenden, dann ließ er es. Instinktiv wollte er sie aus der Sache heraushalten. Aber er hatte das schon einmal versucht, und es war nach hinten losgegangen.

„Sie hat um fünf Feierabend. Ich komme dann mit ihr hier vorbei.“

Thompson hob eine Augenbraue. „Ich dachte, Sie wären ihr Patient, mehr nicht. Ich lasse sie abholen und hierherbringen. Sie brauchen sich nicht als ihr Bodyguard aufzuführen.“

Jake würde Brianne bis zu seinem letzten Atemzug beschützen, doch er würde sich nicht mit Thompson darüber streiten. Stattdessen beschloss er, dem Lieutenant seinen Plan zu erläutern. „Ramirez will mich. Wenn ich als Zielscheibe …“

Das Klingeln des Telefons unterbrach ihn.

„Thompson“, brüllte der Lieutenant in den Hörer.

Zum ersten Mal, seit Jake das Büro betreten und seinen Chef eingeweiht hatte, wurde es still im Zimmer. Schließlich fluchte Thompson: „Verdammt noch mal.“

„Was ist passiert?“, fragte Jake alarmiert, als Thompson auflegte.

„Wir haben den Beweis, dass im ‚Eclectic Eatery‘ mit Drogen gehandelt wird. Sieht so aus, als könnten wir das Lokal schließen.“

Jake stand sofort auf. „Dann lassen Sie uns gehen. Ich möchte der Person die Hand schütteln, die das geschafft hat."

„*Ich* werde gehen. Sie gehen zum Arzt. Aber keine Sorge. Ich werde Ihrer Freundin Ihre Glückwünsche ausrichten." Der Lieutenant grinste anzüglich.

„Wie bitte?" Jake verkrampfte sich. Das Herz schlug ihm bis zum Hals.

„Offensichtlich hat Brianne Nelson den Privatdetektiv, der nach Ihrer Aussage so gut sein soll, abgeschüttelt und ist zum ‚Eclectic Eatery' gegangen. Dort hat sie richtig auf die verschlüsselte Bestellung getippt und Stoff bekommen. Danach hat sie die Polizei gerufen. Mir gefällt es nicht, dass eine Zivilistin in den Fall verwickelt ist, doch mit ihrer Hilfe haben wir es beinahe geschafft."

Der Lieutenant wirkte höchst zufrieden, Jake dagegen drehte sich beinahe der Magen um. Brianne hatte sich mutwillig in Gefahr gebracht, und wenn ihr etwas zugestoßen wäre, wenn er sie verloren hätte, bevor er eine Chance gehabt hätte, ihr zu sagen, dass er sie liebte …

Er liebte sie. Warum hatte er das nicht früher erkannt?

„Ihre Freundin hat Talent", meinte Thompson.

„Sie ist nicht meine Freundin", antwortete Jake mechanisch. Er sprach nie über sein Privatleben, und um sie zu schützen, wollte er es auch jetzt nicht. Obwohl es offensichtlich war, dass sie seinen Schutz nicht brauchte. Wahrscheinlich brauchte sie nicht einmal ihn.

Aber er brauchte sie. Er liebte sie. Es war gar nicht so schwer gewesen, das endlich vor sich selbst zuzugeben. Schwieriger würde es werden, es Brianne zu gestehen – und auf ihre Reaktion zu warten.

Wenn sie noch am Leben und unversehrt war. „Ist sie …?"

„Es geht ihr gut. Sie ist in Sicherheit und spricht gerade mit unseren Leuten. Doch wenn sie nicht Ihre Freundin ist, warum sehen Sie dann so aus, als ob Ihnen gleich schlecht wird? Ich wusste, dass noch mehr hinter der Geschichte steckt. Sie verheimlichen mir immer noch etwas, Lowell. Und das gefällt mir nicht."

Jake wusste, wann er besser nichts sagte, also schwieg er. Es hoffte nur, dass Thompson ihm gestattete, ihn zu begleiten und Brianne zu sehen.

Thompson überlegte laut: „Mit ein bisschen Glück wird einer von den Angestellten Ramirez verpfeifen. Und wir können ihn verhaften."

„Wenn er nicht vorher Brianne in seine Gewalt bekommt." Jake eilte zur Tür.

„Stopp!", brüllte Thompson.

Jake blieb stehen. „Fassen Sie sich kurz, Lieutenant. Sosehr ich Sie auch respektiere, ich bin nicht im Dienst."

„Falls Sie jemals wieder in dieses Department zurückkehren wollen, gehen Sie zum Arzt. Jetzt."

Mit einem Schlag erkannte Jake den Grund für die bisherige Leere und Unzufriedenheit in seinem Leben. Brianne hatte darin gefehlt. Sie erst hatte ihn wieder das Licht sehen lassen.

„Sorry, Lieutenant, aber zur Hölle mit dem Arzt." Er hatte jetzt keine Zeit. Das Einzige, was für ihn zählte, war Brianne.

Thompson kniff die Augen zusammen. „Ich lasse mir den Fall Ramirez nicht noch einmal versauen, weil einem meiner Leute der Verstand in die Hose gerutscht ist."

„Dann sind wir uns ja einig", meinte Jake, ohne mit der Wimper zu zucken.

Thompson schlug mit der Faust auf den Schreibtisch. Er ahnte, was als Nächstes kommen würde, und es gefiel ihm nicht.

„Ich gehöre nicht mehr zu Ihren Leuten", erklärte Jake.

Thompson fluchte, musste jedoch gemerkt haben, dass es Jake ernst war, denn er diskutierte nicht. „Wir sind noch nicht damit durch, Lowell", sagte er nur.

Jake nickte. Er schuldete seinem Vorgesetzten eine Erklärung, sobald er mit Brianne fertig war. Allein auf Drogenfahndung! Was hatte sie sich nur dabei gedacht? Sosehr er sie auch liebte, er würde sie schütteln, bis ihr die Zähne klapperten, so außer sich vor Wut und Sorge war er.

Als Thompson mit dem Wagen vor dem Restaurant einbog, das jetzt von Polizisten abgeriegelt war, war Jake schweißgebadet. Er stieß die Tür auf, noch bevor der Wagen stand, sprang heraus und begann Brianne zu suchen.

„Es war einfacher, als ich gedacht hatte", wiederholte Brianne im Streifenwagen, doch der Polizist am Steuer hörte gar nicht richtig zu, sondern konzentrierte sich darauf, die Gegend im Auge zu behalten. Außerdem hatte sie ihre Geschichte schon dem Detective namens Duke erzählt, der sofort Lieutenant Thompson informiert hatte. Brianne ahnte, dass es nur eine Frage der Zeit war, bis Jake hier auftauchen würde, um ihr eigenhändig den Hals umzudrehen.

Sie hob das Haar in ihrem Nacken an. Es war heiß und stickig im Wagen, der in einer Nebenstraße in der Nähe des „Eclectic Eatery" parkte. Sie hatte die Polizei von einer Zelle aus angerufen – nachdem sie tatsächlich Drogen bekommen hatte, als sie den „Garten Eden" bestellt hatte. Die Beschreibung des Gerichts hatte sie darauf gebracht: ein Bukett aus verschiedenen grünen Gemüse, Tomaten, Bohnensprossen und Blüten. Da sie morgens die Mohnblumen erhalten hatte, war ihr das Wort „Bukett“ aufgefallen, und sie hatte darauf geachtet, es neben dem Namen des Salates bei der Bestellung zu verwenden. Sie hatte richtig getippt. Nach einem stummen Nicken hatte sie wenig später nicht nur den Snack, sondern, eingerollt in eine Serviette, auch einige Pillen erhalten. Sie dachte an Marina im Krankenhaus und fröstelte trotz der Hitze.

Die Polizei wartete noch auf den Gerichtsbeschluss, und dann würde das Lokal geschlossen werden. Würde einer der Angestellten Ramirez verraten? Brianne hoffte es inständig. Der Gedanke an die Stimme des Mannes und daran, wie leicht er sie gefunden hatte, machte sie nervös.

Sie wusste immer noch nicht, woher sie den Mut für ihren Alleingang genommen hatte. Aber sie hatte es für Jake getan. Weil sie ihn liebte.

Und wenn Brianne liebte, dann handelte sie. So hatte sie es bei ihrem Bruder Marc gemacht, und nun machte sie es mit Jake. Dennoch stand ihr eine Auseinandersetzung bevor. Jake würde wütend sein, dass sie sich zur Zielscheibe gemacht hatte, doch wenigstens waren sie jetzt einen Schritt näher daran, Ramirez aus ihrem Leben zu verbannen. Der Fall würde bald abgeschlossen sein. Allerdings war sie sich auch klar darüber, dass für Jake weitere Fälle folgen würden.

Könnte sie es ertragen, sich für den Rest ihres Lebens jeden Tag zu fragen, ob er heil nach Hause kommen würde? Wollte er überhaupt zu ihr nach Hause kommen, oder hielt er immer noch daran fest, nur eine kurze Affäre zu wollen? Affäre. Was für ein kaltes Wort für eine so heiße Beziehung.

Ein lautes Klopfen ließ sie zusammenzucken. Sie sah die Faust eines Mannes an die Scheibe pochen. „Ich bin’s, Lowell. Aufmachen.“

Brianne biss sich auf die Unterlippe. Offenbar erkannte der Polizist hinterm Steuer Jake an der Stimme, denn er entriegelte die Türen und stieg aus. Minuten später saß Jake neben ihr auf der Rückbank.

Sein Gesicht war rot vor Ärger, und seine blauen Augen funkelten vor Wut, aber er blieb still. Sie wappnete sich gegen die Tirade, die sicher kommen würde. Jake hob die Hände und umfasste ihre Wangen fester, als angenehm war, doch er sagte immer noch nichts.

Sie hielt die Spannung nicht mehr aus. „Jake?“

Er reagierte auf eine Art, die sie am wenigsten erwartet hätte. Heiß und fordernd senkte er seinen Mund auf ihren, ließ seine Zunge besitzergreifend zwischen ihre leicht geöffneten Lippen gleiten. Brianne verspürte sofort Erregung, aber er berührte sie auch tief in ihrem Herzen.

Gerade als sie sich an ihn schmiegen wollte, riss er den Kopf zurück. „Ich musste einfach fühlen, dass du lebst und okay bist.“ Fahrig strich er sich durchs Haar. „Und jetzt könnte ich dich schütteln. Was, zum Teufel, hast du dir dabei gedacht?“

Sie blinzelte. Jake hatte sie noch nie angeschrien.

„Hast du nichts zu deiner Verteidigung zu sagen?“, fragte er.

Sie zuckte leicht mit den Schultern. „Ich habe es gut gemacht, nicht wahr?“

„Du hättest umgebracht werden können! Und warum hast du nicht mich statt der Polizei angerufen?“

„Weil ich Angst hatte, dass Ramirez' Anwalt sagen könnte, meine Beweise wären fingiert. Du bist nicht im Dienst, und du hast einen Hass auf Ramirez. Ich wollte nicht, dass er wieder davonkommt, indem er behauptet, das wäre alles nur eine persönliche Racheaktion von dir. Und hinterher wollte ich dich ja anrufen, aber die Polizei ließ es nicht zu. Man erklärte mir, man würde die Dinge schon regeln, steckte mich in diesen Streifenwagen und …“

Sein tiefes Ausatmen sollte wohl bedeuten, dass er ihre Erklärung akzeptierte, obwohl er keineswegs ruhiger wirkte. „Du musst deine Aussage machen, und dann gehen wir nach Hause“, sagte er angespannt.

„Ich habe schon mit einem Officer gesprochen.“

„Lieutenant Thompson will mit dir reden, und du wirst deine Aussage offiziell zu Protokoll geben müssen. Dann kommst du mit mir ins Penthouse, und du wirst es nicht verlassen, bis wir Ramirez haben.“

„Das ist ein bisschen übertrieben, findest du nicht?“

„Reiz mich jetzt nicht, Brianne. Du wirst genau das tun, was ich sage, und mit mir nach Hause kommen.“

Ihr Magen krampfte sich bei Jakes eindringlichen Worten zusammen. Sie streichelte seine Wange. „Es tut mir leid, dass ich dir einen Schrecken eingejagt habe“, meinte sie weich.

Er blieb äußerlich ungerührt. „Hast du eine Ahnung, was dir hätte passieren können, wenn du Ramirez in die Arme gelaufen wärst?“

Sie erschauerte. „Es ist ja gut gegangen.“

„Es hätte aber auch anders ausgehen können.“

Weder sein Ton noch sein Blick deuteten auf Versöhnung hin. „Jake …“

In dem Moment klopfte jemand auf das Wagendach. „Lowell, kommen Sie verdammt noch mal da raus.“

„Klingt so, als ob jemand gar nicht begeistert von dir ist.“ Brianne versuchte zu sehen, wer es war, konnte jedoch niemanden erkennen.

„Genauso wie ich jetzt über dich denke“, murmelte Jake.

Sie zuckte zusammen, dann ertönte nochmals ein ungeduldiges Pochen. „Sofort“, rief die polternde männliche Stimme.

Brianne verschränkte die Arme vor der Brust. „Du wirst verlangt." Und keine Sekunde zu früh, dachte sie.

Jake nickte, sprang aus dem Wagen und schlug die Tür hinter sich zu, bevor ihr einfallen könnte, auch auszusteigen.

Schon okay, dachte Brianne. Sie brauchte Zeit, um zu überlegen, wie sie Jakes Wut neutralisieren könnte. Obwohl sie ein schlechtes Gewissen hatte, weil er Angst um sie gehabt hatte, weigerte sie sich, klein beizugeben, als ob sie etwas Schlimmes getan hätte. Sie hatte ihr Liebe zu Jake an erste Stelle gestellt, vor ihre Furcht. Wenn sie noch einmal die Wahl hätte, würde sie genau dasselbe wieder tun.

Nach anstrengenden Stunden auf dem Revier brachte Jake Brianne nach Hause. Die Polizei hatte mehr Drogen als erwartet beschlagnahmt und die Angestellten des Restaurants zum Verhör mitgenommen. Sowohl Thompson als auch Jake waren zuversichtlich, dass einer von ihnen Ramirez ans Messer liefern würde. Es gab keinen Zweifel daran, dass sie das Brianne zu verdanken hatten.

Doch Jake war wütend, dass sie das Risiko auf sich genommen hatte, und er hatte nicht die Absicht, einzulenken, bis sie begriffen hatte, in welche Gefahr sie sich gebracht hatte.

Norton trottete neben ihnen in die Küche. Glücklich, Brianne wiederzusehen, machte er sich zu ihrem treuen Schatten. „Gut, dass ich den Portier gebeten habe, ihn auszuführen", meinte Jake. Er war nicht in der Stimmung, jetzt Gassi zu gehen.

„Du bist immer noch sauer." Brianne warf ihre Tasche auf den Tisch, dann wirbelte sie zu Jake herum.

Er wahrte mühsam die Beherrschung. „Warum sollte ich sauer sein?", fragte er sarkastisch.

Sie sah ihm in die Augen. „Ich kann mir eine Menge Gründe vorstellen."

„Ich auch. Zum Beispiel musste ich das Verhören der Angestellten Duke und Vickers überlassen." Aber das war noch die geringste seiner Sorgen.

„Lieutenant Thompson erwähnte, dass du ohne ärztliche Musterung nicht an dem Fall arbeiten darfst", sagte sie verständnisvoll.

„Nun, das habe ich mir selbst zuzuschreiben", erwiderte Jake bitter.

„Ich könnte ihm von deinen Fortschritten berichten. Dann kannst du deinen Dienst vielleicht schneller antreten." Sie schaute ihn hoffnungsvoll an. „Ich tue das für dich, egal was ich dabei empfinde, wenn du dich Gefahren aussetzt."

Jake wollte auch nicht, dass sie sich in Gefahr begab, doch das schien sie nicht zu begreifen. Er wusste ihr selbstloses Angebot zu schätzen und stöhnte. Er wollte nicht weich werden. Nicht solange er noch mit vollem Recht wütend war.

„Danke für das Angebot, aber nein danke."

Er brauchte Briannes Hilfe nicht, denn er wollte seinen Job nicht mehr. Er wollte nur noch den Fall Ramirez abschließen.

„Wie du willst." Sie kam näher.

Die Küche war ihm auf einmal zu klein, jedenfalls bei der Anspannung, die in der Luft lag. Brianne trat noch einen Schritt auf ihn zu.

„Sei nicht mehr böse auf mich, Jake", bat sie. „Mir ist nichts passiert, und ich habe gewusst, was tat. Ich hatte Pfefferspray dabei …"

„Was dir sicher unheimlich viel genützt hätte, wenn du einem Dealer und Polizistenmörder in die Hände gefallen wärst!" Ihm drehte sich fast der Magen um, und er musste sich mit beiden Händen am nächsten Stuhl festhalten.

Ihre Augen leuchteten voller Zufriedenheit über ihren Erfolg. Jake ahnte, was in ihr vorging, hatte diesen Kick selbst oft genug erlebt. Wenn er gehofft hatte, sie zur Einsicht zu bringen, hatte sie diese Hoffnung soeben vernichtet.

„Tust du mir einen Gefallen, Brianne?"

Fragend hob sie die Augenbrauen.

„Sei still. Denn jedes Mal, wenn du den Mund öffnest, machst du es nur noch schlimmer."

Ein Muskel zuckte in ihrer Wange. „Du hast gut reden. Du willst dich zur wandelnden Zielscheibe für Ramirez machen. Jetzt bist du wütend, weil ich das Gleiche getan habe?"

„Du hast verdammt recht, ich bin wütend. Wenn ich das getan hätte, hätte ich meinen Job gemacht. Du bist eine unerfahrene Zivilistin, die ihren Bodyguard abgehängt hat, der sie beschützen sollte." Jake wurde sich bewusst, dass er sie anschrie, und wich einen Schritt zurück. Er stieß mit dem Rücken an die Küchenzeile und war gefangen zwischen den Schränken und ihrem verlockenden Körper. Einem Körper, den er begehrte, sogar mitten im heftigsten Streit. Oder war es gerade deswegen?

„Du bist beurlaubt", erinnerte sie ihn.

Dass sie nicht zögerte, ihm das vorzuhalten und seinen Zorn damit weiter anzustacheln, verriet ihm viel über ihre augenblickliche Verfassung. Sie litt nicht unter einer Panikattacke. Sie zitterte auch nicht vor Angst. Sie hatte Oberwasser und genoss es – sowohl Ramirez auszutricksen als auch mit Jake zu streiten.

Jake musste zugeben, dass ein Teil von ihm das ebenfalls genoss. Ihre

Stärke erregte ihn ebenso sehr wie ihre Schönheit. Dennoch musste er sie dazu bringen, dass sie den Ernst der Situation begriff. Nachdem Ramirez' Laden von der Polizei geschlossen worden war, würde der Dealer sich in die Enge getrieben fühlen.

Ramirez würde keine Skrupel haben, zurückzuschlagen. Brianne musste vorsichtig sein. Der Lieutenant hatte den Schutz für Franks Familie verstärkt, und Rina war in Italien. Blieb nur noch Brianne. Sie musste Rückendeckung akzeptieren, und Jake hatte vor, ihr das klarzumachen.

Das Klingeln des Telefons kam dazwischen. Er griff nach dem Hörer. „Lowell?"

„Ich bin's, Vickers."

Jake machte Brianne Zeichen, still zu sein. „Was gibt's?"

„Der Koch hat gegen Ramirez ausgesagt und uns die Adresse vom neuen Labor verraten. Wir wollten gerade hinfahren, als Ramirez bei uns anrief. Er will sich stellen."

Jake war misstrauisch. „Wo ist der Haken?"

„Du bist es, Kumpel. Du sollst auf dem Revier sein, wenn er kommt. Er sagt, er will es nicht riskieren, dass du ihm eine Kugel in den Rücken schießt."

Nur ein Feigling würde jemandem in den Rücken schießen, dachte Jake. Und nur ein Feigling würde sich darüber Gedanken machen, dass das passierte. „Ich bin schon unterwegs", erwiderte er und legte auf.

Jake wandte sich an Brianne. „Ich muss gehen."

Sie nickte. „Ramirez?"

„Ja." Für einen Sekundenbruchteil sah er einen Anflug von Angst in ihren Augen aufblitzen, bevor sie sich wieder in der Gewalt hatte. Doch er konnte ihr nicht so ohne Weiteres trauen.

„Was genau ist los?", wollte sie wissen.

„Warte einen Moment."

„Okay." Sie nickte, wenn auch misstrauisch, und sank auf einen Küchenstuhl, während Jake den Raum verließ. Sie vermutete, dass er ein paar Sachen aus seinem Zimmer holen musste. Inzwischen überlegte sie, wie sie ihn davon überzeugen könnte, ihr entweder alles zu erzählen oder sie mitzunehmen.

Er kam zurück und sah in seiner verblichenen Jeans und dem schwarzen T-Shirt sexy und männlich aus. Brianne sprang auf und ergriff seinen Arm.

„Entspann dich, okay? Ich werde bald zurück sein."

Seine Worte beruhigten sie zwar nicht, aber sie setzte sich wieder. „Wo willst du hin?"

Er kniff die Augen zusammen. „Wenn ich dir das erzähle, versprichst du mir, still sitzen zu bleiben, während ich weg bin?"

Sie seufzte frustriert. „Wie kann ich das versprechen, wenn ich nicht weiß, was du vorhast?"

„Brianne, bitte mach es mir nicht so schwer. Ich erzähle dir alles, und du versprichst mir dafür, hier zu bleiben, wo du sicher bist." Er schaute sie bittend an.

Brianne hätte ihm gern den Gefallen getan, doch sie konnte es nicht. „Sag mir, wo du hinwillst, und lass mich selbst beurteilen, ob ich dir dieses Versprechen geben kann."

Jake rieb sich den Nacken. „Ramirez will sich stellen. Ich gehe aufs Revier, um bei seiner Festnahme dabei zu sein."

Sie war überrascht, dass Ramirez so leicht aufgeben wollte. „Du gehst aufs Revier? Ich dachte, du dürftest nicht an diesem Fall arbeiten, solange du noch beurlaubt bist."

Er verdrehte die Augen. „Verdammt, musst du so clever sein? Ich habe jetzt keine Zeit. Ramirez will, dass ich da bin, wenn er sich stellt." Er beugte sich drohend über sie. „Jetzt versprich mir, dass du hier bleibst, bis ich zurückkomme."

„Nein." Brianne ließ sich nicht einschüchtern und würde nicht zulassen, dass er sich allein in Gefahr begab.

„Ich weiß nicht, wann du diese Sturheit entwickelt hast …"

„Die habe ich schon immer besessen. Wenn ich jemanden liebe, halte ich zu ihm. Frag meinen Bruder."

Jake riss die Augen auf, schwieg aber, und Brianne nahm ihre Worte nicht zurück. Sie meinte, was sie sagte.

„Nimm mich mit." Ihr Puls schlug heftig.

„Nein. Letzte Chance, Brianne. Versprich mir, dass du die Wohnung nicht verlassen wirst, und ich verspreche dir, bald wieder hier zu sein."

Sie hatten ein Patt erreicht. „Ich möchte es, doch ich kann es nicht. Bitte versteh mich."

„Ich hoffe, du verstehst mich", murmelte er und griff hinter seinen Rücken. „Weil ich nicht riskieren möchte, dass dir etwas passiert."

Bevor Brianne reagieren konnte, hatte Jake ein Paar Handschellen um ihr Handgelenk gelegt und sie an den Stuhl gefesselt. Ihr Blick schoss ungläubig zwischen den Handschellen und seinem gequälten Gesicht hin und her. „Das wagst du nicht." Aber er hatte es gerade getan.

„Du lässt mir keine andere Wahl. Wenn du mir dein Versprechen gegeben hättest, dann hätte ich mich auf dein Wort verlassen."

Er nahm seine Schlüssel, schaltete den kleinen Fernseher in der Küche ein und reichte Brianne die Fernbedienung. Dann holte er noch eine

Zeitschrift aus dem Wohnzimmer und legte sie vor ihr auf den Tisch. „Es tut mir leid, doch mir blieb nichts anderes übrig."

Fassungslos sah sie Jake gehen. Es kümmerte sie nicht, dass ihm sein Handeln offensichtlich unangenehm war und dass er sich entschuldigt hatte. Sie scherte sich auch nicht darum, dass sie sich das mit ihrer Sturheit selbst eingebrockt hatte.

Brianne riss kräftig an den Handschellen, aber sie gaben nicht nach. Sie musste sich wohl oder übel mit der Situation abfinden. Wütend griff sie mit ihrer freien Hand nach der Illustrierten und begann darin zu blättern. Sie hielt inne, als sie den Artikel mit der Überschrift „Sexy City Nights" sah, und schaute sich die Fotos genauer an. Auf einem saß ein Liebespaar in der Dämmerung vor einem Eiscafé, und Brianne dachte an den Abend mit Jake im Peppermint Park.

Er hatte sich solche Mühe gegeben, ihr eine besondere Freude zu machen. Und er hatte ihr geglaubt, als sie ihm erzählt hatte, dass sie sich verfolgt fühlte. Auch wenn er ihr seinen Verdacht verheimlicht hatte, so hatte er sie dennoch ernst genommen.

Weil ihm etwas an ihr lag.

War es Liebe? Hatten sie eine Zukunft? Brianne hoffte es. Sie würde nicht tatenlos zusehen, wie er sich aus ihrem Leben verabschiedete. Er war es wert, dass sie um ihn kämpfte. Sie erkannte, dass sie mit seinem gefährlichen Beruf leben konnte, denn sie wollte nicht ohne Jake leben. Nicht wenn sie eine Wahl hatte.

Gedankenverloren betrachtete sie die erotischen Fotos. Plötzlich hob Norton den Kopf und stand auf, dann fing er zu bellen an und rannte aus der Küche.

„Jake?" Brianne erhob sich und versuchte zu gehen, doch, angekettet an den Stuhl, schaffte sie es nicht. „Dafür wirst du mir büßen", rief sie frustriert.

Sie hörte schwere Schritte, die sich der Küche näherten. „Mach mich bitte los, okay?" Dann würde sie ihm vielleicht verzeihen können. Vielleicht.

„Mit Vergnügen."

Brianne wandte sich blitzschnell zur offenen Tür um, um der Stimme ein Gesicht zu geben – der Stimme mit dem ausländischen Akzent, die eindeutig niemand anders als Ramirez gehören konnte.

12. KAPITEL

Er hatte Brianne tatsächlich mit Handschellen gefesselt. Schuldgefühle quälten Jake. Er grüßte den Portier, der ihm beim Verlassen des Gebäudes die Tür aufhielt. Dann schlug er den Weg Richtung U-Bahn ein, aber die ganze Zeit über rieten ihm sein Gewissen und sein Herz, dass er umkehren sollte. In ihm schrillten Alarmglocken, seit Vickers ihm mitgeteilt hatte, dass Ramirez sich stellen wollte.

Jake schüttelte den Kopf über sich. Er machte sich nur zu viele Sorgen um Brianne. Und er sagte sich, dass er sie ja nicht gefesselt hätte, wenn er ihr hätte trauen können. Was für eine sture, eigensinnige Frau. Sie hatte bewiesen, wozu sie fähig war, wenn sie den richtigen Ansporn hatte.

Den richtigen Ansporn. Jake blieb oben auf dem Abgang zur U-Bahn stehen. *Wenn ich jemanden liebe, halte ich zu ihm.* Das waren ihre Worte. *Wenn ich jemanden liebe …*

Jake schlug mit der Hand ans Metallgeländer. Warum hatte er ihr Geständnis nicht beachtet? Weil er zum ersten Mal, seit er Brianne kannte, erst Polizist und dann Mann gewesen war. Dabei liebte er sie.

Er hatte seine Ohren bei ihren Bitten auf Durchzug gestellt. Er hatte sie an einen Stuhl gekettet und sie allein gelassen … Damit er zusehen konnte, wie Ramirez freiwillig ins Polizeirevier spazierte, um sich zu stellen?

Das war nicht besonders wahrscheinlich. Jake schüttelte den Kopf. Es war sogar absolut ausgeschlossen, dass ein Kerl wie Ramirez seine Niederlage eingestehen und aufgeben würde. Was bedeutete … der Anruf bei der Polizei war eine Falle.

„Verflucht." Jake drehte sich um und raste zurück. Er hoffte nur, dass er nicht zu spät kommen würde.

Ein paar Minuten später stürmte er in das Gebäude – und der Portier war nirgends zu sehen. Ein Blick hinter den Empfangstresen bestätigte Jakes schlimmste Befürchtungen. Der Mann lag zusammengekrümmt auf dem Boden. In dem Moment betrat ein Pärchen die Lobby.

„Wo ist Harry?", fragte die Frau.

Statt zu antworten, zückte Jake nur seine Dienstmarke. Die beiden erstarrten erschrocken.

„Rufen Sie 911 an. Geben Sie der Polizei diese Adresse und sagen Sie, dass sie ins Penthouse kommen soll", rief Jake, während er schon zum Aufzug rannte.

Auf der geräuschlosen Fahrt nach oben lief Jakes Leben vor seinen Augen ab. Es war ein Klischee, doch es stimmte. Und alles, was er sich für die Zukunft wünschte, war Brianne – falls Ramirez sie nicht bereits getötet hatte.

Jake zog seine Schuhe aus, um sich lautlos nähern zu können. Er drückte sich in eine Ecke flach an die Wand, wo man ihn hoffentlich nicht sofort entdecken würde. Endlich glitten die Türen des Aufzugs auf. Jake sah mit einem Blick, dass Brianne und Ramirez nicht im offenen Eingangsbereich waren.

Mit seiner Pistole in der Hand, schlich er ins Apartment. Norton rannte ihm entgegen und wäre beinahe wieder ausgerutscht. Normalerweise sparte sich der Hund dieses Ritual für Brianne auf. Dass Norton sich so freute, obwohl Brianne in der Nähe sein musste, war ungewöhnlich, und Jakes Angst wurde noch größer.

Er kniete sich neben den aufgeregten Hund. „Ganz ruhig, Junge. Wo ist sie?“, flüsterte er.

Norton stieß mit der Schnauze an Jakes Bein und lief los. Jake nahm alles Schlechte zurück, was er je über den Hund gesagt oder gedacht hatte. Loyalität zu Brianne war alles, was zählte. Der Hund führte ihn zur Küche. Als Jake näher kam, hörte er die Geräusche eines Handgemenges.

Auch wenn er am liebsten sofort in den Raum gestürmt wäre, musste er erst wissen, was da los war. Er verharrte an der Wand links vom Eingang und lugte vorsichtig um die Ecke. Bei dem Anblick, der sich ihm bot, hätte er beinahe die Kontrolle über sich verloren.

Ramirez beugte sich über Brianne. Die Hand, in der er eine Pistole hielt, hatte er auf ihre Schulter gestützt, mit der anderen Hand zerrte er an ihrer Bluse. Rasende Wut packte Jake, doch er konnte nicht auf Ramirez schießen, solange der so dicht vor Brianne stand.

Jake setzte alles aufs Spiel, trat rasch aus seinem Versteck und richtete seine Waffe auf Ramirez. „Lass sie gehen, Louis.“

Ramirez richtete sich auf und drehte sich um, aber er ließ seine Hand weiter auf Briannes Schulter und zielte mit der Pistole auf ihren Kopf. „Willkommen zu Hause, Detective.“

Jake gab nicht nach. „Lass die Waffe fallen.“

„Als ob du mir etwas befehlen könntest.“ Grinsend spannte Ramirez den Abzug.

Bei dem Geräusch wich alles Blut aus Briannes Gesicht. Ihre grünen Augen waren weit aufgerissen, doch Jake sah die verborgene Stärke in ihnen.

Halte durch. Er versuchte ihr mit seinem Blick Mut zu machen. Er hatte sie in diese Situation gebracht. Er würde sie auch wieder da herausholen. Sein Herz klopfte ihm bis zum Hals. Er durfte sie nicht verlieren.

„Das ist eine Sache zwischen uns beiden, Louis. Sie hat nichts damit zu tun."

„Er hat mir Blumen geschickt, Jake. Ich denke schon, dass ich etwas damit zu tun habe", mischte sich Brianne ein.

Jake stieß einen Fluch aus und begann zu schwitzen. Er wusste nicht, was sie vorhatte, aber ihre Chancen, heil hier herauszukommen, würden steigen, wenn sie den Mund hielt. Er wollte nicht, dass sie etwa versuchte, Ramirez ein Geständnis zu entlocken. Sie hatten bereits genug gegen ihn in der Hand.

„Schöne Blumen für eine schöne Frau. Haben sie dir gefallen, Süße? Ich gebe es nicht gern zu, Lowell, doch du hast Geschmack. Ich hätte die Kleine auch gern vernascht." Er strich mit dem Lauf der Pistole über ihre Wange. „Zu schade, dass ich das auslassen muss. Ich hätte sie ordentlich rangenommen, nur um es dir zu zeigen, Lowell." Ramirez lachte kalt.

Brianne erschauerte vor Ekel.

„Denk mal nach, Louis", redete Jake auf ihn ein. „Wenn du noch einen Polizisten tötest, wirst du nicht wieder wegen eines Formfehlers freikommen." Und sollte er Brianne umbringen, würde Jake ihn erschießen, bevor es ihn selbst erwischte.

„Das werden wir ja sehen", entgegnete Ramirez.

Brianne flehte Jake stumm an, nichts Unüberlegtes zu tun. Sie wusste, dass er auf die Chance wartete, die Sache mit einem Schuss für immer zu beenden, und dass er sich die Schuld an dieser Situation gab. Sie vermied den Blick auf ihre zerrissene Bluse. Wenn er sie nicht an den Stuhl gekettet hätte, wäre sie Ramirez nicht ganz so hilflos ausgeliefert gewesen.

Vielleicht würde sie niemals mehr die Gelegenheit dazu haben, aber sie verzieh ihm. Sie sah ein, dass sie ihn in die Enge getrieben hatte und dass er keine andere Wahl gehabt hatte, um sie vor sich selbst zu schützen.

„Was ist mit dem Wachmann, den du niedergeschlagen hast?", fragte Jake, um Zeit zu schinden.

Ramirez zuckte mit den Schultern, als ginge ihn das nichts an. „Wer weiß schon, was in einem frustrierten Cop vorgeht, wenn er am Durchdrehen ist."

„Du meinst also, die Polizei wird tatsächlich glauben, ich hätte das getan?"

Brianne erinnerte sich an ihren Selbstverteidigungskursus und schätzte den Abstand von ihrem Fuß zu Ramirez' Unterleib ab, doch der Winkel war ungünstig. Ramirez stand zu dicht bei ihr.

„Das interessiert mich nicht", erwiderte er. „Solange man mir nicht nachweisen kann, dass ich hier in der Wohnung war, bin ich fein raus."

Und er trug Gummihandschuhe, um keine Spuren zu hinterlassen, stellte Brianne fest. Sie suchte verzweifelt nach einem Ausweg und entdeckte Norton zu Jakes Füßen. Der Hund war seit Ramirez' Ankunft aufgeregt, aber er war keine Bedrohung, und Ramirez hatte ihm zum Glück nichts getan. Aber harmlos oder nicht, der Hund könnte Ramirez vielleicht ablenken.

Brianne überlegte, wann Norton zum letzten Mal draußen gewesen war, um sein Geschäft zu machen, und konnte sich nicht erinnern. Vor Angst konnte sie sich kaum konzentrieren. Nur mit purer Willenskraft schaffte sie es, gleichmäßig zu atmen.

Sie schaute den Hund an und räusperte sich. Wie sie gehofft hatte, lockte sie ihn damit an. Er kam in die Küche gelaufen und stellte sich vor Ramirez.

„Raus mit dem verdammten Köter", befahl Ramirez. „Bevor ich ihn erschieße."

„Nein!" Als ihr bewusst wurde, dass sie einen Mann anschrie, der eine Pistole auf sie gerichtet hielt, zuckte sie zusammen. „Ich meine, bitte nicht. Er ist harmlos." Sie beobachtete, wie der Hund nervös zu ihren Füßen herumtänzelte. „Er macht nur seinen Job. Nicht wahr, Norton, du machst dein Geschäft. Er denkt, er beschützt mich, ist es nicht so, mein Junge? Ja, mach nur dein Geschäft."

Brianne begegnete Jakes überraschten Blick. Er hatte begriffen, was sie vorhatte. Bitte, lass Norton nichts passieren, betete sie stumm. Sie würde es sich nie verzeihen, wenn dem Hund ihretwegen etwas zustieße.

„Halt die Klappe!", herrschte Ramirez sie an und schaute zwischen ihr und Jake hin und her. „Es wird Zeit, dass wir die Sache zu Ende bringen."

Noch während er sprach, machte Norton das, was Rina ihm beigebracht hatte. Er hob eine Hinterpfote und machte sein Geschäft an Louis Ramirez' Bein.

Ramirez starrte nach unten, und Wut verzerrte sein bereits hasserfülltes Gesicht. „Verdammter Köter." Er sprang zurück und wollte nach Norton treten.

In dem Sekundenbruchteil, in dem die Pistole nicht auf sie gerichtet war, hob Brianne den Fuß und trat Ramirez in den Unterleib. Die Wucht der Bewegung ließ sie mit dem Stuhl nach hinten umkippen. Als sie mit dem Kopf hart auf dem Fußboden aufschlug, glaubte sie einen Schuss zu hören. Wer hatte ihn abgefeuert? Jake? Oder etwa Ramirez?

Sie versuchte sich herumzurollen und aufzustehen, aber ihr Arm war in einem so unglücklichen Winkel gefangen, dass sie sich nicht bewegen konnte. Ihr Herz klopfte wild. Sie presste die Augen zu und betete, dass die nächste Stimme, die sie hören würde, die von Jake sein würde und nicht die von Ramirez.

„Brianne?"

Jake. Erleichtert schlug sie die Lider auf. „Bist du okay?"

Er hatte keine Chance zu antworten. Vom Eingang her näherten sich laute Schritte, und innerhalb von Sekunden wimmelte es im Penthouse von Polizisten.

„Ich möchte Sie beide morgen Früh auf dem Revier sehen, verstanden?"

„Ja, Sir." Jake blickte augenzwinkernd über die Schulter des Lieutenants zu Brianne.

Sie stand vor den hohen Fenstern mit Blick auf die City, hatte Norton auf das breite Sims gehoben und strich ihm über den Kopf. Typisch Brianne. Tröstete den Hund, während sie mit Sicherheit selbst Trost brauchte.

Jake hatte noch nicht mit ihr allein sprechen können, seit die Polizei angerückt war. Er wusste nicht, warum ihnen der Lieutenant eine Nacht Aufschub gewährte, bevor sie ihre Aussagen zu Protokoll geben mussten. Vermutlich hatte Thompson einfach nur ein weiches Herz.

Der Fall Ramirez war somit erledigt. Louis war auf einer Bahre aus der Wohnung getragen worden, nachdem ihm seine Rechte vorgelesen worden waren. Diesmal fehlerlos. Duke und Vickers bewachten ihn auf dem Weg ins Krankenhaus, wo er wegen der Schussverletzung behandelt werden musste.

Wenn Jake sich an die dramatischen Minuten in der Küche erinnerte, schrie jeder Nerv in ihm nach Erlösung – die Art von Erlösung, die nur Brianne ihm verschaffen konnte. Doch sie hatte seitdem keine zwei Worte mit ihm gewechselt, und obwohl er ihr Schweigen gern auf die Unruhe nach dem Polizeieinsatz schieben würde, hatte er das dumpfe Gefühl, dass sie immer noch wegen der Handschellen wütend war.

„Verdammt, Lowell. Sie hören mir überhaupt nicht zu", sagte der Lieutenant und schaute ebenfalls zu Brianne.

„Vielleicht, weil sie besser aussieht als Sie, Sir." Jake lächelte trotz der Ungewissheit, was seine Zukunft mit Brianne betraf.

Thompson runzelte zwar die Stirn, aber er war nicht beleidigt. „Zehn Uhr, morgen Früh, Lowell." Er ging und nahm den Rest seiner Truppe mit.

Die Küche war ein einziges Trümmerfeld, abgesperrt für weitere Untersuchungen. Jake brauchte sich um nichts mehr zu kümmern, außer um Brianne. Nichts und niemand war wichtiger.

Doch als sie endlich allein waren, fehlten ihm die Worte. Was sollte er der Frau, die er liebte, sagen? Er hatte sie schutzlos der Gnade eines Polizistenmörders ausgeliefert. Er könnte ihr keine Vorwürfe machen, wenn sie jetzt genug von ihm hätte und immer noch mit ihrem Bruder nach Kalifornien ziehen wollte. Aber er wollte alles tun, um sie davon abzubringen.

Brianne fühlte Jake näher kommen. Seine starke männliche Ausstrahlung war überwältigend. Aber er machte ihr keine Angst. Nicht einmal nach der Sache mit Ramirez.

Sie nahm den vierzig Pfund schweren Hund und setzte ihn auf den Boden, bevor sie sich zu Jake umdrehte.

„Es tut mir leid", sagte er rau.

„Ich verzeihe dir." Sie hielt die Hände auf dem Rücken und sah Jake ernst an. „Ich verstehe sogar, warum du das Gefühl hattest, dass du es tun musstest." Sie lachte trocken. „Das Leben steckt eben voller Überraschungen. Ich habe das schon sehr früh gelernt."

„Und du hast dir nichts sehnlicher gewünscht als etwas mehr Stabilität anstelle von Überraschungen." Zärtlich strich Jake ihr eine Locke aus dem Gesicht.

Sofort begann es in ihr zu kribbeln. Sie wunderte sich nicht. Es gab wenige Dinge, auf die sie sich verlassen konnte, doch Jake und seine magische Anziehungskraft gehörten dazu.

„Ich hatte wohl eine etwas naive Weltsicht."

„Soll das heißen, ich habe deinen Horizont erweitert?" Ein verschmitztes Lächeln umspielte seine Lippen – Lippen, die sie küssen wollte, aber noch nicht. Es gab noch zu vieles, was zwischen ihnen unausgesprochen war.

„Und ob, und zwar auf Weisen, die ich mir nie hätte vorstellen können."

Und wahrscheinlich auch nicht wollte, dachte Jake. Unbehagen beschlich ihn, doch er musste Klarheit haben. „Ich bin überrascht, dass du noch nicht deine Sachen gepackt hast."

Brianne schluckte schwer. „Ist es das, was du willst? Dass ich gehe?" Sie wich unmerklich vor ihm zurück, während er sich nichts mehr wünschte, als sie so nah wie irgend möglich bei sich zu haben.

„Nein, verdammt."

Noch nie hatte er eine Frau so begehrt wie Brianne, noch nie hatte er sich so sehr eine gemeinsame Zukunft mit einer Frau gewünscht wie mit ihr. Und noch nie hatte er so viel zu verlieren gehabt.

„Was soll das heißen, Jake? Möchtest du, dass ich erst später gehe, oder …"

„Du sollst niemals gehen."

Sie biss sich auf die Unterlippe und musterte ihn skeptisch. „Du hast gesagt, du willst keine feste Beziehung."

Jake fühlte sich jetzt etwas sicherer. „Du hast das zuerst gesagt. Ich fand es nur klug, dem zuzustimmen. Wahrscheinlich meinte ich es auch so – damals. Aber du hast immer betont, dass du nach Kalifornien ziehen wirst."

Brianne nickte. „Das habe ich gesagt, und ich habe es auch so gemeint – damals." Sie lächelte. „Marc ist alt genug, um ohne mich zu gehen. Er war ohnehin nicht begeistert, dass seine große Schwester mitkommen wollte."

Jake nahm allen Mut zusammen. „Du willst dich nicht an jemanden binden, der gefährlich lebt."

Sie senkte den Blick. „Das ist nicht ganz richtig. Ich möchte nur keine Beziehung mit jemandem, der sich nur um des Nervenkitzels willen in Gefahr stürzt, der Risiko über seine Gefühle zu mir stellt."

Jake hielt den Atem an. Seine Zukunft mit Brianne hing von ihrer Antwort ab, denn sosehr er sie auch liebte, irgendeine Form von Ermittlungsarbeit lag ihm im Blut.

Er könnte sich zum Beispiel vorstellen, seinen Dienst zu quittieren, um Privatdetektiv zu werden – diese Idee war ihm gekommen, als er David engagiert hatte. Brianne würde das akzeptieren müssen, sonst …

„Ich habe dich heute mit Ramirez beobachtet." Ihre sanfte Stimme riss ihn aus seinen Gedanken. „Du hast zu keinem Zeitpunkt unüberlegt gehandelt. Du hast Ramirez nicht provoziert, auf dich zu schießen statt auf mich, nicht einmal, als du hereinkamst und er an meiner Bluse zerrte."

Jake ergriff sie an den Oberarmen und strich mit den Daumen über die zarte Haut, um die bösen Erinnerungen zu vertreiben. „Aber ich wollte es. Ich wollte auf ihn schießen. Ich hätte ihn mit meinen bloßen Händen erwürgen können."

Ihre Augen schimmerten feucht. „Trotzdem, du hast es nicht getan, und das hat mir etwas klargemacht. Etwas, das ich schon die ganze Zeit hätte wissen müssen."

„Und was ist das?" Er senkte den Kopf und berührte ihre Stirn mit seiner.

„Du bist nicht auf Nervenkitzel aus. Was du tust, ist begründet und anerkennenswert. Ich kann damit leben.“ Sie schaute zu ihm auf. „Wenn du es willst.“

Wenn er es wollte. Jake schüttelte den Kopf. Die Frau hielt sein Herz in der Hand und wusste es nicht einmal. „Sweetheart …“

Brianne hielt den Atem an. Diesmal konnte Jake nicht davonlaufen. Er musste ihr antworten. Seine gequälte Miene schien ihr kein gutes Zeichen zu sein, doch sie stellte sich dieser letzten Herausforderung mit hoch erhobenem Kopf.

„Was ist, Jake?“

Er fuhr sich mit der Hand durch sein ohnehin schon wirres Haar. „Ich lebe in einem kleinen Apartment auf der West Side.“

Das war nicht die Antwort, die Brianne erwartet hatte. Verwirrt runzelte sie die Stirn.

„Wir beide zusammen könnten uns natürlich eine größere Wohnung leisten, es sei denn, du möchtest ein Haus in einem Vorort. Aber wenn du immer noch nach Kalifornien ziehen möchtest, können wir, sobald Rina zurück ist und ich weiß, dass es ihr gut geht, auch darüber reden.“

Brianne lachte. Auf einmal war ihr so leicht ums Herz wie schon lange nicht mehr. „Das Einzige, was ich verstanden habe, ist das Wort ‚wir‘. Und daran halte ich mich.“

Jake lächelte und zog sie fest an sich. „Ich liebe dich.“ Er schmiegte sein Gesicht an ihren Hals.

Brianne war glücklich. Sie hatte die Sicherheit und Liebe, die sie sich immer ersehnt hatte. „Was ist mit der Familie, die du mal haben wolltest?“

„Sweetheart, ich möchte das mehr als alles andere. Mit dir. Und wenn es neulich im Whirlpool nicht geklappt haben sollte, bin ich mehr als bereit, es gleich noch einmal zu probieren. Ich liebe dich“, wiederholte er. Sein heißer Mund streifte ihre zarte Haut. „Ich hätte es dir sagen sollen, bevor ich vorhin gegangen bin.

„Ich liebe dich auch“, flüsterte sie. „Ich werde dich immer lieben.“

„Es tut mir leid, dass ich dich gefesselt habe.“ Er glitt mit seiner Hand unter das Shirt, das sie sich angezogen hatte, nachdem die Polizei sie befreit hatte, und streichelte zärtlich ihren Rücken.

„Wie leid?“ Brianne bog den Kopf zurück und lächelte.

Jake bemerkte das verschmitzte Funkeln in ihren schönen Augen. „Was führst du schon wieder im Schilde?“

Sie nahm ihre Hände vom Rücken und ließ die Handschellen vor Jakes Augen baumeln. „Du sollst es mir büßen. Ich will dich in Fesseln legen.“ Ihr Blick wurde leidenschaftlich. „Am liebsten ein Leben lang.“

EPILOG

Rina saß bequem in ihrem Sessel in der Business-Class und streckte die Beine aus. Sie streifte die neuen Designer-Sandaletten ab und nahm das Glas Perrier, das der Steward ihr vor dem Abflug gereicht hatte. Endlich war sie auf dem Weg nach Hause.

Mit gemischten Gefühlen dachte sie an ihre Rückkehr in das Mausoleum von Apartment, das sie in New York erwartete. Sie musste ihrem Bruder recht geben. Das Penthouse-Apartment war ein kalter Palast, der nur so lange ihr Zuhause gewesen war, wie Robert ihn mit Leben und Wärme gefüllt hatte.

Das war traurig, aber sie musste sich der Wahrheit stellen. Schließlich hatte sie sich auf dieser Reise nicht nur erholen, sondern auch zu sich selbst finden wollen. Sie holte einen Block aus ihrer Handtasche. „Erstens, Apartment über Makler zum Verkauf anbieten", notierte sie. Damit hatte sie den ersten Schritt in ein neues Leben gemacht.

So wie ihr Bruder – dank ihrer Einmischung. Sie hatte Brianne als Jakes persönliche Physiotherapeutin engagiert, um den beiden einen Sommer voller Spaß zu schenken. Sex und Spaß, verbesserte sie sich. Auch wenn sie in Trauer war, hieß das nicht, dass auch Jake in Trübsal verharren musste. Die erotische Spannung zwischen Brianne und Jake war mehr als deutlich gewesen, doch keiner von den beiden hatte den Mut gehabt, darauf zu reagieren. Rina hatte das nicht mehr mit ansehen können. Sie hatte ein sexuelles Abenteuer arrangieren wollen, aber nachdem sie Brianne persönlich kennengelernt hatte, hatte sie gehofft, dass ihr sturer Bruder es nicht vermasseln würde und die beiden zusammenkommen würden, für immer. Auch wenn Rina wusste, dass nichts für die Ewigkeit war.

Sie hatte noch daran geglaubt, als sie sich in Robert verliebt hatte. Doch nach seinem tragischen Autounfall hatte sie die Scheuklappen abgelegt. Nur das Schicksal wusste, wie viel Zeit zwei Menschen zusammen haben würden, deshalb war sie dankbar, dass ihr Plan für ihren Bruder und Brianne funktioniert hatte. Die beiden warteten auf ihre Rückkehr, um zu heiraten, und Rina war davon überzeugt, dass ihr Bruder diesmal richtig gewählt hatte.

Für sich selbst hatte Rina auf der Reise viel Seelenforschung betrieben. Das Vermögen, das Robert ihr hinterlassen hatte, erlaubte ihr ein Leben in Luxus, nur, würde sie das glücklich machen?

Auf Dauer würde sie vor Langeweile umkommen, wenn sie nichts Sinnvolles unternahm. Weil ihr Mann sich eine Frau gewünscht hatte, die zu Hause blieb, hatte Rina sich gefügt – und es anfangs genossen. Schon bald hatte sie es jedoch öde gefunden und über eine neue Karriere nachgedacht. Es war schon immer ihr Wunsch gewesen, zu schreiben, aber solange sie berufstätig gewesen war, hatte sie es nie versucht. Robert hatte sich allerdings über ihren Traum lustig gemacht und darin nur eine Laune gesehen, die vorübergehen würde. Er hatte seine Frau nie ernst genommen. Jedenfalls nicht, seit er sie erobert hatte.

Sie hatte ihn geliebt. Doch Rina fragte sich, welche Zukunft sie gehabt hätten, wenn sie ihn hätte spüren lassen, wie satt sie es hatte, nur herumzusitzen und zu warten, bis er nach Hause kam. Das Eingeständnis, dass ihre Ehe nicht so glücklich gewesen war, wie sie es sich immer eingeredet hatte, fiel ihr nicht leicht. Dennoch zwang sie sich, zu akzeptieren, dass Robert sie bei aller Liebe nicht verstanden hatte. Wie sollte er auch, da sie beide aus völlig unterschiedlichen Welten kamen?

Aber hatten nicht alle Männer und Frauen unterschiedliche Einstellungen zum Leben? Sie dachte an Brianne und Jake. Rina blätterte ihren Block um und fing an, sich Notizen zu machen. Flink glitt ihr Stift über das Papier. Frage: Was wollen Männer? Antwort: Eine Frau. Frage: Was für eine Frau?

Rina überlege, was einen Mann anmachte. Sie wurde immer aufgeregter und wusste, sie hatte den Stoff für ihr erstes Buch. Doch sie würde wohl noch mehr recherchieren müssen …

– ENDE –

Carly Phillips

Heißer …

Roman

Aus dem Amerikanischen von
Annette Hahn

MIRA®

PROLOG

Emma Montgomery sah aus dem Fenster des Redaktionsbüros und trommelte ungeduldig mit den manikürten Fingernägeln auf den Sims. Schneeflocken kündigten das baldige Weihnachtsfest an, und Emma freute sich bereits auf das fröhliche Beisammensein mit der Familie.

Von ihrem Fahrer war noch immer nichts zu sehen. Dieser Mann kam und fuhr, wie es ihm beliebte. Emma wünschte, sie hätte noch ihren Führerschein – aber zum Glück hatten nicht alle ihrer Fähigkeiten mit dem Alter nachgelassen. Insbesondere hatte sie das Talent, Menschen einander näherzubringen, und zu Emmas großem Glück hatte Corinne, die derzeitige Herausgeberin der „Ashford Times", dieses Talent erkannt.

Nun schrieb Emma die Kolumne „Wer mit wem", was ihr nicht nur großen Spaß bereitete, sondern sie obendrein vor dem Seniorenheim bewahrt hatte. Ihr Sohn, der Richter, hatte nämlich gedroht, sie abzuschieben, wenn sie nichts Sinnvolles mehr zu Wege brächte.

„Rina!", rief Emma nun der letzten Angestellten zu, die noch im Büro saß, eine junge Frau namens Rina Lowell.

Hübscher Name. Hübsche Frau. Sie benutzte kein Make-up, aber mit solch einer reinen Haut brauchte man auch kein Rouge.

Rina blickte von ihrem Computer auf. „Ja, Emma?"

„Sie sind doch wohl kein Workaholic, oder?"

Rina lachte hell und klingelnd. „Wollen Sie damit andeuten, ich sollte lieber nach Hause gehen?"

„Große Güte, nein!" Emma winkte ab. „Damit wollte ich andeuten, dass wir zwei noch ausgehen und das neue Leben feiern sollten, das diese Zeitung uns beschert." Emma arbeitete seit einigen Monaten für die „Ashford Times", Rina erst seit einigen Wochen.

Offensichtlich wollte die junge Frau einen guten Eindruck machen – sie kam früh und ging spät. Doch auch bei allem Ehrgeiz musste etwas Zeit für Spaß bleiben, fand Emma.

„Woran hatten Sie denn gedacht?", erkundigte sich Rina.

Aus dem Augenwinkel sah Emma ihren Wagen um die Ecke biegen – mit diesem Nichtsnutz von Fahrer, den ihr Sohn eingestellt hatte. Sie könnte ihn endlich einmal arbeiten und ihn sein Geld verdienen lassen. „Ich dachte, wir gehen bei O'Dooley's noch ein Bier trinken."

Rina prustete los. „Entschuldigung, aber ich kann mir Sie als achtzigjährige Dame nicht mit einem Glas Bier vorstellen."

„Sie sollten sich über eine alte Dame nicht lustig machen. Was sollte ich denn Ihrer Meinung nach trinken – Tequila?"

„Vielleicht wenn ich mittrinke?", forderte Rina sie mit blitzenden Augen heraus.

„Abgemacht." Emma streckte ihre Hand aus. „Da ich nicht selbst fahre, darf ich nehmen, was mir schmeckt – und Sie ebenfalls, wenn Sie mit mir fahren. Ich kann Sie dann zu Hause absetzen lassen und morgen auf dem Weg zur Arbeit abholen."

Rina überlegte kurz und schlug ein. „Einverstanden. Gehen wir feiern." Sie rollte ihren Stuhl zurück, drehte sich mit wehenden Haaren eine Runde im Kreis und stieß einen Freudenschrei aus.

„Wofür war das denn?", wollte Emma wissen.

„Ich fühle mich so frei!" Rina kicherte wie ein kleines Mädchen. „Ich bin so froh, dass ich diesen Job bekommen habe und in Ashford ein neues Leben beginnen kann."

Emma betrachtete Rinas gerötete Wangen und ihren lachenden Mund. Sie war die perfekte Kandidatin für ihre Verkupplungsambitionen. Freudig rieb sie sich die Hände. „Na, dann auf zu O'Dooley's!"

„Meinen Sie, wir lernen dort auch ein paar Männer kennen?", erkundigte sich Rina, während sie ihre Handtasche aus der Schublade holte. „Für meine Kolumne ‚Heiß und begehrt' brauche ich nämlich noch Stoff." Rina mochte vorgeben, ihr Interesse sei rein professioneller Natur, doch das Glitzern in ihren Augen war nicht zu übersehen.

Oh, das wird lustig werden, dachte Emma. „Mit Ihrem hübschen Gesicht werden Sie überall Männer kennenlernen."

„Oh, danke, Emma." Rina klimperte übertrieben mit den Wimpern und zog die Winterjacke von der Stuhllehne.

Die beiden Frauen gingen Richtung Fahrstuhl, doch an dem leeren Schreibtisch neben Rinas machte Emma noch einmal kurz Halt. „Haben Sie die Neuigkeiten schon gehört?"

Rina schüttelte den Kopf. „Nein, ich war heute Morgen spät dran und habe mich nur um meine Arbeit gekümmert. Welche Neuigkeiten?"

„Dieser Schreibtisch wird bald besetzt sein. Der verlorene Sohn ist heimgekehrt."

„Ich verstehe nicht."

„Sie wissen doch aber, dass Corinne die Zeitung von ihrem kranken Mann Joe übernommen hat."

Die junge Frau nickte. „Er liegt im Krankenhaus, und Corinne macht sich große Sorgen."

„Genau. Und Joes Sohn Colin ebenfalls. Dieser Mann ist ein typischer Weltenbummler. Er bleibt nie lange an einem Ort – sehr zum Leidwesen seines armen Vaters." Emma konnte es sehr gut nachfühlen: für sie lag schon New York, wo ihre Enkelin Grace lebte, mit 300 Kilometern zu weit von Ashton, Massachusetts, entfernt. „Aber nun ist er wieder zu Hause. Und Corinne sagte, er werde hier arbeiten.“ Emma deutete auf den leeren Stuhl, der nur wenige Meter von Rinas Schreibtisch entfernt stand.

Colin war ein umwerfend aussehender Mann mit blitzenden blauen Augen und einem hinreißenden Lächeln. Doch blieb er nie länger an einem Ort, als er musste. Ihr Enkel Logan war auf dem College Colins Zimmergenosse gewesen, und sie liebte Colin wie einen eigenen Enkelsohn. Emma dachte immer, dass ihm so vieles von dem entging, was das Leben lebenswert machte: ein warmes Bett, in das man heimkehrte, eine gute Frau …

Eine Frau wie Rina. Nachdenklich schürzte Emma die Lippen. „Gehen wir, und ich erzähle Ihnen alles über Colin Lyons.“

„Ein guter Plan.“ Rina verließ das Büro als Erste und hielt Emma die Tür auf. „Sieht er gut aus?“

„Umwerfend.“

„Ist er verheiratet?“

Emma schüttelte den Kopf. „Frei wie ein Vogel“, entgegnete sie und hoffte dabei, dass es keine Lüge war. Über Colins Privatleben hatte sie in letzter Zeit nichts gehört. Sie würde Logan fragen.

„Hm.“

„Was soll denn ‚hm‘ bedeuten?“, fragte Emma neugierig, während sie auf den Fahrstuhl warteten. Bevor sie Rina mit Colin zusammenbrachte, musste sie wissen, ob Rinas Herz überhaupt frei war.

Rina zuckte mit den Schultern. „Nichts.“ Sie legte den Kopf schief. „Mit meinem neuen Job und dem neuen Leben hier finde ich, dass nun ruhig ein bisschen Spaß und Aufregung mit einem Mann folgen könnten. Wenn Sie wissen, was ich meine …“

Emma nickte. Sie war beruhigt. ‚Spaß‘ bedeutete, dass Rina sich zunächst nicht binden wollte, sonst hätte sie „Beziehung“ gesagt. Natürlich würde sie, Emma, es darauf anlegen, dass Colin und Rina eine langfristige Beziehung eingingen, aber sie konnte nicht sicher sein, ob Colin jemals sesshaft werden würde. Und sie wollte nicht mit schuld daran sein, wenn jemandem das Herz gebrochen wurde.

„Sie erinnern mich an meine Enkelin Grace“, stellte Emma am Schluss ihrer Überlegungen fest. „Oder zumindest daran, wie sie war, bevor ich ihr Ben hinterhergeschickt habe, damit er auf sie aufpasst. Was Sie brauchen, ist der richtige Mann, bei dem Sie sich so richtig amüsieren können.“

Rina lachte. „Das wäre mir recht, denn ich habe ganz bestimmt vor, mich zu amüsieren.“

1. KAPITEL

Colin Lyons saß neben dem Krankenhausbett, in dem sein Adoptivvater schlief.

Nachdem er von Joes Schlaganfall erfahren hatte, war er umgehend aus Südamerika zurückgekehrt. Colin hatte an einer Reportage über manipulierte Wahlen gearbeitet und über Geldwäsche, Drogenhandel und Schießereien auf offener Straße recherchiert. Es war laut und heiß gewesen dort, doch nun saß er im stillen Krankenzimmer und sah vor dem Fenster die Schneeflocken tanzen.

Colin hatte sich freigenommen, um zu Hause Joes geliebte Zeitung zu übernehmen, bis der alte Herr sich von seinem Schlaganfall erholt hatte. Doch wie er feststellen musste, war Corinne ihm bereits zuvorgekommen. Schon vor dem Schlaganfall hatte Joe sich nicht mehr so recht gesund gefühlt, doch anstatt Colin zu benachrichtigen, hatte Joe seiner zweiten Frau Corinne die Vollmacht über die „Ashford Times" übertragen. Und nun stand die Zeitung kurz vor dem Bankrott. Colin bekam Magenschmerzen vor Schuldgefühl, weil er nicht da gewesen war, als Joe ihn gebraucht hatte. Aber schlimmer war noch, dass Joe seinen schlechten Gesundheitszustand für nicht wichtig genug gehalten hatte, um Colin zu informieren, auch wenn er im Ausland war.

Er blickte wieder zum Bett. Die Ärzte hatten vollständige Genesung versprochen, und es ging Joe bereits deutlich besser. Allerdings war er noch weit davon entfernt, ein Redaktionsbüro zu leiten.

„Weißt du eigentlich, dass Corinne deine Zeitung in ein Boulevardblatt verwandelt hat?"

Glücklicherweise drangen seine Worte nicht in Joes Bewusstsein. „Es gibt eine neue Kolumne mit dem Titel ‚Wer mit wem' – Untertitel: ‚Partnervermittlung für ältere, aber immer noch sexuell aktive Menschen'." Colin schüttelte den Kopf.

Er warf Corinne nicht nur vor, dass sie aus der Zeitung allmählich ein Revolverblatt machte, sondern auch, dass sie ohne den nötigen Überblick und durch Mangel an Anzeigen das Bankkonto mittlerweile fast leer geräumt hatte. Sie hatte die Zeitung kurz vor den Bankrott gebracht und dann dummerweise gedacht, sie könnte den Weg bergab selbst stoppen. Der erste Schritt war gewesen, Emma Montgomery für diese grauenvolle Kolumne einzustellen, die beste Freundin seiner Großmutter.

Colin lehnte sich zurück. „Emma meint es ja gut, aber mit ihren Verkupplungsversuchen treibt sie es eindeutig zu weit. Gut, es ist Weihnachten, aber muss sie denn heimlich einen Mistelzweig über den Wasserspender hängen? An meinem ersten Tag im Büro bekomme ich doch glatt einen Kuss von Marty Meyers auf die Lippen gedrückt!" Marty war Joes Assistent, stockschwul und in festen Händen. Rückblickend musste Colin über die amüsante Szene schmunzeln.

Die Situation der Zeitung war allerdings weniger amüsant, doch Colin würde sich hüten, Joe das zu verraten. Es würde seine Genesung sicherlich verzögern, und außerdem hatte Colin die Sache vorerst unter Kontrolle gebracht.

Er hatte Joes alten Freund Ron um einen Kredit gebeten und per Handschlag versprochen, alles in seiner Macht Stehende zu tun, um die Zeitung in ihren ursprünglichen Status zurückzuversetzen.

Mit Corinne würde er fertigwerden, da war er sicher, aber es kostete Zeit. Ron Gold verstand das, der größte Anzeigenkunde der Zeitung hingegen nicht. *Fortune's Inc.*, eine konservative Investitionsfirma, verlangte bis zum Ende des Jahres Corinnes schriftliche Bestätigung, dass alle „riskanten Neuerungen" abgeschafft und die alten Zustände wiederhergestellt würden. Ansonsten wollten sie alle Anzeigen zurückziehen, die ab dem neuen Jahr geplant waren, und damit verlöre die „Ashford Times" ihre größte Einnahmequelle. Dann könnte nicht einmal mehr der Kredit von Ron Gold helfen.

Colin blieb also nur noch Zeit bis zum 31. Dezember. Aber er hatte keine Ahnung, wie er sein Ziel bei einer Frau, die vernünftigen Argumenten nicht zugänglich war, so bald erreichen sollte.

„Hallo, Colin." Corinne schwebte in einer Wolke schweren Parfüms ins Zimmer. „Wie geht es ihm?" Sie trat ans Bett und strich über Joes Stirn.

Ihre Zärtlichkeit gegenüber Joe änderte nichts daran, dass Colin sie für kalt und egozentrisch hielt. Allerdings war er in den letzten Jahren zu selten hier gewesen, um sie wirklich zu kennen. „Er schläft."

Sie nickte, ließ die Jacke ihres Designer-Kostüms von den Schultern gleiten und enthüllte so ihr tiefes Dekolleté. Corinne hatte eine sehr sexy Ausstrahlung.

Colin blickte auf die Uhr. Es war erst drei Uhr. „Hattest du einen anstrengenden Tag im Büro?"

„Nein, einen fantastischen!" Corinnes Augen leuchteten. „Warte, bis du Rinas erste Kolumne liest."

Colin wusste, dass Rina Lowell die neueste Angestellte der „Ashford Times" war und eine Kolumne mit dem Titel ‚Heiß und begehrt' schrieb. Sie war außerdem eine Frau, die Colin in mehrerer Hinsicht faszinierte.

Sie hatte einen hellen, ebenmäßigen Teint und trug kein Make-up. Colin mochte Frauen, die sich in ihrer Haut wohfühlten. Das Haar trug sie zu einem konservativen Knoten gesteckt, den Colin nur allzu gern gelöst hätte, um zu sehen, wie weit ihr das Haar bis auf den Rücken fiel – auf den nackten Rücken, vorzugsweise. Sie trug eine Brille mit schwarzem Rahmen, hatte eine leicht heisere Stimme und sprach mit schwachem New Yorker Akzent. Ihre körperlichen Reize verbarg sie unter weit geschnittenen Pullovern und Hosen. Er hatte keine Ahnung, was unter dieser Verpackung lag, aber seine journalistische Neugier war geweckt.

„Soll ich dir verraten, worum es in Rinas Kolumne geht?", unterbrach Corinne seine Gedanken.

„Nur zu. Ich bin sicher, es wird der absolute Höhepunkt meines Tages."

„Um Sex … um das Verhältnis zwischen Mann und Frau. Das ist ja ein weites Feld", fuhr Corinne fort, die seinen Sarkasmus entweder nicht mitbekommen hatte oder ihn einfach ignorierte.

Ihre Freude über ihre neue Mitarbeiterin war beinahe greifbar und erinnerte Colin daran, warum er sich von Rina Lowell fernhalten musste. Sie war der Feind. Sie mischte bei dem oberflächlichen Sex-Geplänkel mit, das zu Corinnes neuer Verkaufsstrategie gehörte.

„Und du meinst, das wird sich verkaufen?", zwang er sich zu fragen.

Corinne fuhr sich durch ihre blonde Mähne. „Na klar. Sie wird eine ganz neue Zielgruppe ansprechen."

Colin schüttelte fassungslos den Kopf. Selbst nach seiner Übergabe des Schecks war ihr die desolate finanzielle Lage der Zeitung immer noch nicht bewusst.

„Corinne, die Leute kaufen eine Zeitung, weil sie Nachrichten lesen wollen."

„Nachrichten gibt es überall", winkte Corinne ab. „Im Fernsehen, im Radio, selbst im Internet. Für die Nachrichten können sie meinetwegen den ‚Boston Globe' kaufen. Ich möchte ihnen etwas anderes bieten."

Colin wollte etwas erwidern, doch Corinne fuhr unbeirrt fort: „Ich gebe zu, dass ich einen schlechten Start hatte, aber mit Emma und Rina an Bord werde ich das Schiff schon schaukeln. Die Leute werden sich mit der Umstellung zunächst schwertun, aber am Ende werde ich sie für uns gewinnen."

Colin presste frustriert die Lippen zusammen. Corinne war noch nicht bereit, der Wahrheit ins Auge zu sehen: Mit Sex konnte man keine seriöse Zeitung verkaufen.

Es war nicht so, dass Colin etwas gegen Sex hatte. Ganz im Gegenteil – schließlich war er auch nur ein Mann! Allerdings konnte er sich an seine letzte sexuelle Begegnung schon kaum mehr erinnern. Seine vielen Reisen hinderten ihn daran, langfristige Beziehungen einzugehen, und bedeutungslose Affären waren für ihn weder unterhaltsam noch befriedigend.

Oh, er hatte es versucht. Als er noch in der Lokalredaktion für einen Nachrichtensender beim Fernsehen arbeitete, hatte er geheiratet. Doch für seine Exfrau hatte Treue keinen besonders hohen Stellenwert gehabt, und so hatte sie ihn betrogen. Mit zwei verschiedenen Männern sogar, und das eine ganze Weile. Als es herauskam, hatte Colin sich nach Europa orientiert und arbeitete nun als Auslandskorrespondent rund um die Welt.

„Ich werde mich mal darum kümmern, dass ich Joes Arzt erwische“, sagte Corinne und ging zur Tür.

„Ja, tu das. Ich bleibe hier, bis du wieder da bist.“ Colin wollte dem alten Mann das Gefühl geben, dass jemand an seiner Seite war und er eine Familie hatte, die sich auf seine Rückkehr nach Hause freute – auch wenn er nicht sicher war, ob Joe im Moment überhaupt etwas mitbekam.

Joe und seine erste Frau Neil hatten Colin aufgenommen, als seine Eltern gestorben waren. Mit zwölf Jahren war er ein anstrengendes Kind gewesen, das alles besser wusste und sich gegen alles auflehnte, weil seine Eltern nicht mehr da waren. Doch Joe und Neil waren sehr verständnisvoll gewesen. Sie hatten ihm Zeit und Freiheit gegeben, ihm ein Heim geschenkt und ihn später adoptiert, obwohl sie wussten, dass er es niemals über sich bringen würde, sie Mom und Dad zu nennen. Sie wollten ihm das Gefühl geben, geliebt zu werden und ein Zuhause zu haben. Etwas Ähnliches wollte Colin nun für Joe tun. Deshalb zwang er sich auch, mit Corinne auszukommen, selbst wenn er sie manchmal hätte erwürgen können.

Er konnte sich nicht erklären, was Joe dazu bewogen hatte, eine Frau zu heiraten, die das komplette Gegenteil von Neil war.

„Ich bin wieder da“, säuselte Corinne. In der Hand hielt sie zwei Dosen. „Ich hab dir eine Cola mitgebracht.“

Joe musste etwas an ihr finden, also bemühte sich Colin, ihr eine Chance zu geben.

„Wenn du ins Büro zurückgehst, sieh dir Rinas Kolumne an. Ich verspreche dir, du wirst beeindruckt sein.“ Corinne setzte sich an Joes Bett.

Colin nickte gezwungen und dachte mit Grauen an irgendwelche Heiratsannoncen, Selbsthilfe-Kolumnen und Artikelserien darüber, ‚Was Männer wirklich wollen‘. Er verließ das Krankenzimmer und lehnte sich frustriert gegen die Wand.

Corinne hatte ihm bereits mitgeteilt, sie glaube nicht daran, dass *Fortune's Inc.* ihre Anzeigen zurücknähmen. Sie war so überzeugt von ihrer neuen Strategie, dass sie sich keine Sekunde lang bewusst machte, dass ihr Lebensunterhalt und Joes gesamtes Vermögen auf dem Spiel standen. Wie zum Teufel konnte er sie zur Vernunft bringen?

Colin fuhr sich mit der Hand durch das Haar. Rina!

Ja, das war's! Rina war eine Mitarbeiterin, der Corinne offenbar vertraute. Wenn er sich recht erinnerte, war sie sogar mit Corinnes Familie bekannt. Vielleicht könnte Rina Lowell die Person werden, die Corinne ihren Fehler vor Augen führte. Vorausgesetzt, er konnte sie auf seine Seite ziehen.

Dazu müsste er Zeit mit ihr verbringen. In Anbetracht der Tatsache, dass sie bereits am ersten Tag sein Interesse geweckt hatte, würde ihm dies nicht schwerfallen. Allerdings fühlte er sich nicht ganz wohl dabei, ihr Vertrauen unter Vorspiegelung falscher Tatsachen zu gewinnen. Er wollte sie ja nur näher kennenlernen, um die Zeitung zu retten.

Er versuchte, sein Schuldgefühl zu beschwichtigen. Rina würde ihre Stelle durch Corinnes Unvermögen ohnehin verlieren. Wenn er sie aber überzeugen könnte, dass seine Maßnahmen für alle Beteiligten das Beste wären, würde sie Corinne vielleicht gern überreden, die offensichtlich vorteilhafte Lösung zu akzeptieren. Im Gegenzug würde er Rina durch ein Empfehlungsschreiben zu einer neuen, für sie angemesseneren Stelle verhelfen.

Colin seufzte schwer. Niemand durfte die Zeitung zerstören, die sein Adoptivvater aufgebaut hatte. Dafür würde er alles tun, selbst wenn es bedeutete, dass er Rina Lowell ausnutzen musste.

Amüsiert beobachtete Rina, wie der Hausmeister einen Mistelzweig nach Emmas Anweisungen aufzuhängen versuchte. Die alte Dame hatte bereits heimlich einige Zweige an den seltsamsten Winkeln des Großraumbüros der Zeitung anbringen lassen und fügte jeden Tag wieder ein oder zwei neue hinzu. Das Ganze geschah natürlich nach Redaktionsschluss um fünf Uhr, wenn die meisten Kollegen nach Hause gegangen waren.

„Ein bisschen mehr nach links – nein, nach rechts." Für eine Achtzigjährige war Emma erstaunlich agil und energisch. Zumindest nahm Rina an, sie sei achtzig – Emma selbst sprach nie über ihr Alter.

„Was meinen Sie, Rina?", wollte Emma nun wissen. „Kommen Sie und sehen es sich von hier aus an."

Da Rina wusste, dass Emma nicht eher Ruhe geben würde, bis sie ihrer Bitte nachgekommen war, beendete sie für heute ihre Arbeit am Computer und stellte sich neben die alte Dame.

„Guter Platz“, kommentierte sie und fügte mit Blick auf den Hausmeister hinzu: „Wollen Sie's ausprobieren? Ich wette, Emma stellt sich gern zur Verfügung.“

Der gute Mann verdrehte die Augen, und Emma schmunzelte.

„Etwas mehr Festtagsstimmung, wenn ich bitten darf!“ Dann nickte sie. „Ja, gut. Befestigen Sie den Zweig an dieser Stelle.“

Damit hing er genau über Colin Lyons' Schreibtischstuhl. Seine Rückkehr hatte einigen Aufruhr in der Redaktion verursacht. Kaum jemand hatte erwartet, dass er je zurückkehrte, und nun leitete er sogar das Nachrichtenressort. Doch niemand, nicht einmal Corinne, glaubte daran, dass er lange bleiben würde.

Rina grinste. „Sie sind ganz schön heimtückisch, Emma.“

Emma rieb sich vergnügt die Hände. „Nun sagen Sie bloß, dass Sie diesen Mann nicht gern unterm Mistelzweig erwischen würden.“

Oh doch, das würde sie – und zwar liebend gern. Aber das wollte sie Emma, der Verkupplungskönigin, unter keinen Umständen auf die Nase binden. Sie würde schon allein klarkommen, und außerdem war im Moment ein denkbar ungünstiger Zeitpunkt.

Vor dem Hintergrund ihrer Kolumne hatte sie sich einen Plan zurechtgelegt, um herauszufinden, was Männer wirklich wollten. Es wäre nicht gut, wenn Emma sich jetzt in ihr Privatleben einmischte.

Andererseits war es nicht zu leugnen, dass Colin sie elektrisierte, sobald er den Raum betrat. Mit seinen hinreißend blauen Augen, dem dichten schwarzen Haar und seinem maskulinen Duft löste er prickelnde Schauer der Erregung in Rina aus. Und weibliche Intuition sowie die Tatsache, dass sie ihn mehrere Male in ihre Richtung hatte starren sehen, sagten ihr, dass auch er das Knistern zwischen ihnen spürte.

Emma sah sie interessiert an. „Schweigen ist auch eine Antwort.“

„Ach, kommen Sie, Emma. Frotzeln Sie über jemanden in Ihrem eigenen Alter.“

Die ältere Frau lachte. „Sie sind eine Herausforderung, Schätzchen. Ich liebe Herausforderungen, und ich liebe es, zu verkuppeln. Und wofür leben Sie, meine Gute?“

„Bis vor Kurzem war da nicht viel“, gestand Rina. Nach dem Tod ihres Mannes war sie von Schuldgefühlen geplagt gewesen. Er war nach einer Geschäftsreise durch strömenden Regen zu ihr nach Hause gefahren, anstatt vernünftigerweise noch eine Nacht im Hotel zu verbringen.

Eine lange Zeit hatte Rina nicht mehr daran geglaubt, dass ihr das Leben noch etwas zu bieten hatte. Doch nach einer Weile des Trauerns und Nachdenkens hatte sie ihr New Yorker Penthouse verkauft und beschlossen, irgendwo neu anzufangen. Ihre Arbeit als Rechtsanwaltsgehilfin wollte sie nicht wieder aufnehmen, weil sie damit nie ganz glücklich gewesen war.

Sie hatte überlegt, welche Arbeit ihr Befriedigung verschaffen würde. Schon immer hatten sie die Hintergründe des menschlichen Verhaltens interessiert und was jemanden dazu brachte, eine Beziehung zu diesem oder jenem Menschen einzugehen. Wie Emma war auch sie schon als Kupplerin tätig gewesen und hatte ihren Bruder Jake mit seiner Frau Brianne zusammengebracht. Sie beschloss, ihr angeborenes Gespür für Menschen sowie ihr bereits in der Kindheit entdecktes Schreibtalent beruflich zu nutzen.

Und nun hatte sie eine eigene Kolumne. „Aber seit ich in Ashford bin, habe ich eine völlig neue Lebensperspektive gewonnen", erklärte sie voller Überzeugung. Wen kümmerte es, dass sie ein paar Fäden hatte ziehen müssen, um an diesen Job zu kommen?

Corinnes Vater wohnte im selben Seniorenheim wie Rinas Eltern. Natürlich war Corinnes Vater sehr viel älter als Rinas Eltern, aber wer in Florida Zähne hatte und aufrecht gehen konnte, fand immer Golf- oder Bridge-Partner. Als Rina erfuhr, dass Corinne die Zeitung von ihrem Mann übernommen hatte, telefonierte sie mit ihrer Mutter, die sich wiederum mit Corinne verständigte, und Rina bekam den Job. Natürlich wusste sie, dass sie ihn nur behalten konnte, wenn sie gut war. Und sie hatte sich fest vorgenommen, gut zu sein.

„Ah. Noch mehr Schweigen. Sie denken. Das ist gut", unterbrach Emma ihre Gedanken. „Aber wenn Sie sich mitteilen wollen, werde ich Ihnen liebend gern zuhören."

„Sie sind ganz schön neugierig." Rina blickte liebevoll auf ihre neue Freundin. „Und ausgesprochen aufmerksam."

„Wenn man so lange lebt wie ich, sollte man das eine oder andere gelernt haben", gab Emma zwinkernd zurück. „Und jetzt möchte ich mehr über Ihre Kolumne hören. Habe ich schon erwähnt, dass ich Ihren Schneid bewundere?"

„Heute noch nicht", erwiderte Rina.

Emma nahm einen Bleistift auf und tippte mit der Radiergummiseite auf ihren Schreibtisch. „Einen Mann zu finden, ist heutzutage viel aufwendiger als in meiner Jugendzeit. Früher hat man sich einfach in die Wangen gekniffen, heute muss man sich das passende Rouge besorgen. Früher nahm man einfach Taschentücher, und heute sind BHs mit Gelkissen der letzte Schrei." Sie musterte Rina eingehend. „Und obwohl Sie eine natürliche Schönheit sind, könnte ein bisschen Schnickschnack helfen, die Konkurrenz auszustechen."

Rina schmunzelte nur.

„Was wollen Männer wirklich?“, meinte Emma. „Wir werden es nie erfahren, weil sie es uns nie verraten werden.“

„Ich will gar nicht, dass sie es mir verraten“, entgegnete Rina. „Ich habe vor, es durch meine Beobachtungsgabe selbst herauszufinden. Ganz methodisch. Und dabei geht es nicht nur um Aussehen. Es geht auch darum, wie eine Frau sich gibt, wie sie redet und wie sie sich bewegt.“ Sie wackelte zur Illustration mit den Hüften.

„Mehr Bewegung“, forderte Emma.

Rina schwang die Hüften und lieferte eine Britney-Spears-Imitation, bei der selbst eine Zwanzigjährige vor Neid erblasst wäre. Einer der Layouter am anderen Ende des Büroraumes klatschte laut Beifall.

Rina verbeugte sich. „Sehen Sie? Körpersprache bewirkt einiges. Die Frage ist nur: Was ist wichtiger – Körpersprache oder Intellekt? Würde ein intelligenter Mann nicht eine Frau wollen, mit der er sich beim Frühstück unterhalten kann?“

„Nein. Männer wollen ein Schmuckstück am Arm.“

„Ach, kommen Sie. So oberflächlich kann die Spezies Mann doch nicht wirklich sein.“

Emma verdrehte die Augen. „Männer wollen eine Frau, die sie mit Stolz vorzeigen können. Das ist das männliche Ego, meine Liebe.“

„Hm. Stimmt.“ Sie hasste zwar, es zuzugeben, aber ihr verstorbener Mann war auch dieser Auffassung gewesen. Nach ihrer Heirat hatte er demonstrativ ihre Stelle in seiner Anwaltskanzlei gestrichen und ihr ein Luxusleben geboten, um das so manche Frau sie beneidet hätte. Im Gegenzug erwartete er eine perfekt gestylte Hausherrin, die repräsentieren und die Gastgeberinnenrolle übernehmen konnte. „Sie haben wohl recht.“

„Und der Grund, weshalb Sie nach drei Monaten in dieser Stadt immer noch solo sind, liegt darin, dass Sie nichts tun, um Ihr gutes Aussehen zu betonen.“

Rina legte eine Hand auf ihren wenig schmeichelhaften Haarknoten und grinste. „Ich weiß.“

„Verzeihung, aber das verstehe ich nicht.“ Emma schüttelte verwirrt den Kopf.

„Corinne hat mich eingestellt, damit meine Kolumne neuen Schwung in die Zeitung bringt. Das will ich erreichen, indem ich den Lesern aus meinem eigenen Erfahrungsschatz berichte. Also habe ich mich hier in der Stadt zunächst als stille, unauffällige Frau etabliert.“

Emma schob nachdenklich die Unterlippe vor. „Erzählen Sie weiter.“

„Von meinem ersten Tag an habe ich aufmerksam beobachtet und die

Reaktionen der Männer auf diesen Frauentyp erforscht und notiert." Die zurückhaltende, ungeschminkte Frau in weit geschnittener Kleidung hatte nicht besonders viel Interesse geweckt. Wobei Colin Lyons' eindringlicher Blick die ausbleibenden anderen Reaktionen mehr als wettgemacht hatte. „Nun werde ich Schritt für Schritt mein Aussehen und mein Verhalten ändern und beobachten, wie die Männer auf die jeweilige Veränderung reagieren. Dann kann ich meinen Leserinnen aus erster Hand berichten, was Männer wollen."

„Das hört sich wirklich professionell an", meinte Emma. „Alle Achtung, Sie sind aus dem gleichen Holz geschnitzt wie ich! Was das Gespür für Menschen und Beziehungen angeht, bin ich auch so was wie ein Naturtalent. Denken Sie nur an Logan und Catherine", verwies sie auf ihren wohlhabenden Enkel und seine geliebte Frau.

Rina wusste, dass Emma sich selbst für die Verbindung der beiden verantwortlich machte.

„Und dann Grace und Ben. Wenn sie nur nicht in New York wohnen würden", fuhr Emma etwas traurig fort. „Logan und Cat werden Sie bei meiner Weihnachtsfeier am Samstagabend kennenlernen, aber Grace müssen Sie wohl in New York besuchen, wenn Sie das nächste Mal dort sind."

Die alte Dame fühlte sich ebenfalls für die Hochzeit ihrer Enkelin Grace mit dem Detektiv verantwortlich, den sie angeheuert hatte, um in der großen bösen Stadt New York auf Grace aufzupassen. Rina vermutete, dass beide Enkelkinder auch ohne Emmas Hilfe gut zurechtgekommen wären, allerdings musste sie zugeben, dass sie ohne Emmas Zutun ihre jeweiligen Partner wohl kaum kennengelernt hätten.

„Dann sprechen wir also über eine rein zufällige Auswahl an Männern?", wollte Emma wissen.

Rina nickte. „Jeder bis hin zum Milchmann wird getestet. Der Mann vom Pizza-Service ist übrigens ausgesprochen süß." Zwar hatte er sich bisher für die unauffällige Rina wenig interessiert, aber nun war es bald an der Zeit, ihr Aussehen zu verändern. Für Rina ging es bei dieser Sache nicht nur um ihr Debüt als Journalistin, sondern gleichzeitig auch um ihre Rückkehr ins gesellschaftliche Leben.

Sie war wieder bereit zu flirten und ihre Wirkung auf Männer zu testen. Das Beste war, dass sie ihren Alltag als Grundlage für ihre Forschungen nutzen konnte, da direkt neben dem Büroeingang ein Coffeeshop lag. Außerdem begleitete sie oft ihre Nachbarin Francesca, kurz Frankie genannt, in deren Lieblingsbar. Rina wohnte in einem wunderschönen Haus an der Küste knapp außerhalb von Boston, das

Corinne ihr empfohlen hatte, und ihr Apartment lag eine Etage höher als Frankies. Sie waren bereits am ersten Tag Freundinnen geworden.

Frankies Lieblingsbeschäftigung bestand darin, von ihren meist desaströsen Verabredungen mit Männern zu erzählen. Die Frauen hatten Erfahrungen ausgetauscht, und Rina bekam eine Idee nach der anderen für ihre Kolumne. Die erste Serie hatte sie von Anfang bis Ende bereits grob umrissen und die Kolumnen der ersten Woche schon in der Rohfassung fertig.

Das bedeutete, dass sie sich nun auf ihr Privatleben konzentrieren konnte. Schon seit Jahren hatte sie sich nicht mehr mit einem Mann verabredet, und obwohl sie zu einer langfristigen Beziehung noch nicht bereit war, wollte sie sich doch endlich wieder amüsieren.

„Haben Sie schon eine Idee, wer Ihr erstes Versuchskaninchen sein soll?", erkundigte sich Emma neugierig.

Rina, die nicht nur an ihre Kolumne dachte, überlegte, welchen Mann sie wohl gerne in ihr Bett lassen würde. „Ein dunkelhaariger, blauäugiger Mr Perfect", erwiderte sie verträumt. Ein aufmerksamer Mann, der ihr alle Wünsche und Bedürfnisse von den Augen ablas.

„Schönen guten Tag, die Damen." Als hätte sie ihn heraufbeschworen, stand plötzlich der dunkelhaarige blauäugige Colin Lyons neben ihr. Sowenig sie sein Erscheinen bemerkt hatte, so sehr war sie sich nun seiner Präsenz bewusst.

Sie atmete den herben Duft seines Aftershaves ein, und in ihrem Magen kribbelte es. Sie sagte sich selbst, dass es der sexuelle Gedanke gewesen war, der sie so angeregt hatte, doch sie wusste genau, es war eine Lüge. Allein Colins Anblick löste eine chemische Reaktion in ihrem Körper aus, die offensichtlich einen Kurzschluss in ihrem Hirn verursachte.

„Hallo, Colin. Kommst du gerade aus dem Krankenhaus?", erkundigte sich Emma, die wusste, dass er Joe jeden Nachmittag seit seiner Ankunft besuchte.

Colin nickte.

„Wie geht es dem armen Joseph?", fragte Emma weiter.

„Jeden Tag ein bisschen besser."

„Das ist schön. Ich weiß, Corinne macht sich große Sorgen", schaltete sich nun Rina höflich in das Gespräch ein.

„Es gibt so einiges, worum Corinne sich Sorgen machen muss", murmelte Colin und wandte sich zu Rina. „Aber danke, dass Sie nachgefragt haben. Ich werde Joe sagen, dass Sie an ihn denken."

Wie gewöhnlich, löste seine Aufmerksamkeit erneutes Schmetterlingsflattern in ihrem Magen aus. „In erster Linie hat sich Emma nach ihm erkundigt", erinnerte sie Colin, um von sich abzulenken. Sicher würde Joe lieber hören, dass Emma um seine Gesundheit bangte als eine Angestellte, die er noch nicht einmal kannte.

„Ja, das ist wahr. Aber Sie nehmen ebenfalls Anteil, und im Namen von Joes Familie möchte ich mich bedanken." Er lächelte etwas schief, und Rina vergaß zu atmen.

Als ehemaliger Nachrichtenmoderator hatte er die gemeißelten Gesichtszüge, die im Fernsehen so beliebt waren, außerdem Grübchen und ein strahlend weißes Lächeln, das durch die leicht schief stehenden Schneidezähne noch charmanter wirkte. Der Bartschatten auf Wangen und Kinn, der Seemannspullover und die ausgebleichte Jeans verliehen ihm ein verwegenes, abenteuerliches Flair.

„Gefällt Ihnen, was Sie sehen?", fragte er keck und verschränkte die Arme vor seiner breiten Brust.

„Ja, sehr", erwiderte Rina und hätte sich am liebsten auf die Zunge gebissen. Doch es war zu spät.

Sie fühlte sich ertappt und wurde rot. Hilfe suchend blickte sie zu Emma. Die nickte in Colins Richtung und meinte: „Du musst Rina entschuldigen, sie ist ein wenig durcheinander. Und man kann es ihr wirklich nicht übel nehmen."

„Wieso?", wollte Colin nun wissen. Er sprach mit Emma, löste aber nicht den Blick von Rina.

Emma seufzte. „Ihr jungen Leute! Nehmt euch niemals Zeit, euch mal umzusehen und die Dekoration zu bewundern …"

Colin machte ein verständnisloses Gesicht.

„Schaut nach oben, Kinder. Ihr steht unter einem Mistelzweig", flötete Emma und deutete mit einem breiten Grinsen Richtung Decke.

Während Colin Emmas Blick nach oben folgte, unterdrückte Rina ein Stöhnen. Sie war Emma in die Falle gegangen.

„Nun, Colin?", meinte die alte Dame, während sie ihre Handtasche nahm und sich zum Gehen wandte. „Wirst du die Tradition aufrechterhalten?"

Rina wusste aus Erfahrung, dass einem das Leben selten eine zweite Chance bot. Mit Colin unter dem Mistelzweig zu stehen, war eine einmalige Gelegenheit. Sie hatte nun schon so viel über ihr neues Leben in dieser Stadt geredet und war schwer versucht, endlich Taten folgen zu lassen und ihrem erotischen Impuls nachzugeben.

„Ja, das würde ich auch gern wissen", flüsterte sie Colin mutig zu. Dann lehnte sie sich noch etwas näher an seinen sinnlichen Mund heran. „Trauen Sie sich?"

2. KAPITEL

Aus dem Augenwinkel sah Rina, wie Emma durch die Bürotür nach draußen schlüpfte.

„Emma ist gegangen", sagte Colin. Er klang ebenso verblüfft, wie Rina sich durch die plötzliche Wendung der Ereignisse fühlte. Seine Stimme klang ein kleines bisschen belegt.

„Und hinterlässt die Verbliebenen in einigem Aufruhr", fügte Rina hinzu.

„So nennen Sie das also." Er musterte sie schamlos von oben bis unten. Rina wusste nicht, wonach er suchte, aber sie hatte das Gefühl, als könnte er mit seinen blauen Augen in ihr Innerstes blicken.

Um ihre Gedanken zu lesen? Dann würde er jetzt wissen, dass sie diese Tradition sehr ernst nahm. Und mittlerweile war sie auch gespannt darauf, wie es wohl wäre, unter dem Mistelzweig geküsst zu werden. Von Colin.

Er legte seine Hände auf ihre Schultern, und ihr wurde heiß. Ihr Magen kribbelte vor Aufregung, während der Wunsch, Colin zu küssen, immer weiter wuchs.

„Rina?"

„Ja?"

Er nahm ihr die Brille ab und legte sie auf den Schreibtisch. „Wissen Sie, dass Sie goldene Sprenkel in Ihren schönen braunen Augen haben?"

Unfähig zu sprechen, leckte sie sich einmal über die trockenen Lippen. Sein Blick folgte der Bewegung.

Als waschechte New Yorkerin, noch dazu aus der Bronx, hatte Rina keine Hemmungen, das einzufordern, was sie wollte. Und sie wollte, dass ihr neues Leben jetzt begann. Obwohl sie Colin kaum kannte, wollte sie nehmen, was immer er zu geben bereit war. „Sie sollten wissen, dass ich die Gelegenheit zu einem Kuss unter dem Mistelzweig nie ungenutzt verstreichen lasse."

„Und Sie sollten wissen, dass ich jede Herausforderung annehme", entgegnete er in Anspielung auf ihre Frage, ob er sich traue, sie zu küssen. „Außerdem lehne auch ich mich nicht gegen die Tradition auf – auch wenn sie recht unerwartet ihr Recht auf Erfüllung verlangt", flüsterte er, bevor er den Kopf neigte und ihren Mund mit seinen Lippen streifte.

Spielerisch erkundete er ihre weichen, warmen Lippen, ehe er sanft mit der Zunge die Konturen ihres Mundes nachzog. Unwillkürlich teilte Rina die Lippen, und ihre Zungen berührten sich leicht.

Die Berührung, sein Geschmack und sein Duft weckten in ihr eine lang unterdrückte Begierde, aber auch eine Leidenschaft von nie gekannter Intensität. Rina erschauerte, und er umfasste ihre Schultern mit festem Griff, was ihr zeigte, dass auch er von ihrem Kuss nicht unbeeindruckt war.

Doch dann gewann ihre Vorsicht die Oberhand. Sie zwang sich, den Kuss zu beenden, und hob den Kopf. Ihre Blicke trafen sich. Auch ihm stand die Lust in das leicht gerötete Gesicht geschrieben – wieder ein Gefühl, das sie miteinander verband.

Rina wich zurück und berührte mit zitternden Fingern ihre Lippen. „Das war …"

„Spaßig."

Es war nicht das Wort, das sie gewählt hätte. Rina blinzelte irritiert.

„Soll denn Küssen unter dem Mistelzweig keinen Spaß machen?", fragte Colin und lächelte.

Rina wünschte, für sie wäre es ebenso leicht. Sie zwang ein unbefangenes Lächeln auf ihre Lippen, als sie ihn ansah. „Natürlich hat das Spaß gemacht. Emma hat uns in die Falle gelockt, und wir haben ganz normal wie Erwachsene reagiert, die unter einem Mistelzweig ertappt werden."

„Spaß ist, wenn man es wieder machen will." In seinem Blick lag noch immer Überraschung, aber auch Bewunderung.

Rina nahm ihre Jacke vom Stuhl und war überrascht, als Colin eilig vortrat und ihr beim Anziehen behilflich war. Beinahe zärtlich zog er den Kragen zurecht und streifte dabei mit den Fingern ihren Nacken. Wohlige Schauer jagten durch ihren Körper.

„Danke sehr."

„War mir ein Vergnügen."

Ohne einen erneuten Blick in seine strahlend blauen Augen zu wagen, nahm sie ihre Tasche, sagte Gute Nacht und eilte zur Tür.

„Rina, warten Sie."

Mit klopfendem Herzen drehte sie sich um. „Was ist?"

„Sie haben etwas vergessen."

Hastig nahm sie ihre Brille entgegen und trat hinaus in die kalte Nacht.

Im eisigen Wind, der ihre Wangen kühlte, fiel ihr das Denken leichter. Durch diesen Kuss hatte ihr Experiment einen aufregenden Beigeschmack bekommen.

Sie hatte immer noch vor, für ihre Kolumne Nachforschungen zu betreiben. Von morgen an würde sie die Spezies Mann im Allgemeinen testen. Doch was Colin betraf, war sie sich seiner Wirkung auf sie voll bewusst. Er besaß eine immense sexuelle Anziehungskraft und die Macht, sie zu verführen.

Ihre Vorstellung von einer Affäre wurde immer realer. Colin faszinierte und erregte sie, doch war er den Gerüchten nach ein Mann, der es nirgends lange aushielt. Wenn sie nach einem Mann fürs Leben suchte, sollte er der Letzte auf ihrer Liste sein. Doch nach dem Tod ihres Mannes hatte sie das Vertrauen in lebenslange Bindungen ohnehin verloren, was eine Affäre zur perfekten Lösung machte.

Und Colin zum perfekten Partner dafür.

Colin rollte mit seinem Stuhl zurück, legte die Füße auf den Schreibtisch und blickte Rina Lowell nach.

Er hatte eine unerwartete Gelegenheit genutzt, sie zu küssen, doch er hätte es nicht tun sollen. Vor allem nicht, da er sie um ihren Job bringen wollte.

Sich mit Rina einzulassen, würde ihn in einen argen Gewissenskonflikt bringen, wobei er allerdings sicher war, wie er sich entscheiden würde. Er hatte Joe in der Vergangenheit schon einmal enttäuscht und wollte es auf keinen Fall wieder tun. Joe und die Zeitung standen an erster Stelle – und doch waren sie das Letzte gewesen, woran er während des Kusses gedacht hatte.

Er hatte nicht damit gerechnet, derart verzaubert zu werden. Vom ersten Moment an, da er das Büro betreten und Rinas Hüftschwung gesehen hatte, war er nicht länger nur von ihrer natürlichen Schönheit, sondern auch von ihren erotischen Bewegungen fasziniert gewesen.

Und auch sie musste diese unerwartete Verbindung, diesen Gleichklang und die beunruhigende Anziehung zwischen ihnen gespürt haben, sonst wäre sie nicht so überstürzt aufgebrochen.

Rina Lowell zu küssen, war das reinste Vergnügen gewesen, und die Vernunft warnte ihn davor, Arbeit mit Vergnügen zu verquicken. Doch blieb ihm keine andere Wahl.

Dies war nicht ihr erster Arbeitstag, und doch war Rina mindestens genauso aufgeregt wie damals. Heute war sie in zweifacher Mission unterwegs: Sie begann mit der ersten Phase ihres Experiments, und sie wollte erste Vorarbeit leisten, um Colin zu verführen.

Der Tag begann wie jeder andere. Ihr erstes Ziel war der Coffeeshop unter dem Redaktionsbüro der „Ashford Times". Da Ashford eine wohlhabende Gemeinde an der Atlantikküste war, bestand das Angebot des Cafés aus einer Vielzahl Mode-Getränke. Der Besitzer, ein gut aussehender Mann Mitte dreißig, begrüßte jeden Gast mit demselben unverbindlichen Lächeln. Rina hatte bereits mehrmals versucht, ihn in ein Gespräch zu verwickeln, doch er war nie darauf eingegangen.

Allerdings hatte sie gerüchteweise gehört, dass er attraktiven Frauen gerne einmal einen Extraschuss Karamell- oder Vanille-Aroma in den Kaffee spendierte. Die unauffällige Rina hatte dafür jedoch bisher immer bezahlen müssen.

Heute hatte sie nur ein paar kleine äußerliche Veränderungen vorgenommen, da sie sich bis Weihnachten noch steigern wollte. Sie dachte, es wäre interessant zu beobachten, ob bereits ein wenig Rouge und Lidschatten und eine andere Frisur das Verhalten der Männer beeinflusst. Darüber wollte sie in ihrer nächsten Kolumne schreiben.

„Die Nächste, bitte." Der Cafebesitzer wischte die Theke sauber und sah zu Rina. „Was kann ich für Sie tun?"

Rina klimperte einmal kurz mit den Lidern. „Geben Sie mir einfach das, was Sie am besten machen." Sie legte den Kopf schief und ließ ihren Pferdeschwanz über die Schulter nach vorn fallen. Dieselbe Kopfbewegung hatte sie bereits getestet, als sie noch den Knoten getragen hatte. Heute aber baumelte der Zopf direkt über einer ihrer Brüste.

Der Besitzer stützte sich auf einen Ellbogen und lehnte sich über die Theke. Von nahem betrachtet, war er für Rinas Geschmack zu glatt. Sie bevorzugte dunkelhaarige, verwegen aussehende Männer, deren Küsse sie noch stundenlang auf den Lippen spürte und die sich in ihre nächtlichen Fantasien einschlichen.

„Daves Spezialität ist Schoko-Malz-Cappuccino", erklärte er mit vor Stolz geschwellter Brust.

„Und das bedeutet, dass Sie Dave sind." Rina zwang sich zu einem strahlenden Lächeln für einen Mann, der ihr im Grunde egal war. „Geben Sie mir eine Extraportion Schoko, und wir sind im Geschäft."

Fünf Minuten später trat sie mit einem extragroßen Schoko-Malz-Cappuccino zum Preis eines normal großen in der einen und einem schwarzen Kaffee in der anderen Hand sowie einem Rendezvous-Angebot für Samstagabend wieder auf den schneebedeckten Gehsteig. Zum Glück fand am Samstag Emmas Weihnachtsparty statt, sodass sie das Rendezvous mit gutem Grund ablehnen konnte.

Damit hatte sie bereits einen Punkt für die Vermutung gesammelt, dass Männer auf Äußerlichkeiten reagieren. Dave war heute auf ihr verändertes Aussehen angesprungen, während er sie gestern noch keines weiteren Blickes gewürdigt hatte. Das zeigte, dass für den Mann die Chemie zwischen ihm und der Frau nicht so viel Bedeutung hatte wie sein erster oberflächlicher Eindruck.

Rina betrat die Redaktion. Sie kannte den Tagesablauf der meisten Kollegen ebenso gut wie ihren eigenen. Colin kam meistens sehr früh, um eine Tasse von Martys frisch gebrühtem Kaffee zu ergattern. Sie marschierte quer durch das Großraumbüro und bemerkte sofort, dass Colin schon an seinem Platz saß, heute aber noch keinen Kaffeebecher vor sich stehen hatte.

Er sah seine Post durch und murmelte verärgert vor sich hin. Selbst in schlechter Stimmung sah er verdammt gut aus. Und es lag nicht nur an seinem Äußeren: der schwarzen Lederjacke, dem windzerzausten Haar oder den wach blickenden blauen Augen. Es kam von innen. Seine ganze Person und seine Bewegungen strahlten Kraft und Intensität aus.

Rina hielt einen Moment inne, um Mut zu fassen, und als sie sich auf die Lippe biss, schmeckte sie den Lippenstift. Ihr Herz begann schneller zu schlagen. Sie nahm den für Colin bestimmten Kaffee und ging zu seinem Schreibtisch.

Er lehnte in seinem Stuhl und starrte in eine Büroecke, ohne Rina zu bemerken. „Wie kommt es, dass ich diesen Ort kaum mehr wiedererkenne?“, murmelte er halblaut vor sich hin.

Sein düsterer Ton war keine gute Voraussetzung für Rinas Plan, ihn zu betören. Sie warf einen aufmerksamen Blick durch das Büro, um herauszufinden, was Colin so verärgern mochte. Hie und da hing ein Mistelzweig von der Decke, und in der Ecke stand ein riesiger, exquisit in Gold und Silber dekorierter Weihnachtsbaum.

„Das klingt aber deprimiert. Haben Sie etwas gegen Weihnachten?“, fragte sie unverblümt.

„Gegen Weihnachten? Gar nichts. Gegen diesen Baum? Alles!“ Er drehte sich um und sah sie an.

Rina selbst bevorzugte liebevoll selbst gebastelten Christbaumschmuck wie in ihrer Kindheit – dennoch sah dieser teuer dekorierte Baum nicht übel aus. „Was haben Sie gegen diesen armen, unschuldigen Baum?“

„Diese Ecke ist normalerweise für Joes selbst geschlagenen Christbaum reserviert.“ In Colins Stimme schwang sowohl Empörung als auch Zärtlichkeit mit.

„Ich bin sicher, Corinne hat es nur gut gemeint. Vielleicht dachte sie, so ein Baum ist besser als gar kein Baum“, gab Rina zu bedenken.

„Corinne denkt an nichts anderes als an ihr persönliches Bedürfnis, Geld zu verbraten.“

Es war das erste Mal, dass sie ihn schlecht über Corinne reden hörte, und sie war schockiert. Zwar kannte sie Corinne nicht sehr gut, aber sie schien sich für andere Menschen, insbesondere für ihre Angestellten, einzusetzen und sich sehr um ihren kranken Mann zu sorgen.

Colin schüttelte den Kopf. „Ach, egal. Ich meinte das nicht so, wie es sich anhört."

„Das vielleicht nicht, aber irgendetwas bedrückt Sie, und das sollten Sie loswerden."

„Und Sie wollen es hören?" Er klang überrascht.

Sie nickte. „Ja, ich würde es sehr gern hören." Sie waren zwar Fremde, aber der Kuss unterm Mistelzweig hatte sie einander nähergebracht.

Er sah sie einen Moment schweigend an. Überlegte er, ob er sich ihr gegenüber öffnen wollte?

„Wir hatten eine alljährliche Tradition, Joe und ich", begann er schließlich. „Es fing in dem Jahr an, als Joe und seine erste Frau Neil mich aufnahmen, nachdem meine Eltern bei einem Autounfall ums Leben kamen. Ich war damals zwölf."

Bei dieser Offenbarung empfand Rina, die in einer intakten und glücklichen Familie aufgewachsen war, tiefes Mitgefühl. „Das tut mir leid. Das wusste ich nicht."

„Wie sollten Sie auch? Joe und Neil adoptierten mich später, und da es ein Teil von Joes früherem Leben ist, redet Corinne vermutlich nicht gern darüber."

Das bezweifelte Rina zwar, aber Colin hatte anscheinend keine besonders gute Beziehung zur neuen Frau seines Adoptivvaters. „Ich bin froh, dass Sie Menschen hatten, die für Sie da waren."

„Ich auch." Colin wirkte ein wenig entspannter, und Rina wurde es warm ums Herz. Es war ein weitaus gefährlicheres Gefühl als sexuelle Begierde – und vertrug sich nicht besonders mit dem Vorhaben einer bedeutungslosen Affäre.

„Möchten Sie mir von dieser Tradition erzählen?", fragte sie wider besseres Wissen.

Colin erhob sich und ging zum Fenster. Rina ließ den mittlerweile erkalteten Kaffee stehen und folgte ihm. Schweigend blickte sie über seine Schulter. Dieses Jahr würde es weiße Weihnachten geben.

„Joe ist wie ein Vater für mich. Seit er mich aufgenommen hat, wandern wir jedes Jahr kurz vor Weihnachten durch den Wald und suchen den perfekten Baum."

„Hm. Wir haben früher immer den billigsten Baum vom nächsten Supermarkt-Parkplatz-Verkauf geholt."

Er lachte leise. „Und wir haben Männer in der Wildnis gespielt, sind bis zum Ende von Joes Besitz marschiert und haben unseren eigenen Baum geschlagen." Colin schob beide Hände in die Taschen und starrte auf die Bäume vor dem Fenster. „Wir haben nie ein Jahr ausgelassen."

Sie hörte die Worte, die er nicht sprach, und spürte die Leere in seinem Herzen. Ein Teil von ihm war immer noch der kleine Junge, der seine Eltern verloren hatte und nur noch auf Joe vertrauen konnte.

Impulsiv hob sie eine Hand und legte sie tröstend auf Colins Schulter. Lustvolle Erregung durchzog ihren Körper, und um sich zu beruhigen, musste Rina erst mal tief durchatmen.

„Corinne sagt, Joes Prognose sei definitiv gut."

Colin berührte kurz ihre Hand zum Dank für ihre mitfühlende Geste. „Ja, das stimmt. Aber es ist schwer, ihn nicht hier zu haben. In letzter Zeit läuft einiges schief."

Seine Berührung und seine Stimme beschworen Bilder heißer Liebesnächte in ihr herauf, in denen er ihre nackte Haut liebkoste und sinnliche Worte in ihr Ohr flüsterte. Noch nie hatte sie sich so sehr nach Sex mit einem Mann gesehnt.

„Es ist nicht dasselbe, aber ich weiß, wie es ist, jemanden zu vermissen, den man gern mag. Mein Bruder lebt noch immer in New York."

„Wie viele Geschwister haben Sie?"

„Nur Jake, und glauben Sie mir, einen Polizisten als älteren Bruder zu haben, war gerade zu Zeiten meiner ersten Verabredungen entsetzlich nervig."

Colin lachte. „Irgendetwas sagt mir, dass Sie ihm ganz schön zugesetzt haben."

Seine neckenden, flirtenden Worte erinnerten Rina an ihre Mission. Eine rein berufliche Mission, um Colins Aufmerksamkeit zu testen, und eine sehr persönliche Mission, um ihn zu einer Affäre zu verleiten.

Dass sie ihm auf dem Weg dorthin auch gefühlsmäßig näherkam, war allerdings nicht Teil ihres Plans gewesen. „Oh ja, ich habe Jake das eine oder andere Mal erfolgreich ausgetrickst", sagte sie nun leichthin.

„Darauf möchte ich wetten." Endlich drehte er sich zu ihr um.

Sie lachte kokett. Wie ein Magnet zogen ihre rosarot geschminkten Lippen seinen Blick an, und die Raumtemperatur schien sprunghaft anzusteigen. Mission erfüllt, dachte Rina, wobei sie nicht sicher war, womit sie seine Aufmerksamkeit geweckt hatte.

Es war nicht einfach, mit dieser elektrisierenden Spannung zwischen ihnen ein lockeres Gespräch zu führen, aber sie versuchte es. „Einmal, als ich mir Urlaub genommen hatte", erzählte sie schmunzelnd, „bat ich ihn, meine Wohnung zu hüten, und verschwieg dabei, dass ich noch jemand anderen dafür eingespannt hatte."

Als sie daran dachte, wie Jake und Brianne zusammengefunden hatten, wurde ihr ganz warm ums Herz. Die beiden waren der lebende Beweis, dass zwei sehr unterschiedliche Menschen mit gemeinsamer

Basis eine glückliche Ehe führen konnten. Jake gewährte Brianne die Freiheit, sich selbst zu verwirklichen, während Brianne ihren Bruder mitsamt seinen Macho-Allüren hingebungsvoll liebte, ohne dabei ihre eigene Unabhängigkeit zu verlieren.

„Wie gut, dass er Polizist ist. Dann hat er ja gelernt, Ihnen ein oder zwei Schritte voraus zu sein.“ Colins schlechte Stimmung schien gänzlich verflogen.

Rina hoffte sehr, dass sie diesen Stimmungswandel bewirkt hatte.

„Ihr Bruder ist uns armen Zivilisten gegenüber im Vorteil, die von Ihnen einfach überrumpelt werden“, fuhr Colin schmunzelnd fort.

„Ach, ich bin doch leicht zu durchschauen.“

Er musterte sie von oben bis unten und blickte dann wieder in ihr Gesicht. „Oh nein, das sind Sie nicht. Und irgendetwas ist heute anders.“ Er ließ sich absichtlich Zeit dabei, sie erneut zu mustern. „Dieselbe Brille und wieder ein weiter Pullover.“ Er schüttelte den Kopf, und Rina hielt die Luft an.

Sie wollte Einzelheiten. Was bemerkte er? Welche der kleinen Veränderungen gefiel ihm am besten? Verdammt, es sollte ihr nicht so wichtig sein! Aber bei ihm war es ihr immens wichtig zu wissen, was ihm gefiel.

„Sie sind doch Reporter! Ich bin sicher, Sie haben eine äußerst scharfe Wahrnehmung. Also, was sehen Sie?“

Er hob eine Augenbraue und fuhr mit einem Zeigefinger leicht über ihre glatte, weiche Wange. Dann drehte er die Handfläche nach oben, und auf dem Finger war ein Hauch ihres Make-ups zu erkennen. „Was ich sehe, ist, dass Sie sehr hübsch aussehen, Rina. Aber das tun Sie ja immer.“

Das Kompliment, das auch den gestrigen Tag einschloss, ließ ihren Magen vor Freude kribbeln.

„Aber Sie brauchen kein Make-up, um das zu betonen, was auch so schön genug ist.“ Anerkennung lag in seinem Blick, während er sich leicht vorbeugte – seine Lippen nur einen Kuss entfernt. „Viel interessanter finde ich außerdem die Frage, ob diese kleine Veränderung für mich bestimmt war?“

„Das hätten Sie wohl gern“, erwiderte sie keck. „Ich experimentiere für meine Kolumne. Sehen Sie sich einfach als Mann mit ausgezeichneter Beobachtungsgabe.“ Sie hoffte, lockerer zu klingen, als sie sich fühlte. Tatsächlich hatte sie sehr wohl an Colin gedacht, als sie sich geschminkt und frisiert hatte. „Der Typ im Coffeeshop hat bereits eindeutig auf die Veränderung reagiert. Ich wollte nur sehen, ob der Rest Ihrer Spezies ebenso gute Noten bekommt.“

Colin zog eine Augenbraue hoch. „Sie wollen also, dass ich mit anderen Männern in Wettbewerb trete?“

„Ja. Warum denn nicht?“, entgegnete sie neckend. Sie hatte die Kunst des Flirtens wiedererlangt – und genoss es in vollen Zügen.

„Weil ich kein Mann bin, der gern teilt.“ Sein starrer Blick sagt ihr, dass er es ernst meinte.

Ihre Knie begannen zu zittern. Es war ihm egal, ob sie Make-up auflegte oder nicht – er fühlte sich in jedem Fall zu ihr hingezogen. Aber damit verfälschte er die Ergebnisse ihres Experiments für ihre Kolumne – und brachte sie außerdem völlig durcheinander.

„Begleiten Sie mich am Samstagabend zu Emmas Weihnachtsspektakel“, sagte er plötzlich.

Rina war überrascht. „Als Kollegin oder als Verabredung?“ Sie wollte keine Missverständnisse.

„Nennen Sie es, wie Sie wollen. Ich hole Sie um acht Uhr ab.“

Rina wollte sich ja gern mit ihm verabreden, aber sein bestimmender Ton gefiel ihr nicht besonders. „Wenn ich mit Ihnen dort auftauche, kann ich mich schwer an die anderen Männer heranmachen, und meine Gelegenheit für Recherchen ist vertan.“ Sie zog einen Schmollmund.

„Darum geht es ja gerade.“ Colin verkniff sich ein Schmunzeln und verschränkte die Arme über der Brust. „Ich will Sie für mich haben. Außerdem sagten Sie ja, dass Sie über die Feiertage allein sind.“

Eigentlich hatte sie nur gesagt, dass ihr Bruder in New York lebte. Er würde nächstes Wochenende zu Heiligabend kommen, aber das schien im Moment nicht weiter von Belang.

„Da Joe im Krankenhaus liegt, bin ich ebenfalls allein. Wollen Sie etwa, dass ich die Feiertage über einsam bin?“ Augenzwinkernd spielte Colin seine Trumpfkarte aus. Wie konnte sie einen Mann abweisen, der unter dem Schlaganfall seines Adoptivvaters und unter Corinnes augenscheinlichen Veränderungen im Büro zu leiden hatte?

„Kommen Sie, Rina …“, er verlegte sich jetzt schamlos aufs Bitten, „… Emmas Enkel war mein Zimmergenosse auf dem College. Ich weiß aus eigener Erfahrung, dass die Weihnachtsparty der Montgomery-Familie jede andere Festivität in den Schatten stellt. Sie müssen es selbst erleben. Aber nicht allein“, fügte er schnell noch hinzu.

Rina musterte ihn argwöhnisch.

„Wenn ich verspreche, Sie lange genug allein zu lassen, damit Sie alle nichts ahnenden Männer unter die Lupe nehmen können, darf ich Sie dann um acht abholen?“

Rina atmete tief durch. Bis zu diesem Moment war ihr nicht bewusst gewesen, dass sie seine Einladung tatsächlich ablehnen wollte. Durch seine fordernde, wenn auch charmante Art hatte sie sich in die Ecke gedrängt gefühlt, weil sie ihre eigenen Entscheidungen treffen wollte. Es hatte sie an Robert erinnert: an all die Male, da er zu irgendeiner Wohltätigkeitsveranstaltung gehen wollte, in die er beruflich involviert war, und sie lieber zu Hause geblieben wäre. Damals hatte es nie einen Kompromiss gegeben. Immer hatte sie sich dem Willen ihres Mannes beugen müssen.

Doch Colin hatte ihr gerade die Wahl gelassen. Er hatte ihren Einwand verstanden und war auf sie eingegangen.

Daher konnte sie guten Gewissens Ja sagen. Erfreut und plötzlich auch ziemlich aufgeregt, erwiderte sie seinen Blick und lächelte, ehe sie antwortete. „Einverstanden. Acht Uhr passt wunderbar."

„Da bin ich aber froh." Colin wirkte erleichtert.

„Und bitte seien Sie pünktlich." Dieser Abend würde ihr Gelegenheit geben, weitere äußerliche Veränderungen vorzunehmen und dann ihren Charme für die High Society von Ashford spielen zu lassen – und für Colin.

Er schmunzelte. „Auf jeden Fall. Ich will mir keine Sekunde unserer gemeinsamen Zeit entgehen lassen."

Lächelnd ging Rina zu ihrem Schreibtisch und ignorierte dabei die neugierigen Blicke ihrer Kollegen. Sie erkannte, dass sie in diesem großen Büro voller Menschen zum ersten Mal ihre eigene Welt erschaffen hatten: Sie hatten miteinander gesprochen, als ob niemand sonst anwesend gewesen wäre. Rina erschauerte. Wenn er die Macht hatte, sie in aller Öffentlichkeit derart in seinen Bann zu ziehen, was würde dann erst mit ihr geschehen, wenn sie allein wären?

Nun, sie würde ja bald die Gelegenheit dazu bekommen, genau das herauszufinden.

3. KAPITEL

Rina behauptete also, das Make-up sei Teil eines Experiments für ihre Kolumne? Von wegen, dachte Colin. Er bevorzugte den Gedanken, es hätte etwas mit ihm zu tun.

Er hatte ihre Anziehungskraft vom ersten Tag an deutlich gespürt, aber natürlich hatte er Rina überhaupt nicht gekannt. In diesem kurzen Gespräch jedoch hatte er eine Menge über sie erfahren. Es hatte ihn völlig überrascht, dass sie so viel Interesse an seinem Leben gezeigt hatte. Dann hatte er sich umgedreht, um sich zu bedanken, und war von ihrem neuen Aussehen vollkommen überrumpelt worden. Rina brauchte kein Make-up, um ihn auf sich aufmerksam zu machen. Aber er konnte nicht leugnen, dass die subtilen Veränderungen, die sanft schimmernde Haut, die betont leuchtenden Augen und vor allem der glänzende Mund, ihn betörten. Wie gern hätte er ihre Lippen erneut geküsst!

Seit er sich zu diesem Kuss unterm Mistelzweig hatte hinreißen lassen, hatte er Feuer gefangen und wollte mehr. Und seit Rina echtes Interesse an seiner Person und an seinen Problemen gezeigt hatte, war neben der reinen Lust noch ein weiteres Gefühl entstanden.

Sie war die erste Frau seit langem, die ihm derart unter die Haut ging. Eigentlich hatte er sie zu Emmas Party einladen wollen, um ihr wegen Corinne auf den Zahn zu fühlen. Doch dann war es aus einem anderen Grund heraus geschehen: Auf gar keinen Fall sollte diese Frau die Feiertage in einer neuen, fremden Stadt allein verbringen – nicht, nachdem sie in jenem schrecklichen Moment für ihn da gewesen war, wo er Corinnes verschwenderisch dekorierten Christbaum gesehen hatte.

Wann hatte er zum letzten Mal einer Frau seine Gefühle anvertraut? Julie, seine Exfrau, hatte ihm gezeigt, wie schmerzhaft es sein konnte, wenn man seine Gefühle mit jemandem teilte, der dieses Vertrauens nicht würdig war, und wie gut es war, wenn man niemandem Rechenschaft schuldete. Er bedurfte keines Psychiaters, um zu erkennen, dass sein Reisefieber ein Versuch war, dem Schmerz über den Betrug seiner Frau davonzulaufen, aber er konnte gegen diesen überwältigenden Drang nicht ankämpfen. Also hatte er seinen Job beim Fernsehen gekündigt und das Land verlassen.

Seitdem hatte ihm keine Frau mehr nahegestanden – bis heute, wo er seinen Schmerz spontan mit Rina geteilt hatte. Ironischerweise hatte er das Gefühl, sie verstand ihn besser, als Julie es je getan hatte. Doch er musste die Zeitung vor dem Ruin bewahren und durfte sich weder von Rinas Warmherzigkeit noch von ihrem attraktiven Äußeren von seinem Vorhaben ablenken lassen. Seine Frist lief unweigerlich ab. Sobald Joe das Krankenhaus verlassen konnte, sollte die „Ashford Times" wieder in den schwarzen Zahlen sein.

„Fröhliche Weihnacht überall …" Eine unverwechselbar hohe Stimme tönte durch den Raum, und Colin zuckte zusammen, als Corinne in einem teuren Kaschmirmantel durch die Redaktion schritt. Sie klatschte in die Hände. „Ich bin gekommen, um Sie alle zu unserer Weihnachtsfeier einzuladen", verkündete sie laut.

Ihre Stimme zerrte an seinen Nerven. Ebenso ihre Worte. „Emma Montgomerys Familie feiert am Samstagabend eine Weihnachtsparty …"

„Und wir sind alle eingeladen", warf Colin ein. „Also kannst du das Geld sparen und dort feiern."

Corinne ignorierte seine Bemerkung. „Also feiern wir am Freitagabend im Seaside Restaurant. Alle Mitarbeiter samt Partner sind herzlich eingeladen." Nach diesen Worten wandte sich wieder Richtung Tür.

„Corinne, warte!", rief Colin.

Sie drehte sich um.

„Wohin gehst du?", wollte er wissen.

„Ich will im Seaside das Menü besprechen." Sie schwang den Designer-Rucksack über die Schulter. „Außerdem möchte ich kleine Anerkennungspräsente für unsere Mitarbeiter besorgen. Joe würde das sicher begrüßen." Sie schniefte leicht und hob eine Hand, als wollte sie eine Träne aus dem Auge wischen.

Colin konnte nicht erkennen, ob es sich um echte oder aufgesetzte Trauer handelte. Dazu kannte er Corinne nicht gut genug. „Du würdest Joe einen größeren Gefallen tun, wenn du im Krankenhaus bleiben würdest. Steh deinem Ehemann zur Seite." Im Moment war es so, dass Corinne vormittags in der Redaktion sein sollte und Colin nachmittags. „Da kannst du ihn dann ja selbst fragen, ob er das letzte Geld vom Zeitungskonto für eine Party ausgeben möchte", fügte er leise hinzu, sodass nur Corinne es hören konnte.

Die winkte ab. „Ich möchte Joe mit solchen Fragen nicht belästigen, wo er all seine Kraft braucht, um gesund zu werden. Außerdem machst du dir wirklich zu viele Sorgen."

„Und du nicht genug! Bert Hartmann hat angerufen, um uns an die Frist von *Fortune's Inc.* zu erinnern. Du musst Joe dazu bringen, die Vollmacht auf mich zu übertragen oder ein schriftliches Versprechen unterschreiben, dass die Zeitung wieder auf den alten Kurs zurückgeführt wird." Frustriert fuhr er sich mit der Hand durch das Haar. „Verdammt noch mal, Corinne! Bring endlich echte Nachrichten ins

Blatt. Dann werden wir das Jahr überstehen, ohne unseren größten Anzeigenkunden zu verlieren."

„Das werde ich nicht tun, denn ich glaube an mein neues Konzept", entgegnete Corinne, drehte sich um und beendete so das Gespräch.

Es war Colin nur recht, denn wenn sie weitergesprochen hätte, hätte er sie vermutlich erwürgt.

„Emma", sagte Corinne, während sie zur Tür ging. „Colin scheint etwas gestresst zu sein. Vielleicht solltest du ihn als Nächstes verkuppeln."

Colin verdrehte die Augen.

Emma lachte.

Und Rina verzog missbilligend ihre vollen, glänzenden Lippen. „Ich bin überzeugt, Colin kann sich seine Frauen selbst suchen."

Colin musste grinsen. „Was ist? Haben Sie Angst, Emma könnte eine Frau finden, die mich von Ihnen ablenkt?"

Rina reckte das Kinn. „Auf keinen Fall. Ich weiß, was ich zu bieten habe."

Er hielt ihren Blick fest. „Das gefällt mir. Aber selbst wenn es nicht so wäre, könnten Sie unbesorgt sein. Wenn ich ein Ziel vor Augen habe, lasse ich mich nicht so schnell davon abbringen."

Doch insgeheim musste er sich eingestehen, dass sein Ziel, alles für die Rettung der Zeitung zu tun, manchmal durch die Anziehungskraft, die Rina auf ihn ausübte, in den Hintergrund rückte. Ja, er wollte mehr von ihr als nur einen Kuss.

Wie viel mehr, würde sich noch zeigen.

„Wenn ich erst ein Ziel vor Augen habe, lasse ich mich nicht so schnell davon abbringen." Noch Tage später spukte dieser Satz Rina im Kopf herum, weil Colins eindringlicher Blick ihr verraten hatte, dass *sie* sein Ziel war. Und heute Abend fand Emmas Weihnachtsparty statt, zu der sie mit Colin verabredet war.

Die ganze Woche lang hatte sie Zeit gehabt, sich innerlich auf diesen Abend vorzubereiten. Am Freitag war sie zu Corinnes Weihnachtsfeier gegangen, aber Colin hatte sich nicht blicken lassen. Es sah so aus, als würde Colin sich aus dem Staub machen, sobald ihm etwas unangenehm wurde. Sie konnte es sich wirklich nicht leisten, ihn allzu sehr zu vermissen.

Die meisten Männer, die zu der Weihnachtsfeier erschienen, waren in festen Händen, sodass Rina sich zu den Frauen gesellte. Sie hörte sich deren Meinung darüber an, was Männer wollten, was sie am anderen Geschlecht reizte und was ihr Interesse auf Dauer wachhielt. Die meisten Frauen waren sich darüber einig, dass die Männer zwar durch Äußerlichkeiten angezogen wurden, dass sie für eine feste Beziehung jedoch auch gewisse innere Werte erwarteten.

Dennoch bildeten Äußerlichkeiten fast immer den ersten Anreiz zu einer längeren Beziehung, und Rinas erste Kolumne unter der Rubrik „Heiß und begehrt“ war am Donnerstag unter dem Titel „Sex-Appeal“ erschienen. Falls die E-Mails und Anrufe ernst zu nehmen waren, dann hatte sie bereits jetzt einen großen Eindruck bei der Leserschaft hinterlassen.

Voller Stolz hatte sie Jake und Brianne die Kolumne zugefaxt. Die Arbeit füllte ihre innere Leere aus, und sie war Corinne sehr dankbar, dass sie ihr diese Chance gegeben hatte.

Die nächste Kolumne sollte „Zeig, was du kannst“ heißen. Dazu konnte Rina auf ihren Erfahrungsschatz als Single sowie als verheiratete Frau mit gesellschaftlichen Verpflichtungen in Manhattan zurückgreifen. Sie wusste, wie sie einen Mann für sich interessieren konnte – wie sie ja neulich beim Besitzer des Coffeeshops bewiesen hatte. Ihre Gespräche mit anderen Frauen lieferten ihr weitere Einblicke.

Ein kluger Mann wusste, wann er einer Frau Raum gewähren musste. Colin war stolz darauf, dass er es schaffte, Rina bis Samstag aus dem Weg zu gehen, um mehr Spannung aufzubauen. Außerdem wollte er ihr keine Gelegenheit geben, die Verabredung in letzter Minute abzusagen.

Sie wohnte in einem kleinen Apartment in einem Küstenvorort, wie er von Emma wusste, die ihm Rinas Adresse mit jeder Menge Richtungshinweisen zugesteckt hatte. „Für den Fall, dass du dich verirrst“, hatte die alte Dame augenzwinkernd gesagt. „Ich will ja nicht, dass du die ganze Nacht herumfährst, wenn du stattdessen mit Rina zusammen sein könntest.“

Um Punkt acht Uhr klingelte er an ihrer Tür: Zu seiner Überraschung bellte daraufhin ein Hund, und er hörte Rinas Kommando: „Norton, sitz!“

Norton? Was war das denn für ein Name?

Sie öffnete die Tür, doch noch ehe er Rina sehen konnte, wurde er von dem Hund überfallen, der sich auf die Hinterbeine stellte und an Colins Schienbeinen abstützte.

„Norton, Platz!“ Rina packte den Hund am Halsband. „Tut mir leid. Er hat sonst bessere Manieren.“

Colin lachte. „Zumindest hat er überhaupt Manieren.“ Er blickte auf Norton hinunter. „Ein Shar-Pei?“

Sie tätschelte den dunkelbraunen Kopf des Tieres und kraulte dann seinen faltigen Rücken. „Sie kennen die Hunderasse?“, fragte sie verblüfft.

Er kannte diese Rasse bisher nur aus dem Fernsehen und wusste, dass sie ziemlich teuer war. Nie hätte er Rina solch einen Hund zugetraut, aber er gefiel ihm sofort. „Ein schönes Tier!“

Sie lächelte. „Er gehörte Robert, bevor wir zusammen waren. Jetzt habe ich ihn.“

Als sie den Namen des anderen Mannes erwähnte, zog sich Colins Magen vor Eifersucht zusammen. Er konnte sich nicht erinnern, wann er das letzte Mal Eifersucht empfunden hatte, nicht einmal bei Julie.

Hatte Rina einen Mann in New York zurückgelassen? „Wer ist Robert?“, überwand er sich zu fragen.

„Mein Ehemann.“

Sein Magen begann zu schmerzen. „Sie sind …“

„Er ist tot“, fügte sie schnell hinzu.

Seine Eifersucht war verschwunden. „Das tut mir leid.“

„Danke.“ Sie streichelte Norton und richtete sich auf. „Es ist schon eine Weile her.“

Sobald sie Nortons Halsband losließ, schnüffelte der Hund an Colins Schuhen herum.

Colin bückte sich und kraulte das Tier hinter den Ohren. Daraufhin warf Norton sich auf den Rücken und streckte alle viere von sich.

„Ach, Norton! Benimm dich!“, meinte Rina stöhnend. „Er produziert sich gern. Das ist wirklich peinlich.“

Colin lachte, und sie sah ihn an. Nun erst fiel ihm auf, dass sie keine Brille trug. Er trat einen Schritt zurück, um die Veränderung zu begutachten. Sie hatte wieder sehr dezent Make-up aufgelegt, und ohne die Brille konnte er ungehindert in ihre wunderschönen, vor Freude blitzenden Augen blicken. Was er sah, gefiel ihm sehr.

„Ich hoffe, es macht Ihnen nichts aus, aber ich muss noch eine Runde mit Norton Gassi gehen, bevor wir loskönnen. Ich werde mich danach für die Party umziehen.“ Mit schwingendem Pferdeschwanz drehte sie sich zur Garderobe, zog ihre Winterjacke an und griff nach Nortons Leine.

„Ich werde mitgehen“, bot Colin an.

Eine volle Stunde später kehrten sie in die Wohnung zurück. Colins Finger waren eiskalt und seine Nasenspitze taub vor Kälte. „Das haben Sie absichtlich gemacht, oder?“

„Was denn?“

Einen anderen hätte ihr unschuldig fragender Blick wohl getäuscht, nicht aber Colin mit seinem Reporter-Instinkt. „Sie haben mit dem

Gassigehen auf mich gewartet, weil Sie genau wussten, dass es eine ganze Stunde dauert. Sie wollten, dass ich mit Ihnen erfriere."

Allerdings hatte er den Spaziergang in vollen Zügen genossen. Sie hatten viel geredet und waren sich auf lockere Weise nähergekommen. Nur das Thema Corinne hatte er nicht ansprechen können, da Rina von den Weihnachtsfesten ihrer Kindheit erzählt hatte. Auch ohne viel Geld hatte ihre Familie immer schöne Feiertage verbracht.

Colin musste an Joe und Neil denken. Er hatte es ihnen nicht gerade leicht gemacht. Um nicht über die Abwesenheit seiner Eltern nachdenken zu müssen, war er an Weihnachten oft zu Freunden geflüchtet. Während er Rinas Schilderungen zuhörte, hatte er über seine eigene Vergangenheit nachdenken und seine Fehler bereuen können. Colin nahm sich vor, Joe bald von seinen Gefühlen zu erzählen und so seine Fehler wiedergutzumachen.

„Mein Bruder behauptet, ich sei eine chronische Zuspätkommerin. Es war also wirklich keine Absicht, dass ich mit dem Gassigehen gewartet habe." Sie sah Colin an, und ihre Augen strahlten vor Freude und Heiterkeit. Allerdings zuckten ihre Lippen, was verriet, dass sie sich ertappt fühlte.

Der Wunsch, sie zu küssen, wurde immer stärker. Wenn sie sich nicht gleich für die Party fertig machte, würde Colin dem Drängen seines Körpers nachgeben und Rina aufs Sofa werfen. Dieses Mal allerdings würde er sich beim Küssen nicht nur auf ihre Lippen beschränken …

„In fünf Minuten bin ich fertig." Ihre Stimme riss ihn aus seinen Träumen.

„Ich habe noch nie eine Frau erlebt, die so schnell fertig sein kann, vor allem nicht, wenn sie eine chronische Zuspätkommerin ist."

Sie lachte. „Da sollten Sie mich mal sehen!" Sie hielt inne und errötete. „Das meinte ich natürlich nicht wörtlich. Ich meinte, Sie sollen einfach warten. Und mich dann ansehen." Sie ging zu der Tür, die vom Wohnzimmer in den Nebenraum führte. „Norton wird Ihnen Gesellschaft leisten." Dann verschwand sie und machte die Tür hinter sich zu.

Colin versuchte angestrengt, sich nicht vorzustellen, wie Rina sich im Nebenraum auszog. Stattdessen widmete er sich dem zerknautscht aussehenden Hund, der hechelnd neben ihm saß. „Ich bin sicher, es gibt hier irgendwo Wasser für dich." Colin marschierte in Richtung Küche, die ebenfalls vom Wohnzimmer abging.

Norton folgte ihm und rannte zu seiner Wasserschüssel, die tatsächlich in der Küchenecke stand. Colin kehrte ins Wohnzimmer zurück, um mehr Einblicke in das Leben von Rina Lowell zu gewinnen.

Im Bücherregal fand er eine ganze Reihe von Krimis und Thrillern sowie das gerahmte Foto eines Mannes und einer Frau. Die Frau hatte dem Mann die Arme um die Schultern gelegt. Da der Mann eine deutliche Ähnlichkeit mit Rina aufwies, nahm er an, es handelte sich um ihren Bruder Jake mit seiner Frau Brianne. Auf einem weiteren Foto winkte ein älteres Paar unter Palmen in die Kamera – vermutlich ihre Eltern. Und schließlich war da noch ein Bild von Rina selbst, mit zurückgekämmtem Haar, die Arme um Norton gelegt. Colin schmunzelte. In seiner Wohnung standen sehr ähnliche Fotos herum.

Ihm war aufgefallen, dass er noch kein Foto von ihrem verstorbenen Ehemann gesehen hatte, und seine Neugier wuchs. In der Zimmerecke stand eine Kommode, auf der ein kleiner Bilderrahmen stand. Er ging hin, und da das gerahmte Foto so klein war, dass man es in der Brieftasche tragen könnte, und abseits der anderen stand, hatte er ein schlechtes Gewissen, als er es in die Hand nahm.

Er blickte in das Gesicht eines außergewöhnlich gut aussehenden Mannes. Colin kannte Rina noch nicht lange, aber er hätte nie vermutet, dass sie mit einem Managertypen verheiratet gewesen war, der Anzüge von Armani trug. Andererseits hätte er auch nicht vermutet, dass sie einen Shar-Pei besaß, der mittlerweile sabbernd ins Wohnzimmer zurückgekehrt war. Es bewies nur, dass er bei Rina immer mit dem Unerwarteten rechnen musste – und diese Herausforderung reizte ihn.

Er stellte das Foto zurück und trat in die Mitte des Raumes, gerade als Rina ins Zimmer kam. Bin Blick genügte, um seine mühsam kontrollierte Libido in vollen Aufruhr zu bringen. Wie schaffte diese Frau es nur, in einem Smoking derart sexy auszusehen?

Colin trug eine schwarze Hose und ein sportliches Jackett mit einem Stehkragenpullover darunter – es war für ihn das Äußerste an festlicher Kleidung. Rina hingegen trug nicht das erwartete festliche Kleid, sondern eine Hemdbluse mit weißem Kragen und roter Fliege, eine perfekt sitzende Marlene-Hose mit Hosenträgern und schwarze Pumps. Das Gesicht war kaum mehr geschminkt als vorhin, lediglich die Augen waren mit Lidschatten und Mascara betont, und die Lippen glänzten rot. Colin sah weder die Form ihrer Beine noch einen tiefen Ausschnitt, und dennoch verschlug es ihm die Sprache.

„Ich bin fertig.“ Rina blickte auf die Uhr. „Sogar dreißig Sekunden zu früh.“

„Und Sie haben ausgesprochen gute Arbeit geleistet.“ Er streckte seine Hand aus, und sie ging auf ihn zu.

„Danke sehr. Hatte ich schon erwähnt, dass auch Sie heute Abend sehr gut aussehen?“

Er fasste sie am Ellbogen und bemerkte jetzt erst, was sich inzwischen noch an ihrem Äußeren geändert hatte. „Ihr Haar! Es ist viel kürzer, als man mit dem Pferdeschwanz meinen konnte."

„Die Kunst der Illusion. Dann hat Ihnen mein Haarteil also gefallen?"

Das war noch gelinde ausgedrückt, denn die Vorstellung, wie ihr langes Haar ihren und seinen nackten Körper einhüllte, hatte ihn mehrmals in höchste Erregung versetzt. „Ich mochte es", erwiderte er knapp.

Sie beugte sich zu ihm. „Lügner", hauchte sie leise in sein Ohr. „Sie haben den Pferdeschwanz *geliebt*! Männer lieben langes Haar. Es regt ihre Fantasie an."

„Wer sagt das?" Er verschränkte die Arme und stellte sich dumm. Na schön, er reagierte wie ein typischer Mann, aber das würde er verdammt noch mal nicht zugeben! Abgesehen davon waren die Gefühle, die Rina in ihm auslöste, unabhängig von ihrer Kleidung oder Haarlänge.

„Jedes erhältliche Frauenmagazin."

„Ach ja? Warum finde ich dann Ihre halblangen Fransen so ungemein erregend?" Eigentlich hätte er sie jetzt fragen können, ob sie je überlegt habe, ihre Talente bei besagten Frauenmagazinen einzubringen – doch war er momentan nicht in der Lage, an Dinge wie die Rettung der Zeitung zu denken. Er ging ein paar Schritte auf sie zu, sodass sie zwischen der Wand und seinem Körper gefangen war.

Rinas Brustknospen wurden sofort hart, als sie seinen Oberkörper berührten. Nur zu gern hätte er die Finger durch ihr weiches, stufig geschnittenes Haar gleiten lassen, doch er hielt sich zurück, da sie ohnehin schon spät dran waren und es nur eine weitere Verspätung geben würde.

„Sie würden selbst einen Heiligen auf eine harte Probe stellen", stieß er hervor.

„Ich will keinen Heiligen auf die Probe stellen", erwiderte sie neckend, „sondern Sie."

„Und das tun Sie ausgesprochen gut." Doch was das Körperliche zwischen ihnen anging, mussten sie sich gedulden. „Zeit für die Party", sagte er also, trat zurück und streckte sein Hand aus.

Sie wirkte leicht erstaunt.

„Sagten Sie nicht, Sie wollten Emmas Party zu Recherchen nutzen?"

Sie nickte. „Das stimmt."

„Tja, ich möchte nicht, dass Sie sich über mich ärgern, weil Sie Ihre Arbeit nicht erledigen konnten." Er wollte ihr unbedingt das Gefühl vermitteln, dass das, was sie tat, wichtig für ihn war. Denn plötzlich war es das auch, obwohl er es sich beim gegenwärtigen Stand der Dinge wirklich nicht leisten konnte, auf Rinas Wünsche oder Bedürfnisse einzugehen.

4. KAPITEL

Nach der erotisch aufgeladenen Atmosphäre in ihrer Wohnung und danach im Auto bot die kalte Winterluft eine willkommene Ablenkung. Tanzende Schneeflocken vermittelten eine weihnachtliche Atmosphäre. Seite an Seite mit Colin, seine Hand unter ihrem Ellbogen, ging Rina auf das prächtige, im Tudor-Stil erbaute Anwesen der Montgomerys zu.

Sie hatte sich sehr auf die große Party gefreut, die Emma wie auch Colin ihr in den prächtigsten Farben geschildert hatten, doch nun hatte sie eine Art Déjà-vu-Erlebnis. Das prunkvolle Haus erinnerte sie an ihr ehemaliges Penthouse in New York, das ihr Bruder Jake wegen all der Marmorböden, Kristallvasen und Porzellanfiguren immer als „Mausoleum" bezeichnet hatte. Sie hatte schon immer gewusst, dass solch eine Umgebung nicht ihrem Stil entsprach, und der heutige Eindruck bestätigte ihr diese Erkenntnis erneut. In ihrer kleinen, gemütlichen Wohnung fühlte sie sich weitaus wohler, doch sie hatte Colin neben sich und beschloss, das Hier und Jetzt zu genießen.

„Die Garderobe ist dort drüben", sagte Colin, der ihren inneren Aufruhr nicht zu bemerken schien.

Und wenn es nach ihr ginge, sollte es auch so bleiben. Sie begleitete ihn zu einer als Elfe verkleideten Garderobiere, die ihr den Wollmantel abnahm und ihr dafür eine Marke aushändigte.

„Das ist schon was hier, wie?", meinte Colin.

Sie hoffte, er war nicht so beeindruckt, wie er klang. „Sehr schön, aber … irgendwie zu viel", entgegnete sie, ohne ihre wahren Gefühle in Worte zu fassen.

„Sie sagen es. Ich hätte mir nicht vorstellen können, in solch einem Haus aufzuwachsen." Er sah sich um und erschauerte. „Viel zu viele Sachen, die kaputtgehen könnten."

Rina lachte erleichtert, da auch er sich nicht so recht wohl zu fühlen schien. „Wieso sehe ich Sie nur allzu deutlich vor mir, wie Sie einen Ball durch das Haus werfen und dafür Hausarrest bekommen?"

Er neigte sich zu ihrem Ohr. „Weil ich ein böser Junge bin."

Seine Stimme klang tief, sein Atem streifte warm ihre Haut, und in ihrem Magen begann es zu kribbeln.

„Ich mag böse Jungen", murmelte sie, und sein Blick vertiefte sich vor Verlangen. Dann trat sie einen Schritt zurück und sah sich um. „Das ist ganz bestimmt kein Platz, um Kinder großzuziehen."

„Kinder, aha?"

Sie hätte ihre Worte am liebsten zurückgenommen, da dies ein zu persönliches Thema war, um es mit einem Mann zu besprechen, bei dem ihr heiß und kalt wurde. Der schlimme Gedanken in ihr auslöste – etwa, wie es wohl wäre, mit den Händen in sein zerzaustes Haar zu greifen und sich an seiner Haut zu wärmen. Und als er sie mit seinen faszinierenden blauen Augen eindringlich ansah, hatte sie den Eindruck, er könnte ihre Gefühle durchschauen und ihre Gedanken lesen.

Sie zuckte nonchalant mit den Schultern. „Ich meine, dieses Haus ruft nicht gerade das Bild kuscheliger Gemütlichkeit hervor."

Rina wusste nicht, ob sie jemals wieder heiraten würde, geschweige denn Kinder haben, und bei ihrer momentanen Furcht vor einer emotionalen Bindung schien diese Aussicht eher unwahrscheinlich. Aber Jake und Brianne wünschten sich Kinder, und Rina wollte eine liebevolle Tante sein, bei der Kinder übernachten konnten, Spaß hatten und sich geborgen fühlten.

Sie musterte die weihnachtliche Dekoration. Ein prunkvoller Baum stand in einer Ecke, und über der geschwungenen Treppe bauschten sich Bögen aus rotem Satin.

Ihr Penthouse war einst ebenfalls mit rotem Satin drapiert gewesen. Robert hatte einen Dekorateur engagiert, um es ihr in der vorweihnachtlichen Zeit leichter zu machen, wie er gesagt hatte. Aber sie hatte gewusst, dass er in erster Linie seine Freunde und Klienten hatte beeindrucken wollen, und sie hatte die selbst geschmückten Weihnachtsbäume ihrer Kindheit schmerzlich vermisst.

„Sehen Sie nur", sagte Colin und deutete auf die grün gekleideten Elfen, die Tabletts mit Horsd'oeuvres herumtrugen.

Rina lachte, und ihre Laune besserte sich. „Das Thema der Party scheint bodenständiger zu sein als die Dekoration oder die Einrichtung, falls das irgendeinen Sinn ergibt."

„Das kommt daher, dass der Partyservice so bodenständig ist. Die Firma namens ‚Pot Luck' gehört Emmas angeheirateter Enkeltochter, und die legt sich immer mächtig ins Zeug. Logan hat sie durch Emma auf einer ihrer Weihnachtsfeiern kennengelernt."

„Das klingt, als ob Sie sie mögen", sagte Rina.

Er nickte. „Ja, Cat ist schon etwas Besonderes."

„Ich verstehe." Es gefiel ihr nicht, dass er so von einer anderen Frau schwärmte, selbst wenn besagte Frau mit seinem Freund verheiratet war.

„Wirklich? Tatsächlich hat Catherine Montgomery sehr viel Ähnlichkeit mit Ihnen." Ein Lächeln zuckte um seine Mundwinkel, doch bevor er mehr erzählen konnte, kam Emma auf sie zugestürmt.

„Da seid ihr ja! Und keine Minute zu früh. Ihr müsst mich verstecken", verkündete sie.

„Wie bitte?“ Rina meinte, nicht richtig gehört zu haben.

„Versteckt mich. Ich werde verfolgt.“

Colin verdrehte lachend die Augen.

„Grandma, komm sofort zurück“, rief eine Männerstimme, und kurz darauf trat ein gut aussehender Mann mit dunklem Haar zu ihrer wachsenden Gruppe.

„Hallo, Logan“, sagte Colin.

„Sie sind Emmas Enkelsohn?“, erkundigte sich Rina.

„Der einzig wahre. Und wer ist diese hübsche Dame?“, fragte er Colin.

Bei seinem Kompliment errötete Rina, zugleich aber fuhr sie ihre journalistischen Antennen aus. Logan Montgomery verfügte über gepflegte Umgangsformen und trug einen Ehering. Trotzdem konnte er seine Anerkennung nicht verbergen, während er Rina musterte. Denselben bewundernden Blick hatte sie beim Parkwächter entdeckt, der ihr beim Aussteigen aus Colins Wagen geholfen hatte. Haltung plus Aussehen ergibt Aufmerksamkeit, dachte Rina, und nahm sich vor, diese Erkenntnis in ihrer nächsten Kolumne zu verwenden.

„Hallo, ich bin Rina Lowell.“

„Oh, ich habe schon viel von Ihnen gehört“, sagte Logan und schüttelte ihr die Hand. „Grandma bewundert Sie sehr, und nun weiß ich auch, warum.“

„Ich fühle mich geehrt, Mr Montgomery.“ Sie bedachte Logan mit einem strahlenden Lächeln.

„Und fühlst du dich nicht irgendwie verheiratet?“, murmelte Colin und griff nach Rinas Hand, um Logans Berührung zu unterbinden.

Sie versuchte, ihre Hand wieder zu befreien, doch Colin hielt sie eisern fest. „Ich wusste gar nicht, dass Sie so eifersüchtig sind“, raunte sie ihm zu, obwohl sie seinen Besitzanspruch im Grunde genoss.

„Das wusste ich auch nicht.“ Logan lachte.

„Emma hat mir auch viel von Ihnen erzählt“, lenkte Rina ab. „Wo ist denn Catherine? Ich hatte mich schon darauf gefreut, sie kennenzulernen.“

„Ihre Firma ‚Pot Luck‘ macht hier das Catering.“ In seiner Stimme schwang Stolz mit, und es war offensichtlich, dass keine andere seiner Ehefrau den Rang streitig machen konnte. „Sie ist noch in der Küche beschäftigt, aber sobald sie herauskommt, werde ich sie Ihnen vorstellen.“

„Ja, bitte.“ Catherine konnte froh sein, einen Mann zu haben, der sie nicht nur liebte, sondern auch ihre Arbeit schätzte. Selbst ohne sie zu kennen, freute Rina sich für sie.

„Was dich angeht, Grandma ...“ Logan wandte sich wieder an seine Großmutter.

„Ich hatte gehofft, du hättest mich vergessen“, erwiderte Emma unruhig.

„Stan Blusting möchte dich zum Essen einladen, und du kannst einem Bundesrichter nicht einfach wegrennen und ihn ignorieren“, erklärte Logan mit Nachdruck. „Du schadest dir nur selbst, wenn Daddy Wind davon bekommt.“

Rina spürte die Missstimmung zwischen Großmutter und Enkelsohn, wusste sich aber keinen Reim darauf zu machen. Als spürte er ihre unausgesprochene Frage, neigte Colin sich zu ihr. „Emma hat Probleme mit ihrem Sohn, dem Richter. Logan bat mich, Emma einen Job bei der Zeitung zu verschaffen, damit der Richter sie nicht in ein Seniorenheim abschiebt“, flüsterte er.

„Sie haben Emma den Job verschafft?“ Über die Neuigkeit war Rina sehr erstaunt.

„Und er hat mir damit einen großen Gefallen getan“, warf Emma dazwischen. „Mein Sohn ist ein unsensibler Klotz. Und sein Kollege ist ein Lüstling!“

Logan schüttelte den Kopf. „Der Mann heißt Blusting, und dein Wortspiel ist sehr unhöflich. Jetzt komm bitte mit, ehe Daddy etwas merkt.“

„Ja, schon gut. Aber ich werde auf keinen Fall mit dem Kerl ausgehen.“ Emma legte eine Hand auf Rinas Wange. „Ich bin ja so froh, dass Sie hier sind. Wir werden nachher reden.“ Anmutig schwebte sie davon.

„Ich sollte auf sie aufpassen“, murmelte Logan. „Wenn ich Cat erwischt habe, komme ich wieder“, versprach er und verschwand in der Menge.

Rina lachte. „Ich mag diese Familie. Und ich wusste gar nicht, dass Sie Emma den Job bei der ‚Ashford Times‘ verschafft haben.“ In ihrem Blick lag unverhohlene Anerkennung.

„Wollen Sie damit sagen, Sie hätten nicht gedacht, dass ich ein netter Mensch sein kann?“

„Ebenso wenig, wie ich dachte, dass Sie so ein eifersüchtiger Mensch sein können.“ Erst jetzt merkte sie, dass er noch immer ihre Hand hielt und mit dem Daumen kleine erotische Kreise auf ihre Handfläche malte. Sie erschauerte.

„Ihr Sinn für Humor gefällt mir. *Sie* gefallen mir, Rina.“

Und er gefiel ihr. Mehr, als gut für sie war. Obwohl sie ihn als den Mann auserkoren hatte, der ihre Trauerzeit beendete, musste sie dennoch ihr Herz schützen. Dieser Mann war ein Zugvogel, der sie in absehbarer Zeit sicher wieder verlassen würde.

Und sie wusste bereits jetzt, dass er kein Mann war, den man leicht vergaß. „Ich möchte etwas trinken."

„Cat mixt ein leckeres Champagner-Sorbet. Kommen Sie."

Nach einem Glas Sorbet fühlte Rina sich deutlich entspannter. Das zweite Glas in der Hand, stand sie neben Colin und beobachtete die Partygäste. „Erzählen Sie mir mehr über Emma und den Job bei der ‚Times'."

„Da gibt es nicht viel zu erzählen." Colin zuckte mit den Schultern. „Vor etwa einem Jahr rief Logan mich an und bat mich um den Gefallen. Wir alle lieben Emma, also überredete ich Joe, sie einzustellen."

Rina fand es rührend, dass er sich auch um Menschen kümmerte, die nicht zu seiner eigenen Familie gehörten.

„Ich verschaffte ihr diesen Schreibtischjob", fuhr Colin fort. „Ich ahnte ja nicht, dass sie letztendlich eine Verkupplungskolumne für ältere Menschen ins Leben rufen würde." Missbilligend zog er die Augenbrauen zusammen.

Rina verstand nicht ganz. „Gefällt Ihnen nicht, was Emma schreibt?"

„Nun, es ist ein ungewöhnliches Thema für eine seriöse Zeitung, finden Sie nicht?"

Sie nickte. „Das dachte ich zuerst auch, als Corinne mir von ihren Ideen erzählte." In ihrem Einstellungsgespräch hatte Corinne erklärt, sie wolle die Zeitung nutzen, um die Menschen der Stadt einander näherzubringen. Sie glaubte fest daran, dass die Menschen in der heutigen Welt mehr Wärme und Zuspruch brauchten als harte reale Fakten.

Unter ihrer Leitung sollte die „Ashford Times" dazu beitragen, dass Menschen sich trafen und austauschten. Männer und Frauen sollten wieder lernen, aufeinander zuzugehen und allgemein freundlicher miteinander umzugehen. Natürlich würde es weiterhin Nachrichtenartikel geben, aber der Fokus liege auf den Menschen, hatte Corinne erklärt.

Colin verschränkte die Arme. „Wie sind Sie denn zu Ihrem Job bei der Zeitung gekommen?"

„Ach, das ist eine lange Geschichte. Im Grunde war es so, dass meine Eltern Corinnes Eltern kennen. Daher wusste ich, dass Corinne die Zeitung von ihrem Mann übernommen hatte, und ich dachte, meine Art zu schreiben könnte sie interessieren. Also rief ich sie an."

„Sie haben Ihr Ziel klar verfolgt", meinte er anerkennend. „Wollten Sie schon immer Journalistin werden?"

„Nein, ich habe viele Umwege dazu gebraucht. Früher war ich Rechtsanwaltsgehilfin. Aber ich merkte schon bald, dass ich mehr ein geselliger Typ als ein Büromensch bin."

„Das glaube ich gerne." Er sah ihr in die Augen, und sein Blick wärmte sie bis ins Innerste.

Sie legte den Kopf schief. „Ich hoffe, das sollte ein Kompliment sein und kein Seitenhieb wegen meiner neugierigen Ader."

„Ich bewundere Sie, Rina."

Der heisere Unterton in seiner Stimme ließ ihr einen erregenden Schauer über den Rücken laufen. „Danke", murmelte sie.

„Und wie sind Sie zum Schreiben gekommen?"

„Ich habe schon immer viele Notizen gemacht und kleine Anekdoten geschrieben. Nach meiner Heirat hatte ich viel Zeit zum Tagebuchschreiben."

Zunächst hatte sie ihr neues Zuhause und die Freunde ihres Mannes zum Thema genommen. Kritisch beobachtete sie die Verbindungen und Ehen, die nur aus materiellen Gründen eingegangen wurden, und freute sich über echte Beziehungen wie die ihrer Eltern, die Jahrzehnte überdauerten. Ihre Beobachtungen wurden zu humorvollen kleinen Geschichten, die sie in ihrer Einsamkeit aufheiterten.

„Hatten Sie denn aufgehört zu arbeiten?", fragte Colin nach.

„Mein Mann wollte mir das Leben bieten, von dem er dachte, ich hätte es mir immer gewünscht. Aber zu Hause zu sein und Geld auszugeben, das ich nicht selbst verdient hatte, lag mir nicht besonders." Doch um Roberts willen hatte sie diesen Lebensstil schließlich akzeptiert.

„Ich kann Sie mir auch nicht vorstellen, wie Sie zu Hause sitzen und Pralinen futtern."

„Wie denn sonst?"

„Eine eigensinnige, zielstrebige Frau wie Sie? Ich stelle mir vor, wie Sie erforschen, was Männer wirklich wollen." Er grinste. „Die Frage ist nur, ob Sie das Richtige herausfinden."

„Sie haben ja in Wirklichkeit nur Angst, dass ich Sie zu sehr durchschaue."

„Das haben Sie schon fast geschafft. Ich habe Ihre erste Kolumne gelesen."

„Und?" Unabhängig von richtigen oder falschen Erkenntnissen war ihr seine Meinung sehr wichtig.

„Sie vertreten einige durchaus überzeugende Ansichten. Männer lassen sich tatsächlich sehr von Äußerlichkeiten beeinflussen. Wir sehen, wir reagieren."

„Das reicht aber nicht für eine tiefgründige oder langfristige Beziehung."

„Ich bin sicher, Sie werden noch tiefer in die Psyche der Männer und Frauen vordringen."

„Meinen Sie denn, mich so gut zu kennen?"

Er nickte. „Oh ja. Ich weiß, Sie werden bei diesem Thema nicht lockerlassen." Doch sein Stirnrunzeln verriet, dass er darüber nicht nur froh war.

Und Rina meinte zu wissen, warum. Ihm wurde unbehaglich bei dem Gedanken, dass er tiefere Gefühle als Lust empfinden könnte. Er suchte ebenso wenig nach einer festen Beziehung wie sie. Dennoch hatten sie sich innerhalb kürzester Zeit sehr gut kennengelernt – er verstand sie in vielen Dingen besser, als Robert es je getan hatte. Ihr Ehemann hatte sie geliebt und ihr alles gegeben – außer der Freiheit, sie selbst zu sein. Je länger sie in Ashford lebte, je mehr Zeit sie mit Colin verbrachte, desto selbstsicherer wurde sie.

„Sagen Sie mir eins: Finden Sie es nicht seltsam, dass eine Zeitung zwei Kolumnistinnen zum Thema zwischenmenschliche Beziehungen beschäftigt?", wollte er wissen. „Ich meine, warum schreiben Sie ausgerechnet für eine Zeitung und nicht für eine Frauenzeitschrift? Diese Redaktionen sitzen doch alle in Manhattan."

„Ich musste von meinen Erinnerungen loskommen und neu anfangen. Außerdem kannte ich dort niemanden aus der Branche. Corinne war bereit, mir eine Chance zu geben. Und ihr Konzept gefiel mir."

Colin seufzte leise. „Aber finden Sie nicht, dass ihr Konzept für eine Zeitung seltsam ist?"

„Ein bisschen, vielleicht. Aber ist die Welt nicht auch irgendwie seltsam geworden? Außerdem haben viele Zeitungen inzwischen Artikel und Kolumnen über Lifestyle, Beziehungen und so weiter."

„Stimmt. Aber solche Zeitungen haben viel Platz für alle möglichen Arten von Themenbereichen. Die ‚Ashford Times' ist eine kleine Zeitung mit wenig Platz. Wenn das Feuilleton sich ausdehnt, müssen andere Rubriken weichen."

Rina nickte. „Das mag schon sein. Aber Corinne meinte, der ‚Globe' habe ohnehin mehr Absatz als die ‚Times' und das gebe ihr den Freiraum, etwas anderes zu versuchen. Ich weiß nur, dass ich Corinne meinen neuen Beruf und mein neues Leben zu verdanken habe. Und Sie können sich nicht vorstellen, wie sehr ich das nötig hatte."

In diesem Moment stürzte Emma erneut auf sie zu, einen älteren Herrn dicht auf den Fersen. „Was hat sie nur vor?"

Kaum hatte Rina das gesagt, als Emma auch schon bei ihnen war, stolperte und im Fallen Rinas Champagnerflöte mitriss. Erschrocken hob Rina die Hand, um den herausschwappenden Champagner abzuwehren, und schaffte es dadurch, auch noch Colin damit zu benetzen.

Sie versuchte, den nassen Stoff ihrer Bluse von der Haut abzuheben, da unter dem durchsichtig gewordenen Stoff deutlich ihr Spitzen-BH zu sehen war – ein BH, den Rina nur für sich selbst trug, nicht für die Recherche zu ihrer Kolumne. Es lag also nicht in ihrer Absicht, ihn der Öffentlichkeit zu präsentieren.

„Oh, das tut mir aber leid.“ Emma wuselte um Rina herum, ohne den Mann in ihrem Gefolge weiter zu beachten, der niemand anderes als Stan Blusting sein konnte.

Rina hob die Hände, um sich zu bedecken. „Ist schon gut, Emma. Wirklich.“

„Nein, es ist nicht gut. Ich bringe Sie sofort nach oben, damit Sie sich abtrocknen können.“

„Emma …“, sagte der Mann, der sie wohl gern noch einen Moment gesprochen hätte.

Rina musterte ihn. Er war groß und gut aussehend, mit vollem weißem Haar und einem netten Lächeln. „Emma, geben Sie dem Mann eine Chance“, flüsterte sie Emma ins Ohr.

„Unsinn. Grace hat bestimmt noch ein paar Sachen in ihrem Kleiderschrank. Und für dich, Colin, können wir bestimmt einen Pullover von Logan organisieren. Kommt mit.“ Sie winkte den beiden und kehrte Stan den Rücken.

„Ich warte hier auf Sie“, rief der ihr noch nach.

„Lüstling“, murmelte Emma.

„Ich finde ihn nett“, meinte Rina auf der Treppe.

Emma ignorierte die Bemerkung. „Colin, hier ist Logans und Cats Gästezimmer. Du kannst dir ein Hemd oder einen Pullover aus dem Schrank nehmen.“ Sie öffnete eine Tür, schob Colin hindurch und schloss die Tür wieder.

„Sie können Stan nicht ewig abweisen.“ Rina ließ nicht locker. „Was ist so schlimm daran, wenn Sie ein Mal mit ihm essen gehen?“

„Ich bin schon zu lange auf mich selbst gestellt.“ Emma blieb vor der nächsten Tür im langen Korridor stehen. „Hier ist ein Badezimmer. Sie können sich waschen, und ich bringe Ihnen gleich eine Bluse von Grace.“

„Das ist lieb von Ihnen, Emma. Vielen Dank.“ Doch ehe Emma den Raum verließ, fügte sie noch hinzu: „Denken Sie daran, dass man allein oft einsam ist.“ Und im Grunde sagte sie das auch zu sich selbst.

Zwei Minuten später kehrte Emma mit einer weißen, Rinas eigener sehr ähnlichen Bluse zurück und sagte, sie werde unten auf Rina warten.

Rina schloss die Tür ab und zog sich die nasse Bluse aus. Sie fand ein Gästehandtuch, das sie anfeuchten konnte, und drehte gerade den Wasserhahn auf, als sie unvermittelt von einem quietschenden Geräusch aufgeschreckt wurde. Sie fuhr herum und sah, dass die andere Tür nicht zu einem Wäscheschrank führte, wie sie ursprünglich gedacht hatte, sondern zum angrenzenden Zimmer.

Und herein kam nicht Emma, sondern ein halb nackter, hinreißender Colin.

Bevor Emma sie in Champagner getränkt hatte, war Colin gerade dabei gewesen zu überlegen, wie er die Zeitung retten könnte, ohne Rina zu verletzen, da ihr dieser Job ganz offensichtlich wichtig war. Er stand kurz davor, ihr sein Problem anzuvertrauen, als das Schicksal in Form einer agilen alten Dame das Gespräch unterbrach. Seine Gedanken verflüchtigten sich, als er Rina in der durchsichtigen Bluse sah. Beim Anblick des Spitzen-BHs war ihm direkt der Schweiß ausgebrochen.

Als er ins Badezimmer trat, um sich mit kaltem Wasser den Champagner vom Oberkörper zu waschen, hatte er angenommen, sich wieder ganz unter Kontrolle zu haben. Allerdings hatte er nicht damit gerechnet, Rina gegenüberzustehen. Nach ihrem Anblick würde ein Schwall kaltes Wasser nicht mehr ausreichen – nun brauchte er eine kalte Dusche, um sich zu beruhigen.

„Ein Gentleman würde sich entschuldigen, umdrehen und gehen“, meinte Rina trocken, aber wenig überzeugend.

Selbst ihr Versuch, sich zu bedecken, war kläglich. Ihre Hände zitterten leicht, und das kleine Handtuch enthüllte mehr, als es verbarg. Weiße Spitze umgab ihre vollen Brüste, und der Push-up-Effekt schaffte ein verführerisches Dekolleté. Colin versuchte zu schlucken, aber sein Hals war wie ausgetrocknet.

Er trat ins Bad und schloss die Tür hinter sich ab. „Ich habe nie behauptet, ein Gentleman zu sein. Schon gar nicht, wenn Sie in der Nähe sind.“

„Könnten Sie das bitte näher erläutern?“, murmelte sie.

Ihm gefiel ihre intellektuelle Seite, die es ablehnte, ohne Verstand den Instinkten nachzugeben. „Was ist daran so schwer zu verstehen? Sie sind eine wunderschöne Frau, und ich fühle mich zu Ihnen hingezogen.“ Er kam einen Schritt näher und nahm den Champagnerduft auf ihren Brüsten wahr.

„Und es ist Ihnen egal, welche Rina Sie ansehen, die mit oder ohne Make-up, die mit langem oder kurzem Haar.“

„Stimmt genau. Und darüber wundert sich nur die Frau, die für ihre Kolumne recherchiert. Aber die Frau hier drinnen …“, er berührte ihr Dekolleté mit dem Zeigefinger …

„… das sind wirklich Sie. Und Sie kennen mich – genau wie ich Sie kenne. Und ich würde niemals lügen, nur um …“

„… eine Frau rumzukriegen?“, beendete sie seinen Satz. „Nein, ich glaube nicht, dass Sie so etwas verabscheuenswertes Männliches tun würden.“ Ihre Lippen zuckten, und ihre Augen blitzten.

Dann lachte sie laut los, und er war froh, dass sie Humor in einer Angelegenheit besaß, bei der viele Frauen in Hysterie verfielen. Er stellte sich dicht vor sie. Sie waren allein in dem kleinen Badezimmer, und die Wahrscheinlichkeit, dass man sie stören würde, war gering. Emma war sicher wieder unten bei ihren Gästen. Allerdings hatte Colin das Gefühl, dass sie ihnen absichtlich diese Gelegenheit verschafft hatte, miteinander allein zu sein.

Diese Chance wollte er nicht ungenutzt verstreichen lassen, falls Rina einverstanden wäre. Und das wollte er so schnell wie möglich herausfinden.

5. KAPITEL

Sollte sie – oder sollte sie nicht? Im Grunde hatte Rina auf so einen Moment gewartet, und das Schicksal bot einem nicht ständig neue Gelegenheiten. Sie begehrte Colin, und es war lange her, seit ein Mann ihr das Gefühl gegeben hatte, begehrt und gebraucht zu werden. Sie nahm allen Mut zusammen, ließ das Handtuch fallen und trat rücklings an den Schminktisch, auf dem sie sich mit beiden Händen abstützte. Dadurch schob sie ihre Brüste auf einladende Weise nach vorn.

Colin konnte nicht umhin, ihr Dekolleté zu betrachten, und stöhnte leise. „Ich schätze, das heißt Ja."

Ja – wozu, dachte sie kurz, doch eigentlich war es ihr egal. Pulsierende Hitze durchströmte sie, und sie genoss das lang vermisste Gefühl der Erregung. „Wie gut, dass Sie ein Mann sind, der die Signale einer Frau zu deuten weiß", sagte sie im selben Moment, als er den Kopf neigte und sein Gesicht zwischen ihre Brüste schmiegte.

Sein Atem wärmte ihre Haut, und Colin begann, die Reste des Champagners von ihrer Haut zu lecken. Bereits nach kürzester Zeit zogen sich die Spitzen ihrer Brüste zusammen, um die gleiche Liebkosung einzufordern. Rina stöhnte auf.

Colin hob den Kopf, seine blauen Augen funkelten vor Begierde. „Sag mir, was du willst."

„Ist es das, was Männer wollen?", fragte sie zurück. „Dass sie so etwas gesagt bekommen?"

„Ich werde nicht antworten, nur um die Grundlage irgendeines verdammten Artikels zu bilden."

Rina erkannte, dass sie zu weit gegangen war – oder zumindest, dass er dieser Ansicht war. Der Artikel war das Letzte, woran sie gerade dachte. Sie fuhr mit den Händen durch Colins weiches, dichtes Haar. „Das ist nicht der Grund, weshalb ich gefragt habe."

Er legte den Kopf zur Seite. „Sondern?"

Wie sollte sie erklären, was sie selbst kaum verstand? „Ich habe nie …" Sie suchte nach dem richtigen Wort. „Ich habe nie auf diese Weise gespielt. Mit einem Mann, meine ich. Es war alles immer ziemlich eindeutig – der Mann tat, was er wollte, und es fühlte sich entweder gut an oder nicht." Sie hatte in der Vergangenheit durchaus befriedigenden Sex gehabt, aber ihr Gefühl war niemals so intensiv gewesen wie jetzt mit Colin. „Ich hatte nie den Mut zu sagen, was ich wollte."

Und kein Mann hatte je danach gefragt. Zum einen wünschte sie, Colin wäre nicht so unwiderstehlich, zum anderen dankte sie ihrem

Schicksal, dass sie ihn gefunden hatte – wie viel Zeit auch immer sie noch mit ihm verbringen konnte.

„Also wollte ich nur wissen, ob du das gefragt hast, um mir einen Gefallen zu tun?“ Sie verdrehte die Augen, um zu zeigen, wie peinlich ihr die eigene Naivität war. „Oder weil du nur gern erotische Worte aus meinem Mund hören wolltest. Damit kenne ich mich wenig aus und weiß nicht, ob ich gut darin bin.“ Sie deutete in den Raum. „Ich weiß auch nicht, ob ich gut in einem Badezimmer bin. Herrje, ich mache die ganze Stimmung kaputt, oder?“

Er lachte, doch sie spürte sofort, dass er nicht über sie lachte. „Glaub mir, es gibt nichts, womit du die Stimmung kaputtmachen könntest.“ Er nahm ihre Hände, hob sie an die Lippen und küsste sie. Dann brachte er sie in die gleiche Position wie zuvor. „Nun sind wir wieder da, wo wir angefangen haben. Du sollst wissen, dass ich gefragt habe, um dir einen Gefallen zu tun. Aber ich hätte auch nichts dagegen, erotische Worte aus deinem schönen Mund zu hören.“

Mit ihren zusammengeschobenen Brüsten fühlte Rina sich sehr sexy und mutig. Colin fuhr da fort, wo er aufgehört hatte, und ihr Körper reagierte erneut auf seine Liebkosungen.

„Jetzt sag mir, was du willst.“

Sie schluckte. „Ich will, dass du aufhörst, nur zu spielen.“

Als Antwort ließ er seine Zunge um eine ihrer Knospen kreisen, wobei sie erschauerte und instinktiv die Hüften vorschob. Doch er gab nicht nach und fuhr fort, sie zu necken.

Dann blickte er auf, und sie hätte am liebsten vor Enttäuschung laut aufgeschrien. „Vertrau mir“, sagte er leise. „Vertrau mir so, dass du mir sagst, was du willst.“

„Nimm sie in den Mund.“ Sie rang nach Luft. „Knete meine Brüste, und nimm die Spitzen in den Mund.“

Seine Pupillen weiteten sich vor Lust. „Etwa so?“

Er umfasste ihre Brüste und massierte das weiche Fleisch.

„Hm.“ Sie lehnte sich weiter zurück und stöhnte. „Mehr.“

Schließlich nahm er eine ihrer harten Knospen in seinen Mund und reizte sie sanft mit den Zähnen. Dann wechselte er zur anderen Seite, und Rina wurde fast verrückt vor Lust. Ihre Hüften begannen wie von selbst sich zu bewegen.

Diesmal wartete er nicht, dass sie ihn darum bat, sondern hob sie einfach hoch, sodass sie ihre Beine um seine Hüften schlingen und sich fest gegen ihn pressen konnte. Sie rieb sich an ihm, bis sie plötzlich heftig erschauernd zum Höhepunkt kam.

Sie hatten sich nicht miteinander vereinigt, aber ihr Körper wurde ebenso heftig von Lust durchflutet, als wäre Colin in sie eingedrungen. Rina zitterte noch, als er sie vorsichtig auf dem Waschtisch absetzte. „Du meine Güte."

Er fuhr sich mit der Hand durchs Haar. „Das ist eine gute Zusammenfassung." Er trat zurück und lehnte sich gegen die Wand.

Rina wurde bewusst, dass er soeben nicht dasselbe Ausmaß an körperlicher Befriedigung erlangt hatte wie sie. „Colin …"

Doch er wehrte sofort ab. „Wag ja nicht, irgendetwas dergleichen vorzuschlagen. Das erste Mal zwischen uns soll richtig ablaufen, ohne dass du meinst, mir etwas schuldig zu sein, nur weil ich dich zum Höhepunkt gebracht habe."

Seine offenen Worte ließen sie erröten, doch noch ehe sie eine Antwort parat hatte, hob er die Bluse auf, die sie auf der Ablage hatte liegen lassen, und reichte sie ihr zum Anziehen.

Ihr Herz klopfte wie wild, und ihre Beine fühlten sich an wie Gummi, während sie aufstand und sich die Bluse überstreifen ließ. Dass er die Bluse auch noch selbst zuknöpfte, kam ihr weitaus intimer vor als das, was er zuvor mit ihr gemacht hatte, und dieser widersinnige Gedanke brachte sie zum Schmunzeln.

„Was ist so lustig?", wollte er wissen.

Sie schüttelte den Kopf. „Ich denke nur nach."

„Worüber?"

„Dass ich mir anscheinend genau den richtigen Mann ausgesucht habe, um meine Auszeit zu beenden."

„Und wie kommst du darauf?"

„Dir war wichtig, was *ich* wollte. Kein Mann hat das je für mich getan, und es bleibt ein Geschenk, an das ich mich ewig erinnern werde."

„Rina, ich …"

Lautes Klopfen unterbrach ihr Gespräch. „Wir sind sofort fertig", rief sie schnell.

Colin legte die Hand auf ihren Mund. „Ich", flüsterte er fast tonlos. „*Ich* bin sofort fertig."

„Ich bin sofort fertig", wiederholte Rina und wurde schon wieder rot. „Meinst du, irgendjemand wird merken, was wir getan haben?", fragte sie leise.

„Ich bin's, Corinne! Emma sagte, ich würde Sie und Colin hier im ersten Stock finden."

Er unterdrückte einen Fluch. „Ich will nicht, dass sie uns zusammen sieht. Es wäre dir gegenüber nicht fair."

Er ging zu der Tür zurück, die sie für den Zugang zum Wäscheschrank gehalten hatte. „Ich treffe dich im Salon."

„Es geht um Joe!", rief Corinne, als niemand antwortete.

„Colin ist nebenan, glaube ich!", rief Rina zurück.

„Zieh dich an, und wir treffen uns unten", flüsterte er schnell, zwinkerte ihr zu und verschwand durch die Tür.

Doch ihr Körper spürte noch immer seine Nähe.

Er hätte Rina nicht berühren dürfen. Da Colin genau wusste, dass sie auf entgegengesetzten Seiten standen und er Joe dazu bringen musste, ihr zu kündigen, hätte er ohne weiteres Zögern das Bad verlassen müssen. Natürlich hatte er es nicht geschafft. Sein Verlangen war zu stark gewesen.

Jetzt, nachdem es geschehen war, war er vollkommen durcheinander. Als sie ihm gestanden hatte, dass sie noch nie einen Mann – was ihren verstorbenen Ehemann mit einschloss – um das gebeten hatte, was *sie* wollte, hatte er den dringenden Wunsch, seine eigenen Bedürfnisse hintanzustellen und auf Rina einzugehen. Er wollte der erste Mann sein, dem sie auf diesem Gebiet vertraute, und sie hatte ihn nicht enttäuscht.

Doch nun stand er vor einer sehr viel schwierigeren Erkenntnis: Rina war die erste Frau, die er nicht wieder verlieren wollte.

Erneutes Klopfen riss ihn aus seinen Gedanken. Schnell knöpfte er das Hemd zu, das er sich aus Logans Schrank genommen hatte, und trat in den Flur.

„Ich habe dich bis hier drin gehört", sagte er und ließ bewusst die Tür weit offen stehen, damit Corinne sehen konnte, dass er allein war. „Was ist mit Joe?"

„Er hatte wieder einen Schlaganfall."

Colin zuckte zusammen.

„Eine Krankenschwester hat mich auf dem Handy angerufen, und ich suche dich schon im ganzen Haus", fuhr Corinne fort.

Für einen kurzen Moment fühlte sich Colin dieser Frau sehr verbunden, die vollkommen verzweifelt aussah. „Danke. Soll ich uns fahren?", erkundigte er sich.

Sie nickte. „Ich bin zu nervös zum Autofahren."

Er fasste sie am Ellbogen und ging Richtung Treppe. „Was hat die Krankenschwester gesagt?"

„Nur dass sein Zustand stabil ist", antwortete sie auf ihrem Weg nach unten.

Er holte ihre Mäntel. „Warte bitte kurz."

Colin suchte Emma und Logan, um sicherzugehen, dass einer von ihnen Rina über seinen Verbleib informieren und ihre Heimfahrt organisieren würde. Obwohl er es ihr auch selbst sagen könnte, wollte er keine weitere Zeit mehr verlieren.

Er hatte jetzt keine Chance mehr, ihr das Gefühl zu geben, dass sie etwas Besonderes für ihn war, und er würde es später wiedergutmachen müssen. Sie verdiente es. Aber Corinne hatte ihm einen Vorwand zum Weglaufen geliefert, und er ergriff die Gelegenheit nur zu gern. Seine Gefühle verwirrten ihn so sehr, dass er erst einmal allein sein wollte.

Er war bisher immer weggelaufen, bevor eine Beziehung zu intensiv werden konnte, und er wusste nicht, was er mit seinen sehnsüchtigen Gefühlen Rina gegenüber anfangen sollte. Er hatte vorhin mehr gegeben als nur Sex, während er doch genau wusste, dass er sie am Ende verletzen würde – sie und sich selbst, da es unausweichlich schien, dass er sie verlieren würde.

Es war für ihn jetzt wirklich besser, emotional etwas auf Distanz zu gehen. Und für Rina war es besser, wenn er ihr zu verstehen gab, dass sie auf lange Sicht nicht auf ihn zählen konnte.

Rina ließ sich noch ein Glas Sorbet einschenken und wandte sich wieder dem gut aussehenden Mann zu, der sie die letzte Viertelstunde mit seinem Lebenslauf gelangweilt hatte. Aber zumindest kümmerte er sich um sie.

Anders als Colin, der sie einfach hatte stehen lassen. Er hätte warten und ihr persönlich von Joe erzählen können – er hätte sie sogar ins Krankenhaus mitnehmen können. Stattdessen hatte er sie allein auf der Party zurückgelassen. Sein Handeln sprach Bände über das, was sie von Anfang an geahnt hatte: Colin Lyons war der Typ Mann, der eine Frau liebte und dann verließ. So verletzt sie auch war, erinnerte sie sich selbst daran, dass sie ebenfalls nur auf eine Affäre aus gewesen war. Und Colin hatte sich als genau der richtige Mann dafür erwiesen.

Rina straffte die Schultern und beschloss, das Beste aus der Party zu machen und Informationen für ihre Kolumne zu sammeln. „Nun aber ehrlich“, sagte sie zu Edward Worthington III., „ist Ihr Swimmingpool wirklich so groß, wie Sie behaupten?“ Sie beugte sich näher zu ihm und klimperte mit den Wimpern.

„Kommen Sie mit, und ich werde es Ihnen zeigen“, erwiderte er mit offensichtlichen Hintergedanken.

„Rina hat bereits eine Mitfahrgelegenheit“, sagte Emma und zog Rina beiseite. „Was glauben Sie, was Sie da tun?“

„Ich sammle Material für meine Artikel. Und heute habe ich herausgefunden, dass Männer freundliche und aufgeschlossene Frauen wollen.“

„Männer wollen glauben, dass sie gut ankommen, und Edward sucht nach jeder Art von Bestätigung, seit seine Verlobte ihn hat sitzen lassen. Nun winken Sie schön, Kindchen, und lassen ihn zu einer anderen weitergehen, die sich wirklich für ihn interessiert."

Da sie wusste, dass Emma – wie immer – recht hatte, winkte Rina freundlich und ließ sich fortschieben. Sie hatte ohnehin nur mit Edward geflirtet, um sich von Colin abzulenken. Ihre Kolumne war das Letzte, woran sie dachte.

„Material sammeln … dass ich nicht lache!", murmelte Emma. „Sie schmollen ja nur, weil Colin einfach gegangen ist."

Da Rina die alte Dame auf keinen Fall darüber aufklären wollte, was sich im Badezimmer abgespielt hatte, schwieg sie einfach.

„Mein Fahrer wird Sie nach Hause bringen", fuhr Emma fort und tätschelte ihre Hand. „Wir können morgen reden, wenn Sie wieder klar im Kopf sind."

„Unsinn. Ich werde Mrs Lowell nach Hause fahren." Stan Blusting trat neben sie. „Ich hörte zufällig, wie Sie Ihrem Fahrer die Adresse nannten, und es liegt genau auf meinem Heimweg."

„Lauschen ist unhöflich", bemerkte Emma nur.

„Ihr Benehmen ebenfalls, und dennoch beschwere ich mich nicht", konterte der ältere Herr.

Rina hatte noch nie zuvor erlebt, dass Emma zurechtgewiesen wurde, und sie biss sich auf die Lippen, um nicht laut loszuprusten. „Wenn Sie sicher sind, dass es Ihnen keine Umstände macht, nehme ich das Angebot gerne an", sagte sie zu Stan.

„Ganz sicher. Es ist Jahre her, dass ich jemand so Junges und Hübsches wie Sie in meinem Wagen sitzen hatte." Er blinzelte Rina zu. Offensichtlich wollte er Emma eifersüchtig machen.

„Ich habe doch gesagt, er ist ein Lüstling." Emmas schnippischem Gesichtsausdruck nach zu urteilen, hatte seine Taktik wohl gewirkt.

„Er ist ein Gentleman, Emma", widersprach Rina sanft.

„Dann lassen Sie sich doch nach Hause fahren! Es ist mir vollkommen egal." Mit hoch erhobenem Kopf drehte Emma sich um und stolzierte davon. Zuvor jedoch fügte sie noch leise hinzu: „In seinem Herzen ist Colin ein kleiner Junge, Rina. Geben Sie ihm die Chance, alles zu erklären."

Rina verdrehte die Augen und ließ sich von Stan hinausführen.

Auf der Heimfahrt erzählte er ihr vom Tod seiner Frau, wie viel er und Emma gemeinsam hätten und wie sehr er sich auf seine alten Tage Gesellschaft wünsche. Emma mit ihrem offenen Wesen und ihrer temperamentvollen Art würde gut zu ihm passen. Rina stimmte ihm zu.

Ihr Instinkt sagte ihr, dass Stan Blusting sich auf keinen Fall mit Richter Montgomery gegen Emma verbünden würde. Also hoffte sie inständig, dass Emma nachgeben und letztendlich selber das Glück finden würde, das sie ständig für andere suchte.

Zwanzig Minuten nach Ankunft in ihrer Wohnung trat Rina frisch geduscht und ohne Champagnerduft, jedoch noch immer voll der Erinnerungen an Colins Berührungen, aus dem Bad.

Männer! Wie sollte eine Frau sie jemals verstehen?

Während sie ihr Haar trockenrubbelte, fiel ihr Blick auf Norton, der sich sofort fiepend auf den Rücken wälzte. „Deine Bedürfnisse sind wenigstens einfach zu durchschauen.“ Sie beugte sich hinunter, um ihm den Bauch zu kraulen, als plötzlich die Türglocke schellte.

Es war ein Uhr nachts, was für die meisten Menschen sehr spät, für Frankie allerdings früh genug war, um auf eine Portion Eiscreme und ein ausgiebiges Gespräch über ihr Samstagabend-Date vorbeizukommen. Es war das erste Mal, dass Rina ebenfalls etwas zu diesem Thema beitragen konnte, und sie brauchte dringend einen Rat. „Was bin ich froh, dich zu sehen“, sagte sie, als sie die Tür öffnete.

„Na, zumindest *ein* Mensch, der sich freut.“

Rina runzelte die Stirn. „War es so schlimm?“

„Noch schlimmer.“ Frankie machte es sich auf Rinas Couch gemütlich. „Und was ist mit dir? Wie war dein erstes Rendezvous seit tausend Jahren?“

Rina schloss die Augen und dachte an Colins Berührungen, seinen weichen Mund und den herben, sinnlichen Duft.

Frankie grinste. „Ach, so gut? Verrätst du mir dein Geheimnis?“

Mit ihrem glatten, pechschwarzen Haar, der olivfarbenen Haut und ihrem guten Herzen hatte Frankie es gewiss nicht nötig, auf der Suche nach einem Mann um Hilfe zu bitten. Eigentlich müsste sie an jedem Finger zehn haben, fand Rina. Doch so war es nicht, und das machte das andere Geschlecht und seine Bedürfnisse zu einem noch größeren Rätsel.

Rina seufzte. „Es gibt kein Geheimnis.“

„War es nun ein gutes oder ein schlechtes Date?“

„Beides. Ich kann nicht behaupten, er hätte mich nur benutzt, weil er im Gegensatz zu mir nicht gekommen ist, aber er hat mich auf der Party allein gelassen und …“

„Stopp! Noch mal von Anfang an, bitte.“ Frankie starrte sie aus großen Augen an.

Rina wurde rot, als sie merkte, wie viel sie bereits verraten hatte. „Emma hat Champagner über uns ausgekippt, und wir mussten uns oben umziehen. Lass mich jetzt nur so viel sagen, dass Colin und ich eine Weile allein waren. Aber als ich dann wieder nach unten kam, erfuhr ich, dass er einen dringenden Anruf erhalten hatte und sofort ins Krankenhaus gefahren war."

Frankie zog die Nase kraus. „Ist er nun ein Mistkerl oder nicht?"

Rina lachte. „Er hat meine Heimfahrt organisiert."

Frankie sah sie aufmerksam an. „Inwieweit interessierst du dich für den Kerl?"

„Ich fühle mich wohl mit ihm." Rina wanderte in ihrem Wohnzimmer auf und ab, um sich abzureagieren.

„Und genau so wolltest du es bei deinem ersten ernsthaften Rendezvous doch haben, oder?"

„Stimmt. Unglücklicherweise fühle ich ihn auch hier." Sie tippte auf ihr Herz. „Seine Eltern starben, als er ein kleiner Junge war, und er hat Narben, die noch nicht verheilt sind."

„Also hat er Angst davor, verletzt zu werden, genau wie du. Keine schlechte Sache, wenn man bedenkt, dass du im Moment keine ernsthafte Beziehung willst, stimmt's?"

Als Rina schwieg, sah Frankie sie eindringlich an. „Stimmt's?", fragte sie wieder.

„Stimmt, stimmt", sagte Rina in der Hoffnung, sich selbst zu überzeugen. „Es ist nur so, dass …"

„Was?"

Sie wand sich. „Ich komme mir schrecklich unloyal vor, wenn ich das sage, aber Colin weckt Gefühle in mir, die Robert nicht einmal annähernd hervorrufen konnte. Und das nicht nur sexuell." Rina ging zum Fenster. „Es macht mir Angst."

„Warum?", wollte Frankie wissen. „Denn wenn ein Mann für mich täte, was Colin für dich getan hat, könnte mich nichts mehr von seinem Bett fernhalten, das kannst du mir glauben." Sie räusperte sich. „Ich meine, Leben. Dann könnte mich nichts aus seinem Leben fernhalten."

Rina verdrehte die Augen, doch im Grunde musste sie Frankie recht geben. „Weißt du, was mir so Angst macht? Der Typ ist ein echter Zugvogel. Er wird weiterziehen, wenn die Sache vorbei ist." Der Umstand, der Colin zum perfekten Kandidaten gemacht hatte, war nun zum Problem geworden.

„Das bedeutet doch nur, dass du das Ganze oberflächlich halten musst."

„Wenn das so leicht wäre, würde ich mich jetzt nicht nach Schokoladeneis verzehren. Wie sieht's mit dir aus?"

„Ich dachte schon, du fragst nie mehr." Frankie sprang auf, ging zum Eisschrank und füllte zwei Schälchen. „Ich sehe da eigentlich kein Problem. Wie du mir erzählt hast, ist es schon ein paar Jahre her, dass du männliche Zuwendung erfahren hast, und du bist absolut reif dafür. Bleib locker, und alles wird gut."

Das klang so einfach, aber mit Colin war eben nichts einfach, und Rina war bereits viel zu sehr gefühlsmäßig beteiligt, um es locker zu sehen. Doch ehe sie antworten konnte, klingelte das Telefon. Rina schrak zusammen. Um diese Uhrzeit rief normalerweise niemand mehr an, und sie dachte sofort an ihre Eltern in Florida. Sie nahm den Hörer ab. „Hallo?"

„Hallo, Rina."

„Oh, Colin!"

„Hm. Jetzt wird's interessant", murmelte Frankie.

Rina trat sie vors Schienbein. „Pscht", flüsterte sie.

„Hör mal, Liebling, ich muss mit dir reden", sagte Colin mit seiner tiefen, verführerischen Stimme.

Als sie den Kosenamen hörte, wurde Rina der Mund trocken und die Knie weich. Sie setzte sich neben Frankie aufs Sofa.

„Habe ich dich geweckt?", wollte er wissen.

„Nein, ich habe noch Besuch", erwiderte Rina, die von einem kleinen Teufel getrieben wurde, es Colin nicht zu leicht zu machen.

Er räusperte sich. „Verstehe. Ich wollte auch nur anrufen, um zu sehen, ob du gut nach Hause gekommen bist."

Seine Fürsorge ließ Rina erneut dahinschmelzen. „Wie geht es Joe?"

„Er hatte nur einen leichten Schlaganfall. Es sind keine dauerhaften Nachwirkungen zu erwarten, aber seine Rekonvaleszenz ist natürlich verzögert. Die Ärzte versuchen, seine Medikamente so einzustellen, dass es nicht wieder vorkommt." Er hielt kurz inne. „Danke, dass du gefragt hast."

Sie hörte den Kummer in seiner Stimme und hätte ihn nur zu gern getröstet. „Aber es wird ihm wieder gut gehen?"

„Dieses Mal, ja. Hör zu, Rina. Es tut mir leid, dass ich dich so einfach habe stehen lassen."

Seine raue Stimme wirkte selbst durch die Telefonleitung hindurch erregend auf sie. „Ich verstehe schon."

„Gut. Dann will ich dich nicht länger aufhalten. Wir sehen uns in der Redaktion. Gute Nacht, Rina."

„Gute Nacht, Colin." Sie legte auf und blickte in Frankies neugierige Augen.

„Bist du immer noch unsicher, was seine Gefühle angeht? Oder bist es du selbst, der du nicht traust?", bohrte ihre Freundin. „Es ist offensichtlich, was du von ihm willst, und es ist gleichermaßen offensichtlich, dass er interessiert ist. Das ist eindeutig besser als mein Typ, der mich auf dem Gehsteig hat stehen lassen und vermutlich nie wieder von sich hören lassen wird."

Rina rieb sich die kribbelnden Unterarme. „Ich muss den Sprung wohl wagen, oder?"

„Niemand außer dir kann das beantworten."

„Du hast recht. Wie stehe ich vor meinen Leserinnen da, wenn ich schon beim ersten kleinen Fehlverhalten das Handtuch werfe?"

„So gefällst du mir."

Rina nickte. „Jawohl. Ich bin eine Frau des neuen Millenniums. Ich weiß, was ich will, und ich weiß, wie ich es bekommen kann."

Frankie applaudierte, und Rina verbeugte sich übertrieben. Doch insgeheim hoffte sie, der Mut würde sie am Montagmorgen nicht schon wieder verlassen, wenn sie Colin gegenüberstand.

6. KAPITEL

Ich habe noch Besuch." Noch einen Tag später stachen diese Worte Colin wie kleine Pfeile. Doch nachdem er Rina auf der Party allein gelassen hatte, hatte er diesen kleinen Seitenhieb wohl verdient. Er glaubte nicht daran, dass Rina einen Mann zu Besuch hatte, aber seine Eifersucht war trotzdem geweckt – was vermutlich der Zweck ihrer Bemerkung gewesen war. Und das Gefühl verwirrte ihn zutiefst.

Er setzte sich ans Telefon und rief einige kleine Firmen an, die in der „Ashford Times" inserierten, um sicherzugehen, dass dies auch weiterhin so blieb. Dann kümmerte er sich um Nachrichten aus dem Bundesstaat sowie über wichtige nationale Angelegenheiten, um den Nachrichtenteil der Zeitung möglichst umfangreich zu gestalten. Colin notierte, dass er Bloomberg wegen der Wirtschaftsberichte kontaktieren und sich um die Übermittlung nationaler Sportergebnisse über die Nachrichtenagentur AP bemühen müsse. Was war ein Mann ohne Sport? Kein Wunder, dass Corinne die Hälfte ihrer Leserschaft verloren hatte! Aus seiner Sicht war alles bereit für den neuen, verbesserten Anfang – er musste Corinne nur rechtzeitig davon überzeugen.

Natürlich würden die Neuerungen, die er einführte, wieder Geld kosten, aber er musste nun mal investieren, um die Leserschaft wieder neu aufzubauen. Ein Teil des Budgets wird bei der Streichung von Emmas und Rinas Stellen frei werden, dachte er schuldbewusst.

„Guten Morgen, Colin." Emma spazierte ins Büro und wirkte ein bisschen zu aufgekratzt und fröhlich für einen Montagmorgen – vor allem für *diesen* Montagmorgen.

„Guten Morgen, Emma. Ich nehme an, Sie haben sich gestern ausgiebig von Ihrer Weihnachtsparty erholt." Froh über die Ablenkung, verschränkte er die Hände hinter dem Kopf.

„Oh ja. Ich habe mich in die Badewanne gelegt und ein richtig gutes Buch gelesen. Ich fühle mich außerordentlich erfrischt, danke. Wie war dein Wochenende?"

„Ich war gestern bei Joe." Und bei Corinne – doch er war jetzt nicht in der Stimmung, daran auch nur zu denken. Er merkte, dass er Corinne gegenüber in Gefühlskonflikt geriet, da sie sich so beständig um Joe sorgte und kümmerte.

„Corinne sagte mir, es sehe gut aus. Ich bin ja so froh. Ich finde, wir sollten ihm eine ordentliche Wiedersehensfeier bereiten, wenn er wieder hier ist."

Das sagte die Frau, deren Kolumne auf der Abschussliste stand.

Colin stöhnte auf, da er eine Pause von seinen Schuldgefühlen und dem Stress brauchte.

„Eine Blumensendung“, rief da plötzlich eine männliche Stimme.

Colin drehte sich um und sah einen Mann, der einen bombastischen Blumenstrauß in den Armen hielt.

„Ich suche eine Rina Lowell.“

Colins Herz krampfte sich zusammen. Hatte Rina vielleicht doch noch einen Mann zu Besuch gehabt?

„Oh, wie aufregend. Stellen Sie ihn gleich da ab“, sagte Emma und deutete auf Rinas Schreibtisch. Sobald der Lieferant verschwunden war, drehte Emma sich zu Colin um. „Das hättest du nicht tun müssen.“

„Hab ich auch nicht“, erwiderte er zwischen zusammengebissenen Zähnen.

Emma hob eine Augenbraue. „Ach, herrje!“

Noch ehe Colin sich selbst erniedrigen konnte, heimlich die Karte zu lesen, kam Rina in die Redaktion. Ihre Wangen waren vom Wind gerötet, das Haar leicht zerzaust und ein Lächeln auf dem Gesicht. Colin wurde allein durch ihren Anblick erregt.

„Guten Morgen.“ Sie ging langsam zu ihrem Schreibtisch. „Was ist denn das?“

„Na, ein Blumenstrauß natürlich“, sagte Emma.

Rina blickte für den Bruchteil einer Sekunde zu Colin, bevor sie die Blumen eingehend betrachtete. Doch er hatte deutlich den Hoffnungsschimmer in ihren Augen wahrgenommen und konnte beruhigt sein. Er trat neben ihren Schreibtisch, neigte sich zu ihr und sagte leise: „Tut mir leid, Liebling, aber die sind nicht von mir.“

„Das hatte ich auch nicht angenommen.“ Sie holte die Karte aus dem Umschlag und verstaute sie nach dem Lesen in ihrer Schreibtischschublade.

„Und?“, fragte Emma. „Verraten Sie uns den Namen Ihres heimlichen Verehrers?“

Rina schüttelte den Kopf und wich Emmas Blick aus. „Die Blumen sind von Jake und Brianne. Sie gratulieren mir zu meiner ersten Kolumne.“

„Wie schön, wenn man eine Familie hat, die sich um einen kümmert“, bemerkte Emma und widmete sich wieder ihrer Arbeit.

Rina schob die Blumen an die Schreibtischecke, verstaute ihre Handtasche und zog sich den Mantel aus. Colin hatte ihr nicht eine Sekunde lang abgekauft, dass die Blumen von ihrem Bruder und ihrer Schwägerin waren, aber sie hatte wegen Emma gelogen und nicht seinetwegen, was ihn verwirrte. Er dachte einen Moment darüber nach, doch als Rina ihren Mantel auszog, konnte er keine Sekunde länger denken.

Unter ihrem weiten Wollmantel trug sie nämlich eine schwarze Bluse mit extrem tiefem Ausschnitt und einen ultrakurzen Minirock, der ihre schlanken Beine betonte, die heute nur von einer hautfarbenen Strumpfhose bedeckt waren. Zumindest hoffte er, dass es eine Strumpfhose war, denn sollte er zufällig entdecken, dass es Strümpfe waren, würde er sich nicht mehr zurückhalten können.

Er ging zu ihrem Schreibtisch und nahm sie bei der Hand. „Komm mit."

„Wohin?"

„Kaffeepause", murmelte er und zog sie durch die Eingangstür, am Fahrstuhl vorbei und ins Treppenhaus. Es war der einzig ruhige Platz, der ihm im Moment einfiel.

Nicht einmal der eigentümliche Geruch dort konnte sein Verlangen nach ihr dämpfen. Sobald die Tür zugefallen war, schob er Rina gegen die Wand und stützte seine Hände neben ihrem Kopf ab.

„Von wem sind die Blumen?", fragte er rau.

„Wieso willst du das wissen?"

Er berührte ihre Wange. „Ich mag es auf eine etwas unpassende Weise zeigen, aber es ist mir wichtig."

„Sie sind von Stan Blusting", gestand Rina.

„Was denkt der alte Kerl, was er da tut?"

„Das ist doch offensichtlich: Er will Emma eifersüchtig machen, indem er mir Aufmerksamkeit schenkt."

„Und du willst seinen Plan nicht unterstützen?"

Rina verdrehte die Augen. „Doch, schon. Aber ich will Emma auch nicht verletzen. Sie hat Angst, dass ihr Sohn sie in ein Seniorenheim steckt, und deshalb traut sie auch keinem seiner Freunde."

„Hat sie das gesagt?"

„Nein, aber angedeutet. Und ich will nicht diejenige sein, die sie zu etwas drängt, wozu sie noch nicht bereit ist. Stan hat mir gesagt, er habe Emma wirklich gern und genieße ihre Nähe, aber bis sie ihm vertraut, wird sie ihn keinen Millimeter an sich heranlassen."

„Dann passt du also auf sie auf."

„Das tun Freunde füreinander", murmelte sie.

„Das tun besonders liebevolle Menschen füreinander." Er sah sie eindringlich aus seinen strahlend blauen Augen an, und Rina wurde es warm ums Herz.

Nachdem sie gestern den ganzen Tag bis spät in die Nacht am Computer gesessen und die Kolumne dieser Woche geschrieben hatte, hatte sie genug davon gehabt, allein zu sein. Sie wollte Colin nicht länger hinhalten. Ihr Ärger über sein Verschwinden auf der Party war komplett verflogen. Joe war es schlecht gegangen, und damit war der Fall erledigt.

An diesem Morgen hatte sie sich also allein für Colin herausgeputzt. Doch wie zuvor entdeckte Colin nicht nur Oberflächliches. Er begehrte und bewunderte sie auch unabhängig von der Verpackung.

Er griff in ihr Haar, und sein Blick war voll Verlangen. Auch wenn sie ihn verführen wollte, so hatte sie nicht mit einer so schnellen Reaktion von ihm gerechnet. Es war ihr unmöglich, ihm zu widerstehen, und als er sie küsste, schlang sie die Arme um seinen Nacken und erwiderte den Kuss voller Leidenschaft.

Seine Zunge erkundete ihren Mund, und das brachte ihren Puls zum Rasen. Dann fühlte sie seine warmen Hände über ihre Hüften zu den Schenkeln gleiten. „Hast du eine Vorstellung davon, was du mit deinem Minirock bei mir anrichtest?“

„Warum sagst du's mir nicht?“

„Es erregt mich schon, deine langen Beine nur anzusehen.“ Er presste sich eng an sie, um es ihr zu beweisen.

Rina schloss die Augen. Ihr Körper reagierte mit Hitzewellen darauf, dass Colin sie begehrte – hier und jetzt, in dem dunklen, muffigen Treppenhaus.

„Und die Frage, ob das eine Strumpfhose ist oder nicht, macht mich geradezu wahnsinnig.“ Ohne ihre Aufforderung abzuwarten, ließ er seine Finger aufwärts wandern, bis sie den elastischen Spitzenbund ihrer halterlosen Strümpfe ertasteten. Als seine Finger ihre nackte Haut berührten, stöhnte er auf.

„Die sind bequemer“, erwiderte Rina mit gespielter Nonchalance.

„Für wen?“

Sie lachte. „Für mich. Strumpfhosenbündchen zwicken mich immer in den Bauch.“

„Was ist mit den weiten Kleidern passiert?“ Es war nur allzu offensichtlich, dass ihm ihr neuer Look gefiel.

Doch diese Erkenntnis war nicht nur positiv. Sie wollte weiterhin sicher sein, dass Colin um ihrer selbst willen an ihr interessiert war.

„Und was ist unter dem Rock?“, wollte Colin nun wissen. „Was hält dich bei diesem nasskalten Winterwetter unten herum warm?“

Sie war versucht zu sagen, dass sie in seiner Nähe, beim Klang seiner Stimme, eigentlich gar keine Kleidung brauchte. „Gute altmodische Unterwäsche, Colin, was sonst?“

Eine kurze Aufwärtsbewegung seiner Finger bestätigte ihre Aussage. Er streichelte ihren mit weichster Seide bedeckten Venushügel. Seine Berührung löste allerdings sofort ein kleines Feuerwerk in ihr aus, und die Spitzen ihrer Brüste wurden hart. Zwischen ihren Schenkel begann es zu pulsieren.

„Du spielst nicht fair", hauchte sie.

„Du aber auch nicht, wenn du dich so anziehst", erwiderte er rau. Sein Mund war wenige Zentimeter von ihrem entfernt.

Sie öffnete die Lippen in Erwartung eines weiteren Kusses, doch Colin gab ihr mehr als das, indem er wieder seine Hand, die noch auf ihrem Venushügel lag, bewegte. Eine Welle der Lust durchströmte ihren Körper, und sie drängte sich Colin automatisch entgegen, um seine Berührung zu verstärken.

„Das gefällt dir, nicht wahr?" Er beugte sich vor, sodass ihre Wangen sich berührten, und streichelte sie intensiver.

„Oh ja!" Sie sog seinen männlichen Duft ein, während ihre Erregung mit jeder Sekunde wuchs.

Wenn sie nicht aufpasste, würde dieses Spiel sie zu sehr verwirren. Mit größter Selbstbeherrschung presste sie ihre Schenkel zusammen, nachdem sie sich eine letzte Welle der Lust gegönnt hatte, und wich ein wenig zurück. Sie brauchte mehr Zeit.

Colin schien zu verstehen und zog seine Hand weg.

Als sie ihre Kolumne schrieb, hatte Rina eines erkannt: Gut auszusehen nützte nichts, wenn eine Frau sich nicht auch gut fühlte. Eine Frau konnte keinen Mann verführen, geschweige denn ihn auf Dauer glücklich machen, wenn sie nicht mit sich selbst im Reinen war.

Auf ihr eigenes Leben übertragen, bedeutete dies, dass die lebenslustige Rina verschwunden war, sobald sie ihre Arbeit aufgegeben und sich ganz Roberts Wünschen und Vorstellungen hingegeben hatte. Sie hatte nie mehr einfach nur ein T-Shirt und abgewetzte Jeans angezogen und war durch New Yorks Straßenflohmärkte gezogen, sie hatte nie mehr in Greenwich Village nach ungewöhnlichem und originellem Strass-Schmuck gesucht, der zwar günstig war, aber zu ihr passte und etwas aussagte. Sie war nicht mehr in angesagte Clubs gegangen, um sich die Füße wund zu tanzen. Stattdessen war sie viel zu früh gesetzt geworden, hatte sich mit viel zu ernsten Leuten umgeben und viel zu viele langweilige Partys besucht.

In ihrer neuesten Kolumne, die den Titel trug „Zeig, was du kannst", erklärte sie ihren Lesern nun, dass eine Frau sich selbst genug wertschätzen sollte, um sich nicht an einen Mann zu binden, der nicht an ihre Ziele oder ihre Träume glaubte.

Nicht einmal für eine kurze Affäre. Sie wusste bereits, dass Colin ihre Arbeit schätzte, das hatte er auf Emmas Party angedeutet. Doch bevor sie sich seinem verführerischen Charme endgültig und vollkommen hingab, musste sie wissen, ob er alles an ihr mochte.

„Geh mit mir tanzen“, sagte sie spontan. „Freitagabend.“

Er lehnte sich gegen die Wand, ohne den Blick von ihr zu nehmen. „Tanzen?“

„Ja, ich dachte, ich sehe mich mal in Bostons Nachtleben um. Kommst du mit?“ Sie wollte sich wieder wie früher amüsieren und Colin dabeihaben.

Er grinste. „Warum nicht? Jemand muss ja auf dich aufpassen.“

„Ich brauche keinen Aufpasser, sondern einen Tanzpartner.“ Die Aussicht darauf, allein vor einem Drink zu sitzen und entweder aufdringliche Männer zu verscheuchen oder die Abwesenheit interessanter Männer zu beklagen, war nicht allzu verlockend.

Er sah sie eindringlich an. „Wieso nur habe ich das seltsame Gefühl, du willst mich auf die Probe stellen?“, fragte er dann. „Und wie soll ich wissen, ob ich die Probe bestehe?“

Ich stelle mich selbst auf die Probe, dachte Rina. Meine Reaktionen, mein Urteilsvermögen. „Das wirst du schon merken“, erwiderte sie etwas heiser vor Aufregung.

„Dann sind wir verabredet. Ich kenne mich in der Stadt besser aus – wie wäre es also, wenn ich dich abhole? Und wie wäre es, wenn wir Logan und Cat mitnähmen?“

„Als Anstandswauwaus?“, fragte sie neckend, obwohl ihr die Vorstellung gefiel, mit seinen Freunden auszugehen.

„Nein, als lustige Gesellschaft.“

„Klingt gut.“

Plötzlich wurde laut an die Treppenhaustür geklopft. Mit bedauerndem Blick löste sich Colin von ihr, um zur Tür zu gehen.

„Rina Lowell, kommen Sie sofort da raus“, ertönte Emmas Stimme von der anderen Seite.

„Was für eine Kupplerin!“, meinte Colin trocken.

Rina fasste an den Türknauf. „Ich gehe vor. Dann hast du Zeit, dich ein wenig abzukühlen“, fügte sie hinzu.

„Sehr witzig“, murmelte Colin, aber er widersprach nicht und ließ sie gehen.

„Emma! Was ist los?“

Die alte Dame wedelte ihr mit der Floristenkarte vor der Nase herum. „Jetzt versucht es dieser Kerl also bei Ihnen“, sagte sie vorwurfsvoll.

„Was meinen Sie?“, fragte Rina unschuldig.

„Die Blumen sind von Stan. Ich hab Ihnen doch gesagt, er ist ein

Lüstling. Eben noch behauptet er, an mir interessiert zu sein, und kurz darauf überschüttet er Sie mit Rosen."

„Es sind Wildblumen, keine Rosen."

„Das macht keinen Unterschied."

„Preislich schon", entgegnete Rina. „Und Sie haben spioniert." Sie riss Emma die Karte aus der Hand.

„Und Ihr Lippenstift ist verschmiert, was bedeutet, dass Sie herumgeknutscht haben. Mit wie vielen Männern spielen Sie eigentlich?" Emma rümpfte die Nase, und Rina musste ein Lachen unterdrücken.

Sie legte den Arm um Emmas Schultern und führte sie an ihren Schreibtisch zurück. „Emma Montgomery, Sie sind eifersüchtig, weil Stan für jemand anderes Interesse zeigt, nachdem Sie ihn abgewiesen haben."

„Lächerlich."

„Genau", bestätigte Rina. „Und Sie wissen sehr wohl, dass Stan ein kluger Mann ist. Er weiß, dass Sie mit mir im selben Raum arbeiten und sehr neugierig sind. Also schickte er mir Blumen, damit Sie sich aufregen. Was ja auch wunderbar funktioniert hat." Sie schnalzte mit der Zunge. „Ts, ts, Emma. Sie sollten nicht so vorhersehbar sein. Männer wollen unberechenbare, impulsive Frauen." Sie konnte sich das Lachen nun nicht mehr verkneifen. „Kommen Sie, Emma. Nun gehen Sie schon mit dem Mann aus."

„Und wenn es eine Falle ist?"

Rina verstand. Was, wenn Emmas Sohn, der berüchtigte Richter Montgomery, seinen Freund Stan gebeten hatte, Emma auszukundschaften? Und was, wenn Emma sich von ihrer kapriziösesten und launischsten Seite zeigte und ihr Sohn es gegen sie verwandte? „Ich kann mir nicht vorstellen, dass Ihr Sohn so grausam sein könnte. Außerdem würde Logan das nicht zulassen." Sie tätschelte Emmas Hand. „Der Mann ist ein einsamer Witwer. Und auch Sie können Gesellschaft gut gebrauchen. Geben Sie Stan eine Chance."

„Aber nur, wenn Sie es auch tun", erwiderte Emma herausfordernd.

„Wie? Ich soll auch mit ihm ausgehen?"

„Sie wissen schon, was ich meine. Sie geben Colin ebenfalls eine Chance, und ich gehe mit Stan aus. Wenn Sie Vertrauen zeigen, tue ich es auch."

Colin wählte genau diesen Moment, um in die Redaktion zurückzukehren. Rina spürte, wie sie augenblicklich vor Erregung rot wurde, und Emma wandte sich schmunzelnd zum Gehen.

Bei einem weiteren Versuch, die „Ashford Times“ zu retten, saß Colin in Logans Büro, von dem man einen atemberaubenden Blick aufs Meer hatte.

„Tut mir leid, ich musste noch telefonieren“, sagte Logan, als er ins Büro trat. „Wie geht es dir?“

„Ich beiße mich durch“, erwiderte Colin, schüttelte die ausgestreckte Hand und ließ sich wieder in den Sessel sinken.

„Meine Sekretärin sagte mir, es sei ein geschäftlicher Termin. Was kann ich für dich tun?“ Anstatt sich hinter den Schreibtisch zu setzen, nahm Logan neben seinem Freund in einem der Sessel Platz.

Hinter ihm stand auf der Konsole ein gerahmtes Foto seiner Frau Cat, seines Sohnes Ace und der kleinen Tochter Lila. „Du bist ein echter Glückspilz, alter Junge“, meinte Colin mit Blick auf das Bild.

„Finde die richtige Frau, und du bist es auch“, entgegnete Logan.

Colin rutschte auf dem Sessel hin und her. Er war nicht in der Stimmung, über Frauen zu reden – nicht, wenn er kurz davor war, diejenige zu verletzen, die ihm am meisten bedeutete. Neulich im Treppenhaus hatte er gefühlt, wie erregt Rina gewesen war. Er hatte sich gewünscht, in sie einzudringen und sie beide von der ungeheuren Spannung zu erlösen, die sich bei jeder ihrer Begegnungen aufbaute. Er hatte sich gewünscht, in Rinas Augen den ergreifenden Anblick von Vertrauen und Hingabe zu erblicken. Zum Glück hatte sie das Ganze abgebrochen, ehe es zu brenzlig wurde. Jetzt, zwei Tage später, war ihm immer noch ganz elend, da er hin und her gerissen war zwischen geschäftlicher Verpflichtung und einem ständig wachsenden Gefühl der Verantwortung gegenüber Rina.

„Ich brauche deinen juristischen Rat“, wechselte er das Thema.

„Schieß los.“

„Wenn ich als Joes Adoptivsohn die Vollmacht anfechte, mit der Joe Corinne die Leitung der ‚Ashford Times‘ übertragen hat, welche Aussichten habe ich?“

Logan seufzte laut auf. „Und was ist mit Joes Wünschen?“

Niemand verstand Colin und dessen Beziehung zu Joe besser als sein ehemaliger Zimmerkollege aus dem College. Diplomatisch wies Logan auf die Möglichkeit hin, dass Joe absichtlich seinen Adoptivsohn übergangen und Corinne als zwischenzeitliche Herausgeberin der Zeitung gewählt hatte.

„Bevor ich etwas anderes höre, gehe ich davon aus, dass Corinne ihn irgendwie beeinflusst hat“, erklärte Colin.

Logan nickte. „Tja, da liegt aber auch schon das grundsätzliche juristische Problem. Bevor du nicht beweisen kannst, dass Joe die Vollmacht unter Zwang unterschrieben hat oder er aus irgendeinem Grund nicht Herr seiner Sinne war, als er sie unterzeichnete, ist allein sein Wunsch ausschlaggebend."

„Dann habe ich also keine Chance."

„Nur wenn du dich auf einen schmutzigen und teuren gerichtlichen Ringkampf mit Corinne einlassen willst."

„Das kann ich mir nicht leisten." Colin fühlte sich niedergeschlagen und spürte allmählich Wut in sich aufkeimen, weil Joe ihn betrogen hatte. Es war eine Wut, die er bisher verdrängt hatte und die er vermutlich nicht würde äußern können, ohne seine Familie zu zerstören.

Colin kämpfte mit dem Wunsch, alles hinzuschmeißen und Corinne allein mit der Sache fertigwerden zu lassen. Aber da war auch noch Rina, an die er denken musste …

„Es wäre gut, wenn du mal mit Joe reden würdest. Ist er schon wieder ansprechbar?", erkundigte sich Logan.

„Nach dem zweiten Schlaganfall wollen sie jeglichen Stress von ihm fernhalten. Aber sein Zustand ist stabil, und er sollte bald so weit sein, dass ich mit ihm reden kann."

„Tja, dann würde ich dir raten, genau das zu tun, sobald der Arzt dir grünes Licht gibt. Ich kenne dich nämlich ganz gut und vermute, dass dich noch etwas ganz anderes beschäftigt als das Schicksal der Zeitung. Etwas Persönliches zwischen dir und Joe." Logan hob fragend eine Augenbraue.

Colin sah seinen Freund bestürzt an, weil er ins Schwarze getroffen hatte. „Und ich war immer so froh, dass ich keinen nervigen Bruder hatte."

Logan lachte. „Dafür hast du mich. Ich will damit nur sagen, dass ich denke, Joes Entscheidung in Bezug auf die Vollmacht macht dir offenbar mehr zu schaffen als Corinnes Änderungen bei der Zeitung." Als Colin ihn finster ansah, fügte Logan hinzu: „Oder zumindest macht sie dir genauso viel zu schaffen. Rede mit Joe. Wenn du dann immer noch prozessieren willst, sollst du wissen, dass ich auf deiner Seite stehe. Aber es wird eine schmutzige Angelegenheit, die wahrscheinlich deine Familie zerstört."

„Danke", murmelte Colin. Er wusste, dass sein Freund es gut mit ihm meinte. „Und mach dir keine Sorgen wegen Emma. Ich werde mich darum kümmern, dass sie auf jeden Fall einen Job hat – egal, wie das hier ausgeht." Er konnte Emma zumindest einen anderen Redaktionsjob anbieten, auch wenn sie ihre Kolumne aufgeben musste.

Logan klopfte ihm auf die Schulter. „Danke. Und wie geht's Rina?"

„Wem?", fragte Colin zurück, konnte ein Schmunzeln aber nicht unterdrücken. Es war unglaublich: Diese Frau brachte ihn sogar zum Lächeln, wenn es ihm schlecht ging.

„Aha, ich verstehe. Aber was wird aus ihrer Kolumne, wenn du deine Vorstellungen bei der Zeitung durchsetzt?“

Mit dieser Frage wollte Colin sich allerdings noch nicht auseinandersetzen. „Habt ihr am Freitagabend schon etwas vor, Cat und du?“, lenkte er vom Thema ab. „Ihr könntet doch einen Babysitter besorgen und mit Rina und mir tanzen gehen.“

Logan rieb sich die Augen. „Es ist Jahrzehnte her, seit wir ausgegangen sind …“

„Ja, ja, das Familienleben“, meinte Colin. Doch in Wirklichkeit beneidete er Logan genau darum.

Der Tod seiner Eltern hatte Colins Kindheit zerstört. Und obwohl Joe und Neil immer für ihn da gewesen waren, hatte er oft irgendwie das Gefühl gehabt, dass ihm etwas fehlte.

Er war weit gereist, um dieses vermeintlich fehlende Etwas zu finden, aber vergeblich. Nun war er wieder zu Hause und begann zu ahnen, dass dieses Etwas zum Greifen nahe war.

7. KAPITEL

Es war das Wochenende vor Weihnachten, und der Club war brechend voll. Alle Plätze an der Bar waren besetzt, und Logans Frau hatte nur deshalb einen Tisch für sie ergattern können, weil sie früh gekommen war.

„Und? Wann lerne ich endlich deine Freundin kennen?", fragte sie nun Colin, während ihre grünen Augen vor Neugierde leuchteten. „Auf der Weihnachtsparty war ich so sehr mit dem Büfett beschäftigt, dass ich sie nicht getroffen habe. Also, wo ist sie?"

„Sie kommt schon noch. Ich glaube, sie hatte noch eine geschäftliche Besprechung." Ihr sei kurzfristig etwas dazwischengekommen, hatte Rina gesagt, und so wollte sie sich lieber hier mit Colin treffen, anstatt sich abholen zu lassen.

„Hm. Sie arbeitet lange." Cat blickte auf die Uhr. „Sie sitzt am Freitagabend um halb zehn noch in der Redaktion?"

„Ich weiß es nicht. Sie hat mir nicht gesagt, worum es geht." Das machte Colin rasend, was vermutlich auch ihre Absicht gewesen war, um die Spannung zwischen ihnen zu steigern – oder um sich für sein Verschwinden auf der Party zu rächen, aber das erschien ihm unwahrscheinlich.

„Sie hat nicht gesagt, warum sie später kommt?" Cat hob eine Augenbraue. „Dann will ich es dir verraten: Rina will dich beeindrucken, also plant sie einen späten Auftritt."

Colin winkte ab. „Du kennst Rina nicht."

„Und du kennst offenbar die Frauen nicht." Cat rutschte auf ihrem Platz nach vorn. „Hast du ihre letzte Kolumne nicht gelesen? Es ging um Sex-Appeal. Rina schrieb, dass Frauen Aufmerksamkeit wollen, vor allem zu Beginn einer Beziehung, wenn alles noch in der Schwebe ist. Keine Frau will schnell vergessen werden, also ist es äußerst wichtig, einen bleibenden Eindruck zu hinterlassen. Was ist da besser, als zu später Stunde in einem umwerfenden Outfit hereinzuspazieren?"

„Diese Woche hat sie geschrieben, dass die innere Einstellung ebenso wichtig ist", wandte Logan ein.

„Ihr lest ihre Kolumne?" Colin war höchst erstaunt.

Logan nickte betreten, und Colin überlegte, ob seine Verlegenheit daher rührte, dass er Colins Absichten bezüglich der Kolumne kannte, oder weil er beim Lesen eines Frauenthemas ertappt worden war.

„Alle meine Angestellten lesen ‚Heiß und begehrt'. Rina macht sich in unserer kleinen Stadt bereits einen Namen", sagte Cat.

Colin schoss plötzlich die Idee durch den Kopf, die Beliebtheit von Rinas Artikelserie zu seinen Gunsten zu nutzen und damit den Anzeigenkunden zu überzeugen, seine Frist vorläufig aufzuheben.

„Wie auch immer", meinte Cat. „Ich glaube, sie befolgt ihre eigenen Ratschläge. Und du musst zugeben, dass es schmeichelhaft für dich ist."

Colin schüttelte den Kopf. „Rina muss sich aber nicht anstrengen, um mich zu beeindrucken."

Logan lachte. „Nur so aus Neugier: Wenn sie es dennoch täte, würdest du es ihr vorwerfen?" Er blickte über Colins Schulter.

Colin folgte seinem Blick. Dort stand Rina in einem ärmellosen roten Strickkleid und passenden Stilettos und tat genau das, was Cat vorausgesagt hatte: Sie erregte nachhaltige Aufmerksamkeit bei Colin und allen anderen männlichen Gästen in Blickweite.

Er konnte es kaum erwarten, Rina neben sich zu haben. Und sein Körper reagierte bereits auf ihre umwerfende Erscheinung. Er begehrte sie und hoffte inständig, heute Nacht mit ihr schlafen zu können.

Rina wollte sich tatsächlich einen Auftritt verschaffen, daher kam ihr Corinnes kurzfristig anberaumtes Meeting sehr gelegen. Außerdem war sie geradezu high durch den Adrenalinstoß, den die Nachricht ihrer Chefin in ihr ausgelöst hatte. Die Reaktionen der Leser auf die ersten Folgen von „Heiß und begehrt" waren phänomenal gewesen und hatten Corinnes Erwartungen bei weitem übertroffen. Berauscht von ihrem Erfolg, bekam Rina mehr und mehr Vertrauen in ihre Fähigkeiten als Journalistin und ihre neue Karriere.

Alle drei Personen am Tisch drehten sich zu ihr herum. Rina holte tief Luft und ging zu ihnen. „Hallo allerseits. Entschuldigt bitte mein Zuspätkommen, aber ich hatte noch ein Meeting mit Corinne." Sie setzte sich Colin gegenüber, der sie unverwandt anstarrte.

Dass er seine Freunde mitgebracht hatte, zeigte ihr, dass er sie enger in sein Leben einbeziehen wollte, als es bei einem oberflächlichen Flirt der Fall gewesen wäre.

Colin erhob sich, ebenso Logan.

„Und da heißt es immer, Kavaliere seien ausgestorben", meinte Rina lachend. Sie machte es sich neben Catherine bequem, die sie auf der Weihnachtsparty leider nicht mehr kennengelernt hatte. „Ich bin Rina Lowell."

„Catherine Montgomery." Die hübsche blonde Frau lächelte freundlich. „Ich habe mich schon sehr darauf gefreut, Sie kennenzulernen. Auf der Weihnachtsparty bin ich ja wie ein aufgescheuchtes Huhn herumgelaufen, aber heute Abend können wir uns in aller Ruhe unterhalten – das heißt, wenn ich endlich aufhöre zu reden, kann ich auch etwas über Sie erfahren." Cat grinste.

Rina lachte. „Colin hat nur Gutes von Ihnen erzählt, und ich finde, er hatte absolut recht."

„Colin ist ein Charmeur. Er würde alles sagen, wenn er weiß, dass es für ihn von Vorteil ist … Autsch!" Cat rieb sich unter dem Tisch das Schienbein. „Nein, ich meine natürlich, Colin ist ein sehr charmanter Mann, der immer die nettesten Worte findet. Und jetzt halte ich wirklich den Mund."

Rina lachte wieder. „Keine Sorge. Ich weiß ganz gut, wie Colin ist." Sie sah ihn an, und das Feuer in seinen Augen wärmte sie durch und durch.

Sie bestellten Drinks und kleine Vorspeisen und amüsierten sich prächtig. Rina stellte fest, dass allein die Freunde eines Mannes bereits viel über ihn aussagten. Roberts Freunde waren allesamt steife und selbstverliebte Anwaltskollegen gewesen, doch Logan war das genaue Gegenteil: warmherzig und humorvoll, wie seine Großmutter. Außerdem sah Rina, dass Catherine und er Colin wirklich gern mochten. Sie schienen eher wie Familienmitglieder denn wie Freunde.

Nach dem Bezahlen rückte Colin näher. Sein Bein rieb an ihrem Schenkel, da ihr kurzes Kleid nach oben gerutscht war, und die Berührung sandte einen heißen Schauer durch ihren Körper. Sie begehrte ihn mehr als je einen Mann zuvor, und sie brannte darauf, ihn noch dichter an ihrem Körper zu spüren.

„Würden Sie mit mir tanzen, Rina?", fragte Logan. „Meine Frau hat mich schwören lassen, dass ich sie nicht länger als nötig auf Trab halte, da sie wieder das ganze Wochenende mit ihrem Partyservice unterwegs sein wird."

Die Musik wechselte zu einem pulsierenden Rhythmus, der ihrem inneren Pulsieren entsprach, ihrer Sehnsucht allein nach Colin. Doch Rina wollte nicht unhöflich sein und ließ sich von Logan auf die Tanzfläche führen. Sie und Colin hatten ja noch die ganze Nacht – so hoffte sie zumindest.

Sie tanzten zwei Stücke hintereinander, dann löste Logan sich von ihr. „Bevor wir zum Tisch zurückgehen, möchte ich Ihnen noch etwas über Colin erzählen."

„Was denn?"

„Ich habe mit ihm im College zusammengewohnt. Normalerweise stellt er uns seine neuen Freundinnen nicht vor. Sogar mit Julie war er diesbezüglich sehr reserviert."

„Wer ist Julie?"

„Das fragen Sie ihn am besten selbst." Logan zwinkerte. „Ich will Ihnen damit nur zu verstehen geben, dass Sie wohl etwas Besonderes für ihn sind."

„Deine Frau wird langsam eifersüchtig." Plötzlich stand Colin neben ihnen.

Rina blickte zum Tisch. Catherine hatte noch einen Drink bestellt und unterhielt sich mit der Kellnerin. Das Geschehen auf der Tanzfläche schien sie nicht weiter zu interessieren.

Rina schluckte. Colins eigene Eifersucht oder seine Art, Besitzanspruch zu zeigen, sagten tatsächlich eine Menge über seine Gefühle aus und bestätigten Logans Vermutung.

„Ich glaube, ich geh mal lieber", meinte Logan schmunzelnd und raunte Rina zu: „Und normalerweise nimmt er Frauen auch nicht zu sich mit nach Hause." Dann klopfte er Colin auf die Schulter, ging zum Tisch zurück, half seiner Frau in den Mantel und winkte ihnen zum Abschied noch zu.

Rina blickte in Colins Augen und erschauerte vor Verlangen.

„Frierst du etwa?", fragte Colin.

„Ja, bitte wärme mich", erwiderte sie mutig und dennoch beinahe flehend, wie sie fand.

Doch anstatt sie in die nächste dunkle Ecke zu ziehen und endlich ihren Traum wahr zu machen, nahm er sie in seine Arme. Obwohl die Tanzfläche voll war, kam es ihr vor, als wären sie ganz allein für sich, während sie sich zum Rhythmus der Musik bewegten.

„Ist dir wärmer?", fragte Colin schließlich.

„Hm", sagte sie nur, und es klang fast wie das Schnurren einer zufriedenen Katze. Verträumt atmete sie den Duft seines Rasierwassers ein.

„Rina?"

Sie legte den Kopf in den Nacken und öffnete widerstrebend die Augen. „Ja?"

Er fuhr mit dem Daumen über ihre Lippen, und die Sanftheit der Berührung ließ sie aufstöhnen.

„Möchtest du, dass dir noch heißer wird?"

Seine Stimme klang tief und rau, und die Bedeutung seiner Worte war klar. Rina wusste nun mit Sicherheit, dass sie diese Nacht gemeinsam in irgendeinem Bett landen würden.

Ihre Blicke trafen sich, und sie nickte, wobei sie sich nicht halb so mutig und kokett fühlte, wie sie sich gab. „Ja."

„Worauf warten wir dann noch?" Er nahm ihre Hand, und sie verließen in schweigendem Einvernehmen die Tanzfläche.

Indem sie sich von Corinne nach Boston hatte mitnehmen lassen, hatte sie sich selbst die Möglichkeit eingeräumt, mit Colin zurück nach Hause zu fahren. Sie betrachtete sein markantes Profil. Allein sein Anblick ließ ihr Herz höherschlagen. Sie biss sich auf die Lippe. Nie zuvor war sie derart kühn gewesen, weder in Worten noch in Taten. Aber nie zuvor hatte ein Mann ihr die Freiheit gegeben, sie selbst zu sein. Keiner hatte je ihre verspielte Seite erlebt. Sie biss sich auf die Lippe und blickte aus dem Fenster. In sehr kurzer Zeit war sie durch Colin wieder zu der Rina geworden, die sie eigentlich war.

Er blickte sie kurz an, doch selbst der knappe Blickkontakt verriet seine Begierde. Rina spürte, wie die Spitzen ihrer Brüste sich vor Erregung zusammenzogen.

Sie rutschte auf dem Sitz hin und her und suchte nach Ablenkung. „Kann ich das Radio anstellen?“, fragte sie.

„Zu mir ist es näher“, sagte er zur selben Zeit.

Logan hatte gesagt, dass Colin normalerweise keine Frauen mit zu sich nach Hause nahm. Ihr Pulsschlag rauschte in ihren Ohren. „Ist das eine Feststellung oder eine Einladung?“, erwiderte sie.

Er lachte. „Du spielst keine Spielchen. Das gefällt mir sehr an dir.“ Er legte seine Hand auf ihre.

„Es ist eine Einladung“, sagte er. „Und zwar eine, die ich nicht leichtfertig ausspreche.“

Er blickte sie erneut von der Seite an. Begierde und etwas anderes, mit dem sie sich noch nicht auseinandersetzen wollte, flackerte in seinen Augen auf.

Sie atmete tief durch, ehe sie antwortete. „Ich nehme die Einladung an. Und auch ich tue das nicht leichtfertig.“

Er drückte kurz ihre Hand, dann nahm er die nächste Ausfahrt vom Highway. Kurz darauf fuhr er durch ein Tor die Auffahrt zu einem Haus hinauf. Der Schein der Straßenlaternen reichte nur schwach bis zum Haus, und die Dunkelheit, die sie umhüllte, passte gut zur romantischen Stimmung.

Rina stieg aus und blickte fasziniert zum Himmel. Wann hatte es angefangen zu schneien? Sie war viel zu sehr in Gedanken gewesen, um es zu bemerken. Freudig breitete sie die Arme aus und drehte sich einige Male um sich selbst, während sie die Schneeflocken auf ihr Gesicht fallen ließ. Colin zog sie in seine Arme.

„Du bist das entzückendste Schneehäschen, das ich mir vorstellen kann.“ Und er neigte den Kopf und küsste sie so lang und leidenschaftlich, dass ihr trotz der Kälte durch und durch heiß wurde.

Als er schließlich ihre Hand nahm und sie ins Haus führte, schwirrte ihr vor Erregung der Kopf. Sie hatte keine Vorbehalte mehr, keine Zweifel. Sie war bereit.

Trotz der Kälte war es auch Colin heiß. Er beobachtete, wie Rina den Mantel auszog und wieder in ihrem sexy roten Kleid dastand, das ihn schon den ganzen Abend lang erregt hatte. „Dir ist klar, dass wir es nur wegen des Schnees hier herein geschafft haben, oder?“

„Warum?“ Sie klimperte mit gespielter Unschuld mit den Wimpern.

„Als ob du das nicht wüsstest! Ich bin so scharf auf dich, dass der Weg vom Auto ins Haus die reinste Qual war.“

Sie ging provozierend langsam und hüftschwingend auf ihn zu. „Und warum verschwenden wir unsere Zeit dann mit Reden?“

„Keine Ahnung.“ Er packte sie an den Schultern und zog Rina dicht an sich, bevor er sie erneut küsste.

Sie seufzte leise. Colin küsste ihre Wangen und wanderte weiter zu ihrem Hals. Tief sog er ihren Duft ein, der ihn berauschte und erregte.

Rina legte den Kopf zurück, sodass er besseren Zugang zu ihrem Hals und zu ihrem Dekolleté hatte. Er liebkoste ihre weiche Haut mit Lippen und Zunge, und sie erschauerte. „Ich möchte dich nackt spüren“, murmelte sie. „Ich möchte wissen, wie sich dein Körper an meinem anfühlt.“

Lächelnd zog er sie wieder in seine Arme. Brust lag an Brust, Hüfte an Hüfte, Schenkel an Schenkel. Er schloss die Augen. „Wir passen perfekt zusammen.“

„Dann ziehen wir uns doch aus und probieren es“, meinte sie errötend, aber mit einem Lächeln.

Das ließ Colin sich kein zweites Mal sagen. Er fasste den kurzen Saum ihres Kleides im selben Moment wie sie, und gemeinsam zogen sie das Kleid über ihren Kopf. Auch unter dem Kleid trug sie Rot: einen roten BH und einen roten Spitzenslip. Colin war mittlerweile so erregt, dass es beinahe schmerzte.

Er biss die Zähne zusammen und knöpfte sein Hemd auf. Doch Rina unterbrach ihn, griff mit beiden Händen in den Stoff und riss ihm kurzerhand das Hemd von den Schultern. Knöpfe kullerten auf den Boden.

„Sonst mag ich’s gern ruhig, aber jetzt ist absolut nicht die Zeit dafür.“

Er konnte dem nur zustimmen und löste rasch den Verschluss ihres BHs. In der Spitzenunterwäsche hatte er sie hinreißend gefunden, aber ohne war sie atemberaubend. Ihre Brüste waren rund und voll, die Spitzen reckten sich ihm entgegen. Rina öffnete seinen Hosenbund, und kurz darauf stand er in seiner Boxershorts vor ihr, die sich vorn deutlich wölbte.

Als sie ihn dort berührte, verlor Colin den letzten Rest an Zurückhaltung. Mit wenigen Schritten drängte er sie zur schwarzen Ledercouch, schob die Mäntel herunter und legte sich auf Rina. Ihr Körper gab weich und warm unter ihm nach, und dort, wo seine Erregung am heftigsten pulsierte, schmiegte sie sich fest an ihn.

Ihre Lippen fanden sich, und in ihrem Kuss entlud sich ein großer Teil der sexuellen Spannung, die sich die ganze Woche lang zwischen ihnen aufgebaut hatte. Seine Zunge drang forsch in ihren Mund, und mit dem Becken deutete er kreisende Bewegungen an, ohne jedoch in sie einzudringen. Das würde noch kommen.

Ihre Körper waren in diesem Moment ebenso im Einklang wie ihre Seelen. Aus ihren Augen sah er eine Intensität an Gefühlen leuchten, die ihn erschreckt hätte, würde er sie nicht im selben Moment selbst spüren. Tagelang hatten sie einander umkreist und mit erotischen Berührungen und stummen Versprechen geneckt. Nun wurde es ernst.

Rina schlang ihre Beine um seine Hüften und hob sich ihm einladend entgegen.

Um nichts in der Welt wollte er seinen Höhepunkt erleben, ohne dabei in ihr zu sein. Und auch sie sollte ihn diesmal in sich spüren, das hatte er sich geschworen.

„Kondome sind im Schlafzimmer“, brachte er mühsam hervor und hoffte, die Stimmung nicht zu zerstören.

„Es sind auch welche in meiner Handtasche neben dir auf dem Boden.“ Trotz ihrer intimen Stellung stieg ihr die Röte in die Wangen.

Colin streichelte zärtlich ihr Gesicht, damit sie sich wieder entspannte.

„Colin?“

„Ja?“

„Ich nehme die Pille und habe nach dem Tod meines Mannes mit niemandem geschlafen.“ Sie hielt kurz inne. „Was ich sagen will, ist … ich bin geschützt. Und ich bin gesund.“

Er holte tief Luft. Noch nie hatte er ohne Schutz mit einer Frau geschlafen, da er nie bereit gewesen war, Verantwortung für die möglichen Folgen zu tragen. Mit seiner Frau hatte er es in Erwägung gezogen. Damals hatte er sich ein Leben mit Familie gut vorstellen können, aber Julie war nicht erpicht darauf gewesen, ihre schlanke Figur zu verlieren – noch etwas, das sie schon vor ihrer festen Bindung hätten besprechen sollen. Nach ihrer Trennung war er froh über ihre egoistische Haltung gewesen, da er so kein dauerhaftes Bindeglied an eine Frau zurückbehielt, die ihm nichts mehr bedeutete.

Rina war anders. In jeder Hinsicht. „Ich bin auch gesund“, sagte er.

Da presste sie ihre Schenkel fester zusammen und verstärkte so das erregende Kreisen ihrer Hüften. Sie stöhnte auf, und allein die Vorstellung dessen, was gleich geschehen würde, brachte ihn fast zum Höhepunkt. Zur Hölle mit den Konsequenzen und allen Problemen, die vor ihnen lagen!

Zur Hölle mit allem außer diesem Moment. Er zog an dem dünnen Stoffbändchen ihres Stringtangas, bis es riss.

„Ich bin im Himmel", murmelte Colin und rollte sich schnell zur Seite, um auch seine Boxershorts auszuziehen. Als er sich Rina wieder zuwandte, sah er, dass sie die Position gewechselt hatte. Jetzt saß sie halb aufgerichtet auf dem Sofa und spreizte einladend die Beine.

Er streichelte das mit weichen Locken bedeckte Dreieck zwischen ihren Schenkeln und tastete sich dann weiter vor, bis er ihre samtige feuchte Tiefe fühlte. Rina hielt den Atem an.

„Ist das schön für dich?" Er drang sanft mit einem Finger ein.

„Oh ja." Rina stöhnte.

Colin fühlte sich fast ebenso unbeherrscht wie früher als Teenager. Nein, dachte er dann, es ist noch schlimmer, weil ich mich keiner anderen Frau so geöffnet habe wie Rina.

Und sie hatte seit dem Tod ihres Mannes mit keinem Mann mehr geschlafen. Er fühlte sich geehrt. Er wollte es für sie perfekt machen. Er wollte ihr alles geben, was er konnte.

Vorsichtig drang er tief in sie ein. Er spürte, dass sie diese Nähe genauso brauchte wie er, und ihr heiserer Aufschrei, der durch das leere Haus schallte, bestätigte seine Vermutung.

Nur zu gern hätte er diesen lang ersehnten Moment ausgekostet, aber sie waren beide viel zu erregt, um sich länger zurückzuhalten. Immer heftiger, immer fordernder bewegten sie sich, ganz dem Fieber ausgeliefert, das in ihnen tobte.

Obwohl er geahnt hatte, dass er und Rina nicht einfach nur Sex haben würden, überwältigte ihn die Perfektion dieses Augenblicks vollkommen. Er wusste nicht mehr, wo sein Körper aufhörte und ihrer begann. Er wollte nur noch fühlen, und als sie ihre Fingernägel in seinen Rücken grub und sich ganz ihrer Lust hingab, erreichte auch Colin einen schwindelerregenden Höhepunkt.

8. KAPITEL

Colin streckte sich, und Rina genoss es, seinen festen männlichen Körper Haut an Haut zu fühlen. Er griff in ihr weiches Haar und zog sie in seine Arme. Nach dem Höhepunkt auf der Couch waren sie in sein Bett gewandert, wo sie tief und fest geschlafen hatten. Das Liebesspiel mit ihm war ein außergewöhnliches Erlebnis gewesen, das sie an diesem Morgen nur allzu gern wiederholen würde. Doch nicht sofort.

„Erzähl mir von Julie", bat Rina. Logan hatte ihre Neugier auf Colins Vergangenheit geweckt. Sie wollte mehr über den Mann erfahren, der ihre Gefühle beherrschte.

Er stöhnte auf. „Was für ein grausiger Start in den Tag!", murrte er.

Zugegeben, es war wohl nicht die beste Frage am Morgen danach, aber Rina hatte die ganze Nacht in seinen Armen verbracht. Sie fand, da konnte man sich schon mal einen Ausrutscher erlauben.

„Julie ist meine Exfrau." Colin rollte sich auf die Seite und stützte den Ellbogen auf und legte das Gesicht darauf.

Die Decke rutschte ihm dabei vom Oberkörper, und der Drang, ihre Brüste an ihn zu pressen und das Gespräch zu vergessen, war stark. Doch Rinas Neugier war stärker. „Und?"

Er sah ihr in die Augen. „Sie ist Vergangenheit."

„Eine schmerzvolle Vergangenheit?", hakte sie nach.

Er zuckte mit den Schultern. „Es tut nur weh, wenn man der Vergangenheit nachhängt. Ich bin darüber hinweg."

„Das hoffe ich – in Anbetracht unserer Situation."

Er atmete tief aus. „Warum habe ich nur das Gefühl, dass es dir nicht reicht zu wissen, dass Julie für mich Vergangenheit ist?"

„Weil ich eine Frau bin und gern alles wissen will."

„Auch wenn ich lieber mit dir schlafen würde als reden?" Er legte ein verführerisches Lächeln auf.

Gut, dachte sie. Er war nicht verärgert, sondern versuchte nur, seine männliche Würde zu bewahren. Sie belohnte seine Geduld mit einem langen, zärtlichen Kuss.

Dann brach sie mit leichtem Bedauern ab. Sie musste einfach mehr über diesen Mann wissen. „Hast du sie geliebt?"

Colin rollte auf den Rücken und legte eine Hand über die Augen. Tatsächlich *wollte* er sich Rina anvertrauen, was ihn selbst erstaunte, da er nicht der Typ war, der anderen seine Seele offenbarte.

„Nicht so, wie ich sollte. Allerdings beruhte das wohl auf Gegenseitigkeit." Er starrte an die Decke, um sich durch Rinas Blick nicht ablenken zu lassen. „Ich arbeitete bei einem Sender hier in Boston als Auslandskorrespondent, als Julie und ich uns kennenlernten. Wir hatten einiges gemeinsam, und ich dachte, sie sei eine erfrischende Abwechslung nach all den Frauen, die mich nur als den Macho sahen, den ich im Fernsehen darstellte."

„Du, ein Macho?" Rina lachte.

„Hast du nach letzter Nacht etwa noch Zweifel an meiner Männlichkeit?"

Sie kicherte. „Bestimmt nicht."

„Und willst du nun wirklich alles über meine unheilvolle Ehe erfahren oder lieber ein paar erotische Stellungen wiederholen, die wir ausprobiert haben?"

Sie seufzte, hin und her gerissen zwischen Neugier und Verlangen. „Ich will alles über dich erfahren. Und dann will ich mit dir schlafen."

„Einverstanden", meinte er und ergab sich in sein Schicksal. „Julie und ich heirateten. Ich führte mein ruheloses Leben weiter und wurde immer rastloser." Er war schon immer ein unruhiger Geist gewesen, immer zum Weiterziehen bereit. Doch warum verspürte er jetzt nicht den Drang zu fliehen, wo alles in seinem Leben so kompliziert war wie noch nie? Er wusste, der Grund dafür lag in seinen Armen und wartete auf weitere Antworten. „Ich denke, Julie spürte meine Rastlosigkeit. Das ist natürlich keine Entschuldigung dafür fremdzugehen, aber ich glaube, sie war auch nicht glücklicher, als ich es war."

„Sie hat dich betrogen?"

Colin gefiel es, dass Rina nicht automatisch vom gegenteiligen Fall ausgegangen war. „Ja, das hat sie. Anscheinend hat sie in unserer Beziehung nicht das bekommen, was sie brauchte."

„Oder sie kannte die Bedeutung von Aufrichtigkeit und Treue nicht", erwiderte Rina erschüttert.

„Ich glaube, Julie wollte nur, dass ich zu Hause blieb und zufrieden war, und da ich das nicht tat, hat sie nach etwas anderem gesucht."

„Mir war gar nicht bewusst, dass wir so etwas Grundlegendes gemeinsam haben. Mein Mann wollte auch, dass ich zu Hause glücklich und zufrieden bin, aber ich war es nicht."

„Aber er hat dich nicht betrogen, oder?"

Sie schüttelte den Kopf. „Ich glaube, er wollte etwas viel Schlimmeres: dass ich mich ändere."

„Was für ein Dummkopf."

Sie strahlte vor Glück. „Das ist es, was ich so sehr an dir mag, Colin. Du akzeptierst mich, wie ich bin, und du respektierst die Ziele, die ich mir gesetzt habe. Ganz gleich, wie lange unsere Beziehung dauert, ich werde immer wissen, dass du kein falsches Bild von mir im Kopf hast oder andere Vorstellungen davon, was ich tun sollte. Du willst mich so, wie ich bin."

Ja, das tat er. Colin schob sich zwischen ihre Beine. „Ja, ich will dich. Jetzt." Er drang in sie ein, und sie nahm ihn ganz in sich auf.

Sie erschauerte und stöhnte auf.

Da zog er sich kurz zurück. „Und ich will alles über dich wissen", erklärte er. „Jedes kleinste Detail."

Rina zog die Beine an und lud ihn so ein, noch tiefer in sie einzudringen. „Worauf warten wir dann noch?", fragte sie, und sie fuhren fort, zu erforschen, wie sie sich gegenseitig Lust bereiten konnten.

Rina drehte die Dusche in Colins Badezimmer auf und atmete tief den Duft seines Rasierwassers ein, der noch in der Luft hing. Allein der Geruch genügte, um sie erneut in Erregung zu versetzen.

So gern sie auch ins Schlafzimmer zurückgekehrt wäre – sie musste nun leider duschen und sich von Colin nach Hause fahren lassen. Sie hatte Frankie angerufen und sie per Anrufbeantworter gebeten, eine Runde mit Norton zu drehen, aber sie war nicht sicher, ob ihre Freundin die Nachricht erhalten hatte. Und Norton, das verwöhnte Tier, war es nicht gewohnt, über Nacht allein zu sein.

Ebenso wenig, wie Rina es gewohnt war, tiefere Gefühle für einen Mann zu empfinden, und auch aus diesem Grund wollte sie nach Hause. Sie brauchte ihre gewohnte Umgebung, um darüber nachzudenken.

Eine Stunde später fuhr Colin sie nach Hause. Bevor sie aussteigen konnte, fasste er sie am Arm. „Da ist noch etwas, das ich schon längst hatte ansprechen wollen. Aber du hast mich ja ständig abgelenkt." Er schmunzelte. „Morgen ist Heiligabend. Hast du da schon etwas vor?"

Jake und Brianne wollten morgen aus New York anreisen, sobald ihre Schwägerin Feierabend hatte, und Rina wollte Colin den beiden gern vorstellen.

Allerdings wollte sie zunächst wissen, was Colin sich überlegt hatte. „Woran hattest du denn gedacht?"

Er spielte mit einer ihrer Haarsträhnen. „Mir ist aufgefallen, dass du noch gar keinen Weihnachtsbaum hast."

Jake würde sie vermutlich erwürgen, wenn er entdeckte, dass sie die alte Familientradition vernachlässigt hatte. „Allein hatte ich keine Lust dazu."

„Ts, ts!", meinte Colin schmunzelnd. „Findest du denn nicht, dass Norton ein schönes Weihnachtsfest verdient hat?"

„Norton!“ Sie musste auf der Stelle in ihre Wohnung und mit ihm rausgehen.

Als sie oben die Tür aufschloss, stutzte sie. Ihr kam kein Hund entgegengehechelt. Offensichtlich hatte Frankie ihre Nachricht doch erhalten und war gerade mit Norton unterwegs.

Sie sah Colin an. „Wieder allein!“

Er lächelte. „Ja, das ist schön. Jetzt können wir weiter über Heiligabend sprechen.“

Rina biss sich auf die Unterlippe. „Ich glaube, ich hatte dich gefragt, was du dir vorgestellt hast.“

„Du und ich, ein kleiner Baum, den wir heute kaufen und schmücken, und dann können wir es uns das ganze Wochenende vor dem Kaminfeuer gemütlich machen.“ Bei dem bloßen Gedanken daran begann sein Puls bereits heftig zu pochen.

„Das klingt fantastisch“, entgegnete Rina mit heiserer Stimme. „Und wir können das heute und diese Nacht auch gerne tun. Aber morgen könnten wir das Kaminfeuer im Kreis der Familie genießen.“

„Welche Familie“

„Meine. Über die ganze Aufregung mit meiner Kolumne und meinen Bemühungen, dich zu verführen, habe ich ganz vergessen, dir zu sagen, dass Jake und Brianne mich morgen besuchen kommen.“

Die Enttäuschung war Colin deutlich anzusehen. Er hatte fest damit gerechnet, dass sie Weihnachten zu zweit verbringen würden. „Ich möchte dich und deine Familie nicht stören.“

Sie wirkte verletzt. „Wer sagt denn, dass du störst? Ich habe dich gerade eingeladen, und wenn du mich nicht dauernd so abgelenkt hättest, hätte ich das schon viel früher erwähnt.“ Kokett lächelnd ging sie auf ihn zu. „Es wäre für mich kein richtiges Weihnachten ohne dich.“

Sie fuhr mit einem Zeigefinger von der Mitte seiner Brust zum Kragenbündchen. Ihm wurde heiß, und Erregung pulsierte durch seinen Körper. Als Rina dicht an ihn herantrat und ihre Brüste an ihn presste, wusste er, dass ihre Einladung ernst gemeint war. Familie hin oder her – er würde schon damit klarkommen.

Für Rina würde er ohnehin alles auf sich nehmen.

„Wie wäre es, wenn du jetzt Norton bei Frankie abholst und hier alles erledigst, was du zu erledigen hast, damit wir dann einen Baum kaufen gehen können?“

„Heißt das, du wirst hier sein, wenn Jake und Brianne kommen?“

„Solange du Norton von meinen Schuhen fernhältst, werde ich tun, was immer du willst.“

„Alles?“, fragte sie schmunzelnd nach.

„Du bist frech, Rina!“

„Aber das gefällt dir doch!“

Er nickte. Und wie es ihm gefiel!

„Gib mir eine halbe Stunde, dann komme ich mit“, sagte Rina, drückte ihm einen Kuss auf die Lippen und verschwand Richtung Frankie.

Rina wärmte ihm das Herz und brachte etwas in ihm zum Schwingen. Colin wollte dieses Gefühl nie wieder missen, aber er wollte sich nicht zu sehr daran gewöhnen. In seinem Leben hatte es ständig Veränderungen gegeben: der Tod seiner Eltern, Joe und Neil, die ihn aufnahmen, seine kurze Ehe und Scheidung, Neils Tod, Joes Heirat mit Corinne … Nichts blieb, wie es war.

Das Schicksal drohte ständig, ihm das zu nehmen, was er am meisten liebte. Doch bei Rina hatte er selbst großen Anteil an diesem Schicksal. Er hoffte inständig, bis zu den kommenden Veränderungen in der Redaktion eine solide Basis mit ihr gebildet zu haben, damit ihre Beziehung den Erschütterungen würde standhalten können.

9. KAPITEL

Gegen vier Uhr desselben Nachmittags schleppte Colin einen recht armseligen kleinen Baum zu Rinas Wohnung hoch. „Der hat aber auch schon bessere Zeiten gesehen."

Rina schloss die Tür auf. „Wir können froh sein, dass es so kurz vor Weihnachten überhaupt noch einen Baum gab. Und mir ist es ganz egal, wie er aussieht. Es ist unser Baum, das allein zählt."

Norton sprang kläffend um Colin herum. „Würdest du bitte mit ihm rausgehen, bevor er sich vergisst?"

Rina lachte. „Dann erwarte ich aber, dass der Baum fertig zum Schmücken aufgestellt ist, wenn ich zurückkomme."

„Sklaventreiberin!" Colin zwinkerte und winkte ihr nach.

Ein paar Stunden später konnten sie ihre gemeinsame Arbeit bewundern. Der kleine Baum glitzerte und funkelte mit rotem, grünem und goldenem Schmuck, silbernen Lamettastreifen und einem leuchtenden Stern an der Spitze. Im Kamin flackerte ein Feuer, und Norton hatte sich zu einem Schläfchen auf die Couch verzogen.

Colin verspürte tiefes Behagen und fühlte sich, als wäre er hier zu Haus, bei Rina und ihrem Hund in der kleinen Wohnung an der Küste.

„Erstaunlich", sagte er, ohne genau zu wissen, ob er damit den Baum oder seine Gefühle meinte.

„Ich weiß. Selbst mit diesen letzten Resten an Christbaumschmuck sieht er wunderschön aus." Ihre Blicke trafen sich, und erneut keimte Verlangen in ihnen auf.

Colin hatte Rina die ganze Zeit über nicht berührt, da er wusste, sie wären sonst nie mit dem Schmücken des Baums fertig geworden. Aber die Arbeit war getan, und nun konnte der Spaß beginnen. „Wir wollten uns zwar an Heiligabend vor dem Kaminfeuer lieben, aber es gibt keinen Grund, das nicht schon heute zu tun."

Ihr zufriedenes „Hm" klang nach Zustimmung, während sie in seine Arme kam. „Aber ich dachte, wir überlegen uns zuerst noch unsere guten Vorsätze für das neue Jahr."

Colin blinzelte überrascht. „In so was bin ich gar nicht gut." Er ließ sich nicht gern zu Versprechungen hinreißen, die er dann doch nicht einhalten würde. Um sie abzulenken, schob er die Hände unter ihren Pullover und umfasste ihre Brüste.

„Reiß dich zusammen. Tu es für mich, ja? Es ist eine alte Familientradition, und ich dachte, wir zwei könnten es dieses Jahr gemeinsam machen."

Selbst wenn wir im nächsten Jahr nicht mehr zusammen sein sollten, um die Ergebnisse zu kontrollieren, fragte Colin sich im Stillen. „Du zuerst“, sagte er dann.

„Also gut.“ Rina zog die Nase kraus und dachte angestrengt nach. „Ich werde weiterhin ehrlich und aufrichtig mir selbst gegenüber sein“, sagte sie schließlich.

„Wie meinst du das?“, hakte er nach.

„Manche Leute brauchen eine Therapie, aber ich habe meine Kolumne, um mir über mich selbst klar zu werden. Und ich habe dadurch auch ein Menge über dich gelernt.“ Sie legte ihre Hände über seine. „Also werde ich weiterhin meine Kolumne schreiben und nur Menschen und Dinge in mein Leben lassen, die mir guttun.“

„Das ist ein hehres Ziel.“

„Ich schaffe das schon.“ Sie küsste ihn zärtlich. „Und jetzt bist du dran.“

Colin schluckte. „Ich werde ehrlich und aufrichtig …“ *dir gegenüber sein*, wollte er sagen, aber er wusste, dass dies ein falsches Versprechen war, da er es in der Vergangenheit permanent gebrochen hatte.

„Nun komm schon, Colin. Mach es dir nicht so leicht. Setz dir eigene Ziele für das neue Jahr“, drängte sie.

„Ich nehme mir vor, so verantwortungsvoll wie möglich mit allen Dingen in meinem Leben umzugehen.“ Es war vage, aber er hoffte, sie würde nicht weiter nachfragen.

Wegen der Feiertage hatte noch niemand seine geschäftlichen Anrufe erwidert, aber nach Weihnachten wollte er erneut mit der Bank reden, um sich über die aktuelle finanzielle Lage der Zeitung zu informieren. Dann musste er mit Joe reden. Zusammen konnten sie vielleicht einen Plan schmieden, der keinem der Menschen wehtat, an denen ihnen etwas lag. Colin sah Rina in die Augen und verfluchte Corinne, weil sie die Zeitung so heruntergewirtschaftet hatte.

„Siehst du? Das war doch gar nicht so schwer“, meinte Rina.

Er zwang sich zu einem Lächeln. „Aber nein.“

„Und jetzt können wir da weitermachen, wo wir aufgehört haben.“ Rina zog sich den Pullover aus, sodass sie in ihrem rosa Spitzen-BH vor ihm stand. Das flackernde Licht des Kaminfeuers züngelte über ihre nackte Haut.

Colin beugte sich vor, um sie zu küssen, doch sie legte die Hände auf seine Schultern und bedeutete ihm, sich hinzuknien. Dann kniete sie sich ebenfalls hin und sah ihn erwartungsvoll an. Colin begann, mit der Zunge ihren Bauch zu liebkosen und zog eine feuchte Linie vom Nabel aufwärts. Dann öffnete er ihren BH und liebkoste abwechselnd beide harten Brustknospen mit der Zunge. Dann nahm er sie in den Mund und sog an ihnen, bis Rina sich stöhnend hin und her wand.

„Zieh dich aus.“ Rinas Stimme klang heiser vor Begierde.

Noch nie zuvor hatte sie solch einen starken und überwältigenden Drang verspürt, eins mit einem Mann zu sein.

Nur zu gern kam er ihrer Bitte nach, während auch sie sich ihrer Kleider entledigte. Als sie nackt waren, zog er sie auf sich, sodass sie seine Erregung deutlich spüren konnte. Sie griff zwischen ihre erhitzten Körper, um ihn zu berühren, und begann sich instinktiv an ihm zu reiben.

Dann konnte sie nicht mehr warten und setzte sich rittlings auf ihn. Ohne den Blick von seinen Augen zu wenden, sorgte sie dafür, dass er langsam, Zentimeter für Zentimeter, in sie eindrang, bis er sie schließlich ganz und gar ausfüllte.

Colin griff nach ihren Händen und verschränkte ihre Finger. Es war eine äußerst intime Position. Sie blickte nach unten und betrachtete die Stelle, an der ihre Körper eins wurden. Vor Erregung kontrahierten ihre Muskeln, und Colin hob sich ihr entgegen, wodurch ein äußerst sensibler Punkt in ihrem Innern stimuliert wurde.

„Ja, reite mich“, stieß Colin stöhnend hervor.

Rina tat, worum er sie gebeten hatte. Sie erhob sich langsam und ließ sich kurz darauf wieder auf ihn sinken. Sie fanden einen gemeinsamen Rhythmus, der immer schneller wurde.

Plötzlich merkte Rina, dass ihr Höhepunkt unweigerlich bevorstand, und das Gefühl berauschter Losgelöstheit überwältigte sie so sehr, dass sie laut aufschluchzte. Colin schob seine Hand zwischen ihre Körper und streichelte Rinas sensibelsten Punkt, während die Schauer der Ekstase sie durchzuckten – Schauer, die kein Ende nehmen wollten, wie es ihnen schien.

Rina hatte darauf bestanden, den Sonntagmorgen im Menschengetümmel der Innenstadt zu verbringen, um in letzter Minute Weihnachtsgeschenke zu kaufen – natürlich getrennt. Nachdem sie die Geschenke unter den Baum gelegt hatten, setzten sie sich entspannt ins Wohnzimmer. Wenig später klingelte es an der Tür.

Rina ließ Stift und Papier fallen, da sie sich gerade Notizen für ihre Kolumne gemacht hatte, und sprang auf.

Die Zweisamkeit war endgültig beendet, und Colin seufzte bedauernd. Nach ihrem gestrigen Liebesspiel vor dem Kamin hatten sie geduscht, waren kurz Hamburger essen gegangen, hatten in seiner Wohnung Kleidung zum Wechseln geholt und waren in Rinas Wohnung zurückgekehrt. Im Bett hatten sie sich erneut geliebt, und als es Zeit war, zu schlafen, durfte Norton es sich bei ihnen gemütlich machen. Rina wollte ihren Hund nicht noch eine Nacht allein lassen.

Nun war dieser Hund sein bester Freund. Während Colin auf dem Sofa lag und Football sah, lag Norton quer über seinem Bauch und ließ seine schwarze Zunge heraushängen.

„Was ist das für ein Hund, der nicht mal zusammenzuckt, wenn die Türglocke klingelt?", fragte er laut.

„Ein ziemlich dummer", erwiderte eine männliche Stimme hinter ihm.

Colin versuchte aufzustehen, doch Norton rührte sich nicht von der Stelle.

„Ist schon gut. Wenn er dich mag, habe ich ihn zumindest nicht am Hals. Ich bin Jake, Rinas Bruder." Der andere Mann streckte seine Hand aus, und Colin schüttelte sie.

„Colin Lyons."

„Schön, dich kennenzulernen. Rina hat mir schon viel von dir erzählt."

Colin war überrascht. Er hätte nicht gedacht, Rina so viel zu bedeuten, dass sie mit ihrer Familie über ihn sprach.

Jake musterte Colin eingehend. Dann setzte er sich zu ihm auf die Couch, „ist das Spiel gut?", erkundigte er sich.

„Nicht schlecht. Wie war die Fahrt?"

Jake lachte. „Lang, mit zu vielen Boxenstopps."

Colin sah deutlich die Ähnlichkeit zwischen dem dunkelhaarigen Polizisten und seiner Schwester.

Eine hübsche Frau mit kastanienbraunem Haar trat ins Zimmer und setzte sich nach kurzer Begrüßung neben Jake. Colin bedauerte ein letztes Mal, dass die Zweisamkeit mit Rina vorbei war, freute sich dann aber darauf, durch ihre Familie mehr über sie zu erfahren.

Rinas Schwägerin Brianne war sehr gesprächig und erzählte von Rinas Leben in New York und wie stolz sie und Jake auf ihren neuen Job und ihre Kolumne waren. Sie erwähnte auch, dass das Leuchten in Rinas Augen durch all die wichtigen Veränderungen noch intensiver geworden sei, was ihr einen heftigen Rippenstoß von Rina einbrachte.

Alles in allem fühlte Colin sich mit Rinas Familie sehr wohl. Gleichzeitig wurde ihm bewusst, dass er Joe schon fast zwei Tage lang nicht mehr besucht hatte.

„Hör mal, Rina, da du jetzt Gesellschaft hast, würde ich gern ins Krankenhaus zu Joe fahren."

„Das ist sein Vater", fügte Rina erklärend hinzu.

„Oh, er muss Weihnachten im Krankenhaus verbringen? Das tut mir leid", meinte Brianne.

„Danke."

Brianne lächelte. „Wirst du anschließend zurückkommen? Ich hatte gehofft, wir würden dieses Wochenende noch mehr Zeit haben, dich kennenzulernen."

„Ja, könntest du zum Abendessen wieder da sein?" Rina sah ihn bittend an.

Colin nickte.

„Das wäre toll, denn ich möchte gern mit euch allen feiern. Jake, hast du die Faxe mit meinen Kolumnen erhalten?" Schamlos forderte Rina das Lob ihres Bruders ein.

Jake lachte nur und umarmte sie. „Du weißt, dass ich sehr stolz auf dich bin, Rina."

Das war Colin ebenfalls, doch seine Bewunderung für Rina flößte ihm erneut ein schlechtes Gewissen ein. Vor einiger Zeit hatte er seinen Anrufbeantworter abgehört und eine Nachricht von Ron Gould erhalten, der wissen wollte, ob es ihm gelungen war, den neuen Kurs der Zeitung voranzutreiben.

„Ich bringe Colin eben vor die Tür und komme gleich wieder", verkündete Rina und folgte ihm in den Korridor. „Ich weiß, dass du Joe besuchen musst, aber ich hoffe, du fühlst dich nicht irgendwie vertrieben."

Colin streichelte ihre Wange. „Natürlich nicht. Es ist nur so, dass das Zusammensein mit deiner Familie mich daran erinnert, auch Zeit mit meiner zu verbringen."

„Und du kommst wirklich zurück?"

„Ich komme zurück", versprach er ernsthaft.

Rastlos ging Colin im Korridor des Krankenhauses auf und ab. Er konnte sich nicht überwinden, in Joes Zimmer zurückzugehen und sich von Corinne erneut Anweisungen geben zu lassen, wie er Joe helfen konnte, indem er Wasser holte, ein Kissen aufschüttelte oder sonst etwas tat. Er brauchte sich von Corinne nicht sagen zu lassen, was das Beste für den Mann war, den er fast sein ganzes Leben lang kannte.

Er blieb kurz im Türrahmen stehen und sah die beiden flüstern. Joe war schwach und konnte kaum die Augen öffnen. Seine Sprache war aufgrund des Schlaganfalls undeutlich, und Colin hatte ihn nicht zum Reden gedrängt. Nun aber sprach er mit Corinne, die sich über ihn gebeugt hatte.

Was er über die letzten Wochen beobachtet hatte, wurde nun zu klarer Gewissheit: Hinter dieser Beziehung steckte mehr, als er anfangs angenommen hatte. Es musste durchaus mehr sein als Sex oder Bequemlichkeit oder Geld, wenn Joe ihr die Vollmacht und Leitung der Zeitung übertrug anstatt seinem Sohn.

Logan hatte vollkommen recht gehabt. Die Adoptionspapiere machten Colin zu Joes Sohn, aber er fühlte sich immer mehr ausgeschlossen.

Er gehörte nirgends hin, zu niemandem. Der Druck auf seiner Brust erschwerte ihm das Atmen.

Colin machte kehrt und stieß beinahe mit einer Krankenschwester zusammen. Er hastete in Richtung der Fahrstühle, um möglichst schnell hier wegzukommen.

Weg von der Familie, zu der er nicht wirklich gehörte. Er wollte bei Rina sein. Sie gab ihm das Gefühl, voll und ganz akzeptiert zu werden. Doch er konnte es jetzt nicht ertragen, wieder inmitten einer Familie zu sitzen, die nicht seine war.

Er hatte versprochen zurückzukommen, aber er war dazu nicht in der Lage. Tatsächlich war er nur kurz davor, in ein Flugzeug zu springen und alles hinter sich zu lassen. Doch seine Liebe zu Joe ließ das nicht zu – nicht solange die Zukunft der Zeitung im Ungewissen lag. Die noch stärkere Kraft, die ihn zurückhielt, kam allerdings durch Rina oder besser: durch die Gefühle, die sie in ihm geweckt hatte. Es waren Gefühle, die weitaus stärker geworden waren, als er erwartet hatte oder bewältigen konnte.

Da Brianne und Jake darauf bestanden hatten, die Nacht im Hotel zu verbringen, war Rina nun allein. Sie wäre es nicht gewesen, hätte Colin sein Versprechen gehalten, zurückzukehren. Aber sie gelangte zu der traurigen Erkenntnis, dass es ihm nicht lag, Versprechen einzuhalten.

In ihrem Herzen wusste sie, dass er sie nicht absichtlich verletzen wollte. Ironischerweise half ihr gerade die Arbeit an der Kolumne dabei, ihre Beziehung zu Colin besser zu verstehen. Nun, da sie Sex, Anziehung und innere Haltung abgehakt hatte, musste sie sich fragen, was eine Partnerschaft zusammenhielt. Und was ihr dabei als Erstes einfiel, war Verständnis – etwas, das Colin dringend brauchte.

Ärger würde ihn nur vertreiben. Rina vermutete, dass der Verlust seiner Eltern ihn daran hinderte, tiefe Gefühle zuzulassen. Demzufolge zog er sich schnell zurück, wenn es ihm zu viel wurde. Bevor er sich nicht seiner Vergangenheit und seinen Gefühlen stellte, konnte sie ihm nur mit Verständnis weiterhelfen.

Da sie weder Colin noch sich selbst im Moment helfen konnte, beschloss sie, ihre neuen Erkenntnisse in einer Kolumne zusammenzufassen, und setzte sich an den Computer.

Als sie nach dem letzten Satz auf die Uhr sah, waren zwei Stunden vergangen. Sie druckte die Kolumne der nächsten Woche aus: „Wie Sie wissen können, was im Kopf Ihres Partners vor sich geht."

Rina stand auf und lockerte ihre verkrampften Muskeln. Sie war stolz auf ihr Werk. Abgesehen von Colins Abwesenheit war ihr Leben im Moment wunderbar und konnte eigentlich nur noch durch ein heißes Aromaschaumbad verbessert werden. Sie zog sich aus und steckte die Haare hoch, warf den Bademantel über, ließ Wasser ein und wollte gerade in die Wanne steigen, als es klingelte. Norton sprang auf und lief zur Tür.

Rina folgte ihm in der Annahme, dass Frankie auf einen Schwatz über ihr letztes Date mit einem Kollegen vorbeikam, doch anstelle von Frankie stand ein anderer Gast auf ihrer Türschwelle.

„Colin!“

„Hallo“, sagte er und stellte den Fuß in die Tür.

Offenbar nahm er an, sie würde ihm sonst die Tür vor der Nase zuschlagen. Doch nichts lag ihr ferner.

Sie atmete seinen vertrauten Duft ein, und Erinnerungen an ihre gemeinsamen Liebesstunden wurden in ihr wach. „Komm doch rein.“ Sie schloss die Tür hinter ihm und sah ihn an.

„Bitte hasse mich nicht, Rina. Das könnte ich nicht ertragen.“ Er legte eine Hand auf ihre Schulter und streichelte mit den Fingerspitzen sanft ihren Hals.

„Ich habe dich heute nicht mehr erwartet – an diesem Wochenende eigentlich überhaupt nicht mehr, um ehrlich zu sein.“

Colin machte einen erschöpften Eindruck. Er fuhr sich mit der Hand durch das Haar. „Als ich aus dem Krankenhaus kam, musste ich erst mal allein sein und Abstand zu allem gewinnen.“ Er schob sie sanft ins Wohnzimmer und setzte sich mit ihr auf die Couch. „Mir war noch nicht danach, wieder im trauten Familienkreis zusammenzusitzen. Insbesondere nicht in einem, in dem ich wiederum der Außenseiter bin.“ Er streckte seine Hand aus und wartete.

Ganz offensichtlich bat er sie um Verständnis. Sie hatte sich ja bereits dafür entschieden, und plötzlich wusste sie auch, warum. Sie liebte ihn. Trotz all seiner Schwächen liebte sie diesen Mann, der mit Gefühlen und Beziehungen seine Schwierigkeiten hatte.

Durch Colin war es ihr gelungen, ihre eigene Vergangenheit aufzuarbeiten. Colin würde sie nie bitten, ihre Karriere aufzugeben oder das neue Leben, das sie sich aufbaute. Am Ende würde er sie vielleicht verlassen, aber bis dahin hätte er ihr etwas sehr Wertvolles gegeben: sein Verständnis. Im Gegenzug – weil sie ihn liebte und schätzte – würde sie ihn ziehen lassen.

Sie legte ihre Hand in seine. Die kribbelnde sexuelle Spannung baute sich wieder auf. Aber dieses Mal wusste sie, dass mehr als Lust zwischen ihnen vorhanden war – weil ihr Herz, das sie so wohlbehütet geglaubt hatte, ihm gehörte.

10. KAPITEL

Was ist im Krankenhaus passiert?“, wollte Rina wissen. Colin zuckte mit den Schultern und starrte an die Decke. Sein Schmerz war offensichtlich. „Als ich Corinne an Joes Bett beobachtete, wurde mir … unbehaglich.“

„Warum?“ Wenn sie ihm helfen sollte, brauchte sie mehr Details. Dass er schließlich doch noch zu ihr gekommen war, zeigte, wie viel Vertrauen er zu ihr hatte. Sie wollte ihn nicht enttäuschen.

„Die ganze Zeit über habe ich ihr heimlich vorgeworfen, falsches Spiel mit Joe zu treiben und die Familie auseinanderzubringen.“

„Und jetzt?“

„Jetzt habe ich erkannt, was ich vermutlich schon die ganze Zeit wusste, mir aber nicht eingestehen wollte.“

Rina drückte seine Hand. „Und das wäre?“

„Nicht Corinne ist die Außenstehende, ich bin es.“

Sie selbst hatte sich niemals aus ihrer Familie ausgeschlossen gefühlt. Colin kannte diese Geborgenheit nicht, und seine Worte schmerzten Rina zutiefst. Sie halfen ihr auch, ihn besser zu verstehen. Trotzdem war seine Sicht der Dinge möglicherweise verzerrt und spiegelte die Perspektive des kleinen Jungen wider, der seine Eltern verloren und sich nirgends richtig zu Hause gefühlt hatte.

„Ich kann nachvollziehen, warum es dir so scheint, und ich kenne Joe ja auch gar nicht, aber mein Herz sagt mir, dass er dir nicht zustimmen würde. Dieser Mann hat dich in seine Familie aufgenommen. Er hat dich adoptiert. Das sagt etwas über seine Gefühle für dich aus. Hast du heute mit ihm gesprochen?“

„Ich wollte nirgends sein, wo ich nicht hingehöre, also bin ich gegangen.“

„Und was hat dich dann hierhergeführt?“

Er rollte den Kopf zur Seite und sah sie an. „Du bist die Einzige, der ich genug vertraue, um sie hier reinzulassen.“ Er deutete auf sein Herz.

Sie bekam einen Kloß in den Hals, als er die Hand ausstreckte und ihre Wange streichelte.

„Vergibst du mir?“

„Da ist nichts zu vergeben.“

Er stieß einen erleichterten Seufzer aus, und sie fühlte sich, als hätte sie ihn reich beschenkt. Dennoch merkte sie, dass er noch nicht fertig war. „Was hast du heute noch erkannt?“

„Kannst du eigentlich Gedanken lesen?“, fragte er lachend.

„Nein, aber ich schätze, ich lerne dich allmählich besser kennen.“

Dankbarkeit lag in seinem Blick. „Joe hat mich als seinen Sohn großgezogen. Ob es um Erziehung ging oder um die Hinführung zum Journalismus – er hat mich in keiner Weise anders behandelt als einen eigenen Sohn."

„Offensichtlich ist er ein guter Mensch."

„Oh ja. Das macht es mir auch so schwer, mich mit dieser neuen Erkenntnis abzufinden. Als Joe krank wurde, wem gab er da die Vollmacht über seine größte und wichtigste Errungenschaft, die Zeitung? Nicht seinem Sohn, sondern seiner Frau, die erst zwei Jahre mit ihm verheiratet ist."

Rina hörte heraus, wie sehr Colin sich hintergangen fühlte. Sie konnte seinen Schmerz in ihrem eigenen Herzen spüren. Gleichzeitig wusste sie, dass es keine Worte gab, die ihn trösten oder versöhnen könnten, aber sie wusste sehr wohl, auf welche andere Weise sie ihm helfen konnte.

Sie drehte sich zu ihm und breitete die Arme aus. Ihr Kuss war begierig und voller Leidenschaft, und schon bald drohte Colin die Beherrschung zu verlieren.

„Lass uns ins Schlafzimmer gehen", sagte er, um sich auf dem Weg ein wenig beruhigen zu können.

„Ein guter Plan", erwiderte sie, während ihre Augen vor Erregung glitzerten.

Colin stand auf und hob Rina auf seine Arme. „Du sollst wissen, dass ich das nicht erwartet habe, als ich herkam."

Sie lachte und fuhr mit dem Zeigefinger über seine Wange. „Lügner."

Colin fühlte sich ertappt. „Also gut, sagen wir, dass ich deine Gegenwart brauchte, und deshalb herkam. Alles Weitere ist deine Zugabe."

„Du redest wie immer mit Engelszungen."

Er lachte und fühlte sich dabei wohl und glücklich und vollkommen erfüllt davon, dass sie ihn akzeptierte. Sie hatte nicht nur seinen Schmerz vertrieben, sondern auch seine innere Leere gefüllt.

Diese Erkenntnis traf ihn wie ein Schlag, doch ehe er sich damit auseinandersetzen konnte, hatte er das Bett erreicht, und weitaus dringendere Bedürfnisse überkamen ihn.

Er legte Rina auf die Decke und rollte sich auf sie. Ihr Morgenmantel teilte sich, und sie lag vollkommen nackt unter ihm, der noch komplett angezogen war.

„Findest du nicht, dass du für den Anlass zu aufwendig gekleidet bist?"

Er bedurfte keiner weiteren Aufforderung. Während er sich auszog, beobachtete Rina ihn unentwegt. Seine Bewegungen und sein nackter

Körper erregten sie. Und sie erregte ihn, wie sie mit gespreizten Beinen dalag und ihn zu sich einlud.

Als er sich wieder neben sie legte und sich provozierend an ihr rieb, drehte sie sich lachend zur Seite. „Ich habe eine Überraschung für dich."

„Ich mag Überraschungen."

„Dann schließ deine Augen."

Er rollte sich auf den Rücken und gehorchte. Er hörte, wie sie eine Schublade öffnete und darin wühlte. „Nicht blinzeln", warnte sie ihn.

Er legte noch einen Arm über die Augen.

„Bist du bereit?", fragte sie dann mit vor Aufregung belegter Stimme.

„Was für eine Frage in Anbetracht der nackten Tatsachen", meinte er nur und stöhnte lustvoll auf, als er die erste Berührung spürte. „Was ist das?"

„Wie fühlt es sich denn an?"

„Es ist ein leichtes Kitzeln", versuchte er das Gefühl zu analysieren, das an seinen Füßen begann und aufwärts wanderte. „Eine Feder?"

„Falsch."

Das kitzelnde Gefühl federleichter Berührung wanderte weiter über seine Körpermitte und spielte mit kreisenden Bewegungen mit seiner Erregung.

„Rate weiter."

Die Berührung war so leicht und gleichzeitig so erregend, da sie nur seine Lust weckte, sie aber nicht stillte. Unfähig und unwillig, dieses Spiel weiter zu ertragen, öffnete er die Augen.

Rina saß rittlings auf seinen Beinen und liebkoste ihn mit ihrem langen künstlichen Pferdeschwanzhaar. „Ich weiß doch, wie sehr dir mein Pferdeschwanz gefallen hat, also dachte ich, ich könnte damit eine deiner männlichen Fantasien bedienen."

„Welche männliche Fantasie?"

„Dass langes Haar deinen Körper einhüllt. Erzähl mir nicht, du hättest nicht davon geträumt."

„Wenn ich es zugebe, wirst du mir dann damit helfen?" Er deutete auf seine Körpermitte.

„Ich denke, das ließe sich einrichten." Mit hintergründigem Lächeln warf sie das Haarteil beiseite und strich mit gespreizten Fingern langsam über seine Schenkel aufwärts, bis sie seine Schambehaarung erreichte.

Colin stöhnte auf.

„Aber zuerst musst du mir sagen, was du willst." Sie schluckte und zögerte einen Moment, und ihre Unsicherheit war noch weitaus betörender als ihre vorherige Kühnheit.

Vor einiger Zeit hatte er sie aufgefordert, ihm dasselbe zu sagen, und nun war er dankbar und gerührt, dass sie sich revanchierte. „Ich will, dass du ihn in den Mund nimmst." Sehnlichst wünschte er sich diese intimste aller Berührungen. „Lass mich so zum Höhepunkt kommen."

Er hielt gespannt die Luft an, während sie die Beine neben seinem Kopf ausstreckte und sich über ihn beugte. „Eine Premiere", hörte er sie noch flüstern, und dann hörte er nichts mehr, weil sie ihm seinen Wunsch erfüllte.

Sie umschloss ihn mit ihren Lippen, umspielte ihn mit der Zunge. Colin verlor sich fast im Strudel sinnlicher Gefühle, behielt sich aber doch noch so weit unter Kontrolle, dass er auch an Rina denken konnte, und als er die Augen öffnete, sah er ihre nackten Schenkel vor sich.

Er legte sich so hin, dass er ihre empfindsamste Stelle mit der Zunge erreichen konnte, und liebkoste sie ebenso aufreizend wie sie ihn. Ein ersticktes Stöhnen entrang sich ihrer Kehle, ihre Hüften bewegten sich ihm sanft entgegen. Colin umfasste mit festem Griff ihre Schenkel und kam ihrer stummen Bitte nach, während sie ihn weiter mit Zunge und Händen dem Höhepunkt entgegentrieb.

Binnen weniger Sekunden war es dann um ihn geschehen. Er konnte sich nicht erinnern, je einen intensiveren Höhepunkt erlebt zu haben. An Rinas entrücktem Aufschrei erkannte er, dass auch sie gekommen war. Und dieses Wissen freute ihn noch mehr als seine eigene sexuelle Befriedigung.

Nach einem gemeinsamen Schaumbad saßen Rina und Colin einige Zeit später aneinandergekuschelt im Bett, aßen gesalzenes Popcorn und hörten sanfte Musik. Das Licht war gedämpft, und Colin spürte eine Zufriedenheit, die er so nicht kannte.

„Ich habe nachgedacht", meinte Rina.

„Ich weiß. Ich kann geradezu hören, wie es bei dir im Getriebe rattert."

Sie lachte. „Ich meine es ernst. Du hast vorhin erzählt, wie sehr es dich verletzt hat, dass Joe die Leitung der Zeitung nicht dir übertragen hat."

Das Thema ernüchterte ihn schnell. „Worauf willst du hinaus?"

„Bevor du nicht mit ihm reden kannst, wirst du dich kaum besser fühlen. Aber du kannst versuchen, mit Corinne zu sprechen, anstatt sie zu bekriegen", schlug Rina vor. „Mir ist aufgefallen, dass du in ihrer Gegenwart nicht so charmant bist, wie du sein kannst."

Er musste lachen. „Das stimmt. Sie besteht darauf, ihren Kopf durchzusetzen. Ich hatte heute fest vor, die Situation zu klären, aber es war nicht der richtige Zeitpunkt."

„Ich bin sicher, dass Joe dich anhören wird, sobald es ihm wieder besser geht."

„Der Doktor deutete an, dass er in nächster Zeit sicher noch nicht wieder arbeiten kann."

„Aber er wird bald wieder den Überblick haben und Entscheidungen treffen können." Sie beugte sich zu Colin und drückte ihm einen Kuss auf die Lippen. „Es wird dir mit einem Schlag besser gehen, wenn du dich mit ihm ausgesprochen hast. Sei dir selbst treu, Colin – so viel habe ich durch meine nicht besonders glückliche Ehe gelernt."

„Du hast mir schon ein wenig davon erzählt. Ich würde gern mehr wissen."

Sie sah ihn nachdenklich an. „Ich habe inzwischen etwas erkannt. Obwohl ich Robert liebte …" Sie brach ab.

Colin gefiel es überhaupt nicht, dass er bei dem Gedanken an Rina mit einem anderen Mann Eifersucht spürte.

„Es war eine beständige, verlässliche Form von Liebe." Sie atmete einmal tief durch. „Es war gut, aber nicht so, wie …" Sie schüttelte den Kopf. „Egal."

Colin schluckte schwer, aber er wollte sie auf keinen Fall drängen. Er hatte Angst, sie würde ihre Ehe mit ihrer Affäre vergleichen – und er war im Moment außerstande, irgendwelche optimistischen Versprechungen zu machen.

Rina beschloss kurzfristig, am ersten Weihnachtstag eine improvisierte Feier auszurichten. Um zu verhindern, dass Colin sich inmitten ihrer Familie unbehaglich fühlte, wollte sie seine Verwandten und Freunde einladen.

Glücklicherweise erklärten Logan und Catherine sich bereit, ihre eigene Weihnachtsfeier in Rinas Wohnung zu verlegen, zu der Catherine sogar das Essen mitbringen wollte. Catherines Schwester Kayla und deren Mann Kane waren eingeladen, und auch Frankie wollte kommen, da ihre eigene Familie zu weit entfernt wohnte. Emma sagte sofort zu, da sie sich über jeden Vorwand freute, um Weihnachten nicht mit ihrem Sohn verbringen zu müssen. Sie fragte sogar, ob sie Stan mitbringen könne.

Rinas Hauptsorge bei alledem galt Norton. Er hatte es nicht gern, wenn viele fremde Menschen in sein Territorium eindrangen, ihn ignorierten und sich noch dazu weigerten, ihm Essen vom Tisch anzubieten.

„Du wirst dich doch hoffentlich benehmen, mein Junge?"

„Wenn du dieses Kleid anbehältst, kann ich für nichts garantieren."

Rina drehte sich um. Colin stand im Türrahmen und betrachtete sie mit hungrigem Blick. „Du siehst fantastisch aus", sagte er und ging auf sie zu.

Sie freute sich über das Kompliment, drückte ihm einen Kuss auf die frisch rasierte Wange und atmete seinen männlichen Duft ein. Instinktiv schmiegte sie sich eng an ihn.

Da hörte sie ein leises Räuspern und zog sich rasch zurück. Jake stand in der Tür.

Rina verschränkte die Arme über der Brust. „Seit wann stehst du da?"

Jake verschränkte ebenfalls die Arme und schmunzelte. „Noch nicht lange, Schwesterherz. Aber du weißt ja, dass ich berufsbedingt immer die Augen offen halte", fügte er mit Seitenblick auf Colin hinzu.

Rina hatte nichts gesagt, aber es war klar, dass Colins Fehlen beim gestrigen Abendessen nicht nur Rina, sondern auch ihren Bruder irritiert hatte. Jakes Verhalten war deutlich kühler als am Tag zuvor. Colin konnte es ihm nicht verübeln.

„Was wollt ihr Jungs denn trinken? Colin?", fragte Rina, um das Thema zu wechseln.

„Hast du Wasser da? Emma wird immer beschwipster, und Logan will ihren Wein verdünnen."

Rina runzelte die Stirn. „Emma trinkt eigentlich kaum Alkohol. Sie führt bestimmt etwas im Schilde, also achte besser ein bisschen auf sie. Oder lieber noch auf Stan. Der arme Mann hat alle Hände voll mit ihr zu tun." Sie wandte sich an ihren Bruder. „Und du? Wartet deine Frau nicht auf dich?"

„Brianne möchte wissen, ob du Sellerie da hast."

Rina zog die Nase kraus. „Cats heiße Vorspeisen sind doch so lecker, warum will sie da Sellerie?"

Jake verdrehte die Augen. „Erwartest du etwa, dass ich dir das seltsame Verhalten von Frauen erkläre?"

„Hm. Das könnte ein gutes Thema für meine nächste Artikelserie sein – verstehen lernen, was im Kopf einer Frau vor sich geht." Sie grinste. „Das gefällt mir."

„Tja, ich persönlich wäre gespannt auf das Ergebnis", meinte Jake.

Colin schwieg betroffen.

„Außerdem fragt Brianne nach Erdnussbutter", fuhr Jake fort. „Und Rosinen, wenn du welche dahast. Ach, und sie möchte ein großes Glas Milch."

Colin verzog das Gesicht. „Das klingt ja widerlich."

„Für mich klingt das nach ganz besonderen Gelüsten", stellte Rina staunend fest.

„Was?“ Jake sah sie verdutzt an. „Wovon sprichst du?“

„Brianne hat seltsame Gelüste. Könnte es dafür einen bestimmten Grund geben?“ Rina zog demonstrativ die Augenbrauen hoch, während Jake sie ansah wie ein kleiner Junge.

„Zum Teufel mit dem Sellerie!“, rief er und eilte aus der Küche, um ein ernstes Wort mit seiner Frau zu reden.

Rina lachte. „Mission erfüllt. Jake ist draußen, und wir haben eine Minute für uns allein.“

„Du hast dir all diese Mühe mit der Party gemacht – nur für mich? Weißt du eigentlich, wie glücklich ich bin, dich zu haben?“ Er legte die Arme um ihre Taille, zog sie an sich und atmete ihren erregenden Duft ein.

„Hauptsache, du weißt, wie glücklich du bist. Mehr will ich gar nicht.“ Sie schlang die Arme um seinen Hals und küsste ihn voller Leidenschaft.

Plötzlich wurden sie vom Klingeln eines Handys unterbrochen. Stöhnend holte Colin es aus der Tasche, während Rina enttäuscht zurücktrat.

„Hallo?“

„Frohe Weihnachten, Colin.“ Er erkannte Corinnes Stimme.

Sein Herz krampfte sich vor Angst zusammen. „Das wünsche ich dir auch. Geht es Joe gut?“ Er wusste, Corinne würde nicht ohne Grund anrufen.

„Tatsächlich geht es ihm heute sehr gut, und er würde dich gern sehen.“

Aus Angst wurde Aufregung. „Ich wollte sowieso nach dem Essen ins Krankenhaus kommen.“

„Könntest du auch eher hier sein? Sofort, meine ich? Joe ist im Moment bei Kräften, und es wäre eine gute Gelegenheit für euch zwei, zu reden.“

„Geh nur“, flüsterte Rina. „Ich verstehe das gut.“

Er wollte Rina nicht schon wieder verlassen, aber er musste Joe unbedingt sehen und die Gelegenheit nutzen. „Sag ihm, ich komme.“

„Danke.“

Colin steckte das Handy zurück und sah Rina mit Bedauern an. „Ich wünschte …“

„Pscht.“ Sie legte einen Finger auf die Lippen. „Es ist Weihnachten. Du solltest bei Joe sein. Ich würde ja mitkommen, aber ich habe die Wohnung voller Gäste.“

Er legte einen Finger unter ihr Kinn und hob ihr Gesicht an. „Du hast daran gedacht mitzukommen? Das bedeutet mir viel.“

Er küsste sie zärtlich, doch wie immer geriet der Kuss bald außer Kontrolle. Sie neckte ihn mit ihrer Zunge, zog die Konturen seiner Lippen nach und drang in seinen Mund, bevor sie sich wieder zurückzog.

„Ich wollte dir nur einen Vorgeschmack geben. Komm später wieder, und du bekommst mehr." In ihren Augen glitzerte es, und er musste lachen. Er war bereits so erregt, dass er auf der Stelle mit ihr hätte schlafen können.

„Hallo, ihr zwei! Hört auf, herumzuturteln und kommt ins Wohnzimmer. Rina, dein Bruder möchte einen Toast aussprechen." Emma klopfte vehement an die Küchenwand, um auf sich aufmerksam zu machen.

Und danach fahre ich ins Krankenhaus, dachte Colin, der nicht wusste, ob er das anstehende Gespräch fürchten oder begrüßen sollte.

Während sie ins Wohnzimmer traten, schlug Jake bereits mit einem Messer gegen sein Glas. „Ich möchte nur kurz ein paar Worte sagen. Erstens kenne ich die meisten von Ihnen kaum, aber ich möchte Ihnen herzlich dafür danken, dass Sie sich um meine Schwester gekümmert haben, seit sie hier ist."

Colin drückte Rinas Hand.

„Zweitens möchte ich Rina dazu beglückwünschen, dass sie ein neues Leben gewagt und so erfolgreich ihr lang gehegtes Ziel verfolgt hat. Meine Schwester schreibt jetzt für eine Zeitung und ist glücklicher, als ich sie je erlebt habe."

Rina errötete vor Freude. Doch mit jedem von Jakes Worten schnürte es Colin immer enger die Kehle zu. Er war auf dem Weg ins Krankenhaus, um die finanzielle Situation und die Zukunft der Zeitung mit Joe zu besprechen. Eine Zukunft, an der Rina vermutlich nicht mehr teilhaben würde.

„Und zu guter Letzt", fuhr Jake fort, „möchte ich Ihnen allen mitteilen, dass ich soeben offiziell erfahren habe, dass meine wunderschöne Frau und ich ein Baby erwarten. Zum Wohl allerseits, und frohe Weihnachten!" Er hob sein Glas, und alle prosteten einander zu.

Colin sah Rina an. „Dann hast du das vorhin also ernst gemeint, als du ihn aus der Küche geschickt hast?"

„Es klang schon sehr verdächtig", gab sie zurück. „Und ich bin froh, dass ich den richtigen Riecher hatte. Hurra, ich werde Tante!" Begeistert blickte sie zu ihrem Bruder und Brianne.

„Du magst Kinder wohl, hm?" Was, um alles in der Welt, hatte ihn nur bewogen, das zu sagen?

„Ist das eine Fangfrage?" Sie sah ihn mit schiefem Lächeln an. „Wenn ich Nein sage, hältst du mich dann für eine Hexe? Und wenn ich Ja sage, machst du dich aus dem Staub, damit ich dir keines anhängen kann? Das ist doch wohl die größte Angst jedes unverheirateten Mannes, oder?"

Er streichelte ihre Wange mit dem Handrücken. „Nur bis er die richtige Frau trifft." Und bevor es zu ernst werden konnte, fügte er hinzu: „Ich muss jetzt gehen."

Sie nickte. „Ich kann mir vorstellen, dass es nicht leicht für dich sein wird. Tu einfach, was ich gesagt habe. Du musst dir selbst treu bleiben."

Bei ihren ernsten Worten zog sich sein Herz zusammen. Sie hatte ja keine Ahnung, was ihr Rat sie kosten würde.

11. KAPITEL

Rina liebte die Weihnachtstage. Die Musik, die festliche, fröhliche Stimmung, die Menschen um sie herum. Sie wünschte nur, sie hätte mehr für Colin tun können, aber sein Gespräch mit Joe würde ihm sicher das Herz erleichtern.

Emma klopfte ungeduldig mit der Fußspitze auf den Boden, und Rina ahnte, dass die alte Dame etwas an ihr auszusetzen hatte. Und sie ahnte auch, was. „Wie stellen Sie sich das vor?", fragte sie also geradeheraus. „Ich kann hier doch nicht einfach alles stehen und liegen lassen und Colin hinterherfahren."

„Warum nicht? Es ist ja nicht so, als ob hier niemand für Sie einspringen könnte." Emma sah sie indigniert an.

„Gerade Sie müssten doch verstehen, dass ich mich an die Etikette halten muss. Ich kann doch nicht meine eigene Party verlassen. Das wäre unhöflich."

„Da denke ich anders. Catherine hat einen Partyservice und reicht die Horsd'œuvres sicher gern selbst herum, bis Sie wieder da sind. Oder etwa nicht?" Emma fasste Cat am Arm, die gerade vorbeikam.

„Worum geht es?", fragte die hübsche blonde Frau nach.

„Sie würden doch sicher die Stellung halten, während Rina kurz zu Colin und Joe ins Krankenhaus fährt."

„Aber natürlich." Cat winkte ab. „Fahr nur, und mach dir weiter keine Gedanken."

„Aber ..."

„Und während Catherine sich um das Essen kümmert, wird Francesca Sie sicher gern als Gastgeberin vertreten, nicht wahr, meine Liebe?" Emma musste sich etwas recken, schaffte es aber, Frankie in den Rücken zu piken. „Ich würde es ja selbst tun, aber ich werde ebenfalls mitfahren."

Zu Rinas Entsetzen drehte Emma sich kurz zu Stan, blies ihm einen Kuss zu und hakte sich bei ihr unter.

Rina sah sich um und musste zugeben, dass alles gut organisiert war und sie sicher für ein bis zwei Stunden verschwinden könnte.

Eine halbe Stunde später stand Rina vor Joes Krankenzimmer, nachdem Corinne ihr auf dem Gang den Weg gewiesen hatte. Zögernd blieb sie in der halb geöffneten Tür stehen. Colin saß mit dem Rücken zu ihr, den Kopf dicht über Joe geneigt.

Die Spannung in dem Raum war spürbar, und Rina bekam einen Kloß in den Hals. Sie wusste nicht, was Colin erwartete oder empfand, aber sie hielt sich zurück, da sie merkte, dass er noch einen Moment allein mit Joe brauchte.

Sie würde da sein, wenn er sie brauchte.

Corinne hatte Colin mit Joe allein gelassen und damit den letzten Rest seiner Vorurteile zerstört, dass sie unsensibel und geldgierig sei und Joe nur ausnutze. Und nachdem Colin sie nun seit einer Woche an Joes Krankenbett beobachtet hatte, hatte er sich eingestehen müssen, dass sie es ehrlich mit Joe meinte und ihn aufrichtig liebte – auch wenn ihm diese Erkenntnis schwergefallen war.

„Hattest du je einen Traum?", fragte Joe nun.

„Natürlich hatte ich Träume." Colin zwang sich zu einem Lachen, während der alte Mann seine alte Taktik anwandte, Colin nur schweigend anzusehen und auf Antwort zu warten, „ich habe davon geträumt, die Zeitung zu übernehmen."

„Blödsinn." Joe sprach mit lauter und klarer Stimme. „Du kennst deine Träume überhaupt nicht und wirst sie auch nie kennen, wenn du nicht aufhörst, ständig davonzulaufen."

Ein Schlag in die Magengrube wäre weniger schmerzhaft gewesen, aber diese absolute Direktheit entsprach nun einmal ganz und gar Joes Stil.

Sekunden vergingen, in denen Joe seinen Adoptivsohn nur anstarrte, während Colin eine Antwort zu formulieren versuchte. Es war nicht leicht, denn der alte Mann hatte wie immer recht.

Joe deutet auf den Wasserkrug. Dankbar für eine Minute Bedenkzeit, goss Colin etwas ins Joes Glas und reichte es ihm. Joe trank einen Schluck.

„Wenn ich dich gebeten hätte, die Zeitung zu leiten, als ich krank wurde – einige Monate vor dem Schlaganfall –, dann hätte ich dich damit gezwungen, nach Hause zu kommen. Und du musst deinen Weg ohne mein Dazutun finden." Er räusperte sich. „Ich habe dich immer als meinen Sohn betrachtet. Auch wenn du das Gefühl nicht erwidern konntest."

Colin schluckte schwer. „Ich habe es erwidert. Ich konnte es nur nicht zeigen. Ich dachte immer, ich würde meine Eltern dadurch betrügen."

Joes Lachen klang mehr nach einem Keuchen und jagte Colin Angst ein. „Das wusste ich. Und Neil wusste es auch. Aber wir haben es dir nie zum Vorwurf gemacht. Dieser Sinn für Loyalität war es ja gerade, der dich zu einem so feinen Menschen gemacht hat. Ich bin sehr stolz darauf, dass du mein Sohn bist."

Colin schüttelte ergriffen den Kopf. „Ich habe dich gar nicht verdient.“

„Rede keinen Unsinn. Natürlich hast du das. Denkst du etwa, ich wusste nicht, warum du jetzt hier bist? Dass du darum kämpfst, das zu erhalten, was mir gehört? Nur ein Sohn würde das für seinen Vater tun.“

Colin schloss die Augen, doch der Wahrheit konnte er sich nicht verschließen. Joe kannte ihn besser als er sich selbst. Der alte Mann verstand Dinge und Zusammenhänge, die Colin selbst gerade erst klar wurden. Sein ständiges Weglaufen und die emotionale Distanz von Menschen waren eine Folge des frühen Todes seiner Eltern. Doch damit war nun Schluss.

Joes Schlaganfall hatte ihn nach Hause gebracht, und der Schock über seinen scheinbaren Betrug hatte ihn zum Nachdenken angeregt. Aber es war Rina gewesen, die ihm die größte Lektion von allen erteilt hatte: in Verständnis, Toleranz – und Liebe.

Als sich das Wort in seinem Bewusstsein festsetzte, erschauerte Colin. Ja, er liebte Rina. Und er würde sich damit auseinandersetzen müssen, sobald er das Krankenhaus verließ.

Und er liebte den alten Mann, der da vor ihm im Bett lag. „Ich bin so froh, dass ich dich habe“, sagte er. „Aber warum hast du mir nicht erzählt, dass du Corinne die Vollmacht über die Zeitung geben würdest?“

Joe machte ein betrübtes Gesicht. „Schicksal. Als ich krank wurde, wollte ich dich auf keinen Fall extra deswegen nach Hause holen, und als die Ärzte dann darauf bestanden, dass ich mir mehr Ruhe gönnte, musste ich Corinne mit der Leitung betrauen.“

„Sie hat keine Ahnung, wie man eine Zeitung leitet, Joe.“

„Aber ich liebe sie und vertraue ihr, genau wie dir. Und wie zuvor Neil.“ Er deutete auf das Wasser, und Colin reichte ihm erneut den Becher.

Die Liebesbekundung gegenüber Corinne zu hören, erschwerte Colin seine Mission, Joe über den wahren Zustand der Zeitung aufzuklären. Er fuhr sich mit der Hand über die Stirn und seufzte.

„Und warum hast du es mir nicht gesagt, nachdem du Corinne die Vollmacht übertragen hattest?“, fragte er weiter.

„Weil mir nicht wohl dabei war, es dir einfach am Telefon zu sagen. Ich wusste ja, dass du Weihnachten nach Hause kommst, wenn auch nur für kurze Zeit, und wollte es dir dann erzählen. Aber wie ich schon sagte, griff das Schicksal ein, und der verdammte Schlaganfall kam zuerst.“ Das Bedauern in Joes mittlerweile schwacher Stimme war deutlich herauszuhören.

Es war also alles zu Colins Bestem gedacht gewesen. Ohne Rücksicht auf den Erfolg von Joes geliebter Zeitung. Colin schluckte.

„Bleib dir selbst treu“, hatte Rina gesagt. Die Zeit war gekommen, dass Vater und Sohn gemeinsam eine Lösung erarbeiten mussten. Colin erhob sich und wanderte vor dem Bett auf und ab. „Die ‚Times‘ hat nur einen begrenzten Umfang, und Corinne hat den Platz für wichtige Nachrichten durch belanglose Kolumnen blockiert.“ Im selben Moment, da er es sagte, musste er zugeben, dass er Rinas Kolumne keineswegs für belanglos und unwichtig hielt. Sogar Menschen wie Logan und Cat, die er sehr schätzte, interessierten sich für Rinas Erkenntnisse und Ratschläge. Außerdem erfüllte sich Rina damit einen Lebenstraum. Trotzdem konnte er seinen Entschluss, die Zeitung durch mehr Nachrichtenqualität zu retten, nicht mehr aufgeben. „Corinne hat eine Frau namens Rina Lowell eingestellt, um über zwischenmenschliche Beziehungen zu schreiben, und Emma macht jetzt so eine Art Partnervermittlungskolumne für Senioren. Die Werbeeinnahmen sind stark zurückgegangen“, berichtete er.

Er hasste es, Joe wehzutun, und überraschenderweise wollte er auch Corinne nicht mehr verletzen. Doch der alte Mann blinzelte bei diesen Informationen nicht einmal.

Colin zog die Brauen zusammen. „Du wusstest, dass es so kommen würde, stimmt's?“

Joe nickte. „Corinne hat mir schon erzählt, dass sie wohl ein paar Fehler begangen hat.“

Das war zweifellos die Untertreibung des Jahrhunderts, wie Colin fand.

„Aber sie war fest entschlossen, die Sache in den Griff zu bekommen, damit ich letztendlich stolz auf sie sein könnte.“

„Du klingst gar nicht verärgert.“

Joe zuckte mit den Schultern. „Wenn man dem Tod ins Auge blickt, erkennt man, dass es wichtigere Dinge im Leben gibt, als Zeitungen zu verkaufen.“

Colin seufzte. „Leider muss ich die Sache noch weiter verkomplizieren.“ Er erklärte seinem Vater, dass der Umsatz stark zurückgegangen war und dass er sich Geld hatte borgen müssen, um die Zeitung überhaupt am Laufen zu halten. „Und ebenso wie ich dachte auch Ron, dass die Zeitung unbedingt wieder in ihre ursprüngliche Form zurückgeführt werden müsse. Ich versprach ihm, die neuen Kolumnen zu streichen und wieder mehr Nachrichten zu bringen, und wenn ich ihm das bis zum 1. Januar nachweise, zieht *Fortune's Inc.* ihre Werbeaufträge nicht zurück.“

„Und wie genau willst du mir die Zeitung aus meinen unglücklichen Händen entreißen?" Im denkbar ungünstigsten Moment spazierte Corinne ins Zimmer.

„Ich will dir nur das Versprechen abnehmen, die Dinge wieder in den alten Zustand zurückzuversetzen." Er sah sie nicht an, doch er musste mit der Wahrheit herausrücken. „Und die neuen Kolumnistinnen zu entlassen." So hatte er es von Anfang an geplant, doch im Licht der neuen Erkenntnisse sah er nun ein, dass diese Planung sehr kurzsichtig gewesen war.

„Du willst Rina und Emma an die Luft setzen?", fragte Corinne entsetzt.

Colin wand sich fast vor Scham. Hätte er doch nur schon früher erkannt, dass es tatsächlich wichtigere Dinge gab, als Zeitungen zu verkaufen. Seine Familie, beispielsweise, einschließlich Corinne. Und Rina.

Es war an der Zeit, Corinne ins Gesicht zu sehen und seinen Sinneswandel zu erläutern. Er drehte sich um, da sah er hinter Corinne plötzlich Rina in der Tür stehen.

Der Blick aus ihren großen Augen zeigte, wie tief sie verletzt war. Verdammt! „Rina ..."

Sie drehte sich abrupt um und ging. Colin lief zur Tür, blieb dann aber stehen und sah zu Joe.

„Meinst du nicht, du solltest ihr folgen?", fragte Corinne.

Colin war hin und her gerissen, aber er musste auch die Gelegenheit beim Schopf packen und die Sache mit Joe ins Reine bringen. „Ich werde mit ihr sprechen, sobald wir hier fertig sind." Es war schwer, Corinne in die Augen zu sehen. „Meine Perspektive hat sich gewandelt, auch wenn ich mein Versprechen trotzdem einhalten will. Ich würde das gern näher erklären."

Corinne nickte. „Das klingt fair."

„Dann setzt euch jetzt beide hier hin", ließ sich Joe vernehmen. „Es wird Zeit, dass wir anfangen, als Familie zu handeln."

Obwohl er mit dem Herzen bei Rina war, kam Colin Joes Bitte nach. Sie diskutierten und überlegten gemeinsam. Am Ende wusste Colin, dass eine gute Chance bestand, die Zeitung zu retten. Corinne erklärte sich einverstanden, den Rest des geliehenen Geldes oder sonstige Rücklagen nicht ohne Colins Einverständnis anzugreifen. Außerdem ließ sie sich überreden, die Nachrichten wieder auf der ersten Seite zu platzieren.

Im Gegenzug willigte Colin ein, den Rest des Darlehens in eine Zeitungs-Beilage zu investieren, in der die neuen Kolumnen zusammen mit den von Corinne verdrängten Rubriken „Sport“ und „politische Hintergründe“ erscheinen würden, die Colin zurückhaben wollte.

Als er das Krankenhaus schließlich verließ, fühlte Colin sich in Bezug auf seine Familiensituation bedeutend gefestigter, allerdings musste er nun unbedingt die Sache mit Rina klären. Wie versprochen, kehrte er zu ihrem Weihnachtsessen zurück, das jedoch sehr kühl ablief.

Rina wechselte kaum ein Wort mit ihm, und im Grunde konnte er es ihr nicht verübeln. Leider ergab sich keine Möglichkeit, mit ihr allein zu sprechen, und so vertagte er die Klärung der Situation auf den nächsten Tag in der Arbeit.

Doch am nächsten Tag meldete Rina sich krank. Sie war nicht wirklich krank, doch sie brauchte Zeit zum Nachdenken, da sie offenbar kurz davor stand, den Job zu verlieren, den sie so sehr liebte. Zwar hatte sie nicht das ganze Gespräch von Colin und seinem Adoptivvater mit angehört, aber seine Antworten auf Corinnes Fragen hatten keinen Zweifel gelassen.

Und das bedeutete weiterhin, dass Colin seit dem ersten Tag, an dem er mit seinem unglaublichen Charme auf sie zugegangen war, einen bestimmten Plan verfolgt hatte.

Nun gut, sie konnte seinen verzweifelten Wunsch verstehen, die Zeitung vor dem Ruin zu retten. Und am Anfang hatte er natürlich nicht gewusst, wie sehr ihr Job ihr am Herzen lag. Was sie allerdings nicht verstehen konnte, war die lang andauernde Täuschung, und sie wusste nicht, ob sie ihm das je würde verzeihen können.

Wie hatte er sich nur ihre Hoffnungen und Träume anhören können, wo er doch wusste, dass er selbst sie zerstören würde? Wie hatte er mit ihr schlafen und so etwas fundamental Wichtiges verschweigen können? Und das Schlimmste: Wie hatte er sich vor dem Hintergrund seiner Pläne ihre Erkenntnisse über ihre gescheiterte Ehe anhören können, wo auch er sie ihrer eigenen Ideen und Träume berauben wollte?

Sie hingegen hatte sich bemüht, seine Vergangenheit und sein Bedürfnis nach emotionaler Distanz zu verstehen und dass sein Reisefieber ihn vermutlich eines Tages von ihr forttreiben würde. Sein Verhalten war wie ein Schlag ins Gesicht, und sie hatte absolut keine Lust, noch weitere Schläge einzustecken.

Ausgerechnet Colin hatte ihr ein neues Ziel vor Augen gesetzt, und so hatte sie heute freigenommen, um ihre Bewerbungsunterlagen zu aktualisieren und Jobanfragen an verschiedene Zeitschriftenherausgeber in New York zu mailen. Nun musste sie nur noch auf Antworten warten. Sosehr es ihr hier in Ashford auch gefiel, Colin hatte recht. Die wahren Chancen lagen in New York.

„Hallo?“, ertönte Frankies Stimme, während sie Rinas Haustür öffnete. „Hast du Weihnachten gut überstanden?“, wollte sie wissen. „Ich hab deinen Wagen unten gesehen und dachte mir schon, dass du krankfeierst, um auszuschlafen.“

„Ach, und da wolltest du mich gern aufwecken?“

„Ha, ha.“ Frankie setzte sich auf das Sofa und betrachtete Rinas Laptop. „Arbeitest du heute zu Hause?“

„Nein, ich suche einen neuen Job.“ Sie schaltete den Computer ab. „Wahrscheinlich wirst du bald einen neuen Nachbarn haben.“ Bei dem Gedanken zog sich Rinas Magen schmerzvoll zusammen.

Im Grunde wollte sie ihr neues Zuhause und ihre neuen Freunde nicht wieder verlassen. Aber da sie nun ihre wahre Berufung gefunden hatte, konnte sie das Schreiben nicht einfach so wieder aufgeben. Und in Ashford gab es keine Jobaussichten für sie.

Frankie schüttelte ungläubig den Kopf. „Ein neuer Nachbar? Unsinn! Ich will meine neue beste Freundin behalten! Würdest du mir bitte erklären, was der Quatsch soll?“

Rina ballte die Fäuste und erklärte, wie Colin die finanziellen Probleme der Zeitung lösen wollte. „Also versuche ich jetzt, einen Job in Manhattan zu finden, da sitzen nämlich die meisten Redaktionen von Frauenzeitschriften. Meine Berufserfahrung ist zwar nicht sehr groß, aber die fünf Artikel für meine Kolumne finde ich eigentlich doch schon ganz beeindruckend.“

„Erde an Rina!“ Frankie wedelte mit der Hand vor Rinas Gesicht. „Ich möchte wissen, ob du vor deinen Problemen mit Colin davonrennst?“

Rina war beleidigt. „Ich renne nicht, ich bin schlau. Hier gibt es für mich nichts mehr zu holen, also ziehe ich weiter.“ Doch der Schmerz in ihrem Herzen machte ihr klar, dass sie log. Hier gab es noch viel für sie zu holen, aber sie sah keinen Weg, sich diese Träume zu erfüllen.

„Was ist mit Colin?“, wollte Frankie wissen.

Rina blickte auf ihre Schuhe, ehe sie Frankie erneut ansah. „Was soll mit ihm sein?“

„Nun stell dich nicht so dumm, das steht dir nicht“, schalt Frankie.

Rina seufzte frustriert und stampfte mit dem Fuß auf. Das tat weh. „Mist!“

Frankie legte eine Hand auf Rinas Schulter, und die tröstende Berührung trieb Rina die Tränen in die Augen. „Dieser Mann hat mich ohne jeden Skrupel angelogen, also was soll ich noch weiter hier?“

Sie wollte so gern glauben, dass Colins Gefühle ihr gegenüber echt waren und dass ihm die Sache leidtat. Doch sie wusste nichts davon, und es würde nun auch nichts mehr ändern. Sie hatten eine kurze Affäre gehabt, mehr nicht. Sie war immer davon ausgegangen, dass er irgendwann wieder abreisen würde, aber nun war sie es, die die Stadt verließ.

„Du kannst dich an mich halten und an Emma, an deine Freunde bei der Zeitung. Und ich wette, auch Colin wäre für dich da, wenn du ihn nur lassen würdest."

Das ist ja das Problem, dachte Rina. Seine Version zu hören, ihn für sie da sein zu lassen und anzunehmen, dass er das sogar wollte, würde sie schrecklich verletzlich machen. Unabhängig davon, wie sehr sie ihn liebte, hatte sie dennoch Zweifel, dass sie sich dieser Art von Schmerz jemals wieder öffnen könnte.

Sie hatte ihren Ehemann verloren und nun Colin. Aber sie hatte sich selbst gefunden, und das war wichtiger als alles andere.

Colin saß an seinem Schreibtisch und klopfte mit dem Bleistift auf die Tischplatte. Am Montag hatte Rina sich krankgemeldet, am Dienstag war sie gekommen, hatte sofort ihr Headset aufgesetzt und an ihrer Kolumne gearbeitet. Als er gegen Mittag an ihren Tisch ging, sagte sie, sie habe ein Meeting, und verließ das Büro, da sie sicher genau wusste, dass er am Nachmittag im Krankenhaus sein würde. Abends hatte sie weder auf das Klingeln ihres Telefons noch ihrer Türglocke reagiert, und nun, am Mittwochmorgen, war Colin ziemlich nervös.

Heute könnte sie ihm nicht mehr ausweichen! Wenn es sein musste, würde er sie über die Schulter werfen und in den Lagerraum verfrachten.

Da tippte ihm jemand auf die Schulter, und er fuhr verärgert herum. „Was gibt es denn?", polterte er los.

„Hast du wohl eine Minute Zeit für mich?" Vor ihm stand Rina, eine Hand in die Hüfte gestützt, und tat so, als würden sie sich kaum kennen.

„Was kann ich für dich tun?" Er versuchte, sich vor den übrigen Mitarbeitern professionell zu verhalten.

Tatsächlich hätte er sie jedoch am liebsten in seine Arme gezogen und sich nicht nur entschuldigt, sondern geschworen, alles wiedergutzumachen. Selbst wenn sie ihm nie vergeben sollte, so war es ihm dennoch ein großes Bedürfnis zu zeigen, dass er nicht einfach ein weiterer Mann war, der auf ihren Gefühlen herumtrampelte.

„Ich habe schon mit Corinne gesprochen, aber sie meinte, dass du jetzt für Personalfragen zuständig bist, also komme ich zu dir." Ihre Stimme klang kühl, doch ihre Augen verrieten ihren Schmerz und, wie er hoffte, ihre noch immer vorhandene Liebe.

Er war nicht sicher, wohin dieses Gespräch führen würde, aber beim Wort ‚Personal' klingelte in seinem Kopf eine Alarmglocke. „Weshalb?", fragte er Rina.

„Ich habe deinen Rat befolgt und mich bei mehreren Redaktionen von Frauenzeitschriften in New York beworben." Sie schüttelte nonchalant das Haar, um locker zu erscheinen.

Doch Colin durchschaute sie. Er sah die verletzte Frau hinter der selbstsicheren Fassade. Und wenn sie verletzt war, konnte das nur heißen, dass sie immer noch an ihm hing.

Sie holte tief Luft, bevor sie fortfuhr. „Sollte also jemand anrufen, wäre ich dir sehr verbunden, wenn du mich trotz allem, was zwischen uns vorgefallen ist, weiterempfiehlst und mir ein gutes Zeugnis ausstellst."

Bei dem Gedanken, sie zu verlieren, überkam ihn kalte Angst. „Den Teufel werde ich tun", erwiderte er und erhob sich.

„Hör zu, Colin. Es mag dir nicht gefallen, was ich schreibe, aber du kannst nicht leugnen, dass ich für diese Zeitung gute Arbeit geleistet habe. Und du wirst mir doch sicher kein gutes Zeugnis und damit die Chance auf einen anderen Job verwehren wollen." Sie ballte nervös die Fäuste.

„Oh doch, das werde ich." Wie schon ein Mal, nahm er sie bei der Hand, ignorierte die Blicke der anderen und zog Rina aus dem Büro ins Treppenhaus.

„Sei nicht albern", sagte sie, während sie sich mit dem Rücken an die Wand drückte.

Er wusste, er sollte sich besser beherrschen und die Situation nicht ausnutzen, so wie er es das letzte Mal getan hatte. Und wie er sich beherrschen musste! Rina trug ein weißes Sweatshirt und eine enge Jeans, die ihre Figur aufs Vorteilhafteste betonte.

„Findest du nicht, dass das Abschicken von Bewerbungen ebenfalls ein bisschen albern ist?"

„Wolltest du nun Corinnes neue Kolumnistinnen loswerden oder nicht?" Sie biss sich auf die glänzenden Lippen.

Er freute sich, diese kleine Unsicherheit zu entdecken, da sie seinen Verdacht bestätigte, dass er ihr nicht so gleichgültig war, wie sie vorgab. „Das wollte ich."

„Und warum findest du es dann albern, dass ich meine weitere Zukunft plane?"

„Weil Corinne, Joe und ich einen Plan erarbeitet haben, wie wir die Zeitung durch eine Rückkehr zu wichtigen Nachrichten, aber gleichzeitig durch Erhalt der neuen Kolumnen retten können." An diesem

Nachmittag hatte er einen Termin mit den Buchhaltern und der Leitung von *Fortune's Inc.*

Rina zuckte mit den Schultern. „Das ist noch keine Garantie für den Erhalt meines Jobs. Würdest du mir also bitte versprechen, eine Empfehlung für mich auszusprechen?"

Das war nicht die Reaktion, die er erhofft hatte. Colin atmete ein Mal tief durch. „Rina, es tut mir aufrichtig leid. Du bist der letzte Mensch auf der Welt, den ich verletzen will, das kannst du mir glauben. Und ich werde alles tun, um deinen Job zu retten." Er streckte die Hand aus, um ihre Wange zu streicheln, aber sie wandte den Kopf.

„Du verstehst das nicht, oder?" Sie starrte ihn an. „Ich bin nicht verletzt oder verärgert, weil du meine Stelle kürzen wolltest. Seltsamerweise kann ich deinen verzweifelten Wunsch, die Zeitung zu retten, gut verstehen, auch wenn es den Verlust meiner geliebten Stelle bedeutet." Sie zitterte leicht und schlang die Arme um ihren Körper. „Was ich allerdings nicht verstehen kann, ist deine Unaufrichtigkeit." Sie deutete auf ihr Herz. „Nachdem du mit mir geschlafen hattest, meine Hoffnungen und Träume kanntest, meine Ängste und meine Fehler – wie konntest du mir nach alledem etwas so Wichtiges einfach verschweigen?" In Rinas Augen glänzten Tränen.

Da er wusste, dass er an ihnen schuld war, hätte er sich am liebsten selbst in den Allerwertesten getreten. „Es gab einfach keine günstige Gelegenheit, es dir zu sagen. Ich hatte ein paar Mal versucht, dich darauf anzusprechen ..."

„Auf Emmas Party?"

Er nickte. „Da wurden wir von Emmas Champagnerdusche unterbrochen. Und als ich das nächste Mal dachte, ich könnte mit dir darüber reden, wusste ich bereits, was die Kolumne dir bedeutet und warum. Ich erkannte plötzlich, wie schrecklich meine Nachricht für dich wäre." Er wollte sie berühren. Stattdessen schob er die Hände in seine hinteren Hosentaschen. „Wenn du verstehst, warum ich es getan habe, kannst du mir dann nicht verzeihen?"

Sie schüttelte den Kopf, und der lange Pferdeschwanz, mit dem sie seinen Körper die eine Nacht so zärtlich liebkost hatte, fiel über ihre Schulter nach vorn.

„Ich kann dir vielleicht verzeihen, aber es kann nie mehr so sein, wie es vorher war." Ihre Stimme brach. „Erstens wirst du sowieso irgendwann abreisen, und ein klarer Bruch ist das Beste. Und zweitens kann ich meinen Gefühlen dir gegenüber nicht mehr vertrauen, denn diese Gefühle hatten mich dazu verleitet, mich dir gegenüber zu öffnen." Sie lachte bitter. „Ich nehme deine Entschuldigung an, Colin. Aber ich gehe zurück nach New York." Ihr Blick verriet, dass sie es ernst meinte. Sie duckte sich unter seinem Arm hindurch und eilte zur Tür.

„Rina!"

Sie drehte sich um. Einen kurzen Augenblick lang war ihm, als sähe er durch ihre Augen in ihr Herz und all seine Gefühle – Liebe, Begehren und Zärtlichkeit – wurden erwidert. Dann wurde ihr Blick schlagartig kühl.

„Was ist noch?", wollte sie wissen.

„Wenn ich deinen Job rette, wirst du dann bleiben? Ich weiß, dass du dein Leben hier liebst."

Sie antwortete nicht.

„Corinne und ich werten das als ein Ja", sagte er. Dann wappnete er sich kurz für seine letzten Worte. Sie würden sein Leben verändern. „Wenn du bleibst, werde ich immer an deiner Seite sein. Denn die Tage, in denen ich immer weglaufen musste, sind gezählt." Mit ihr oder ohne sie – Colin wusste, dass für ihn die Zeit gekommen war, Wurzeln zu schlagen und zu seiner Familie zu stehen.

„Nein, das wirst du nicht. Du wirst dich irgendwann langweilen oder in einer schwierigen Situation eingesperrt fühlen. Du wirst weggehen, so wie du es immer getan hast." Sie sah ihn dabei nicht an.

Tief in seinem Innern spürte er, dass sie ihm mehr vertraute, als sie vorgab. Er lächelte. „Das wirst du nur herausfinden, wenn du bleibst."

„Gib mir einfach die Empfehlungen, Colin. Bitte." Dann marschierte sie durch die Tür.

Kopfschüttelnd lehnte er sich gegen die kalte Wand. Was hatte er da nur angerichtet! Wie war er nur je auf den Gedanken gekommen, er könnte etwas mit Rina anfangen und dann einfach weiterziehen?

Weil er es so schon früher getan hatte. Seit dem Verlust seiner Eltern war er keine enge Bindung mehr eingegangen in der Hoffnung, den Schmerz des Verlustes nie wieder fühlen zu müssen. Mit Rinas drohender Abreise fühlte er ihn jedoch erneut. Und er wusste, es war ein Verlust, den er nie verschmerzen würde, egal wie weit er auch liefe.

Also sollte er besser anfangen, für das zu kämpfen, was er wollte.

Rina erhielt eine Blumensendung nach Hause. Es war ein großer Strauß roter Rosen. Auf der Karte standen nur zwei Worte: *Bitte bleib.*

Als Nächstes entdeckte sie in ihrem E-Mail-Postfach eine Grußkarte, die über den Server des Redaktionsbüros geschickt worden war. *Streit unter Liebenden wartet auf schnelle Beendung* stand darin.

Und schließlich fand sie eine kleine Schachtel in der Schreibtischschublade an ihrem Arbeitsplatz. Eine leere samtene Schmuckschachtel mit einem Grußkärtchen: *Die schönsten Geschenke werden nur persönlich überreicht. Verzeih mir.*

Die romantischen Gesten zielten offensichtlich darauf ab, sie zu bezaubern. Insbesondere die leere Schachtel, in der nur ein Ring hatte stecken können, setzte Rina heftig zu. Doch dann sagte sie sich, dass keines dieser Geschenke von Colin stammen konnte. Anonyme Briefchen waren nicht sein Stil. Rina vermutete, dass jemand anders sie und Colin wieder zusammenbringen wollte.

Das Telefon riss sie aus ihren Gedanken. Sie nahm ab. „Hallo?"

„Hallo, Rina. Hier ist Cat."

„Cat!" Rina freute sich, von ihr zu hören, da sie diese sympathische und interessante Frau gern näher kennenlernen wollte. Dann erinnerte sie sich, dass sie ja bald die Stadt verlassen würde, und ihr wurde die Kehle eng.

„Ich hoffe, du hast die Feiertage gut überstanden", meinte Cat. „Wenn ich in meinem Haus eine Party gebe, möchte ich mich danach am liebsten für ein paar Tage im Bett verkriechen. Es ist schon erstaunlich, dass ich ohne Probleme bei anderen Leuten den Partyservice organisiere, aber bei mir zu Hause völlig durchdrehe."

Rina lachte. „Ich weiß, was du meinst. Aber es war wirklich schön, all die lieben Leute an Weihnachten um mich zu haben."

„Dabei hast du so ausgesehen, als hättest du deinen besten Freund verloren."

Rina schluckte. „Emma sagte schon, dass du sehr aufmerksam bist."

„Und neugierig." Cat lachte. „Läuft es mit dir und Colin inzwischen besser?"

Rina lehnte sich zurück. „Alles ist geklärt", antwortete sie schwach.

„Entschuldige, dass ich nachfrage, aber mir scheint das gar nicht so. Colin war gestern zum Abendessen bei uns, und es ging ihm schrecklich elend."

Rinas Herz klopfte schneller. Sie wollte nicht, dass er unglücklich war, dennoch verlieh es ihr Genugtuung zu wissen, dass er nicht so leicht über sie hinwegkam – weil es ihr genauso erging. „Die Probleme habe nicht ich herbeigeführt, Cat."

„Na ja, meine Probleme mit Logan vor unserer Hochzeit habe auch nicht ich herbeigeführt, aber es lag an mir zu entscheiden, ob ich mit ihm leben könnte, so wie er ist." Cat räusperte sich. „Tatsächlich musste ich entscheiden, ob ich mich selbst akzeptieren kann, so wie ich bin", gab sie zu. „Aber was rede ich von mir? Hier geht es um dich."

Rina seufzte. „Irgendwie spüre ich, dass da kein so großer Unterschied besteht." Colin akzeptierte sie so, wie sie war. Trotz seiner Lügen wusste Rina es in ihrem Herzen ganz genau.

Sie konnte nachvollziehen, dass es keinen ehrlichen, taktvollen Weg für ihn gegeben hatte, ihr auf die Schulter zu klopfen und zu sagen: ‚Hey, Rina, du solltest wissen, dass die Zeitung in großen finanziellen Schwierigkeiten steckt, und der einzige Weg, sie zu retten, besteht darin, deine heiß geliebte Kolumne zu streichen.'

Wie Robert wollte Colin ihr geben, was sie sich wünschte. Doch anders als Robert verstand Colin ihre Bedürfnisse und wollte ihre Träume nicht zerstören. Sie seufzte.

„Hallo?", fragte Catherine am anderen Ende. „Was ist los?"

Rina sah auf die Blumen und anonymen Briefchen. „Ist Colin der Typ, der Blumen und anonyme Nachrichten schickt?"

Cat lachte. „Eher nicht. Kriegst du welche?"

„Ja." Rina dachte nach.

„Emma", sagten dann beide zur selben Zeit.

Rina verdrehte die Augen. „Ja, das klingt wirklich sehr nach Emma. Was nur beweist, dass ihre neuen sozialen Verpflichtungen mit Stan sie nicht von ihren Verkupplungsversuchen abhalten."

„Nichts könnte sie davon abhalten", meinte Cat lachend. „Hör zu, warum ich eigentlich angerufen habe: Ich habe eine meiner liebsten Servierplatten bei dir vergessen."

„Die habe ich schon abgewaschen." Rina atmete tief durch. „Wie wäre es, wenn wir uns nächste Woche mal zum Mittagessen treffen und ich sie dir wiedergebe?"

Denn tief in ihrem Herzen wusste sie, dass Ashford ihr Zuhause war und sie hier bei ihren neuen Freunden bleiben wollte, egal ob Colin blieb oder ging.

„Das klingt gut."

Nachdem sie eine Zeit vereinbart hatten, legte Rina auf und sah sich in ihrem kleinen Apartment um. Wenn sie die Augen schloss, sah sie überall Colin.

Sie vermisste ihn. Aber wie tief würde der Schmerz erst werden, wenn sie die Dinge noch ernster werden ließe und er dann abreiste? Sie wollte nicht schon wieder ein gebrochenes Herz. Aber die Kontrolle von Gefühlen war eine Illusion, denn sie hatte sich trotz all ihrer Bedenken heftig in Colin verliebt.

Colin hatte die ganze Woche lang Informationen gesammelt. Von den Buchhaltern wusste er, dass es einen leichten Aufschwung gab. Von den alten Anzeigenkunden, die ganz allmählich die Zahl ihrer Aufträge gekürzt hatten, hatte er erfahren, dass sie die neuen Angebote der Zeitung schätzten, allerdings nicht auf Kosten der alt bewährten Nachrichten. Eine ähnliche, erweiterte Form des alten Formats würde sie sogar dazu bewegen, wieder mehr zu inserieren in der Hoffnung, mehr Kunden zu erreichen – vor allem dann, wenn Colin in der Stadt bliebe und die Zeitung gemeinsam mit Corinne leitete.

Außerdem hatte die Firmenleitung von *Fortune's Inc.* ebenfalls den finanziellen Aufwind der „Ashford Times" registriert. Aus Loyalität zu Joe hatte man sich bereit erklärt, die endgültige Entscheidung noch eine Weile aufzuschieben. Der konservative Werbekunde konnte mit den neuen Kolumnen leben, solange sie den Lesern beim Frühstück nicht schon auf der ersten Seite ins Gesicht sprangen.

Von der Bank erfuhr Colin, dass er in einem Rahmen kreditwürdig war, der es ihm ermöglichte, den Schuldner der Zeitung auszubezahlen und das Schicksal der Zeitung in seine eigenen Hände zu nehmen. Er wusste nicht, warum er daran nicht schon früher gedacht hatte. Dieser persönliche Kredit war die einzige Möglichkeit, Rina zu überzeugen, dass er an ihre Kolumne, ihre Vision und letztendlich sie selbst glaubte.

Als spät am Silvesterabend seine Türglocke läutete, war er sehr überrascht, da er niemanden erwartete. Er zog nur den Reißverschluss seiner Jeans ordentlich zu und ging zur Tür. Wer immer das war, musste sich mit seinem Faulenzer-Outfit zufriedengeben.

Als er die Tür öffnete, stand Rina vor ihm. Er war äußerst verblüfft.

„Das ist aber eine Überraschung." Er trat zurück und hoffte inständig, er würde sie durch nichts Verschrecken, noch ehe er wusste, warum sie hier war.

„Ich muss mit dir reden, und in der Arbeit konnte ich das einfach nicht." Sie biss sich auf die Lippe. „Kann ich einen Moment bleiben?"

Von ihm aus konnte sie für immer bleiben, aber er bezweifelte, dass sie das im Moment hören wollte. „Sicher." Er half ihr aus dem Mantel und bedeutete ihr, die Treppe hinaufzugehen.

Da er hinter ihr ging, konnte er nur schwer seinen Blick von ihrem schwingenden, in Jeans gekleideten Hinterteil abwenden, und wurde augenblicklich erregt. Er verspürte den unbändigen Drang, sich mit ihr zu vereinen – aber nicht nur körperlich, sondern für immer.

Sie stand vor der Couch und hielt eine Aktenmappe vor die Brust gedrückt.

„Was hast du da?“, wollte er wissen.

„Etwas, das dein Leben bestimmt vereinfachen wird.“ Sie griff in die Mappe und zog ein Blatt weißes Papier hervor. „Ich weiß, dass unsere Beziehung deine Pläne für die Zeitung verkompliziert hat, und da Joe krank ist, musst du nun die richtigen Entscheidungen zum Wohl der ‚Ashford Times‘ treffen, und nicht zu meinem. Also bitte.“

Er nahm das Blatt entgegen, und beim Überfliegen krampfte sich sein Herz mit jedem weiteren Wort mehr zusammen. „Du kündigst?“

Sie nickte. „Nun musst du nicht mehr auf Zehenspitzen herumschleichen und bei allem besorgt sein, wie es mir dabei geht oder was ich von dir denke.“ Sie lachte auf. „Womit ich nicht sagen will, dass du dir überhaupt den Kopf über das zerbrichst, was ich über dich denke – jedenfalls hoffe ich, dass dir deine Entscheidungen hiermit leichter fallen werden.“

„Bist du fertig?“, fragte er nach, als sie stockte.

„Ja.“

Er hielt das Papier hoch und riss es in der Mitte durch. „Ich will das nicht, und ich brauche das nicht. Aber ich würde schon gerne wissen, was zum Teufel in dich gefahren ist, dass du einen Job aufgeben willst, den du offensichtlich sehr liebst!“

„Alles Schöne muss einmal ein Ende haben. Und du hast selbst gesagt, dass die Zeitung in finanziellen Schwierigkeiten ist. Also bitte: Ich kündige.“

Er hob eine Augenbraue. „Ich kann mich erinnern, ebenfalls gesagt zu haben, dass ich deinen und Emmas Job zu retten hoffe.“

„Hoffen ist nicht definitiv. Und du musst dich auf das Wohl der Zeitung konzentrieren, nicht auf meines.“

„Aber glaubst du mir denn, dass ich deinen Job retten will?“

Einer ihrer Mundwinkel zuckte nach oben. Er nahm dieses erste halbe Lächeln innerhalb von zwei Wochen als gutes Zeichen.

„Ja, das glaube ich dir“, meinte sie schließlich.

„Und wenn ich dir nun sage, dass ich deine Kolumne gerettet habe und du immer noch deinen Job hast, würdest du dann bleiben?“

„Ist das eine hypothetische Frage? Denn ich glaube nicht, dass ich in der passenden Stimmung für irgendwelche weitere Spielchen bin.“

Zum ersten Mal fielen ihm ihre dunklen Augenringe auf. Nun, zumindest bekam sie auch nicht mehr Schlaf als er. Er nahm ihre Hand. „Ich will auch keine Spielchen spielen. Das war eine ernst gemeinte Frage."

Sie blickte auf ihre verschlungenen Hände. „Ich bleibe – unabhängig davon, ob es bei der ‚Ashford Times' einen Job für mich gibt oder nicht", sagte sie. „Ashford ist mein Zuhause geworden."

Er atmete heftig aus. Diese Antwort hatte er nicht erwartet. „Rina?"

Sie sah zu ihm auf.

„Darüber bin ich froh."

Sie blinzelte, da ihre Augen feucht wurden. „Tatsächlich? Warum? Wirst du lange genug bleiben, dass es für dich von Bedeutung sein könnte?"

„Ich habe dir neulich schon gesagt, dass ich nicht mehr davonlaufen werde. Meine Familie ist hier, meine neue Arbeit ist hier, und das Wichtigste: Du bist hier."

„Deine Familie war schon immer hier."

Er lachte. „Diesen Einwand habe ich erwartet. Ja, meine Familie war schon immer hier, aber nicht mein Herz."

Sie blickte ihn aufmerksam an. „Und nun ist es das?"

Er überlegte, wie er etwas erklären sollte, das er selbst gerade erst begriffen hatte. „Ich musste mich meiner Vergangenheit stellen, um eine Zukunft zu haben. Eine Zukunft, die mehr ist als eine Fortsetzung meines Vagabundenlebens, meine ich. Und das habe ich getan." Er drückte ihre Hand. „Und du bist der Anlass dazu. Von dem Tag an, da ich dich kennenlernte, wusste ich, dass du etwas Besonderes bist. Dass du die Fähigkeit besitzt, mich zu ändern."

Rina wusste nicht, ob sie lachen sollte, weil sie kurz davor war, alles zu bekommen, was sie wollte, oder weinen, weil sie Angst hatte, er würde die Worte sagen, die er nur zu fühlen glaubte, aber nicht leben konnte. Noch immer fürchtete sie, ihn aufgrund seiner Bindungsangst zu verlieren.

„Dich zu ändern? Inwiefern?", fragte sie nach.

„Zum Besseren, natürlich." Er zwinkerte, sah sie dann aber mit seinen leuchtenden blauen Augen ganz ernst an. „Joe und Neil habe ich nie da reingelassen." Er tippte sich auf die Brust. „Ich konnte es nicht, weil ich Angst hatte, meinen Eltern dadurch untreu zu werden und sie für immer zu verlieren."

Er schüttelte den Kopf. „Natürlich waren sie schon längst fort, aber ich wollte es nicht wahrhaben. Also lief ich davon. Zuerst in eine Ehe, die von Anfang an zum Scheitern verurteilt war, weil meine Frau und ich zu verschieden waren, und dann ins Ausland. Aber jetzt bin ich nach

Hause zurückgekehrt und muss mich der Tatsache stellen, dass ich Joe beinahe verloren hätte. Also höre ich jetzt damit auf davonzulaufen. Dafür steht für mich hier viel zu viel auf dem Spiel."

Rina legte den Kopf zur Seite. „Spiele ich dabei auch eine Rolle?"

„Nur wenn du ebenfalls aufhörst davonzulaufen." Er deutete auf die zerrissene Kündigung. „Das war mein Werk. Aber du bist diejenige, die den Mut haben muss zu bleiben. Ich weiß, du hast gesagt, du würdest es wollen, aber ..."

Colin legte den Arm um ihre Schulter, zog sie mit sich aufs Sofa und sah sie eindringlich an. Ihr Herz begann zu rasen, doch zum ersten Mal, seit sie Colin kannte, war nicht sexuelle Erregung der Grund. Sie wusste, dass es an der Zeit war, eine Entscheidung zu treffen. Wie Colin musste auch sie ihre Vergangenheit akzeptieren und danach greifen, was sie wirklich wollte, sonst würde sie es für den Rest ihres Lebens bereuen.

„Ich kann dir nicht versprechen, dass ich nicht hin und wieder einmal Panik bekomme", warnte sie Colin.

„Mit einem bisschen Panik komme ich schon klar", erwiderte er. „Tatsächlich bin ich es mittlerweile gewohnt, gewisse Risiken einzugehen. Ich habe Corinne überredet, eine zweite Hypothek auf Joes Haus aufzunehmen, und habe selbst einen Kredit beantragt. Die Anzeigenkunden habe ich mit dem Versprechen auf besseren Absatz im nächsten Quartal vertrösten können, und den Mann, der uns das Geld geliehen hat, um die Zeitung über Wasser zu halten, habe ich ausbezahlt. Die einzigen Menschen, die nun die ‚Ashford Times' leiten, sind Corinne und ich." Er lachte. „Wer hätte das jemals gedacht?"

Rina blinzelte erstaunt. „Du setzt Joes Haus und deine eigenen Rücklagen aufs Spiel, nur für die Zeitung?"

Er schüttelte den Kopf. „Nein", sagte er leise, „nur für dich."

„Was?" Sie glaubte, nicht richtig gehört zu haben.

„Ich hätte weiterhin Rons Geld nehmen und es nach und nach zurückzahlen können, bis die Zeitung wieder auf die Beine kommt. Ron war damit einverstanden. Aber ich wollte, dass du nie wieder daran zweifelst, wie fest ich an dich und deine Fähigkeiten glaube."

Rinas Herz schlug ihr vor Ergriffenheit bis zum Hals. „Colin, es tut mir so leid. Du hättest mir niemals etwas beweisen müssen." Aber er hatte es dennoch versucht, und dafür liebte sie ihn umso mehr. „Und nun riskierst du so viel für mich ... Ich weiß gar nicht, was ich sagen soll."

„Aber ich." Er verzog den Mund zu dem verschmitzten, sexy Grinsen, das sie in den letzten Wochen so vermisst hatte.

Rina wartete gespannt.

Er streichelte ihre Wange, und sofort strömte eine Welle der Erregung warm und wohlig durch ihren Körper.

„Sag doch, dass du mich ebenfalls liebst."

Sie starrte ihn mit großen Augen an. „Du liebst mich?"

„Das habe ich doch gesagt."

„Nicht so direkt."

„Nun, dann war das wohl meine typisch männliche Formulierungsweise. In weiblicher Sprache wären das genau die drei magischen Worte gewesen: Ich liebe dich."

„Oh Colin! Ja, ich liebe dich auch!"

Er neigte sich vor und berührte ihre Lippen mit seinen. Ohne Zögern öffnete sie seiner forschenden Zunge ihren Mund – und seinem liebenden Herzen ihre Seele.

Nachdem er den Kuss beendet hatte, zog er eine Schublade im Couchtisch auf. „Ich habe deine Weihnachtsparty mit deinem Geschenk in meiner Tasche verlassen. Ich hatte schon nicht mehr daran geglaubt, die Chance zu bekommen, es dir zu geben." Er öffnete die Hand und zeigte ihr ein goldenes Armband mit vielen kleinen goldgefassten Diamanten als Anhänger.

Rina stockte der Atem. „Das ist wunderschön", sagte sie und legte es an.

„Ich habe es viele einsame Nächte lang angestarrt und mir vorgestellt, wie es wohl an deinem Arm aussieht." Er sah sie an. „Frohe Weihnachten, Rina."

„Frohe Weihnachten, Colin." Tränen stiegen ihr in die Augen.

„Was ist los?"

„Ich habe für dich etwas nicht annähernd so Schönes und Besonderes", sagte sie leise.

„Was ist es denn?"

„Briefpapier und ein Füller mit eingraviertem Namen, damit du nicht vergessen würdest, mir zu schreiben."

Sie zuckte mit den Schultern und sah so verloren aus, dass Colin einen Kloß in den Hals bekam. „Sieh es doch so: Ich kann sie dazu benutzen, dir kleine Liebesbriefe zu schreiben – jeden Morgen für den Rest unseres Lebens."

Sie sah ihn ganz verblüfft an. „War das etwa ein Heiratsantrag?"

„Ja – typisch männlich formuliert." Colin griff erneut in die Schublade und zog den zweiten Teil des Geschenks hervor. Den allerdings hatte er erst gestern gekauft, nachdem er die Unterlagen für seinen Kredit unterschrieben hatte. „Ist dir denn nicht klar gewesen, dass die leere Schmuckschachtel irgendeine Botschaft haben sollte?“, wollte er wissen.

„Ach, *du* hast mir die leere Schachtel in den Schreibtisch gelegt?“, fragte sie überrascht nach.

„Natürlich ich. Wieso? Ist da noch ein anderer Mann, den du verdächtigen könntest, dir solch eine Botschaft zu übermitteln?“

„Und die Blumen?“

Colin spürte einen Stich der Eifersucht. „Blumen? Nein, die sind nicht von mir.“

„Und die anonyme E-Mail?“

„Nein“, presste er zwischen zusammengebissenen Zähnen hervor.

Sie streichelte zärtlich seine Wange. „Entspann dich. Deine einzige Konkurrenz ist eine achtzigjährige Dame, die uns unbedingt wieder zusammenbringen wollte.“ Sie lachte, und Colin atmete erleichtert aus.

„Doch nicht Emma!“

„Oh ja.“

„Stan muss besser auf sie aufpassen“, brummte er.

„Ich würde gern wissen, wie er das anstellen soll. In der Tat würde ich überhaupt gern wissen, wie irgendein Mann eine unabhängige Frau zähmen will.“

„Ist das eine Herausforderung?“, fragte er nach.

In ihren Augen blitzte es. „Nimmst du sie an?“

„Ach, Schatz! Ich dachte schon, du fragst mich nie. Hier der erste Schritt, um eine Frau wie dich zu zähmen.“ Er öffnete seine Hand, und zum Vorschein kam ein Diamantring, den er ihr an die linke Hand steckte. „Jetzt gehörst du zu mir.“

Sie betrachtete das Symbol seiner Liebe, das er mit Bedacht gewählt hatte, und erschauerte vor Glück. „Du bist einfach wunderbar, Colin. Ich liebe dich.“

Er lächelte. „Ich liebe dich auch. Was mich zum zweiten Schritt der Zähmung bringt ...“

Er ließ sich rücklings auf die Couch fallen und zog sie mit sich, sodass sie auf ihm lag und sehr deutlich spürte, dass er der Herausforderung gewachsen war. Und Rina fand, es lohnte sich kaum, darüber nachzudenken, wer hier eigentlich wen gezähmt hatte.

– ENDE –

MIRA IST ONLINE FÜR SIE!

www.mira-taschenbuch.de

Immer aktuell:
News und **Neuerscheinungen**
direkt auf der Startseite!

Das gesamte
Taschenbuchprogramm
übersichtlich nach Kategorien!

MIRA TASCHENBUCH

3 Romane nur 12,99 €!

Band-Nr. 95046
12,99 € (D)
ISBN: 978-3-86278-846-0
992 Seiten

Susan Wiggs
Liebeszauber am Willow Lake: Lakeshore Chronicles 1 - 3

Versprechen eines Sommers: Camp Kioga, der einstige Sommersitz der Familie Bellamy, ist völlig verwildert. Um ihn für eine Familienfeier wieder herzurichten, engagiert Olivia den örtlichen Bauunternehmer Connor Davis – ihre einstige Jugensliebe …

Das Geheimnis meiner Mutter: In der längsten Nacht des Jahres verliert Jenny ihren Besitz in einem schrecklichen Feuer. Nur wenige Habseligkeiten kann sie aus der Asche retten. Ihr alter Jugendfreund Rourke eilt ihr zu Hilfe …

Bewahre meinen Traum: Ihr ganzes Leben hat Nina ihrer Tochter gewidmet. Doch die ist nun aus dem Haus, und Nina ist bereit für neue Träume. Der größte davon ist es, das alte Hotel am See wieder in neuem Glanz erstrahlen zu lassen …

4 Romane nur 14,99 €

Linda Howard
Gegen alle Gefahr

Liebesnächte in Mexiko: Durch den Urwald kämpfen sich Jane und Grant Sullivan, der sie aus der Gewalt des Gangsters Turego befreit hat. Fast scheinen sie gerettet, da wird Grant von Turego gefangen genommen.

Das einsame Strandhaus: Allein lebt Rachel in einem Haus am Meer, da wird eines Tages ein bewusstloser Mann mit Schusswunden angespült. Wem rettet sie das Leben? Etwa dem Mann, der ihr bestimmt ist?

Band-Nr. 95045
14,99 € (D)
ISBN: 978-3-86278-737-1
624 Seiten

Zweimal Himmel und zurück: Wie konnte sie sich von Johns Küssen verführen lassen? Jetzt wird ein Mordanschlag auf ihn verübt, und Michelle ahnt, wer dahintersteckt: ihr brutaler Ex. Wird sie ihm je entkommen können?

Die Farbe der Lüge: Tag für Tag sitzt Jay am Krankenbett ihres Exmannes. Doch als er aus dem Koma erwacht, erkennt Jay, dass sie die Hand eines Fremden hält!

4 Romane nur 12,99 €

Tess Gerritsen
Nah am Herzen

Verrat in Paris: Wie sind Beryls Eltern, französische Geheimagenten, damals in Paris wirklich ums Leben gekommen? Richard Wolf hilft ihr nicht nur bei ihren Nachforschungen …

Die Meisterdiebin: Clea Rice kann es nicht fassen: Sie ist nicht die einzige Einbrecherin im Haus! Bevor sie jedoch fliehen kann, findet sie sich in den Armen des Fremden wieder … Wer ist dieser faszinierende Mann?

Band-Nr. 95033
12,99 € (D)
ISBN: 978-3-86278-322-9
720 Seiten

Das Geheimlabor: Brisantes Material über illegale Forschungen bringt Cathy Weaver in Lebensgefahr – nur durch seine Schuld. In Dr. Victor Holland erwacht der Beschützerinstinkt für die Frau, die er liebt …

Tödliche Spritzen: Kate wird wegen eines tödlichen Kunstfehlers angeklagt – doch ist sie wirklich schuldig? Als eine weitere Frau stirbt, wächst in Anwalt David Ransom die Sorge, dass die schöne Kate selbst in Gefahr ist …